MANESSE BIBLIOTHEK DER WELTLITERATUR

STENDHAL

—

MEISTERERZÄHLUNGEN

Aus dem Französischen übertragen
von Eva Rechel-Mertens
Nachwort von Karl August Horst

MANESSE VERLAG
ZÜRICH

CIP-Kurztitelaufnahme der Deutschen Bibliothek

Stendhal:
Meistererzählungen / Stendhal
Aus d. Franz. übertr. von Eva Rechel-Mertens
Nachw. von Karl August Horst
2. Aufl. – Zürich: Manesse Verlag, 1986
(Manesse Bibliothek der Weltliteratur)
1. Aufl. u. d. T.:
Stendhal: Die Cenci und andere Erzählungen
ISBN 3-7175-1716-3 Gewebe
ISBN 3-7175-1717-1 Ldr.

NE: Rechel-Mertens, Eva [Übers.]; Stendhal: [Sammlung ⟨dt.⟩]

Inhalt

DIE CENCI

(1599)

Der Don Juan Molières ist zweifellos galant, doch in erster Linie ist er ein Mann von Stande; bevor er sich der unwiderstehlichen Neigung überläßt, die ihn zu hübschen Frauen zieht, legt er es darauf an, einem gewissen Idealtyp zu entsprechen; er will ein Mann sein, der am Hofe eines galanten, geistreichen Königs schrankenlose Bewunderung finden würde.

Mozarts Don Juan steht der Natur bereits näher, ist weniger französisch und denkt weniger an die Meinung der anderen; er denkt vor allem nicht daran, nach außen hin etwas zu scheinen *[parestre]*, wie der Baron von Foeneste bei D'Aubigné es nennt. Wir besitzen nur zwei Porträts von Don Juan d'Italia, so wie er sich in diesem schönen Land im sechzehnten Jahrhundert, zu Beginn des Wiedererwachens der Kultur, gezeigt haben mag.

Von diesen beiden Porträts kann ich das eine nicht recht anschaulich machen, das Jahrhundert ist dafür allzu *collet monté* (prüde); man sollte an jenes große Wort denken, das ich

Lord Byron wieder und wieder habe aussprechen hören: *This age of cant.* Die so ermüdende Heuchelei, die keinen Menschen täuscht, hat den ungeheuren Vorteil, den Toren Gesprächsstoff zu geben: sie entrüsten sich darüber, daß man dies oder jenes zu sagen, über dies oder das zu lachen gewagt hat, und dergleichen mehr. Ihr Nachteil besteht darin, daß sie den Bereich der Historie ganz gewaltig einschränkt.

Wenn der Leser genügend guten Geschmack besitzt, um es mir zu gestatten, will ich ihm nunmehr in aller Bescheidenheit eine historische Notiz unterbreiten, die den zweiten der Don Juans betrifft, den, von dem man im Jahre 1837 allenfalls sprechen kann; er hieß *Francesco Cenci.*

Damit ein Don Juan erstehen kann, muß Heuchelei in einer Gesellschaft herrschen. Im Altertum wäre Don Juan eine Wirkung ohne Ursache gewesen; die Religion war ein Fest, sie befeuerte die Menschen zum Genuß: Wie hätte sie da Geschöpfe brandmarken können, die aus einem bestimmten Genuß ihr einziges Anliegen machten? Die Regierung sprach von Enthaltsamkeit; sie verbot die Dinge, die dem Vaterland schaden konnten – im wohlverstandenen Interesse aller –, nicht aber das, was dem handelnden Individuum zum Nachteil gereichen mag.

Jeder Mann, der eine Neigung zu Frauen hatte und viel Geld besaß, konnte also in Athen ein Don Juan sein, niemand tadelte ihn deshalb; niemand verkündete, daß das Leben ein Tal der Tränen und daß es verdienstlich sei, sich selber Leiden zu schaffen.

Ich glaube nicht, daß der athenische Don Juan so schnell zum Verbrechen gelangen konnte wie der Don Juan der modernen Monarchien; für diesen besteht ein großer Teil des Vergnügens darin, der öffentlichen Meinung die Stirn zu bieten; in seiner Jugend hat er sich zunächst eingebildet, er trotze einzig der Heuchelei.

In einer Monarchie wie der Ludwigs XV. gegen die Gesetze zu verstoßen, einen Schuß auf einen Dachdecker abzugeben, so daß dieser von seinem Dach herunterpurzelt – ist das nicht ein Beweis dafür, daß man in der nächsten Umgebung des Fürsten lebt, daß man den besten Ton beherrscht und den Richter verlacht, der ein Bürger ist? Den Richter verlachen – ist das nicht das erste Probestück des ganz jungen Don Juan, der noch in den Anfängen steckt?

Bei uns sind die Frauen nicht mehr in Mode, deshalb sind die Don Juans auch so selten geworden; als es aber solche noch gab, gingen sie fürs erste immer höchst natürlichen Genüssen nach, während sie zugleich ihren Ruhm darin suchten, alle religiösen Ideen ihrer Zeitgenossen zu mißachten, soweit sie nicht auf Vernunft gegründet waren. Erst später, als Don Juan bereits verderbter zu werden beginnt, findet er eine erlesene Wollust darin, gegen Meinungen zu verstoßen, von denen er sich selbst gestehen muß, daß sie gerecht und vernünftig sind.

Dieser Übergang muß bei den Alten sehr schwierig gewesen sein, und höchstens unter den römischen Kaisern, erst nach Tiberius und seinen Festen auf Capri, stößt man auf Freigeister, die die Verderbtheit um ihrer selbst willen lieben, das heißt aus purem Vergnügen daran, den vernünftigen Meinungen ihrer Zeitgenossen mit offenem Hohn zu begegnen.

Daher sehe ich erst bei der christlichen Religion eine Möglichkeit für die satanische Rolle Don Juans. Ohne alle Zweifel hat diese Religion die Welt gelehrt, daß ein armer Sklave, ein Gladiator eine Seele besitzt, die an Gehalt und Würde absolut sogar der eines Cäsar ebenbürtig ist; daher hat man ihr das Aufkommen des Zartgefühls zu verdanken; ich zweifle im übrigen nicht, daß früher oder später solche Regungen aus dem Volke selbst hervorgegangen wären. Die Äneis ist bereits wesentlich weicher als die Ilias.

Die Sehweise Jesu war die der zeitgenössischen arabischen Philosophen; das einzige Neue, das in der Folge der vom hl. Paulus gepredigten Grundsätze in die Welt gekommen ist, besteht in einer Körperschaft von Priestern, die sich durchaus von den übrigen Mitbürgern unterscheidet und sogar entgegengesetzte Interessen verfolgt[1].

Diese Körperschaft sah ihr alleiniges Anliegen darin, das religiöse Gefühl zu pflegen und zu stärken; sie erfand Vorrechte und Gewohnheiten, die geeignet waren, die Geister aller Klassen vom ungebildeten Hirten bis zum blasierten Hofmann im Innersten zu bewegen; sie verstand es, ihr Andenken mit den bezaubernden Eindrücken der ersten Kindheit zu verknüpfen; sie ließ weder die unbedeutendste Pest noch das geringste öffentliche Unglück vorübergehen, ohne es zu einer Verdoppelung der Furcht und des religiösen Gefühls zu benutzen oder wenigstens eine schöne Kirche errichten zu lassen wie Santa Maria della Salute in Venedig.

Die Existenz dieser Körperschaft machte die bewunderungswürdige Tatsache möglich, daß der hl. Papst Leo ohne physische Gewalt dem wilden Attila und seinen Barbarenhorden, die China, Persien und Gallien in Schrecken versetzt hatten, Widerstand leistete.

[1] Vgl. Montesquieu, *Politique des Romains dans la religion.*

So hat die Religion ebenso wie die absolute, einzig durch Spottlieder eingeschränkte Macht, die man als die französische Monarchie bezeichnet, seltsame Dinge hervorgebracht, die die Welt vielleicht niemals erblickt haben würde, wäre sie dieser beiden Institutionen nicht teilhaftig geworden.

Unter diese guten oder schlechten, immer jedoch einzigartigen und merkwürdigen Dinge, über die Aristoteles, Polybius, Augustus und die übrigen trefflichen Köpfe des Altertums nicht wenig gestaunt haben würden, reihe ich ohne Bedenken den ganz modernen Charakter auch des Don Juan ein. Er ist meiner Meinung nach ein Produkt der asketischen Institutionen der Päpste, die nach Luther gekommen sind; denn Leo X. und sein Hof lebten etwa nach den Grundsätzen der athenischen Religion.

Molières Don Juan wurde zu Beginn der Regierung Ludwigs XIV., am 15. Februar 1665, aufgeführt; dieser Fürst war damals noch nicht fromm; dennoch bewirkte die kirchliche Zensur, daß die Szene mit dem Armen im Walde fortgelassen wurde. Um ihre Stärke zu vermehren, war diese Zensur bemüht, dem jungen König einzureden, daß das Wort «Jansenist» ein Synonym für Republikaner sei[1].

Das Original stammt von einem Spanier,

[1] Saint-Simon, *Mémoires de l'abbé Blache.*

Tirso de Molina[1]; eine italienische Truppe führte gegen 1664 mit großem Erfolg in Paris eine Nachahmung davon auf. Wahrscheinlich ist es die Komödie auf der Welt, die am meisten gespielt worden ist. Kein Wunder, denn es kommen darin der Teufel und die Liebe, Furcht vor der Hölle und sinnlose Leidenschaft für eine Frau vor, das heißt alles, was es an Schrecklichstem und Süßestem in den Augen der Menschen gibt, sofern diese sich über den Urzustand hinausgehoben haben.

Es ist nicht erstaunlich, daß die Darstellung des Don Juan von einem spanischen Dichter in die Literatur eingeführt worden ist. Die Liebe spielt eine große Rolle im Leben dieses Volkes; da unten ist sie eine ernsthafte Leidenschaft, die mit aller Gewalt das Opfer aller anderen Passionen verlangt, sogar, ob man es glaubt oder nicht, das der Eitelkeit! Ebenso steht es damit in Deutschland und in Italien. Wenn man es recht betrachtet, ist einzig Frankreich dieser Leidenschaft vollkommen ledig, um deretwillen jene Angehörigen anderer Nationen so viele Torheiten begehen, zum Beispiel die, ein armes

[1] So nannte sich ein Mönch, der ein Mann von Geist war, Fray Gabriel Tellez. Er gehörte dem Orden der Mercedarier an; es stammen von ihm mehrere Stücke, die geniale Szenen enthalten, darunter *El Vergonzoso en Palacio*. Tellez schuf dreihundert Komödien, von denen sechzig bis achtzig noch erhalten sind. Er starb gegen 1610.

Mädchen unter dem Vorwand zu heiraten, daß sie hübsch und man selber verliebt in sie sei. Mädchen, denen die Schönheit abgeht, fehlt es in Frankreich nicht an Bewunderern; wir sind gewitzte Leute. Anderswo sehen sie sich gezwungen, den Schleier zu nehmen, deshalb sind die Klöster in Spanien eine unerläßliche Institution. Die Mädchen haben dort keine Mitgift, dieses Gesetz aber hat den Triumph der Liebe garantiert. Hat sich hingegen in Frankreich nicht die Liebe in den fünften Stock zurückgezogen, das heißt zu den Mädchen, bei deren Eheschließung kein Familiennotar zugegen ist?

Es darf hier nicht von dem Don Juan Lord Byrons die Rede sein, der nur ein Faublas ist, ein unbedeutender junger Beau, dem alle möglichen glückhaften Abenteuer zufallen.

In Italien also und im sechzehnten Jahrhundert ist offenbar zum erstenmal dieser bemerkenswerte Charakter aufgetreten. In Italien sagte im siebzehnten Jahrhundert eine Prinzessin, als sie mit Wonne am Abend eines sehr heißen Tages ein Eis zu sich nahm: «Wie schade, daß das keine Sünde ist!»

Ein derartiges Gefühl bildet meiner Meinung nach die Grundlage des Charakters eines Don Juan, und wie man sieht, bedarf es dazu der christlichen Religion.

Wozu ein neapolitanischer Schriftsteller mit

Emphase bemerkt: «Ist es denn nichts, dem Himmel zu trotzen und zu glauben, daß er noch im gleichen Augenblick einen zu Asche verbrennen kann? Daher heißt es denn auch, es sei die höchste Wollust, eine Nonne zur Geliebten zu haben, und zwar eine Nonne voll wahrer Frömmigkeit, die sehr wohl weiß, daß sie Böses tut und den Himmel mit der gleichen Leidenschaftlichkeit um Verzeihung anfleht, mit der sie soeben noch gesündigt hat[1].»

Stellen wir uns einen durch und durch pervertierten Christen vor, geboren in Rom zu dem Zeitpunkt, da der strenge Pius V. eine Menge bis ins kleinste spezifizierter Praktiken, die jener einfachen Moral, welche als Tugend nur das bezeichnet, was den Menschen nützlich ist, absolut fernlagen, wieder zu Ehren gebracht oder ersonnen hatte. Eine unerbittliche Inquisition – derart unerbittlich, daß sie sich in Italien nicht hielt, sondern nach Spanien ausweichen mußte – war in verstärkter Form[2] eingerichtet worden und erregte allgemeine Furcht. Ein paar Jahre hindurch wurden sehr hohe Strafen für die Vernachlässigung oder öffentliche Nichtachtung

[1] D. Dominico Paglietta.

[2] Der hl. Pius V. (Ghislieri), ein Piemontese, dessen mageres, strenges Antlitz man auf dem Grabmal des Papstes Sixtus V. in S. Maria Maggiore sieht, war *Großinquisitor,* als er im Jahre 1566 auf den Stuhl Petri berufen wurde. Er herrschte über die Kirche sechs Jahre und vierundzwanzig Tage lang. Man lese in

dieser kleinen, bis ins einzelne festgelegten Übungen verhängt, die den heiligsten Pflichten der Religion völlig gleichgestellt wurden. Der sittenlose Römer, von dem wir sprachen, würde nur mit Achselzucken mitangesehen haben, wie die Gesamtheit der Bürger vor den Gesetzen der Inquisition erzitterte.

Gut! hätte er sich gesagt, ich bin der reichste Mann in Rom, dieser Hauptstadt der Welt; ich will auch der mutigste in ihr sein; ich werde öffentlich alles dessen spotten, was die Leute respektieren und was dem, was man respektieren soll, so wenig ähnlich sieht!

Denn ein Don Juan, sofern er wirklich ein solcher ist, muß ein beherzter Mann sein und jene lebendige, ungetrübte Geistesart besitzen, die einen klaren Einblick in die Motive menschlichen Handelns erlaubt.

Francesco Cenci wird sich gefragt haben: Durch welche Handlungen, die von sich reden machen, kann ich, ein Römer, 1527 in Rom geboren – gerade innerhalb jener sechs Monate, in denen die lutherischen Soldaten des Connetable von Bourbon daselbst an den heiligsten

seinen Briefen nach, die von De Potter, dem einzigen unter uns, der dieses Stück Weltgeschichte kennt, veröffentlicht worden sind. Das Werk De Potters, eine reiche Fundgrube an Tatsachen, ist die Frucht in den Bibliotheken von Florenz, Venedig und Rom vierzehn Jahre hindurch gewissenhaft betriebener Forschungen.

Dingen die abscheulichsten Profanationen begingen –, durch welche Handlungen könnte ich die Aufmerksamkeit auf meine Unerschrockenheit lenken und so tief wie nur möglich das Vergnügen auskosten, der öffentlichen Meinung Trotz zu bieten? Wie könnte ich mir das so lebhafte Vergnügen verschaffen, mich vom gemeinen Volke sichtbarlich unterschieden zu fühlen?

Einem Römer, noch dazu einem Römer des Mittelalters, konnte es nicht in den Sinn kommen, sich auf Reden zu beschränken. Es gibt kein Land, in dem kühne Reden geringer eingeschätzt werden als in Italien.

Der Mann, der sich selbst diese Dinge hat sagen können, hieß Francesco Cenci: er ist unter den Augen seiner Tochter und seiner Gattin am 15. September 1598 umgebracht worden. Nichts Liebenswertes ist uns von diesem Don Juan überliefert, sein Charakter wurde nicht durch die Idee, vor allem ein Mann der guten Gesellschaft zu sein, gemildert oder gemindert wie der des Don Juan bei Molière. Er dachte an andere Menschen nur, um seine Überlegenheit über sie klarzustellen, sich ihrer für seine Absichten zu bedienen oder sie zu hassen. Ein Don Juan findet niemals Vergnügen an den Sympathien, den süßen Träumereien oder den Illusionen eines zärtlichen Herzens. Er braucht vor allem Vergnügungen, die von den anderen mitangesehen werden und unleugbare Triumphe sind; er braucht die von dem frechen Leporello vor den Augen der traurigen Donna Elvira entfaltete Liebschaftenliste.

Der römische Don Juan hat durchaus die grandiose Ungeschicklichkeit vermieden, einem Lakaien den Schlüssel zu seinem Charakter zu geben und ihm vertrauliche Mitteilungen zu machen, wie der Don Juan Molières es tut; er hat ohne einen Vertrauten gelebt und keine anderen Reden geführt als solche, die für die Förderung seiner Absichten nützlich gewesen sind. Niemand überraschte ihn bei solchen Regungen wirklicher Zärtlichkeit und bezaubernder Heiterkeit wie die, dank denen wir Mozarts Don Juan verzeihen. Um es rund herauszusagen, das Porträt, das ich hier wiedergeben werde, muß unbedingt Abscheu erregen.

Aus eigener Wahl hätte ich diesen Charakter nicht geschildert, vielmehr mich mit seiner Erforschung begnügt, denn er ist eher grausig als nur einfach kurios; aber ich muß gestehen, daß ich von Reisegefährten, denen ich nichts abschlagen konnte, darum gebeten worden bin. Im Jahre 1823 hatte ich das Glück, Italien zusammen mit liebenswürdigen Geschöpfen zu besuchen, die ich niemals vergessen werde; wie sie nahm auch mich das wundervolle Porträt der

Beatrice Cenci, das man in Rom im Palazzo Barberini sieht, aufs stärkste für sich ein.

Die Gemäldegalerie dieses Palastes umfaßt jetzt nur noch sieben oder acht Bilder. Vier davon jedoch sind Meisterwerke; da ist zunächst das Bildnis der berühmten Fornarina, der Geliebten Raffaels, von ihm selbst gemalt. Dieses Porträt, über dessen Echtheit sich keinerlei Zweifel erheben kann, denn es gibt zeitgenössische Kopien davon, ist ganz verschieden von der Gestalt, die in der Galerie von Florenz als das Porträt der Geliebten Raffaels aufgeführt wird, nach welchem unter dieser Bezeichnung Morghen einen Stich angefertigt hat. Das Porträt in Florenz stammt nicht einmal von Raffael. Wird der Leser diesem großen Namen zuliebe die kleine Abschweifung entschuldigen?

Das zweite kostbare Gemälde der Galerie Barberini ist von Guido Reni gemalt; es ist das Bildnis der Beatrice Cenci, von dem man so viele schlechte Stiche sieht. Dieser große Maler hat am Halse der Beatrice eine bedeutungslose kleine Draperie angebracht und ihr einen Turban aufgesetzt; hätte er genau die Gewandung, die sie sich hatte machen lassen, um bei der Hinrichtung zu erscheinen, sowie das wirre Haar eines armen Mädchens von sechzehn Jahren, das sich der Verzweiflung überlassen hat, wiedergeben wollen, so hätte er fürchten müssen, die Wahrheit bis zum Grausigen zu treiben. Der Kopf ist sanft und schön, der Blick sehr weich, die Augen sind sehr groß: sie haben den erstaunten Ausdruck einer Person, die in dem Augenblick überrascht worden ist, als sie gerade heiße Tränen vergoß. Ihr Haar ist blond und sehr schön. Dieser Kopf hat nichts von dem römischen Stolz und dem Bewußtsein der eigenen Kraft, denen man oft in dem selbstsicheren Blick einer Tochter des Tiber, einer *figlia del Tevere* begegnet, wie sie selber sich nennen. Leider sind die Halbtöne dieses Bildes während der langen Zeitspanne von zweihundertachtunddreißig Jahren, die uns von der Katastrophe trennen, welche hier geschildert werden soll, in Ziegelrot übergegangen.

Das dritte Porträt der Galerie Barberini ist das der Lucrezia Petroni, der Stiefmutter Beatrices, die mit dieser zusammen hingerichtet worden ist. Es stellt den Typus der römischen Matrone in ihrer Schönheit und ihrem Stolz[1] dar, welche beide ihr von Natur innewohnen. Die Züge sind groß und die Hautfarbe von blendender Weiße, die Augenbrauen schwarz und sehr kräftig gezeichnet, der Blick ist gebieterisch und zugleich von Sinnlichkeit beschwert. Das ergibt einen schönen Gegensatz zu dem so sanften,

[1] Dieser Stolz folgt nicht aus dem Rang in der Welt wie auf den Bildnissen Van Dycks.

schlichten Gesicht ihrer Stieftochter, das beinahe deutsch anmutet.

Das vierte Porträt, brillant durch Wahrheit und den Glanz seiner Farben, ist eines der Meisterwerke Tizians: es stellt eine griechische Sklavin dar, die die Geliebte des berühmten Dogen Barbarigo gewesen ist.

Fast alle Fremden, die in Rom eintreffen, lassen sich gleich zu Beginn ihres Besichtigungsganges in die Galerie Barberini führen, angezogen – zumal die Frauen – von den Bildnissen der Beatrice Cenci und ihrer Stiefmutter. Diese allgemeine Neugier habe auch ich geteilt; dann aber habe ich, wie alle anderen auch, Einsicht in die Akten dieses berühmten Prozesses zu erlangen versucht. Wenn man hierzu Erlaubnis erhält, wird jedermann sehr erstaunt sein, denke ich mir, beim Lesen dieser Schriftstücke, in denen alles mit Ausnahme der Antworten der Beschuldigten lateinisch niedergelegt worden ist, auf keine Erklärung des Vorgefallenen zu stoßen. Das kommt daher, daß im Rom von 1599 die Tatsachen jedermann bekannt gewesen sind. Ich habe die Genehmigung erkauft, einen zeitgenössischen Bericht abzuschreiben, und gemeint, ohne Verletzung der Schicklichkeit hier eine Übersetzung davon geben zu können; mindestens könnte diese Übersetzung im Jahre 1823 in Anwesenheit von Damen laut vorgelesen werden. Es versteht sich von selbst, daß der Übersetzer da nicht wahrheitsgetreu berichtet, wo er es nicht mehr kann: Grauen würde sonst leicht das Interesse aus Neugier überwiegen.

Die traurige Rolle des reinen Don Juan (desjenigen, der sich keinem Idealbild anzupassen strebt und der an die Meinung der Welt nur denkt, um sie aufs äußerste gegen sich aufzubringen) wird hier in ihrer ganzen Abscheulichkeit dargelegt. Das Übermaß seiner Verbrechen zwingt zwei unglückliche Frauen, ihn vor ihren Augen zum Tode befördern zu lassen; von diesen beiden Frauen war die eine seine Gattin, die andere seine Tochter, und der Leser wird kaum zu entscheiden wagen, ob sie schuldig gewesen sind. Ihre Zeitgenossen fanden, sie hätten nicht sterben dürfen.

Ich bin überzeugt, daß die Tragödie des *Galeoto Manfredi* (der von seiner Frau ermordet wurde, welchen Stoff der große Dichter Monti behandelt hat) und so viele andere häusliche Tragödien des fünfzehnten Jahrhunderts, die weniger bekannt geworden und in den Einzelchroniken der italienischen Städte kaum sonderlich hervorgehoben sind, durch eine Szene ähnlich der im Schloß von Petrella ihr Ende gefunden haben. Ich lasse hier die Übersetzung des zeitgenössischen Berichtes folgen, der am 14. Sept. 1599 in römischem Italienisch niedergelegt worden ist.

des Todes von Giacomo und Beatrice Cenci sowie von Lucrezia Petroni Cenci, ihrer Stiefmutter, die zur Strafe für das Verbrechen des Gatten- und Vatermordes am Samstag, 11. September 1599, unter der Regierung unseres Heiligen Vaters, des Papstes Clemens VIII. (Aldobrandini) hingerichtet worden sind.

Der fortgesetzt abscheuerregende Lebenswandel des in Rom geborenen Francesco Cenci, eines unserer begütertsten Mitbürger, hat schließlich zu dessen Untergang geführt. Er hat den vorzeitigen Tod seiner Söhne, kraftvoller, mutiger junger Leute, und seiner Tochter Beatrice zur Folge gehabt, die, obwohl sie, kaum sechzehn Jahre alt, heute vor vier Tagen zur Hinrichtung geführt worden ist, doch schon für eine der schönsten Personen im Kirchenstaat und in ganz Italien galt. Die Kunde geht um, daß Signor Guido Reni, ein Jünger der bewundernswürdigen Schule von Bologna, am letzten Freitag, das heißt an dem Tage, der ihrer Hinrichtung vorausgegangen ist, noch das Bildnis der unglücklichen Beatrice anzufertigen gesonnen war. Wenn der große Maler sich dieser Aufgabe hat entledigen können, wie er ja auch andere Malereien in dieser unserer Hauptstadt ausgeführt hat, wird die Nachwelt sich eine Vorstellung davon zu machen vermögen, welches die Schönheit dieses bewundernswerten Mädchens gewesen ist. Damit sie auch eine Erinnerung an ihr Unglück, das seinesgleichen nicht hat, und an die erstaunliche Stärke bewahren möge, mit der diese wahrhaft römische Seele es bewältigte, habe ich aufzuschreiben beschlossen, was ich über die Tat, die sie dem Tod in die Arme geführt hat, in Erfahrung bringen konnte, sowie auch, was ich selbst am Tage ihrer glorreichen Tragödie mitangesehen habe.

Die Personen, die mir Auskunft gegeben haben, nahmen eine Stellung ein, dank der geheimste Umstände ihnen zur Kenntnis kommen konnten, solche, von denen Rom selbst heute noch nichts weiß, wiewohl man seit sechs Wochen von nichts anderem als von dem Prozeß der Familie Cenci spricht. Ich werde mit einer gewissen Freiheit schreiben, da ich sicher sein darf, meinen Kommentar in vertrauenswürdigen Archiven niederlegen zu können, aus denen er mit Gewißheit erst nach meinem Ableben hervorgeholt werden wird. Mein einziger Kummer ist, daß ich – aber so will es die Wahrheit – gegen die Unschuld jener armen Beatrice aussagen muß, die von allen, die sie kannten, ebenso verehrt und geachtet, wie ihr grauenhafter Vater gehaßt und verabscheut worden ist.

Dieser Mann, den, wie man nicht leugnen kann, der Himmel mit erstaunlicher Schärfe und Absonderlichkeit des Geistes ausgestattet hatte, war der Sohn des Monsignore Cenci, der unter Pius V. (Ghislieri) zum Amt eines *tesoriere* (Finanzministers) aufgestiegen war. Dieser heilige Papst, ganz und gar, wie man weiß, mit seinem gerechten Haß gegen die Ketzerei und der Wiedereinführung seiner bewunderungswürdigen Inquisition beschäftigt, hegte eitel Nichtachtung für die weltliche Verwaltung seines Staates, so daß Monsignore Cenci, der vor 1572 mehrere Jahre hindurch Finanzminister gewesen war, Mittel und Wege fand, dem abscheulichen Manne, der sein Sohn und der Vater von Beatrice war, ein Nettoeinkommen von einhundertsechzigtausend Piastern (ungefähr zwei Millionen fünfhunderttausend Francs im Jahre 1837) zu hinterlassen.

Francesco Cenci besaß außer diesem großen Vermögen den Ruf des Mutes und der Klugheit in seiner Jugend bereits in einem Maße, daß kein anderer Römer sich mit ihm darin vergleichen konnte: Dieser Ruf aber trug ihm um so mehr Ansehen am Hofe des Papstes und beim ganzen Volke ein, als die verbrecherischen Handlungen, die man ihm nachzusagen begann, nur jener Gattung angehörten, die die Gesellschaft leicht verzeiht. Viele Römer erinnern sich noch mit bitterer Wehmut daran, welche Freiheit des Denkens und Handelns man zu Zeiten

Leos X., der uns 1515 entrissen wurde, oder unter Paul III., der im Jahre 1549 starb, genossen hatte. Schon unter diesem letzteren Papst begann man von dem jungen Francesco Cenci wegen gewisser Fälle absonderlicher Liebe zu reden, die er durch noch absonderlichere Mittel zu gutem Erfolg geführt hatte.

Unter Paul III., zu einer Zeit, in der man noch mit einem gewissen Vertrauen offen reden konnte, sagten viele Leute, es verlange Francesco Cenci vor allem nach bizarren Erlebnissen, die ihm gewisse *peripezie di nuova idea* zu vermitteln vermöchten, das heißt neue, aufregende Sensationen; die besagten Leute stützten sich auch darauf, daß man in seinen Rechnungsbüchern Posten wie den folgenden fand:

«Für die Abenteuer und *peripezie* von Toscanella dreitausendfünfhundert Piaster (ungefähr sechzigtausend Francs im Jahre 1837), *e non fu caro* (und das war nicht einmal teuer).»

Man weiß vielleicht in den anderen Städten Italiens nicht, daß unser Geschick und unsere Lebensform in Rom je nach dem Charakter des jeweils regierenden Papstes sich ändern. So zum Beispiel war dreizehn Jahre lang unter der Regierung des guten Papstes Gregor XIII. (Buoncompagni) in Rom schlechthin alles erlaubt; wer Lust hatte, ließ seinen Feind erdolchen und wurde nicht verfolgt, sofern er sich nur einigermaßen im Hintergrunde hielt. Auf diese übermäßige Nachsicht folgten fünf Jahre der Strenge während der Herrschaft des großen Sixtus V., von dem, wie von Kaiser Augustus, gesagt worden ist, er hätte niemals zur Regierung kommen oder aber ewig bleiben müssen. Da sah man denn, wie Unglückliche noch zur Strafe für seit zehn Jahren in Vergessenheit geratene Morde oder Vergiftungen, die sie unglücklicherweise dem Kardinal Montalto gebeichtet hatten, der jetzt Sixtus V. war, hingerichtet wurden.

Besonders unter Gregor XIII. begann man viel von Francesco Cenci zu reden; er hatte sich mit einer sehr reichen und für einen so hochangesehenen Herrn durchaus geeigneten Frau vermählt; sie starb, nachdem sie ihm sieben Kinder geboren hatte. Bald nach ihrem Tode heiratete er ein zweites Mal, und zwar Lucrezia Petroni, eine Dame von seltener Schönheit und berühmt besonders wegen der strahlenden Weiße ihres Teints, wiewohl ein wenig zu füllig, wie es gemeinhin der Fehler unserer Römerinnen ist. Von Lucrezia hat Francesco keine Kinder gehabt.

Das geringste Laster, das Francesco vorzuwerfen war, bestand in seiner Geneigtheit zu einer absonderlichen Art der Liebe, das größte aber darin, daß er an Gott nicht glaubte. Nie in seinem Leben sah man ihn in eine Kirche gehen.

Nachdem er dreimal wegen seiner merkwürdigen Liebesgeschichten ins Gefängnis geworfen worden war, wußte er jedesmal dadurch wieder herauszukommen, daß er den Personen, die in Gunst bei den zwölf Päpsten standen, unter denen er nacheinander lebte, zweihunderttausend Piaster gab. (Zweihunderttausend Piaster wären im Jahre 1837 annähernd fünf Millionen Francs.)

Ich habe Francesco Cenci selbst zum erstenmal gesehen, als sein Haar bereits zu ergrauen begann, unter der Regierung des Papstes Buoncompagni, das heißt zu einer Zeit, da alles jedem freistand, der es zu wagen sich unterfing. Er war ein Mann von ungefähr fünf Fuß und vier Zoll an Größe, ungemein wohlgebildet, obgleich vielleicht etwas mager; er galt dazumalen für außerordentlich stark, möglicherweise aber hatte er dieses Gerücht selber unter die Leute gebracht. Er hatte große, ausdrucksvolle Augen, doch fiel das Unterlid etwas zu tief herab; seine Nase war zu vorspringend und zu groß, seine Lippen wirkten schmal, in seinem Lächeln lag Anmut. Dieses Lächeln wurde furchtbar, wenn er den Blick auf einen seiner Feinde heftete; war er aufgeregt oder gereizt, so zitterte er ganz übertrieben und sogar auf eine Art, die ihm selber peinlich war. Ich habe ihn in meiner Jugend unter dem Papst Buoncompagni von

Rom nach Neapel reiten sehen, zweifellos wegen einer seiner flüchtigen Liebesgeschichten; er durchquerte die Wälder von San Germano und La Fajola ohne Furcht vor Räubern, und schaffte, so hieß es, die Strecke in noch nicht einmal ganz zwanzig Stunden. Er reiste immer allein und ohne jemanden davon in Kenntnis zu setzen; wenn sein erstes Pferd müde war, kaufte oder stahl er sich ein anderes. Wollte jemand Umstände machen, so machte er selber keine, sondern stieß mit dem Dolche zu. Aber man muß dazu sagen, daß in meiner Jugendzeit, das heißt als er vierzig bis fünfzig Jahre alt war, niemand die Kühnheit aufbrachte, ihm entgegenzutreten. Ein großes Vergnügen war es für ihn, seinen Feinden zu trotzen.

Er war sehr bekannt auf allen Straßen der Staaten Seiner Heiligkeit; er zahlte großzügig, war aber auch imstande, einen seiner gedungenen Meuchelmörder auszusenden, um jemanden umzubringen, der ihn beleidigt hatte.

Die einzige gute Handlung, die er während seines langen Lebens vollbracht hat, war der Bau einer dem hl. Thomas geweihten Kirche nahe am Tiber, im Hofe seines weiträumigen Palastes. Noch dazu aber trieb ihn zu dieser schönen Tat das eigenartige Verlangen, die Gräber aller seiner Kinder stets vor Augen zu haben[1]; denn gegen diese hegte er schon in ihrer frühesten Jugend, als sie ihn noch in keiner Weise gekränkt haben konnten, einen ganz außerordentlichen, der Natur zuwiderlaufenden Haß.

«Da will ich sie alle hinbringen», pflegte er oft mit einem bitteren Lächeln zu den Arbeitern zu bemerken, die er beim Bau der Kirche verwendete. Die drei ältesten, Giacomo, Cristoforo und Rocco, schickte er zum Studium nach Salamanca auf die hohe Schule. Sobald sie jedoch in jenem fernen Lande angekommen waren, fand er ein boshaftes Vergnügen darin, ihnen kein Geld mehr anzuweisen, so daß die unglücklichen jungen Leute, nachdem sie eine Anzahl von Briefen an ihren Vater gesendet hatten, sich zu der jammervollen Notwendigkeit gezwungen sahen, unter Entleihen oder Erbetteln kleiner Summen Geldes während der Dauer der Reise in ihre Heimat zurückzukehren.

In Rom fanden sie ihren Vater strenger, unerbittlicher und bitterer vor, als er jemals gewesen war; trotz seiner unermeßlichen Reichtümer wollte er sie weder kleiden noch ihnen das nötige Geld geben, um sich auch nur die gewöhnlichsten Nahrungsmittel zu kaufen. Den Unglücklichen blieb nichts übrig, als sich an den Papst zu wenden, der Francesco zwang, ihnen

[1] In Rom werden die Toten unter den Kirchen begraben.

eine bescheidene Rente auszusetzen. Im Besitze solcher nur sehr mäßigen Mittel trennten sie sich von ihm.

Bald darauf brachten Francesco Cenci seine schmählichen Liebschaften zum dritten und letzten Male ins Gefängnis, woraufhin die drei Brüder eine Audienz beim Heiligen Vater, dem gegenwärtig regierenden Papst, nachsuchten und ihn baten, Francescos Tod zu verfügen, da er, wie sie sagten, das Haus Cenci entehre. Clemens VIII. verspürte dazu nicht übel Lust; versagte sich jedoch, seiner ersten Eingebung zu folgen, da er so unnatürlichen Kindern nicht allzusehr nachgeben wollte, vielmehr verwies er sie mit Schimpf und Schande aus seiner Gegenwart.

Wie wir schon weiter oben berichtet haben, kam der Vater aus dem Gefängnis dadurch heraus, daß er jemandem, der ihn zu schützen imstande war, eine beträchtliche Summe Geldes bot. Man begreift, daß das seltsame Vorgehen seiner drei ältesten Söhne den Haß, mit dem er ohnehin seine Kinder bedachte, noch bedeutend vermehrte. Er fluchte ihnen, ob groß oder klein, jeden Augenblick, und züchtigte seine beiden armen Töchter, die mit ihm in seinem Palaste wohnten, alle Tage mit dem Stock.

Obwohl streng überwacht, erreichte die Ältere mit beträchtlicher Umsicht, eine Bittschrift in die Hände des Papstes gelangen zu lassen; sie beschwor darin Seine Heiligkeit, sie zu vermählen oder in einem Kloster unterzubringen. Clemens VIII. erbarmte sich ihres Elends und verheiratete sie mit Carlo Gabrielli, einem der edelsten Familie von Gubbio entstammenden jungen Mann. Seine Heiligkeit wies den Vater an, ihr eine sehr bedeutende Mitgift auszuzahlen.

Auf diesen unvorhergesehenen Schlag hin geriet Francesco Cenci in äußersten Zorn, und um zu verhindern, daß Beatrice, wenn sie größer würde, auf den Gedanken käme, dem Beispiel ihrer Schwester zu folgen, sperrte er sie in einem Gemach seines unermeßlich großen Palastes ein. Niemand erhielt die Erlaubnis, dort diese Tochter zu besuchen, die kaum vierzehn Jahre alt war und doch schon im vollen Glanze ihrer bezaubernden Schönheit stand. Sie zeichnete sich vor allem durch eine Heiterkeit, eine Arglosigkeit und einen Sinn für das Komische aus, wie ich ihn einzig und allein bei ihr angetroffen habe. Francesco Cenci brachte ihr selbst zu essen. Man muß annehmen, daß bei dieser Gelegenheit der Unhold sich in sie verliebte oder doch so tat, als sei er verliebt in sie, um das unglückliche Mädchen vollends in Schrecken zu versetzen. Er sprach oft zu ihr von dem perfiden Streich, den ihre älteren Brüder ihm gespielt hätten, und entzündete dann an den eigenen Worten seinen Zorn in so hohem Maße, daß er schließlich Beatrice mit zahllosen Schlägen bedachte.

Unterdessen wurde Rocco Cenci, sein Sohn, von einem Metzger getötet, und im folgenden Jahre kam Cristoforo Cenci durch Paolo Corso de Massa um. Bei dieser Gelegenheit zeigte Francesco so recht seine schwarze Gottlosigkeit; denn bei den Beisetzungsfeierlichkeiten seiner beiden Söhne wollte er nicht einmal einen Bajocco für die Kerzen opfern. Als er von dem Schicksal seines Sohnes Cristoforo erfuhr, rief er aus, er werde ein gewisses Maß an Freude erst einmal empfinden, wenn seine Kinder sämtlich begraben wären; sobald das letzte zu Tode gekommen sei, werde er zum Zeichen seines Glücks seinen Palast anzünden. Rom verwunderte sich über diesen Vorsatz zwar, aber nichts schien den Bewohnern unmöglich bei einem Mann, der seinen Ruhm darin suchte, aller Welt und sogar dem Papste zu trotzen.

(An dieser Stelle verbietet es sich unbedingt, dem römischen Erzähler in seinem sehr dunklen Bericht über die höchst seltsamen Dinge zu folgen, durch die Francesco Cenci seine Zeitgenossen zu verblüffen suchte. Seine Frau und seine unglückliche Tochter wurden allem Anschein nach das Opfer seiner abscheulichen Ideen.)

Alle diese Dinge genügten ihm jedoch nicht; er versuchte mit Hilfe von Drohungen und Gewalt seine eigene Tochter Beatrice, die bereits groß und schön war, zu vergewaltigen; er schämte sich nicht, sich im Zustand vollkommener Nacktheit in ihr Bett zu legen. Ebenfalls vollkommen nackt ging er mit ihr in den Sälen seines Palastes auf und ab; darauf führte er sie an das Lager seiner Frau, damit beim Schein der Lampen die arme Lucrezia mitansehen konnte, was er mit Beatrice trieb.

Er äußerte diesem armen Mädchen gegenüber auch eine furchtbare Ketzerei, die ich fast nicht zu wiederholen wage; nämlich daß, sofern ein Vater seine eigene Tochter erkenne, die aus dieser Verbindung hervorgegangenen Kinder notwendigerweise Heilige würden und daß die größten von der Kirche verehrten Heiligen auf diese Weise auf die Welt gekommen seien; das heißt so, daß ihr Großvater mütterlicherseits zugleich ihr Vater war.

Als Beatrice diesen verabscheuenswürdigen Absichten widerstand, bedachte er sie mit den grausamsten Schlägen, so daß dieses arme Mädchen, unfähig ein so unseliges Leben noch länger fortzusetzen, auf den Gedanken kam, dem Beispiel ihrer älteren Schwester zu folgen. Sie richtete an unseren Heiligen Vater, den Papst, eine Bittschrift, in der sie ihre Lage bis ins einzelne gehend schilderte; doch muß man annehmen, daß Francesco Cenci seine Vorsichtsmaßnahmen ergriffen hatte, denn offenbar ist diese Bittschrift niemals in die Hände Seiner Heiligkeit gelangt; jedenfalls war es unmöglich, sie in den Archiven der *Memoriali* zu finden, als während Beatrices Gefangenschaft ihr Verteidiger sie als Dokument so dringend benötigte, hätte sie doch als Beweisstück für die unerhörten Ausschreitungen gelten können, die im Schloß von Petrella stattgefunden hatten. Wäre es nicht an Hand dieser Schrift allen offenbar geworden, daß bei der Tat Beatrice Cenci sich im Zustand berechtigter Notwehr befand? Dieses Memorandum war auch im Namen Lucrezias, der Stiefmutter Beatrices, abgefaßt.

Francesco Cenci erhielt jedenfalls Kenntnis von diesem Versuch, und man kann sich vorstellen, mit welchem Grimm er nunmehr die schlechte Behandlung der beiden unseligen Frauen noch verdoppelte.

Das Leben wurde für sie unerträglich; und dies war denn auch der Zeitpunkt, zu dem sie in der Einsicht, daß sie von der Gerechtigkeit des Souveräns, dessen Höflinge durch die reichen Geschenke Francescos für diesen gewonnen waren, nichts zu erhoffen hätten, den Gedanken faßten, es mit jenem letzten Ausweg zu versuchen, der sie zwar ins Verderben führte, aber gleichwohl den Vorteil mit sich brachte, ihren Leiden auf dieser Welt schließlich ein Ende zu setzen.

Man muß wissen, daß der berühmte Monsignore Guerra häufig in den Palazzo Cenci kam; er war von hoher Gestalt, auch sonst ein sehr schöner Mann und hatte zudem vom Geschick die besondere Gabe zugeteilt erhalten, daß er alles, womit er sich befaßte, mit besonderer Eleganz zu erledigen wußte. Es wird vermutet, daß er Beatrice liebte und mit der Absicht umging, die *mantelleta* abzulegen, um sich mit ihr zu vermählen[1]; doch wie sehr er sich auch bemühte, seine Gefühle aufs sorglichste zu verbergen, zog er sich doch den Haß Francesco Cencis zu, der ihm vorwarf, er habe zu allen seinen Kindern sehr enge Beziehungen unterhalten. Sooft Monsignore Guerra erfuhr, daß Signor Cenci sich außerhalb des Palastes befand, begab er sich nach oben in die Gemächer der Damen und verbrachte dort mehrere Stunden damit, die Klagen der beiden über die unglaubliche Behandlung, der sie ausgesetzt waren, anzuhören und sich mit ihnen dieserhalb zu beraten. Es scheint, daß Beatrice als erste zu Monsignore Guerra etwas über den Plan verlauten ließ, zu dem sie gekommen waren. Mit der Zeit

[1] Die meisten *Monsignori* haben keine Weihen erhalten und können somit eine Heirat eingehen.

gedachte er selbst dazu seine Hilfe zu leihen; lebhaft zu wiederholten Malen von Beatrice gedrängt, willigte er schließlich ein, von dieser ungewöhnlichen Absicht Giacomo Cenci zu verständigen, ohne dessen Einwilligung nichts geschehen konnte, da er der älteste der Brüder und nach Francesco das Oberhaupt der Familie war.

Es erwies sich als überraschend leicht, ihn in das Komplott zu ziehen; er wurde von seinem Vater ungemein schlecht behandelt, da dieser ihm keine Unterstützung angedeihen ließ, was für ihn desto empfindlicher war, als er eine Frau und sechs Kinder hatte. Als Ort der Zusammenkünfte, bei denen man sich über die Mittel zu beraten gedachte, wie man Francesco Cenci umbringen könne, wurde die Wohnung von Monsignore Guerra gewählt. Die Angelegenheit wurde in aller Form verhandelt; über jede Frage wurde die Meinung der Stiefmutter und des jungen Mädchens eingeholt. Als der Beschluß endlich feststand, wählte man zwei der Gefolgsleute Francesco Cencis aus, die gegen ihn von tödlichem Haß erfüllt waren. Der eine von ihnen hieß Marzio; er war ein beherzter Mann, Francescos unglücklichen Kindern ungemein zugetan und, um ihnen zu Gefallen zu sein, zur Teilnahme an dem geplanten Vatermord durchaus bereit. Olimpio, der andere, war vom Fürsten Colonna zum Kastellan der Festung Petrella im Königreich Neapel ausersehen worden; doch mit Hilfe seines allmächtigen Einflusses bei dem Fürsten hatte Francesco die schimpfliche Entlassung dieses Mannes durchgesetzt.

Mit beiden wurde die Sache in allen Punkten vereinbart; da Francesco Cenci angekündigt hatte, er werde, um aus dem schlechten Klima Roms herauszukommen, den folgenden Sommer in der Festung Petrella verbringen, kam man auf den Gedanken, ein Dutzend neapolitanischer Banditen zu dingen. Olimpio übernahm es, sie herbeizuschaffen. Es wurde beschlossen, sie sollten sich in den Petrella benachbarten Wäldern verbergen, wohin man ihnen Nachricht geben werde, sobald Francesco Cenci seine Reise anträte; sie sollten ihn dann von der Landstraße weg entführen und seiner Familie verkünden, sie seien bereit, ihn gegen hohes Lösegeld wieder freizugeben. Die Kinder würden daraufhin genötigt sein, nach Rom zurückzukehren, um die von den Briganten geforderte Summe daselbst aufzubringen; sie würden dann so tun, als wenn sie sie nicht so schnell herbeischaffen könnten, inzwischen aber hätten dann eben die Räuber ihrer Drohung gemäß Francesco Cenci vom Leben zum Tode gebracht. Auf diese Weise könnte niemand darauf verfallen, die wirklichen Urheber seiner Ermordung zu verdächtigen.

Als aber der Sommer gekommen war und Francesco Cenci von Rom nach Petrella aufbrach, gab der Spion, der die Nachricht weiterleiten sollte, den im Walde versteckten Banditen das Zeichen so spät, daß sie nicht mehr genügend Zeit fanden, sich im richtigen Augenblick auf die Landstraße zu begeben. Ohne jede Behinderung gelangte daher Cenci nach Petrella; die Räuber aber, die es müde waren, noch länger auf eine so zweifelhafte Beute zu warten, hielten sich schadlos, indem sie in der Umgegend auf eigene Hand Raubzüge unternahmen.

Als vorsichtiger, zum Argwohn neigender Greis war Cenci seinerseits nie so kühn, sich aus der Festung herauszuwagen. Da seine üble Laune mit den Unzulänglichkeiten des Alters, die ihm höchlichst zuwider waren, noch wuchs, verdoppelte er die Grausamkeiten, denen er die beiden armen Frauen unterwarf. Er pflegte zu behaupten, sie freuten sich seiner Schwäche.

Beatrice, außer sich über die furchtbaren Dinge, die sie zu ertragen hatte, ließ Marzio und Olimpio unter die Mauern der Festung kommen. In der Nacht, als ihr Vater schlief, sprach sie mit ihnen von einem der unteren Fenster aus und warf ihnen Briefe zu, die an Monsignore

Guerra gerichtet waren. Mittels dieser Briefe wurde die Vereinbarung getroffen, Monsignore solle Marzio und Olimpio tausend Piaster versprechen, falls sie es übernähmen, Francesco Cenci ihrerseits umzubringen. Ein Drittel der Summe sollte ihnen in Rom, bevor sie in Tätigkeit traten, von Monsignore Guerra ausgezahlt werden, die beiden weiteren Drittel würden sie dann von Lucrezia und Beatrice erhalten, sobald diese nach Ausführung der Tat über die Schatulle des Hauses Cenci verfügten.

Es wurde weiterhin ausgemacht, daß das Ganze am Tage Mariä Geburt stattfinden solle; zu diesem Ende wurden die beiden Männer mit Umsicht in die Festung eingeführt. Lucrezia aber wurde wegen der Achtung, die man einem Fest der Madonna schulde, von Bedenken befallen; sie veranlaßte daraufhin Beatrice, einen Tag Aufschub zu verlangen, auf daß nicht eine doppelte Sünde begangen würde.

Am 9. September 1598 abends also geschah es, daß, nachdem Mutter und Tochter mit großem Geschick Francesco Cenci Opium beigebracht hatten, dieser so schwer zu täuschende Mann in tiefen Schlummer fiel.

Gegen Mitternacht ließ Beatrice persönlich Marzio und Olimpio in die Festung ein; darauf führten Lucrezia und Beatrice sie in das Schlafgemach des Greises, der noch in tiefem Schlafe lag. Dort ließ man sie allein, damit sie zur Ausführung brächten, was beschlossen worden war, während die beiden Frauen in einem benachbarten Zimmer warteten. Plötzlich sahen diese die beiden Männer mit bleichen Gesichtern und förmlich außer sich aus Francescos Zimmertür treten.

«Was gibt es denn?» riefen die Frauen aus.

«Es gibt, daß es schmachvoll und schändlich ist, einen armen Greis im Schlafe zu ermorden! Erbarmen hat uns gehindert, es zu tun.»

Als Beatrice diese Ausrede hörte, war sie aufs äußerste empört und begann die beiden zu schmähen.

«Ihr Männer also», sagte sie, «die ihr für eine solche Tat wohlausgerüstet seid, findet nicht den Mut, einen Schlafenden umzubringen[1]! Wieviel weniger aber noch hättet ihr ihm ins Antlitz zu blicken gewagt, wäre er wach gewesen! Und um zu solch einem Schluß zu kommen, scheut ihr euch nicht, auch noch Geld anzunehmen! Gut! Eure Feigheit zwingt mich, meinen Vater mit eigener Hand zu töten; ihr beide aber werdet nicht lange mehr leben!»

Durch diese wenigen, aber flammenden Worte sowie auch durch die Befürchtung bewogen, eine Einbuße hinsichtlich des vereinbarten Soldes zu erleiden, kehrten die Mörder

[1] Alle diese Einzelheiten sind durch den Prozeß belegt.

entschlossen in das Schlafgemach zurück, wohin die Frauen ihnen folgten. Der eine von ihnen hatte einen großen Nagel bei sich, den er senkrecht auf das Auge des schlafenden Greises setzte; der andere, der einen Hammer trug, trieb den Nagel in den Kopf hinein. Auf dieselbe Weise schlug man Francesco Cenci auch einen Nagel durch den Hals, so daß die arme Seele, mit so vielen erst jüngst begangenen Sünden beladen, von den bösen Geistern davongetragen wurde. Der Körper bäumte sich dagegen auf, doch umsonst.

Nach begangener Tat gab das junge Mädchen Olimpio einen großen Beutel mit Silbergeld; Marzio schenkte sie einen mit goldenen Borten besetzten Mantel aus Tuch, der ihrem Vater gehört hatte; darauf schickte sie beide fort.

Alleingeblieben, begannen die Frauen den großen Nagel aus dem Kopf des Toten herauszuziehen und ebenso den, der ihm im Halse steckte; nachdem sie darauf den Körper in ein Bettuch eingehüllt hatten, schleiften sie ihn durch eine lange Reihe von Gemächern bis zu einer Galerie, die auf ein verlassenes Gärtchen ging. Von dort aus warfen sie den Leichnam auf einen großen Holunderbusch, der an dieser einsamen Stelle wuchs. Da am äußersten Ende dieser Galerie die Abtritte lagen, hofften sie, man werde, wenn man frühmorgens den Leichnam des Greises in den Zweigen des Holunderstrauchs fände, annehmen, daß er auf dem Wege zu den Abtritten ausgeglitten und hinuntergefallen sei.

Alles trug sich genau wie vorgesehen zu. Als man am Morgen den Leichnam fand, gab es in der Festung einen gewaltigen Lärm; auch die Frauen unterließen nicht, ein lautes Geschrei zu erheben und den so unseligen Tod ihres Vaters und Gatten zu beweinen. Die junge Beatrice jedoch besaß zwar den Mut der beleidigten Tugend, aber nicht die nötige Lebensklugheit: noch im Laufe des Vormittags hatte sie einer Frau, die in der Festung die Wäsche wusch, ein blutbeflecktes Leintuch gegeben und ihr dazu gesagt, sie solle sich nicht über die Menge Blut darin wundern, denn sie habe die ganze Nacht hindurch an einem starken Blutfluß gelitten, woraufhin für den Augenblick freilich noch alles gut ausging.

Francesco Cenci erhielt ein ehrenvolles Begräbnis, und die Frauen kehrten nach Rom zurück, um nunmehr jene Ruhe zu genießen, die sie seit so langem bereits vergebens ersehnten.

Sie glaubten, sie würden nun für alle Zeiten glücklich sein, wußten sie doch nicht, was indessen in Neapel geschah.

Die Gerechtigkeit Gottes, der nicht wollte,

daß ein so grausiger Vatermord ohne Sühne bliebe, bewirkte alsbald, daß in dieser Hauptstadt ruchbar wurde, was sich in der Festung Petrella zugetragen hatte; der oberste Richter fing an, Zweifel zu verspüren, und schickte einen königlichen Kommissar, der den Leichnam untersuchen und Verdächtige alsbald festnehmen sollte.

Der königliche Kommissar ließ auf der Stelle alles verhaften, was in der Festung war. Die Leute wurden samt und sonders in Ketten nach Neapel gebracht; aus ihren Aussagen schien sich nichts Verdächtiges zu ergeben, es sei denn, daß die Wäscherin erklärte, sie habe von Beatrice ein oder mehrere blutbefleckte Leintücher erhalten. Man fragte sie, ob Beatrice diese großen Blutflecke zu erklären versucht habe; sie antwortete, die Dame habe etwas von einer natürlichen Unpäßlichkeit gesagt. Sie wurde des weiteren befragt, ob Flecke von einer solchen Größe von einer derartigen Indisposition füglich herrühren könnten; sie antwortete, dies sei nicht der Fall, zudem hätten die Flecke auf dem Bettuch eine hierfür zu lebhafte rote Farbe gehabt.

Auf der Stelle wurde dieses Untersuchungsergebnis dem Gerichtshof in Rom mitgeteilt; dennoch verflossen mehrere Monate, bevor man bei uns auf den Gedanken kam, Francesco

Cencis Kinder zu verhaften. Lucrezia, Beatrice und Giacomo hätten sich tausendmal in Sicherheit bringen können, sei es, indem sie sich unter dem Vorwand irgendeiner Pilgerfahrt nach Florenz begeben, sei es, daß sie sich in Cività Vecchia eingeschifft hätten; doch Gott vergönnte ihnen eine solche Eingebung nicht, die ihnen zum Heil gewesen wäre.

Als Monsignore Guerra von den Vorgängen in Neapel Kunde erhalten hatte, schickte er alsbald Leute mit dem Auftrag aus, Marzio und Olimpio zu ermorden; aber nur Olimpio konnte in Terni getötet werden. Die neapolitanische Gerichtsbarkeit hatte Marzio verhaften lassen, der nach Neapel verbracht wurde, wo er alsbald alles gestand.

Dieses Geständnis wurde sofort dem Tribunal in Rom übersandt, das sich daraufhin endlich entschloß, Giacomo und Bernardo Cenci, die einzigen überlebenden Söhne Francescos, sowie Lucrezia, seine Witwe, festzunehmen und in das Gefängnis der *Corte Savella* verbringen zu lassen. Beatrice wurde im Palast ihres Vaters von einer starken Sbirrentruppe bewacht. Marzio schaffte man aus Neapel herbei und setzte ihn ebenfalls in der Corte Savella fest; dort stellte man ihn den beiden Frauen gegenüber, die hartnäckig leugneten; Beatrice zumal wollte auf keinen Fall den goldbestickten Mantel wiedererkennen, den sie Marzio seinerzeit zum Geschenk gemacht hatte. Plötzlich ganz und gar von Begeisterung für die bewunderungswürdige Schönheit und die erstaunliche Beredsamkeit des jungen Mädchens erfaßt, stritt dieser Brigant, als er wiederum dem Richter Rede stehen sollte, alles ab, was er zuvor in Neapel eingestanden hatte. Man wendete bei ihm die hochnotpeinliche Befragung an; er jedoch gab nichts zu, sondern zog es vor, auf der Folter zu sterben – eine Ehrenbezeugung, wie sie der Schönheit Beatrices durchaus angemessen war.

Da nach dem Tode dieses Mannes der Tatbestand unbewiesen blieb, waren die Richter der Meinung, es bestehe kein ausreichender Grund, sei es die beiden Cenci-Söhne, sei es die zwei Frauen der Tortur zu unterziehen. Man führte sie in die Engelsburg, wo sie mehrere Monate lang in aller Ruhe lebten.

Alles schien beendet, und niemand zweifelte mehr in Rom, daß dieses so schöne und mutige junge Mädchen, das allgemein ein so lebhaftes Interesse eingeflößt hatte, sich baldigst wieder in Freiheit befinden werde, als unglücklicherweise das Gericht die Hand auf den Briganten legen konnte, der in Terni den gedungenen Mörder Olimpio umgebracht hatte; nachdem er nach Rom geschafft worden war, gab dieser Mann alles zu.

Monsignore Guerra, der durch das Geständnis des Briganten so sonderbar belastet schien, wurde ohne Verzug vor Gericht zitiert; Gefängnis, vermutlich sogar der Tod schien ihm sicher zu sein. Doch dieser bewunderungswürdige Mann, dem das Schicksal die Gabe verliehen hatte, alle Dinge zu gutem Ende zu führen, wußte sich auf eine Weise zu retten, die ans Wunderbare grenzt. Er galt für den schönsten Mann am Hofe des Papstes und war in ganz Rom zu gut bekannt, als daß er hoffen durfte, sich in Sicherheit bringen zu können; im übrigen waren an allen Toren Posten aufgestellt, und vermutlich war auch sein Haus vom Augenblick der Vorladung an wohlbewacht. Man muß wissen, daß er sehr groß und durch ein Gesicht von vollkommener Weiße, einen schönen blonden Bart und prachtvolles Haar von gleicher Farbe ausgezeichnet war.

Mit unbegreiflicher Schnelligkeit bestach er einen Köhler, zog dessen Kleider an, ließ sich Haar und Bart abscheren, färbte sich das Gesicht, kaufte zwei Esel und fing an, durch die Straßen von Rom zu ziehen und hinkend seine Kohlen feilzuhalten. Es gelang ihm fabelhaft, ein grobes und blödes Verhalten zur Schau zu tragen und überall mit von Brot und Zwiebeln überquellendem Mund seine Ware auszurufen, während Hunderte von Sbirren nicht nur in

Rom, sondern auch auf allen Landstraßen nach ihm fahndeten. Als endlich seine Erscheinung den meisten Häschern wohlvertraut geworden war, wagte er sich, immer seine beiden kohlenbeladenen Esel vor sich hertreibend, aus der Stadt Rom hinaus. Er stieß auf mehrere aus Sbirren bestehende Streifen, die nicht daran dachten, den Mann festzunehmen. Seither ist von ihm nur einmal Nachricht gekommen; seine Mutter hat ihm Geld nach Marseille geschickt, und man vermutet, daß er in Frankreich als schlichter Soldat im Felde steht.

Das Geständnis des Mörders von Terni und besagte Flucht dieses Monsignore Guerra, die in Rom großes Aufsehen erregte, gaben dem Argwohn gegen die Familie Cenci dermaßen Nahrung, ja lieferten sogar so unmittelbare Indizien, daß man sie alle aus der Engelsburg holte und wiederum ins Gefängnis der Corte Savella überführte.

Die beiden Brüder zeigten sich bei der Folterung von der Seelengröße des Briganten Marzio weit entfernt; sie waren kleinmütig genug, alles einzugestehen. Signora Lucrezia Petroni war derart an Weichheit des Lebens und Verzärtelung durch größten Luxus gewöhnt und zudem so wohlbeleibt, daß sie die Folter der *corde* (des Streckens) nicht ertrug; sie bekannte demgemäß alles, was sie wußte.

Nicht so jedoch verhielt sich Beatrice, ein junges Mädchen voller Lebhaftigkeit und Mut. Weder die guten Worte noch die Drohungen des Richters Moscati vermochten irgend etwas über sie. Sie ertrug die Folterung der *corde* ohne Wank mit vollendeter Tapferkeit. Nie gelang es dem Richter, sie zu einer Antwort zu bewegen, die sie selbst im geringsten belastete; ja mehr noch, durch ihre lebhafte Geistesart verwirrte sie den berühmten Ulisse Moscati, dem das Verhör oblag, auf das äußerste. Er war über das Verhalten dieser jungen Person dermaßen erstaunt, daß er es für angebracht hielt, Seiner Heiligkeit, dem derzeit glücklich regierenden Papst Clemens VIII., darüber Bericht zu erstatten.

Seine Heiligkeit wünschte die Akten des Prozesses einzusehen und eingehend zu studieren. Clemens VIII. fürchtete, daß am Ende der durch seine tiefe Gelehrsamkeit und den überlegenen Scharfsinn seines Geistes so berühmte Richter Ulisse Moscati allzusehr unter dem Eindruck von Beatrices Schönheit stehe und sie bei den Verhören mit zuviel Schonung behandle. Das hatte zur Folge, daß Seine Heiligkeit ihm die Prozeßführung entzog und sie einem anderen, strengeren Richter übergab. Tatsächlich hatte dieser Barbar das Herz, mitleidlos einen so schönen Leib *ad torturam capillorum* zu foltern (das heißt man hängte Beatrice Cenci bei dieser Tortur an den Haaren auf)[1].

Während sie noch so gefesselt war, ließ dieser neue Richter vor Beatrice ihre Stiefmutter und ihre Brüder erscheinen. Kaum sahen sie Giacomo und die Signora Lucrezia, so riefen sie ihr zu:

«Die Sünde ist begangen, jetzt sollte man büßen und sich nicht aus eitlem Starrsinn den Leib zerreißen lassen.»

«So wollt ihr also unser Haus mit Schmach bedecken», antwortete das junge Mädchen, «und in Schande sterben? Ihr seid in einem großen Irrtum befangen, aber da ihr es so wünschet, möge es denn sein.»

Darauf wendete sie sich zu den Sbirren um: «Bindet mich los», sagte sie zu ihnen. «Man lese mir die Vernehmungsakte meiner Mutter vor, ich werde bestätigen, was daran zu bestätigen ist, und leugnen, was geleugnet werden muß.»

So geschah es; sie gestand alles ein, was der Wahrheit entsprach[2]. Sofort wurden allen die

[1] Vgl. die Abhandlung *De Suppliciis* des berühmten Farinacci, eines zeitgenössischen Juristen. Es werden dort grauenhafte Einzelheiten aufgeführt, deren Lektüre wir Menschen des 20. Jahrhunderts mit unserer erhöhten Empfindlichkeit nicht ertragen würden, die aber eine sechzehnjährige, von ihrem Liebhaber verlassene Römerin sehr wohl über sich ergehen ließ.

[2] In Farinaccis Abhandlung finden sich mehrere Stellen aus den Geständnissen, die Beatrice abgelegt hat; sie haben mir den Eindruck rührender Einfalt gemacht.

Ketten abgenommen, und da Beatrice schon fünf Monate lang ihre Brüder nicht wiedergesehen hatte, wollte sie mit ihnen zusammen tafeln; sie verbrachten gemeinsam einen sehr fröhlichen Tag.

Aber tags darauf wurden sie von neuem getrennt; die beiden Brüder wurden in das Gefängnis Tor di Nona gebracht, die Frauen hingegen blieben in der Corte Savella. Nachdem unser Heiliger Vater, der Papst, den authentischen Akt eingesehen hatte, der ihrer aller Geständnisse enthielt, befahl er, daß sie unverzüglich ungezähmten Pferden an den Schweif gebunden und so zu Tode geschleift werden sollten.

Ganz Rom erschauerte über diesen strengen Beschluß. Eine große Zahl von Kardinälen und Fürsten erschien vor dem Papst; sie warfen sich auf die Knie und flehten ihn an, diesen Unglücklichen die Einreichung einer Verteidigungsschrift zu gestatten.

«Und sie? Haben sie ihrem alten Vater Zeit gegeben, die seine vorzulegen?» erwiderte voller Empörung der Papst.

Endlich genehmigte er durch einen Akt besonderer Gnade einen Aufschub von fünfundzwanzig Tagen. Sofort begannen die ersten Advokaten Roms in dieser Sache, die die ganze Stadt mit Verwirrung und Mitleid erfüllte, einen Schriftsatz zu machen. Am fünfundzwanzigsten Tage erschienen sie alle zusammen vor Seiner Heiligkeit. Nicolo de' Angalis sprach als erster, doch hatte er kaum zwei Zeilen seiner Verteidigungsschrift gelesen, als Clemens VIII. ihn unterbrach:

«Also», rief er aus, «finden sich Menschen in Rom, die ihren Vater ermorden, und hinterher auch noch Anwälte, die zur Verteidigung solcher Menschen bereit sind.»

Alle standen stumm da, als Farinacci dennoch seine Stimme zu erheben wagte.

«Hochheiliger Vater», sagte er, «wir sind nicht hier, um das Verbrechen zu verteidigen, sondern um, wenn wir es vermögen, zu beweisen, daß einer oder einige dieser Unglücklichen an dem Verbrechen unschuldig sind.»

Der Papst machte ihm ein Zeichen, daß er reden solle, und er sprach drei Stunden lang, wonach der Papst ihre Schriften entgegennahm und sie entließ. Als sie sich entfernten, ging Altieri als letzter hinaus; er fürchtete, seinem Ansehen beim Papste geschadet zu haben, und warf sich diesem deshalb mit den Worten zu Füßen:

«Ich konnte nicht anders, als in dieser Sache vorstellig werden, da ich der Anwalt der Armen bin.»

Der Papst erwiderte:

«Wir wundern uns nicht über Euch, sondern über die anderen.»

Der Papst wollte sich nicht zu Bett begeben, sondern verbrachte die ganze Nacht damit, die Verteidigungsschriften der Advokaten zu lesen, bei welcher Arbeit er sich von dem Kardinal Santo Marcello helfen ließ; Seine Heiligkeit schien derart ergriffen, daß in so manchem Herzen Hoffnung für das Leben der Unglücklichen erwachte. Um die Söhne zu retten, wälzten die Advokaten das ganze Verbrechen auf Beatrice ab. Da durch den Prozeß erwiesen war, daß ihr Vater mehrmals in verbrecherischer Absicht Gewalt gegen sie angewendet hatte, hofften die Anwälte, daß sie für den Mord Verzeihung finden werde als eine Person, die sich im Falle berechtigter Notwehr befunden habe; wurde aber erst einmal der Hauptturheberin der Untat das Leben geschenkt, wie konnten dann ihre Brüder, die von ihr dazu verleitet worden waren, mit dem Tod bestraft werden?

Nach dieser ganz seinen Pflichten als Richter gewidmeten Nacht befahl der Papst, daß die Angeklagten ins Gefängnis zurückgeführt würden, und zwar in Einzelhaft. Dieser Umstand ließ in Rom, wo man bei alledem nur Beatrice im Auge hatte, große Hoffnung aufkommen. Es war jetzt offenbar, daß sie Monsignore Guerra geliebt, aber niemals die Regeln der strengsten

Tugend überschritten hatte: man konnte also in wahrer Erkenntnis des Rechten ihr nicht ein monströses Verbrechen zuschreiben und sie bestrafen, weil sie das Recht, sich zu verteidigen, für sich in Anspruch genommen hatte! Was hätte man getan, wäre sie willig gewesen? Durfte die menschliche Gerechtigkeit das Unglück eines so liebenswerten, erbarmenswürdigen und schon so früh im Leben unseligen Geschöpfes noch zu vermehren trachten? Hatte sie nach einem so traurigen Dasein, in welchem sie schon, kaum sechzehn Jahre alt, alle Arten von Leiden hatte ertragen müssen, nicht ein Recht auf endlich ein paar weniger grauenhafte Tage? Jedermann in Rom schien zu ihrer Verteidigung bestellt. Würde ihr nicht Verzeihung zuteil geworden sein, hätte sie Francesco Cenci, als er das erstemal seine verbrecherische Absicht in die Tat umsetzen wollte, auf der Stelle erdolcht?

Papst Clemens VIII. war sanftmütig und barmherzig. Wir hofften, er werde, ein wenig über den Ausbruch beschämt, mit dem er den zur Verteidigung angetretenen Advokaten ins Wort gefallen war, derjenigen verzeihen, die Gewalt mit Gewalt – wenn auch nicht im Augenblick des ersten Verbrechens, sondern erst beim erneuten Versuch – von sich abgewendet hatte. Ganz Rom war von Angst und Sorge erfüllt, als der Papst die Nachricht vom gewaltsamen

Tode der Marchesa Costanza Santa Croce erhielt. Diese Dame war im Alter von sechzig Jahren durch ihren Sohn mit Dolchstichen umgebracht worden, weil sie sich nicht verpflichten wollte, ihn zum Erben aller ihrer Güter einzusetzen. Der Bericht setzte hinzu, daß Santa Croce geflüchtet sei und man keine Hoffnung sehe, seiner habhaft zu werden. Der Papst rief sich auch den kurze Zeit vorher begangenen Brudermord der Massimi ins Gedächtnis zurück. Erschüttert über die Häufigkeit solcher an engsten Verwandten begangenen Morde, glaubte Seine Heiligkeit nicht, daß Verzeihung fortan am Platze sei. Als der Papst den schicksalschweren Bericht über Santa Croce erhielt, befand er sich im Palazzo Montecavallo, wo er sich am 6. September aufhielt, um am folgenden Morgen der Kirche Santa Maria degli Angeli näher zu sein, in der er einen deutschen Bischof zum Kardinal weihen sollte.

Am Freitag zur zweiundzwanzigsten Stunde (vier Uhr nachmittags) ließ er Ferrante Taverna[1] holen, den Gouverneur von Rom, und sagte wörtlich zu ihm:

«Wir übergeben Euch den Fall der Familie Cenci, damit durch Euch und ohne jeden Verzug Recht gesprochen werde.»

[1] Der seither auf Grund dieses einzigartigen Vorfalls Kardinal geworden ist (Fußnote im Manuskript).

Der Statthalter kehrte sehr betroffen über den Befehl, den er soeben erhalten hatte, in seinen Palast zurück; er ordnete sofort die Ausfertigung des Todesurteils an und berief eine Versammlung ein, um über die Art der Hinrichtung zu beraten.

Samstag morgen, am 11. September 1599, begaben sich die angesehensten Herren von Rom, Mitglieder der Brüderschaft der *confortatori,* in die beiden Gefängnisse – das der *Corte Savella,* in dem sich Beatrice und ihre Stiefmutter befanden, und nach *Tor di Nona,* wo Giacomo und Bernardo Cenci eingekerkert saßen. Während der ganzen Nacht von Freitag auf Samstag taten die römischen Herren, die erfahren hatten, was vorgegangen war, nichts anderes als vom Palazzo Montecavallo zu den Behausungen der wichtigsten Kardinäle zu eilen, um wenigstens zu erreichen, daß die Frauen im Innern des Gefängnisses und nicht schmählich auf dem Schafott hingerichtet würden, sowie auch die Begnadigung des jungen Bernardo Cenci zu erwirken, der, erst kaum fünfzehn Jahre alt, gewißlich in keiner Weise ins Vertrauen gezogen worden war. Besonders zeichnete der edle Kardinal Sforza sich im Verlauf dieser Schicksalsnacht durch seinen Eifer aus, jedoch, wiewohl ein so mächtiger Fürst, konnte er nichts erreichen. Das Verbrechen Santa Croces war ein gemeiner, aus Geldgier begangener Akt, Beatrices Verbrechen aber wurde zur Rettung der Ehre unternommen.

Während die mächtigsten Kardinäle so viele nutzlose Schritte unternahmen, besaß Farinacci, unser großer Rechtsgelehrter, die Kühnheit, bis zum Papst vorzudringen; als er vor Seiner Heiligkeit stand, war dieser erstaunliche Mann so geschickt, an dessen Gewissen zu appellieren, und schließlich nach unablässigem Drängen Bernardo Cencis Leben dem Souverän abzuringen.

Als der Papst das große Wort aussprach, mochte es vier Uhr morgens (am Samstag, dem 11. September) sein. Die ganze Nacht war auf dem Platz bei der Engelsbrücke an den Vorbereitungen dieser grausamen Tragödie gearbeitet worden. Indessen waren alle erforderlichen Abschriften des Todesurteils erst gegen fünf Uhr in der Frühe fertiggestellt, so daß man nicht vor sechs Uhr den armen Unglücklichen, die ruhig schliefen, die Schicksalsbotschaft überbringen konnte.

Das junge Mädchen fand im ersten Augenblick nicht einmal die Kraft, sich anzukleiden. Sie stieß unablässig durchdringende Schreie aus und gab sich der schauerlichsten Verzweiflung hin.

«Wie ist es möglich, o mein Gott», rief sie aus, «daß ich so plötzlich mein Leben lassen soll?»

Lucrezia Petroni äußerte sich nur auf eine sehr gemessene Art; zuerst sprach sie kniend ein Gebet, dann forderte sie ihre Tochter in ruhigen Worten auf, mit ihr in die Kapelle zu gehen, wo sie beide sich auf den großen Übergang vom Leben zum Tode vorbereiten wollten.

Diese Aufforderung gab Beatrice ihre volle Ruhe zurück; wenn sie zuvor so sehr außer sich geraten und heftig geworden war, zeigte sie sich doch gleichermaßen gefügig und vernünftig, sobald ihre Stiefmutter diese große Seele zu sich selbst zurückgerufen hatte. Von diesem Augenblick an war sie der Spiegel einer Standhaftigkeit, die ganz Rom bewundert hat.

Sie verlangte nach einem Notar, um ihr Testament zu machen, was ihr bewilligt wurde. Sie sah darin vor, daß ihr Leib nach San Pietro in Montorio gebracht werden solle; den *Stimate* (den Schwestern von den Wundmalen des hl. Franziskus) vermachte sie dreihunderttausend Francs; diese Summe soll dazu dienen, fünfzig arme Mädchen mit einer Mitgift zu versehen. Ihr Beispiel machte Eindruck auf Signora Lucrezia, die auch ihrerseits ihr Testament verfaßte und darin anordnete, ihr Leichnam solle nach San Giorgio gebracht werden; sie hat dieser Kirche fünfhunderttausend Francs an Almosengeldern hinterlassen und auch noch andere fromme Vermächtnisse festgesetzt.

Um acht Uhr beichteten beide, hörten die Messe und empfingen die hl. Kommunion. Bevor sie jedoch zur Messe gingen, kam Signora Beatrice der Gedanke, daß es nicht schicklich sei, auf dem Schafott vor aller Leute Augen in den reichen Gewändern zu erscheinen, die sie zurzeit noch trugen. Sie bestellte also zwei Kleider, das eine für sich, das andere für ihre Mutter. Diese Kleider waren wie die der Nonnen ohne Besatz an Brust und Schultern gemacht, nur einfach in Falten gelegt und mit weiten Ärmeln. Das Kleid der Stiefmutter war aus schwarzem Baumwoll-Leinen gefertigt, das des jungen Mädchens aus blauem Taft mit einer dicken Kordel an der Stelle des Gürtels.

Als man die Kleider brachte, erhob sich Signora Beatrice aus ihrer knienden Haltung und sagte zu Signora Lucrezia:

«Liebe Frau Mutter, die Stunde unserer Passion steht nahe bevor; es wird gut sein, wenn wir uns vorbereiten, diese anderen Kleider anlegen und einander zum letzten Male den Dienst erweisen, uns gegenseitig bei der Toilette zu helfen.»

Auf dem Platz vor der Engelsbrücke war ein großes Schafott mit einem Richtblock und einer «mannaja» (einer Art Guillotine) errichtet worden. Gegen dreizehn Uhr (acht Uhr morgens) brachte die Gesellschaft der Barmherzigen

Brüder ihr großes Kruzifix vor die Gefängnistüre. Giacomo Cenci verließ als erster den Kerker; er kniete fromm vor der Türschwelle nieder, verrichtete sein Gebet und küßte die hochheiligen Wunden des Gekreuzigten. Ihm folgte Bernardo Cenci, sein junger Bruder, dessen Hände ebenfalls gebunden waren, und der ein kleines Brett vor den Augen trug. Die Menge war riesengroß, und es gab einen Tumult wegen einer Vase, die aus einem Fenster fast auf den Kopf eines der Büßer fiel, der mit einer brennenden Fackel neben dem Banner herschritt.

Aller Augen ruhten auf den beiden Brüdern, als unerwartet der Fiskal von Rom hervortrat und rief:

«Signor Bernardo, unser Herrgott schenkt Euch Euer Leben; schickt Euch an, Eure Angehörigen zu begleiten, und bittet Gott um Gnade für sie.»

Im gleichen Augenblick nahmen ihm zwei der *confortatori* das Brettchen von den Augen ab. Der Henker richtete auf dem Karren Giacomo Cenci her, dem er den Rock ausgezogen hatte, damit er ihn mit der Zange zwicken könne. Als der Henker zu Bernardo trat, prüfte er die Unterschrift unter dem Begnadigungsakt, band ihn los, nahm ihm die Handschellen ab, und da auch er zum Zweck des Zwickens mit der Zange ohne Rock war, hob ihn der Henker auf den Karren und hüllte ihn in einen reich mit goldenen Borten besetzten Mantel ein. (Es hieß, dies sei derselbe Mantel, den Beatrice nach der Tat in der Festung Petrella dem Marzio zum Geschenk gemacht hatte.) Die ungeheure Menge, die sich längs der Straße an den Fenstern und auf den Dächern befand, geriet mit einem Male in tiefe Bewegung; man vernahm ein dumpfes, nachhaltiges Gemurmel; die Kunde verbreitete sich, daß dieses Kind begnadigt worden sei.

Der Gesang der Psalmen begann, und die Prozession zog langsam über die Piazza Navona zum Savella-Gefängnis hin. Vor dem Kerkertor angekommen, machte das Banner halt, die beiden Frauen kamen heraus, sprachen ihr Gebet zu Füßen des Gekreuzigten und schritten dann zu Fuß eine hinter der anderen her. Sie waren so bekleidet, wie bereits geschildert wurde, und trugen auf dem Kopf einen großen Umhang aus Taft, der fast bis zum Gürtel reichte.

Signora Lucrezia, in ihrer Eigenschaft als Witwe, trug einen schwarzen Umhang und flache, absatzlose Schuhe aus schwarzem Samt, wie es Sitte war.

Der Schleier des jungen Mädchens war aus blauem Taft wie ihr Kleid; sie trug außerdem einen größeren Schleier aus Silbertuch um die

Schultern, einen Rock aus violettem Tuch und Schuhe aus weißem Samt, die elegant geheftelt und mit karmesinroten Schnüren festgebunden waren. Sie zeigte beim Gehen eine besondere Anmut in diesem Kostüm, und allen traten die Tränen in die Augen, als sie langsam in den letzten Reihen des Zuges vorwärtsschritt.

Die Frauen hatten beide die Hände frei, nur ihre Arme waren an den Körper gebunden, so daß jede von ihnen ein Kruzifix tragen konnte, das sie beide sehr nahe vor die Augen hielten. Die Ärmel ihrer Kleider waren sehr weit, so daß man ihre Arme sah, die gemäß der Sitte des Landes ein am Handgelenk fest zusammengefaßtes Hemd bedeckte.

Signora Lucrezia, deren Herz weniger gefestigt war, weinte fast unablässig; die junge Beatrice hingegen zeigte großen Mut; sie wendete die Blicke zu jeder der Kirchen hin, an denen die Prozession vorüberzog, kniete einen Augenblick nieder und sagte mit fester Stimme: «*Adoramus te, Christe!*»

Während dieser Zeit wurde der arme Giacomo Cenci auf dem Karren mit Zangen gezwickt und bewies dabei große Standhaftigkeit.

Die Prozession konnte sich unten an dem Platz vor der Engelsbrücke kaum einen Weg bahnen, so groß war die Zahl der Karossen und so dicht die Menge. Man führte auf der Stelle die

Frauen in die Kapelle, die dafür hergerichtet war, und gleich darauf wurde auch Giacomo Cenci dorthingebracht.

Der mit seinem goldbesetzten Mantel bekleidete junge Bernardo wurde geradenwegs auf das Schafott geführt; alle glaubten, man werde ihn hinrichten, er sei demnach doch nicht begnadigt worden. Der arme Junge hatte solche Angst, daß er beim zweiten Schritt auf dem Schafott ohnmächtig niederfiel. Mit kaltem Wasser brachte man ihn wieder zu sich und wies ihm einen Platz gegenüber der Mannaja an.

Der Henker ging Signora Lucrezia holen: die Hände waren ihr jetzt hinter dem Rücken gebunden, und sie hatte auf den Schultern keinen Schleier mehr. Von dem Banner begleitet, erschien sie mit dem schwarzen Taftschal um den Kopf auf dem Platz; dort vollzog sie ihre Versöhnung mit Gott und küßte seine heiligen Wunden. Man sagte ihr, sie solle ihre Schuhe unten auf dem Pflaster lassen; da sie sehr stark war, machte ihr das Hinaufsteigen Mühe. Als sie auf dem Schafott angekommen war und man ihr den schwarzen Taftschal abnahm, litt sie sehr darunter, mit entblößter Brust und nackten Schultern gesehen zu werden; sie warf einen Blick auf sich selbst, dann auf die Mannaja und hob zum Zeichen ihrer Ergebung langsam die Schultern; Tränen stiegen in ihren Augen auf, als sie sagte: «O mein Gott!... Und ihr, meine Brüder, bittet für meine Seele.»

Da sie nicht wußte, was sie zu tun hatte, fragte sie Alessandro, den obersten Henker, wie sie sich verhalten solle. Er hieß sie rittlings auf dem Balken des Richtblocks niedersitzen. Diese Bewegung aber schien ihr verletzend für ihr Schamgefühl, und sie brauchte viel Zeit, um sie auszuführen. (Die Einzelheiten, die nun folgen, sind erträglich für das italienische Publikum, das Wert darauf legt, alle Details mit äußerster Genauigkeit zu erfahren; dem ausländischen Leser möge es genügen zu wissen, daß das Schamgefühl dieser armen Frau es mit sich brachte, daß sie sich an der Brust verletzte; der Henker zeigte dem Volke den Kopf und hüllte ihn darauf in das Tuch aus schwarzem Taft.)

Während die Mannaja für das junge Mädchen in Ordnung gebracht wurde, brach ein Gerüst mit Neugierigen zusammen, und viele Leute kamen um. Sie erschienen noch früher als Beatrice vor Gottes Angesicht.

Als Beatrice das Banner zu der Kapelle zurückkehren sah, um sie abzuholen, fragte sie voller Eifer:

«Ist meine Frau Mutter würdig gestorben?»

Man bejahte es; sie warf sich vor dem Kruzifix auf die Knie und betete voll glühender Andacht für ihre Seele. Dann sprach sie laut und lange zu dem Kruzifix.

«Herr, Du bist um meinetwillen zurückgekehrt, und ich werde Dir freiwillig folgen; denn ich verzweifle nicht an Deiner Barmherzigkeit angesichts meines ungeheuren Verschuldens.» – Und so sagte sie noch vieles mehr.

Darauf rezitierte sie mehrere Psalmen und Gebete, alle zum Preise Gottes. Als endlich der Henker vor ihr mit einem Strick erschien, sagte sie:

«Binde diesen Leib, der gezüchtigt werden, und binde diese Seele los, die zur Unsterblichkeit und zum ewigen Ruhme gelangen soll.»

Darauf erhob sie sich, verrichtete das Gebet, ließ die Schuhe unten an der Treppe zurück, führte oben auf dem Schafott das eine Bein mit einer leichten Bewegung über die Planke, legte darauf den Hals unter die Mannaja und brachte sich vollkommen allein in die rechte Lage, um zu vermeiden, daß der Henker sie anrühren mußte. Durch die Geschwindigkeit ihrer Bewegungen gelang es ihr, daß in dem Augenblick, da ihr der Umhang aus Taft abgenommen wurde, niemand ihre Brust und ihre Schultern erblickte. Es dauerte lange, bis der Streich niederfiel, weil eine Verzögerung eintrat. Während dieser Zeit rief sie mit lauter Stimme den Namen

Jesu Christi und der hochheiligen Jungfrau an[1]. Ihr Körper bäumte sich im entscheidenden Augenblick heftig auf. Der arme Bernardo Cenci, der immer noch auf dem Schafott saß, sank von neuem ohnmächtig nieder, und es brauchte mehr als eine halbe Stunde, bis es den *confortatori* gelang, ihn wiederzubeleben. Darauf erschien Giacomo Cenci auf dem Schafott; aber auch hier muß man allzu grausige Einzelheiten besser übergehen. Giacomo Cenci wurde buchstäblich hingemetzelt *(mazzolato)*.

Gleich darauf wurde Bernardo ins Gefängnis zurückgeführt; er hatte hohes Fieber; man machte ihm einen Aderlaß.

Was die armen Frauen anbetraf, so wurde jede auf ihre Bahre gebettet und einige Schritte vom Schafott entfernt neben der Statue des hl. Paulus, der ersten auf der Engelsbrücke, ausgestellt. Sie blieben dort bis ein Viertel nach vier Uhr des Nachmittags. An den Ecken

[1] Ein zeitgenössischer Autor berichtet, Clemens VIII. sei um das Heil von Beatrices Seele sehr besorgt gewesen; da er wußte, daß sie zu Unrecht verurteilt worden war, fürchtete er bei ihr eine Regung der Ungeduld. In dem Augenblick, da sie den Kopf auf die Mannaja gelegt hatte, wurde auf der Engelsburg, von wo aus man die Mannaja sehr gut sehen konnte, ein Kanonenschuß abgegeben. Der Papst, der in Montecavallo die Zeit im Gebet verbrachte, während er auf dieses Zeichen wartete, erteilte alsbald dem jungen Mädchen die große päpstliche Absolution *in articulo mortis*. Daher die Verzögerung in dem grausigen Augenblick, von der der Chronist berichtet.

der Bahre standen vier Kerzen aus weißem Wachs.

Darauf wurden sie samt dem, was von Giacomo Cenci noch übriggeblieben war, in den Palast des Konsuls von Florenz getragen. Ein Viertel nach neun Uhr abends[1] wurde der Leichnam des jungen Mädchens, wieder völlig bekleidet und mit einem Übermaß an Blumen geschmückt, nach San Pietro in Montorio überführt. Sie war von hinreißender Schönheit; man konnte meinen, sie schliefe nur. Sie wurde, von fünfzig dicken brennenden Kerzen umgeben und von allen Franziskanermönchen Roms geleitet, vor dem mit der Verklärung des Raffael von Urbino geschmückten großen Altar beigesetzt.

Lucrezia Petroni wurde zehn Uhr abends in die Kirche San Giorgio überführt. An diesem tragischen Schauspiel nahm eine zahllose Menge teil; soweit das Auge reichte, sah man die Straßen von Karossen und Volk erfüllt, überall Tribünen und Neugierige an allen Fenstern und auf jedem Dach. Die Sonne brannte an diesem Tage mit solcher Glut, daß viele das Bewußt-

[1] Das ist die Stunde, die in Rom für die Beisetzung von Fürsten vorbehalten ist. Der Leichenzug der Bürgerlichen findet bei Sonnenuntergang statt; der kleine Adel wird um ein Uhr nachts in die Kirche überführt, Kardinäle und Fürsten halb drei Uhr nachts, was am 11. September dem Zeitpunkt von dreiviertel nach neun Uhr entsprach.

sein verloren. Eine unendlich große Zahl wurde von Fieber befallen; als um neunzehn Uhr (Viertel vor zwei) alles beendet war und die Menge sich zerstreute, waren viele Personen erstickt, andere von Pferden zermalmt. Die Zahl der Toten war ungemein groß.

Signora Lucrezia Petroni war eher klein als hochgewachsen und sah, obwohl bereits fünfzig Jahre alt, immer noch sehr gut aus. Sie hatte ungemein schöne Züge, eine kleine Nase, schwarze Augen, ein sehr weißes Gesicht mit rosiggetönten Wangen, wenig – kastanienbraunes – Haar.

Beatrice Cenci, um die man ewig trauern wird, war gerade sechzehn Jahre alt; sie war klein von Wuchs, hatte aber eine hübsch gerundete Gestalt und Grübchen mitten auf den Wangen, so daß man, als sie tot und blumenumkränzt auf ihrer Bahre lag, hätte meinen können, sie schliefe nur und lache sogar, wie sie es bei Lebzeiten überaus häufig tat. Ihr Mund war klein, ihr Haar hellblond und natürlich gelockt. Als sie zum Tode schritt, fiel ihr dieses blonde Lockenhaar über die Augen, was ihr eine gewisse Anmut verlieh und viel Mitleid weckte.

Giacomo Cenci war von kleiner, dicklicher Gestalt; er hatte ein weißes Gesicht und trug einen schwarzen Bart; er war sechsundzwanzig Jahre alt, als er starb.

Bernardo Cenci glich ganz und gar seiner Schwester, und da er langes Haar trug wie sie, beteten viele Leute für Beatrice, als er auf dem Schafott erschien.

Die Sonne war so glühend heiß gewesen, daß mehrere Zuschauer bei diesem Trauerspiel in der Nacht noch starben; unter ihnen Ubaldino Ubaldini, ein junger Mann von erlesener Schönheit, der zuvor vollkommen wohlauf gewesen war. Er war der Bruder des in Rom so wohlbekannten Signor Renzo Ubaldini. So traten die Schatten der Cenci würdig geleitet vor Gottes Richterstuhl.

Gestern, Dienstag, den 14. September 1599, machte die Bruderschaft (der *penitenti*) von San Marcello aus Anlaß des Festes des hl. Kreuzes von ihrem Vorrecht Gebrauch und holte Signor Bernardo Cenci, der sich verpflichtet hat, innerhalb eines Jahres vierhunderttausend Francs an die heilige Dreieinigkeit von *Ponte Sisto* zu zahlen, aus dem Gefängnis heraus.

(Von anderer Hand hinzugefügt.)

Von ihm stammen die heute lebenden Francesco und Bernardo Cenci ab.

Der berühmte Farinacci, der durch sein zähes Beharren das Leben des jungen Cenci rettete, hat seine Verteidigungsreden veröffentlicht. Aus dem Plädoyer Nummer 66, das er vor Clemens VIII. zugunsten der Familie Cenci hielt, hat er nur einen Auszug publiziert. Dieses Plädoyer in lateinischer Sprache würde sechs Folioseiten füllen, so daß es hier nicht Platz finden kann, was ich sehr bedauere; denn es spiegelt die Denkart von 1599 wider und kommt mir überaus vernünftig vor. Viele Jahre nach 1599 setzte Farinacci, als er seine Verteidigungsreden in Druck gab, derjenigen, die er für die Familie Cenci gehalten hatte, eine Anmerkung hinzu: *Omnes fuerunt ultimo supplicio effecti, excepto Bernardo qui ad triremes cum bonorum confiscatione condemnatus fuit, ac etiam ad interessendum aliorum morti prout interfuit.* Das Ende dieser lateinischen Anmerkung ist ergreifend, aber ich vermute, daß meine Leser dieser so langen Erzählung nunmehr überdrüssig sind.

VITTORIA ACCORAMBONI

Herzogin von Bracciano

Bedauerlicherweise für mich wie für den Leser ist das Folgende kein Roman, sondern die getreue Übersetzung eines ernsthaften, im Dezember 1585 zu Padua verfaßten Berichts.

Vor einigen Jahren befand ich mich in Mantua und suchte dort in den Grenzen meines nicht großen Vermögens Skizzen und kleine Bilder zu erstehen, doch sollten es nur Maler aus der Zeit vor 1600 sein; zu diesem Zeitpunkt erlosch endgültig die Originalität der italienischen Kunst, die durch die Einnahme von Florenz im Jahre 1530 schon stark gefährdet worden war.

An Stelle von Bildern ließ mir ein sehr reicher, sehr geiziger bejahrter Patrizier zu recht hohem Preis alte, durch die Zeit vergilbte Manuskripte zum Kauf anbieten; ich bat, sie zuvor durchlesen zu dürfen; er willigte ein, setzte jedoch hinzu, er erwarte von meinem Anstand, daß ich mich der pikanten Anekdoten, die ich darin fände, nicht erinnern würde, wofern ich die Manuskripte hinterher nicht erwürbe.

Unter dieser mir zusagenden Bedingung habe ich, sehr zum Schaden meiner Augen, drei- oder vierhundert Bände durchgesehen, in denen vor zwei oder drei Jahrhunderten Berichte über tragische Abenteuer, Herausforderungen zum Duell, Schlichtungsabkommen zwischen adligen Nachbarn, Denkschriften über alle möglichen Gegenstände und noch viele andere Dinge zusammengefaßt worden waren. Der seitherige Besitzer verlangte einen enormen Preis für das Konvolut. Nach einigem Hin und Her erkaufte ich sehr teuer das Recht, von gewissen kleinen Geschichten, die mir gefielen und die von den Sitten in Italien um 1500 Zeugnis ablegen, Abschriften machen zu lassen. Ich besitze zweiundzwanzig Foliobände von der Art, und einen dieser treu nachübersetzten Berichte kann der Leser hier in sich aufnehmen, wofern er die Geduld nicht verliert. Ich kenne die Geschichte des sechzehnten Jahrhunderts in Italien und glaube, daß das nun Folgende ganz und gar der Wahrheit entspricht. Ich habe mir Mühe gegeben, die Übertragung dieses alten italienischen Stils, der ernst, unmittelbar, willkürlich dunkel und mit Anspielungen auf Dinge und Ideen beladen ist, wie sie die Welt zur Zeit des Pontifikats Sixtus' V. beschäftigten, von jeglichem Anflug der modernen schönen Literatur und der Ideen unseres vorurteilslosen Jahrhunderts sorgsam freizuhalten.

Der unbekannte Autor des Manuskripts ist eine umsichtige Persönlichkeit; nie gibt er ein Urteil über eine Tatsache ab, nie bereitet er den Leser auf eine solche vor; sein einziges Bemühen ist, wahrheitsgetreu zu berichten. Wenn er zuweilen unbewußt malerisch schildert, so deshalb, weil gegen 1585 noch nicht die Eitelkeit alle menschlichen Handlungen mit einem Dunstkreis von Affektation umgab; man glaubte noch, auf den Nächsten nicht anders einwirken zu können, als indem man seinen Gedanken so klar wie möglich Ausdruck verlieh. Um 1585 dachte niemand, mit Ausnahme der am Hofe ausgehaltenen Narren – oder der Dichter –, daran, in seiner Rede liebenswürdig zu sein. Man sagte damals noch nicht «Ich ersterbe zu Füßen Eurer Majestät» in dem Augenblick, in dem man bereits die Postpferde holen ließ, um die Flucht zu ergreifen; es war dies vielleicht die einzige Form von Verrat, die nicht im Schwange war. Man sprach wenig, jeder aber verwendete auf seine Rede größte Aufmerksamkeit.

So möge hier der geneigte Leser denn nicht einen pikanten, beschwingten, mit noch frischen Anspielungen auf heute modische Gefühlsweisen prunkenden Stil, vor allem aber nicht die fortreißenden Seelenkrisen eines Romans von George

Sand erwarten; diese große Schriftstellerin hätte aus dem Leben und Leiden Vittoria Accorambonis ein Meisterwerk gemacht. Die ehrliche Nacherzählung, die ich hier biete, kann einzig die bescheideneren Vorzüge der Geschichtschreibung haben. Wenn man durch Zufall bei sinkender Nacht allein mit der Extrapost reist und in Gedanken der großen Kunst nachgeht, das menschliche Herz zu erforschen, wird man die Umstände des hier folgenden Berichts zum Ausgangspunkt nehmen können. Der Autor sagt alles, er erklärt alles, er überläßt der Einbildungskraft des Lesers absolut nichts; er hat seine Niederschrift zwölf Tage nach dem Tod der Heldin gemacht[1].

Vittoria Accoramboni wurde als Sproß einer sehr edlen Familie in einer kleinen Stadt des Herzogtums Urbino, in Agubio, geboren. Schon als Kind fiel sie allen durch ihre seltene, außergewöhnliche Schönheit auf; doch war diese Schönheit ihr geringster Reiz: nichts fehlte ihr, was einem Mädchen von hoher Geburt Bewunderung eintragen kann; nichts aber war so hervorstechend an ihr, nichts grenzte, wie man sagen könnte, derart ans Wunderbare unter so vielen ungewöhnlichen Vorzügen wie eine gewisse, ganz bezaubernde Anmut, die auf den

[1] Das italienische Manuskript ist im Bureau der «Revue des Deux-Mondes» hinterlegt. (Anm. des Verfassers.)

ersten Blick ihr Herz und Willen eines jeden Menschen unterwarf. Die Gefälligkeit, die ihren geringsten Worten eine solche Macht verlieh, war von keinem Anflug von Künstlichkeit getrübt; von Anbeginn an faßte man Vertrauen zu einer mit so hervorragender Schönheit begabten Dame. Man hätte vielleicht noch mit aller Macht ihrem Zauber widerstehen können, solange man sie nur sah; wenn man sie jedoch reden hörte, besonders aber, wenn man ins Gespräch mit ihr kam, war es ganz unmöglich, sich einem so außergewöhnlichen Reiz noch länger zu entziehen.

Viele junge Kavaliere der Stadt Rom, die ihr Vater bewohnte und in der man sein Palais an der Piazza Rusticucci nahe bei Sankt Peter sehen kann, bemühten sich um ihre Hand. Es gab viel Eifersucht und Rivalität, aber schließlich zogen Vittorias Eltern Felix Peretti, den Neffen des Kardinals Montalto, der seither als Papst Sixtus V. glücklich regiert, allen andern Bewerbern vor.

Felix, der Sohn von Camilla Peretti, einer Schwester des Kardinals, hieß zunächst Franz Mignucci; er legte sich den Namen Felix Peretti erst bei, nachdem er von seinem Onkel in aller Form adoptiert worden war.

Vittoria brachte bei ihrem Eintritt in das Haus Peretti jene persönliche Überlegenheit mit, die man als schicksalhaft bezeichnen muß und die ihr überallhin folgte, so daß man sagen kann, man dürfe sie, um sie nicht anzubeten, niemals gesehen haben[1]. Die Liebe, die ihr Gatte ihr entgegenbrachte, grenzte wahrhaftig an Besessenheit; ihre Schwiegermutter Camilla und sogar Kardinal Montalto schienen keine andere Sorge auf Erden zu haben, als die Neigungen Vittorias zu erraten und alsbald zu befriedigen. Ganz Rom erstaunte darüber, wie dieser Kardinal, der für sein karges Vermögen nicht weniger wie für sein Grauen vor jeder Art von Aufwand bekannt war, ein so ständiges Vergnügen darin finden konnte, allen Wünschen Vittorias zuvorzukommen. Jung, vor Schönheit strahlend, von allen angebetet, hatte sie mitunter Launen, die recht kostspielig waren. Vittoria wurde von ihren neuen Verwandten mit Juwelen von größtem Wert, mit Perlen und überhaupt allem beschenkt, was an Erlesenstem bei den zu jener Zeit recht wohlausgestatteten Goldschmieden Roms zu haben war.

Aus Zuneigung zu dieser liebenswürdigen

[1] In Mailand – soviel ich mich erinnern kann, in der Bibliotheca Ambrosiana – kann man von Anmut und Gefühl getragene Sonette sowie andere Werke der Dichtkunst finden, die das Werk Vittoria Accorambonis sind. Recht gute Sonette sind seinerzeit auch über ihr ungewöhnliches Schicksal geschrieben worden. Es scheint, daß sie ebensosehr mit Geist wie mit Anmut und Schönheit gesegnet war.

Nichte behandelte Kardinal Montalto, der durch Strenge bekannt war, die Brüder Vittorias, als seien sie seine eigenen Neffen. Ottavio Accoramboni, der kaum dreißig Jahre alt war, wurde durch Vermittlung des Kardinals Montalto vom Herzog von Urbino zum Bischof von Fossombrone designiert und von Papst Gregor XIII. dazu gemacht; Marcello Accoramboni, ein junger Mann von feurigem Mut, mehrerer Verbrechen angeklagt und von der *Corte*[1] verfolgt, war mit großer Mühe Untersuchungen entgangen, die seinen Tod hätten herbeiführen können. Unter dem ehrenvollen Schutz des Kardinals konnte er es wiederum zu etwas bringen.

Ein dritter Bruder Vittorias, Giulio Accoramboni, gelangte durch den Kardinal Alessandro Sforza zu höchsten Ehren am Hofe, sobald Kardinal Montalto diesen darum angegangen hatte.

Mit einem Wort, wenn die Menschen ihr Glück nicht nach der uferlosen Unersättlichkeit ihrer Wünsche bemäßen, sondern nach dem wirklichen Genuß der Vorteile, die sie bereits

[1] Das war das bewaffnete Corps, dessen Aufgabe darin bestand, über die öffentliche Sicherheit zu wachen, und das die Gendarmen und Polizisten des Jahres 1580 stellte. Sie wurden von einem als *Bargello* bezeichneten Hauptmann befehligt, der für die Ausführung der Befehle des Gouverneurs von Rom (scil. Polizeipräsidenten) persönlich verantwortlich war.

besitzen, so hätte die Heirat Vittoria Accorambonis mit dem Neffen des Kardinals Montalto den Accoramboni als der Gipfel menschlichen Wohlseins erscheinen müssen. Aber das unsinnige Verlangen nach unermeßlichen, wenn auch ungewissen Vorteilen vermag die am meisten vom Glück begünstigten Menschen zu seltsamen und gefahrvollen Gedanken zu verleiten.

Wohl ist es wahr, daß man, wenn einer der Verwandten Vittorias, wie viele in Rom vermuteten, durch sein Verlangen nach noch höheren Erfolgen dazu beitrug, sie von ihrem Gatten zu befreien, bald darauf einsehen mußte, wieviel weiser er gewesen wäre, sich mit den maßvollen Vorteilen eines angenehmen Wohlergehens zu begnügen, das über kurz oder lang den Gipfel alles dessen erreicht haben würde, was der Ehrgeiz der Menschen sich nur wünschen kann.

Während Vittoria dergestalt als Königin in ihrem Hause lebte, wurde Felix Peretti, als er sich mit seiner Frau zur Ruhe begeben hatte, von einer gewissen Caterina, die in Bologna geboren und Kammerfrau bei Vittoria war, ein Brief überbracht. Dieser Brief war von einem Bruder Caterinas, Domenico d'Aquaviva mit dem Beinamen *Mancino* (der Tölpel) abgegeben worden. Dieser Mann war wegen mehrerer Verbrechen aus Rom verbannt, aber auf Bitten Caterinas hatte Felix ihm den mächtigen Schutz seines Onkels, des Kardinals, verschafft, und der Mancino kam häufig in das Haus von Felix Peretti, der in ihn großes Vertrauen setzte.

Der Brief, von dem wir sprechen, war im Namen des Marcello Accoramboni abgefaßt, das heißt desjenigen von Vittorias Brüdern, der ihrem Gatten der liebste war. Er lebte meistenteils verborgen außerhalb von Rom; zuweilen jedoch wagte er sich in die Stadt hinein und fand sodann bei Felix Unterschlupf.

Durch diesen zu so unziemlicher Stunde überbrachten Brief rief Marcello seinen Schwager Felix Peretti zu Hilfe; er beschwor ihn herbeizueilen und fügte noch hinzu, daß er ihn wegen einer Angelegenheit von größter Dringlichkeit in der Nähe des Palazzo Montecavallo erwarte.

Felix machte seiner Gattin Mitteilung von dem seltsamen Schreiben, das ihm überbracht worden war, kleidete sich darauf an und nahm keine weiteren Waffen als einen Degen mit. Von einem einzigen Diener begleitet, der eine brennende Fackel trug, wollte er soeben das Haus verlassen, als er von seiner Mutter, ja allen Frauen des Hauses, darunter auch Vittoria, aufgehalten wurde; alle beschworen ihn auf das inständigste, zu dieser späten Stunde nicht mehr auszugehen. Als er ihren Bitten nicht nachgab, warfen sie sich auf die Knie und flehten ihn mit Tränen in den Augen an, doch auf sie zu hören.

Diese Frauen, zumal Camilla, waren durch die Berichte über die sonderbaren Dinge, die alltäglich in den Zeiten des Pontifikats Gregors XIII., das reich an Wirren und unerhörten Anschlägen war, sich ereigneten und straflos blieben, aufs nachhaltigste erschreckt. Noch etwas anderes befremdete sie: Wenn Marcello Accoramboni sich nach Rom hineinwagte, war es nicht seine Gewohnheit, sich an Felix zu wenden; ein solcher Schritt zu dieser Stunde der Nacht schien ihnen außerhalb aller üblichen Formen zu liegen.

Noch ganz vom Feuer seiner Jahre erfüllt, überließ sich Felix keinen in dieser Weise begründeten Befürchtungen; als er aber zudem erfuhr, daß der Brief von dem *Mancino* überbracht worden sei, einem Mann, den er sehr liebte und dem er hilfreich gewesen war, konnte ihn nichts mehr halten; er verließ das Haus.

Nur ein einziger Diener mit einer brennenden Fackel ging ihm, wie schon gesagt, voraus; der arme junge Mann jedoch hatte kaum ein paar Schritte zum Palazzo Cavallo hinaufgetan, als er von drei Arkebusenschüssen durchbohrt zu Boden sank. Als die Mörder sahen, daß er hingestreckt dalag, stürzten sie sich auf ihn und stießen ihm um die Wette ihre Dolche in den Leib, bis sie meinten, er sei wirklich tot. Auf der Stelle wurde die Unglücksbotschaft der Mutter und der Gattin Felix Perettis überbracht und gelangte auch durch diese beiden zu dem Kardinal.

Ohne eine Miene zu verziehen oder auch nur die geringste Bewegung zu verraten, ließ dieser sich sofort seine Kleider anlegen und empfahl dann sich selbst und die arme (so unvorbereitet hinweggeraffte) Seele der Gnade Gottes. Darauf begab er sich zu seiner Nichte und dämpfte mit bewunderungswürdigem Ernst und einer von tiefem Frieden durchdrungenen Miene die von den Weibern vorgebrachten Wehschreie und tränenreichen Klagen, die im ganzen Hause widerzuhallen begannen. Seine Macht über diese Frauen hatte so viel Wirkung, daß von Stund an und sogar in dem Augenblick, da der entseelte Leib aus dem Hause getragen wurde, man von ihrer Seite nichts hörte oder sah, was sich im allergeringsten von den Gepflogenheiten unterschied, die selbst in den von strengsten Formen beherrschten Familien im Falle eines lange schon vorhergesehenen Trauerfalles gang und gäbe sind. Was den Kardinal Montalto selbst betraf, so konnte man ihn nicht bei selbst der maßvollsten Äußerung natürlichsten Schmerzes betreffen; nichts wurde in der Ordnung und im äußeren Bild scines Lebens verändert. Rom überzeugte sich bald davon, obwohl diese Stadt mit gewohnter Neugier die geringsten Bewegungen eines so tief verletzten Mannes genau beobachtete.

Zufällig traf es sich, daß für den auf die Ermordung von Felix Peretti unmittelbar folgenden Tag das Konsistorium (der Kardinäle) in den Vatikan einberufen war. Es gab niemanden in der ganzen Stadt, der nicht gemeint hätte, an diesem ersten Tag zumal werde Kardinal Montalto sich von dieser öffentlichen Funktion dispensieren, mußte er doch bei dieser Gelegenheit vor den Blicken so vieler und so neugieriger Augenzeugen erscheinen! Man würde selbst die geringsten Regungen jener natürlichen und dennoch bei einer Person, die von einer sehr hohen Stellung nach einer noch höheren strebt, so verbergenswerten Schwäche – denn man wird zugeben, daß es sich nicht schickt, wenn derjenige, der den Ehrgeiz hat, sich über alle anderen Menschen zu erheben, sich als ein Mensch wie alle anderen zeigt – zu erspähen suchen.

Aber die Personen, die solche Gedanken hegten, sahen sich doppelt getäuscht, denn zunächst einmal erschien Kardinal Montalto seiner Gewohnheit gemäß als einer der ersten im Saale des Konsistoriums, sodann jedoch gelang es selbst den Scharfblickendsten nicht, ein Zeichen menschlichen Gefühls an ihm zu entdecken. Ganz im Gegenteil wußte er durch die Antworten, die er denjenigen seiner Kollegen erteilte, welche aus Anlaß eines so grausamen Schlages Worte des Trostes an ihn zu richten versuchten, alle Welt in Erstaunen zu setzen. Die Standhaftigkeit und ersichtliche Unbewegtheit seiner Seele inmitten einer so furchtbaren Katastrophe wurde alsbald Stadtgespräch.

Wohl stimmt es, daß in eben diesem Konsistorium einige in der Kunst der Höfe geübtere Männer diese offenkundige Fühllosigkeit nicht einem Mangel an Empfinden zuschrieben, sondern einem großen Vermögen, dieses zu verbergen; eine solche Art, die Dinge zu sehen, wurde bald darauf von der Menge der Höflinge geteilt, denn es war freilich angeraten, sich nicht zu tief von einer Kränkung getroffen zu fühlen, deren Urheber zweifellos einen hohen Rang einnahm und späterhin den Weg zur höchsten Würde zu versperren in der Lage war.

Welches aber auch die Ursache dieser offensichtlichen völligen Unempfindlichkeit gewesen sein mag, so bleibt bestehen, daß sie dumpfes Staunen im gesamten Rom und am Hofe Gregors XIII. verbreitete. Um jedoch auf das Konsistorium zurückzukommen, so wendete der Papst, der nach Erscheinen aller Kardinäle endlich selbst den Saal betrat, seine Blicke sofort dem Kardinal Montalto zu, und man konnte sehen, wie Seine Heiligkeit Tränen vergoß; was jedoch den Kardinal anbetraf, so gaben seine Züge ihre gewohnte Unbewegtheit nicht auf.

Das Staunen wuchs noch, als in dem gleichen Konsistorium, nachdem Kardinal Montalto seinerseits vor dem Throne Seiner Heiligkeit niederkniete, um Rechenschaft über die Geschäfte abzulegen, mit denen er beauftragt war, der Papst, bevor er ihn mit seinem Bericht beginnen ließ, ohne daß er es hindern konnte, in Schluchzen ausbrach. Als der Heilige Vater wieder zu sprechen imstande war, suchte er den Kardinal dadurch zu trösten, daß er ihm versprach, er werde ein so ungeheuerliches Verbrechen mit ebenso rascher wie rücksichtsloser Justiz zu ahnden wissen. Nachdem der Kardinal jedoch dem Heiligen Vater in aller Demut seinen Dank ausgesprochen hatte, beschwor er ihn, wegen des Geschehenen keine Nachforschungen anzustellen, und beteuerte, daß er für sein Teil von ganzem Herzen dem Urheber, wer er auch sei, verzeihe. Unmittelbar nach dieser in sehr wenigen Worten zum Ausdruck gebrachten Bitte ging der Kardinal zu den Einzelheiten der ihm obliegenden Geschäfte über, als ob nichts Außergewöhnliches sich ereignet habe.

Die Blicke aller bei dem Konsistorium anwesenden Kardinäle hefteten sich auf den Papst und Kardinal Montalto; obwohl es jedoch sicherlich sehr schwer ist, das geübte Auge der Höflinge zu täuschen, wagte keiner zu behaupten, das Gesicht des Kardinals Montalto habe die geringste Bewegung verraten, als er so nahe vor sich Seine Heiligkeit den Papst schluchzen sah, der, um die Wahrheit zu sagen, völlig außer sich war. Diese erstaunliche Empfindungslosigkeit des Kardinals Montalto hielt auch während der ganzen Zeit der Besprechung mit Seiner Heiligkeit an, dergestalt, daß der Papst selbst sogar darüber betroffen war und sich nicht enthalten konnte, zu dem Kardinal von San Sisto, seinem Lieblingsneffen, zu sagen:

«*Veramente, costui è un gran frate!*» («Wahrhaftig, dieser Mann ist ein fabelhafter Mönch![1]»)

Das Verhalten des Kardinals Montalto unterschied sich während der folgenden Tage in keiner Weise von seinem sonstigen. Wie es Brauch ist, nahm er die Beileidsvisiten der Kardinäle, der Prälaten und der römischen Fürsten entgegen; keinem gegenüber aber, in welcher Beziehung er auch zu ihm stehen mochte, ließ er sich zu irgendeiner Äußerung der Klage oder

[1] Anspielung auf die Heuchelei, die Übelgesinnte bei Mönchen für häufig vorkommend halten. Sixtus V. war ehedem Bettelmönch und in seinem Orden Verfolgungen ausgesetzt gewesen. Vgl. seine Lebensbeschreibung von Gregorio Leti, einem amüsanten Historiker, der nicht mehr lügt als andere. Felix Peretti wurde 1580 ermordet; sein Onkel wurde im Jahre 1585 Papst.

des Schmerzes verleiten. Bei allen wechselte er nach einer kurzen Betrachtung über die Wandelbarkeit aller menschlichen Dinge, die durch Sentenzen und aus der Heiligen Schrift oder den Kirchenvätern entnommene Stellen gestützt war, auf der Stelle das Thema des Gesprächs und kam auf Neuigkeiten aus der Stadt oder die privaten Angelegenheiten der Personen zu sprechen, mit denen er sich unterredete, ganz als wolle er die Tröster vielmehr seinerseits trösten.

Ganz Rom war besonders gespannt darauf, was sich während des Besuches zutragen würde, den ihm Fürst Paolo Giordano Orsini, Herzog von Bracciano, abzustatten gedachte, da die öffentliche Meinung diesem für den Tod des Felix Peretti die Schuld zuschob. Das Volk nämlich meinte, Kardinal Montalto werde sich nicht in so großer Nähe des Fürsten aufhalten, noch unter vier Augen mit ihm reden können, ohne eine Spur seiner Gefühle sichtbar werden zu lassen.

In dem Augenblick, da der Fürst bei dem Kardinal erschien, staute sich eine gewaltige Menschenmenge auf der Straße und vor dem Tor; Höflinge in beträchtlicher Zahl füllten alle Räume des Hauses, so groß war ihre Neugier, die Mienen der beiden Gesprächführenden einer Beobachtung zu unterziehen. Doch weder bei dem einen noch dem anderen vermochte man irgend etwas Außergewöhnliches zu bemerken. Kardinal Montalto betrug sich ganz gemäß dem, was die höfische Sitte ihm vorschrieb; er trug eine Miene bemerkenswerter Heiterkeit zur Schau, und seine Art, an den Fürsten das Wort zu richten, war von Huld getragen.

Als kurz darauf Fürst Paolo wieder in seine Karosse stieg und sich allein in Gesellschaft einiger vertrauter Hofleute fand, konnte er sich nicht enthalten, lachend zu bemerken: «*In fatto, è vero che costui è un gran frate!*» («Es stimmt wahrhaftig, daß dieser Mann ein großer Mönch ist!»), als wolle er die Wahrheit der Äußerung bestätigen, die der Papst ein paar Tage zuvor sich hatte entschlüpfen lassen.

Weise Männer haben gemeint, sein Verhalten bei dieser Gelegenheit habe Kardinal Montalto den Weg zum päpstlichen Stuhl geebnet; denn viele Leute bildeten sich daraufhin über ihn die Meinung, er könne oder wolle, sei es von Natur oder aber aus tugendhaftem Sinn, keinem Menschen schaden, wieviel Grund er auch haben möchte, persönlich gegen ihn erbittert zu sein.

Felix Peretti hatte nichts Schriftliches hinterlassen, das seine Gemahlin betraf; demgemäß hätte sie in ihr Elternhaus zurückkehren müssen. Vor ihrem Aufbruch ließ ihr Kardinal Montalto ihre Kleider, ihre Juwelen und darüber hinaus auch noch alle Geschenke zustellen, die sie erhalten hatte, solange sie die Gattin seines Neffen gewesen war.

Am dritten Tag nach Felix Perettis Tod hielt Vittoria, von ihrer Mutter begleitet, ihren Einzug im Palast des Fürsten Orsini. Einige Leute waren der Meinung, die Frauen hätten sich zu diesem Schritt durch die Sorge um ihre persönliche Sicherheit bewogen gefühlt, da nämlich die *Corte* sie mit der Anklage der Mitwisserschaft bei dem begangenen Mord oder doch wenigstens der Kenntnis des Plans vor der Ausführung zu bedrohen scheine; andere meinten (und was später geschah, schien diese Ansicht zu bestätigen), sie hätten ihn unternommen, um die Vermählung zu betreiben, denn der Fürst habe Vittoria versprochen, er werde sie ehelichen, sobald sie keinen Gatten mehr habe.

Auf alle Fälle hat man weder damals noch später eindeutig in Erfahrung gebracht, wer der Urheber des Todes von Felix Peretti gewesen war, wiewohl alle von allen verdächtigt wurden. Die meisten indessen schoben die Urheberschaft dem Fürsten Orsini zu; allerseits war man sich einig, er habe eine Leidenschaft für Vittoria gehegt und davon unzweideutige Beweise erbracht; tatsächlich schien die nachfolgende Heirat ein sehr starkes Argument zu sein, denn die Frau war in diesem Fall um so viel geringeren Standes, daß einzig die Tyrannei der Liebesleidenschaft sie zur Gleichheit durch die Ehe hatte erheben können[1]. Das Volk wurde von dieser Meinung auch nicht durch einen an den Gouverneur von Rom gerichteten Brief abgebracht, von dem die Kunde sich wenige Tage nach dem Vorfall verbreitete. Dieser Brief war im Namen des Cesare Palantieri geschrieben, eines jungen Mannes von stürmischem Temperament, der aus der Stadt verbannt worden war.

In diesem Brief behauptete Palantieri, es sei nicht nötig, daß die Illustrissima Signoria sich die Mühe mache, anderswo nach dem Urheber des Todes von Felix Peretti zu suchen, da er selbst im Verfolg gewisser Meinungsverschiedenheiten, die einige Zeit zuvor zwischen ihnen aufgetreten seien, ihn habe umbringen lassen.

Viele glaubten, dieser Mord sei nicht ohne das Einverständnis des Hauses Accoramboni begangen worden; man beschuldigte die Brüder Vittorias, die sich durch ihr ehrgeiziges Streben nach einer Verbindung mit einem so mächtigen, reichen Fürsten hätten verblenden lassen. Vor allem schob man wegen des Hinweises, der sich

[1] Die erste Gattin des Fürsten Orsini, von der er einen Sohn mit Namen Virginio besaß, war eine Schwester Franz' I., Großherzogs von Toscana und des Kardinals Ferdinand von Medici. Weil sie eine Liebschaft hatte, ließ er sie mit Einwilligung ihrer Brüder töten. So streng waren die von den Spaniern in Italien eingeführten Ehrengesetze. Durch die illegitimen Liebesaffären einer Frau fühlten sich ihre Brüder ebensosehr wie der Ehegatte in ihrer Ehre gekränkt.

aus dem Briefe ergab, welcher den unglücklichen Felix dazu vermocht hatte, sich aus dem Haus zu begeben, die Schuld Marcello zu. Auch von Vittoria selbst wurde Schlechtes gesprochen, als man sie einwilligen sah, so bald nach dem Tod ihres Gatten als künftige Gemahlin in den Palast der Orsini zu übersiedeln. Man behauptete auch, es sei wenig wahrscheinlich, daß man dergestalt im Handumdrehen erlerne, sich «kleiner Waffen» zu bedienen, man habe sich denn zuvor, geraume Zeit hindurch wenigstens, im Gebrauch der Waffen auf größere Distanz geübt[1].

Die Untersuchung dieses Mordfalles lag auf Anordnung Gregors XIII. in den Händen von Monsignore Portici, dem Gouverneur von Rom. Man stellte in ihrem Verlaufe nur fest, daß jener Domenico mit dem Beinamen *Mancino,* der von der *Corte* verhaftet worden war, beim zweiten Verhör,' ohne daß er gefoltert *(tormentato)* worden sei, unter dem Datum des 24. Februar 1582 gestanden habe:

Daß Vittorias Mutter zu allem der Anlaß und daß ihr die *cameriera* aus Bologna, die unmittelbar nach dem Mord in der Zitadelle von Bracciano (welche dem Fürsten Orsini gehörte und in die die *Corte* nicht einzudringen wagte) Zu-

[1] Anspielung auf den Brauch, sich mit einem Degen und einem Dolch zu schlagen.

flucht gesucht habe, behilflich gewesen sei, sowie daß die Ausführung des Verbrechens in den Händen von Machione aus Gubbio und Paolo Barca aus Bracciano, *lancie spezzate* (Söldner) eines edlen Herrn gelegen habe, dessen Name aus guten Gründen hier nicht genannt werden könne.

Zu diesen guten Gründen traten noch, wie ich glaube, die Bitten des Kardinals Montalto, der mit großer Dringlichkeit darum ersuchte, daß die Nachforschungen nicht fortgeführt würden, und tatsächlich war von dem Prozeß keine Rede mehr. Der *Mancino* wurde aus dem Gewahrsam mit dem *precetto* (der Weisung) entlassen, wenn ihm sein Leben lieb sei, auf kürzestem Wege in seinen Heimatsort zurückzukehren und sich niemals ohne ausdrückliche Erlaubnis wieder daraus zu entfernen. Die Freilassung dieses Mannes erfolgte im Jahre 1583 am Tage des hl. Ludwig, und da dieser Tag auch der Geburtstag des Kardinals Montalto war, bestärkt mich dieser Umstand immer mehr in der Meinung, daß auf seine Bitte hin die Angelegenheit in dieser Weise bereinigt worden ist. Unter einer so schwachen Regierung, wie die Gregors XIII. es war, konnte ein solcher Prozeß sehr unangenehme Folgen haben, die durch keinen Vorteil ausgeglichen wurden.

Die Schritte der *Corte* wurden demgemäß zum

Stillstand gebracht; aber Papst Gregor XIII. wollte gleichwohl zu einer Heirat des Fürsten Paolo Orsini, Herzogs von Bracciano, mit der Witwe Accoramboni seine Einwilligung nicht erteilen. Nachdem der Heilige Vater dieser letzteren eine Art von Gefangenschaft auferlegt hatte, gab er dem Fürsten und der Witwe den *precetto,* keine Ehe miteinander einzugehen, wofern nicht eine ausdrückliche Erlaubnis von seiner oder seiner Nachfolger Seite dazu erteilt worden sei.

Es traf sich jedoch, daß Gregor XIII. (zu Beginn des Jahres 1585) starb; da nunmehr Rechtsgelehrte, die Fürst Paolo Orsini befragte, diesem die Auskunft gaben, der *precetto* sei mit dem Tode des Souveräns, der ihn ausgestellt habe, hinfällig geworden, beschloß er vor der Wahl eines neuen Papstes sich mit Vittoria zu vermählen. Doch kam es zu der Heirat nicht so bald, wie der Fürst es wünschte, und zwar zum Teil deswegen, weil er die Einwilligung der Brüder Vittorias erlangen wollte, Ottavio Accoramboni, der Bischof von Fossombrone, jedoch die seine nicht zu geben willens war; zum Teil aber auch, weil man die Wahl eines Nachfolgers für Gregor XIII. noch nicht so nahe glaubte. Tatsache ist, daß die Heirat erst an dem Tage erfolgte, an dem Kardinal Montalto, der an dieser Angelegenheit so lebhaft interessiert war, zum Papst erhoben wurde, das heißt am 24. April 1585, sei es nun, daß es rein zufällig sich so traf, sei es, daß dem Fürsten daran lag, zu zeigen, daß er die *Corte* unter dem neuen Papst so wenig wie unter Gregor XIII. fürchtete.

Durch diese Eheschließung fühlte sich Sixtus V. (dies war der Name, den Kardinal Montalto wählte) in tiefster Seele verletzt; er hatte bereits die Denkweise aufgegeben, die einem Mönch angemessen gewesen war, und seinen Geist zu der Höhe des Ranges emporgeführt, zu welchem Gott ihn nunmehr erhob.

Der Papst gab gleichwohl kein Zeichen des Zornes von sich; nur bemerkte Fürst Orsini, der sich am gleichen Tage mit sämtlichen übrigen großen Herren Roms bei dem Heiligen Vater eingefunden hatte, um ihm den Fuß zu küssen, sowie von der geheimen Absicht beseelt, in dessen Zügen zu lesen, was er von diesem bislang so wenig bekannten Mann zu erwarten oder zu fürchten habe, daß es nicht mehr angebracht war, die Dinge leichtzunehmen. Der neue Papst hatte den Fürsten seltsam angeblickt; da er ihm zudem mit keinem Wort auf die Glückwunschrede, die der Fürst an ihn richtete, Antwort gegeben hatte, faßte dieser den Entschluß, auf der Stelle in Erfahrung zu bringen, welches bezüglich seiner Person die Absichten Seiner Heiligkeit seien.

Durch die Vermittlung des Kardinals Ferdinand von Medici (des Bruders seiner ersten Frau) und des spanischen Gesandten beim Heiligen Stuhl erbat und erlangte er eine Audienz in den Gemächern des Papstes; dort richtete er an seine Heiligkeit eine einstudierte Rede, in welcher er der vergangenen Dinge keinerlei Erwähnung tat, sondern einzig aus Anlaß der neuen Würde des vormaligen Kardinals seiner Mitfreude Ausdruck gab und ihm als treu ergebener Gefolgsmann und Diener sein Vermögen und seine Leute zur Verfügung stellte.

Der Papst[1] hörte ihn mit außergewöhnlichem Ernste an und antwortete ihm, nachdem er zum Ende gekommen war, niemand wünsche mehr als er, das Leben und die Handlungen Paolo Giordano Orsinis möchten in Zukunft des Hauses Orsini und eines christlichen Edelmanns würdig sein; welche Rolle er in der Vergangenheit dem Heiligen Stuhl und seiner, des Papstes Person, gegenüber gespielt habe, könne er ihm nicht besser als sein eigenes Gewissen sagen; gleichwohl möge er, der Fürst, einer Sache versichert sein, nämlich daß er, wenn er ihm auch bereitwillig verzeihe, was er, Orsini, gegen Felix Peretti und gegen Felix, Kardinal

[1] Sixtus V., der im Jahre 1585 mit achtundsechzig Jahren Papst wurde, regierte fünf Jahre und vier Monate: er weist eine erstaunliche Wesensverwandtschaft mit Napoleon auf.

von Montalto, unternommen habe, ihm doch niemals verzeihen würde, was er in Zukunft gegen Papst Sixtus V. unternehmen könnte; infolgedessen fordere er ihn auf, unverzüglich aus seinem Hause und seinem Hoheitsbereich alle Verbannten und Übeltäter auszuweisen, denen er bis dahin Obdach gegeben habe.

Sixtus V. verfügte über große Eindringlichkeit, welchen Ton er auch für seine Rede wählte; war er aber gereizt und zu Drohungen geneigt, so hätte man meinen können, daß seine Augen Blitze schleuderten. Sicher ist jedenfalls, daß Fürst Paolo Orsini, der vordem jederzeit daran gewöhnt gewesen war, von den Päpsten gefürchtet zu werden, sich durch die Art der Rede dieses Papstes, die mit nichts zu vergleichen war, was er im Laufe von dreizehn Jahren jemals angehört hatte, nunmehr bewogen fühlte, derart ernsthaft seine Angelegenheiten zu bedenken, daß er unmittelbar nach Verlassen des Palastes Seiner Heiligkeit zu dem Kardinal von Medici eilte, um ihm zu erzählen, was sich zugetragen hatte. Hierauf entschloß er sich, dem Rat des Kardinals zu folgen und ohne jeden Verzug alle alten Sträflinge auszuweisen, die dank ihm in seinem Palast und in seinem Hoheitsbereich Zuflucht gefunden hatten; außerdem richtete er seine Gedanken darauf, so schnell wie möglich unter einem angemessenen Vorwand die Gemarkungen zu verlassen, die der Macht eines so entschlossenen Prälaten unterstanden.

Man muß wissen, daß Fürst Paolo Orsini ganz außerordentlich korpulent geworden war; seine Beine waren dicker als der Körper eines gewöhnlichen Mannes, und eines dieser gewaltigen Beine krankte an einem Übel, das als *lupa* bezeichnet wird, weil es mit einer großen Menge von frischem Fleisch behandelt werden muß, welches man dem davon befallenen Körperteil appliziert; sonst, wenn er kein totes Fleisch zum Verzehren fände, würde der böse Körpersaft das lebendige in seiner Umgebung angreifen.

Der Fürst nahm dieses Leiden zum Vorwand, um die berühmten Bäder von Abano in der Nähe von Padua, einem der Republik Venedig unterstehenden Stadtstaat, aufzusuchen; mit seiner neuen Gattin begab er sich gegen Mitte Juni dorthin. Abano war für ihn ein sehr sicherer Zufluchtsort, denn seit einer langen Reihe von Jahren war das Haus Orsini mit der Republik Venedig durch gegenseitige Dienste alliiert.

Nachdem er an dieser Stätte der Sicherheit angekommen war, war der Fürst nur noch darauf bedacht, sich die Annehmlichkeiten mehrerer weiterer Aufenthaltsorte gleichfalls zunutze zu machen; in dieser Absicht mietete er drei prächtige Paläste: in Venedig den Palazzo Dandolo in der Calle della Zecca, einen zweiten in Padua, und zwar den an dem prächtigen Arenaplatz gelegenen Palazzo Foscarini; den dritten wählte er in Salò am herrlichen Ufer des Gardasees; dieser hatte zuvor der Familie Sforza-Pallavicini gehört.

Die Ratsherren von Venedig (die Regierung der Republik) hörten mit Vergnügen, daß ein so bedeutender Fürst in ihr Land kommen wolle, und boten ihm sofort eine recht noble *condotta* an (das heißt ein sehr beträchtliches Jahresgeld, das der Fürst dazu benutzen sollte, eine Truppe von zwei- oder dreitausend Mann aufzustellen, die er befehligte). Der Fürst entzog sich sehr gewandt diesem Angebot; er ließ den Senatoren zur Antwort geben, daß er zwar durch eine natürliche und in seiner Familie erblich gewordene Vorliebe von ganzem Herzen geneigt sei, sich in den Dienst der erlauchtigsten Republik zu stellen, daß er jedoch, da er sich gegenwärtig dem Allerchristlichsten König verpflichtet fühle, nicht für tunlich erachte, eine andere vertragliche Bindung einzugehen. Eine so entschiedene Antwort wirkte abkühlend auf die Gesinnung der Senatoren. Sie hatten zunächst daran gedacht, dem Fürsten bei seiner Ankunft in Venedig im Namen der gesamten Bevölkerung einen höchst ehrenden Empfang zu bereiten; auf seine Antwort hin befanden sie jedoch, sie wollten ihn seinen Einzug als schlichten Privatmann halten lassen.

Fürst Orsini, der von allem unterrichtet war, faßte darauf den Entschluß, überhaupt nicht mehr nach Venedig zu gehen. Als er schon nahe bei Padua war, machte er einen Umweg durch dieses herrliche Land und begab sich mit seinem ganzen Gefolge in das für ihn hergerichtete Haus in Salò am Ufer des Gardasees. Er verbrachte dort den Sommer unter prächtigen und vielfältigen Veranstaltungen, die ihm zur Kurzweil dienen sollten.

Als die Zeit gekommen war, wieder den Wohnsitz zu wechseln, unternahm der Fürst ein paar kleine Reisen, in deren Verlauf es ihm schien, als könne er die Ermüdung nicht mehr wie früher ertragen; er wurde von Befürchtungen für seine Gesundheit erfaßt; endlich dachte er daran, einige Tage in Venedig zuzubringen, aber durch seine Gattin Vittoria wurde er von diesem Vorhaben wieder abgebracht und vielmehr bewogen, seinen Aufenthalt in Salò noch länger auszudehnen.

Es hat Leute gegeben, die meinten, Vittoria Accoramboni habe die Gefahr bemerkt, die dem Leben ihres fürstlichen Gatten drohte, und ihn zu längerem Verbleiben in Salò in der Absicht zu vermögen versucht, ihn später aus Italien in irgendeine freie Stadt, etwa der Schweiz, zu entführen; hierdurch hätte sie für den Fall des Todes ihres Gatten ihre Person und ihr privates Vermögen in Sicherheit gebracht.

Ob eine solche Vermutung nun begründet war oder nicht, Tatsache ist, daß nichts dergleichen geschah, denn nachdem der Fürst in Salò am 10. November von einem neuen Unwohlsein befallen worden war, erfaßte ihn auf der Stelle ein Vorgefühl dessen, was alsbald eintreten würde.

Er empfand Mitleid mit seiner unglücklichen Frau; er sah sie im Geiste gleichermaßen arm an Ansehen wie an Gütern, von den regierenden Fürsten in Italien gehaßt, wenig beliebt bei den Orsini und ohne Hoffnung auf eine neue Ehe, wenn er tot sein würde. Als großherziger und ehrenhaft gesinnter Mann verfaßte er aus eigenem Antrieb ein Testament, durch welches er das Vermögen der Bedauernswerten sicherstellen wollte. Er hinterließ ihr an Geld und an Edelsteinen die beträchtliche Summe von hunderttausend Piastern nebst allen Pferden, Karossen und Möbeln, deren er sich auf dieser Reise bediente. Sein gesamtes übriges Vermögen vermachte er Virginio Orsini, dem einzigen Sohn, den er von seiner ersten Gemahlin, der Schwester Franz' I., des Großherzogs von Toscana, hatte (der gleichen, die er mit Einwilligung ihrer Brüder wegen Untreue hatte umbringen lassen).

Doch wie ungewiß sind alle menschlichen Vorkehrungen! Die Vorsichtsmaßnahmen, durch die Paolo Orsini jener unglücklichen jungen Frau vollkommene Sicherheit gewährleisten wollte, verwandelten sich für sie in Fallgruben des Verderbens.

Nachdem der Fürst das Testament unterzeichnet hatte, schien es ihm am 12. November etwas besser zu gehen. Am Morgen des 13. machte man ihm einen Aderlaß; die Ärzte aber, die einzig auf strenge Diät vertrauten, hinterließen schärfste Weisung, daß er keinerlei Nahrung zu sich nehmen dürfe.

Kaum aber hatten sie das Krankenzimmer verlassen, als auch schon der Fürst verlangte, daß ihm zu essen aufgetragen würde; niemand wagte ihm zu widersprechen, und so aß und trank er wie gewohnt. Kaum war die Mahlzeit beendet, verlor er das Bewußtsein, und zwei Stunden vor Sonnenuntergang war er bereits tot.

Nach diesem plötzlichen Ende begab sich Vittoria Accoramboni, von ihrem Bruder Marcello und dem ganzen Hofstaat des Verstorbenen begleitet, nach Padua in den Palazzo Foscarini, der nahe der *Arena* gelegen ist, denselben, den Fürst Orsini für sich gemietet hatte.

Kurze Zeit nach ihrer Ankunft stieß ihr Bruder Flaminio zu ihr, der die besondere Gunst des Kardinals Farnese genoß. Sie beschäftigte sich mit den Schritten, die erforderlich waren, damit sie das Vermächtnis ausgehändigt bekäme, das ihr Gatte ihr hinterlassen hatte; die Erbschaft belief sich auf sechzigtausend Piaster in bar, die ihr im Verlaufe von zwei Jahren ausbezahlt werden sollten, und zwar unabhängig von der Mitgift, der Gegenmitgift und allen Juwelen und Möbeln, die sich zurzeit in ihrem Besitz befanden. Fürst Orsini hatte in seinem Testament verfügt, daß der Herzogin in Rom oder jeder beliebigen anderen Stadt ihrer Wahl ein Palast im Werte von zehntausend Piastern gekauft werden sollte, dazu auch eine *vigna* (ein Landhaus) zum Preis von sechstausend Piastern; er hatte außerdem bestimmt, daß ihr Tisch versorgt und eine Dienerschaft ihr gestellt werden solle, wie sie für eine Dame ihres Ranges angemessen war. Vierzig Bediente und eine entsprechende Zahl von Pferden sollten ihr zur Verfügung stehen.

Die Signora Vittoria setzte große Hoffnung auf die Gunst der Fürsten von Ferrara, von Florenz und Urbino, sowie auf die der Kardinäle Farnese und Medici, die der verstorbene Fürst zu Testamentsvollstreckern eingesetzt hatte. Es ist hier zu bemerken, daß das Testament in Padua ausgefertigt und den hochgelehrten Herren Parizzoli und Menochio, ersten Professoren jener Universität und heute hochberühmten Juriskonsulten, unterbreitet worden war.

Fürst Luigi Orsini traf in Padua ein, um zu erledigen, was von seiner Seite dem verstorbenen Herzog und dessen Witwe gegenüber zu tun übrigblieb, und sodann die Statthalterschaft über die Insel Korfu anzutreten, zu der er durch die erlauchtigste Republik berufen worden war.

Es ergab sich zunächst eine Schwierigkeit zwischen Signora Vittoria und dem Fürsten Luigi wegen der Pferde des Verstorbenen, von denen Fürst Luigi behauptete, sie gehörten gemäß dem üblichen Sprachgebrauch nicht zur beweglichen Habe; aber die Herzogin bewies, daß sie als Mobilien im eigentlichen Sinn zu betrachten seien, und es wurde beschlossen, daß sie bis auf späteren Entscheid die Verfügung darüber behalten solle; sie stellte als Bürgen den edlen Herrn Soardi von Bergamo, Condottiere der venezianischen Herren, einen sehr reichen Edelmann, der zu den Ersten seines Landes gehörte.

Eine weitere Schwierigkeit entstand anläßlich einer gewissen Menge an Silbergeschirr, die der verstorbene Herzog dem Fürsten Luigi als Bürgschaft für eine Geldsumme überlassen hatte, die von diesem dem Herzog vorgestreckt worden war. Alles wurde auf dem Rechtsweg entschieden, denn der Durchlauchtigste Herzog von Ferrara verwendete sich dafür, daß die letztwilligen Verfügungen des verstorbenen Fürsten in ihrer Gesamtheit ausgeführt werden sollten.

Diese zweite Affäre wurde am 23. Dezember entschieden, der ein Sonntag war.

In der folgenden Nacht drangen vierzig Männer in das Haus der vorgenannten Signora Accoramboni ein. Sie waren mit Leinengewändern bekleidet, die so phantastisch geschnitten und derart angeordnet waren, daß man die Träger außer an der Stimme nicht erkennen konnte; wenn sie sich aber untereinander riefen, verwendeten sie gewisse volkstümliche Benennungen.

Sie suchten zuerst der Person der Herzogin habhaft zu werden; nachdem sie sie gefunden hatten, sagte der eine von ihnen zu ihr: «Jetzt heißt es sterben.»

Ohne ihr einen Augenblick Zeit zu geben, obwohl sie bat, sich Gott befehlen zu dürfen, durchbohrte er sie mit einem schmalen Dolch dicht unter der linken Brust, und diesen nach allen Richtungen wendend, verlangte er mehrmals von der Unseligen, sie solle ihm sagen, wenn er ihr Herz berühre; endlich hauchte sie den letzten Seufzer aus. Während dieser Zeit suchten die anderen nach den Brüdern der Herzogin, von denen der eine, Marcello, mit dem Leben davonkam, weil man ihn nicht im Hause fand; der andere wurde von hundert Dolchstichen durchbohrt. Die Mörder hinterließen die Toten am Boden liegend und das ganze Haus in Tränen und Wehgeschrei; nachdem sie sich der Kassette, die die Juwelen und das Geld enthielt, bemächtigt hatten, zogen sie ab.

Die Nachricht gelangte schnell zu den Ratsherren von Padua; sie ließen die Leichname identifizieren und baten Venedig um weitere Weisungen.

Den ganzen Montag über strömte eine ungeheure Menschenmenge vor besagten Palast und in die Kirche der Eremiten, um die Leichen zu sehen. Die Neugierigen wurden von Mitleid bewegt, besonders als sie sahen, wie schön die Herzogin war: sie weinten vor Kummer *et dentibus fremebant* (knirschten mit den Zähnen) in Gedanken an die Mörder; deren Namen aber kannte man noch nicht.

Da die *Corte* auf Grund erheblicher Hinweise argwöhnisch geworden war, ob nicht die Sache auf Befehl oder zum mindesten mit Einwilligung des erwähnten Fürsten Luigi in Szene gesetzt worden sei, lud man diesen vor; als er aber *in corte* (vor dem Tribunal) als gewaltiger Heerführer mit einem Gefolge von vierzig Bewaffneten erscheinen wollte, hieß man ihn mit nur drei oder vier den Gerichtssaal betreten. In dem Augenblick jedoch, als diese die Tür durchschritten, stürzten die anderen nach, schoben die Wachen zur Seite und drangen samt und sonders ein.

Als Fürst Luigi vor dem *illustrissimo Capitano* (dem Statthalter) erschien, beklagte er sich über eine solche Beleidigung und führte an, niemals sei ihm von seiten irgendeines Souveräns eine derartige Behandlung zuteil geworden. Nachdem der Statthalter ihn befragt hatte, ob irgend etwas auf den Tod der Signora Vittoria oder überhaupt die Vorgänge der vorherigen Nacht Bezügliches ihm bekannt sei, bejahte er die Frage und erklärte, er habe Befehl gegeben, daß davon dem Gericht Anzeige erstattet werde. Man wollte seine Antwort schriftlich niederlegen; er jedoch antwortete, daß Herren seines Ranges nicht gehalten seien, sich solchen Formalitäten zu unterziehen, wie sie gleichermaßen nicht verhört werden dürften.

Fürst Luigi erbat die Erlaubnis, einen Kurier mit einem Brief an den Fürsten Virginio zu senden, dem er in dieser Form von dem Prozeß und dem begangenen Verbrechen Kenntnis geben wolle. Er wies ein Schreiben vor, das nicht das wirkliche war, und erlangte, was er erbat.

Der von ihm entsandte Bote jedoch wurde außerhalb der Stadt angehalten und mit größter Sorgfalt durchsucht; man fand den Brief, den Fürst Luigi vorgezeigt hatte, und in den Stiefeln des Kuriers versteckt einen zweiten Brief, dessen Inhalt der folgende war:

An den sehr edlen Herrn Virginio Orsini.

Allererlauchtigster Herr,
Wir haben zur Ausführung gebracht, was zwischen uns vereinbart war, und zwar dergestalt, daß wir den Sehr ehrenwerten Signor Tondini (offenbar war dies der Name des Chefs der *Corte*, von der der Fürst verhört worden war) *zum Narren halten konnten, so daß ich hier für den größten Ehrenmann, den es auf Erden gibt, gelte. Ich habe die Sache persönlich ausgeführt. Versäumen Sie also nicht, alsbald die bewußten Leute zu schicken.*

Dieser Brief machte auf die Ratsherren Eindruck, und sie beeilten sich, ihn nach Venedig zu schicken; auf ihren Befehl wurden alle Stadttore zugesperrt und die Mauern Tag und Nacht mit Bewaffneten besetzt gehalten. Man gab öffentlich bekannt, daß mit strengen Strafen belegt werden würde, wer, obwohl er etwas von den Mördern wisse, dem Gericht von seinem Wissen keine Kenntnis gebe. Diejenigen der Mörder, die gegen einen der ihren aussagen würden, hätten keinerlei Verfolgung zu gewärtigen, man werde ihnen vielmehr eine Summe baren Geldes auszahlen. Doch zur siebenten Stunde des heiligen Abends (am 24. Dezember, gegen Mitternacht) erschien aus Venedig Aloysius Bragadin mit unumschränkter Vollmacht vom Senat, tot oder lebendig und was es auch kosten möge, sich des besagten Fürsten Luigi und der Seinen zu bemächtigen.

Der genannte Signor Aloysius Bragadin, der Polizeihauptmann und der Podestà (Bürgermeister) begaben sich gemeinsam ins Kastell.

Bei Strafe des Gehängtwerdens am Galgen *(pena della forca)* wurde geboten, daß alle Milizen zu Fuß und zu Pferde mit Waffen wohlversehen rings um das Haus des besagten Fürsten Luigi, das dem Kastell benachbart unmittelbar an die Kirche des hl. Augustinus an der *Arena* lag, Aufstellung nehmen sollten.

Als der Tag (es war der Weihnachtstag) angebrochen war, wurde in der Stadt ein Aufruf erlassen, der die Söhne des hl. Markus in Waffen zum Palast des besagten Signor Luigi eilen hieß; die keine Waffen hatten, wurden in das Kastell zitiert, wo man ihnen alles liefern würde, was sie haben wollten; in diesem Aufruf wurden zweitausend Dukaten demjenigen versprochen, der der *Corte* lebend oder tot den besagten Signor Luigi ausliefern würde, sowie fünfhundert Dukaten auf den Kopf eines jeden seiner Leute ausgesetzt. Außerdem wurde der Befehl erlassen, daß niemand, der waffenlos sei, dem Hause des Fürsten sich nahen dürfe, um nicht für die Kämpfenden ein Hindernis zu bilden, falls jener einen Ausbruch für geraten hielte.

Zu gleicher Zeit wurden Kanonen, Mörser und schwere Artillerie gegenüber dem Hause, das von dem Fürsten bewohnt war, auf den alten Mauern aufgepflanzt. Man schaffte einige auch auf die neuen Wälle, von denen aus man die Rückseite des besagten Palastes überblicken konnte. Auf dieser Seite hatte auch die Kavallerie in der Weise Aufstellung genommen, daß sie sich frei zu bewegen vermochte, falls sie eingreifen müßte. An den Ufern der Brenta war man geschäftig, Bänke, Schränke, Karren und sonstige Gegenstände zu verteilen, die geeignet waren, eine Brustwehr zu bilden. Man dachte auf diese Weise die Bewegungen der Belagerten zu behindern, falls sie es unternähmen, geschlossen dem Volke gegenüberzutreten. Diese Barrikaden sollten auch dazu dienen, die Artillerie und die Fußsoldaten vor den Arkebusen der Belagerten zu schützen.

Endlich schaffte man gegenüber und seitlich dem Hause des Fürsten Barken voller Männer, die Musketen und andere Waffen trugen, welche dem Feinde wirksam zu schaffen machen würden, falls er einen Ausfall unternähme, auf den Fluß; zugleich sperrte man sämtliche Straßen durch Barrikaden ab.

Während dieser Anstalten kam von seiten des Fürsten ein in durchaus angemessenen Wendungen gehaltener Brief, in welchem jener sich beschwerte, er werde als schuldig angesehen und als Rebell, ja als Feind behandelt, bevor die Angelegenheit untersucht worden sei. Dieses Schreiben hatte Liveroto verfaßt.

Am 27. Dezember wurden einige Edelleute, die zu den Vornehmsten der Stadt gehörten, vom Magistrat an den Signor Luigi entsandt, der in seinem Hause vierzig Mann bei sich hatte, alles alte, kampferprobte Soldaten. Man fand sie damit beschäftigt, sich aus Brettern und feuchten Matratzen Verschanzungen zu schaffen und ihre Arkebusen herzurichten.

Die drei Edelleute erklärten dem Fürsten, der Magistrat sei entschlossen, sich seiner Person zu bemächtigen; sie forderten ihn auf, sich zu ergeben, und setzten noch hinzu, allein durch Vornahme eines solchen Schritts, bevor man noch zum Handeln übergegangen sei, könne er von ihnen einige Milde erhoffen, worauf der Fürst erwiderte, daß er sich, wenn man vor allem die Wachen rings von seinem Hause entferne, von zweien oder dreien der Seinigen begleitet zum Magistrat begeben werde, um die Angelegenheit zu verhandeln, unter der ausdrücklichen Bedingung jedoch, daß es ihm jeder Zeit freistehen solle, nach Hause zurückzukehren.

Die Abgesandten nahmen diese von seiner Hand schriftlich niedergelegten Vorschläge entgegen und kehrten zum Magistrat zurück, der die Bedingungen verwarf, besonders auf den Rat des erlauchtigten Pio Enea und anderer edler Anwesender. Die Abgesandten begaben sich darauf nochmals zu Orsini und kündigten ihm an, daß man, wofern er sich nicht auf Gnade oder Ungnade ergäbe, sein Haus mit Hilfe der Artillerie dem Erdboden gleichmachen werde; worauf er erwiderte, er ziehe den Tod einem solchen Akt der Unterwerfung vor.

Der Magistrat erteilte darauf das Zeichen zum Kampf; doch obwohl man das Haus mit einer ersten Salve fast völlig hätte zerstören können, zog man es vor, zunächst mit einiger Schonung vorzugehen, um zu sehen, ob die Belagerten nicht schließlich doch in die Übergabe willigen würden.

Dieser Beschluß führte zum Erfolg, und der Regierung von San Marco wurde viel Geld erspart, das für den Wiederaufbau der vernichteten Teile des angegriffenen Palastes hätte aufgebracht werden müssen; gleichwohl stieß er nicht auf allgemeine Billigung. Hätten die Leute des Signor Luigi ohne Schwanken ihre Entscheidung getroffen und wären aus dem Hause ausgebrochen, so wäre der Erfolg keineswegs sicher gewesen. Es waren alles alte Soldaten, denen es weder an Munition noch Waffen noch Unerschrockenheit gebrach; vor allem hatten sie das allergrößte Interesse daran, zu siegen; war es nicht besser für sie, selbst wenn es zum Schlimmsten kam, durch einen Arkebusenschuß als von der Hand des Henkers zu sterben? Mit wem im übrigen hatten sie es zu tun? Mit unglücklichen Belagerern, die wenig Erfahrung im Umgang mit Waffen hatten; die Signoria hätte in diesem Fall ihre Milde und angeborene Güte bereut.

Man machte also den Anfang damit, die Kolonnade niederzulegen, die sich vorn vor dem Hause befand; darauf, indem man die Kanonade etwas höher richtete, wurde die Mauer der dahinterliegenden Front zerstört. Während dieser Zeit gaben die Leute da drinnen viele Schüsse aus ihren Arkebusen ab, doch mit keinem anderen Erfolg, als daß ein Mann in der Volksmenge an der Schulter verwundet wurde.

Signor Luigi rief mit großem Ungestüm: «Auf zum Kampf! Auf zum Krieg!» Er war sehr beschäftigt damit, aus zinnernem Tafelgeschirr und dem Blei der Fensterfassungen Kugeln gießen zu lassen. Er drohte, einen Ausfall zu unternehmen, doch die Belagerer ergriffen neue Maßnahmen und schafften Artillerie größeren Kalibers herbei.

Beim ersten Schuß, den diese abgab, brach ein großes Stück des Gebäudes nieder, und ein gewisser Pandolfo Leupratti aus Camerino stürzte mit den Trümmern herab. Er war ein Mann von großem Mut und ein gefürchteter Bandit. Er war vom Staat und der Kirche mit dem Bann belegt worden, und auf seinen Kopf war ein Preis von vierhundert Piastern von dem Sehr ehrenwerten Signor Vitelli wegen des Todes von Vincenzo Vitelli gesetzt, der in seinem Wagen angegriffen und durch Schüsse und einen Dolchstich getötet worden war, die ihm Fürst Luigi Orsini durch die Hand des besagten Pandolfo und seiner Kumpane hatte beibringen lassen. Völlig betäubt durch seinen Sturz war Pandolfo unfähig zu jeder Bewegung; ein Bedienter der Signoria, Caidi Lista, ging mit einer Pistole bewaffnet auf ihn zu und schnitt ihm sehr mutig den Kopf ab, den er eilends ins Kastell trug und dort den Ratsherren übergab.

Kurz darauf brachte erneuter Artilleriebeschuß eine Ecke des Hauses zum Einsturz und tötete zugleich den Grafen von Montemelino aus Ferisa, der, von der Kugel völlig zerschmettert, in den Ruinen starb.

Nicht lange danach sah man einen Mann aus dem Palaste treten, dessen Name Oberst Lorenzo und der einer der Edlen von Camerino war, ein sehr reicher Mann, der bei mehreren Gelegenheiten Beweise der Tapferkeit erbracht hatte und bei dem Fürsten höchst angesehen war; er wollte sein Gewehr abfeuern, doch wiewohl das Rad sich drehte, begab es sich, vielleicht durch Gottes Willen, daß die Arkebuse nicht losging; im gleichen Augenblick wurde er auch schon von einer Kugel durchbohrt. Der Schuß war von einem armen Teufel abgegeben worden, einem Repetitor der Zöglinge von Sankt Michael. Während er aber, um die versprochene Belohnung zu erlangen, hinzutrat und dem Toten den Kopf abschneiden wollte, kamen ihm andere, flinkere und vor allem solche, die stärker waren als er, zuvor, nahmen dem Obersten die Börse, den Gürtel, das Gewehr, Geld und Ringe ab und erbeuteten seinen Kopf.

Als alle umgekommen waren, auf die Fürst Luigi sich am meisten verlassen hatte, wurde er von starker Sorge erfaßt; man beobachtete, daß er keine Bewegung mehr machte.

Signor Filenfi, sein Hausmeister und Sekretär in bürgerlicher Kleidung, gab von einem Balkon aus ein Zeichen mit einem weißen Taschentuch, daß er sich ergeben wolle. Er kam heraus und wurde «unter dem Arm», wie es im Kriege Sitte sein soll, von Anselmo Suardo, einem Leutnant der Signoria (Magistrat), zur Zitadelle geführt. Als man ihn auf der Stelle verhörte, erklärte er, er trage an dem, was geschehen sei, keine Schuld, da er erst am Weihnachtsvorabend aus Venedig, wo er sich in Geschäften des Fürsten ein paar Tage aufgehalten habe, eingetroffen sei. Man fragte ihn, in welcher Zahl der Fürst Leute bei sich habe; er antwortete: «Zwanzig oder dreißig Mann.» Man wollte von ihm die Namen wissen, doch er erwiderte, daß nur acht oder zehn von ihnen, da sie Leute von Stande seien, mit an der Tafel gespeist hätten wie er selbst, und daß von diesen die Namen ihm bekanntgeworden seien; von den übrigen jedoch, Leute ohne festen Wohnsitz und erst seit kurzem in die Umgebung des Fürsten versetzt, habe er im einzelnen keine Kenntnis genommen.

Er nannte dreizehn Personen, darunter den Bruder Liverotos.

Kurz darauf begann die auf den Mauern der Stadt aufgepflanzte Artillerie in Aktion zu treten. Die Soldaten besetzten die an den Palast des Fürsten anstoßenden Häuser, um die Flucht der Leute zu verhindern. Besagter Fürst, der den gleichen Gefahren ausgesetzt gewesen war wie die, deren Tod wir berichtet haben, sagte zu den Leuten seiner Umgebung, sie sollten sich so lange halten, bis ein von seiner Hand beschriebenes und von einem bestimmten Zeichen begleitetes Schriftstück zu ihnen gelangen werde; darauf ergab er sich dem oben bereits erwähnten Anselmo Suardo. Da man ihn wegen der großen Volksmenge und der in den Straßen errichteten Barrikaden nicht im Wagen fortführen konnte, wie es Vorschrift war, beschloß man, daß er zu Fuß gehen müsse.

Inmitten der Leute Marcello Accorambonis schritt er dahin; ihm zur Seite gingen die Herren Condottieri, Leutnant Suardo und andere Hauptleute und Edle der Stadt, alle mit Waffen gut versorgt. Dann folgte eine starke Truppe aus bewaffneten Bürgern und Soldaten der Stadt. Fürst Luigi war dunkel gekleidet, er trug sein Stilett an der Seite und den aufgeschlagenen Mantel auf eine sehr elegante Weise unter dem Arm; mit verächtlichem Lächeln bemerkte er: «Wenn ich nur hätte kämpfen wollen!», womit er offenbar fast zu verstehen geben wollte, er hätte in diesem Fall den Sieg davongetragen. Als er den Signori vorgeführt wurde, begrüßte er sie und sagte:

«Meine Herren, ich bin der Gefangene dieses Edelmanns», wobei er auf Anselmo zeigte, «und bedauere sehr das Vorgefallene, das nicht durch mich verschuldet worden ist.»

Da der Hauptmann befohlen hatte, man solle ihm das Stilett abnehmen, das er an der Seite trug, lehnte er sich an einen Balkon und begann sich mit einer kleinen Schere, die er dort fand, die Nägel zu schneiden.

Man fragte ihn, welche Personen er bei sich im Haus gehabt habe; er nannte unter anderen Oberst Liveroto und den Grafen Montemelino, von dem schon oben die Rede war, wobei er hinzusetzte, er würde zehntausend Piaster geben, um einen von ihnen loszukaufen, und für den anderen sogar sein Blut. Er verlangte an einen Ort verbracht zu werden, der für einen Mann seines Standes angemessen sei. Wie es abgemacht war, schrieb er mit eigener Hand an die Seinen und befahl ihnen, sich allsofort zu ergeben; seinen Ring fügte er als Zeichen bei. Er sagte zu Signor Anselmo, er schenke ihm seinen Degen und sein Gewehr und bitte ihn, wenn er die Waffen in seinem Hause gefunden habe, sich ihrer ihm zuliebe als der Waffen eines Edelmanns und nicht irgendeines gemeinen Soldaten zu bedienen.

Die Soldaten drangen in das Haus, durchsuchten es gründlich und hielten einen Appell für die Leute des Fürsten ab, von denen vierunddreißig sich dort fanden, worauf man sie zu je zweien in das Gefängnis im Palast überführte. Die Gefallenen wurden den Hunden als Beute überlassen; darauf beeilte man sich, über alles nach Venedig zu berichten.

Man stellte fest, daß viele der Soldaten des

Fürsten, Mitschuldige seiner Tat, nicht aufzufinden waren; es wurde verboten, ihnen Asyl zu gewähren, wobei Zuwiderhandelnden Niederreißung ihrer Häuser und Einziehung ihrer Güter angedroht wurde; diejenigen, die von dergleichen Anzeige erstatteten, sollten fünfzig Piaster erhalten. Auf diese Weise wurden mehrere ausfindig gemacht.

Aus Venedig wurde eine Fregatte nach Candia geschickt, die dem Signor Latino Orsini den Befehl überbrachte, wegen einer Angelegenheit von höchster Wichtigkeit sofort zurückzukehren; man nimmt an, daß er sein Kommando verliert.

Gestern morgen, am St. Stephanstag, erwartete alle Welt, besagten Fürsten Luigi sterben zu sehen oder aber zu hören, daß er im Gefängnis erdrosselt worden sei; dem war jedoch nicht so – zum allgemeinen Erstaunen, denn man hält keinen Vogel gern lange im Käfig fest. Doch in der folgenden Nacht fand der Prozeß gleichwohl statt, und am Tage des hl. Johannes, kurz vor Morgengrauen, erfuhr man, daß der besagte Herr erwürgt worden und in sehr guter Haltung gestorben sei. Sein Leichnam wurde unverzüglich unter dem Geleit der Geistlichkeit der Kirche und der Jesuitenpatres in die Kathedrale geschafft. Man ließ ihn den ganzen Tag auf einem Tisch inmitten der Kirche liegen, damit er dem Volke zum Schauspiel und den Unerfahrenen als ein Spiegel diene.

Am folgenden Tage wurde sein Leib nach Venedig gebracht, so wie es in seinem Testament angeordnet war, und daselbst beigesetzt.

Am Samstag wurden zwei seiner Leute gehenkt; der erste und wichtigste war Furio Savorgnano, der andere eine Person von geringem Stand.

Am Montag, dem vorletzten Tag des oben genannten Jahres, wurden dreizehn zum Galgen geführt, darunter mehrere Adlige; zwei weitere, von denen der eine Hauptmann Splendiano genannt wurde und der andere ein Graf Paganello war, wurden über den Platz geführt und leicht mit Zangen gezwickt; an der Richtstätte angekommen, wurden sie niedergemacht, ihre Köpfe zerschlagen, und darauf beide noch fast bei lebendigem Leibe gevierteilt. Diese Männer waren von edler Geburt und, bis sie sich dem Bösen weihten, sehr reich. Es heißt, Graf Paganello sei derjenige gewesen, der die Signora Vittoria Accoramboni auf die grausame Weise umgebracht habe, von der berichtet worden ist. Dem wird entgegengehalten, Fürst Luigi bezeuge in dem oben zitierten Brief, er habe es mit eigener Hand getan; vielleicht hat er es aus der gleichen eitlen Ruhmsucht behauptet, wie er sie in Rom bewies, als er Vitelli ermorden ließ, oder aber um sich desto mehr der Gunst des Fürsten Virginio Orsini zu versichern.

Bevor Graf Paganello den Todesstreich empfing, wurde er mehrmals mit einem Messer unterhalb der linken Brust durchbohrt, um ihn damit am Herzen zu berühren, so wie er es jener armen Dame angetan haben sollte. Daher kam es, daß sich aus seiner Brust ein wahrer Blutstrom ergoß. Er lebte in diesem Zustand noch länger als eine halbe Stunde lang zum allgemeinen Staunen. Er war ein Mann von fünfundvierzig Jahren und erweckte den Eindruck, von überaus kräftiger Konstitution zu sein.

Die Galgen stehen noch, um auch noch den neunzehn Verbleibenden an dem ersten Tage, der kein Festtag mehr sein wird, als Hinrichtungsstätte zu dienen. Da aber der Henker ungemein müde ist und das Volk vom Anblick so vieler Toter selbst zu Tode erschöpft, wird die Zeremonie noch zwei Tage verschoben.

Es wird nicht angenommen, daß einer von diesen Männern am Leben bleibt. Unter den vielen Leuten, die in den Diensten des Fürsten Luigi standen, wird vielleicht einzig Signor Filenfi eine Ausnahme machen, sein Hausmeister, der sich alle erdenkliche Mühe gibt – und freilich ist die Sache wichtig genug für ihn – zu beweisen, daß er keinen Teil an dem Geschehenen hat.

Selbst unter den ältesten Leuten von Padua erinnert sich keiner mehr, daß je auf Grund gerechterer Urteile gegen das Leben so vieler Menschen auf einmal vorgegangen worden ist. Die Signoria (von Venedig) aber hat sich hohes Ansehen und einen guten Ruf bei den zivilisiertesten unter den Völkern erworben.

(Von anderer Hand hinzugefügt:)

Francesco Filenfi, Sekretär und *maestro de Casa,* wurde zu fünf Jahren Gefängnis verurteilt. Der Mundschenk *(copiere)* Onorio Adami de Fermo sowie zwei weitere zu einem Jahr Gefängnis; sieben andere wurden, in Eisen geschmiedet, auf die Galeere verbannt und sieben freigelassen.

Palermo, den 22. Juli 1838

Ich bin kein Naturforscher, und ich kann nur sehr mittelmäßig Griechisch; der Hauptzweck meiner Reise nach Sizilien bestand nicht darin, die Phänomene des Ätna zu beobachten, noch für mich oder andere Klarheit über alles das zu gewinnen, was die alten griechischen Autoren über Sizilien gesagt haben. Ich suchte zunächst Genuß für die Augen, der groß ist in diesem eigenartigen Land. Es gleicht bereits, so sagt man, dem afrikanischen Kontinent; was aber für mich ganz unbedingt feststeht, ist, daß es Italien nur durch die allerdings hier wie dort herrschenden verzehrenden Leidenschaften ähnlich sieht. Von den Sizilianern kann man wahrhaft sagen, daß es das Wort «unmöglich» für sie nicht gibt, sobald sie von Liebe oder von Haß entflammt sind; der Haß jedoch entstammt in diesem schönen Land niemals dem Hang zum Gelde.

Ich stelle fest, daß in England, vor allem aber in Frankreich, häufig von italienischer Leidenschaft die Rede ist, das heißt von der sinnlosen

Leidenschaft, die im Italien des sechzehnten und siebzehnten Jahrhunderts zu finden war. In unseren Tagen ist diese schöne Leidenschaft in den Kreisen, die von der Neigung zur Nachahmung französischer Sitten und Gepflogenheiten nach der Mode von Paris oder London befallen sind, vollkommen ausgestorben.

Ich weiß sehr wohl, daß man sagen kann, Neapel, Florenz und sogar Rom hätten zur Zeit Karls des Fünften (1530) bis zu einem gewissen Grade die spanischen Sitten nachgeahmt; aber waren nicht diese so edlen Gewohnheiten des Umgangs in der Gesellschaft auf die unbegrenzte Achtung gegründet, die jeder Mann, der diesen Namen verdient, den tieferen Regungen seiner Seele schuldet? Weit davon entfernt, die Energie auszuschließen, überspannten jene sie sogar, während der oberste Grundsatz der Elégants, die gegen 1760 dem Beispiel des Herzogs von Richelieu nacheiferten, darin bestand, durch nichts bewegt zu scheinen. Und ist es nicht die leitende Maxime des englischen *dandy,* den man heute in Neapel mehr als den französischen *fat* kopiert, von allem gelangweilt und über alles erhaben zu scheinen?

Demgemäß ist die italienische Leidenschaft seit hundert Jahren bereits in der guten Gesellschaft dieses Landes nicht mehr anzutreffen.

Um mir eine Vorstellung von dieser italienischen Leidenschaft zu machen, habe ich mich an geschichtliche Vorgänge halten müssen, wobei noch dazu die durch Leute von Talent aufgezeichnete große und leider häufig allzu großartige Historie fast nichts von diesen Einzelheiten sagt. Sie hält es für unter ihrer Würde, Torheiten zur Kenntnis zu nehmen, es sei denn, sie wären von Königen oder Fürsten begangen. Ich habe daher zu der Spezialchronik der einzelnen Städte meine Zuflucht genommen, aber hier nun fühlte ich mich durch die Fülle des Materials erschreckt. Irgendein beliebiges Städtchen bietet einem voller Selbstgefühl seine Geschichte in drei oder vier gedruckten Quartbänden sowie weiteren sechs oder acht handgeschriebenen Folianten dar. Diese aber sind fast nicht zu entziffern, wimmeln von Abkürzungen, verwenden für die Buchstaben sonderbare Formen und gebrauchen in den spannendsten Momenten in Hülle und Fülle Wendungen, die damals in jener Region zwar üblich, doch bereits zwanzig Meilen weiter entfernt schon ganz unverständlich waren. Denn in dem ganzen schönen Italien, in dem die Liebe so viele tragische Begebenheiten gezeitigt hat, sprechen nur drei Städte, Florenz, Siena und Rom, einigermaßen ebenso, wie sie schreiben; an allen übrigen Orten entfernt sich die gesprochene Sprache meilenweit von der geschriebenen.

Was man italienische Leidenschaft nennt, das heißt die Leidenschaft, die sich selbst Genüge zu schaffen trachtet und nicht dem Nachbarn eine imposante Vorstellung von ihrem Träger als Individuum geben will, beginnt mit der Wiedergeburt der Gesellschaft im 12. Jahrhundert und erlischt, wenigstens in den vornehmsten Kreisen, gegen 1734. Zu diesem Zeitpunkt kommen die Bourbonen in Neapel zur Herrschaft, und zwar in der Person des Don Carlos, des Sohnes einer Farnese, die in zweiter Ehe mit Philipp V., jenem traurigen Enkelsohn Ludwigs XIV., verheiratet war, der, so unerschrocken im Kugelregen, so gelangweilt und ein so leidenschaftlicher Musikfreund gewesen ist. Es ist bekannt, daß vierundzwanzig Jahre hindurch der großartige Kastrat Farinelli ihm alle Tage seine drei Lieblingsarien – immer die gleichen – vorsingen mußte.

Ein philosophischer Kopf mag die Details einer in Rom oder Neapel erlebten Leidenschaft sonderbar finden, aber ich muß gestehen, daß nichts mir absurder vorkommt als Romane, in denen die Personen von ihrem Verfasser mit italienischen Namen ausgestattet worden sind; denn wir dürften uns doch wohl klar darüber sein, daß die Leidenschaften sich jede hundert Meilen, die man weiter nach Norden vorgerückt ist, wieder ganz anders präsentieren. Ist etwa die Liebe die gleiche in Marseille und in Paris? Höchstens kann man sagen, daß Länder, die seit langem die gleiche Regierungsform haben, in den gesellschaftlichen Gepflogenheiten einander äußerlich angeglichen sind.

Auch die Landschaft verändert sich wie die Leidenschaft und die Musik, sobald man sich um zwei oder drei Breitengrade weiter nach Norden begibt. Eine neapolitanische Landschaft würde in Venedig absurd erscheinen, wenn es nicht sogar in Italien selbst zu einer Geschmackskonvention geworden wäre, die schöne Natur von Neapel zu bewundern. In Paris tun wir noch mehr: wir glauben, das Aussehen der Wälder und Kulturebenen sei absolut dasselbe in Neapel wie in Venedig, und wir möchten, daß ein Canaletto zum Beispiel die gleichen Farben aufwiese wie ein Salvator Rosa.

Ist nicht aber der Gipfel des Lächerlichen erreicht, wenn eine englische Dame, die mit allen Vollkommenheiten ihrer Insel begabt ist, aber gewissermaßen für außerstande gilt, Haß und Liebe auch nur auf dieser Insel zu schildern, nämlich Mrs. Ann Radcliffe, die Personen ihres berühmten Romans *The Italian or the Confessional of the Black Penitents* mit italienischen Namen und großen Leidenschaften versieht?

Ich werde nicht versuchen, den zuweilen beleidigend naturhaften, derben Ton der nur allzu wahren Erzählung aufzuschönen, die ich der Nachsicht des Lesers unterbreiten möchte; zum Beispiel übersetze ich wörtlich die Antwort der Herzogin von Palliano auf die Liebeserklärung ihres Vetters Marcello Capecce. Diese Monographie einer Familie findet sich aus mir unbekannten Gründen im zweiten Band einer nur handschriftlich vorliegenden Geschichte von Palermo, über die ich sonst keine nähere Auskunft geben kann.

Die Erzählung, die ich zu meinem Bedauern stark abkürzen muß (ich lasse eine Menge charakteristischer Züge aus), umfaßt die letzten Abenteuer der unglücklichen Familie Carafa mehr noch als nur die Geschichte einer einzigen Leidenschaft. Die literarische Eitelkeit flüstert mir ein, daß es mir vielleicht nicht unmöglich gewesen wäre, das Interesse mehrerer Situationen noch zu steigern, wenn ich das, was in den Personen vorging, weiter ausgemalt, das heißt erraten und mit allen Einzelheiten dem Leser geschildert hätte. Aber bin ich, ein nördlich von Paris geborener junger Franzose, ganz sicher, die Empfindungen italienischer Seelen im Jahre 1599 richtig nachempfunden zu haben? Ich kann höchstens zu erraten hoffen, was den französischen Lesern von 1838 elegant und pikant erscheint.

Die leidenschaftliche Empfindungsweise, die

gegen 1559 in Italien herrschte, verlangte nach Handlungen, nicht nach Worten. Man wird also in den nun folgenden Berichten wenig Dialoge finden. Das ist ein Nachteil für die vorliegende Übersetzung, da wir ja nun einmal bei unseren Romangestalten lange Gespräche gewöhnt sind; für sie ist ein Wortgefecht eine Schlacht. Die Geschichte, für die ich weitgehende Nachsicht vom Leser erbitte, hat eine eigene Note, die durch die Spanier in die Sitten Italiens eingeführt worden ist. Ich verlasse dabei nirgendwo die Rolle des Übersetzers. Das getreue Spiegelbild der Fühlweise des sechzehnten Jahrhunderts und sogar die Art des Erzählers, die Dinge darzustellen – offenbar handelt es sich um einen Edelmann im Dienste der unglücklichen Herzogin von Palliano –, machen meines Erachtens den wesentlichen Vorzug dieser tragischen Erzählung aus, wofern sie überhaupt irgendwelche Vorzüge hat.

Die strengste spanische Etikette herrschte am Hofe des Herzogs von Palliano. Man muß dabei beachten, daß jeder Kardinal, jeder römische Fürst über einen entsprechenden Hof verfügte; nur so kann man sich eine Vorstellung von dem Schauspiel machen, das im Jahre 1559 die Kultur der Stadt Rom dem Beschauer bot. Man vergesse auch nicht, daß dies die Zeit war, in der König Philipp II., als er für eine seiner Intrigen die Stimme zweier Kardinäle brauchte, jedem von ihnen zweihunderttausend Pfund Renten in Form von kirchlichen Benefizien gab. Rom, obwohl ohne furchtgebietendes Heer, war die Hauptstadt der Welt, Paris hingegen 1559 eine Stadt, in der ganz liebenswerte Barbaren hausten.

Wortgetreue Übersetzung eines gegen 1566 verfaßten alten Berichtes

Obwohl einer der edelsten Familien des Königreichs Neapel entstammend, zeichnete Gian Pietro Carafa sich durch eine rauhe, derbe, gewaltsame und eher eines Viehhirten würdige Art des Handelns aus. Er wählte den langen Rock (die Soutane) und ging noch jung nach Rom, wo ihm die Gunst seines Vetters Oliviero Carafa, der Kardinal und Erzbischof von Neapel war, sehr zustatten kam. Alexander VI., dieser große Mann, der alles wußte und alles vermochte, ernannte ihn zu seinem *cameriere* (was in unserem Sittensystem etwa einem persönlichen Adjutanten entspricht). Julius II. machte ihn zum Erzbischof von Chieti, Papst Paul zum Kardinal, und endlich, am 23. Mai 1555 wurde er nach fürchterlichen Ausbrüchen von Eifersucht und Zwietracht zwischen den im Konklave vereinten Kardinälen unter dem Namen

Paul IV. zum Papst gewählt; damals war er achtundsiebzig Jahre alt. Sogar diejenigen, die ihn soeben auf den Stuhl Petri berufen hatten, zitterten bald darauf bei dem Gedanken an die Härte und ungebändigte, unerbittliche Frömmigkeit des Herrn, den sie sich selber gegeben hatten.

Die Neuigkeit dieser unerwarteten Ernennung hatte in Neapel und Palermo die Wirkung einer Revolution. Innerhalb weniger Tage war Rom Zeuge des Eintreffens einer großen Zahl von Mitgliedern der berühmten Familie Carafa. Alle wurden in Ämtern untergebracht; aber, wie es natürlich ist, zeichnete der Papst vor allem seine drei Neffen, Söhne des Grafen Montorio, seines Bruders, aus.

Don Juan, der Älteste, der bereits verheiratet war, wurde zum Herzog von Palliano gemacht. Dieses Herzogtum, das Marcantonio Colonna gehörte und diesem erst abgenommen wurde, umfaßte eine große Zahl von Dörfern und kleinen Städten. Don Carlos, der zweite der Neffen Seiner Heiligkeit, war Malteserritter und hatte den Krieg mitgemacht; er wurde zum Kardinal, zum Legaten von Bologna und Ersten Minister erhoben. Er war ein Mann von großer Entschlossenheit; getreu den Traditionen seiner Familie, wagte er den mächtigsten König der Welt (Philipp II., König von Spanien und von Indien) zu hassen und ihm auch Beweise seines Hasses zu liefern. Was den dritten Neffen des neuen Papstes, Don Antonio Carafa, betraf, so machte ihn, da er verheiratet war, der Papst zum Markgrafen von Montebello. Schließlich unternahm er es noch, dem Dauphin von Frankreich und Sohn König Heinrichs II., eine Tochter seines Bruders aus zweiter Ehe zu vermählen; Paul IV. hatte vor, ihr das Königreich Neapel, das man zuvor Philipp II., König von Spanien, fortnehmen mußte, als Mitgift zu überlassen. Die Familie Carafa haßte diesen mächtigen König, der, durch die Missetaten der Familie in seinem Vorgehen stark unterstützt, sie schließlich, wie man sehen wird, auszulöschen vermochte.

Seitdem er den Thron Sankt Peters bestiegen hatte, der der mächtigste der Welt war und jederzeit selbst den des berühmten spanischen Monarchen in Schatten stellte, entfaltete Paul IV., wie man es auch bei der Mehrzahl seiner Nachfolger hat feststellen können, in beispielhafter Weise alle Tugenden. Er wurde ein großer Papst und ein großer Heiliger; er verwendete viel Kraft darauf, die in der Kirche herrschenden Mißbräuche durch eine Reform zu beheben und auf diese Weise ein Generalkonzil, das von allen Seiten her von der Kurie gefordert wurde, dessen Gewährung jedoch eine weise Politik durchaus ablehnen mußte, in weite Ferne zu rücken.

Gemäß den Gepflogenheiten jener bei uns allzusehr in Vergessenheit geratenen Epoche, in der es einem Souverän nicht gestattet war, Leuten sein Vertrauen zu schenken, die möglicherweise ein anderes Interesse als das seine verfolgten, wurden die Lande Seiner Heiligkeit despotisch von seinen drei Neffen regiert. Der Kardinal war Erster Minister und nahm Einfluß auf die Willensentscheidungen seines Oheims; der Herzog von Palliano war zum General über die Truppen der Heiligen Kirche ernannt worden; der Markgraf von Montebello aber, welcher Hauptmann der Palastgarde war, gewährte niemandem außer den ihm genehmen Personen Zutritt. Bald jedoch gaben sich diese jungen Leute den größten Ausschweifungen hin. Sie begannen damit, daß sie sich die Güter von Familien aneigneten, denen ihre Herrschaft mißliebig war. Die Leute wußten nicht, an wen sie sich wenden sollten, um Gerechtigkeit zu erlangen. Nicht nur hatten sie für ihr Hab und Gut zu fürchten, sondern – was noch furchtbarer zu denken war im Lande der keuschen Lukrezia – auch die Ehre ihrer Frauen und Töchter war in großer Gefahr. Der Herzog von Palliano und seine Brüder entführten die schönsten Frauen, sofern diese das

Unglück hatten, ihnen zu gefallen. Starr vor Staunen mußte man erleben, daß sie sich auch durch Adel der Geburt nicht zurückhalten ließen; ja mehr noch, sie machten nicht einmal vor der geweihten Klausur der heiligen Klöster halt. Zur Verzweiflung getrieben, wußten die Menschen nicht mehr, wo sie ihre Klagen vorbringen sollten, so groß war der Schrecken, den die drei Brüder bei allen verbreiteten, die in den näheren Umkreis des Papstes kamen; sie sprangen in unerhörter Weise sogar mit den Gesandten um.

Vor der Rangerhöhung seines Onkels hatte der Herzog sich mit Violante di Cardone vermählt, die einer spanischen, in Neapel der ersten Adelsklasse angehörigen Familie entstammte.

Sie zählte zum *Seggio di nido*.

Berühmt durch ihre erlesene Schönheit sowie die Anmut, die sie zu entfalten wußte, sobald sie gefallen wollte, war es Violante noch mehr durch ihren unbändigen Stolz. Doch muß man gerechterweise sagen, daß es schwer gewesen wäre, hochgesinnter zu sein als sie, was sie der Welt sehr wohl dadurch bewies, daß sie vor ihrem Tode dem Kapuzinerpater, dem sie beichtete, nichts gestand. Sie konnte den wundervollen *Orlando* des Messer Ariosto auswendig und rezitierte ihn mit unendlicher Grazie, ebenso die Sonette des göttlichen Petrarca und die Erzählungen des *Pecorone* sowie noch anderes mehr. Aber noch verführerischer war sie, wenn sie ihre Umgebung mit den originellen Ideen, die ihr Geist ihr eingab, zu unterhalten geruhte.

Sie hatte einen Sohn, der den Namen eines Herzogs von Cavi trug. Ihr Bruder, Don Ferrante, Graf von Aliffe, kam, von dem glückhaften Aufstieg seiner Schwäger angelockt, nach Rom.

Der Herzog von Palliano hielt in glanzvoller Weise Hof; die jungen Leute aus den ersten Familien Neapels stritten sich um die Ehre, diesem Hof anzugehören. Unter denen, die ihm die liebsten waren, zeichnete Rom den (ebenfalls dem *Seggio di nido* angehörigen) Marcello Capecce durch seine Bewunderung aus, einen jungen Kavalier, der in Neapel durch seinen Geist nicht weniger berühmt war als durch die göttliche Schönheit, die ihm der Himmel verliehen hatte.

Die Favoritin der Herzogin war Diana Brancaccio, die damals dreißig Jahre alt und eine nahe Verwandte der Marchesa von Montebello, Volantes Schwägerin, war. Es hieß in Rom, daß sie dieser ihrer Bevorzugten gegenüber ihren Stolz ablege. Sie vertraute ihr alle ihre Geheimnisse an. Doch bezogen sich diese Geheimnisse einzig auf die Politik; die Herzogin weckte Leidenschaften, teilte selbst jedoch keine davon.

Auf den Rat des Kardinals Carafa führte der Papst mit dem König von Spanien Krieg; der König von Frankreich aber schickte dem Papst ein von dem Herzog von Guise befehligtes Heer zu Hilfe.

Doch müssen wir bei den Ereignissen verweilen, die sich innerhalb des herzoglich Pallianoschen Hofes abspielten.

Capecce war seit langem wie von Sinnen; man sah ihn die absonderlichsten Handlungen begehen; Tatsache ist, daß der arme junge Mann sich leidenschaftlich in die Herzogin, seine Herrin, verliebt hatte, jedoch nicht sich ihr zu entdecken wagte. Gleichwohl verzweifelte er nicht völlig daran, trotz allem zum Ziel zu gelangen; denn er sah die Herzogin tief verstimmt gegen ihren Gatten, der sie vernachlässigte. Der Herzog von Palliano war allmächtig in Rom, und die Herzogin wußte zweifellos, daß täglich die durch ihre Schönheit berühmtesten römischen Damen ihren Gemahl in seinem Palast besuchten – eine Kränkung, die sie nicht verwand.

Unter den Kaplänen des Heiligen Vaters Pauls IV. befand sich ein achtenswerter Mönch, mit dem sie das Brevier zu lesen pflegte. Auf die Gefahr hin, sich selbst ins Verderben zu stürzen, vielleicht zudem von dem spanischen Gesandten dazu gedrängt, wagte dieser Mann eines Tages, dem Papst alle verbrecherischen Verfehlungen seiner Neffen zu entdecken. Der heilige Oberherr der Kirche wurde krank vor Kummer; er hätte gern gezweifelt; doch überwältigende Beweise stellten sich von allen Seiten her ein. Am ersten Tage des Jahres 1599 sodann trug sich die Begebenheit zu, die alle argwöhnischen Vermutungen Seiner Heiligkeit bestätigte und für dero Handlungsweise entscheidend gewesen sein mag. Es geschah ausgerechnet am Tage der Beschneidung des Herrn – ein Umstand, der das Vergehen in den Augen eines so frommen Souveräns besonders schwerwiegend erscheinen ließ –, daß Andrea Lanfranchi, der Sekretär des Herzogs von Palliano, für den Kardinal Carafa ein prächtiges Bankett veranstaltete und zu diesem Mahle, da er bei so vielen Reizungen des Gaumens auch die Genüsse der Liebeslust nicht fehlen lassen wollte, die *Martuccia,* eine der schönsten, berühmtesten und reichsten Kurtisanen der edlen Stadt Rom, in sein Haus kommen ließ. Das Schicksal aber wollte, daß Capecce, der Günstling des Herzogs, der gleiche, der in die Herzogin verliebt war, sich seit einiger Zeit mit der Martuccia besonders gut verstand. An diesem Abend nun suchte er sie an allen Stätten, an denen er ihr zu begegnen Hoffnung hegen konnte. Da er sie nirgends fand und zudem erfahren hatte, daß im Hause Lanfranchi ein Bankett stattfand, argwöhnte er, was vorging, und stellte sich gegen Mitternacht, von vielen Bewaffneten begleitet, bei Lanfranchi ein.

Die Tür wurde ihm aufgetan und er selbst gebeten, sich niederzusetzen und am Mahl teilzunehmen; doch nach einigen förmlichen Reden verständigte er die Martuccia durch einen Wink, sie solle sich erheben und ihm nach draußen folgen. Während sie, verwirrt und in Voraussicht dessen, was nunmehr eintreten werde, noch zögerte, erhob sich Capecce von seinem Platz, trat an die junge Person heran, faßte sie bei der Hand und suchte sie mit sich fortzuziehen. Der Kardinal, dem zu Ehren sie bei dem Fest erschienen war, widersetzte sich ihrem Aufbruch mit aller Entschiedenheit; Capecce gab nicht nach, sondern blieb bemüht, sich mit ihr aus dem Saal zu entfernen.

Der Kardinal und Premierminister, der an jenem Abend ein Gewand angelegt hatte, das sich weit von dem unterschied, das seine hohe Würde bezeichnete, stellte sich mit dem Schwert in der Hand und all der Kraft und Tapferkeit, die ganz Rom an ihm kannte, dem Aufbruch der jungen Kurtisane entgegen. Marcello, wie von Sinnen vor Zorn, ließ seine Leute herein; doch waren sie größtenteils Neapolitaner, und als sie erst den Sekretär des Herzogs und darauf den Kardinal erkannten, der durch das sonderbare Kostüm, das er trug, für sie zunächst unkenntlich geblieben war, ließen sie ihre Degen wieder in der Scheide verschwinden; sie wollten sich nicht schlagen, sondern versuchten, den Streit zu beschwichtigen.

Während dieses Tumultes erwies sich die Martuccia, wiewohl von allen Seiten umringt und von Marcello mit der linken Hand festgehalten, als geschickt genug, ins Freie zu entkommen. Sobald Marcello sah, daß sie fort war, lief er hinter ihr her, von allen seinen Leuten gefolgt.

Die Dunkelheit der Nacht jedoch ermutigte zu den sonderbarsten Erzählungen, und am Morgen des 2. Januar wurde die Stadt mit Berichten über den gefährlichen Kampf überschwemmt, der, wie man sagte, zwischen dem Kardinal-Nepoten und Marcello Capecce stattgefunden habe. Der Herzog von Palliano, der Generalissimus der Armee der Kirche, hielt die Sache für schwerwiegender, als sie war; und da er mit seinem Bruder, dem Minister, nicht besonders gut stand, ließ er noch in der gleichen Nacht Lanfranchi verhaften, und am folgenden Tag in der Frühe wurde auch Marcello gefangengesetzt. Da nun stellte man fest, daß niemand ums Leben gekommen war, und daß die Inhaftierungen nur geeignet waren, den Skandal, der ganz und gar auf den Kardinal zurückfiel, desto schlimmer zu machen. Man beeilte sich, den Gefangenen die Freiheit zurückzugeben, und die ungeheure Macht der drei Brüder wirkte zusammen, um den Verdacht zum Erliegen zu bringen. Sie hofften dabei zunächst auf Erfolg; aber am dritten Tage kam der Bericht über die Vorgänge dennoch dem Papste zu Ohren. Er ließ seine beiden Neffen holen und sprach zu ihnen, wie nur ein so frommer und so tief gekränkter Fürst es zu tun vermochte.

Am fünften Tage des Januars, an dem eine große Zahl von Kardinälen sich zur *Congregatio Sancti Officii* versammelt hatte, sprach der fromme Papst als erster von der furchtbaren Angelegenheit; er fragte die anwesenden Kardinäle, wieso sie gewagt hätten, diese Sache nicht zu seiner Kenntnis zu bringen:

«Ihr schweigt! Und dennoch rührt der Skandal an die erhabene Würde, mit der Ihr bekleidet seid. Kardinal Carafa hat gewagt, auf offener Straße im weltlichen Gewand und mit dem blanken Degen in der Hand zu erscheinen. Und zu welchem Zweck? Um einer gottlosen Dirne nachzustellen.»

Man kann sich denken, welch tödliches Schweigen unter den Hofleuten während dieses gegen den Ersten Minister erhobenen Vorwurfs herrschte. Hier ereiferte sich ein Greis von achtzig Jahren gegen einen geliebten Neffen, der bisher bestimmend auf seinen Willen hatte einwirken können. In seiner Entrüstung sprach der Papst davon, seinem Neffen den Kardinalshut zu entziehen.

Der Zorn des Papstes wurde noch durch den Gesandten des Großherzogs von Toscana geschürt, der sich bei ihm über eine erst kurz zurückliegende Anmaßlichkeit des Kardinal-Ministers beschwerte. Der Kardinal, der eben noch so mächtig gewesen war, fand sich zu seinen gewohnten Obliegenheiten bei Seiner Heiligkeit ein. Der Papst ließ ihn ganze vier Stunden in seinem Vorzimmer vor aller Augen warten und schickte ihn dann wieder fort, ohne ihn in Audienz zu empfangen. Man kann sich vorstellen, wie der Minister in seinem maßlosen Hochmut litt. Der Kardinal war gereizt, aber nicht geschlagen; er meinte, ein mit der Last der Jahre beladener Greis, der sein ganzes Leben lang von der Liebe zu seiner Familie beherrscht und alles in allem wenig für die Bereinigung weltlicher Angelegenheiten geeignet war, werde gezwungenermaßen wieder zu der Stütze seiner, des Kardinals, Tatkraft greifen müssen. Aber die Tugend des Papstes gewann die Oberhand; er berief die Kardinäle, und nachdem er sie lange angeblickt hatte, ohne ein Wort zu sagen, brach er schließlich in Tränen aus und zögerte nicht, vor ihnen Abbitte zu leisten.

«Die Schwäche des Alters», sprach er zu ihnen, «und die Aufmerksamkeit, die ich den Dingen der Religion entgegenbringe, in der ich, wie ihr wißt, alle Mißbräuche abzuschaffen bemüht bin, haben mich dazu vermocht, die weltliche Macht meines Amtes meinen drei Neffen zu übertragen; sie aber haben diese Macht mißbraucht. Ich verjage sie daraufhin für immer aus ihren Ämtern.»

Darauf wurde ein Breve verlesen, durch das die Neffen aller ihrer Würden entkleidet und in elende Dörfer verbannt wurden. Der Kardinal-Minister wurde nach Cività Lavinia ins Exil geschickt, der Herzog von Palliano nach Soriano, der Marchese nach Montebello; durch dieses Breve verlor der Herzog seine festen Einkünfte, die sich auf zweiundsiebzigtausend Piaster (mehr als eine Million Francs im Jahre 1838) belaufen hatten.

Es konnte keine Rede davon sein, diesen strengen Weisungen mit Ungehorsam zu begegnen: die Carafa hatten das Volk von Rom, das sie verabscheute, zu Aufsehern und zu Feinden.

Begleitet von dem Grafen von Aliffe, seinem Schwager, und von Leonardo del Cardine, ließ sich der Herzog von Palliano in dem Dörfchen

Soriano nieder, während die Duchessa und ihre Schwiegermutter nach Gallese zogen, einem zwei Meilen von Soriano entfernt gelegenen armseligen Dorf.

Die Gegend dort war reizend; aber es handelte sich gleichwohl um ein Exil: die Brüder waren aus Rom verjagt, wo sie eben noch so übermütig regierten.

Marcello Capecce war seiner Herrin zusammen mit den übrigen Höflingen in das trübselige Dörfchen gefolgt, in dem sie nunmehr in der Verbannung lebte. Anstatt die Huldigung von ganz Rom genießen zu können, sah sich diese noch vor einigen Tagen so mächtige Frau, die ihre Stellung mit dem ganzen Hochgefühl des Stolzes ausgekostet hatte, nurmehr von einfachen Bauern umgeben, deren Staunen sogar ihr ihren Sturz ins Gedächtnis rief. Es gab für sie keinen Trost; ihr Onkel war so alt, daß er wahrscheinlich vom Tode überrascht werden würde, bevor er seine Neffen wieder zu sich zurückrief, und zu allem Unglück haßten sich auch noch die Brüder untereinander. Man ging so weit, zu behaupten, der Herzog und der Marchese, die die stürmischen Leidenschaften des Kardinals nicht teilten, hätten sie, durch deren Übermaß erschreckt, dem Papste, ihrem Oheim, zur Kenntnis gebracht.

Mitten im Grauen dieser abgrundtiefen Ungnade trat etwas ein, was zum Unglück der Herzogin und Capecces selbst nur allzu deutlich bewies, daß nicht wahrhafte Leidenschaft ihn in Rom den Spuren der Martuccia hatte folgen lassen.

Eines Tages, als die Herzogin ihn rufen ließ, um ihm einen Befehl zu erteilen, fand er sich allein mit ihr, was wohl keine zweimal im Jahreslaufe sonst vorgekommen war. Als er sah, daß niemand sich in dem Saal befand, in welchem die Herzogin ihn zu empfangen pflegte, stand Capecce zunächst unbeweglich und schweigend da. Darauf ging er zur Tür, um zu sehen, ob auch vom Nachbarsaal aus niemand ihm etwa zuhören könne, und wagte sodann, in folgender Weise zu sprechen:

«Madame, beunruhigen Sie sich nicht und nehmen Sie nicht mit Unmut die seltsamen Worte auf, die ich jetzt den Mut aufbringen werde, vor Ihren Ohren zu äußern. Seit langem liebe ich Sie mehr als das Leben. Wenn ich in allzugroßer Kühnheit gewagt habe, Ihre göttlichen Reize wie ein Liebhaber zu betrachten, dürfen Sie die Schuld daran nicht mir beimessen, sondern jener übernatürlichen Kraft, die mich antreibt und im Innern bewegt. Ich leide Qualen, ich schmachte; ich erbitte keine Beschwichtigung der Flamme, die mich verzehrt, sondern Mitleid von Ihrer Großherzigkeit einem Diener gegenüber, der in tiefer Demut vor Ihnen erscheint.»

Die Herzogin schien überrascht, vor allem aber empört:

«Marcello», sagte sie, «was hast du denn an mir bemerkt, daß du es wagst, mich liebend zu begehren? Liegt es an meiner Lebensführung oder an der Art meiner Konversation? Haben sich diese beiden etwa so sehr von den Regeln der Wohlanständigkeit entfernt, daß du dir daraus das Recht zu einer so unerhörten Kühnheit hast entnehmen können? Wie konntest du dich erdreisten zu glauben, ich könne mich dir oder einem anderen Manne schenken, es sei denn meinem Herrn und Gemahl? Ich verzeihe dir, was du gesagt hast, weil du von Sinnen bist; aber hüte dich, einen solchen Fehler noch einmal zu begehen, oder ich schwöre dir, daß ich dich für die beiden Unbotmäßigkeiten zugleich werde büßen lassen.»

Die Herzogin entfernte sich im Zustand tiefer Entrüstung, und in der Tat hatte Capecce ja auch gegen alle Regeln der Klugheit verstoßen: er hätte erraten lassen müssen, anstatt selber zu sprechen. Er blieb in großer Verwirrung und der ernstlichen Befürchtung zurück, die Herzogin könne die Sache ihrem Gatten berichten.

Die Folgen aber waren ganz andere, als er gefürchtet hatte. In der Einsamkeit dieses Dorfaufenthaltes konnte die Herzogin nicht unterlassen, das, was Capecce ihr zu sagen gewagt hatte, ihrer Lieblingshofdame anzuvertrauen, der Diana Brancaccio. Diese war eine Frau von dreißig Jahren und von glühenden Leidenschaften verzehrt. Sie hatte rotes Haar (der Chronist kommt mehrmals auf diesen Umstand zurück, der ihm alle Ungereimtheiten im Verhalten der Signora Brancaccio zu erklären scheint) und wurde von rasender Liebe zu Domitiano Fornari, einem Edelmann im Gefolge des Marchese von Montebello, verzehrt. Sie wünschte ihn sich zum Gatten. Aber würden wohl jemals der Marchese und seine Gemahlin, denen sie durch Bande des Blutes anzugehören die Ehre hatte, in eine Vermählung zwischen ihr und einem Mann einwilligen, der im Grunde genommen in Montebellos Diensten stand? Dieses Hindernis war unüberwindlich, jedenfalls allem Anschein nach.

Es gab nur eine Aussicht auf Erfolg: man müßte Unterstützung bei dem Herzog von Palliano, dem ältesten Bruder des Marchese, finden, und in dieser Hinsicht gab Diana nicht alle Hoffnung auf. Der Herzog behandelte sie eher wie eine Verwandte denn wie eine Dienerin. Er war ein Mann mit einem geraden und sogar gütigen Herzen; unendlich viel weniger als seine Brüder legte er auf Fragen der bloßen Etikette Wert. Obwohl der Herzog als ein echter junger Mann alle Vorteile auskostete, die seine hohe Stellung ihm bot, und seiner Frau nichts weniger als treu war, liebte er sie doch zärtlich und vermochte ihr allem Augenschein nach einen Gefallen nicht abzuschlagen, wenn sie ihn von ihm mit einer gewissen Beharrlichkeit erbat.

Das Geständnis, das Capecce der Herzogin zu machen gewagt hatte, erschien der düsteren Diana als ein unverhofftes Glück. Ihre Herrin hatte bisher ein zum Verzweifeln makelloses Dasein geführt; wenn sie imstande wäre, Leidenschaft zu empfinden, wenn sie einen Fehltritt beginge, würde sie Diana in jedem Augenblick brauchen, diese aber dann alles von einer Frau zu erhoffen haben, die vor ihr keine Geheimnisse hatte.

Weit davon entfernt also, der Herzogin zunächst einmal vorzuhalten, was sie sich selber schuldig sei, und ihr darauf die schrecklichen Gefahren auszumalen, denen sie sich an einem so hellhörigen Hofe aussetzen würde, redete Diana, vom Drang ihrer Leidenschaft fortgerissen, zu ihrer Herrin von Marcel Capecce in den gleichen Tönen, in denen sie mit sich selbst über Domitiano Fornari sprach. Bei solchen langen Unterredungen in der sie beide umgebenden tiefen Einsamkeit fand sie Mittel und Wege, der

Herzogin täglich die Grazie und die Schönheit dieses armen Marcello vor Augen zu stellen, der so traurig schien; er gehörte, wie die Herzogin selbst, den ersten Familien Neapels an; seine Umgangsformen waren adlig wie sein Blut; es fehlten ihm einzig, um in jeder Hinsicht der Frau, die er zu lieben wagte, ebenbürtig zu sein, Güter, die eine Laune des Geschicks ihm jeden Tag hätte schenken können.

Mit Freuden stellte Diana fest, daß die erste Wirkung ihrer Reden darin bestand, das Vertrauen zu verdoppeln, welches die Herzogin ihr entgegenbrachte.

Sie verfehlte nicht, von dem, was vorging, Marcello Capecce zu verständigen. Bei der glühhenden Hitze dieses Sommers pflegte die Herzogin oft in den Wäldern spazierenzugehen, die Gallese umgaben. Sobald der Tag sich zu neigen begann, wartete sie die frische Meeresluft auf den bezaubernden Hügeln ab, die sich inmitten der Wälder erhoben und von deren Gipfel aus man das Meer in weniger als zwei Meilen Entfernung vor sich liegen sah.

Ohne gegen die strengen Gesetze der Etikette zu verstoßen, konnte Marcello sich in diesen Wäldern einfinden: er verbarg sich dort, so hieß es, und war sorglich darauf bedacht, sich den Blicken der Herzogin erst zu zeigen, wenn die Reden der Diana Brancaccio sie geneigt gemacht hätten. Diese aber stand durch Zeichen mit Marcello in Verbindung.

Als Diana ihre Herrin an dem Punkte angekommen sah, wo sie der fatalen Leidenschaft, die sie selbst in deren Herzen hatte entstehen lassen, Gehör schenken würde, gab sie ihrerseits der heftigen Liebe nach, die ihr Domitiano Fornari einflößte. Von nun an meinte sie gewiß zu sein, sie werde ihn heiraten können. Aber Domitiano war ein braver junger Mann von kühler, reservierter Wesensart; die heftigen Ausbrüche seiner stürmischen Geliebten berührten ihn, weit entfernt, ihn an sie zu fesseln, eher unangenehm. Diana Brancaccio war eine nahe Verwandte der Carafa; er glaubte gewiß zu sein, auf den ersten dieses sein Liebesabenteuer betreffenden Bericht hin, der zu dem furchtbaren Kardinal Carafa gelangen würde – denn dieser war in der Tat, wiewohl jünger als der Herzog von Palliano, der wahre Chef der Familie –, erdolcht zu werden.

Die Herzogin hatte seit einiger Zeit der Leidenschaft Capecces nachgegeben, als eines schönen Tages Domitiano Fornari in dem Dorf, in das sich der Hof des Marchese von Montebello verbannt sah, nirgends mehr aufzufinden war. Er war einfach verschwunden. Späterhin erfuhr man, er habe sich in dem kleinen Hafen Nettuno eingeschifft; zweifellos hatte er seinen

Namen gewechselt; man hörte nie wieder etwas von ihm.

Wer würde die Verzweiflung Dianas ausmalen können? Nachdem die Herzogin von Palliano voller Langmut die Anklagen ihrer Gesellschafterin gegen das Geschick mitangehört hatte, gab sie ihr eines Tages zu verstehen, sie halte dieses Thema nunmehr für erschöpft. Diana sah sich von ihrem Geliebten verschmäht; ihr Herz wurde daraufhin von den grausamsten Regungen bewegt; sie zog eine mehr als seltsame Folgerung aus jener Anwandlung von Langeweile, mit der die Herzogin ihre unaufhörlich wiederholten Klagen über sich hatte ergehen lassen. Diana redete sich ein, die Herzogin persönlich habe Domitiano Fornari nahegelegt, Diana zu verlassen, und ihm am Ende sogar die Mittel zur Reise verschafft. Diese Wahnidee stützte sich einzig und allein auf die paar Vorhaltungen, die ihr die Herzogin eines Tages gemacht hatte. Dem Argwohn folgte jedoch die Rache auf dem Fuß. Sie erbat sich beim Herzog eine Audienz und erzählte ihm alles, was zwischen seiner Frau und Marcello im Gange war. Der Herzog aber lehnte es ab, ihren Worten Glauben zu schenken.

«Bedenken Sie», sagte er zu ihr, «daß ich der Herzogin seit fünfzehn Jahren nicht den leisesten Vorwurf habe machen können; sie hat den

Verlockungen des Hoflebens und den Anreizungen der glänzenden Stellung widerstanden, die wir in Rom innehatten; die liebenswürdigsten Fürsten, darunter der Herzog von Guise, der Oberbefehlshaber der französischen Armee, haben nichts bei ihr ausgerichtet; Sie aber wollen behaupten, sie habe einem schlichten Stallmeister ihre Neigung geschenkt?»

Das Unglück wollte, daß der Herzog in Soriano, dem Dorf, in das er verwiesen worden war und das knapp zwei Meilen von dem entfernt lag, in dem seine Gattin weilte, unter Langeweile litt und daraufhin Diana eine große Zahl von Audienzen bewilligte, ohne daß die Herzogin etwas davon erfuhr. Diana verfügte über erstaunliche Geistesgaben; die Leidenschaft machte sie beredt. Sie lieferte dem Herzog eine Menge von Einzelheiten, die Rache war jetzt ihre einzige Lust. Sie sagte ihm wieder und wieder, daß fast allabendlich Capecce sich gegen elf Uhr in das Schlafgemach der Herzogin schleiche und erst um zwei oder drei Uhr morgens wieder daraus zum Vorschein komme. Diese Reden machten zunächst so wenig Eindruck auf den Herzog, daß er sich nie bequemte, um Mitternacht die zwei Meilen bis Gallese zurückzulegen und überraschend in den Gemächern seiner Frau zu erscheinen.

Eines Abends aber, als er sich in Gallese befand, war die Sonne schon untergegangen, doch es war noch hell. Diana stürzte aufgeregt in den Salon, in dem der Herzog sich aufhielt. Alle übrigen verließen den Raum; sie aber sagte ihm, Marcello Capecce habe sich soeben in das Zimmer der Herzogin begeben. Der Herzog, der ohne Zweifel in diesem Augenblick gerade schlecht aufgelegt war, ergriff seinen Dolch und eilte zum Schlafgemach seiner Frau, das er durch eine Tapetentür betrat. Er fand Marcello Capecce vor. Freilich wechselten die beiden Liebenden bei seinem Eintreten die Farbe; im übrigen aber lag in der Stellung, in der sie sich befanden, nichts, was man ihnen zum Vorwurf machen konnte. Die Herzogin lag in ihrem Bett und war damit beschäftigt, eine kleine Ausgabe, die sie gemacht hatte, zu notieren; eine Kammerfrau befand sich im gleichen Raum; Marcello stand drei Schritte von dem Lager entfernt.

Wütend packte der Herzog Marcello an der Kehle und schleifte ihn in das benachbarte Kabinett, wo er ihm befahl, Degen und Dolch, mit denen er bewaffnet war, auf den Boden zu werfen. Darauf rief der Herzog seine Wachleute herbei, von denen Marcello alsbald in die Verliese von Soriano geleitet wurde.

Die Herzogin blieb allein, aber streng bewacht im Palast.

Der Herzog war nicht grausam von Natur; es scheint, daß er die Absicht hatte, die Schimpflichkeit des Vorgangs zu verbergen, um nicht zu jenen äußersten Maßnahmen gezwungen zu sein, die die Ehre sonst von ihm verlangen würde. Er wollte glauben machen, Marcello werde aus einem ganz anderen Grund im Gefängnis gehalten; indem er einige riesige Kröten zum Vorwand nahm, die Marcello zwei oder drei Monate zuvor eingehandelt hatte, ließ er verbreiten, der junge Mann habe versucht, ihn mit Gift zu beseitigen. Aber das wahre Verbrechen war zu wohlbekannt, und der Kardinal, sein Bruder, ließ bei ihm anfragen, wann er den Affront, der seiner Familie zugefügt worden sei, mit dem Blute der Schuldigen abzuwaschen gedenke.

Der Herzog zitierte den Grafen von Aliffe, den Bruder seiner Frau, und Antonio Torando, einen Freund des Hauses, herbei. Zu dreien bildeten sie eine Art von Tribunal, vor das sie Marcello Capecce stellten, angeklagt des Ehebruchs mit der Herzogin.

Die Unberechenbarkeit der menschlichen Verhältnisse brachte es mit sich, daß Papst Pius IV., der auf Paul IV. folgte, der spanischen Partei angehörte. Er war nicht in der Lage, König Philipp II., der von ihm den Tod des Kardinals und des Herzogs von Palliano forderte, etwas abzuschlagen. Die beiden Brüder wurden vor die Gerichte des Landes gestellt, und die Einzelheiten des Prozesses, der ihnen gemacht wurde, klären uns über alle das Ende Marcello Capecces betreffenden Umstände auf.

Einer der Zeugen, die dabei gehört wurden, sagte folgendes aus:

«Wir waren in Soriano; der Herzog, mein Gebieter, hatte eine lange Unterredung mit dem Grafen von Aliffe... Am Abend, zu sehr später Stunde, begab man sich in den Keller hinab, wo der Herzog die nötigen Stricke für die Folterung des Schuldigen hatte bereitlegen lassen. Dort befanden sich der Herzog, der Graf von Aliffe, Signor Antonio Torando und ich.

Als erster Zeuge wurde der Hauptmann Camillo Grifone aufgerufen, der ein intimer Freund und Vertrauter des Capecce war. Der Herzog richtete folgende Worte an ihn:

‹Sage die Wahrheit, mein Freund. Was weißt du von den Dingen, die Marcello im Zimmer der Herzogin getrieben hat?›

‹Ich weiß nichts; seit zwanzig Tagen schon bin ich mit Marcello entzweit.›

Da er bei der Behauptung blieb, er habe nichts weiter auszusagen, rief der Herzog von draußen einige seiner Wachen herein. Grifone wurde von dem Bürgermeister von Soriano mit Stricken gefesselt. Die Wachen zogen an den

Stricken und hoben so den Schuldigen vier Finger breit vom Boden auf. Nachdem der Hauptmann eine gute Viertelstunde in dieser Weise zugebracht hatte, erklärte er:

‹Laßt mich herunter, ich werde alles sagen, was ich weiß.›

Als er wieder auf dem Boden stand, entfernten sich die Wachen, und wir blieben allein mit ihm.

‹Es stimmt›, sagte der Hauptmann aus, ‹daß ich Marcello einige Male bis an die Gemächer der Herzogin geleitet habe, aber weiter weiß ich nichts, da ich bis gegen ein Uhr morgens in einem Nachbarhof wartete.›

Sofort wurden die Wachen wieder hereingerufen, die ihn auf Geheiß des Herzogs wiederum so weit in die Höhe zogen, daß seine Füße die Erde nicht mehr berührten. Sehr bald aber rief der Hauptmann aus:

‹Laßt mich herab, ich will die Wahrheit sagen. Es ist wahr›, fuhr er fort, ‹ich habe seit mehreren Monaten bemerkt, daß Marcello Capecce mit der Herzogin ein Liebesverhältnis hat; ich wollte Eurer Exzellenz oder Don Leonardo schon davon Kenntnis geben. Die Herzogin ließ jeden Morgen anfragen, wie es Marcello gehe; sie bedachte ihn mit kleinen Geschenken, unter anderem Näschereien, die mit großer Sorgfalt hergestellt und sehr teuer waren; ich habe bei Marcello Goldkettchen von wundervoller Arbeit gesehen, die er offenbar von der Herzogin hatte.›

Nach dieser Aussage wurde der Hauptmann ins Gefängnis zurückgebracht. Man führte den Pförtner der Herzogin vor, der nichts zu wissen behauptete; man fesselte ihn darauf mit dem Strick, er wurde hochgezogen. Nach einer halben Stunde erklärte er:

‹Laßt mich herab, ich werde sagen, was ich weiß.›

Als er unten war, sagte er, er wisse nichts. Man zog ihn von neuem hoch. Nach einer halben Stunde wurde er heruntergeholt; er erklärte, er sei erst seit kurzer Zeit dem speziellen Dienst der Herzogin zugeteilt. Da es möglich war, daß der Mann tatsächlich nichts wußte, brachte man ihn ins Gefängnis zurück. Alle diese Dinge hatten viel Zeit gekostet wegen der Wachen, die jedesmal hinausgeschickt worden waren. Man wollte die Wachen in dem Glauben erhalten, es handle sich um den Versuch einer Vergiftung mit dem aus den Kröten gewonnenen Gift.

Die Nacht war schon weit vorgeschritten, als der Herzog Marcello Capecce kommen ließ. Nachdem die Wachen sich hinausbegeben hatten und die Tür gehörig verschlossen worden war, sagte er zu ihm:

‹Was haben Sie in den Gemächern der Herzogin so lange zu tun, daß Sie dort bis ein Uhr, zwei Uhr, ja zuweilen sogar vier Uhr morgens bleiben?›

Marcello stritt alles ab; man rief die Wachen und hängte ihn auf; der Strick renkte ihm den Arm aus; da er den Schmerz nicht ertragen konnte, bat er, heruntergelassen zu werden; er wurde auf einen Stuhl gesetzt, aber als es so weit war, führte er nur wirre Reden und wußte offenbar gar nicht, was er sagte. Man rief die Wachen herein, die ihn von neuem banden und nach oben zogen; nach langer Zeit erst bat er, heruntergelassen zu werden.

‹Es ist wahr›, erklärte er, ‹daß ich zu so unangemessenen Stunden in das Gemach der Herzogin eingedrungen bin; ich hatte aber eine Liebesaffäre mit der Signora Diana Brancaccio, einer der Damen Ihrer Exzellenz, der ich die Ehe versprochen hatte und die mir alles gewährte außer den Dingen, die gegen die Ehre sind.›

Marcello wurde ins Gefängnis zurückgeführt, wo man ihn dem Hauptmann und auch Diana gegenüberstellte, die alles leugnete.

Darauf brachte man Marcello wieder zurück in den zu ebener Erde gelegenen Saal; als wir an der Tür angekommen waren, sagte er:

‹Herr Herzog, Eure Exzellenz wird sich an das

Versprechen erinnern, mir das Leben zu schenken, wenn ich die volle Wahrheit sage. Es ist nicht nötig, mir noch einmal die *Corda* zu geben; ich werde alles gestehen.›

Darauf trat er nahe an den Herzog heran und sagte ihm mit bebender, kaum vernehmlicher Stimme, es sei wahr, er habe die Gunst der Herzogin genossen. Bei diesen Worten stürzte sich der Herzog auf Marcello und biß ihn in die Wange; darauf zog er seinen Dolch, und ich merkte, daß er damit auf den Schuldigen loszugehen gedachte. Ich sagte daraufhin, es würde vielleicht gut sein, wenn Marcello eigenhändig niederschriebe, was er gestanden hatte, da ein solches Schriftstück dann dazu dienen würde, Seine Exzellenz zu rechtfertigen. Wir gingen wieder in den unteren Saal, in dem sich alles fand, was man zum Schreiben braucht; aber der Strick hatte Marcello derart am Arm und an der Hand verletzt, daß er nur die wenigen Worte niederschreiben konnte: Ja, ich habe meinen Herrn verraten; ja, ich habe ihm die Ehre geraubt!

Der Herzog las diese Sätze, während Marcello schrieb. Dann warf er sich auf ihn und versetzte ihm drei Dolchstiche, die seinem Leben ein Ende bereiteten. Diana Brancaccio stand nur drei Schritte von ihnen entfernt; sie war mehr tot als lebendig und sicher von tausendfacher Reue über das bewegt, was sie angerichtet hatte.

‹Weib, das du unwürdig bist, einer edlen Familie zu entstammen›, rief der Herzog aus, ‹du bist die einzige Ursache meiner Unehre, die du betrieben hast, um deinen schmachvollen Lüsten zu frönen. Ich muß dir jetzt den Lohn für deinen Verrat erteilen.›

Indem er diese Worte sprach, ergriff er sie bei den Haaren und durchschnitt ihr mit einem Messer den Hals. Die Unglückliche überströmte alles mit ihrem Blut, bis sie endlich entseelt zu Boden sank.

Der Herzog ließ die beiden Leichen in eine Kloake werfen, die neben dem Gefängnis lag.»

Der junge Kardinal Alfonso Carafa, der ein Sohn des Marchese von Montebello und der einzige Sproß der ganzen Familie war, den Paul IV. bei sich behalten hatte, glaubte diesem über den Vorgang Bericht erstatten zu müssen. Der Papst beantwortete diese Mitteilung nur mit den folgenden Worten:

«Und die Herzogin? Was ist mit ihr geschehen?»

Man dachte allgemein in Rom, daß diese Worte den Tod der unglückseligen Frau herbeiführen würden. Der Herzog aber konnte sich nicht zu diesem großen Opfer entschließen; sei es, weil sie schwanger war, sei es wegen der ungemein zärtlichen Liebe, die er in früherer Zeit für sie empfunden hatte.

Drei Monate nach seinem großen tugendhaften Entschluß, sich von seiner gesamten Familie zu trennen, wurde Papst Paul IV. krank und starb nach drei Monaten des Siechtums am 18. August 1559.

Der Kardinal schrieb Briefe über Briefe an den Herzog von Palliano und wiederholte darin ohne Unterlaß, die Ehre des Hauses erfordere den Tod der Herzogin. Da er seinen Onkel verstorben wußte, jedoch nicht vermuten konnte, welches die Meinung des demnächst zu erwählenden Papstes sein würde, wollte er alles so rasch wie möglich erledigt sehen.

Der Herzog, ein Mann von schlichter und guter Gesinnung und weit weniger auf Fragen des Ehrenstandpunkts bedacht als der Kardinal, konnte sich nicht zu jenem furchtbaren Äußersten entschließen, das man von ihm forderte. Er sagte sich, daß er selbst der Herzogin gegenüber viele Akte der Untreue begangen habe, ohne sich die geringste Mühe zu geben, sie vor ihr zu verbergen, daß aber eine solche Handlungsweise sehr wohl eine derart stolze Frau zur Rache getrieben haben mochte. In dem Augenblick jedoch, bevor der Kardinal zum Konklave ging – er hatte bereits die Messe gehört und die heilige Kommunion empfangen –, schrieb er noch einmal dem Herzog, er fühle sich durch den unaufhörlichen Aufschub der Sache gepeinigt und erkläre ausdrücklich für den Fall, daß jener sich nicht das zu tun entschlösse, was die Ehre des Hauses Carafa von ihm verlange, sich um die Angelegenheiten des Herzogs nicht mehr kümmern noch im Konklave oder bei dem neuen Papst sich zu seinem Nutz und Frommen verwenden zu wollen. Ein Grund, der mit dem Ehrenstandpunkt nichts zu tun hatte, mag noch hinzugetreten sein, um den Herzog zu bestimmen. Obgleich die Herzogin streng bewacht wurde, fand sie, so hieß es, einen Weg, Marcantonio Colonna, der wegen seines Herzogtums Palliano, das dieser sich hatte zum Geschenk machen lassen, ein Todfeind ihres Gatten war, wissen zu lassen, daß, wenn Marcantonio ein Mittel fände, ihr Leben zu retten und sie zu befreien, sie ihn ihrerseits in den Besitz der Festung Palliano bringen werde, die einem ihr ergebenen Mann unterstehe.

Am 28. August 1559 schickte der Herzog zwei Kompanien Soldaten nach Gallese. Am 30. trafen Don Leonardo del Cardine, ein Verwandter des Herzogs, und Don Ferrante, Graf von Aliffe und Bruder der Herzogin, in Gallese ein und betraten ihre Gemächer zu dem Zweck, sie daselbst zu töten. Sie kündigten ihr ihr nahes Ende an; sie nahm diese Nachricht ganz ungebrochen entgegen. Sie wollte nur erst noch beichten und die heilige Messe hören. Dann aber, als die beiden Herren sich ihr näherten, wurde sie gewahr, daß die zwei sich nicht einig waren. Sie fragte sie, ob ein Befehl des Herzogs, ihres Gatten, vorliege, daß sie sterben müsse.

«Ja, Madame», gab Don Leonardo zur Antwort.

Die Herzogin wünschte, den Befehl zu sehen; Don Ferrante zeigte ihn ihr.

(Ich finde in den Akten über den Prozeß des Herzogs von Palliano die Aussagen der Mönche, die bei dieser furchtbaren Begebenheit zugegen gewesen sind. Diese Aussagen sind denen der übrigen Zeugen weit überlegen, was, wie mir scheint, daher kommt, daß diese Mönche vor Gericht ihr Zeugnis furchtlos ablegten, während alle übrigen Zeugen in gewissem Sinne Komplizen ihres Herrn waren.)

Bruder Antonius von Pavia, ein Kapuziner, sagte folgendes aus:

«Nach der Messe, bei der sie andächtig die hl. Kommunion empfangen hatte, während wir ihr noch Tröstung spendeten, trat der Graf von Aliffe, der Bruder der Frau Herzogin, mit einem Strick und einem Stück Holz vom Haselnußstrauch, das etwa daumendick und ungefähr eine halbe Elle lang war, ein. Er bedeckte die Augen der Herzogin mit einem Taschentuch, sie zog es mit großer Kaltblütigkeit noch weiter über die Augen, um ihn nicht zu sehen. Er legte ihr auch einen Strick um den Hals; doch da sich dieser nicht recht eignete, nahm der Graf ihn ihr wieder ab und trat ein paar Schritte zurück. Als die Herzogin seine Schritte hörte, nahm sie das Tuch von den Augen und fragte ihn:

‹Also was ist? Was machen wir denn?›

Der Graf antwortete ihr:

‹Der Strick war ungeeignet. Ich hole einen anderen, um Ihnen nicht wehzutun.›

Mit diesen Worten ging er hinaus; bald darauf betrat er das Zimmer mit einem anderen Strick in der Hand; wieder knüpfte er ihr das Taschentuch vor die Augen und legte ihr den Strick um den Hals, wobei er den Holzstab in den Knoten schob; er drehte ihn ein paarmal herum und erwürgte sie so. Von seiten der Herzogin vollzog das Ganze sich durchaus im Ton eines gewöhnlichen Gesprächs.»

Bruder Antonio von Salazar, der andere Kapuziner, schloß seine Aussage mit den Worten:

«Ich wollte aus Gewissensbedenken den Pavillon verlassen, um sie nicht sterben zu sehen; die Herzogin aber sagte zu mir:

‹Um der Liebe Gottes willen, geh nicht fort.›»

(Hier nun schildert der Mönch die näheren

Umstände des Todes genau so, wie wir sie mitgeteilt haben.) Außerdem berichtet er noch:

«Sie starb als gute Christin, indem sie ständig wiederholte: Ich glaube, ich glaube.»

Die beiden Mönche, die offenbar von ihren Oberen die notwendige Erlaubnis erhalten hatten, wiederholten in ihren Aussagen, die Herzogin habe immer, in allen Gesprächen mit ihnen, bei allen Beichten und besonders in der, die der Messe voranging, in der sie die hl. Kommunion empfing, ihre völlige Unschuld beteuert. Wenn sie schuldig war, hat sie sich durch diesen Zug von Hochmut selbst in die Hölle gebracht.

Bei der Gegenüberstellung des Kapuziners Bruder Antonius von Pavia mit Don Leonardo del Cardine hatte der Bruder erklärt:

«Mein Mitbruder sagte dem Grafen, es sei besser zu warten, bis die Herzogin niedergekommen sei. ‹Sie ist im sechsten Monat schwanger›, sagte er, ‹man darf die Seele des kleinen Unglücklichen, den sie in ihrem Schoße trägt, nicht ewigem Verderben überlassen, man muß ihn taufen können.›

Worauf Graf Aliffe zur Antwort gab:

‹Sie wissen, daß ich nach Rom gehen muß, und ich möchte dort nicht mit dieser Maske vor dem Gesicht (das heißt: diesem ungesühnten Affront) erscheinen.›»

Kaum war die Herzogin tot, als auch schon die beiden Kapuziner darauf bestanden, daß man ohne Verzug ihren Leib öffnen solle, damit man dem Kinde die Taufe erteilen könne; aber der Graf und Don Leonardo gaben ihren Bitten nicht nach.

Am folgenden Tage wurde die Herzogin in der Kirche des Dorfes mit einem gewissen Gepränge (ich habe das Protokoll darüber gelesen) beigesetzt. Dieses Ereignis wurde zwar bald bekannt, machte aber wenig Eindruck; denn man war schon längst darauf gefaßt gewesen. Mehrmals zuvor war die Nachricht von ihrem Tode nach Gallese und nach Rom gelangt; außerdem war ein Mord außerhalb von Rom und im Augenblick der Vakanz des päpstlichen Stuhls nichts Außergewöhnliches. Das Konklave, das auf den Tod Pauls IV. folgte, ist sehr stürmisch verlaufen und hat nicht weniger als vier Monate gewährt.

Am 26. Dezember 1559 sah sich der arme Kardinal Carlo Carafa genötigt, an der Wahl eines von Spanien her gestützten Kardinals mitzuwirken, der unter diesen Umständen sich keiner strengen Maßnahme würde widersetzen können, die Philipp II. etwa gegen ihn, den Kardinal, gern angewendet sähe.

Hätte der Kardinal nicht zur Zeit des Todes seines Onkels in der Verbannung geschmachtet, so wäre er Herr über die Wahl oder doch wenigstens in der Lage gewesen, die Ernennung eines Feindes zu verhindern.

Bald darauf wurden sowohl der Kardinal wie der Herzog verhaftet; offenbar lag ein Befehl Philipps II. vor, daß sie sterben sollten. Sie hatten sich gegen vierzehn Anklagepunkte zu verantworten. Es wurden außerdem alle verhört, die zur Aufhellung dieser vierzehn Punkte etwas beitragen konnten. Die sehr gut geführten Prozeßakten füllen zwei Foliobände, die ich mit großem Interesse gelesen habe, weil man darin auf jeder Seite Einzelheiten der damaligen Sitten begegnet, die die Historiker als der Majestät der Geschichte nicht würdig erachtet haben. Ich habe dort sehr eindrucksvolle Details über einen Mordversuch gefunden, den die spanische Partei gegen Kardinal Carafa unternommen hatte, als dieser noch der allmächtige Staatsminister war.

Im übrigen wurden er und sein Bruder für Verbrechen verurteilt, die für jeden anderen keine solchen gewesen wären; zum Beispiel dafür, daß sie dem Liebhaber einer ehebrecherischen Frau und dieser selbst den Tod gegeben hatten. Einige Jahre später heiratete Fürst Orsini die Schwester des Großherzogs von Toscana, die er für untreu hielt und in Toscana selbst mit Einwilligung des Großherzogs, ihres

Bruders, vergiften ließ; niemals wurde ihm diese Sache als Verbrechen zur Last gelegt. Mehrere Prinzessinnen aus dem Hause Medici sind auf diese Weise gestorben.

Als der Prozeß der beiden Carafa beendet war, wurde ein langer Schlußbericht verfaßt und zu verschiedenen Malen von Kardinalskongregationen überprüft. Es ist nur allzu offenbar, daß, wenn man sich darauf einigt, den Mord als Sühne für einen Ehebruch zu bestrafen – eine Art von Verbrechen, mit der sich die Justiz bislang nie abgegeben hatte –, der Kardinal schuldig war, seinen Bruder zu dem begangenen Verbrechen förmlich gepreßt, der Herzog jedoch, seine Ausführung letztlich veranlaßt zu haben.

Am 3. März 1561 hielt Papst Pius IV. ein Konsistorium ab, das acht Stunden währte und das er mit der Verkündung des Todesurteils der Carafa in folgenden Worten beendete: *Prout in schedula.* (Es geschehe, was erforderlich ist.)

In der folgenden Nacht entsandte der Fiskal den Bargello in die Engelsburg, um das Todesurteil an den beiden Brüdern, dem Kardinal Carlo Carafa, und Juan, dem Herzog von Palliano, vollstrecken zu lassen. Man nahm sich zunächst den Herzog vor. Er wurde von der Engelsburg in die Kerker von Tor di Nona übergeführt, wo alles vorbereitet war; dort wurde dem Herzog, dem Grafen von Aliffe und Don Leonardo del Cardine das Haupt abgeschlagen.

Der Herzog ertrug den fürchterlichen Moment nicht nur als Kavalier von hoher Geburt, sondern auch wie ein Christ, der bereit war, um der Liebe Gottes willen alles zu erleiden. Er richtete schöne Worte an seine beiden Gefährten, um sie zum Sterben zu ermutigen; dann schrieb er an seinen Sohn[1].

Der Bargello kehrte in die Engelsburg zurück und verkündete dem Kardinal Carafa seinen bevorstehenden Tod, wobei er ihm nur eine Stunde zur Vorbereitung ließ. Der Kardinal zeigte eine Seelengröße, die der seines Bruders insofern noch überlegen war, als er weniger Worte gebrauchte; Worte bedeuten stets, daß man Kraft außerhalb seiner selber sucht. Man hörte ihn nur mit leiser Stimme bei der Verkündung der schrecklichen Botschaft die folgenden Worte sagen:

«Ich sterben! O Papst Pius! O König Philipp!»

Er beichtete und rezitierte die sieben Buß-

[1] Der gelehrte Sismondi wirft in dieser Geschichte alles durcheinander; vgl. den Artikel Carafa der Biographie Michaud; er behauptet, dem Grafen von Montorio sei am gleichen Tage wie dem Kardinal der Kopf abgeschlagen worden. Der Graf war der Vater des Kardinals und des Herzogs von Palliano. Der gelehrte Historiker verwechselt den Vater mit dem Sohn.

psalmen; dann setzte er sich auf einen Stuhl und sagte zu dem Henker:

«Gehen Sie ans Werk.»

Der Henker erdrosselte ihn mit einer seidenen Schnur, die erst einmal zerriß; er mußte es noch zwei weitere Male versuchen. Der Kardinal sah dem Henker zu, ohne ein Wort zu verlieren.

(Nachgetragene Notiz.)

Wenige Jahre darauf ließ der hl. Papst Pius V. eine Revision des Prozesses vornehmen; das Urteil wurde kassiert; der Kardinal und sein Bruder wurden in alle Ehren wieder eingesetzt, der Staatsanwalt jedoch, der am meisten zu dem Todesurteil beigetragen hatte, mit dem Tod durch Erhängen bestraft. Pius V. ordnete die Vernichtung der Protokolle an; alle Kopien, die in den Bibliotheken existierten, wurden verbrannt. Es wurde unter Androhung der Exkommunikation verboten, sie aufzuheben; der Papst aber bedachte nicht, daß er eine Abschrift der Prozeßakten in seiner eigenen Bibliothek aufbewahrte. Nach dieser Abschrift nun sind alle hergestellt, die man heute noch findet.

SAN FRANCESCO A RIPA[1]

Arist und Dorant haben diesen Stoff behandelt; das gab Erast den Gedanken ein, ihn ebenfalls zu behandeln.

30. September.

Aus einer italienischen Chronik bringe ich hier gesondert in meiner Übersetzung den Bericht über die Liebe einer römischen Fürstin zu einem Franzosen. Es war im Jahre 1726, zu Anfang des letzten Jahrhunderts. Alle Unsitten des Nepotismus blühten damals in Rom. Nie war der Hof dort glänzender gewesen. Benedikt XIII. (aus dem Hause Orsini) regierte, tatsächlich aber erledigte sein Neffe Fürst Campobasso in seinem Namen alle großen und kleinen Staatsaktionen. Von allen Seiten her strömten Fremde nach Rom; italienische Fürsten, spanische Edelleute, noch reich vom Golde der Neuen Welt, eilten in Mengen herbei. Jeder reiche und mächtige Mann stand hierzulande

[1] Eine römische Kirche in Trastevere.

über dem Gesetz. Galanterie und Prachtliebe schienen das einzige Anliegen der vielen hier vereinten Ausländer und Einheimischen zu sein.

Die beiden Nichten des Papstes, Gräfin Orsini und Fürstin Campobasso, teilten sich in die Macht ihres Onkels und die Ergebenheit des Hofes. Durch ihre Schönheit wären sie selbst in den untersten Schichten der Gesellschaft in die Augen gefallen. Die Orsini, wie man sie in Rom vertraulich nannte, war heiter und *disinvolta,* die Campobasso zärtlich und fromm; aber diese zarte Seele war der heftigsten Ausbrüche fähig. Ohne erklärte Feindinnen zu sein, wiewohl sie sich täglich beim Papst begegneten und einander häufig bei sich zu Hause sahen, waren die beiden Damen in allem Rivalinnen, was Schönheit, Ansehen, Reichtum betraf.

Die Gräfin Orsini, weniger hübsch, aber witzig, beweglich, zum Handeln und Intrigieren geneigt, hatte Liebhaber, um die sie sich nur wenig kümmerte und die bei ihr auch nur einen Tag lang regierten. Am glücklichsten war sie, wenn sie zweihundert Personen in ihren Salons bei sich sehen und sie alle beherrschen konnte. Sie machte sich sehr über ihre Kusine, die Campobasso, lustig, die, nachdem sie sich drei Jahre lang allerorten mit einem spanischen Herzog gezeigt hatte, diesem schließlich bei Todesstrafe befahl, innerhalb von vierundzwanzig Stunden die Stadt Rom zu verlassen. «Seit dieser großen Verbannungsaffäre», pflegte die Orsini zu sagen, «hat man meine hochedle Kusine nicht mehr lächeln sehen. Seit ein paar Monaten schon ist sonnenklar, daß die arme Frau sich in Verdruß oder Liebe verzehrt, und ihr Mann, der kein Dummkopf ist, läßt diesen Verdruß in den Augen des Papstes, unseres Onkels, als ein Übermaß an Frömmigkeit erscheinen. Ich mache mich ganz darauf gefaßt, daß diese Frömmigkeit sie auf eine Pilgerfahrt nach Spanien führen wird.»

Die Campobasso aber war weit davon entfernt, ihrem Spanier nachzutrauern, der sie mindestens die zwei letzten Monate schon tödlich gelangweilt hatte. Hätte sie sich nach ihm gesehnt, so würde sie ihn einfach haben holen lassen; denn sie war eine jener natürlichen und leidenschaftlichen Kreaturen, wie man sie in Rom nicht selten trifft.

Zu schwärmerischer Frömmigkeit geneigt, wiewohl kaum dreiundzwanzig Jahre alt und in der Blüte der Schönheit stehend, warf sie sich des öfteren ihrem Onkel zu Füßen und flehte ihn an, ihr seinen päpstlichen Segen zu erteilen, der, wie nicht genügend bekannt ist, für alle Sünden außer für zwei ganz grauenhafte sogar ohne Beichte sofortige Vergebung bewirkt. Der gute Benedikt XIII. weinte dann Tränen der Rührung. «Steh auf, liebe Nichte», sagte er, «du bist in den Augen Gottes viel besser als ich.»

Darin, obwohl unfehlbar, täuschte sich der Papst ebenso wie ganz Rom. Die Campobasso war sinnlos verliebt; ihr Liebhaber teilte ihre Leidenschaft, und dennoch war ihr Unglück sehr groß. Seit mehreren Monaten schon sah sie beinahe täglich den Chevalier de Sénécé, den Neffen des Herzogs von Saint-Aignan, der damals Gesandter Ludwigs XV. in Rom war.

Der junge Sénécé, ein Sohn einer der Mätressen des Regenten Philipp von Orleans, erfreute sich in Frankreich allerhöchster Gunst: seit langem bereits Oberst, obwohl er kaum zweiundzwanzig Jahre alt war, bewegte er sich in der Gesellschaft mit einer gewissen Eitelkeit und hatte tatsächlich alles, was dazu zu berechtigen scheint, wenn auch freilich nicht die Wesensart danach. Heiterkeit, das Bedürfnis, sich über alles und immer zu amüsieren, Ungestüm, Beherztheit, Güte bildeten die augenfälligsten Züge dieser einzigartigen Natur, und man konnte damals zum Lobe seines Herkunftslandes sagen, daß er ein vollkommenes Muster von dessen Bewohnern war. Gleich, als die Fürstin von Campobasso ihn sah, hatte sie ihn vor anderen ausgezeichnet. «Aber», hatte sie gesagt, «ich traue Ihnen nicht, denn Sie sind Franzose; jedoch gebe ich Ihnen folgendes zu bedenken: An dem Tage, an dem man in Rom erfährt, daß ich Sie manchmal im geheimen sehe, werde ich überzeugt sein, daß Sie selbst dergleichen geäußert haben, und Sie nicht mehr lieben.»

Während sie noch mit der Liebe zu spielen glaubte, war die Campobasso bereits von echter Leidenschaft erfaßt. Auch Sénécé hatte sie geliebt, doch währte ihr Einvernehmen nun schon acht Monate, und die Zeit, die die Leidenschaft einer Italienerin verdoppelt, tötet die eines Franzosen. Die Eitelkeit tröstete dabei den Chevalier ein wenig über die Langeweile hinweg; er hatte schon zwei oder drei Porträts der Campobasso nach Paris geschickt. Im übrigen erstreckte sich bei ihm, der mit Gütern und Vorteilen aller Art von Kindheit an reich gesegnet war, die Sorglosigkeit des Charakters sogar auf die Interessen der Eitelkeit, die gemeinhin die Herzen der Angehörigen seiner Nation so sehr in Unruhe hält.

Sénécé verstand von dem Charakter seiner Geliebten im Grunde durchaus nichts, so daß ihre Bizarrerie ihn manchmal amüsierte. Sehr häufig noch, zum Beispiel am Tage der hl. Balbina, deren Namen die Campobasso trug, hatte er gegen die Ausbrüche und Reueanwandlungen einer glühenden und aufrichtigen Frömmigkeit anzukämpfen. Sénécé hatte seine Geliebte nicht dazu vermocht, die Religion zu vergessen, wie es in Italien bei Frauen einer gewöhnlicheren Ordnung durchaus möglich ist; er hatte nur für den Augenblick über jene den Sieg davongetragen, der Kampf jedoch entbrannte immer wieder von neuem.

Dieses Hindernis, das erste, auf das dieser vom Zufall begünstigte junge Mann gestoßen war, unterhielt ihn und hielt zugleich die Gewohnheit, die Fürstin mit Höflichkeit und Aufmerksamkeit zu umhegen, hinlänglich in ihm wach; von Zeit zu Zeit sah er es als seine Pflicht an, ihr seine Liebe zu zeigen. Er hatte dafür noch einen anderen, sehr wenig romantischen Grund. Sénécé hatte nur einen einzigen Vertrauten, das war sein Botschafter, der Herzog von Saint-Aignan, dem er mit Hilfe der Campobasso, die alles wußte, zuweilen Dienste erwies. Die Wichtigkeit, die er daraufhin in den Augen des Botschafters bekam, schmeichelte ihm nicht wenig.

Ganz im Gegensatz zu Sénécé stand die Campobasso keineswegs unter dem Eindruck des Ranges in der Gesellschaft, den ihr Liebhaber einnahm. Ob sie geliebt wurde oder nicht, bedeutete alles für sie. Ich opfere ihm das Glück der Ewigkeit, sagte sie sich; er, der ein Ketzer und ein Franzose ist, kann mir nichts Gleiches bieten. Aber der Chevalier machte eine gute Figur, und seine Heiterkeit, die in so liebenswürdiger und doch so spontaner Weise unerschöpflich sprudelte, war ein Quell des Staunens für die Seele der Campobasso und bezauberte sie. Bei seinem Anblick kam ihr alles aus dem Sinn, was sie ihm zu sagen sich vorgenommen hatte, alle ihre düsteren Ideen schwanden augenblicklich dahin. Dieser Zustand, der so neu war für eine so stolze Seele, hielt noch lange an, nachdem Sénécé sie verlassen hatte. Schließlich fand sie, daß sie ohne Sénécé nicht denken, nicht fern von ihm leben könne.

Die Mode in Rom, die zwei Jahrhunderte hindurch die Spanier begünstigt hatte, begann sich wieder ein wenig mehr den Franzosen zuzuneigen. Man bekam allmählich mehr Sinn für eine Wesensart, die überall, wo sie hervortritt, Vergnügen und Glück mit sich bringt. Eine solche Wesensart war damals einzig in Frankreich anzutreffen, und seit 1789 findet sie sich nirgends mehr. Ein derart beständiger Frohsinn setzt Sorglosigkeit voraus; es gibt jedoch für niemanden mehr eine sichere Laufbahn in Frankreich, nicht einmal für einen Mann von Genie, sofern ein solcher existiert.

Zwischen den Männern von Sénécés Klasse und der übrigen Nation ist inzwischen der Krieg erklärt. Auch Rom war damals weit von dem entfernt, was es heute ist. Im Jahre 1726 ahnte man nicht, was siebenundsechzig Jahre später geschehen sollte, als das von ein paar Geistlichen bestochene Volk den Jakobiner Basseville ermordete, der, wie er behauptete, die Hauptstadt der christlichen Welt zivilisieren wollte.

Angesichts dieses Sénécé hatte zum erstenmal die Campobasso den Kopf verloren, sich im siebenten Himmel oder aber grauenhaft niedergeschlagen aus Anlaß von Dingen gefühlt, die ihre Vernunft mißbilligte. Nachdem in diesem strengen und zur Aufrichtigkeit geneigten Charakter Sénécé erst einmal die Religion überwunden hatte, mußte sich diese Liebe in aller Geschwindigkeit zu einer Leidenschaft auswachsen, die keine Grenzen mehr kannte.

Die Prinzessin hatte Monsignore Ferraterra ausgezeichnet, dessen Glück zu machen sie entschlossen war. Wie aber wurde ihr, als dieser Ferraterra ihr eröffnete, nicht nur begebe sich Sénécé öfter als sonst zur Orsini, sondern er sei auch der Anlaß dafür, daß die Gräfin soeben einem berühmten Kastraten den Laufpaß gegeben habe, der seit mehreren Wochen ihr offizieller Günstling gewesen war!

Unsere Geschichte beginnt am Abend des Tages, an dem die Campobasso diese schicksalschwere Nachricht empfing.

Unbeweglich saß sie in einem riesigen Lehnstuhl, der mit vergoldetem Leder bezogen war. Zwei große Silberleuchten mit hohem Fuß, Meisterwerke des berühmten Benvenuto Cellini, erhellten die Düsternis eines ungeheuer weitläufigen, mit nachgedunkelten Bildern – zu jener Zeit lag die Epoche der großen Malerei schon weit zurück – geschmückten Saales im Erdgeschoß ihres Palastes oder zeigten sie durch den Kontrast um so deutlicher auf.

Der Fürstin gegenüber oder vielmehr fast zu ihren Füßen, auf einem niederen, mit Ornamenten von echtem Gold gezierten Ebenholzstuhl sitzend, zeigte der junge Sénécé seine elegante Erscheinung in vorteilhaftestem Licht. Die Fürstin ließ ihren Blick auf ihm ruhen; doch seitdem er in den Saal getreten war, hatte sie, weit entfernt davon, ihm entgegenzueilen und sich in seine Arme zu werfen, kein Wort für ihn gehabt.

Im Jahre 1726 war Paris bereits die unbestrittene Herrscherin in allem, was die Eleganz der Kleidung und des äußeren Lebens betraf. Sénécé ließ durch Kuriere von dorther regelmäßig alles kommen, was die äußeren Vorzüge eines der hübschesten Männer Frankreichs noch unterstreichen konnte. Trotz einer Sicherheit des Auftretens, wie sie bei einem Mann dieses Ranges, der sich bei den Schönheiten am Hofe des Regenten unter Anleitung durch den berühmten Canillac, seinen Onkel – einen der *Roués* dieses Fürsten –, gleichsam die Sporen verdient hatte, nicht mehr als selbstverständlich war, fiel es nicht schwer, aus den Zügen Sénécés eine gewisse Befangenheit herauszulesen. Das schöne blonde Haar der Fürstin war ein wenig durcheinandergewirrt; ihre großen dunkelblauen Augen richteten sich starr auf ihn: ihr Ausdruck war dabei zweifelhaft. Lag etwas von tödlicher Rache darin? Oder nur der tiefe Ernst leidenschaftlicher Liebe?

«So lieben Sie mich also nicht mehr?» fragte er in bedrücktem Ton.

Langes Schweigen folgte auf diese Kriegserklärung.

Es fiel der Fürstin nicht leicht, sich der bezaubernden Anmut Sénécés zu entziehen, der, wofern sie ihm keine Szene machte, sicher bereit war, ihr tausend närrische Dinge zu sagen; aber sie besaß zuviel Stolz, um eine Aussprache länger hinauszuschieben. Eine Kokette ist eifersüchtig aus Gründen der Eigenliebe, eine galante Frau aus Gewohnheit; eine Frau, die in aller Aufrichtigkeit und mit Leidenschaft liebt, hat hingegen das Bewußtsein ihres guten Rechts. Eine solche Sehweise, die der Leidenschaft in Rom eigentümlich war, belustigte Sénécé sehr; er erkannte die Tiefe und die Unsicherheit, die in dieser Haltung lag; die Seele zeigt sich darin gewissermaßen im Naturzustand. Die Orsini hatte diese Eigentümlichkeit nicht.

Da diesmal indessen das Schweigen sich übermäßig lange auszudehnen begann, fand der junge Franzose, der in der Kunst, die verborgenen Regungen eines italienischen Herzens zu durchschauen, nicht sehr bewandert war, zu der ruhigen Vernunft zurück, die ihm besser lag. Im übrigen litt er an einem Unbehagen: als er die Keller und Souterrains durchschritt, die ihn von einem dem Palazzo Campobasso benachbarten Hause aus in diesen Saal im Erdgeschoß geführt hatten, waren an der noch ganz neuen Stickerei seines bezaubernden, frisch aus Paris eingetroffenen Fracks mehrere Spinnweben hängengeblieben, deren Vorhandensein ihm um so fataler war, als er das Insekt verabscheute, das sie hervorgebracht hatte.

Da Sénécé im Blick der Fürstin Zeichen wiederkehrender Ruhe wahrzunehmen glaubte, war er darauf bedacht, eine Szene zu vermeiden, das heißt den Vorwurf abzuwenden, anstatt ihm zu begegnen; doch durch das Mißbehagen, an dem er krankte, mehr als sonst zum Ernst geneigt, fragte er sich gleichwohl: Wäre dies nicht eine günstige Gelegenheit, sie die Wahrheit ahnen zu lassen? Sie selbst hat die Frage aufgeworfen; damit entfällt bereits die Hälfte der Unannehmlichkeit. Allerdings kommt es mir vor, als ob ich für die Liebe nicht geschaffen bin. Nie habe ich etwas so Schönes gesehen wie diese Frau mit den eigenartigen Augen. Sie hat freilich schlechte Manieren; denn sie zwingt mich, durch diese abscheulichen Kellerräume mich zu ihr zu begeben; andererseits ist sie die Nichte des Souveräns, zu dem mich der König entsendet hat. Zudem ist sie blond in einem Lande, in dem alle Frauen dunkel sind – zweifellos ein Zug von Distinktion. Alle Tage höre ich ihre Schönheit von Leuten in den Himmel heben, deren Zeugnis unverdächtig ist und die nicht im entferntesten auf den Gedanken kommen, daß sie mit dem glücklichen Besitzer so vieler Reize sprechen. Was die Macht anbelangt, die ein Mann über seine Geliebte haben soll, so befürchte ich in dieser Hinsicht nichts. Würde ich mir die Mühe machen, auch nur ein einziges Wort zu sagen, würde sie ihren Palast, ihre goldenen Möbel und ihren tiaratragenden Onkel verlassen, um, von mir nach Frankreich entführt, in der tiefsten Provinz auf einer meiner Besitzungen traurig dahinzuleben... Wahrhaftig, die Aussicht auf soviel Ergebenheit bestärkt mich allerdings nur in meinem festen Entschluß, sie niemals von ihr zu fordern. Die Orsini ist weit weniger hübsch: sie liebt mich, wofern sie mich überhaupt liebt, nur gerade ein klein wenig mehr als den Kastraten Butofaco, dem sie auf meine Veranlassung hin gestern den Abschied gab; doch hat sie angenehme Umgangsformen, sie hat Lebensart; man kann bei ihr mit der Karosse vorfahren. Ich habe mich zudem davon überzeugt, daß sie nie eine Szene machen wird; dazu liebt sie mich nicht genug.

Während dieses langanhaltenden Schweigens hatte der starre Blick der Fürstin unablässig auf der hübschen Stirn des jungen Franzosen geruht.

Ich werde ihn nie mehr wiedersehen, sagte sie sich. Dann plötzlich warf sie sich in seine Arme und bedeckte mit Küssen seine Augen und seine Stirn, die sich nicht mehr im Glück des Wiedersehens mit leichter Röte überzog. Der Chevalier hätte sich selbst verachtet, wären ihm nicht in diesem Augenblick alle Pläne eines Bruchs aus dem Sinn gekommen; aber seine Geliebte war zu tief von ihrer Eifersucht aufgewühlt, als daß sie sich ihrer nicht auch jetzt bewußt geblieben wäre. Kurz darauf hatte Sénécé Grund, sie staunend zu betrachten; Tränen der Wut strömten unablässig über ihre Wangen. «Wie!» sprach sie halblaut vor sich hin, «ich erniedrige mich so weit, daß ich mit ihm über seinen Wankelmut rede? Ich mache ihm einen Vorwurf daraus, ich, die ich mir geschworen hatte, dergleichen nie auch nur zu bemerken? Und damit noch nicht genug der feigen Unterwürfigkeit: ich muß auch noch der Leidenschaft nachgeben, die dieses bezaubernde Antlitz in mir weckt! Was bin ich für eine erbärmliche Fürstin !... Man muß ein Ende machen!»

Sie trocknete ihre Tränen und schien ihre Haltung halbwegs zurückzugewinnen.

«Chevalier», sagte sie verhältnismäßig ruhig zu ihm, «es heißt jetzt ein Ende machen. Sie zeigen sich oft bei der Gräfin...» Hier wurde sie tödlich bleich. «Wenn du sie liebst, so geh doch zu ihr, aber setze nie wieder einen Fuß in dieses Haus...» Sie hielt wie ohnmächtig inne und wartete auf ein Wort von seiten des Chevaliers, doch dieses Wort kam nicht. Mit einer krampfhaften Geste und zwischen zusammengebissenen Zähnen stieß sie hervor: «Das aber ist mein Todesurteil und das Ihrige.»

Diese Drohung entschied vollkommen die noch schwankende Seele des Chevaliers, der bislang über diesen unvorhergesehenen Ausbruch nur erstaunt gewesen war. Er lachte.

Der Fürstin stieg das Blut in die Wangen, bis sie scharlachrot wurden. Der Zorn wird sie ersticken, dachte der Chevalier; gleich trifft sie der Schlag. Er trat näher an sie heran, um ihr das Kleid zu lockern; sie aber stieß ihn mit einer Kraft und Entschlossenheit zurück, die er bisher nicht an ihr kannte. Sénécé besann sich hinterher, daß sie, während er versuchte, sie in die Arme zu nehmen, mit sich selbst gesprochen hatte. In ganz überflüssiger Diskretion zog er sich etwas von ihr zurück; denn offenbar sah sie ihn gar nicht mehr. Mit leiser, besonnener Stimme, ganz als ob sie zu ihrem Beichtvater spräche, sagte sie zu sich selbst: «Er beleidigt mich, er bietet mir die Stirn. Bei seinem Alter und der in seinem Lande üblichen Indiskretion wird er sicher der Orsini erzählen, zu welch unwürdigem Verhalten ich mich habe hinreißen lassen... Ich bin meiner selbst nicht mehr sicher; ich kann für mich nicht einstehen, daß ich diesem bezaubernden Antlitz gegenüber fühllos bleiben werde...» Es folgte eine neue Schweigepause, die dem Chevalier sehr unbehaglich war. Endlich erhob sich die Fürstin und wiederholte in noch dumpferem Ton: «Man muß ein Ende machen.»

Sénécé, der nach der Versöhnung nicht mehr an eine ernsthafte Aussprache dachte, machte ihr gegenüber zwei oder drei amüsante Bemerkungen über ein Abenteuer, von dem in Rom zurzeit viel die Rede war...

«Verlassen Sie mich jetzt, Chevalier», fiel ihm die Fürstin ins Wort. «Ich fühle mich nicht sehr wohl...»

Diese Frau ist in schlechter Stimmung, sagte

sich Sénécé, der es eilig hatte, ihrer Aufforderung zu folgen. Nichts ist ansteckender als die Verstimmung der anderen. – Die Fürstin war ihm mit den Augen bis ans Ende des Saales gefolgt. Und ich war nahe daran, sagte sie sich mit bitterem Lächeln, kopflos mein Schicksal zu entscheiden! Glücklicherweise haben seine unangebrachten Späße mich wieder zur Besinnung gebracht. Wie dumm ist doch im Grunde dieser Mann! Wie kann ich ein menschliches Wesen lieben, das mich so wenig versteht? Er will mich mit einem Bonmot amüsieren, wenn es um mein und sein Leben geht!... Oh! Darin erkenne ich die unheilvolle, düstere Disposition, die mein Unglück ausmacht! Wütend erhob sie sich von ihrem Stuhl. Wie hübsch seine Augen waren, als er die scherzenden Worte aussprach... Man muß zugeben, daß die Absicht des Chevaliers ganz liebenswürdig war. Er hat die unselige Veranlagung meines Gemütes kennengelernt; er wollte mich ablenken von meinem finsteren Gram, anstatt mich nach seinem Grund zu fragen. Ein liebenswerter Franzose! – Habe ich etwa, bevor ich ihn liebte, das Glück je kennengelernt?

Mit Wonne gab sie sich dem Gedanken an die Vollkommenheiten ihres Liebhabers hin. Allmählich gelangte sie auf diesem Wege jedoch zu einer Betrachtung der Reize, über welche die

Gräfin Orsini verfügte. In ihrer Seele begann sich alles in Schwarz zu malen. Die Qualen der furchtbarsten Eifersucht bemächtigten sich ihres Inneren. Seit zwei Monaten schon in Wahrheit beunruhigte sie ein schauriges Vorgefühl; sie durchlebte erträgliche Augenblicke einzig bei dem Chevalier, aber fast immer, wenn sie nicht gerade in seinen Armen lag, fand sie nur bittere Worte für ihn.

Der Abend verlief grauenhaft. Erschöpft und durch ihren Schmerz fast ein wenig beschwichtigt, kam sie auf den Gedanken, mit Sénécé sprechen zu wollen: Denn schließlich hat er mich äußerst gereizt gesehen, weiß aber nicht, worüber ich mich beklage. Am Ende liebt er die Gräfin nicht. Vielleicht geht er nur zu ihr, weil ein Reisender in dem Land, in dem er sich befindet, die erste Gesellschaft aufsuchen sollte, zumal die Familie des Souveräns. Vielleicht, wenn ich mir Sénécé vorstellen lasse, wenn er ganz offiziell zu mir kommen kann, bleibt er wie bei der Orsini ganze Stunden hindurch auch bei mir.

«Nein», rief sie dann wieder aus, «durch Sprechen würde ich mich nur herabwürdigen; er würde mich verachten, das wäre alles, was ich gewinnen könnte. Der zum Leichtsinn geneigte Charakter der Orsini, den ich so oft geringgeschätzt habe, töricht, wie ich war, ist in der

Tat viel angenehmer als meiner, vor allem in den Augen eines Franzosen. Ich selbst bin eher dafür gemacht, mit einem Spanier zu schmachten. Was gibt es Absurderes, als immer ernsthaft zu sein, wie wenn die Begebenheiten des Lebens es nicht selbst genug wären!... Was soll aus mir werden, wenn ich meinen Chevalier nicht mehr habe, wenn er mir nicht mehr Leben spenden und in mein Herz das Feuer gießen wird, das ihm so sehr fehlt?»

Sie hatte den Befehl gegeben, niemanden vorzulassen; diese Weisung jedoch galt nicht für Monsignore Ferraterra, der ihr Bericht erstatten kam, was sich bis ein Uhr morgens bei der Orsini zugetragen hatte. Bislang hatte dieser Prälat in aller Redlichkeit den Liebesaffären der Fürstin gedient; aber seit diesem Abend zweifelte er nicht, daß bald Sénécé die Gunst der Gräfin Orsini genießen werde, wenn es nicht schon so weit war.

Eine ganz der Religion ergebene Fürstin, dachte er, wäre weit nützlicher für mich als eine Dame, die völlig der Welt zugewandt lebt. Immer wird jemand dasein, dem sie vor mir den Vorzug gibt: ihr jeweiliger Liebhaber; und wenn eines Tages dieser Liebhaber ein Römer ist, könnte er einen Onkel haben, den er als Kardinal sehen will. Bekehre ich sie aber, so wird sie vor allem an ihren geistlichen Berater denken, und zwar mit dem ganzen Feuer, das ihrem Wesen innewohnt... Was könnte ich da nicht durch sie bei ihrem Oheim zu erlangen hoffen! Der ehrgeizige Geistliche verlor sich in Träumen von einer köstlichen Zukunft; er sah, wie die Fürstin sich ihrem Onkel zu Füßen warf, damit er, Ferraterra, den Kardinalshut erhielte. Der Papst würde ihm für das, was er plante, zudem sehr dankbar sein... Sobald die Fürstin bekehrt sein würde, gedachte Ferraterra dem Papste unbezweifelbar Beweise für ihre Liebesbeziehung zu dem jungen Franzosen vorzulegen. Fromm, aufrichtig und von Abscheu gegen die Franzosen erfüllt, wie Seine Heiligkeit es war, würde er demjenigen ewige Dankbarkeit zollen, der einer für ihn so peinlichen Affäre ein Ende bereitet hätte. Ferraterra gehörte dem hohen Adel von Ferrara an; er war reich und über fünfzig Jahre alt... Durch die so nahe Aussicht auf den Kardinalshut belebt, verrichtete er Wunder; er fand den Mut, mit einem Schlag seine Rolle bei der Fürstin von Grund auf umzukehren. Seit den zwei Monaten, während deren schon Sénécé sie so offensichtlich vernachlässigte, hätte es gefährlich sein können, es mit ihm zu verderben; denn der Prälat, der Sénécé ganz falsch einschätzte, ging von der Voraussetzung aus, daß der junge Mann ehrgeizig sei.

Der Leser würde den Dialog der von Liebe und Eifersucht besessenen jungen Fürstin und des von Ehrgeiz bestimmten Prälaten sicher nicht kurzweilig finden. Ferraterra hatte eine umfassende Schilderung der betrüblichen Wahrheit an den Anfang der Unterredung gestellt. Nach einem so erschütternden Beginn war es nicht schwer für ihn, all das religiöse Gefühl und jene leidenschaftliche Frömmigkeit wieder in ihr zu wecken, die auf dem Grunde des Herzens der jungen Römerin nur geschlummert hatten; sie glaubte, und zwar in aller Aufrichtigkeit. – «Jede gottlose Leidenschaft muß in Unglück und Unehre enden», sagte der Prälat zu ihr. Es war heller Tag, als er den Palazzo Campobasso wieder verließ. Der Neubekehrten hatte er das Versprechen abverlangt, an diesem Tage Sénécé nicht bei sich zu empfangen. Dieses Versprechen war der Fürstin nicht weiter schwergefallen; sie hielt sich für fromm und hatte in Wirklichkeit Angst, sich durch ihre Schwäche in den Augen des Chevaliers verächtlich zu machen.

Bis vier Uhr wurde sie denn auch nicht wankend in ihrem Entschluß; das war der Augenblick, zu dem wahrscheinlich der Chevalier vor dem Hause erscheinen würde. Tatsächlich kam er auch durch die Straße, die hinter dem Garten des Palazzo Campobasso vorbeiführte, sah das Zeichen, das ihm die Untunlichkeit einer Begegnung zu verstehen gab, und eilte ganz zufriedenen Herzens zu der Gräfin Orsini.

Nach und nach hatte die Campobasso ein Gefühl, als verlöre sie den Verstand. Die seltsamsten Vorstellungen und Entschlüsse lösten einander in ihr ab. Plötzlich eilte sie die große Treppe ihres Palastes hinunter, stieg in ihren Wagen und rief dem Kutscher nur zu: «Palazzo Orsini.»

Das Übermaß ihres Unglücks trieb sie fast gegen ihren Willen dazu, ihrer Kusine einen Besuch abzustatten. Sie traf sie inmitten einer Gesellschaft von fünfzig Personen an. Alle Leute von Geist, alle Ehrgeizigen in Rom, denen das Palais Campobasso verschlossen blieb, fanden sich bei der Orsini ein. Die Ankunft der Fürstin war ein Ereignis; alle Welt machte ihr respektvoll Platz; sie geruhte nicht, davon Notiz zu nehmen, sondern faßte einzig ihre Rivalin ins Auge und bewunderte sie. Jeder einzelne Vorzug ihrer Kusine war wie ein Dolchstoß für ihr Herz. Nach dem Austausch der ersten Begrüßungsformeln nahm die Orsini, da die Campobasso schweigsam und mit irgend etwas beschäftigt schien, eine Unterhaltung wieder auf, die funkelnd von Geist und ungemein *disinvolta* war.

Wieviel besser muß dem Chevalier ihre Fröhlichkeit gefallen als meine unsinnige, lästige

Leidenschaft! mußte sich die Campobasso gestehen.

In einem unerklärlichen Überschwang der Bewunderung und des Hasses warf sie sich der Gräfin an die Brust. Sie sah nur die Reize ihrer Kusine; von nahem wie von weitem betrachtet, kamen sie ihr gleichermaßen anbetungswürdig vor. Sie verglich ihr Haar, ihre Augen, ihre Haut mit dem, was sie für ihre Person aufzuweisen hatte. In der Folge dieser seltsamen Prüfung empfand sie Grauen vor sich selbst. Alles schien ihr anbetungswürdig bei ihrer Nebenbuhlerin, alles von höherer Art.

Unbeweglich und finster stand die Campobasso wie eine Statue aus Basalt inmitten der lebhaft gestikulierenden und geräuschvollen Menge. Man kam, man ging; all dieser lästige Lärm störte die Fürstin und wirkte auf sie wie eine Beleidigung. Wie aber wurde ihr, als sie plötzlich Herrn von Sénécé melden hörte! Zu Beginn ihrer Beziehungen hatten sie ausgemacht, er werde in Gesellschaft sehr wenig mit ihr reden, wie es einem fremden Diplomaten ansteht, der nur zwei- oder dreimal im Monat der Nichte des Souveräns begegnet, bei dem er akkreditiert ist.

Sénécé begrüßte sie ernst und achtungsvoll in der ihm gewohnten Weise; als er jedoch zu der Gräfin Orsini trat, verfiel er in den Ton fast intimer Heiterkeit, wie man ihn einer geistvollen Frau gegenüber anschlägt, die einen freundlich empfängt und die man täglich sieht. Die Campobasso war vollkommen niedergeschmettert. Die Gräfin zeigt mir, wie ich hätte sein sollen, sagte sie zu sich selbst. Ja, so müßte man sein, aber niemals werde ich dieses Vorbild erreichen! Sie verließ das Haus in dem äußersten Zustand der Unseligkeit, den ein menschliches Wesen erreichen kann, und beinahe entschlossen, Gift zu nehmen. Alle Freuden, die Sénécés Liebe ihr gegeben hatte, vermochten das Übermaß an Schmerz nicht aufzuwiegen, in welchem sie eine ganze lange Nacht verbrachte. Man sollte meinen, den Seelen der Römerinnen ständen Reserven an Kraft zum Leiden zur Verfügung, die andere Frauen nicht kennen.

Am folgenden Tage ging Sénécé wieder hinter dem Hause vorbei und sah das Zeichen, das ihm das Kommen untersagte. Er eilte ganz unbeschwert von dannen; doch fühlte er sich gleichwohl durch diese Behandlung verstimmt. Hat sie mir neulich denn also den Abschied geben wollen? Ich muß sie in Tränen sehen, gab ihm seine Eitelkeit ein. Er verspürte sogar eine leichte Belebung seiner Liebe bei dem Gedanken, er könne für alle Zeiten eine so schöne Frau verlieren, die noch dazu die Nichte des Papstes war. Er stieg aus dem Wagen, begab sich in das unsaubere Souterrain, das ihm so stark mißfiel, und erzwang den Eintritt in den großen Saal im Erdgeschoß, in dem die Campobasso ihn zu empfangen pflegte.

«Wie! Sie wagen hier zu erscheinen!» rief die Fürstin staunend aus.

Dieses Staunen kann nicht aufrichtig sein, dachte der junge Franzose; sie hält sich in diesem Raum nicht auf, wenn sie mich nicht erwartet.

Der Chevalier ergriff ihre Hand, sie erbebte. In ihren Augen stiegen Tränen auf; sie kam dem Chevalier so hübsch vor in diesem Augenblick, daß er sie beinahe liebte. Sie aber ihrerseits vergaß alle Schwüre, die sie zwei Tage hindurch im Namen der Religion sich selbst geleistet hatte; vollkommen beseligt warf sie sich ihm in die Arme: Und das ist nun das Glück, das künftig die Orsini genießen wird!... Sénécé, der wie gewöhnlich die Regungen einer römischen Seele mißverstand, glaubte, sie wolle sich von ihm jeglicher Konvention entgegen in aller Freundschaft trennen. Es steht mir als Angehörigem der Gesandtschaft des Königs nicht wohl an, die Nichte des Souveräns, bei dem ich akkreditiert bin, zur tödlichen Feindin zu haben (denn das würde sie sein). Ganz stolz auf das glänzende Resultat, zu dem er zu gelangen schien, wollte Sénécé vernünftig mit ihr reden. Sie würden in dem angenehmsten Verhältnis zueinander verbleiben; weshalb sollten sie dabei nicht auch sehr glücklich sein? Was konnte man ihm in der Tat zum Vorwurf machen? Die Liebe würde einer guten, zärtlichen Freundschaft weichen. Er erbat flehentlich von ihr das Vorrecht, dann und wann an die Stätte kommen zu dürfen, an der sie sich im Augenblick befanden; ihre Beziehungen würden auch weiterhin durchaus liebevoll bleiben...

Die Fürstin begriff anfänglich nicht. Als sie mit Grauen im Herzen endlich verstanden hatte, sah sie ihn unbeweglich mit starren Blikken an. Endlich, bei der letzten Bemerkung über die «auch weiterhin liebevollen Beziehungen», fiel sie ihm mit einer Stimme ins Wort, die ihr aus tiefster Brust zu kommen schien, und sagte sehr gemessen zu ihm:

«Das heißt, Sie finden mich alles in allem immer noch hübsch genug, um mich als Dirne zu Ihrer Verfügung haben zu wollen.»

«Aber liebe, gute Freundin, ist denn Ihre Eigenliebe irgendwie verletzt?» erwiderte Sénécé, jetzt seinerseits höchlich erstaunt. «Wie könnte es Ihnen einfallen, sich beklagen zu wollen? Glücklicherweise hat doch niemand von unserem Einverständnis jemals etwas geahnt. Ich bin ein Mann von Ehre; ich schwöre Ihnen von neuem, daß nie ein lebendes Wesen von dem

Glück, das ich genossen habe, ein Sterbenswort erfahren wird.»

«Nicht einmal die Orsini?» setzte sie in so kaltem Ton hinzu, daß der Chevalier sich dadurch noch einmal täuschen ließ.

«Habe ich Ihnen jemals», gab er naiverweise zurück, «die Personen genannt, die ich möglicherweise liebte, bevor ich Ihr Sklave geworden bin?»

«Trotz meiner Achtung vor Ihrem Ehrenwort möchte ich nicht Gefahr laufen, daß mir etwas Derartiges widerfährt», erklärte die Fürstin mit so entschlossener Miene, daß der junge Franzose sich doch schließlich zu wundern begann. «Adieu, Chevalier...» Und als er etwas zögernd aufbrach, setzte sie noch hinzu: «Komm, küsse mich.»

Sie war sichtlich gerührt; dann sagte sie noch einmal in entschiedenem Ton: «Adieu, Chevalier...»

Die Fürstin ließ Ferraterra zu sich bescheiden. «Es handelt sich um die Vergeltung», sagte sie zu ihm. Der Prälat war entzückt. Sie wird sich kompromittieren; sie ist für immer in meiner Hand.

Zwei Tage darauf, bei drückender Hitze, hatte Sénécé um Mitternacht im Sinn, draußen auf dem Corso frische Luft zu schöpfen. Er traf dort die gesamte schöne Welt von Rom. Als er wieder in seinen Wagen steigen wollte, war der Lakai kaum imstande, ihm Antwort zu geben; er schien stockbetrunken zu sein. Der Kutscher war nicht zur Stelle. Zum Reden kaum noch fähig, brachte der Lakai stammelnd hervor, der Kutscher habe Streit mit einem Feind gehabt.

«Oho! Mein Kutscher hat Feinde!» stellte Sénécé lachend fest.

Auf dem Heimweg hatte er sich erst zwei oder drei Straßen weit vom Corso entfernt, als er bemerkte, daß ihn jemand verfolgte. Ein paar Männer, vier oder fünf an der Zahl, blieben stehen, wenn er stehenblieb, und gingen weiter, sobald er seinen Weg fortsetzte. Ich könnte einen Haken schlagen und durch eine andere Straße wieder zum Corso gelangen, dachte Sénécé. Ach was! Diese Lümmel sind das nicht wert. Ich bin ja wohlbewaffnet! Er hatte den blanken Dolch in der Hand.

Während solcher Überlegungen hatte er zwei oder drei abgelegene, zunehmend öder werdende Straßen hinter sich gebracht. Er hörte jetzt, wie die Männer ihre Schritte beschleunigten. Als er in diesem Moment den Blick aufhob, sah er gerade vor sich eine kleine Kirche, die von den Mönchen des Franziskanerordens unterhalten wurde und aus deren Fenstern ein eigenartiger Schimmer drang. Er lief eilends auf sie zu und pochte mit dem Griff seines Dolches kräftig an die Tür. Die Männer, die ihn zu verfolgen schienen, waren nur mehr fünfzig Schritte entfernt. Sie kamen jetzt geradenwegs auf ihn zu. Ein Mönch tat ihm die Tür auf; Sénécé stürzte in die Kirche hinein; der Mönch verschloß die Tür mit einem eisernen Riegel. Im gleichen Augenblick polterten die Mörder auch schon mit Fußtritten dagegen. «Diese Gottlosen!» sagte der Mönch. Sénécé reichte ihm eine Zechine: «Offenbar sind sie hinter mir her», sagte er.

Die Kirche war von mindestens tausend Kerzen erhellt.

«Wie! Ein Hochamt zu dieser Stunde?» sagte er zu dem Mönch.

«Exzellenz, es liegt ein Dispens des hochwürdigsten Kardinalvikars vor.»

Der ganze Vorraum der kleinen Kirche *San Francesco a Ripa* wurde von einem prächtigen Katafalk eingenommen; man sang das Totenamt.

«Wer ist gestorben? Irgendein Fürst?» fragte Sénécé.

«Ohne Zweifel», antwortete der Mönch, «denn man hat wahrhaftig an nichts gespart; doch das alles ist weggeworfenes Geld: der Herr Dechant hat uns gesagt, der Abgeschiedene habe im Stande *impoenitentiae finalis* seine Seele ausgehaucht.»

Sénécé trat näher heran; er bemerkte Wappenschilde in der französischen Form; seine Neugier wuchs; als er ganz nahe davorstand, sah er sein eigenes Wappen! Eine lateinische Inschrift besagte:

Nobilis homo Johannes Norbertus Senece eques decessit Romae.

«Der hohe und mächtige Herr Jean Norbert de Sénécé, Chevalier. Er verstarb in Rom.»

Ich bin der erste Mann, dachte Sénécé, der die Ehre hat, an seinen eigenen Exequien teilzunehmen... Mir ist bislang nur von Kaiser Karl V. bekannt, daß er sich dieses Vergnügen geleistet hat... Aber die Kirche hier ist kein guter Aufenthaltsort für mich.

Er drückte dem Mönch eine weitere Zechine in die Hand. «Mein Vater», sagte er, «lassen Sie mich durch eine Hintertür Ihres Klosters hinaus.»

«Gern», antwortete der Mönch.

Kaum war Sénécé auf der Straße, als er mit einer Pistole in jeder Hand rasch zu laufen begann. Bald hörte er hinter sich die Schritte der ihn Verfolgenden. Als er nahe bei seinem Hause angekommen war, sah er, daß die Tür geschlossen war und daß ein Mann davorstand. Das ist der rechte Augenblick, zum Angriff überzugehen, dachte der junge Franzose; er machte sich gerade daran, den Mann mit einem Pistolenschuß niederzustrecken, als er in ihm seinen Kammerdiener erkannte. «Mach die Tür auf!» rief er ihm zu.

Sie war offen; rasch traten sie ein und schlossen sie hinter sich.

«Oh, Monsieur, ich habe Monsieur überall gesucht. Ich habe traurige Nachricht für Monsieur: der arme Jean, Ihr Kutscher, ist tot, man hat ihn mit Messerstichen umgebracht. Die Männer, die ihn getötet haben, stießen Verwünschungen gegen Sie aus. Offenbar trachtet jemand Monsieur nach dem Leben...»

Während der Diener noch sprach, streckten acht Schüsse aus einer Blunderbüchse, die von einem Fenster herkamen, das auf den Garten ging, den Chevalier de Sénécé neben seinem Diener zu Boden; beide waren von mehr als je zwanzig Kugeln durchbohrt.

Zwei Jahre darauf wurde die Fürstin Campobasso in Rom als Muster höchster Frömmigkeit verehrt; Monsignore Ferraterra war seit langem Kardinal.

Der Leser möge die Fehler des Autors entschuldigen.

I

Die Oper hat uns derart häufig italienische Briganten des sechzehnten Jahrhunderts vor Augen geführt, und so viele Leute haben von ihnen gesprochen, ohne sie zu kennen, daß wir nachgerade von ihnen die verkehrteste Vorstellung haben. Im allgemeinen kann man sagen, daß diese Briganten eine Art von Opposition gegen die Gewaltherrschaften bildeten, die in den Stadtstaaten des Mittelalters einander abgelöst haben. Der jeweils neue Tyrann war gemeinhin der reichste Bürger der soeben gestürzten Republik; um das biedere Volk für sich zu gewinnen, schmückte er die Stadt mit prächtigen Kirchen und mit schönen Bildern. So haben es in Ravenna die Polentini, so die Manfredi in Faenza, die Riario in Imola, die Cane in Verona, die Bentivoglio in Bologna, die Visconti in Mailand und schließlich auch diejenigen gemacht, die, weniger kriegerisch, die heuchlerischsten von allen gewesen sind, die Medici von Florenz. Von den Historiographen dieser winzigen Staatsgebiete hatte keiner es gewagt, über alle die zahllosen Vergiftungen und sonstigen Ermordungen zu berichten, zu denen die Furcht die kleinen Tyrannen trieb, in deren Sold diese ernsten Chronisten standen. Man bedenke, daß jeder dieser Machthaber die einzelnen Republikaner sehr wohl kannte, von denen er sich verabscheut wußte (der Großherzog von Toscana, Cosimo, zum Beispiel wußte über die Strozzi Bescheid), daß ferner mehrere dieser Tyrannen durch Mord umgekommen sind; man wird alsdann den tiefen Haß, den ewigen Argwohn begreifen, dem die Italiener des sechzehnten Jahrhunderts soviel Geist und Mut und ihre Künstler so großes Genie verdankten. Man wird auch sehen, wie eben diese tief verwurzelten Leidenschaften das Entstehen jenes eher lächerlichen Vorurteils verhinderten, das man zur Zeit der Madame de Sévigné Ehre nannte und das vor allem in der Bereitschaft besteht, sein Leben für den Herren herzugeben, als dessen Untertan man geboren ist, oder aber auch den Damen zu Gefallen. Im sechzehnten Jahrhundert konnte die Tatkraft und das wahre Verdienst eines Mannes sich in Frankreich nur durch Tapferkeit auf dem Schlachtfeld oder bei Duellen beweisen und nur auf diese Weise Bewunderung erringen; da die Frauen aber die Tapferkeit und vor allem die Kühnheit lieben, wurden sie zu obersten Richtern über den Wert eines Mannes. Damals entstand der Geist der Galanterie, der schrittweise die Vernichtung aller Leidenschaften und sogar der Liebe zum Nutzen jenes grausamen Tyrannen, dem wir alle gehorchen, der Eitelkeit, vollzog. Die Könige protegierten die Eitelkeit, und das mit gutem Grund, denn aus ihr schreibt sich die Macht der Orden und Ehrenzeichen her.

In Italien brachte sich ein Mann durch alle Arten des Verdienstes zur Geltung, durch kräftige Degenhiebe ebensowohl wie durch Entdeckungen in alten Manuskripten, wie man an Petrarca, dem Idol seiner Zeit, sehen kann, und eine Frau des sechzehnten Jahrhunderts liebte in jenem Lande einen im Griechischen wohlversierten Gelehrten ebensosehr oder noch mehr als einen durch soldatische Tapferkeit berühmt gewordenen Helden. Damals gab es noch Leidenschaften und noch nicht die bloße Gewohnheit der Galanterie. Das ist der große Unterschied zwischen Italien und Frankreich; aus diesem Grund hat Italien einen Raffael, einen Giorgione, einen Tizian, einen Correggio hervorgebracht, während Frankreich im sechzehnten Jahrhundert alle jene tapferen Kriegsleute aufweist, die heute keiner mehr kennt, obwohl doch jeder von ihnen eine so große Zahl von Feinden umgebracht hat.

Ich bitte, mir diese brutale Offenheit zu verzeihen. Wie es aber auch mit alledem bestellt gewesen sein mag, die grausamen und notwendigen Racheaktionen der kleinen italienischen Tyrannen des Mittelalters gewannen den Briganten die Geneigtheit der Bevölkerung. Man haßte sie, wenn sie Pferde, Getreide, Silber, mit einem Wort, alles das stahlen, was ihnen zum Leben notwendig war; aber im tiefsten Grunde schlug das Herz des Volkes für sie; die Dorfmädchen zogen allen anderen den jungen Burschen vor, der einmal im Leben zum *andar alla macchia,* das heißt der Flucht in die Wälder, in denen er irgendeiner allzu unvorsichtigen Handlung zufolge bei den Räubern Zuflucht suchen mußte, gezwungen gewesen war.

In unseren Tagen fürchtet die Gesellschaft zweifellos die Begegnung mit Räubern; werden sie aber bestraft, so bedauert sie jedermann; denn das Volk, das so klug, so spöttisch ist und alle unter Aufsicht der führenden Schicht veröffentlichten Schriften belacht, bevorzugt als Gewohnheitslektüre kleine Verserzählungen, in denen mit großer Wärme das Leben der angesehensten Briganten besungen wird. Was es an Heroismus in diesen Geschichten findet, rührt an das künstlerische Gefühl, das in den unteren Ständen immer vorhanden ist; zudem hat das Volk die einer gewissen Menschenklasse offiziell erteilten Lobsprüche derart satt, daß alles auf diesem Gebiet, was nicht offiziell ist, Zugang zu seinem Herzen hat. Man muß dazu wissen, daß das niedere Volk in Italien unter gewissen Dingen leidet, die der Reisende, selbst wenn er zehn Jahre im Lande lebte, niemals bemerken würde. Zum Beispiel war es vor fünfzehn Jahren, damals, bevor eine weise Regierung mit den Briganten aufräumte[1], nicht selten, daß diese durch ihre kühnen Unternehmungen die Ungerechtigkeit der Gouverneure in den kleinen Städten zu sühnen versuchten. Diese Gouverneure, unumschränkte Stadtoberhäupter, deren Bezahlung zwanzig Taler im Monat nicht übersteigt, folgen naturgemäß den Weisungen der bedeutendsten Familie der Gegend, die sich auf diese Weise ihre Feinde vom Hals schafft. Wenn es den Briganten nicht immer gelungen ist, diese kleinen Despoten zu strafen, so haben sie sie doch mindestens genasführt und ihnen Trotz geboten, was in den Augen dieses geistvollen Volkes schon nicht wenig bedeutet. Ein satirisches Sonett tröstet die Leutchen über alle Leiden, doch niemals vergessen sie eine Beleidigung. Hierin zeigt sich ein weiterer Grund-

[1] Gasparone, der letzte Brigant, verhandelte 1826 mit der Regierung. Er ist mit zweiunddreißig seiner Leute in der Zitadelle von Civitavecchia eingekerkert worden. Wassermangel im Hochapennin, in den er sich geflüchtet hatte, zwang ihn zum Parlamentieren. Er zeichnet sich durch Geist und gewinnendes Auftreten aus.

unterschied zwischen Italienern und Franzosen.

Hatte im sechzehnten Jahrhundert der Gouverneur eines Fleckens einen armen Einwohner, der sich den Haß der herrschenden Familie zugezogen hatte, zum Tode verurteilt, so konnte man häufig erleben, daß die Briganten das Gefängnis angriffen und dem Gefangenen die Freiheit wiederzugeben versuchten. Die mächtige Familie andererseits verließ sich nicht allzusehr auf die acht oder zehn Soldaten der mit der Bewachung des Gefängnisses beauftragten Obrigkeit, sondern warb auf eigene Kosten eine Truppe von Söldnern an. Diese, die man *bravi* nannte, biwakierten in Gefängnisnähe und übernahmen es, den armen Teufel, dessen Tod erkauft worden war, zur Richtstätte zu begleiten. Wenn die betreffende mächtige Familie einen jungen Mann in ihrer Mitte hatte, so stellte dieser sich an die Spitze der gemieteten Truppe.

Freilich schadet eine so beschaffene Gesellschaftsordnung der öffentlichen Moral; in unseren Tagen hat man dafür das Duell samt allem, was sich daraus an Ärgerlichkeiten ergibt; die Richter jedoch sind nicht käuflich; doch waren die genannten Bräuche des sechzehnten Jahrhunderts großartig dazu angetan, Männer zu formen, die diesen Namen verdienten.

Viele Historiker, die noch heute in der landläufigen Fachliteratur der Akademien gepriesen werden, haben diesen Stand der Dinge, der um 1550 so große Charaktere schuf, zu vertuschen versucht. Zu ihrer Zeit wurden ihre zweckdienlichen Lügen mit allen Ehren gelohnt, über welche die Medici von Florenz, die Este von Ferrara, die Vizekönige von Neapel und andere verfügten. Ein armer Geschichtsschreiber namens Giannone hat ein Zipfelchen des Schleiers aufheben wollen; da er aber nur einen sehr kleinen Teil der Wahrheit und diesen noch dazu in Form unsicher vorgebrachter dunkler Andeutungen zu sagen wagt, liest er sich äußerst langweilig, was nicht gehindert hat, daß er mit zweiundachtzig Jahren am 7. März 1758 im Gefängnis gestorben ist.

Das erste, was man tun muß, wenn man die Geschichte Italiens kennenlernen will, ist demnach nicht, sich in die allgemein anerkannte Geschichtschreibung zu vertiefen; nirgends hat man klarer den Wert der Lüge erkannt, und nirgendwo wurde sie besser bezahlt[1].

[1] Paolo Giovio, der Bischof von Como, Aretin und hundert andere, weniger amüsante, die dank der Langeweile, die von ihnen ausströmt, der Verleumdung entgangen sind, wie Robertson oder Roscoe, wimmeln von solchen Lügen. Guicciardini verkaufte sich an Cosimo den Ersten, der ihn nicht ernst nahm. In unseren Tagen haben Coletta und Pignotti die Wahrheit gesagt, letzterer in der beständigen Furcht, abgesetzt zu werden, obwohl er sein Werk erst nach seinem Tode veröffentlicht wissen wollte.

Die ersten Chroniken, die in Italien nach der großen Barbarei des neunten Jahrhunderts verfaßt worden sind, erwähnen bereits die Briganten und sprechen von ihnen, als hätten sie seit unvordenklichen Zeiten immer schon existiert. (Vgl. die Sammlung Muratori.) Als zum Unglück für das öffentliche Wohl, für die Gerechtigkeit, für eine gerechte Regierung, aber zum Segen der Künste die Republiken des Mittelalters ihren Untergang fanden, flüchteten sich die mannhaftesten unter den Republikanern, diejenigen, denen die Freiheit teurer als den meisten ihrer Mitbürger war, in die Wälder. Ganz naturgemäß liebte und schätzte das von den Baglioni, Malatesta, Bentivoglio oder Medici gepeinigte Volk deren Feinde. Die Grausamkeiten der kleinen Tyrannen, die auf die ersten Usurpatoren folgten, die Grausamkeiten zum Beispiel Cosimos, des ersten Großherzogs von Florenz, der bis nach Venedig, ja bis nach Paris hinein die geflüchteten Republikaner durch von ihm ausgesendete Mörder verfolgen und umbringen ließ, riefen den Nachwuchs für die Briganten auf den Plan. Um hier nur von den Zeiten zu reden, die noch nicht weit von der Lebensepoche unserer Heldin entfernt waren, das heißt den Jahren kurz vor 1550: Alfonso Piccolomini, Herzog von Monte Mariano, und Mario Sciarra befehligten mit Erfolg bewaffnete Horden, die in der Umgegend von Albano den damals sehr tapferen Truppen des Papstes entgegentraten. Das Betätigungsgebiet dieser berühmten Anführer, die das Volk noch heute bewundert, zog sich vom Po und der Sumpfregion um Ravenna bis zu den Wäldern hin, die damals noch die Hänge des Vesuvs bedeckten. Der fünf Meilen von Rom entfernt an der Straße nach Neapel gelegene Wald von Faggiola, der durch die darin vollbrachten Heldentaten so berühmt geworden ist, war das Hauptquartier Sciarras, der unter dem Pontifikat Gregors XIII. einigen Tausenden von Söldnern gebot. Eine ins einzelne gehende Geschichte dieses berühmten Briganten würde in den Augen der heutigen Generation schlechthin unglaublich erscheinen, insofern man die Beweggründe seines Handelns nie mehr würde begreifen können. Erst 1592 wurde er geschlagen. Als er einsehen mußte, daß seine Lage verzweifelt war, trat er in Verhandlung mit Venedig und stellte sich mit seinen ergebensten Leuten – oder, wenn man will, denen, die am meisten auf dem Kerbholz hatten – der Republik zur Verfügung. Auf das Vorhalten der römischen Regierung jedoch ließ Venedig eben diesen Sciarra, mit dem es einen Vertrag geschlossen hatte, ermorden und schickte seine tapferen Söldnertruppen aus, um Candia gegen die Türken zu verteidigen. Der hochweise Rat der Stadt wußte dabei sehr wohl, daß eine mörderische Pest auf dieser Insel herrschte: innerhalb weniger Tage waren die fünfhundert Söldner, die Sciarra in den Dienst der Republik Venedig überführt hatte, auf siebenundsechzig zusammengeschrumpft.

Der Wald von Faggiola, dessen gigantische Bäume einen alten Vulkan überdecken, war der letzte Schauplatz der Heldentaten jenes Marco Sciarra. Alle Reisenden werden bestätigen, daß diese Landschaft die großartigste der so wundervollen römischen Campagna ist, eine Landschaft freilich, die in ihrer Düsternis für eine Tragödie ausersehen scheint. Mit seinem schwärzlichen Grün krönt dieser Wald die Gipfel der Albaner Berge.

Wir verdanken dieses Gebirge einem vulkanischen Ausbruch, der Hunderte von Jahren vor der Gründung Roms erfolgt sein muß. In einer Epoche, die vor allen geschichtlichen Zeiten liegt, wuchs es inmitten der weiten Ebene empor, die sich einst zwischen Meer und Apenninen erstreckte. Der Monte Cavo, der sich aus dem Düster des Waldes von Faggiola herausreckt, ist sein höchster Punkt; man sieht ihn von überallher, von Terracina und von Ostia sowohl wie von Rom und von Tivoli aus, und das Albaner Gebirge, das jetzt mit Villen besetzt ist, begrenzt im Süden diesen von Reisenden so vielgerühmten Horizont von Rom. Ein Kloster der Passionisten hat auf dem Gipfel des Monte Cavo den Tempel des Jupiter Feretrius ersetzt, in dem die lateinischen Völker durch gemeinsame Opfer die Bande religiöser Verbundenheit festigten. Im Schatten prächtiger Kastanienwälder gelangt der Wanderer in wenigen Stunden zu den gewaltigen Blöcken, aus denen die Ruine jenes Jupitertempels besteht; doch im dichten Waldesdunkel, das in diesem Klima etwas so Köstliches ist, versucht der Reisende noch heute besorgt das Dickicht mit dem Blick zu durchdringen: er hat Angst vor den Räubern. Wenn man auf dem Gipfel des Monte Cavo angelangt ist, macht man ein Feuer in den Tempelruinen, um das Essen zuzubereiten. Von diesem die ganze Campagna beherrschenden Punkt aus erblickt man im Westen das Meer, das nur zwei Schritte entfernt zu liegen scheint, obwohl drei oder vier Meilen den Beschauer von ihm trennen; man kann die kleinsten Boote erkennen; mit dem schwächsten Fernglas sogar kann man die Leute zählen, die mit dem Dampfschiff nach Neapel fahren. Nach allen Seiten hin hat man die Aussicht auf eine grandiose Ebene, die im Osten hinter Palestrina durch die Apenninen begrenzt wird, im Norden durch die Peterskirche und andere Monumentalbauten Roms. Da der Monte Cavo nicht übermäßig hoch ist, unterscheidet das Auge die kleinsten Einzelheiten dieser erhabenen Landschaft, die einer historischen Untermalung im Grunde nicht bedarf, während doch in der Tat jeder Hain, jeder verfallene Mauerrest, den man in der Ebene oder an den Berghängen sieht, an einen jener durch Vaterlandsliebe und Tapferkeit so bewunderungswerten Kämpfe gemahnt, von denen Livius berichtet.

Noch in unseren Tagen kann man, um zu den mächtigen Resten des dem Jupiter Feretrius geweihten Tempels vorzudringen, die heute den Klosterbrüdern als Gartenmauer dienen, die *Via triumphalis* benutzen, auf der einst die römischen Könige ihren Einzug hielten. Sie ist mit ganz regelmäßig behauenen Steinen gepflastert; mitten im Walde von Faggiola finden sich noch beträchtliche Abschnitte von ihr.

Am Rand des erloschenen Kraters, der, jetzt mit durchscheinendem Wasser angefüllt, zu dem hübschen, fünf oder sechs Meilen im Umfang messenden Albaner See geworden ist, der tief eingebettet im Lavafelsen ruht, lag Albalonga, die Mutterstadt Roms, die im Verfolg der römischen Politik schon zur Zeit der ersten Könige untergegangen ist. Immerhin bestehen auch heute noch Überreste von ihr. Ein paar Jahrhunderte später ist eine Viertelmeile von Alba entfernt auf dem meerwärts gelegenen Berghang das moderne Albano entstanden; es ist von dem See jedoch durch eine Felskulisse getrennt, die diesen und die Stadt wechselseitig voreinander verbergen. Sieht man Albano von der Ebene her, so heben sich die weißen Häuser der Stadt von dem fast schwarzen Grün des bei den Briganten so beliebten und so häufig genannten Waldes ab, der auf allen Seiten den Vulkan überzieht.

Albano, das heute fünf- oder sechstausend Einwohner zählt, wurde im Jahre 1540 von nur dreitausend Menschen bewohnt, unter denen die hochadlige und mächtige Familie Campireali blühte, von deren Schicksalsschlägen wir hier berichten wollen.

Ich übersetze die folgende Geschichte aus zwei umfänglichen Manuskripten, einem römischen und einem florentinischen. Sehr gewagterweise habe ich den Versuch unternommen, einen Stil beizubehalten, der ein wenig an den unserer alten Volksbücher angelehnt scheint. Der so fein durchgebildete und wohlabgewogene Stil der gegenwärtigen Epoche würde, will mir scheinen, allzuwenig zu den geschilderten Taten, erst recht aber nicht zu den von den Chronisten darüber angestellten Überlegungen passen. Sie haben ihre Berichte gegen 1598 verfaßt. Ich bitte den Leser um Nachsicht für jene sowohl wie für mich.

II

Nachdem ich so viele tragische Historien aufgezeichnet habe, sagt der Verfasser des Manuskripts aus Florenz, werde ich nun mit derjenigen enden, deren Wiedergabe mir am allerschwersten fällt. Ich will von der berühmten Äbtissin des Klosters von der Heimsuchung in Castro, Elena von Campireali, sprechen, deren Prozeß und Ende der großen Welt von Rom und ganz Italien soviel Gesprächsstoff geliefert haben. Schon gegen 1555 beherrschten die Briganten die Umgebung von Rom; die Obrigkeit aber hatte sich allerorts den mächtigsten Familien verkauft. Im Jahre 1572, in welchem der Prozeß zur Verhandlung kam, bestieg Gregor XIII. aus dem Hause Buoncompagni den Stuhl des heiligen Petrus. Dieser Heilige Vater der Christenheit vereinigte in sich alle apostolischen Tugenden, doch hat man seinem weltlichen Regiment dennoch den Vorwurf einer gewissen Schwäche nicht ersparen können; er verstand sich weder darauf, unbestechliche Richter zu wählen noch die Briganten im Zaum zu halten; die Verbrechen bekümmerten ihn, doch sie zu bestrafen verstand er nicht. Es schien ihm, daß er durch das Fällen eines Todesurteils eine grauenhafte Verantwortung auf sich nehme. Das Ergebnis dieser Denkweise war, daß unzählige

Räuber die Straßen zur Ewigen Stadt hin bevölkerten. Um einigermaßen sicher zu reisen, mußte man gut Freund mit den Briganten sein. Der Wald von Faggiola, der sich quer über die von Neapel nach Rom über Albano führende Straße zieht, war seit langem schon das Hauptquartier einer Nebenherrschaft, welche die des Heiligen Vaters befehdete, und mehrmals sah sich Rom gezwungen, wie mit einer gleichberechtigten Macht mit Marco Sciarra, einem der Könige der Wälder, zu verhandeln. Die Stärke dieser Briganten lag in ihrer Beliebtheit bei ihren Nachbarn, den Bauern.

Die hübsche Stadt Albano, die dem Hauptquartier der Briganten so eng benachbart lag, war im Jahre 1542 der Schauplatz der Geburt von Elena Campireali gewesen. Ihr Vater galt als der reichste Patrizier jener Gegend und hatte in dieser Eigenschaft Vittoria Carafa gefreit, die große Ländereien im Königreich Neapel besaß. Ich könnte einige heute noch lebende alte Leute benennen, denen Vittoria Carafa sowie ihre Tochter wohlbekannt gewesen sind. Vittoria war ein Muster an Klugheit und an Geist; ungeachtet ihrer genialen Veranlagung aber hat sie den Untergang ihrer Familie nicht vorauszusehen vermocht. Es ist sonderbar! Die schrecklichen Schicksalsschläge, die den Gegenstand dieser Erzählung bilden, können, so scheint es mir, keiner der handelnden Personen, die ich dem Leser vorführen will, im Grunde zur Last gelegt werden: ich sehe in ihnen Unglückliche, kann aber in Wahrheit keinen Schuldigen unter ihnen entdecken. Die außerordentliche Schönheit und das zärtliche Gemüt der jungen Elena waren für sie zwei große Gefahren und entschuldigen ihren Liebhaber Giulio Branciforte ebenso, wie der absolute Unverstand des Bischofs von Castro, Monsignore Cittadini, diesem bis zu einem gewissen Grade Verzeihung erwirken mag. Seinen raschen Aufstieg auf der Stufenleiter kirchlicher Ehren verdankte er der Würde seines Auftretens, vor allem aber seiner edlen Miene und den schönsten und regelmäßigsten Zügen, denen man je begegnen kann. Ich habe schriftliche Äußerungen gefunden, wonach niemand ihn sehen konnte, ohne ihn zu lieben.

Da ich niemandem schmeicheln will, möchte ich nicht verhehlen, daß ein heiliger Mönch, der oft in seiner Zelle, wie einst Sankt Paulus, mehrere Fuß hoch über dem Boden schwebend, angetroffen wurde, wobei nichts, es sei denn die göttliche Gnade, ihn in dieser außergewöhnlichen Stellung zu erhalten vermochte[1], dem

[1] Noch heute wird diese eigentümliche Körperhaltung in der römischen Campagna vom Volk als ein sicheres Zeichen der Heiligkeit angesehen. Gegen 1826 wurde ein Mönch aus

Herrn von Campireali vorausgesagt hatte, seine Familie werde mit ihm erlöschen; er werde nur zwei Kinder haben, beide aber würden eines gewaltsamen Todes sterben. Wegen dieser Prophezeiung gab es für ihn ringsum in der Gegend keine Heiratsmöglichkeit; er versuchte sein Glück in Neapel, wo es ihm gelang, große Güter und eine Frau zu finden, die durch die Kraft ihres Geistes hätte imstande sein müssen, das böse Geschick von ihm abzuwenden, wofern dergleichen überhaupt im Bereich des Möglichen lag. Herr von Campireali galt als ein sehr ehrenwerter Mann; er zeichnete sich durch Mildtätigkeit aus, doch fehlten ihm alle Geistesgaben, woraufhin er mehr und mehr auf den Aufenthalt in Rom verzichtete und fast das ganze Jahr in seinem Schloß in Albano verbrachte: dort widmete er sich der Bewirtschaftung seines Grundbesitzes, der in jener überaus fruchtbaren Ebene lag, die sich zwischen der Stadt und dem Meer hinzieht. Auf den Rat seiner Frau ließ er seinem Sohn Fabio, einem auf seine Herkunft ungemein stolzen jungen Mann,

Albano mehrere Male dabei betroffen, wie er sich kraft göttlicher Gnade über den Erdboden erhob. Man schrieb ihm zahlreiche Wunder zu; von zwanzig Meilen in der Runde her eilten die Leute zusammen, um seinen Segen zu erhalten; Frauen aus den ersten Gesellschaftsschichten hatten ihn in seiner Zelle drei Fuß über dem Boden schwebend gesehen. Plötzlich war er verschwunden.

und seiner Tochter Elena, die – wie man noch heute aus ihrem Porträt in der Sammlung Farnese ersehen kann – ein Wunder an Schönheit war, die erlesenste Erziehung angedeihen. Seitdem ich zu schreiben begonnen habe, bin ich selbst im Palazzo Farnese gewesen, um dort die sterbliche Gestalt zu betrachten, mit welcher der Himmel diese Frau beschenkt hatte, deren unseliges Schicksal seinerzeit so großes Aufsehen erregte und noch jetzt im Gedächtnis der Menschen lebt. Ihre Kopfform war ein längliches Oval, die Stirn sehr groß, die Haare von einem gedämpften Blond. Ihr Gesichtsausdruck auf dem Bildnis ist heiter. Sie hat große, dunkelblaue Augen und darüber Brauen von kastanienbrauner Farbe, die einen vollkommen reinen Bogen beschreiben. Die Lippen sind sehr schmal, und man möchte meinen, die Umrisse des Mundes seien von dem berühmten Maler Correggio gezeichnet worden. Inmitten der anderen Porträts, die das ihre in der Galeria Farnese umgeben, wirkt sie wie eine Königin. Selten findet sich soviel Heiterkeit mit herrscherlicher Erscheinung gepaart.

Nachdem sie acht ganze Jahre im Kloster der Heimsuchung in der jetzt zerstörten Stadt Castro, wohin zu jener Zeit die Töchter der meisten römischen Fürsten geschickt wurden, als Pensionärin zugebracht hatte, kehrte Elena in ihre

Heimat zurück, verließ jedoch das Kloster nicht, ohne zuvor einen prächtigen Kelch für den Hauptaltar der Kirche gestiftet zu haben. Als sie eben erst wieder in Albano war, bewog ihr Vater durch das Angebot einer beträchtlichen Rente den berühmten Dichter *Cechino,* der damals schon sehr alt war, nach Albano zu kommen. Er war es, der Elenas Gedächtnis mit den schönsten Versen des göttlichen Vergil, sowie Petrarcas, Ariosts und Dantes, seiner berühmten Schüler, ausstattete.

Hier sieht sich der Übersetzer genötigt, eine lange Abhandlung über die verschiedenen Arten des Ruhms, die das sechzehnte Jahrhundert seinen großen Dichtern zuerkannte, zu übergehen. Es scheint, als habe Elena auch Latein gekonnt. Die Verse, die man sie auswendiglernen ließ, handelten von Liebe, und zwar von einer solchen, die uns, wenn wir ihr im Jahre 1839 begegneten, höchst lächerlich vorkommen würde, nämlich jener leidenschaftlichen Liebe, die sich von großen Opfern nährt, nur von Geheimnis umgeben existieren kann und immer tiefstem Unglück eng benachbart ist.

So beschaffen war auch die Liebe, die Elena, kaum siebzehn Jahre alt, dem Giulio Branciforte einflößte. Giulio war einer der Nachbarn des Hauses Campireali und sehr arm; er bewohnte ein dürftiges Haus, das eine Viertelmeile von der Stadt entfernt in den Bergen inmitten der Ruinen von Alba und am Rande des einhundertfünfzig Fuß tiefen, mit Grün überwachsenen, den See umschließenden Abgrunds erbaut worden war. Dieses Gebäude, das unmittelbar vor dem finsteren, prachtvollen Dunkel des Waldes von Faggiola stand, ist bei Gelegenheit des Klosterbaus von Palazzuola seither abgerissen worden. Zugunsten des bewußten armen jungen Mannes sprachen einzig seine lebhafte, unbeschwerte Miene und die ungekünstelte Sorglosigkeit, mit der er sein Mißgeschick ertrug. Was ihm sonst am ehesten noch zum Vorteil gereichte, war sein Antlitz, das ausdrucksvoll war, ohne jedoch eigentlich schön zu sein. Es hieß zudem, er habe unter dem Fürsten Colonna als einer von dessen *bravi* bei zwei oder drei höchst gefährlichen Unternehmungen tapfer mitgekämpft. Trotz seiner Armut und mangelnden Schönheit besaß er ein Herz, das zu erobern allen jungen Mädchen von Albano als unvergleichlich schmeichelhaft erschien. Überall wohl aufgenommen, hatte Giulio Branciforte bis zu dem Augenblick, da Elena aus dem Kloster von Castro zurückkam, nur flüchtige Liebschaften gehabt. Als kurz darauf der große Dichter Cechino seinen Wohnsitz von Rom in den Palazzo Campireali verlegte, um dem jungen Mädchen Unterricht in schöner Literatur zu erteilen, richtete Giulio, der den Dichter kannte, an ihn ein Poem in lateinischen Versen über das Glück, das er in seinem Alter habe, so schöne Augen auf die seinen geheftet und eine so reine Seele vollkommen glücklich zu sehen, wenn er ihre Gedanken gutzuheißen geruhe. Eifersucht und Liebesschmerz der jungen Frauen, denen Giulio vor der Rückkehr Elenas seine Aufmerksamkeit zugewendet hatte, machten bald alle Vorsicht hinfällig, mit der er seine entstehende Leidenschaft zu verbergen trachtete, und ich muß zugeben, daß diese Liebesgeschichte zwischen einem jungen Mann von zweiundzwanzig und einem Mädchen von siebzehn Jahren zunächst nicht so verlief, daß kluge Leute damit einverstanden sein konnten. Es waren noch keine drei Monate vergangen, als der hohe Herr von Campireali die Beobachtung machte, daß Giulio Branciforte allzuoft unter den Fenstern seines Palastes erschien (den man noch etwa an der Mitte der zum See hinaufführenden Straße sieht).

Freimut und Unverblümtheit, natürliche Folgen der Freiheit, die in Republiken geduldet wird, sowie die Gewöhnung an rückhaltlos geäußerte Leidenschaften, die noch nicht durch das Sittensystem der Monarchie gezügelt sind, lassen sich deutlich in dem ersten Vorgehen des Herrn von Campireali erkennen. Am gleichen

Tage, an dem ihm das häufige Erscheinen des jungen Branciforte aufgefallen war, stellte er diesen in folgender Weise zur Rede: «Wie kannst du es wagen, unaufhörlich an meinem Haus vorüberzugehen und unverschämte Blicke zu den Fenstern meiner Tochter emporzusenden, du, der du noch nicht einmal Kleider hast, dich damit zu bedecken? Wenn ich nicht fürchtete, meine Handlungsweise könne von den Nachbarn übel ausgelegt werden, würde ich dir drei Goldzechinen schenken, damit du dir in Rom einen anständigen Umhang dafür kaufst. Wenigstens würden dann meine und meiner Tochter Augen nicht mehr so oft durch den Anblick deiner Lumpen beleidigt werden.»

Elenas Vater übertrieb zweifellos: die Kleider des jungen Branciforte waren freilich aus sehr einfachem Material hergestellt; auch muß man zugeben, daß sie, wiewohl sauber und oft gebürstet, an ihrem Zustand langes Tragen erkennen ließen. Giulio war durch die Vorhaltungen des Herrn von Campireali so tief in der Seele verletzt, daß er sich bei Tage nicht mehr vor dem Hause zeigte.

Wie wir bereits sagten, waren die beiden Arkaden, Überreste einer antiken Wasserleitung, die als Grundmauern für das von Brancifortes Vater erbaute und von diesem dem Sohn hinterlassene Haus dienten, nicht mehr als fünf- oder sechshundert Schritt von Albano entfernt. Um von diesem hochgelegenen Punkt zur neuen Stadt hinunterzusteigen, war Giulio genötigt, am Palazzo Campireali vorbeizugehen. Elena bemerkte bald, daß der seltsame junge Mann, von dem ihre Freundinnen behaupteten, er habe andere Bekanntschaft aufgegeben, um sich ganz dem Glück zu überlassen, das er bei ihrem Anblick zu genießen schien, sich niemals mehr blicken ließ.

Eines Sommerabends gegen Mitternacht stand Elenas Fenster offen; das junge Mädchen genoß die Meeresluft, die man oben in Albano noch recht wohl spürt, obwohl eine Ebene von drei Meilen die Stadt von der Küste trennt. Es herrschte nächtliche Dunkelheit und eine so tiefe Stille, daß man ein Blatt hätte fallen hören. Elena, die sich an ihr Fenster lehnte, dachte vielleicht an Giulio, als sie etwas mit weichem Schlag, ähnlich dem lautlosen Flügel eines Nachtvogels, dicht an ihrem Fenster vorüberstreichen sah. Erschreckt zog sie sich zurück. Es kam ihr nicht in den Sinn, daß dieser Gegenstand von einem Vorübergehenden heraufgereicht werden könne: das zweite Stockwerk des Palais, in dem ihr Fenster lag, erhob sich mehr als fünfzig Fuß hoch über dem Boden. Plötzlich glaubte sie, in dem sonderbaren Ding, das inmitten der tiefen Stille vor dem Fenster, an dem sie lehnte, auf und nieder glitt, einen Blumen-

MANESSE BIBLIOTHEK
DER WELTLITERATUR
UND DER
WELTGESCHICHTE

strauß zu erkennen; ihr Herz begann heftig zu schlagen. Der Strauß schien am äußersten Ende von zwei oder drei großen Rohrkolben befestigt zu sein, einer Binsenart, die dem Bambusrohr ähnlich sieht; sie wächst in der römischen Campagna und bringt Stengel von zwanzig bis dreißig Fuß Länge hervor. Die Rohre schwankten so stark, und der Wind blies so heftig, daß Giulio einige Schwierigkeit hatte, seinen Blumenstrauß stets so zu halten, daß er sich dem Fenster gegenüber befand, hinter dem er Elena vermutete, und im übrigen war die Nacht derart dunkel, daß man von der Straße aus in solcher Höhe nichts erkennen konnte. Unbeweglich hinter dem Fenster stehend, fühlte sich Elena aufs tiefste bewegt. Kam es nicht einem Geständnis gleich, wenn sie die Blumen annahm? Sie hegte im übrigen keines der Gefühle, die bei einer jungen Dame der ersten Gesellschaft, die durch eine vornehme Erziehung auf das Leben vorbereitet worden ist, ein solches Abenteuer wecken würde. Da ihr Vater und ihr Bruder Fabio im Hause waren, kam ihr als erstes der Gedanke, daß das geringste Geräusch von einem Arkebusenschuß begleitet sein würde, dessen Ziel sicherlich Giulio wäre; sie hatte Mitleid mit der gefahrvollen Lage dieses jungen Mannes. Ihr zweiter Gedanke aber war, daß er, obwohl sie ihn sehr wenig kannte, dasjenige Wesen auf der

Welt sei, dem sie nächst ihrer Familie am meisten zugetan war. Endlich, nach einigen Minuten des Zögerns griff sie nach dem Strauß. Als sie aber in der tiefen Dunkelheit seine Blüten berührte, merkte sie, daß ein Briefchen an dem Stengel der einen befestigt war; sie lief auf die große Treppe hinaus, um bei dem Schein einer Lampe vor dem Bilde der Muttergottes diese Zeilen zu lesen. Wie unbesonnen ich bin, sagte sie sich, als die ersten Worte bereits ein Erröten des Glücks auf ihre Wangen riefen; wenn mich jemand sieht, bin ich verloren, und meine Familie wird für alle Zeiten den armen jungen Mann verfolgen. Sie kehrte in ihr Zimmer zurück und machte Licht. Dieser Augenblick war köstlich für Giulio, der sich in seiner Beschämung über den Schritt, den er unternommen hatte, und wie um sich in diesem tiefen Dunkel noch besser zu verbergen, dicht an den Stamm einer jener grünen Eichen mit den bizarren Formen angeschmiegt dastand, wie sie noch heute dem Palazzo Campireali gegenüber zu sehen sind.

In seinem Brief berichtete Giulio ohne jede Beschönigung von der demütigenden Zurechtweisung, die Elenas Vater ihm hatte zuteil werden lassen. *Es stimmt zwar, daß ich arm bin,* fuhr er fort, *Sie würden sich sogar nur mit Mühe das Ausmaß meiner Bedürftigkeit vorstellen können. Ich habe nichts als mein Haus, das Sie vielleicht schon unter den Ruinen des Aquädukts von Alba haben liegen sehen; es ist ringsherum von einem Garten umgeben, den ich selbst bebaue und von dessen Ertrag ich mich ernähre. In meinem Besitz befindet sich auch noch ein Weinberg, den ich für dreißig Taler im Jahr verpachtet habe. Ich weiß wahrhaftig nicht, weshalb ich Sie liebe; gewiß kann ich Ihnen nicht vorschlagen, etwa mein Elend zu teilen. Wenn Sie mir indessen keine Gegenliebe schenken, hat das Leben keinerlei Wert mehr für mich; ich brauche Ihnen dabei nicht erst zu sagen, daß ich es tausendmal für Sie hergeben würde. Vor Ihrer Rückkehr aus dem Kloster jedoch ist dieses Leben nicht einmal gar so unglücklich gewesen: im Gegenteil, es war von den strahlendsten Träumen ausgefüllt. So kann ich beinahe sagen, daß gerade das ahnende Erschauen des Glücks mein Unglück herbeigeführt hat. Gewiß, zu jener Zeit hätte niemand auf der Welt gewagt, Reden gegen mich zu führen wie die, mit denen mich Ihr Vater so schwer getroffen hat; mein Dolch hätte mir auf der Stelle Gerechtigkeit verschafft. Mutig und wohlbewaffnet fühlte ich mich damals so gut wie jeder andere auch. Jetzt hat sich alles gewandelt: ich habe Bekanntschaft mit der Furcht gemacht. Aber das alles ist schon zuviel; am Ende verachten Sie mich. Wenn Sie im Gegenteil mit mir einiges Mitleid verspüren trotz der armseligen Gewänder, die ich an mir trage, so werden Sie feststellen können, daß ich jeden Abend, sobald es von dem Kapuzinerkloster auf dem Hügel Mitternacht schlägt, unter der großen Eiche verborgen einem Fenster gegenüber stehe, zu dem ich unaufhörlich emporschaue, weil ich vermute, daß es das Ihres Zimmers ist. Falls Sie mich nicht so sehr verachten, wie Ihr Vater es tut, werfen Sie mir eine der Blumen aus dem Strauß herunter, doch geben Sie acht, daß sie nicht an einem der Simse oder Balkone Ihres Hauses hängen bleibt.*

Diesen Brief las Elena wieder und wieder; allmählich stiegen Tränen in ihren Augen auf; mit Rührung betrachtete sie den prächtigen Strauß, dessen Blüten durch einen starken Seidenfaden zusammengehalten wurden. Sie versuchte, eine Blüte abzureißen, kam jedoch nicht damit zurecht; dann aber wurde sie von Reue gepackt. Unter den jungen Mädchen von Rom herrscht die Vorstellung, daß man durch die Zerstörung eines aus Liebe überreichten Straußes, indem man zum Beispiel eine Blume aus ihm herausreißt, Gefahr laufe, dieser Liebe ein Ende zu bereiten. Sie fürchtete, Giulio könne ungeduldig werden, und eilte deshalb ans Fenster; dort angekommen jedoch meinte sie, man werde sie allzu deutlich erkennen, da die Lampe den Raum mit ihrem Licht erfüllte. Elena wußte nicht, welche Art von Zeichen sie sich gestatten könne; sie war der Meinung, ein jedes könne bereits zuviel besagen.

Beschämt und hastig zog sie sich ins Innere ihres Zimmers zurück. Aber die Zeit verrann; plötzlich kam ihr ein Gedanke, der sie stark beunruhigte, nämlich der, Giulio werde glauben, sie verachte ihn seiner Armut wegen. Sie sah auf dem Tisch ein kleines Stück kostbaren Marmors liegen, knotete es in ihr Taschentuch und warf es so an den Fuß der Eiche, die ihrem Fenster gegenüberstand. Dann machte sie ein Zeichen, daß Giulio fortgehen solle; sie hörte, daß er gehorchte, denn als er ging, gab er sich keine Mühe mehr, das Geräusch seiner Schritte zu dämpfen. Als er oben auf dem Felsgürtel angekommen war, der den See von den letzten Häusern Albanos trennt, hörte sie ihn Liebesworte singen; sie winkte ihm zum Abschied zu, diesmal schon etwas weniger scheu, und las von neuem den Brief.

Am nächsten und an den folgenden Tagen kam es zu weiteren solchen Briefen und Zusammenkünften; da aber in einem italienischen Dorf nichts verborgen bleibt und Elena noch dazu die beste Partie der Gegend war, wurde dem Herrn von Campireali zugetragen, daß alle Abende nach Mitternacht in dem Zimmer seiner Tochter Licht zu sehen sei; noch auffallender aber sei, daß das Fenster offenstände und gleich dahinter Elena sichtbar würde, ganz als habe sie gar keine Angst vor den *zinzare* (einer Art sehr lästiger Stechmücken, die einem die schönen Abende in der römischen Campagna sehr verleiden können. Hier muß ich erneut den Leser um Nachsicht bitten. Wer die Bräuche fremder Länder kennenzulernen wünscht, muß darauf gefaßt sein, auf absonderliche, von den unseren stark abweichende Vorstellungen zu stoßen). Herr von Campireali spannte seine Hakenbüchse wie auch die seines Sohnes. Als es am Abend Viertel vor zwölf Uhr schlug, gab er Fabio ein Zeichen, worauf beide möglichst lautlos auf einen großen Steinbalkon schlichen, der sich im ersten Stock des Hauses unmittelbar unter Elenas Fenster befand. Die massiven Pfeiler der Balustrade schützten sie bis zum Gürtel vor Schüssen von draußen her. Es schlug Mitternacht. Vater und Sohn vernahmen deutlich ein leises Scharren unter den Bäumen an der dem Hause gegenüberliegenden Straße; doch zeigte sich zu ihrer Verwunderung hinter Elenas Fenster kein Licht. Dieses bisher so harmlose Mädchen, das man nach der Lebhaftigkeit seiner Bewegungen für ein Kind hätte halten können, hatte sich, seitdem es liebte, in seinem Wesen verändert. Elena wußte jetzt, daß die geringste Unvorsichtigkeit von ihrer Seite das Leben des geliebten Mannes gefährdete; wenn ein Herr vom Rang ihres Vaters einen armen Burschen wie Giulio Branciforte tötete, brauchte er nur drei Monate lang etwa nach Neapel zu verschwinden; in der Zwischenzeit würden seine Freunde in Rom die Sache ins reine bringen, und mit der Stiftung einer silbernen Lampe im Werte von einigen hundert Talern für den Altar der damals gerade in Mode stehenden Madonna würde alles erledigt sein. Am Morgen beim Frühstück hatte Elena ihrem Vater angemerkt, daß für ihn ein triftiger Anlaß zum Zorn bestand; an der Art aber, wie er sie ansah, wenn er sich unbeobachtet glaubte, erkannte sie, daß sie an der Entstehung dieses Zorns erheblich beteiligt sein müsse. Sofort versah sie die Kolben der fünf prächtigen Hakenbüchsen, die ihr Vater über seinem Bett hängen hatte, mit einer leichten Staubschicht. Ebenso machte sie es mit seinen Dolchen und Degen. Den ganzen Tag über trug sie ausgelassene Heiterkeit zur Schau und durcheilte unaufhörlich das Haus von oben bis unten; immer wieder trat sie an eines der Fenster, von dem festen Entschluß beseelt, Giulio, falls sie das Glück hätte, ihn zu sehen, durch ein Zeichen zu verständigen, daß er sich lieber fernhalten solle. Aber sie hatte damit kein Glück; der arme Junge hatte sich durch den Verweis des reichen Herrn von Campireali so sehr gedemütigt gefühlt, daß er sich tagsüber nicht mehr in Albano blicken ließ; einzig am Sonntag bewog ihn sein Pflichtgefühl, die

Messe in seiner Pfarrkirche zu besuchen. Elenas Mutter, die ihre Tochter vergötterte und ihr nichts abschlagen konnte, ging an diesem Tage dreimal, wiewohl vergeblich, mit ihr aus. Elena war verzweifelt, denn nirgends konnte sie Giulio Branciforte entdecken. Wie aber wurde sie ernst, als sie am Abend die Waffen ihres Vaters untersuchte und feststellen mußte, daß zwei der Arkebusen geladen und fast alle Dolche und Degen inzwischen berührt worden waren! Sie wurde von ihrer tödlichen Unruhe einzig durch das Bemühen abgelenkt, so zu tun, als habe sie von alledem keine Ahnung. Als sie sich um zehn Uhr abends zurückzog, verschloß sie ihre Zimmertür, die in das Vorzimmer ihrer Mutter führte, und hielt sich dann am Boden kauernd so dicht am Fenster auf, daß von draußen her niemand sie sehen konnte. Man stelle sich vor, mit welcher Angst im Herzen sie jeden Stundenschlag vernahm: jetzt machte sie sich freilich keine Vorwürfe mehr – wie so häufig früher –, daß sie ihre Gefühle so schnell an Giulio geheftet habe, was sie in seinen Augen vielleicht der Liebe weniger würdig erscheinen ließ. Dieser eine Tag förderte die Sache des jungen Mannes weit mehr, als sechs Monate der Beständigkeit und der Beteuerungen es fertiggebracht haben würden. Wozu lügen? sagte sich Elena. Liebe ich ihn denn etwa nicht von ganzer Seele?

Als es halb zwölf geworden war, konnte sie deutlich ihren Vater und ihren Bruder erkennen, die auf der großen Steinterrasse unter ihrem Fenster Posten bezogen hatten. Zwei Minuten, nachdem es vom Kapuzinerkloster her Mitternacht geschlagen hatte, vernahm sie ebenso deutlich die Schritte ihres Geliebten, der unter der großen Eiche stehenblieb; mit Freuden stellte sie fest, daß Vater und Bruder nichts gehört zu haben schienen: es bedurfte schon liebender Sorge, um ein so leichtes Geräusch unterscheiden zu können.

Jetzt, sagte sie sich, werden sie mich töten; aber auf keinen Fall darf der heutige Brief in ihre Hände fallen; immer würden sie sonst den armen Giulio mit ihrer Rache verfolgen. Sie machte das Zeichen des Kreuzes, und während sie sich mit einer Hand an dem Eisenbalkon vor ihrem Fenster festhielt, beugte sie sich so weit wie möglich auf die Straße hinaus. Noch keine Viertelminute verging, so streifte auch schon der wie gewöhnlich an einem langen Rohr befestigte Strauß ihren Arm. Sie ergriff ihn, doch als sie ihn mit einer raschen Bewegung von dem Rohr losriß, an dessen Ende er festgebunden war, schlug dieses Rohr an die Steinterrasse. Im gleichen Augenblick dröhnten zwei Arkebusenschüsse, worauf sofort tiefe Stille eintrat. Elenas Bruder, Fabio, der in der Dunkelheit nicht erkennen konnte, ob nicht das, was so heftig gegen die Brüstung schlug, etwa ein Seil war, mit dessen Hilfe Giulio das Zimmer seiner Schwester verließ, hatte auf den Balkon gefeuert; am folgenden Tage fand er den Einschlag der Kugel, die an den Eisenstäben abgeprallt war. Herr von Campireali hatte auf die Straße unterhalb der Steinterrasse geschossen; denn es hatte etwas Lärm gegeben, als Giulio das Rohr festhielt, das umzufallen drohte. Als Giulio seinerseits das Geräusch über seinem Kopf vernahm, hatte er erraten, was jetzt folgen würde, und sich unter der vorspringenden Terrasse in Sicherheit gebracht.

Fabio lud rasch wieder seine Büchse und eilte ungeachtet aller Einwände seines Vaters in den Garten des Hauses; er öffnete lautlos ein Pförtchen, das auf die benachbarte Straße führte, und schlich sich leise heran, um nachzusehen, was für Leute unter der Terrasse des Palais spazierengingen. In diesem Augenblick stand Giulio, der heute nicht allein gekommen war, nur zwanzig Schritte von ihm entfernt dicht am Stamm eines Baumes. Elena, die sich immer noch über das Balkongitter neigte und zitternd um ihren Geliebten bangte, begann sofort mit ihrem Bruder, den sie auf der Straße gehen hörte, ein sehr lautes Gespräch. Sie fragte ihn, ob er die Diebe habe niederschießen können.

«Glaube nur nicht, daß du mich mit deiner Verstellung zum Narren halten kannst, du verbrecherisches Geschöpf!» rief Fabio ihr von der Straße aus zu, die er nach allen Richtungen hin durchmaß. «Aber mach dich nur auf Tränen gefaßt, ich schlage den Unverschämten tot, der sich unter dein Fenster wagt.»

Diese Worte waren kaum ausgesprochen, als Elena hörte, wie ihre Mutter an ihre Zimmertür klopfte.

Elena beeilte sich, ihr mit den Worten zu öffnen, sie begreife gar nicht, wie es komme, daß diese Tür verschlossen sei.

«Du brauchst vor mir nicht Komödie zu spielen, mein guter Engel», sagte die Mutter zu ihr. «Dein Vater ist wutentbrannt und bringt dich am Ende noch um; komm, lege dich zu mir ins Bett, und wenn du einen Brief hast, gib ihn mir, ich werde ihn verstecken.»

«Hier ist der Blumenstrauß», antwortete Elena. «Der Brief ist darin verborgen.»

Kaum waren Mutter und Tochter im Bett, als auch schon Herr von Campireali in das Schlafgemach seiner Gattin trat. Er kam aus ihrem Betzimmer, das er inspiziert und in dem er alles durcheinandergeworfen hatte. Es fiel Elena auf, daß ihr Vater, der gespenstisch bleich aussah, bedachtsam handelte wie ein Mann, der seinen Entschluß gefaßt hat. Ich bin verloren! sagte sie sich.

«Wir freuen uns, wenn wir Kinder haben», sagte ihr Vater, als er an dem Bett seiner Gattin vorüberging, um in das Zimmer seiner Tochter zu gelangen. Er zitterte vor Wut, gab sich jedoch völlig beherrscht. «Wir freuen uns, wenn wir Kinder haben, und sollten doch lieber blutige Tränen weinen, zumal, wenn es Töchter sind. Großer Gott! Ist es möglich! Mit welchem Leichtsinn gehen sie daran, einem Mann die Ehre zu rauben, der sich sechzig Jahre lang nicht das geringste hat zuschulden kommen lassen.»

Mit diesen Worten verschwand er im Zimmer seiner Tochter.

«Ich bin verloren», flüsterte Elena ihrer Mutter zu. «Die Briefe liegen unter dem Fuß des Kruzifixes, das neben dem Fenster steht.»

Sofort sprang die Mutter aus dem Bett und lief hinter ihrem Gatten her; sie rief ihm die törichtesten Dinge nach, nur um ihn zum Zorn zu reizen, was ihr denn auch vollkommen gelang. Der alte Mann wurde wütend und schlug alles in Stücke, was sich im Zimmer seiner Tochter befand. Doch konnte die Mutter die Briefe unbemerkt an sich nehmen. Als eine Stunde darauf Herr von Campireali sich in sein neben dem seiner Gemahlin gelegenes Schlafgemach begeben hatte und alles im Hause wieder ruhig war, sagte die Mutter zur Tochter:

«Hier sind deine Briefe, ich will sie nicht lesen, aber du weißt, was sie uns um ein Haar zugezogen hätten! An deiner Stelle würde ich sie verbrennen. Lebewohl, umarme mich.»

Tränenüberströmt kehrte Elena in ihr Zimmer zurück; es kam ihr vor, als liebe sie seit den letzten Worten ihrer Mutter Giulio nicht mehr. Sie machte sich daran, die Briefe zu verbrennen, doch ehe sie sie vernichtete, konnte sie nicht unterlassen, sie noch einmal zu lesen. Sie las sie so oft und so gründlich, daß die Sonne schon hoch am Himmel stand, als sie sich endlich entschloß, einem Rat zu folgen, der so angemessen war.

Am folgenden Tag, einem Sonntag, trat Elena zusammen mit ihrer Mutter den Weg zur Pfarrkirche an; zum Glück begleitete der Vater die beiden Frauen nicht. Die erste Person, die Elena in der Kirche sah, war Giulio Branciforte. Mit einem Blick versicherte sie sich, daß er unverletzt sei. Sie war überglücklich; die Ereignisse der Nacht entschwanden aus ihrem Gedächtnis. Sie hatte fünf oder sechs kleine Briefchen vorbereitet, die alle auf Stückchen alten Papiers gekritzelt waren, die sie mit in Wasser aufgelöster Erde zu bloßen Fetzen verunstaltet hatte, wie man sie auf dem Steinfußboden einer Kirche leicht finden kann; diese Briefchen enthielten alle die gleiche Warnung:

Sie haben alles entdeckt, nur nicht seinen Namen. Er darf sich nicht mehr in jener Straße zeigen. Man wird oft hierher kommen.

Elena ließ einen dieser Papierfetzen fallen; durch einen Blick gab sie dabei Giulio ein Zeichen. Er hob das Briefchen auf und verschwand. Als sie eine Stunde darauf wieder nach Hause kam, fand sie auf der Haupttreppe des Palais ein Stückchen Papier, das ihr durch seine Ähnlichkeit mit den von ihr am Morgen verwendeten, in die Augen fiel. Sie hob es auf, ohne daß sogar ihre Mutter es merkte, und las:

In drei Tagen wird er aus Rom zurück sein, wohin er sich jetzt begeben muß. Man wird an Markttagen inmitten der lärmenden Bauern bei hellem Tageslicht gegen zehn Uhr singen.

Diese Abreise nach Rom kam Elena merkwürdig vor. Fürchtet er sich vor der Büchse meines Bruders? fragte sie sich betrübt. Liebe verzeiht alles, nur nicht freiwillige Abwesenheit; denn sie führt die schlimmste aller Qualen herauf. Statt daß das Leben in süßen Träumereien und einem völlig in Anspruch nehmenden Abwägen der Gründe vergeht, weshalb man den anderen liebt, wird es dann vielmehr durch grausame Zweifel verstört. Aber kann ich denn wirklich je glauben, daß er mich nicht mehr liebt? fragte sich Elena während der drei nun folgenden langen Tage, in denen Branciforte abwesend war. Plötzlich aber machte ihr Kummer übermütiger Freude Platz: am dritten Tage sah sie ihn im hellen Tageslicht auf der Straße vor ihres Vaters Hause vorüberwandeln. Er hatte neue, fast prächtige Kleider an. Niemals war der Adel seiner Erscheinung und die heitere, furchtlose Unbefangenheit seiner Miene vorteilhafter zur Geltung gelangt; niemals auch war vor diesem Tage in Albano soviel von der Armut Giulios die Rede gewesen. Die dieses grausame Wort unaufhörlich im Munde führten, waren die Männer und vor allem die Jünglinge: die Frauen und zumal die jungen Mädchen wurden hingegen nicht müde, sein gutes Aussehen zu preisen.

Giulio verbrachte den ganzen Tag damit, in der Stadt zu lustwandeln; er schien sich für die Monate der Zurückgezogenheit, zu der seine Armut ihn bislang verurteilt hatte, schadlos halten zu wollen. Wie es einem verliebten jungen Mann ziemt, war Giulio unter seinem neuen Umhang mit Waffen wohl bewehrt. Außer seinem Dolch und seinem Stilett trug er seinen *giacco* (eine Art von langem Hemd aus Panzerringen, das sehr unbequem zu tragen war, aber die Herzen der Italiener von einer traurigen Krankheit heilte, deren quälenden Zugriff man in dem damaligen Jahrhundert unaufhörlich spürte, ich meine von der Furcht, an der nächsten Straßenecke von einem der Feinde, welche zu haben man sich bewußt war, ins Jenseits befördert zu werden). An diesem Tage nun hoffte Giulio irgendwo Elena zu erspähen; außerdem widerstand es ihm, sich mit sich selbst allein in seinem einsamen Haus zu befinden, und zwar aus folgendem Grund: Ranuce, ein ehemaliger Söldner seines Vaters, war, nachdem er mit diesem zusammen in der Truppe verschiedener *condottieri,* zuletzt in der Marco Sciarras insgesamt zehn Unternehmungen mitgemacht hatte, seinem Hauptmann gefolgt, als diesen seine Wunden zwangen, sich zurückzuziehen. Hauptmann Branciforte hatte gute Gründe gehabt, nicht in Rom zu leben: es hätte ihm dort geschehen können, daß er den Söhnen von Vätern begegnete, die er getötet hatte. Er legte auch keinen Wert darauf, sich in Albano ganz und gar in die Hand der gesetzlichen Obrigkeit zu begeben. Anstatt in Albano selbst ein Haus zu kaufen oder zu mieten, zog er es vor, selber eines in einer Lage zu erbauen, in der er Besucher von fernher kommen sah. Er fand einen trefflichen Platz in den Ruinen von Alba: ohne von zudringlichen Besuchern bemerkt zu werden, konnte er sich in den Wald flüchten, den noch sein alter Freund und Schirmherr Fürst

Fabrizio Colonna beherrschte. Wegen der Zukunft seines Sohnes machte Hauptmann Branciforte sich sehr wenig Sorgen. Als er sich mit erst fünfzig Jahren, aber über und über mit Narben bedeckt, vom Waffenhandwerk zurückzog, hatte er sich ausgerechnet, daß er noch etwa zehn Jahre leben werde, und gab nun, nach Erbauung seincs Hauses jedes Jahr den zehnten Teil dessen aus, was er bei den Plünderungen von Städten und Dörfern, denen beizuwohnen er die Ehre gehabt, einstmals hatte zusammentragen können.

Er kaufte den Weinberg, der seinem Sohn dreißig Taler Rente eintrug, eigentlich nur, um den Neckereien eines Bürgers von Albano zu begegnen, der ihm eines Tages, als der Hauptmann gerade Reden führte, in denen er sich über Nutzen und Ehre der Stadt ereiferte, gesagt hatte, es komme ja wirklich einem so reichen Grundeigentümer zu, den Alteingesessenen von Albano Ratschläge erteilen zu wollen. Der Capitano kaufte daraufhin den Weinberg und verkündete, er werde noch viele andere kaufen; als er dem Spaßvogel an einem einsamen Ort begegnete, streckte er ihn zudem durch einen Pistolenschuß nieder.

Nachdem er acht Jahre lang sein Leben in dieser Weise weitergeführt hatte, starb Hauptmann Branciforte; sein Waffengefährte Ranuce vergötterte Giulio; gleichwohl trat er, des müßigen Lebens überdrüssig, wieder in die Söldnerschar des Fürsten Colonna ein. Oft kam er seinen «Sohn Giulio» besuchen, denn so nannte er ihn, und am Vortage eines gefahrvollen Angriffs, dem der Fürst in seiner Festung Petrella würde standhalten müssen, brachte er Giulio als Mitkämpfer mit. Als er sah, daß dieser sehr tapfer war, hielt er ihm folgende Rede:

«Du mußt von Sinnen sein und noch dazu dich leicht übertölpeln lassen, wenn du in Albano wie der letzte und ärmste der Einwohner lebst, während du bei uns mit der Eignung, die du, wie ich sehe, besitzest, und dem Namen deines Vaters ein glänzender Söldnerführer werden und zudem ein Vermögen erwerben könntest.»

Diese Worte gingen Giulio nicht aus dem Sinn; er hatte bei einem Priester ein wenig Latein gelernt; da aber sein Vater immer alles belächelt hatte, was der Priester ihm außer dieser Sprache beizubringen versuchte, besaß er sonst keinerlei Bildung. Hingegen hatte er, wegen seiner Armut mißachtet, fern von allen Menschen in seinem einsamen Haus einen gewissen gesunden Menschenverstand erworben und würde Gelehrte durch die Kühnheit seines Geistes in Erstaunen gesetzt haben. So hatte er zum Beispiel, bevor er Elena liebte, ohne recht zu wissen weshalb, für den Krieg geschwärmt, aber Widerwillen gegen das Plündern empfunden, das in den Augen seines Vaters und Ranuces gleichsam das Satyrspiel darstellte, das nun einmal der großen Tragödie folgt. Seitdem er Elena liebte, bereitete dieser in Stunden einsamen Nachdenkens erworbene gesunde Menschenverstand Giulio viele Qualen. Seine einst so unbeschwerte Seele war, da er niemanden wegen seiner Zweifel zu Rate zu ziehen wagte, von leidenschaftlicher Zerrissenheit gequält. Was würde wohl der Herr von Campireali sagen, wenn er von ihm erführe, er sei eine Art von Abenteurer geworden? Dann allerdings würde er mit Recht ihm Vorwürfe machen können! Giulio hatte das Soldatenhandwerk immer als eine gesicherte Hilfsquelle für den Zeitpunkt betrachtet, zu dem er alle goldenen Ketten und sonstigen Kleinodien, die er in der eisernen Kassette seines Vaters vorgefunden hatte, einmal verkauft haben würde. Daß Giulio kein Bedenken trug, obwohl er selbst arm war, die Tochter des reichen Herrn von Campireali zu entführen, lag daran, daß in jenen Zeiten die Väter mit ihrem Besitz nach Belieben schalteten, so daß möglicherweise der Herr von Campireali seiner Tochter einmal nicht mehr als tausend Taler hinterlassen würde. Ein anderes Problem beschäftigte nachhaltig Giulios Einbildungskraft: In welcher Stadt würde er der jungen Elena ein Heim geben und woher das Geld nehmen, das ihr dort zu leben gestattete?

Als der Herr von Campireali ihm den verletzenden Vorwurf machte, der ihn so tief getroffen hatte, war Giulio zwei Tage lang von Zorn und heftigem Schmerz überwältigt gewesen. Er konnte sich weder entschließen, den anmaßen-Greis zu töten noch ihn leben zu lassen. Er durchweinte die Nächte; endlich entschloß er sich, Ranuce, seinen einzigen Freund auf der Welt, um seinen Rat zu bitten. Aber würde dieser Freund ihn denn wohl auch verstehen? Vergebens suchte er Ranuce im Walde von Faggiola; er mußte sich auf die Straße nach Neapel, noch über Velletri hinaus begeben, wo Ranuce das Kommando über eine im Hinterhalt liegende Truppe hatte. Mit vielen Gefährten wartete er dort auf Ruiz de Avalos, den spanischen General, der auf dem Landweg nach Rom reiste, ohne daran zu denken, daß er sich ehedem vor vielen Leuten über die Glücksritter des Colonnaschen Söldnerheeres verächtlich geäußert hatte. Sein Beichtvater erinnerte ihn sehr zu seinem Glück an diesen geringfügigen Umstand, und Ruiz de Avalos hatte daraufhin den Beschluß gefaßt, ein Schiff auszurüsten und für die Reise nach Rom lieber den Seeweg zu wählen.

Sobald Hauptmann Ranuce Giulios Bericht vernommen hatte, sagte er zu ihm:

«Beschreibe mir genau die Person dieses Herrn von Campireali, damit seine Sorglosigkeit nicht etwa einen braven Bürger von Albano das Leben kostet. Sobald die Angelegenheit, die uns hier festhält, so oder so erledigt ist, kehrst du nach Rom zurück und zeigst dich mit Fleiß in den Herbergen und an anderen öffentlichen Orten zu jeder Stunde des Tages; man darf dich nicht wegen deiner Liebe zu der Tochter verdächtigen.»

Giulio hatte große Mühe, den Zorn des alten Waffengefährten seines Vaters zu beschwichtigen. Er mußte schließlich sogar böse werden. «Meinst du denn, ich will dich um die Hilfe deines Degens bitten?» fuhr er ihn an. «Über einen Degen verfüge ja offenbar auch ich! Ich bitte dich einzig um einen klugen Rat.»

Ranuce aber schnitt alle weiteren Reden mit den Worten ab:

«Du bist jung, bist noch unverwundet; die Beleidigung ist in aller Öffentlichkeit erfolgt. Ein Mann aber, der seine Ehre antasten läßt, wird selbst von den Frauen verachtet.»

Giulio sagte ihm, er wolle erst noch einmal auf die Eingebung seines Herzens hören, und kehrte ungeachtet des dringenden Zuredens von Ranuce, der ihn durchaus zur Teilnahme an dem

Überfall auf den spanischen General überreden wollte – bei dem, so sagte er, Ehre zu holen sei, ganz zu schweigen von den Golddukaten – allein in sein Häuschen zurück. Dort auch hatte er an dem Abend, bevor Herr von Campireali auf ihn schoß, Ranuce und seinen Korporal bei ihrer Rückkehr von Velletri empfangen. Ranuce drang mit aller Gewalt darauf, daß er die kleine Eisenkassette zu sehen bekäme, in die sein Chef, der Hauptmann Branciforte, seinerzeit die Goldketten und sonstigen Kostbarkeiten einzuschließen pflegte, die er zweckmäßigerweise nicht unmittelbar nach dem Raubzug in klingende Münze zu verwandeln gedachte. Ranuce fand darin noch zwei Taler vor.

«Ich gebe dir den Rat», sagte er zu Giulio, «ins Kloster zu gehen, denn du verfügst wahrhaftig über alle mönchischen Tugenden: die Liebe zur Armut – sieh hier den Beweis dafür; die Demut, denn du läßt dich auf offener Straße von einem reichen Kerl aus Albano beschimpfen; nur Heuchelei und Völlerei gehen dir noch ab.»

Ranuce ließ es sich um keinen Preis nehmen, fünfzig Dublonen in die Eisenkassette zu legen.

«Ich gebe dir mein Wort», sagte er zu Giulio, «daß, wenn heute in vier Wochen der Herr von Campireali nicht mit allen seinem Adel und seinem Reichtum gebührenden Ehren beigesetzt worden ist, mein hier anwesender Korporal mit dreißig Mann erscheinen und dein Häuschen samt Inventar niederreißen und verbrennen wird. Der Sohn des Hauptmanns Branciforte darf keine schlechte Figur in dieser Welt machen, auch aus Liebe nicht.»

Als Herr von Campireali und sein Sohn die beiden Arkebusenschüsse abgegeben hatten, waren Ranuce und der Korporal unter der Steinterrasse postiert, Giulio aber hatte alle nur erdenkliche Mühe aufwenden müssen, damit sie Fabio nicht töteten oder doch mindestens entführten, als dieser unbesonnenerweise, wie wir oben berichtet haben, durch den Garten entwich. Die Begründung, mit der sich Ranuce beschwichtigen ließ, war einzig die folgende: Man darf nicht einen jungen Mann töten, der es noch zu etwas bringen und sich nützlich machen kann, solange ein alter Sünder noch lebt, der schuldiger ist als jener und sich ohnehin längst begraben lassen sollte.

Am Tage nach dieser Begebenheit verschwand Ranuce wieder in seinen Wäldern, Giulio aber begab sich nach Rom. Seine Freude an den schönen Kleidern, die er sich für Ranuces Goldfüchse hatte kaufen können, wurde ihm grausam durch einen Gedanken geschmälert, der für jene Zeit ganz ungewöhnlich war und bereits das hohe Geschick anzeigte, zu dem er später berufen war. Er sagte sich: Elena muß erfahren, wer ich bin. Jeder andere Mann seines Alters und seiner Epoche hätte nur daran gedacht, wie er sich seiner Liebe erfreuen und Elena rauben könne, ohne auch nur im geringsten daran zu denken, was ein halbes Jahr darauf aus ihr werden, noch was sie von ihm denken möchte.

Nach Albano zurückgekehrt, erfuhr Giulio noch an dem gleichen Tage, an dem er sich vor aller Augen in den schönen Kleidern zeigte, die er sich aus Rom mitgebracht hatte, durch den alten Scotti, seinen Freund, daß Fabio zu Pferd die Stadt verlassen habe, um sich nach einem drei Meilen entfernt gelegenen Landsitz zu begeben, den sein Vater in der Ebene am Meeresufer besaß. Später sah er den Herrn von Campireali, von zwei Priestern begleitet, den Weg zu der prächtigen Eichenallee einschlagen, die den Rand des Kraters umkränzt, auf dessen Grunde der Albaner See liegt. Zehn Minuten darauf drang in den Palazzo Campireali eine alte Frau keck unter dem Vorwand ein, sie habe schönes Obst zu verkaufen. Die erste Person, auf die sie stieß, war die kleine Zofe Marietta, eine intime Vertraute ihrer Herrin Elena, die tief errötete, als sie einen schönen Strauß überreicht bekam. Der in dem Bukett verborgene Brief war ungewöhnlich lang: Giulio berichtete darin alles, was er seit der Nacht erlebt hatte, in der die Arkebusenschüsse gefallen waren; doch aus einer sehr eigenartigen Scheu heraus wagte er nicht zu bekennen, worauf jeder andere junge Mann seiner Zeit so stolz gewesen wäre, nämlich, daß er der Sohn eines durch seine Abenteuer berühmt gewordenen Hauptmanns sei und selbst schon in so manchem Kampf seinen Mut bewiesen habe. Er vermeinte immer, die Überlegungen zu hören, die in Kenntnis dieser Tatsachen der alte Campireali sicher anstellen würde. Man muß dazu wissen, daß im fünfzehnten Jahrhundert die jungen Mädchen für den rechten Republikanersinn eher aufgeschlossen waren und einen jungen Menschen mehr auf Grund dessen schätzten, was er selbst vollbracht hatte, als wegen der angesammelten Reichtümer oder berühmten Taten seiner Väter. Vor allem aber waren es die jungen Mädchen aus dem Volke, die diese Gesinnung hegten. Die zur reichen oder adligen Klasse gehörigen fürchteten sich vor den Briganten und legten ganz natürlicherweise großen Wert auf Adel und feudale Lebensführung. Giulio schloß seinen Brief mit den folgenden Worten: *Ich weiß nicht, ob die anständigen Kleider, die ich mir aus Rom mitgebracht habe, Sie vergessen machen werden, welch grausame Beleidigung mir eine von Ihnen geachtete Person vor kurzem auf Grund meines bescheidenen Äußeren zugefügt hat;*

ich hätte mich rächen können und müssen, meine Ehre erforderte es; in Ansehung der Tränen jedoch, die eine solche Rache den Augen, die für mich anbetungswürdig sind, hätte entströmen lassen, habe ich es nicht getan. Dies mag Ihnen beweisen, falls Sie zu meinem Leidwesen noch daran zweifeln sollten, daß man sehr arm sein und dennoch edle Gefühle haben kann. Im übrigen habe ich Ihnen ein schreckliches Geheimnis zu enthüllen; sicherlich fiele es mir nicht schwer, es jeder anderen Frau zu offenbaren, aber aus irgendeinem Grunde zittere ich, wenn ich daran denke, mich Ihnen zu eröffnen. Möglicherweise wird mein Geständnis in einem Nu die Liebe zerstören, die Sie für mich empfinden; keine Beteuerung von Ihrer Seite vermag mich zu beruhigen. Ich muß in Ihren Augen die Wirkung lesen, die dieses Geständnis auf Sie hat. An einem der nächsten Tage möchte ich Sie bei einbrechender Dunkelheit im Garten hinter Ihrem Hause sehen. An diesem Tage werden Fabio und Ihr Vater abwesend sein: sobald ich die Gewißheit habe, daß sie trotz aller ihrer Verachtung für einen schlechtgekleideten jungen Mann uns nicht um dreiviertel Stunde oder eine Stunde vertrauten Gesprächs werden bringen können, wird ein Mann unter den Fenstern Ihres Hauses erscheinen, der den Kindern des Stadtviertels einen gezähmten Fuchs vorführt. Später, beim Angelusläuten, werden Sie aus der Ferne einen Büchsenschuß hören; begeben Sie sich dann sofort nah an die Gartenmauer und singen Sie, falls Sie nicht allein sind. Wenn es aber still bleibt, wird Ihr Sklave zitternd zu Ihren Füßen erscheinen und Ihnen Dinge berichten, vor denen es Ihnen am Ende grauen wird. Bis zu diesem entscheidenden und vielleicht furchtbaren Tag werde ich keinen Versuch mehr machen, Ihnen um Mitternacht einen Strauß zu bringen; aber gegen zwei Uhr nachts werde ich singend vorübergehen, und vielleicht werden Sie von der großen Steinterrasse aus eine in Ihrem Garten gepflückte Blume niederfallen lassen. Das werden möglicherweise die letzten Zeichen der Zuneigung sein, die Sie dem unglückseligen Giulio jemals erteilen.

Drei Tage darauf hatten sich Elenas Vater und Bruder zu Pferd nach einem Landgut begeben, das sie an der Küste besaßen; sie mußten von dort kurz vor Sonnenuntergang wieder aufbrechen, um gegen zwei Uhr nachts zu Hause zu sein. In dem Augenblick jedoch, als sie ihre Pferde besteigen wollten, waren nicht nur diese, sondern auch alle übrigen von dem Hofe verschwunden. Höchst erstaunt über diesen kühnen Raub, suchten sie ihre Rösser, fanden sie aber erst anderntags im Hochwald am Meer. Die beiden Campireali, Vater und Sohn, sahen sich gezwungen, in einem von Ochsen gezogenen Bauernwagen nach Albano zurückzukehren.

An dem Abend, da Giulio Elena zu Füßen lag, war es fast vollkommen dunkel, und das junge Mädchen war überaus dankbar für die schützende Finsternis! Zum ersten Male zeigte sie sich vor dem Mann, den sie zärtlich liebte und der das auch sehr wohl wußte, mit dem sie jedoch noch niemals gesprochen hatte.

Eine Beobachtung, die sie machte, gab ihr etwas von dem gewohnten Mut zurück. Giulio war bleich und zitterte mehr als sie. Sie sah ihn vor sich auf den Knien liegen. «Ich bin wahrhaft außerstande, zu Ihnen zu reden», sagte er. Es vergingen für beide ein paar Augenblicke voll des Glücks; sie blickten einander an, ohne ein Wort zu sagen, und stellten in ihrer Unbeweglichkeit eine gleichwohl sehr ausdrucksvolle Gruppe wie von zwei Marmorgestalten dar. Giulio lag auf den Knien und hielt Elena bei der Hand; sie selbst stand mit gesenktem Haupt da und schaute ihn voller Spannung an.

Giulio wußte recht gut, daß er, entsprechend den Ratschlägen seiner Freunde, junger Lebemänner aus Rom, ruhig dreister hätte auftreten dürfen, doch graute ihm vor dieser Idee. Aus seinem Zustand der Verzückung und des vielleicht allzu lebhaft empfundenen Glücks, das die Liebe zu schenken vermag, weckte ihn der Gedanke, daß die Zeit so rasch verfliegt und daß die Campireali, Vater und Sohn, unaufhörlich näherkommen mußten. Es war ihm klar, daß er in seiner von Bedenken heimgesuchten Seele kein dauerhaftes Glück würde finden können, solange er der Geliebten nicht das furchtbare

Geständnis gemacht hätte, das seinen römischen Freunden nur als ein plumper Mißgriff erschienen wäre.

«Ich habe Ihnen gegenüber ein Geständnis erwähnt, das ich vielleicht gar nicht machen sollte», brachte er schließlich dennoch hervor.

Er war sehr blaß geworden; mühsam und mit stockendem Atem setzte er hinzu:

«Vielleicht werde ich die Gefühle, die zu erhoffen für mich das Leben bedeutet, nun dahinschwinden sehen. Sie halten mich für arm; aber das ist noch nicht alles: Ich bin Brigant und eines Briganten Sohn.»

Bei diesen Worten befiel Elena, die mit allen Ängsten ihrer Klasse behaftete Tochter eines reichen Mannes, ein Gefühl der Schwäche; sie fürchtete, ohnmächtig zu Boden zu sinken. Was für ein Kummer wird das, dachte sie noch, für den armen Giulio sein. Er wird sich verachtet fühlen. Immer noch lag er auf den Knien vor ihr. Um nicht zu fallen, stützte sie sich auf ihn und sank ihm gleich darauf wie besinnungslos in die Arme. (Wie man sieht, war man im sechzehnten Jahrhundert für äußerste Genauigkeit, wenn es um den Ablauf einer Liebesgeschichte ging. Das kommt daher, daß diese Erzählungen nicht mit dem Geist erfaßt, sondern mit der Phantasie nachgefühlt wurden und die Leidenschaft des Lesers sich mit der des Helden identifizierte. Die beiden Manuskripte, an deren Text ich mich halte, und vor allem dasjenige, das einige Wendungen enthält, die dem florentinischen Dialekt eigentümlich sind, schildern bis in alle Einzelheiten die Geschichte der Begegnungen, die dieser ersten folgten.) Die Gefahr benahm künftighin dem jungen Mädchen jedes Reuegefühl. Oft waren die Gefahren sehr groß; aber sie entflammten nur um so mehr beider Herzen, für die alle Empfindungen, die sich aus ihrer Liebe ergaben, Glück bedeuteten. Mehrmals waren Fabio und der Vater nahe daran, die beiden zu überraschen. Sie waren wütend in dem Gefühl, daß etwas gegen ihren Willen geschähe. Gerüchtweise wurde ihnen bekannt, daß Giulio Elenas Liebhaber sei, und doch konnten sie selbst darüber nichts Genaues ermitteln. Fabio, ein stürmischer und standesbewußter junger Mann, schlug seinem Vater vor, Giulio umbringen zu lassen.

«Solange er noch auf der Welt ist», sagte er zu ihm, «ist das Dasein meiner Schwester dauernd in größter Gefahr. Wer sagt uns, daß nicht jeden Augenblick unsere Ehre uns zwingt, das Blut dieser Starrsinnigen mit eigener Hand zu vergießen? Schon geht sie in ihrer Kühnheit so weit, ihre Liebe nicht einmal mehr zu verleugnen; du selbst hast erlebt, daß sie auf deine Vorwürfe nur mit mürrischem Schweigen geantwortet hat; gut! Dieses Schweigen aber bedeutet das Todesurteil für Giulio Branciforte.»

«Denke daran, wer sein Vater gewesen ist», gab Herr von Campireali zurück. «Sicher ist es nicht schwierig für uns, ein halbes Jahr in Rom zu verbringen, während dieser Zeit aber wird Branciforte verschwinden. Wer jedoch sagt uns, daß sein Vater, der bei allen Verbrechen tapfer und großherzig war – solchermaßen großherzig sogar, daß er mehrere seiner Söldner hat reich werden lassen, während er selber arm blieb –, wer sagt uns, daß dieser Vater nicht, sei es unter den Truppen des Herzogs von Monte Mariano, sei es unter denen Colonnas, der häufig den Wald von Faggiola eine halbe Meile vor unseren Toren besetzt hält, immer noch Freunde hat? In diesem Falle aber werden wir alle unweigerlich erschlagen, du und ich und am Ende sogar deine unglückliche Mutter.»

Diese häufig wiederkehrenden Gespräche zwischen Vater und Sohn blieben Vittoria Carafa, der Mutter Elenas, nur zum Teil verborgen und versetzten sie in eine verzweifelte Stimmung. Das Ergebnis der Diskussionen zwischen Vater und Sohn war schließlich, daß es für ihre Ehre nicht tragbar sei, die Gerüchte weiter ruhig umlaufen zu lassen, von denen Albano erfüllt war. Da es nicht klug schien, den jungen Branciforte, der alle Tage anmaßender auftrat und sogar, mit seinen prächtigen Gewändern angetan, die Frechheit so weit trieb, in aller Öffentlichkeit, sei es Fabio, sei es den Herrn von Campireali persönlich anzureden, einfach verschwinden zu lassen, mußte man einen der folgenden Entschlüsse, vielleicht sogar beide fassen: die ganze Familie würde nach Rom übersiedeln, Elena aber im Kloster der Jesuatinnen von Castro verschwinden müssen, wo sie zu bleiben hätte, bis eine passende Partie für sie gefunden wäre.

Niemals hatte Elena ihrer Mutter die Liebe eingestanden, von der ihr Herz bewegt war: Mutter und Tochter liebten sich zärtlich, sie verbrachten ihr Leben zusammen, und dennoch war über diese Sache, die sie beide fast gleichmäßig interessierte, nie ein Laut über ihre Lippen gekommen. Zum erstenmal verriet sich der einzige Gegenstand ihrer Gedanken durch Worte, als die Mutter der Tochter zu verstehen gab, es sei die Rede davon, den gesamten Haushalt nach Rom zu verlegen und vielleicht sogar sie, Elena, für ein paar Jahre ins Kloster zu Castro zu verbannen.

Diese Reden waren sehr unklug von seiten Vittoria Carafas und können einzig durch die bis zur Unvernunft gesteigerte Liebe zu der Tochter entschuldigt werden. Die durch ihre Gefühle verblendete Elena wollte ihrem Geliebten beweisen, daß sie sich seiner Armut nicht schäme und daß ihr Vertrauen auf seine Ehrenhaftigkeit ohne Grenzen sei. Wer hätte es glauben sollen? ruft der florentinische Autor aus: Nach so vielen kühnen heimlichen Begegnungen, die leicht zu einem furchtbaren Ende hätten führen können, Begegnungen, die teils im Garten, ein- oder zweimal aber auch in ihrem eigenen Gemach stattfanden, war Elena immer noch rein! Von dem Bewußtsein ihrer Tugend gestützt, erbot sie sich ihrem Geliebten gegenüber, gegen Mitternacht den Palast auf dem Weg durch den Garten zu verlassen und den Rest der Nacht in seinem mehr als eine Viertelmeile von dort entfernt in den Ruinen von Alba erbauten kleinen Haus zu verbringen. Beide verkleideten sich als Franziskanermönche. Elena war so schlank, daß sie in dieser Vermummung wie ein achtzehn- oder zwanzigjähriger junger Novize wirkte. Unglaublich und gleichsam ein Zeichen für die Gottgewolltheit des Unternehmens bleibt, daß auf dem schmalen, durch den Felsen gebahnten Weg, der noch heute unter der Mauer des Kapuzinerklosters entlangführt, Giulio und seine Geliebte, als Mönche verkleidet, dem Herrn von Campireali und seinem Sohn Fabio begegneten, die, von vier wohlbewaffne ten Bedienten gefolgt und einem fackeltragenden Knappen angeführt, sich von Castel Gandolfo, einem in geringer Entfernung von dort am Seeufer gelegenen Weiler her, auf dem Heimweg befanden. Um die Liebenden vorbeizulassen, stellten sich die beiden Campireali mit ihren Bewaffneten rechts und links auf dem Felsenpfad auf, der in der Breite etwa acht Fuß messen mag. Welch ein Glück wäre es für Elena gewesen, hätte man sie in diesem Augenblick erkannt! Sie wäre von ihrem Vater oder ihrem Bruder mit einem Pistolenschuß niedergestreckt worden, ihre Todesqual hätte nur eine Minute gewährt: aber der Himmel hatte es nun einmal anders beschlossen (*superis aliter visum*).

Zu dieser denkwürdigen Begegnung wird noch ein weiterer Umstand berichtet, den die Signora von Campireali, die ein ungewöhnlich hohes Alter erreichte – sie wurde fast hundert Jahre alt – zuweilen in Rom im Kreise ernsthafter Leute erzählte, die, ebenfalls betagt, wiederum mir davon Kunde gaben, als ich in unersättlicher Neugier in bezug auf diesen und noch manch anderen Gegenstand sie danach befragte.

Als Fabio Campireali, ein von Mut geschwellter, hochfahrender junger Mensch bemerkte, daß der ältere Mönch weder seinen Vater noch ihn selbst begrüßte, obwohl er so nahe an ihnen vorüberschritt, rief er aus:

«Das ist wahrhaftig ein hochgestochener

Schelm von einem Mönch! Gott weiß, was die beiden hier außerhalb ihres Klosters tun, er und sein Gefährte, zumal zu einer so ungehörigen Stunde der Nacht! Ich weiß nicht, was mich hindern sollte, ihnen die Kapuzen abzureißen; ich sähe gern, was sie dann für Gesichter machten.»

Bei diesen Worten Fabios griff Giulio zu seinem Dolch, den er unter dem Mönchsgewand bei sich trug, und trat zwischen Bruder und Schwester, so daß er nicht mehr als einen Fußbreit von Fabio entfernt stand; der Himmel aber hatte es anders mit ihnen vor, denn durch ein Wunder beschwichtigte er den Zorn der beiden jungen Leute, die sich bald danach so nah gegenüberstehen sollten.

In dem Prozeß, der späterhin gegen Elena von Campireali geführt wurde, wollte man diesen nächtlichen Gang als einen Beweis ihrer Verderbtheit auslegen. Tatsächlich aber zeigte sich darin nur die Verzückung eines von wahnwitziger Liebe entzündeten jungen Herzens: dieses Herz jedoch war rein.

III

Man muß wissen, daß die Orsini, von jeher Nebenbuhler des Hauses Colonna und damals allmächtig in den am nächsten bei Rom gelegenen Dörfern, vor kurzem einen aus Petrella gebürtigen reichen Bauern namens Baldassarre Bandini durch die Gerichte der Regierung hatten zum Tode verurteilen lassen. Es würde zu weit führen, wollte man hier die verschiedenen Handlungen aufführen, die Bandini zum Vorwurf gemacht wurden: die meisten würden heute als Verbrechen gelten, konnten aber im Jahre 1559 noch nicht so streng beurteilt werden. Bandini wurde in einem den Orsini gehörigen Schloß gefangengehalten, das sechs Meilen von Albano entfernt in den Bergen nach der Seite von Valmontone zu lag. Von einhundertundfünfzig seiner Sbirren gefolgt, mußte der Bargello von Rom eine Nacht auf der Landstraße zubringen, um seiner Aufgabe gemäß Bandini abzuholen und in das Gefängnis Tor di Nona zu überführen. Bandini hatte in Rom gegen das Urteil, das ihn zum Tod verdammte, Berufung eingelegt. Er stammte aber, wie wir schon sagten, aus Petrella, einem den Colonna gehörigen festen Platz. Bandinis Frau hatte vor allen Leuten zu Fabrizio Colonna, als er sich in Petrella befand, gesagt:

«Werdet Ihr einen Eurer getreuen Gefolgsleute sterben lassen?»

«Gott bewahre mich davor», hatte Colonna entgegnet, «daß ich es etwa an Achtung vor den Entscheidungen der Gerichtsbarkeit des Papstes, meines Herrn, jemals fehlen lasse!»

Sofort erhielten seine Leute Weisungen; er gab allen seinen Anhängern Nachricht, daß sie sich bereithalten sollten. In der Umgegend von Valmontone, einer kleinen auf einem Felsen von geringer Höhe gelegenen Stadt, der aber ein langgestreckter und fast senkrecht abfallender Abgrund von achtzig Fuß Tiefe als Schutzwall diente, wurde ein Treffpunkt ausgemacht. In diese dem Papst gehörige Stadt hatten die Partisanen der Orsini und die Sbirren der Regierung den bewußten Bandini zu schaffen vermocht. Unter den machtgierigsten Anhängern dieser Partei befanden sich auch Herr von Campireali und sein Sohn Fabio, die mit den Orsini noch dazu durch gewisse Bande der Verwandtschaft zusammenhingen. Zu allen Zeiten hingegen hatten Giulio Branciforte und sein Vater zu den Colonna gehalten.

Wenn Umstände vorlagen, unter denen es für die Colonna nicht angezeigt war, offen zu handeln, nahmen sie ihre Zuflucht zu einer sehr einfachen Vorsichtsmaßnahme: die meisten der reichen römischen Bauern gehörten damals wie auch heute noch irgendeiner Büßergemeinschaft an. Die Büßer zeigten sich in der Öffentlichkeit nie anders als mit einem das Gesicht verbergenden Leinwandstück auf dem Kopf, in dem nur zwei Löcher für die Augen waren. Wenn die Colonna sich zu einer Unternehmung nicht bekennen wollten, forderten sie ihre Parteigänger auf, bevor sie zu ihnen stießen, das Büßerhemd anzulegen.

Nach langen Vorbereitungen wurde die Überführung Bandinis, die seit vierzehn Tagen schon die Gemüter der Gegend beschäftigte, auf einen Sonntag festgelegt. An diesem Tage ließ um zwei Uhr des Nachts der Gouverneur von Valmontone in allen Dörfern des Waldes von Faggiola die Sturmglocke läuten. Bauern in großer Zahl eilten aus jedem Dorf herbei. (In den Sitten der Stadtstaaten des Mittelalters hatte sich von den Zeiten her, in denen man um eine Sache, die man erlangen wollte, noch kämpfte, viel kriegerischer Sinn bei den Bauern bewahrt; in unserer Epoche würde keiner sich rühren.)

An jenem Tage konnte man etwas Merkwürdiges feststellen: Sobald der kleine Trupp bewaffneter Bauern aus jedem einzelnen Dorfe in den Wald eindrang, verminderte er sich zur Hälfte; die Partisanen der Colonna lenkten ihre Schritte nach dem von Fabrizio bezeichneten

Sammelpunkt. Ihre Führer schienen überzeugt, daß es an diesem Tage nicht zum Kampf kommen werde: sie hatten am Morgen den Befehl erhalten, dieses Gerücht zu verbreiten. Fabrizio zog mit der Elite seiner Leute, nachdem er sie mit den jungen, noch halbwilden Pferden seiner Gestüte beritten gemacht hatte, durch den Wald. Er nahm eine Art von Parade der einzelnen Bauernabteilungen ab, doch sprach er nicht zu ihnen, denn jedes Wort hätte Schaden anrichten können. Fabrizio war ein hochgewachsener, magerer Mann von erstaunlicher Gelenkigkeit und unglaublicher Kraft: obwohl er kaum fünfundvierzig Jahre alt war, zeichneten sich Haar und Bartwuchs bei ihm durch blendende Weiße aus, was ihm sehr ärgerlich war; denn an diesem Zeichen konnte man ihn leicht an Orten erkennen, an denen er sich lieber nur inkognito aufgehalten hätte. Sobald die Bauern ihn sahen, riefen sie: «*Evviva Colonna!*» und legten ihre Leinwandkapuzen an. Der Fürst selbst trug die seine vorn auf der Brust, so daß er sie überstreifen konnte, sobald man des Feindes ansichtig war.

Dieser ließ nicht lange auf sich warten. Die Sonne war kaum aufgegangen, als etwa tausend Mann, die zur Partei der Orsini gehörten und von der Gegend um Valmontone her kamen, den Wald betraten und in einer Entfernung von ungefähr dreihundert Schritten an Fabrizio Colonnas Leuten vorüberzogen, die dieser angewiesen hatte, sich flach auf den Boden zu legen. Einige Minuten, nachdem die letzten aus der Vorhut der Orsinitruppen vorbeipassiert waren, hieß der Fürst seine Leute sich in Bewegung setzen; er hatte beschlossen, die Eskorte Bandinis eine Viertelstunde nach Betreten des Waldes anzugreifen. An dieser Stelle ist der Wald mit fünfzehn bis zwanzig Fuß hohen kleinen Felsen durchsetzt; es handelt sich dabei um mehr oder weniger alte Lavagebilde, auf denen die Kastanien in solcher Dichte gedeihen, daß sie das Licht des Tages fast völlig verdecken. Da diese in ungleichem Maße verwitterten Lavablöcke den Boden sehr uneben machen, hat man, um den Weg nicht durch zahllose kleine Auf- und Abstiege zu erschweren, die Straße in der Lava ausgehoben, so daß sie sich häufig drei oder vier Fuß unter der Höhe des Waldbodens hinzieht.

Kurz vor der von Fabrizio für den Angriff bestimmten Stelle lag eine grasbedeckte und an der einen Außenseite von der Landstraße durchschnittene Lichtung. Dann verlief die Straße wieder im Wald, der an dieser Stelle zwischen den Baumstämmen ein dichtes Unterholz aus Dornen und Sträuchern zeigte und dadurch vollkommen unwegsam war. Hundert Schritte weiter im Wald hatte Fabrizio zu beiden Seiten der Straße sein Fußvolk aufgestellt. Auf ein Zeichen des Fürsten zog jeder Bauer seine Kapuze über den Kopf und stellte sich mit seiner Hakenbüchse in der Hand hinter einem der Kastanienbäume auf; die Soldaten des Fürsten postierten sich hinter den Bäumen, die zunächst an der Straße standen. Die Bauern hatten strengen Befehl, erst zu schießen, nachdem die Soldaten den Anfang gemacht hätten, aber auch diese sollten erst Feuer geben, wenn der Feind bis auf zwanzig Schritte herangekommen war. Fabrizio ließ in aller Eile etwa zwanzig Bäume fällen, die, nachdem sie mit allen Zweigen über die an dieser Stelle ziemlich enge und etwa drei Fuß tiefer gelegene Straße geworfen worden waren, diese vollkommen sperrten. Hauptmann Ranuce zog mit ungefähr hundert Mann hinter der Vorhut her; er hatte Befehl, sie nicht anzugreifen, bevor er nicht von dem besagten Verhau her die ersten Schüsse vernähme. Als Fabrizio Colonna sah, daß seine Soldaten und Freischärler wohlverteilt und entschlossen hinter ihren Bäumen standen, sprengte er im Galopp mit allen denjenigen seiner Leute, die beritten waren und unter denen er auch Giulio Branciforte erkannte, davon. Der Fürst folgte einem Pfad zur Rechten der großen Straße, der zu dem am weitesten von der Landstraße entlegenen Ende der Lichtung führte.

Der Fürst war kaum ein paar Minuten fort, als man von weitem, aus der Richtung von Valmontone her, einen nicht unbeträchtlichen Trupp Berittener herannahen sah; es waren die Sbirren des Bargellos, die Bandini umringten, sowie die Orsinischen Reiter. In ihrer Mitte schritt Baldassarre Bandini einher, von vier in rote Gewänder gehüllten Henkern umgeben; sie hatten den Befehl, das zuvor verhängte Todesurteil zu vollstrecken und Bandini hinzurichten, sobald sie sähen, daß Colonnas Leute Miene machten, den Gefangenen zu befreien.

Die Reiterei Colonnas hatte kaum das äußerste Ende der von der Straße am weitesten abgelegenen Lichtung oder Wiese erreicht, als der Fürst die ersten Arkebusenschüsse aus dem Hinterhalt vernahm, den er auf der Straße jenseits von dem Verhau aus Baumstämmen angelegt hatte. Er ließ sofort seine Leute vorsprengen und richtete seinen Angriff auf die vier rotgekleideten Henker, die Bandini umgaben.

Wir wollen hier nicht den Bericht über diese kleine Waffenhandlung fortsetzen, die keine Dreiviertelstunde dauerte. Orsinis Leute ergriffen, als sie sich überrumpelt sahen, nach allen Seiten hin die Flucht; doch in der vordersten Linie der Angreifenden fiel Hauptmann Ranuce – ein Ereignis, das einen unheilvollen Einfluß auf Giulios Geschick haben sollte.

Kaum hatte dieser ein paar Säbelhiebe ausgeteilt, wobei er ständig den Rotgewandeten näherzukommen strebte, als er sich Fabio Campireali gegenübersah, der auf einem von Feuer überschäumenden Pferde saß und einen goldglänzenden *giacco* trug.

«Wer sind diese elenden Maskierten?» rief er aus. «Wir wollen ihnen mit einem Degenstreich die Vermummung abreißen! Seht her, wie ich das mache!»

Fast im gleichen Augenblick erhielt Giulio Branciforte von ihm einen Säbelhieb über die Stirn. Der Streich war so geschickt geführt, daß die Leinwandkapuze, die sein Gesicht verdeckte, in dem Moment herunterfiel, als das aus der übrigens keineswegs schweren Wunde strömende Blut ihm über die Augen lief und ihn blendete. Giulio wendete sein Pferd; er hatte nur vor, Zeit zu gewinnen, um Atem zu schöpfen und sich das Gesicht abzuwischen. Um jeden Preis wollte er vermeiden, sich mit Elenas Bruder zu schlagen. Sein Pferd war schon etwa vier Schritte von Fabio entfernt, als er einen wütenden Säbelhieb über die Brust bekam, der ihn zwar dank seinem *giacco* nicht zu verletzen vermochte, ihm aber doch für einen Augenblick völlig den Atem benahm. Fast im gleichen Augenblick schrie eine Stimme an seinem Ohr:

«*Ti conosco, porco!* Elender, dich kenne ich doch!

So also verdienst du dir das Geld, um dir neue Lumpen anzuschaffen!»

Aufs äußerste gereizt, vergaß Branciforte seinen vorher gefaßten Entschluß.

«*Ed in mal punto tu venisti!*[1]» rief er, wiederum Fabio zugewendet, aus.

Nach ein paar sausenden Degenhieben flogen die Kleidungsstücke der beiden, die sie über den Panzerhemden trugen, in Fetzen davon. Fabios Panzerhemd war goldüberzogen und prächtig, das Giulios hingegen eines von der allergewöhnlichsten Art.

«In welcher Gosse hast du denn deinen *giacco* aufgelesen?» rief Fabio ihm zu.

Im selben Augenblick fand Giulio die Gelegenheit, auf die er seit einer halben Minute wartete: Fabios prächtiges Panzerhemd schloß am Halse nicht dicht genug, so daß Giulio ihn an der etwas entblößten Stelle am Hals mit Vorteil treffen konnte. Seine Degenspitze drang einen halben Fuß tief in Fabios Kehle ein, aus der ein gewaltiger Blutstrom schoß.

«Schamloser Bube!» rief Giulio aus.

Im Galopp sprengte er alsdann auf die rotgekleideten Männer zu, von denen zwei noch hundert Schritte von ihm entfernt zu Pferde saßen. Als er ihnen näherkam, sank der dritte gerade zu Boden; in dem Augenblick jedoch,

[1] Du kommst in einem unglücklichen Augenblick!

als Giulio dicht vor dem vierten stand, schoß dieser, da er sich von mehr als zehn Reitern umringt sah, seine Pistole auf den unglücklichen Bandini ab, der auf der Stelle umfiel.

«Liebe Herren, uns bleibt hier nichts mehr zu tun», rief Branciforte aus. «Hauen wir wenigstens noch diese Schelme von Sbirren nieder, bevor sie nach allen Seiten entfliehen!»

Als Giulio eine halbe Stunde darauf sich wieder bei Fabrizio Colonna einfand, richtete dieser große Herr zum erstenmal in seinem Leben das Wort an ihn. Giulio stellte fest, daß er von Zorn entbrannt war, während er selbst geglaubt hatte, ihn entzückt über den Sieg zu sehen, der vollständig und ganz und gar Colonnas guter Vorbereitung zu verdanken war, denn die Orsini verfügten über fast dreitausend Mann; Fabrizio hingegen hatte für diese Unternehmung nur fünfzehnhundert zusammengebracht.

«Wir haben deinen tapferen Freund Ranuce verloren!» rief der Fürst, zu Giulio gewendet, aus. «Ich selbst habe seinen Leichnam berührt, er war bereits kalt. Der arme Baldassarre Bandini ist tödlich verwundet. So haben wir im Grunde doch kein Glück gehabt. Aber der Schatten des braven Capitano wird vor Pluto würdig geleitet erscheinen. Ich habe Befehl gegeben, daß die Gefangenen, diese armseligen Schelme, samt und sonders an den Baumästen aufgehängt werden. Führt mir diesen Befehl wacker aus, meine Herren!» setzte er mit lauter Stimme hinzu.

Im Galopp kehrte er zu der Stelle zurück, an welcher der Kampf mit der Vorhut stattgefunden hatte. Giulio war in der Führung der Kompanie gewissermaßen der Zweite nach Ranuce gewesen; er ritt dem Fürsten nach, der, bei der Leiche des tapferen Kriegsmannes angelangt, die inmitten von fünfzig Feindesleichen auf dem Boden lag, ein zweites Mal vom Pferde stieg, um Ranuces Hand zu ergreifen. Giulio tat das gleiche; er vergoß Tränen dabei.

«Du bist noch», sagte der Fürst zu Giulio, «recht jung, aber ich sehe, du bist von Blut bedeckt, und dein Vater war ein braver Mann, der im Dienste der Colonna mehr als zwanzig Wunden davongetragen hat. Übernimm das Kommando über alles, was von Ranuces Kompanie noch übriggeblieben ist, und geleite den Leichnam zu unserer Kirche in Petrella; bedenke, daß du möglicherweise unterwegs angegriffen wirst.»

Giulio wurde nicht angegriffen, aber er hieb mit einem Degenstreich einen der Söldner zu Boden, der zu ihm sagte, er sei zum Befehlen zu jung. Diese Unvorsichtigkeit ging Giulio durch, weil er noch über und über mit Fabios Blut bedeckt war. Die ganze Straße entlang fand er die

Bäume mit Gehenkten beladen vor. Dieses häßliche Schauspiel benahm ihm in Verbindung mit Ranuces und vor allem mit Fabios Tod beinahe den Verstand. Seine einzige Hoffnung war, niemand werde wissen, wer Fabio überwunden habe.

Wir übergehen eine Unzahl rein militärischer Einzelheiten. Drei Tage nach jenem Kampf konnte er wiederum ein paar Stunden in Albano verbringen; er berichtete seinen Bekannten, ein heftiges Fieber habe ihn in Rom festgehalten, wo er eine ganze Woche hindurch das Bett habe hüten müssen.

Doch überall behandelte man ihn mit betontem Respekt: die angesehensten Leute der Stadt grüßten ihn zuerst; einige Unvorsichtige gingen sogar so weit, ihn *Signor Capitano* zu nennen. Mehrere Male schon war er am Palazzo Campireali vorbeigegangen; er fand ihn völlig geschlossen. Aber es war, als ob der frischgebakkene Hauptmann überaus schüchtern wäre, wenn es darum ging, gewisse Fragen zu stellen: erst um die Mitte des Tages gewann er es über sich, Scotti, einen Greis, der ihm immer gütig gegenübergetreten war, um Auskunft anzugehen.

«Wo sind denn die Campireali?» fragte er. «Ich sehe, das Haus ist geschlossen.»

«Lieber Freund», entgegenete Scotti, den

plötzlich Traurigkeit zu überkommen schien, «dies ist ein Name, den Ihr niemals aussprechen dürft. Eure Freunde sind fest überzeugt, daß er mit Euch Händel gesucht hat, und sie werden diese Meinung auch überall vertreten; aber schließlich war er das hauptsächliche Hindernis, das Eurer Heirat entgegenstand; er hinterläßt eine Schwester, die dank seinem Tod unermeßlich reich ist und die Euch liebt. Man kann sogar hinzusetzen – und in diesem Fall wird Indiskretion zur Tugend – daß sie Euch hinreichend liebt, um Euch sogar des Nachts in Eurem kleinen Haus in Alba zu besuchen. So kann man in Eurem Interesse sagen, daß Ihr und sie schon vor dem Unglückskampf bei den *Ciampi* (so nannte man in der Gegend das Gefecht, das wir beschrieben haben) Mann und Frau gewesen seid.»

Der Greis hielt inne, da er bemerkte, daß Giulio in Tränen ausbrach.

«Gehen wir in die Herberge», forderte Branciforte ihn auf.

Scotti folgte ihm; sie bekamen ein Zimmer, dessen Tür sie verschlossen, worauf Giulio den Alten um die Erlaubnis bat, ihm alles zu erzählen, was sich seit acht Tagen zugetragen hatte. Als der lange Bericht beendet war, bemerkte der Greis:

«Ich sehe an Euren Tränen, daß in Eurem Betragen nichts aus einem Vorsatz entsprungen ist, aber Fabios Tod ist gleichwohl eine recht schlimme Sache für Euch. Elena muß unbedingt ihrer Mutter erklären, daß Ihr seit langem ihr Gatte seid.»

Giulio gab keine Antwort, was der Greis als lobenswerte Verschwiegenheit deutete. In tiefe Träumerei versunken, fragte sich Giulio, ob Elena, verstört durch den Tod ihres Bruders, seinem Zartgefühl Gerechtigkeit widerfahren lassen würde; er bereute, was früher geschehen war. Darauf berichtete ihm Scotti auf seinen Wunsch alles, was sich in Albano am Tage des Kampfes zugetragen hatte. Fabio war gegen sechseinhalb Uhr morgens mehr als sechs Meilen von Albano entfernt gefallen, aber unglaublicherweise war bereits um neun Uhr von seinem Tode erstmals die Rede gewesen. Gegen Mittag hatte man den alten Campireali tränenüberströmt und von seinen Bedienten gestützt, den Weg zum Kapuzinerkloster nehmen sehen. Kurz darauf hatten drei der guten Patres auf Campirealis besten Pferden und von vielen Bedienten gefolgt, den Weg zum Dorf *Ciampi* eingeschlagen, in dessen Nähe der Kampf stattgefunden hatte. Der alte Campireali hatte sie durchaus begleiten wollen, doch hatte man ihm davon abgeraten, da Fabrizio Colonna (man wußte nicht, aus welchem Grund) wütend sei und ihm übel mitspielen könne, falls er ihm als Gefangener in die Hände fiele.

Am Abend, gegen Mitternacht, hatte der Wald von Faggiola ausgesehen, als ob er in Flammen stünde: alle Mönche und alle Armen von Albano zogen mit einer großen brennenden Kerze in der Hand, dem Leichnam des jungen Fabio entgegen.

«Ich kann Euch nicht verbergen», fuhr der Greis, ganz als fürchte er, gehört zu werden, mit gedämpfter Stimme, fort, «daß die Straße, die von Valmontone zu den *Ciampi* verläuft...»

«Was ist mit ihr?» fragte Giulio.

«Nun, diese Straße führt an Eurem Hause vorbei, und es heißt, daß, als Fabios Leichnam an diesem Punkte angekommen war, das Blut ihm mit einem Male aus einer furchtbaren Halswunde quoll.»

«Wie grauenhaft!» rief Giulio aus. Er stand auf.

«Beruhigt Euch, junger Freund», sagte der Greis, «Ihr seht jedenfalls, daß es besser ist, Ihr wißt über alles Bescheid. Jetzt aber kann ich Euch sagen, daß Eure Gegenwart hier mir heute noch etwas verfrüht erscheint. Wenn Ihr mir die Ehre erwieset, mich um Rat zu fragen, würde ich außerdem noch bemerken, Herr Hauptmann, daß es nicht angezeigt für Euch ist, Euch innerhalb eines Monats hier in Albano zu zeigen. Ich brauche Euch nicht erst zu warnen und Euch zu sagen, daß es auch nicht klug wäre, jetzt in Rom zu erscheinen. Man weiß noch nicht, welche Haltung der Heilige Vater den Colonna gegenüber einnehmen wird; man vermutet, er werde der Erklärung Fabrizios Glauben schenken, wenn er behauptet, von dem Kampf in den *Ciampi* erst durch Bemerkungen in der Öffentlichkeit etwas gehört zu haben; aber der Gouverneur von Rom, der ganz auf seiten der Orsini steht, tobt und würde mit wahrer Wonne einen von Fabrizios Tapferen aufhängen lassen, worüber der Fürst sich auch vernünftigerweise nicht einmal beklagen könnte, da er schwört, bei dem Kampf nicht dabeigewesen zu sein. Ich würde sogar noch weitergehen und mir die Freiheit nehmen, Euch, obwohl Ihr mich nicht darum gebeten habt, einen militärischen Ratschlag zu geben: Ihr seid in Albano beliebt, sonst würdet Ihr freilich hier nicht in Sicherheit sein. Bedenkt, daß Ihr nun seit mehreren Stunden schon in der Stadt umhergeht, daß einer der Parteigänger Orsinis sich dadurch sehr wohl herausgefordert fühlen oder doch mindestens daran denken könnte, wie leicht es für ihn wäre, sich eine hübsche Belohnung zu verdienen. Der alte Campireali hat tausendmal wiederholt, daß er seinen schönsten Besitz demjenigen schenken wird, der Euch ums Leben bringt. Ihr solltet ein paar von den Soldaten, die Ihr in Eurem Hause habt, nach Albano herunterkommen lassen...»

«Ich habe keine Soldaten in meinem Haus.»

«In diesem Falle seid Ihr ein Narr, Capitano. Diese Herberge hat einen Garten, wir wollen durch ihn das Haus verlassen und durch die Weinberge hindurch zu entkommen versuchen. Ich werde Euch begleiten; ich bin alt und waffenlos; wenn wir auf Übelgesinnte stoßen, werde ich mit ihnen reden und auf diese Weise für Euch mindestens Zeit gewinnen.»

Giulio war tief betroffen. Sollen wir zu berichten wagen, welchem Wahn er nachhing? Sobald er erfahren hatte, daß der Palazzo Campireali geschlossen und alles, was darin hauste, nach Rom gegangen sei, hatte er den Plan gefaßt, den Garten wieder zu betreten, der der Schauplatz so vieler Zusammenkünfte mit Elena gewesen war. Er hoffte sogar, das Zimmer wiederzusehen, in dem sie ihn empfangen hatte, wenn ihre Mutter abwesend war. Er hatte das Bedürfnis, seinen Zorn durch den Anblick der Stätten, an denen er sie so voller Zärtlichkeit für ihn angetroffen hatte, zu beschwichtigen.

Branciforte und der großherzige Greis hatten keine schlimme Begegnung auf den kleinen

Fußpfaden, die durch die Weinberge hindurch zum See hinaufführten.

Giulio ließ sich noch einmal in allen Einzelheiten über die Beisetzung des jungen Fabio berichten. Der Leichnam dieses tapferen jungen Mannes war, von vielen Priestern geleitet, nach Rom überführt und in der Familienkapelle im Kloster des heiligen Onuphrius auf dem *Gianiculo* beigesetzt worden. Als einen sehr eigentümlichen Umstand hatte man empfunden, daß am Vorabend der Feierlichkeit Elena von ihrem Vater in das Jesuatinnenkloster zu Castro gebracht worden war. Dadurch hatte in der Meinung der Öffentlichkeit das Gerücht an Wahrscheinlichkeit gewonnen, Elena sei heimlich mit dem Abenteurer vermählt, der unglücklicherweise ihren Bruder umgebracht habe.

Als Giulio sich seinem Hause näherte, fand er dort den Korporal seiner Kompanie sowie vier von seinen Soldaten vor; sie sagten ihm, daß ihr vormaliger Hauptmann niemals den Wald verlassen habe, ohne ein paar seiner Leute mit sich zu nehmen. Der Fürst habe mehrmals gesagt, wenn jemand vorhabe, durch Unvorsichtigkeit ums Leben zu kommen, so müsse er zuvor seinen Abschied nehmen, um ihm nicht etwa eine Verpflichtung zur Blutrache aufzuladen.

Giulio Branciforte sah ein, daß diese Idee gerechtfertigt war, obwohl sie ihm bislang vollkommen ferngelegen hatte. Ebenso wie noch in kindlichen Vorstellungen befangene Völkerschaften hatte er geglaubt, der Krieg bestehe einzig darin, daß man sich möglichst tapfer schlüge. Er fügte sich auf der Stelle den Meinungen des Fürsten und nahm sich nur noch Zeit, den klugen Greis zu umarmen, der so edelmütig gewesen war, ihn bis zu seinem Hause zu begleiten.

Wenige Tage darauf jedoch kehrte Giulio, überwältigt von Schwermut, zurück, um den Palazzo Campireali wiederzusehen. Bei sinkender Nacht schlich er sich mit dreien seiner Leute, sämtlich als neapolitanische Kaufleute verkleidet, in die Stadt Albano ein. Allein begab er sich in die Casa Scotti, wo er erfuhr, daß Elena noch immer im Kloster zu Castro schmachte. Ihr Vater, der sie mit dem Manne vermählt glaubte, den er als den Mörder seines Sohnes bezeichnete, hatte geschworen, er wolle sie niemals wiedersehen. Er hatte ihr sogar nicht einmal einen Blick geschenkt, als er sie ins Kloster brachte. Die Zärtlichkeit ihrer Mutter hingegen schien noch gewachsen zu sein: oft verließ sie Rom, um eine Nacht oder zwei bei ihrer Tochter zu weilen.

IV

Wenn ich mich nicht Elena gegenüber rechtfertige, sagte sich Giulio, als er im Laufe der Nacht sich wieder zu dem Quartier begab, das seine Kompanie im Walde innehatte, wird sie mich schließlich für einen Mörder halten. Gott weiß, was für Geschichten man ihr über jenen unseligen Kampf erzählt haben mag.

Er holte sich die Befehle des Fürsten in dessen festem Schloß Petrella und erbat von ihm die Erlaubnis, sich nach Castro zu begeben. Fabrizio Colonna jedoch runzelte die Brauen.

«Die Sache mit dem kleinen Waffengang hat mit Seiner Heiligkeit bisher noch nicht geregelt werden können. Du mußt wissen, daß ich ihm den Sachverhalt wahrheitsgemäß dargelegt habe, das heißt in der Form, daß ich von dem Treffen gar nichts wußte, sondern erst am folgenden Tage in meiner Festung Petrella davon reden hörte. Ich habe guten Grund zu der Annahme, daß Seine Heiligkeit diesem unverfälschten Bericht zu guter Letzt Glauben schenken wird. Doch die Orsini sind mächtig, und alle Leute behaupten, du habest dich bei dieser Unternehmung besonders hervorgetan. Die Orsini behaupten sogar, mehrere Gefangene seien an Baumästen aufgehängt worden. Du weißt, wie falsch diese Darstellung ist; dennoch muß man mit Gegenmaßnahmen rechnen.»

Das tiefe Erstaunen, das sich jäh in den naiven Blicken des jungen Hauptmanns malte, erheiterte den Fürsten; gleichwohl hielt er es angesichts so großer Harmlosigkeit für angebracht, deutlicher zu werden.

«Ich finde in dir», fuhr er fort, «jene äußerste Tapferkeit wieder, durch die der Name Branciforte in ganz Italien berühmt geworden ist. Ich hoffe, du wirst meinem Hause jene Treue halten, die mir das Andenken deines Vaters so teuer macht und für die ich mich an deiner Person dankbar erweisen möchte. Folgendermaßen aber lautet die Parole meiner Kompanie:

Niemals darf über Dinge, die sich auf mich oder meine Leute beziehen, je die Wahrheit verlauten. Wenn in dem Augenblick, in dem ihr zu reden gezwungen seid, keine spezielle Lüge euch nützlich erscheint, so sagt aufs Geratewohl unter allen Umständen etwas Falsches aus; in jedem Falle hütet euch wie vor einer Todsünde davor, die kleinste Wahrheit zu sagen. Ihr müßt verstehen, daß eine solche Wahrheit in Verbindung mit sonstigen Ermittlungen die Gegenpartei meinen Plänen auf die Spur bringen kann. – Ich weiß im übrigen, daß ein Liebchen von dir im Kloster von der Heimsuchung in Castro lebt; meinetwegen kannst du in diesem Städtchen, in dem im übrigen die Orsini bestimmt Freunde und sogar Spitzel haben, vierzehn Tage vertändeln. Geh bei meinem Majordomus vorbei und laß dir zweihundert Zechinen auszahlen. Die freundschaftlichen Gefühle, die ich für deinen Vater gehegt habe, setzte der Fürst lachend hinzu, machen mir Lust, dir ein paar Richtlinien für eine befriedigende Durchführung dieser zugleich amourösen und militärischen Aktion zu geben. Du und drei deiner Leute sollten sich als Krämer verkleiden; alsdann überwirfst du dich mit einem deiner Gefährten, der ständig den Betrunkenen spielen und sich viele Freunde machen muß, indem er alle Müßiggänger von Castro mit Wein freihält. Solltest du im übrigen, bemerkte der Fürst noch in nunmehr verändertem Ton, von den Orsini gefangengenommen und hingerichtet werden, so gib auf keinen Fall deinen richtigen Namen preis und gestehe erst recht nicht ein, zu wem du gehörst. Ich brauche dir sicherlich nicht erst zu sagen, daß du die kleinen Städte immer zuerst umgehen und dann durch ein Tor betreten mußt, das in der entgegengesetzten Richtung von der liegt, aus der du eigentlich kommst.»

Giulio war über diese väterlichen Ratschläge von seiten eines gemeinhin so ernsten Mannes gerührt. Anfänglich lächelte der Fürst über die

Tränen, die er den Augen des jungen Mannes entströmen sah; dann nahm seine Stimme eine andere Klangfärbung an. Er zog einen der zahlreichen Ringe, die er trug, vom Finger; als Giulio ihn entgegennahm, küßte er die durch so viele große Taten berühmt gewordene Hand.

«Niemals hätte mein Vater mir das alles gesagt!» rief der junge Mann voller Begeisterung aus.

Am übernächsten Tage hielt er kurz vor Tagesanbruch seinen Einzug in die kleine Stadt Castro; fünf Soldaten, verkleidet wie er, gingen hinter ihm her: zwei hielten sich abseits und schienen weder ihn noch die drei übrigen zu kennen. Noch ehe er die Stadt betrat, sah Giulio das Kloster von der Heimsuchung liegen, einen gewaltigen, von schwarzen Mauern umgebenen Bau, der wie eine Festung wirkte. Er eilte in die Kirche, die überaus prächtig war. Die Nonnen, die alle dem Adel und größtenteils auch reichen Familien angehörten, wetteiferten aus Eigenliebe miteinander in der reichen Ausgestaltung dieser Kirche, dem einzigen Teil des Klosters, der den Blicken der Menge ausgesetzt war. Es war zur Gewohnheit geworden, daß diejenige der Damen, die der Papst aus einer von dem Kardinal-Protektor des Ordens vorgelegten, aus drei Namen bestehenden Liste zur Äbtissin ernannte, eine beträchtliche Schenkung machte, um ihren Namen zu verewigen. Eine Äbtissin, deren Schenkung der ihrer Vorgängerin nachstand, fiel zugleich mit ihrer Familie der Verachtung anheim.

Zitternd nahte sich Giulio diesem von Gold und Marmor blitzenden Prachtgebäude. In Wahrheit freilich hatte er weder Marmor noch Vergoldungen im Sinn; er fühlte sich vielmehr gleichsam unter Elenas Augen. Der Hochaltar, sagte man ihm, habe mehr als achthunderttausend Francs gekostet; aber seine Blicke schweiften an den Schätzen des Hochaltars vorbei zu einem fast vierzig Fuß hohen vergoldeten Gitter hin, das durch zwei Marmorpilaster in drei Teile geschieden wurde. Diese Schranke, der ihre enormen Ausmaße etwas Drohendes gaben, erhob sich hinter dem Hochaltar; sie trennte den Chor der Nonnen von dem für alle Gläubigen zugänglichen Kirchenraum.

Giulio sagte sich, daß hinter diesem vergoldeten Gitter während des Gottesdienstes sich sicher jeweils Nonnen und Pensionärinnen aufzuhalten pflegten. In diesen zweiten, inneren Teil der Kirche konnte sich zu jeder Tageszeit eine Nonne oder Pensionärin begeben, sobald es sie danach verlangte, zu beten; auf diesen allgemein bekannten Umstand gründeten sich die Hoffnungen des unglücklich Liebenden.

Freilich war das Gitter auf der Innenseite mit

einem riesigen schwarzen Vorhang bedeckt; dieser Vorhang aber, so schien es Giulio, würde kaum den Blick der Pensionärinnen behindern, wenn sie in den allgemein zugänglichen Kirchenraum schauen wollten, da ja er selbst, obwohl er nur bis auf eine gewisse Entfernung herantreten konnte, dennoch sehr gut durch ihn hindurch die den Chor erhellenden Fenster und bis in die kleinsten Einzelheiten hinein deren Architektur zu erkennen vermochte. Jeder Stab des prächtig vergoldeten Gitters war mit einer den im Kirchenraum Anwesenden zugekehrten Spitze versehen.

Giulio wählte einen sehr in die Augen fallenden Platz an der hellsten Stelle der Kirche gegenüber dem Gitter; dort verbrachte er seine Stunden mit dem Anhören von Messen. Da er sich nur von Bauern umgeben sah, hoffte er sogar durch den schwarzen Schleier an der Innenseite des Gitters wahrgenommen zu werden. Zum erstenmal in seinem Leben war dieser schlichte junge Mann auf äußere Wirkung bedacht; er kleidete sich aufs sorgfältigste und gab reichlich Almosen beim Betreten und beim Verlassen der Kirche. Seine Leute und er betrugen sich äußerst zuvorkommend gegen alle Arbeiter und kleinen Lieferanten, die irgendwelche Beziehungen zur Klosterleitung hatten. Dennoch schöpfte er erst am dritten Tage Hoffnung, ein

Briefchen an Elena gelangen lassen zu können. Auf seine Weisung hin ging jemand den beiden Laienschwestern, denen es oblag, einen Teil der Einkäufe des Klosters zu machen, auf Schritt und Tritt nach; die eine von ihnen war mit einem kleinen Händler bekannt. Einer von Giulios Leuten, der selber einmal Klosterbruder gewesen war, wußte die Freundschaft des Händlers zu gewinnen; er versprach ihm eine Zechine für jeden Brief, der mit seiner Hilfe der Pensionärin Elena von Campireali überbracht werden würde.

«Wie!» rief der Händler bei der ersten Erwähnung dieser Angelegenheit aus, «ein Brief an die Frau des Briganten!»

Dieser Name hatte in Castro bereits die Runde gemacht, obwohl erst vierzehn Tage seit Elenas Auftauchen im Kloster vergangen waren: so schnell verbreitet sich alles, was die Phantasie anregt, bei diesem für alle genauen Einzelheiten passionierten Volk!

Der kleine Händler setzte noch hinzu:

«Die ist wenigstens noch verheiratet! Wie viele Damen dort aber haben diese Entschuldigung nicht und empfangen dennoch von draußen her noch ganz andere Dinge als Briefe!»

In diesem ersten Brief erzählte Giulio ganz ins einzelne gehend alles, was sich an dem durch Fabios Tod gekennzeichneten Schicksalstag zugetragen hatte. *Hassen Sie mich?* fragte er zum Schluß.

Elena antwortete durch eine Zeile des Inhalts, daß sie, ohne irgend jemanden zu hassen, den Rest ihres Lebens völlig darauf verwenden wolle, denjenigen zu vergessen, durch dessen Hand ihr Bruder umgekommen sei.

Giulio gab schnellstens Antwort; nachdem er zunächst das Schicksal angeklagt hatte, fuhr er in einem an Plato inspirierten Geiste, der damals Mode war, in seiner Betrachtung fort.

Du willst also, schrieb er, *das Wort Gottes vergessen, das die Heilige Schrift uns übermittelt hat! Gott sagt: Das Weib soll Vater und Mutter verlassen und ihrem Gatten anhangen. Willst du zu behaupten wagen, du seiest nicht mein Weib? Erinnere dich an die Nacht, die dem Sankt-Peters-Tag folgte. Als schon die Morgenröte sich hinter dem Monte Cavo zeigte, lagst du vor mir auf den Knien; ich wollte dich gern schonen; du würdest mir angehört haben, hätte ich es gewollt; du hättest deiner Liebe zu mir nicht widerstehen können. Plötzlich schien mir, du könntest, da ich dir mehrmals versichert hatte, ich hätte dir seit langem das Opfer meines Lebens und alles dessen gebracht, was mir damals auf Erden das Liebste sein konnte – antworten können – wiewohl du es freilich nie tatest – alle diese Opfer, die ja nie in einem äußerlich sichtbaren Akt erkennbar geworden waren, möchten am Ende nur eingebildete sein. Ein*

Gedanke, der für mich grausam, aber im Innersten gerechtfertigt war, überkam mich daraufhin wie eine Erleuchtung von oben. Ich dachte bei mir, daß nicht umsonst der Zufall mir eine Gelegenheit böte, deinem Interesse das größte Glück aufzuopfern, das ich je für mich hätte erträumen können. Du lagest schon wehrlos in meinen Armen, erinnerst du dich noch? Dein Mund sogar wagte mir nichts mehr vorzuenthalten. In diesem Augenblick läutete man das Ave Maria im Kloster auf dem Monte Cavo, und durch einen wunderbaren Zufall drang der Ton bis zu uns. Du sagtest zu mir: «Bringe der heiligen Mutter Gottes, der Mutter aller Reinheit, dieses Opfer dar.» Ich hatte schon selbst seit einem Augenblick an ein solches höchstes Opfer gedacht, das einzige wirkliche, das ich für dich zu bringen je die Gelegenheit hatte. Es berührte mich eigenartig, daß der gleiche Gedanke auch dir gekommen war. Der ferne Klang des Ave Maria berührte mich tief, wie ich gestehen muß; ich habe dir daraufhin deine Bitte erfüllt. Das Opfer wurde nicht einzig für dich dargebracht; ich glaubte unsere Verbindung damit unter den Schutz der Madonna zu stellen. Damals meinte ich, der Widerstand werde, Treulose, nicht von dir, sondern von deiner adligen, reichen Familie kommen. Wäre nicht etwas Übernatürliches im Spiel gewesen, wie hätte dann jenes Angelusläuten von so weit her, über die Baumwipfel des halben Waldes hinweg, die in diesem Augenblick im Morgenwind erschauerten, zu uns dringen können? Da nun – ge-

denkst du noch daran? – sankest du zu meinen Knien nieder; ich stand auf und zog das Kreuz hervor, das ich auf der Brust trage; du aber schwurest mir auf dieses Kreuz, das ich hier vor mir habe, und bei der Strafe ewiger Verdammnis, daß du dich, wo immer du auch weilen würdest, was dir auch immer geschähe, wann je ich es dir befehle, mir ganz zur Verfügung halten werdest, so wie du es in dem Augenblick tatest, als das Angelusläuten vom Monte Cavo von so weither kommend an deine Ohren drang. Darauf haben wir beide fromm zwei Ave und zwei Vaterunser gebetet. Wohlan denn! Bei deiner damaligen Liebe zu mir und, wofern du sie vergessen hast, wie ich fürchten muß, deiner ewigen Seligkeit befehle ich dir, mich heute nacht in deiner Kammer oder im Klostergarten wiederum zu treffen.

Der italienische Autor führt eigenartigerweise hier nun viele lange, von Giulio Branciforte verfaßte weitere Briefe an, gibt die Antworten Elenas von Campireali jedoch nur im Auszug wieder. Nach den zweihundertachtundsiebzig Jahren aber, die seitdem vergangen sind, stehen uns die Liebesäußerungen und religiösen Empfindungen, von denen diese Briefe erfüllt sind, so fern, daß ich fürchten müsste, sie könnten etwas langatmig wirken.

Diesen Briefen nach scheint es, als sei Elena dem Befehl, von welchem in dem oben zum Teil und in Übersetzung wiedergegebenen

Schreiben die Rede war, schließlich doch gefolgt. Giulio fand Mittel und Wege, in das Kloster zu gelangen; aus einer Bemerkung könnte man schließen, daß er sich zuvor als Frau verkleidet hatte. Elena empfing ihn, jedoch nur hinter einem vergitterten Erdgeschoßfenster, das auf den Garten ging. Zu seinem unaussprechlichen Schmerz mußte Giulio erleben, daß dieses ehemals so zärtliche, leidenschafterfüllte junge Geschöpf sich ihm gegenüber wie eine Fremde verhielt; sie behandelte ihn beinahe nur mit Höflichkeit. Als sie ihn in den Garten einließ, war sie fast nur ihrer frommen Achtung vor dem gegebenen Eid gefolgt. Die Unterredung war kurz: nach kurzer Zeit bereits war Giulios vielleicht durch die Ereignisse von vor vierzehn Tagen ein wenig überreizter Stolz stärker als sein wenn auch noch so tiefer Schmerz.

Ich sehe da vor mir, sagte er zu sich selbst, nur noch das Grab jener Elena, die sich mir in Albano fürs Leben geschenkt zu haben schien.

Das Hauptanliegen Giulios bestand alsbald nur darin, die Tränen zu verbergen, die infolge der höflichen Wendungen, zu denen Elena ihre Worte zusammenfügte, ihm über die Wangen strömten. Als sie aufgehört hatte, mit Reden eine, wie sie sagte, nach dem Tode ihres Bruders nur ganz natürliche Wandlung zu rechtfertigen, sprach Giulio langsam und mit Bedacht die folgenden Worte zu ihr:

«Du erfüllst nicht, was du geschworen hast, du empfängst mich nicht im Garten, du liegst nicht auf den Knien vor mir, wie du es eine halbe Minute, nachdem wir das *Ave Maria* vom Monte Cavo hörten, getan hast. Vergiß deinen Schwur, wenn du kannst; ich jedenfalls vergesse nichts; Gott stehe dir bei!»

Mit diesen Worten trat er von dem vergitterten Fenster zurück, an dem er noch eine Stunde hätte stehenbleiben können. Wer hätte ihm einen Augenblick vorher voraussagen dürfen, daß er freiwillig diese so sehr ersehnte Begegnung vor der Zeit abbrechen werde! Das Opfer schnitt tief in seine Seele ein; sein Gedanke aber war, er werde möglicherweise Elenas Verachtung auf sich ziehen, wenn er auf ihre höflichen Reden anders als dadurch antwortete, daß er sie ihren Reuegefühlen überließ.

Bevor der Morgen graute, ging er aus dem Kloster fort. Er schwang sich sofort aufs Pferd und gab den Soldaten Befehl, eine ganze Woche lang auf ihn in Castro zu warten, dann jedoch in den Wald zurückzukehren; er war vor Verzweiflung vollkommen außer sich. Zunächst begab er sich nach Rom.

Wie! So entferne ich mich also von ihr! sagte er sich bei jedem Schritt. Wie fremd sind wir einander geworden! O Fabio, wie sehr bist du nun gerächt!

Der Anblick der Leute, denen er auf der Landstraße begegnete, vermehrte noch seinen Zorn. Er lenkte sein Pferd durch die Felder zu der verlassenen öden Strandregion hin, die sich am Meer entlangzieht. Als die Begegnungen mit den friedlichen Bauern, denen er ihr Schicksal neidete, ihn endlich nicht mehr verdrossen, atmete er wieder etwas freier auf: der Anblick der wilden Gegend paßte gut zu seiner verzweifelten Stimmung und minderte seinen Zorn. Nun brachte er es fertig, sich der Betrachtung seines traurigen Loses zu widmen.

In meinem Alter, sagte er sich, gibt es noch einen Ausweg: den, eine andere Frau zu lieben.

Bei diesem melancholischen Gedanken spürte er, wie seine Verzweiflung wiederum wuchs; nur zu deutlich erkannte er, daß für ihn eine einzige Frau auf der Welt existierte. Er malte sich aus, welche Qual es für ihn bedeuten würde, wenn er das Wort Liebe einer anderen als Elena gegenüber in den Mund nehmen müßte. Die Vorstellung schon zerriß ihm das Herz.

Ein Anfall bitteren Lachens überkam ihn darauf.

Ich bin genau, dachte er, wie jene Helden Ariosts, die allein durch einsame Wüsten reisen, wenn es zu vergessen gilt, daß sie ihre treulose

Geliebte in den Armen eines anderen Ritters angetroffen haben ... Gleichwohl ist sie so schuldig nicht, setzte er in Gedanken, nach seinem grimmen Gelächter schon wieder in Tränen zerfließend, hinzu; sie geht in der Untreue nicht so weit, daß sie einen anderen liebt. Ihre lebhafte, reine Seele läßt sich durch die furchtbaren Schilderungen verwirren, die man ihr von mir gemacht hat; bestimmt hat man mich in ihren Augen so hingestellt, als hätte ich bei jener unseligen Unternehmung nur in der stillen Hoffnung zu den Waffen gegriffen, bei günstiger Gelegenheit ihren Bruder zu töten. Man ist vielleicht noch weitergegangen und hat mir sogar die schnöde Berechnung unterstellt, daß sie ja nach dem Tod ihres Bruders die alleinige Erbin unermeßlicher Reichtümer ist ... Ich aber bin so töricht gewesen, sie vierzehn Tage lang den trügerischen Einflüsterungen meiner Feinde zu überlassen! Man muß zugeben, daß ich sehr unglücklich bin, da mir der Himmel nicht einmal soviel Vernunft geschenkt hat, daß ich mein Leben richtig zu lenken weiß! Ich bin ein recht unglückseliger, verachtenswerter Mensch! Mein Leben ist niemand zum Nutzen gewesen, mir selber noch weniger als irgend jemandem sonst.

In diesem Augenblick hatte der junge Branciforte eine in jenem Zeitalter ungewöhnliche Eingebung: sein Pferd trabte am äußersten

Saum des Ufers dahin, so daß die Flut zuweilen seinen Huf benetzte; der Gedanke kam Giulio, es weiter ins Meer zu treiben und so dem schrecklichen Los, das ihm beschieden war, einfach ein Ziel zu setzen. Was sollte er weiterhin tun, nachdem das einzige Wesen auf der Welt, dem er eine Vorstellung vom Glück verdankte, ihn verlassen hatte? Dann aber machte ein neuer Gedanke diesem Sinnen ein Ende.

Was bedeuten die Leiden, die ich ertragen muß, sagte er sich, verglichen mit denen, die ich gleich darauf durchmachen werde, wenn Elena, nachdem dieses elende Dasein zu Ende gegangen ist, nicht länger einfach gleichgültig gegen mich sein wird wie jetzt, sondern ich sie in den Armen eines Rivalen sehen muß und dieser Rivale ein reicher und geachteter, junger römischer Edelmann ist? Denn um meiner Seele mit Qualen zuzusetzen, werden die Höllengeister die grausamsten Bilder wählen, wie es ja ihre Aufgabe ist. So werde ich selbst im Tode kein Vergessen finden, vielmehr wird meine Leidenschaft für Elena sich verdoppeln, weil das das sicherste Mittel ist, das die Mächte der Ewigkeit finden können, um mich für die schreckliche Sünde zu strafen, die ich begangen habe.

Um die Versuchung völlig von sich zu weisen, begann Giulio, voller Andacht ein *Ave Maria* zu beten. Als er eines Morgens das *Ave-*

Läuten hörte, das eine Huldigung für die Madonna war, hatte er sich unter diesem Eindruck zu der edelmütigsten Tat seines Lebens hinreißen lassen, die ihm jetzt als dessen weitaus größte Verfehlung erschien. Aus seinem frommen Sinn heraus wagte er gleichwohl nicht, noch weiter zu gehen und diesem Gedanken, der seinen Geist befallen hatte, selber Ausdruck zu geben.

Müßte nicht die Madonna selbst, wenn ich dank ihrer Eingebung in einen schicksalsschweren Irrtum verfallen bin, in ihrer unendlichen Gerechtigkeit einen Umstand herbeiführen, der mir mein Glück wiedergibt?

Der Gedanke an die Gerechtigkeit der Madonna gewann allmählich die Oberhand über seine Verzweiflung. Er hob den Kopf und erblickte gegenüber, hinter Albano und dem Wald, den von dichtem Laubwerk überdeckten Monte Cavo und das gottgeweihte Kloster, dessen Morgenläuten ihn zu dem geführt hatte, was er jetzt als schmähliche Irrung bezeichnete. Der unerwartete Anblick der heiligen Stätte gewährte ihm nunmehr Trost.

«Nein!» rief er aus, «es ist unmöglich, daß die Madonna mich meinem Unglück überläßt. Wäre Elena meine Frau geworden, wie es ihre Liebe ihr gestattete und meine Manneswürde es forderte, würde der Bericht über den Tod ihres

Bruders in ihrer Seele auf die Erinnerung an das Band gestoßen sein, das sie mit mir verknüpft. Sie hätte sich gesagt, daß sie mir schon lange vor dem unglücklichen Zufall angehörte, der mir auf einem Schlachtfeld meinen Platz ihrem Bruder gegenüber angewiesen hat. Fabio war zwei Jahre älter als ich und erfahrener in den Waffen, in jeder Weise der Kühnere und der Stärkere. Tausend Gründe würden meinem Weibe bewiesen haben, daß nicht ich diesen Kampf gewünscht haben konnte. Elena würde sich daran erinnert haben, daß ich ja niemals das geringste Haßgefühl gegen ihren Bruder geäußert habe, nicht einmal damals, als er auf sie einen Schuß abgegeben hat. Ich erinnere mich, daß ich bei unserem ersten Stelldichein nach meiner Rückkehr von Rom zu ihr sagte: ‹Was willst du? Die Ehre hat es so verlangt; als deinen Bruder kann ich ihn nicht tadeln!›»

Durch seine fromme Verehrung der Madonna der Hoffnung wiedergegeben, trieb Giulio sein Pferd jetzt lebhafter an; in wenigen Stunden hatte er das Standquartier seiner Kompanie erreicht. Er betraf die Leute gerade dabei, wie sie zu den Waffen griffen: sie hatten vor, den Weg von Neapel nach Rom über den Monte Cassino zu nehmen. Der junge Hauptmann wechselte das Pferd und brach mit seiner Truppe zusammen auf. An jenem Tage kam es nicht zum Kampf. Giulio fragte nicht, weshalb man diesmal auszog; es lag ihm nichts daran, es in Erfahrung zu bringen. Sobald er sich an der Spitze seiner Truppe fühlte, zeichnete sich eine neue Ansicht seines Geschickes in seinem Geiste ab.

Ich bin ganz einfach ein Narr, sagte er zu sich selbst, und habe unrecht gehabt, aus Castro fortzugehen; Elena ist wahrscheinlich weniger schuldig, als mein Zorn es mir vorgestellt hat. Nein, sie kann nicht aufgehört haben, mir anzugehören, diese harmlose, reine Seele, deren erste Liebesregungen ich habe entstehen sehen! Sie ist von einer aufrichtigen Leidenschaft für mich erfüllt! War sie denn nicht mehr als zehnmal bereit, trotz meiner Armut mit mir zu fliehen und sich durch einen Mönch vom Monte Cavo mir vermählen zu lassen? In Castro hätte ich vor allem eine zweite Begegnung durchsetzen und ihr vernünftig zureden sollen. Wirklich, die Leidenschaft macht mich gedankenlos wie ein Kind! Lieber Gott! Warum habe ich nicht einen Freund, von dem ich Rat erbitten könnte! Der gleiche Schritt, den ich tun möchte, kommt mir in zwei Minuten nacheinander verwerflich und ausgezeichnet vor!

Als das Fähnlein am Abend dieses Tages von der Straße in den Wald abbog, trat Giulio an den Fürsten mit der Bitte heran, ob er nicht noch ein paar Tage an dem bewußten Ort bleiben dürfe.

«Geh zum Teufel!» rief Fabrizio ihm zu, «meinst du, dies ist für mich der Augenblick, mich mit Lappalien abzugeben?»

Eine Stunde darauf war Giulio auf dem Wege nach Castro. Er fand dort seine Leute noch vor; er wußte jedoch nicht, wie er sich schriftlich an Elena wenden sollte nach der hochfahrenden Art, in der er sich von ihr verabschiedet hatte. Sein erster Brief enthielt nichts weiter als die wenigen Worte: *Wird man mich nächste Nacht empfangen?*

Man kann kommen – auch ihre Antwort bestand einzig in einem solchen kurzen Satz.

Nachdem Giulio fortgeeilt war, hatte sich Elena für alle Zeit verlassen geglaubt. Nun erst war ihr das ganze Gewicht der Beweisführung des unglücklichen jungen Mannes zum Bewußtsein gekommen: sie war schon seine Frau, bevor ihm das Mißgeschick widerfuhr, ihrem Bruder auf dem Schlachtfeld zu begegnen.

Dieses Mal wurde Giulio nicht mit den höflichen Wendungen empfangen, die ihm bei der ersten Unterredung so grausam erschienen waren. Elena zeigte sich freilich wiederum nur hinter dem Gitterfenster; aber sie zitterte vor Bewegung, und da Giulios Ton sehr zurückhaltend und seine Anredeformen[1] fast die gleichen waren, wie er sie einer Fremden gegenüber gebraucht hätte, war diesmal Elena diejenige, die empfinden mußte, wie grausam ein solcher förmlicher Ton sein kann, wenn er auf den süßesten Ausdruck der Innigkeit folgt. Giulio, der sich vor allem davor fürchtete, irgendeine kühle Bemerkung von Elenas Seite könne ihm das Herz zerreißen, hatte die Redeweise eines Rechtsbeistands angenommen, der Elena zu beweisen hätte, daß sie vor dem fatalen Kampf auf den *Ciampi* sein Weib gewesen sei. Elena ließ ihn reden, denn sie hatte Angst, daß ihre Tränen hervorbrechen könnten, wenn sie anders als mit kurzen Worten antwortete. Als sie sich schließlich nicht länger beherrschen zu können meinte, bat sie ihren Freund, sie am folgenden Tage wieder zu besuchen. In jener Nacht, die einem großen Fest voranging, wurden die Matutinen schon sehr früh gesungen, so daß ihre heimliche Begegnung leicht hätte offenbar werden können. Giulio, der die Dinge ganz als Liebender sah, verließ in tiefe Gedanken versunken den Garten.

Er konnte sich nicht darüber klar werden, ob er gut oder schlecht empfangen worden sei. Allmählich aber begannen Ideen, die er den Sol-

[1] In Italien bezeichnet die Art der Anrede – *tu, voi* oder *lei* – den Grad der Vertrautheit. Das aus dem Lateinischen überlebende *tu* besagt dort weniger als bei uns.

datengesprächen mit seinen Kameraden entnahm, in seinem Kopf zu spuken.

Eines Tages, sagte er zu sich selbst, wird es vielleicht so weit sein, daß ich Elena entführen muß.

Er begann die Möglichkeiten zu prüfen, wie man mit Gewalt in den Garten eindringen könne. Da das Kloster sehr reich war und zur Plünderung verlockte, standen ihm Bedienstete – alte Soldaten – in großer Zahl zur Verfügung; sie waren in einer Art von Kaserne untergebracht, deren vergitterte Fenster auf einen engen Durchgang blickten, durch den man von der Außenpforte her durch eine schwarze, mindestens achtzig Fuß hohe Mauer hindurch auf die innere von der Schwester Pförtnerin behütete Innentür gelangte. Links von diesem engen Gang erhob sich die Kaserne, rechts die dreißig Fuß hohe Gartenmauer. Die an der Piazza gelegene Stirnseite des Klosters zeigte nur eine plumpe, von der Zeit geschwärzte Mauer, die einzig durch die Außenpforte und ein kleines Fenster unterbrochen wurde, durch das die Soldaten hinaussehen konnten. Man kann sich gewiß den finsteren Eindruck dieser großen schwarzen Wand vorstellen, in der sich einzig ein durch starke, mit riesigen Nägeln befestigte Eisenbänder gesichertes Tor und ein vier Fuß hohes, achtzehn Zoll breites Fenster befanden.

In dem langen Bericht über die Begegnungen, die Giulio nacheinander Elena abgewann, folgen wir dem Originalautor nicht. Die beiden Liebenden unterhielten sich jetzt wieder in dem gleichen durchaus vertrauten Ton wie ehemals im Garten von Albano; nur hatte Elena nie einwilligen wollen, wieder in Person im Garten zu erscheinen. Eines Nachts fand Giulio sie besonders stark mit ihren Gedanken beschäftigt vor; ihre Mutter war aus Rom gekommen, um ihre Tochter zu sehen, und hatte sich für ein paar Tage im Kloster einquartiert. Diese Mutter war so liebevoll, sie hatte immer in so zartfühlender Weise Rücksicht auf die Neigung genommen, die sie bei ihrer Tochter vermutete, daß diese starke Gewissensbisse verspürte, sie dennoch täuschen zu müssen: aber hätte sie ihr denn jemals sagen können, daß sie häufig den Mann bei sich sah, der eben jener Mutter den Sohn genommen hatte? Elena gestand Giulio offen ein, daß sie, wenn diese so gute Mutter gewisse Fragen an sie stellte, nicht die Kraft finden würde, ihr immer wieder etwas vorzulügen. Giulio wurde sich seiner höchst gefährlichen Lage bewußt; sein Schicksal hing von einem Zufall ab, der der Signora von Campireali irgendein Wort in den Mund legen konnte. In der folgenden Nacht erklärte er voller Entschlossenheit:

«Morgen komme ich schon zu früherer Stunde,

ich löse eine der Gitterstangen heraus, du kommst in den Garten, ich aber führe dich in eine Kirche der Stadt, wo ein mir ergebener Priester uns beide trauen wird. Noch bevor es Tag ist, wirst du wieder in diesem Garten sein. Bist du erst meine Frau, so fürchte ich gar nichts mehr, und wenn deine Mutter es als Sühne für das schreckliche Unglück verlangt, das wir alle gleichermaßen beklagen, bin ich zu allem bereit, sogar dazu, dich mehrere Monate lang nicht wiederzusehen.»

Elena schien über diesen Vorschlag bestürzt. «Der Fürst ruft mich wieder zu sich», setzte Giulio hinzu. «Die Ehre und viele sonstige Gründe zwingen mich, seinem Gebot zu folgen. Mein Vorschlag ist der einzige, der unsere Zukunft sicherstellt; wenn du nicht darauf eingehst, werden wir uns für immer trennen müssen, und zwar gleich jetzt, in diesem Augenblick. Ich werde voller Reue über meine Unvernunft scheiden. Ich habe an dein Ehrenwort geglaubt, du aber hältst dich nicht an den heiligsten aller Eide, und ich kann dann nur hoffen, daß im Laufe der Zeit die gerechte Verachtung, die deine Leichtfertigkeit mir einflößen muß, mich von einer Liebe heilt, die seit so langem schon das Unglück meines Lebens ausmacht.»

Elena schwamm in Tränen.

«Großer Gott!» rief sie weinend aus, «wie furchtbar wird das für meine Mutter sein!»

Endlich aber ging sie dennoch auf Giulios Vorschlag ein.

«Aber», setzte sie hinzu, «man kann uns beim Weggehen oder beim Wiederkommen entdekken; bedenke, welches Ärgernis das bedeuten und welches die peinliche Lage meiner Mutter sein würde; warte noch ihren Aufbruch ab, der in wenigen Tagen erfolgt.»

«Du hast mich so weit gebracht, daß ich an der heiligsten und geweihtesten Sache zweifle, die es für mich gibt: an dem Vertrauen auf dein Wort. Morgen abend sind wir vermählt, oder wir sehen uns diesseits des Grabes heute abend zum letztenmal.»

Die arme Elena hatte nichts als Tränen zur Antwort; vor allem traf der entschiedene, grausam harte Ton, in dem Giulio zu ihr sprach, sie ins Herz. Hatte sie denn wirklich seine Verachtung verdient? Sprach so der Liebende, der früher so gefügig und so zärtlich gewesen war? Endlich willigte sie in alles ein, was er ihr befahl. Giulio entfernte sich. Von diesem Augenblick an erwartete Elena die folgende Nacht in allen nur möglichen Zuständen der verzehrendsten Angst. Hätte sie sich auf ihr sicheres Ende vorbereiten müssen, wäre ihr Schmerz weniger schneidend gewesen; sie hätte dann noch aus

Giulios Liebe und der zärtlichen Zuneigung ihrer Mutter etwas Mut schöpfen können. Der Rest der Nacht verging unter einem quälenden Wechsel von Entschlüssen. Es gab Augenblicke, in denen sie ihrer Mutter alles sagen wollte. Am folgenden Tag war sie derart bleich, als sie ihr unter die Augen trat, daß diese, alle ihre auf Vernunft gerichteten Vorsätze vergessend, ihrer Tochter in die Arme sank.

«Was geht vor, großer Gott?» rief sie aus. «Sage mir, was du getan oder zu tun im Sinne hast! Wenn du einen Dolch ergriffest und senktest ihn mir ins Herz, würde ich sicher weniger leiden als durch das grausame Schweigen, das du mir gegenüber bewahrst.»

Die ungemeine Zärtlichkeit ihrer Mutter wurde Elena dergestalt offenbar, sie erkannte so deutlich, daß jene, anstatt ihre Gefühle zu übertreiben, deren Ausdruck vielmehr zu mäßigen bemüht war, daß endlich Rührung sie überwältigte; sie sank auf die Knie nieder. Da die Mutter in ihrem Trachten, das unselige Geheimnis zu erraten, sogar ausrief, Elena gehe ihr aus dem Wege, antwortete diese, sie werde am nächsten und allen weiteren Tagen ihr Leben mit ihr verbringen, müsse sie jedoch beschwören, nicht weiter mit Fragen in sie zu dringen.

Diese unvorsichtige Äußerung wurde bald

von einem umfassenden Geständnis gefolgt. Die Signora von Campireali empfand tiefes Grauen, den Mörder ihres Sohnes in solcher Nähe zu wissen.

Doch wurde dieser Kummer durch eine sehr starke und reine Freude abgelöst. Wer könnte sich ihr Entzücken ausmalen, als sie erfuhr, daß ihre Tochter bislang gegen ihre Pflichten noch niemals verstoßen hatte!

Auf der Stelle änderten sich die Absichten dieser klugen Frau von Grund auf; sie glaubte sich einem Mann gegenüber, der ihr gar nichts bedeutete, dazu berechtigt, zur List ihre Zuflucht zu nehmen. Elenas Herz wurde von den grausamsten Qualen der Leidenschaft heimgesucht: sicher war sie in ihren Geständnissen so aufrichtig wie nur irgend möglich gewesen; ihre übervolle Seele hatte danach verlangt, sich endlich jemandem mitzuteilen. Die Signora von Campireali, die nun mit einem Male alles für erlaubt hielt, erfand eine Reihe von Argumenten, deren Wiedergabe hier zuviel Raum in Anspruch nehmen würde. Ohne allzu große Mühe bewies sie ihrer armen Tochter, daß sie anstelle einer heimlichen Heirat, die auf dem Dasein einer Frau immer eine Art von Makel zurücklasse, eine öffentliche und allen Anforderungen der Ehre entsprechende Eheschließung erreichen könne, wenn sie den Akt des Gehorsams, den sie einem so großherzigen Liebhaber schulde, nur um eine Woche verschiebe.

Sie, die Signora von Campireali, werde sich nach Rom begeben; dort wolle sie ihrem Gatten auseinandersetzen, daß Elena bereits lange vor dem unseligen Kampf bei den Ciampi mit Giulio vermählt gewesen sei. Die Trauung habe in jener gleichen Nacht stattgefunden, in der sie im Gewand eines Mönchs ihrem Vater und ihrem Bruder am Ufer des Sees auf dem engen Felsenpfad längs der Mauer des Kapuzinerklosters begegnet sei. Die Mutter hütete sich den ganzen Tag über wohl, von der Seite ihrer Tochter zu weichen, und endlich gegen Abend schrieb Elena an ihren Geliebten einen nach unserer Meinung ungemein rührenden Brief, in dem sie in naiver Weise von dem Zwiespalt berichtete, der ihr das Herz zerriß. Sie schloß damit, daß sie ihn auf Knien um einen Aufschub von einer Woche bat: *Während ich,* setzte sie hinzu, *diesen Brief an dich schreibe, auf den ein Bote meiner Mutter wartet, kommt es mir vor, als hätte ich durchaus unrecht gehabt, ihr alles zu erzählen. Ich glaube, dich erzürnt zu sehen, zu sehen, wie deine Augen mich voller Haß betrachten; mein Herz ist von grausamster Reue zernagt. Du wirst gewiß sagen, ich hätte einen sehr schwachen, sehr kleinmütigen, sehr verachtungswürdigen Sinn: mein teurer Engel, ich gebe alles zu. Aber stelle dir nur einmal das Schau-*

spiel vor: meine in Tränen schwimmende Mutter lag fast vor mir auf den Knien. Es war daraufhin unmöglich für mich, ihr nicht zu sagen, daß ein bestimmter Grund mich daran hindere, ihrer Bitte zu folgen; als ich aber erst einmal so schwach gewesen war, dieses unvorsichtige Wort auszusprechen, ist etwas Unerklärliches in mir vorgegangen, jedenfalls war es mir von da an unmöglich, ihr nicht von allem zu berichten, was zwischen uns vorgefallen war. Soweit ich mich erinnere, scheint es mir, als habe meine Seele in ihrer Kraftlosigkeit des Rates bedurft. Ich hoffte, ihn in den Worten einer Mutter zu finden ... Zu sehr vergaß ich nur, lieber Freund, daß diese so teure Mutter ein dem deinigen ganz entgegengesetztes Interesse verfolgt. Ich habe meine erste Pflicht versäumt, die darin besteht, dir gehorsam zu sein: offenbar bin ich nicht imstande, wahre Liebe zu fühlen, von der man ja sagt, sie sei jeglicher Prüfung gewachsen. Verachte mich, mein Giulio, aber höre um Gottes willen mich zu lieben niemals auf. Entführe mich, wenn du willst, doch laß mir Gerechtigkeit widerfahren, sieh ein, daß, wenn meine Mutter nicht im Kloster anwesend gewesen wäre, die schrecklichste Gefahr, die Schande sogar, kurz, nichts auf der Welt mich hätte hindern können, deinen Befehlen Folge zu leisten. Diese Mutter aber ist so gut! Sie hat ein so kluges Urteil! Sie ist so hochgesinnt! Erinnere dich, was ich dir früher erzählt habe; damals, als mein Vater in mein Zimmer kam, hat sie die Briefe gerettet, die ich selbst nicht mehr hatte verstecken können;

als aber die Gefahr vorüber war, hat sie sie mir wiedergegeben, ohne sie lesen zu wollen und ohne ein einziges Wort des Vorwurfs hinzuzufügen! Ja, wirklich, mein ganzes Leben lang ist sie genau so zu mir gewesen wie in diesem kritischen Augenblick. Sage selbst, ob ich sie nicht lieben muß ... und doch, jetzt, da ich dir schreibe (es ist mir furchtbar, es einzugestehen), meine ich selber, Haß gegen sie zu verspüren. Sie hat erklärt, wegen der Hitze wolle sie die Nacht in einem Zelt unten im Garten verbringen; ich höre die Hammerschläge, dieses Zelt wird gerade aufgestellt; es ist ganz unmöglich für uns, daß wir uns diese Nacht sehen. Ich fürchte sogar, der Schlafraum der Pensionärinnen wird zugeschlossen werden, wie auch die beiden Pforten an der Wendeltreppe, obwohl das sonst niemals geschieht. Diese Vorsichtsmaßnahmen würden es mir unmöglich machen, in den Garten zu gehen, selbst wenn ich einen solchen Schritt für geeignet hielte, deinen Zorn zu bannen. Oh! Wie so ganz würde ich Dir in diesem Augenblick gehören, stünde es noch in meiner Macht! Wie würde ich zu der Kirche eilen, in der wir getraut werden sollten!

Dieser Brief schloß mit zwei Seiten überschwenglicher Liebesbeteuerungen, in denen ich leidenschaftliche Beweisführungen gefunden habe, die der Philosophie Platos nachgebildet scheinen. Ich habe mehrere Stilfeinheiten dieser Art in dem oben übersetzten Brief freilich ausgelassen.

Giulio Branciforte war erstaunt, ungefähr zur Zeit des abendlichen Angelusläutens einen Brief zu erhalten; gerade hatte er seine Absprache mit dem Priester beendet. Er war außer sich vor Zorn.

«Sie braucht mir nicht eine Entführung anzuraten, diese schwache, kleinmütige Person!»

Sofort begab er sich in den Wald von Faggiola.

Für die Signora von Campireali war die Situation hingegen die folgende: Ihr Gatte lag im Sterben; die Unmöglichkeit, sich an Branciforte zu rächen, hatte ihn nach und nach dem Grabe nahegebracht. Vergebens hatte er verschiedenen römischen *bravi* beträchtliche Summen anbieten lassen; keiner hatte sich an einem der *Korporale,* wie sie sich ausdrückten, des Fürsten Colonna zu vergreifen gewagt; sie waren zu gewiß, alsdann mitsamt ihren Familien umgebracht zu werden. Vor noch nicht einem Jahr war zur Strafe für den Tod eines Colonnaschen Söldners ein ganzes Dorf niedergebrannt und alle Einwohner, ob Männer oder Frauen, die in die Campanga zu flüchten versuchten, waren, an Händen und Füßen mit Stricken gebunden, in die Flammen geworfen worden.

Signora Campireali hatte große Besitzungen im Königreich Neapel; ihr Gatte hatte ihr befohlen, von dort aus Mörder kommen zu lassen, doch nur zum Schein hatte sie gehorcht, hielt sie doch ihre Tochter für unwiderruflich an Branciforte gebunden. Unter dieser Voraussetzung war sie dafür, daß Giulio einen oder zwei Feldzüge in den Reihen der spanischen Armeen mitmachte, die damals in Flandern Krieg gegen Aufständische führten. Wenn er in diesen Kämpfen nicht fiele, so würde das, dachte sie, ein Zeichen sein, daß Gott eine unumgänglich notwendig gewordene Ehe nicht mißbillige; in diesem Falle gedachte sie das Land, das sie im Königreich Neapel besaß, ihrer Tochter zu schenken; Giulio Branciforte sollte dann den Namen einer dieser Besitzungen annehmen und zusammen mit seiner Frau ein paar Jahre in Spanien verleben. Nach allen diesen Prüfungen würde sie dann vielleicht den Mut aufbringen, ihm auch ihrerseits zu begegnen. Alles aber hatte durch das Geständnis ihrer Tochter nunmehr ein andres Gesicht bekommen: Eine Ehe war durchaus nicht geboten, und während Elena den Brief an ihren Geliebten verfaßte, den wir oben wiedergegeben haben, schrieb die Signora von Campireali nach Pescara und Chieti und trug ihren Pächtern auf, ihr zuverlässige und für einen kühnen Handstreich geeignete Leute nach Castro zu schicken. Sie verbarg dabei nicht, daß es sich darum handle, den Tod ihres Sohnes, des jungen Herrn Fabio, zu rächen. Der Kurier mit diesen Briefen brach noch vor dem Abend auf.

V

Am folgenden Tage aber fand sich Giulio wiederum in Castro ein; er brachte acht seiner Leute mit, die unbedingt ihm folgen und dem Zorn des Fürsten die Stirn hatten bieten wollen, obwohl dieser schon so manches Mal Unternehmungen von der Art wie die, an der sie jetzt teilzunehmen gedachten, mit dem Tod bestraft hatte. Giulio hatte bereits fünf Leute in Castro, mit acht weiteren traf er ein; gleichwohl kamen ihm vierzehn Söldner, wie tapfer sie auch wären, nicht ausreichend für seine Unternehmung vor, denn das Kloster war wie eine Festung beschaffen.

Es ging darum, mit Gewalt oder durch Geschicklichkeit das erste Außentor hinter sich zu bringen; dann hatte man noch einen Gang von mehr als fünfzig Schritten Länge zu überwinden. Zur Linken, wie bereits gesagt, befanden sich die vergitterten Fenster einer Art von Kaserne, in der die Nonnen dreißig oder vierzig Bedienten, meist früheren Söldnern, Wohnung gegeben hatten. Von diesen Fenstern aus würde kräftig gefeuert werden, sobald Alarm gegeben war.

Die Äbtissin des Klosters, eine Frau von Verstand, unterschätzte in keiner Weise die Unternehmungen solcher Führer wie der Orsini, des

Fürsten Colonna, Marco Sciarras und der vielen anderen, die als Gebieter die ganze Gegend beherrschten. Wie sollte man auch achthundert entschlossenen Männern Widerstand leisten, wenn diese unversehens eine so kleine Stadt wie Castro besetzten und im Kloster Schätze vermuteten?

Im allgemeinen hielt sich das Kloster der Heimsuchung fünfzehn oder zwanzig *bravi* in der Kaserne zur Linken des Ganges, der zur zweiten Klosterpforte führte; zur Rechten erhob sich eine hohe, mit keinen Mitteln zu überwindende Mauer; am Ende des Ganges war eine Tür, die in einen Vorraum mit Säulen führte; hinter diesem Vorraum lag der große Klosterhof und davon rechts der Garten. Diese zweite, aus Eisen bestehende Tür wurde von der Schwester Pförtnerin bewacht.

Als Giulio, von seinen acht Leuten gefolgt, noch drei Meilen von Castro entfernt war, machte er in einer entlegenen Schenke halt, um daselbst die Stunden der großen Hitze abzuwarten. Dort erst eröffnete er ihnen, was er im Sinne hatte; im Sande zeichnete er den Plan des Klosters auf, das er zu stürmen gedachte.

«Um neun Uhr abends», erklärte er seinen Mannen, «essen wir noch vor der Stadt zur Nacht; um Mitternacht rücken wir dann ein und stoßen zu euern fünf Kameraden, die nahe beim

Kloster auf uns warten. Der eine von ihnen, der beritten ist, wird die Rolle eines Boten spielen, der aus Rom kommt, um die Signora von Campireali zu ihrem sterbenden Gatten zu entbieten. Wir werden versuchen, ohne Lärm durch das erste Klostertor hindurchzugelangen, das sich hier in der Mitte der Kaserne befindet, sagte er, indem er auf den Aufriß im Sande wies. Begännen wir den Kampf schon bei der ersten Tür, würde es für die *bravi* der Nonnen ein leichtes sein, uns mit Arkebusenschüssen niederzustrecken, während wir noch auf dem kleinen Platz vor dem Kloster ständen oder durch den engen Durchgang zögen, der von der ersten Pforte zur zweiten führt. Diese zweite Pforte besteht aus Eisen, aber ich habe den Schlüssel dazu.

Allerdings sind an der einen Seite der Mauer gewaltige Eisenstangen oder Riegel befestigt, die, wenn sie an der richtigen Stelle sind, ein Öffnen der beiden Türflügel unmöglich machen. Da aber diese Eisenvorrichtungen zu schwer sind, als daß die Schwester Pförtnerin sie bedienen könnte, habe ich sie noch niemals an ihrem Platz gefunden, und dabei bin ich doch mehr als zehnmal durch diese Pforte geschritten. Ich gedenke auch heute abend ohne Behinderung durch sie hindurchzugelangen. Ihr merkt also, daß ich meine Verbindungen in diesem Kloster habe; meine Absicht ist, eine der nur zeitweiligen Insassinnen, nicht jedoch eine Nonne, zu entführen; von den Waffen machen wir nur im äußersten Notfall Gebrauch. Wenn wir kriegerisch auftreten, bevor wir bei der zweiten Tür mit den Eisenstäben angelangt sind, würde unausweichlich die Schwester Pförtnerin zwei alte Gärtner von siebzig Jahren rufen, die im Innern des Klosters wohnen; die beiden Alten aber würden die Eisenstangen, von denen ich gesprochen habe, in die richtige Lage bringen. Wofern dieses Unglück geschieht, müssen wir, um durch diese Tür zu gelangen, die Mauer zerstören, was uns mindestens zehn Minuten kosten wird; auf alle Fälle werde ich mich als erster an diese Tür begeben. Einen der Gärtner habe ich bestochen; aber ich habe, wie ihr euch denken könnt, mich wohl gehütet, ihm etwas von meinem Entführungsplan zu sagen. Haben wir die zweite Tür ebenfalls überwunden, so sind wir im Garten angelangt; befinden wir uns aber dort, wird es ernst, wir müssen alles niedermachen, was uns in den Weg kommt. Natürlich dürft ihr nur Degen und Dolche verwenden, denn der geringste Schuß aus der Arkebuse würde die ganze Stadt in Aufruhr versetzen, so daß beim Verlassen des Klosters die Leute uns auflauern würden. Nicht, als ob ich mir nicht mit dreizehn Männern, wie ihr es seid, zutrauen würde, diese Hütte hier von einem Ende zum andern zu durchqueren: sicher würde kein Mensch sich auf die Straße wagen; aber einzelne von den Bürgern besitzen Hakenbüchsen und würden damit durch die Fenster schießen. In diesem Falle müßten wir uns dicht an den Hausmauern halten, das nur nebenbei bemerkt. Sind wir erst im Klostergarten, so sagt: ‹Zurück!› zu jedem, der euch entgegenkommt. Wer euch nicht auf der Stelle gehorcht, wird mit dem Dolch niedergemacht. Ich werde mit denen, die gerade in meiner Nähe sind, durch die kleine Gartenpforte in das Kloster einsteigen; drei Minuten darauf komme ich mit einer oder zwei Frauen wieder herunter; wir werden sie auf den Armen tragen, sie dürfen keinesfalls gehen. Sofort danach verlassen wir auf dem schnellsten Wege das Kloster und die Stadt. Ich lasse zwei von euch am Eingang stehen, sie sollen von einer Minute zur anderen zwanzig Schüsse abgeben, um die Bewohner der Stadt zu erschrekken und von uns fernzuhalten.»

Giulio setzte zweimal alles ganz genau auseinander.

«Habt ihr auch recht verstanden?» fragte er seine Leute. «Im Vorraum wird es dunkel sein; rechts ist der Garten, links der Hof; ihr dürft euch keinesfalls irren.»

«Zählt auf uns!» riefen seine Leute ihm zu.

Dann gingen sie zum Trunk. Der Korporal schloß sich ihnen nicht an, er bat um die Erlaubnis, noch ein Wort mit dem Capitano zu reden.

«Nichts ist einfacher», sagte er, «als Euer Gnaden Plan. Ich selbst bin schon zweimal in meinem Leben in Nonnenklöster eingestiegen, dies ist das dritte für mich. Aber wir sind zu wenige. Wenn der Feind uns zwingt, die Mauer zu zerstören, an der die Angeln der zweiten Pforte befestigt sind, müssen wir bedenken, daß die *bravi* aus der Kaserne während dieses langwierigen Unterfangens nicht müßig bleiben werden; sie erschießen inzwischen wahrscheinlich sieben bis acht von den Unseren, dann aber nimmt man uns möglicherweise die Frau beim Verlassen des Hauses wieder ab. So ist es uns in einem Kloster bei Bologna ergangen. Sie haben uns dort fünf von unseren Leuten getötet, wir hingegen acht Gegner, aber der Hauptmann hat die Frau dennoch nicht bekommen. Ich schlage Euer Gnaden deshalb zwei Dinge vor: Ich kenne vier Bauern nahe bei dieser Schenke hier, die unter Sciarra tapfer gedient haben und für eine Zechine die ganze Nacht wie die Löwen kämpfen werden. Vielleicht werden sie etwas Klostersilber mit sich gehen heißen; das braucht Euch aber nicht zu sorgen; Ihr bezahlt sie ja nur für das Herausholen einer Frau, damit

Schluß. Mein zweiter Vorschlag ist folgender: Ugone ist ein anstelliger, äußerst geschickter Bursche; er war Arzt, als er seinen Schwager umbrachte und in die *macchia* (den Wald) entweichen mußte. Ihr könnt ihn eine Stunde vor Dunkelheit an das Klostertor schicken; er wird die Schwestern bitten, ihn in Dienst zu nehmen, und es so einrichten, daß er in die Wachtruppe eingereiht wird; dann wird er den Bedienten der Nonnen zu trinken geben; außerdem bringt er es durchaus fertig, die Zündschnur ihrer Büchsen anzufeuchten.»

Unglücklicherweise ging Giulio auf den Vorschlag des Korporals ein. Dieser, schon im Gehen begriffen, setzte noch hinzu:

«Wir haben vor, ein Kloster anzugreifen. Darauf steht der große Kirchenbann, und noch dazu ist dieses Kloster dem unmittelbaren Schutz der Madonna unterstellt ...»

«Ich verstehe!» rief Giulio aus, als habe diese Rede ihn plötzlich wach gemacht. «Bleibe bei mir.»

Der Korporal schloß die Tür, trat in den Raum zurück und betete mit Giulio den Rosenkranz. Dieses Gebet währte reichlich eine Stunde. Bei Einbruch der Dunkelheit machten sich beide auf den Weg.

Als die Uhr Mitternacht schlug, kam Giulio, der um elf Uhr allein die Stadt Castro betreten hatte, zurück und holte seine Leute vor den Toren ab. Er kehrte mit acht Söldnern zurück, denen sich noch drei wohlbewaffnete Bauern angeschlossen hatten; diese alle vereinigte er mit den fünf Soldaten, die in der Stadt schon seiner warteten, so daß er nunmehr an der Spitze von sechzehn entschlossenen Männern stand; zwei hatten eine Verkleidung als Bediente angelegt. Sie trugen weite Blusen aus schwarzer Leinwand, um ihre *giacchi* (Panzerhemden) damit zu verdecken, und hatten keine Federn auf ihren Kappen.

Eine halbe Stunde nach Mitternacht kam Giulio, der für seine Person die Rolle des Boten übernommen hatte, im Galopp an die Klosterpforte, vollführte großen Lärm und schrie, man solle ohne Verzug einem vom Kardinal entsandten Kurier das Tor auftun. Mit Genugtuung stellte er fest, daß die Soldaten, die ihm durch das kleine Fenster neben der ersten Tür hindurch Antwort gaben, so gut wie betrunken waren. Dem Brauche folgend, schrieb er seinen Namen auf ein Stück Papier; ein Soldat überbrachte dieses der Schwester Pförtnerin, die den Schlüssel zur zweiten Tür besaß und bei gewichtigen Anlässen die Äbtissin wecken mußte. Tödliche Dreiviertelstunden hindurch ließ die Antwort auf sich warten; während dieser Zeit hatte Giulio große Mühe, seine Truppe dazu zu bringen, daß sie sich ruhig verhielt; ein paar Bürger der Stadt begannen sogar, vorsichtig die Fenster zu öffnen, als endlich von der Äbtissin eine günstige Antwort kam. Giulio drang mit Hilfe einer Leiter von fünf oder sechs Fuß Länge, die man ihm durch das Fenster reichte, in die Wachtstube ein, da die *bravi* des Klosters sich nicht die Mühe machen wollten, das große Tor aufzutun; von zweien seiner Leute gefolgt, die als Bediente verkleidet waren, kletterte er hinauf. Als er vom Fenstersims in die Wachtstube sprang, begegnete sein Blick dem Ugones, der für die Berauschtheit der Wachen Sorge getragen hatte. Giulio erklärte dem Anführer, drei Diener des Hauses Campireali, die er wie Soldaten habe bewaffnen lassen, damit sie ihm auf der Landstraße als Geleit dienen könnten, hätten eine Gelegenheit entdeckt, guten Branntwein zu kaufen, und bäten heraufkommen zu dürfen, damit sie sich nicht allein auf der Piazza draußen langweilen müßten; einstimmig wurde dieser Bitte Gehör gegeben. Giulio seinerseits begab sich, von seinen zwei Leuten gefolgt, auf die Treppe, die von der Wachtstube aus in den Gang hinabführte.

«Versuche das Tor zu öffnen», trug er Ugone auf.

Er selbst gelangte ganz unbehelligt an die Eisentür. Dort traf er die gute Pförtnerin an, die ihm sagte, wenn er nach Mitternacht das Innere des Klosters betrete, müsse die Äbtissin den Vorgang dem Bischof berichten; deswegen lasse sie ihn bitten, seine Botschaft einer kleinen Nonne zu übergeben, die die Äbtissin zu diesem Zweck zu ihm schicke. Giulio antwortete, in der allgemeinen Verwirrung darüber, daß so plötzlich das letzte Stündlein des Herrn von Campireali herangenaht sei, führe er nur einen von dem Arzt unterschriebenen Ausweis bei sich; alle Einzelheiten solle er mündlich der Gattin des Sterbenden und seiner Tochter mitteilen, wofern die Damen sich noch im Kloster aufhielten, in jedem Fall jedoch der Frau Äbtissin selbst. Die Pförtnerin übernahm es, das Anliegen weiterzugeben. An der Pforte blieb niemand zurück als die junge Nonne, die von der Äbtissin abgesandt worden war. Während Giulio mit ihr sprach und scherzte, schob er die Hände durch die großen Eisenstäbe hindurch und machte lachend den Versuch, selber das Tor zu öffnen. Das Nönnchen, das sehr schüchtern war, bekam Angst und nahm diesen Scherz keineswegs freundlich auf; darauf beging Giulio, als er sah, daß viel Zeit verstrich, die Unvorsichtigkeit, ihr eine Handvoll Zechinen anzubieten, während er sie bat, ihm das Tor aufzutun, denn er sei, setzte er hinzu, zu müde zu noch längerem Warten. Er sah seine Torheit freilich ein, bemerkt hier der Chronist: mit Eisen und nicht mit Gold hätte er vorgehen müssen, aber er fand nicht den Mut dazu; es wäre ganz leicht gewesen, die Nonne fest zu packen, da sie sich noch nicht einen Fußbreit von der Tür entfernt auf deren anderer Seite befand. Bei dem Angebot der Zechinen gab das Mädchen Alarm. Sie hat später ausgesagt, durch die Art, wie Giulio mit ihr gesprochen habe, sei ihr klar geworden, daß er kein gewöhnlicher Bote war. Sicher ist er der Liebhaber einer der Nonnen, hatte sie sich gedacht, der zu einem Stelldichein kommt. Sie selbst aber war fromm. Von Grauen erfaßt, begann sie mit aller Macht an einem Glöckchen zu ziehen, das sich im Hof befand und auf der Stelle einen Lärm verursachte, der einen Toten hätte aufwecken können.

«Der Kampf beginnt», sagte Giulio zu seinen Leuten, «haltet euch bereit!»

Er nahm den Schlüssel und öffnete, die Hand durch die Stäbe schiebend, das Tor – zum Entsetzen der jungen Schwester, die auf die Knie niederfiel und ein *Ave Maria* nach dem anderen betete, wobei sie inzwischen schrie, dies sei ein Sakrileg. Noch in diesem Augenblick hätte Giulio das junge Ding zum Schweigen bringen sollen, doch hatte er nicht das Herz dazu; einer seiner Leute packte sie und preßte ihr die Hand auf den Mund.

Im gleichen Augenblick hörte Giulio einen Arkebusenschuß hinter sich im Gang. Ugone hatte das Tor weit aufgetan; die übrigen Soldaten drangen lautlos ein, als einer der *bravi* der Wache, der nicht so betrunken wie die anderen war, an eines der vergitterten Fenster trat und, höchst verwundert, so viele Leute in dem Durchgang zu sehen, ihnen fluchend das Weitergehen verbot. Richtig und notwendig war, keine Antwort zu geben und weiter zu dem Eisentor vorzudringen, was die ersten Soldaten auch getreulich taten; der letzte aber von allen, einer der am Nachmittag aufgebotenen Bauern, gab auf den Klosterbedienten, der vom Fenster her sprach, einen Pistolenschuß ab, mit dem er ihn tötete. Dieser Schuß in der Mitte der Nacht und das Schreien der Trunkenen, als ihr Kamerad umfiel, weckten die Klostersoldaten auf, die diese Nacht in ihren Betten verbrachten und von Ugones Wein nichts abbekommen hatten. Acht oder zehn dieser *bravi* des Hauses eilten halbnackt in den Durchgang und gingen unerschrocken auf Brancifortes Soldaten los.

Wie wir schon sagten, erhob sich dieser Lärm in dem Augenblick, als es Giulio gelungen war, die Eisentür zu öffnen. Von seinen beiden Leuten gefolgt, stürzte er in den Garten und eilte zu dem Pförtchen, das auf die Treppe der Pensionärinnen führte; doch wurde er dort mit fünf oder sechs Pistolenschüssen empfangen. Seine beiden Leute fielen, er selbst bekam eine Kugel in den rechten Arm. Diese Pistolenschüsse waren von den Leuten der Signora Campireali abgegeben worden, die der Weisung dieser Dame gemäß und dank der Ermächtigung, die sie vom Bischof erlangt hatte, die Nacht im Klostergarten verbrachten. Giulio lief allein auf das ihm so wohlbekannte Pförtchen an der Treppe des Gästehauses zu. Er tat alles Erdenkliche, um das Schloß zum Nachgeben zu bringen, doch hielt es allen Bemühungen stand. Er suchte nach seinen Leuten, die ihm jedoch nicht wohl antworten konnten, da sie im Sterben lagen; in der tiefen Dunkelheit stieß er auf drei Bediente der Campireali, derer er sich mit Dolchstößen zu erwehren versuchte.

Er lief, um seine Leute zu rufen, in den Vorraum und auf die Eisentür zu, doch fand er sie verschlossen: die beiden Gärtner, die durch das Glöckchen der kleinen Nonne wachgeworden waren, hatten die schweren Eisenstangen richtig vorgelegt und mit Vorhängeschlössern versehen.

Ich bin abgeschnitten, stellte Giulio bei sich fest.

Er sagte es seinen Leuten; vergebens versuchte er, eines der Vorhängeschlösser mit seinem Degen zu öffnen: wäre es ihm geglückt, hätte er eine der Eisenstangen wegheben und den einen der Torflügel öffnen können. Sein Degen jedoch zerbrach an dem Ring der Schlösser; im gleichen Augenblick wurde er von einem der aus dem Garten heraufkommenden Bedienten an der Schulter verwundet; er wendete sich um und fühlte sich, mit dem Rükken am Eisentor, von mehreren Männern bedroht. Er verteidigte sich mit seinem Dolch; zum Glück trafen in der herrschenden Dunkelheit alle Hiebe nur sein Panzerhemd. Eine schmerzhafte Wunde wurde ihm am Knie beigebracht: Er stürzte sich auf einen der Männer, der einen zu weiten Ausfall gewagt hatte, um diesen Hieb auszuteilen, und tötete ihn mit einem Dolchstoß ins Gesicht; zu seinem Glück vermochte er sogar, ihm den Degen zu entreißen. Nun glaubte er sich gerettet; er stellte sich links von der Tür auf der Hofseite auf. Seine Leute, die herbeigeeilt waren, gaben fünf bis sechs Pistolenschüsse durch die Eisenstäbe des Tores ab und schlugen damit die Bedienten in die Flucht. Unten im Vorraum konnte man einzig beim Aufblitzen der Pistolenschüsse irgend etwas sehen.

«Schießt nicht nach meiner Seite!» rief Giulio seinen Leuten zu.

«Ihr seid gefangen wie in einer Mausefalle», erklärte ihm kaltblütig der Korporal durch die

Gitterstäbe hindurch. «Drei von den Unseren sind gefallen. Wir werden die Fassung der Tür zerstören, die derjenigen gegenüberliegt, an der Ihr Euch jetzt befindet. Geht nicht näher heran, sonst treffen Euch die Kugeln; es scheint, daß Feinde jetzt auch im Garten sind.»

«Ja, diese Schelme von Bedienten der Campireali», gab Giulio zurück.

Er sprach noch mit dem Korporal, als nach dem Geräusch ausgerichtete Pistolenschüsse von der Gartenseite des großen Vorraums her auf sie abgegeben wurden. Giulio flüchtete sich in die Pförtnerinnenloge, die links vom Eingang lag; zu seiner großen Freude fand er dort eine kaum bemerkbare Lampe unter dem Bilde der Madonna vor; er nahm sie mit großer Vorsicht ab, damit sie ja nicht verlösche; mit Unbehagen stellte er fest, daß er zitterte. Er untersuchte die Wunde am Knie, die ihn heftig schmerzte; Blut floß reichlich daraus hervor.

Als er die Augen umherschweifen ließ, erkannte er staunend in einer weiblichen Gestalt, die ohnmächtig in einem Holzsessel lehnte, die kleine Marietta, Elenas vertraute Dienerin; durch kräftiges Schütteln brachte er sie zur Besinnung.

«O mein Gott, Signor Giulio», rief sie weinend aus, «wollen Sie denn Marietta umbringen, die doch Ihre Freundin ist?»

«Ich bin weit davon entfernt; sage vielmehr Elena, ich bäte sie um Verzeihung dafür, daß ich sie aus ihrer Ruhe aufgestört habe; sie möge sich an das Angelusläuten vom Monte Cavo erinnern. Hier ist ein Strauß, den ich in ihrem Garten in Albano gepflückt habe; er ist freilich etwas mit Blut befleckt; spüle ihn ab, ehe du ihn ihr gibst.»

In diesem Augenblick vernahm er eine Salve von Arkebusenschüssen, die aus dem Durchgang kamen; die *bravi* der Nonnen griffen seine Leute an.

«Sag mir, wo ist der Schlüssel zu dem Pförtchen hier?» fragte er Marietta.

«Ich sehe ihn nicht; hier aber sind die Schlüssel für die Vorhängeschlösser vor den Eisenklammern, durch die das große Tor zugehalten wird. Auf diesem Wege können Sie aus dem Kloster gelangen.»

Giulio nahm die Schlüssel und verließ eilig die Loge.

«Quält euch nicht länger damit ab, die Mauer zu durchbrechen», sagte er zu seinen Soldaten, «hier habe ich endlich den Schlüssel zum Tor.»

Ein Augenblick völliger Stille trat ein, während er versuchte, eines der Vorhängeschlösser mit dem einen der kleinen Schlüssel zu öffnen; er hatte erst den falschen ergriffen und versuchte es nun mit einem anderen; endlich ging das Vorhängeschloß auf; aber in dem Moment, als er die Eisenbarre hob, erhielt er ganz aus der Nähe einen Pistolenschuß in den rechten Arm, der ihm, wie er alsbald spürte, völlig den Dienst versagte.

«Hebt die Eisenbarre weg», rief er seinen Leuten zu.

Sie ließen es sich in der Tat nicht zweimal sagen.

Beim Aufblitzen des Pistolenschusses hatten sie bemerkt, daß die umgebogene Spitze der Eisenbarre sich aus dem Ring an der Wand, in den sie eingriff, halb herausgelöst hatte. Sofort war sie von ein paar kräftigen Händen vollends herausgehoben worden; als das geschehen war, ließen sie sie fallen, worauf sich der eine Türflügel öffnen ließ; der Korporal trat ein und sagte ganz leise zu Giulio:

«Es ist nichts zu machen, wir sind nur noch drei oder vier Unverwundete, fünf sind tot.»

«Ich habe Blut verloren», sagte Giulio, «ich fühle, daß ich ohnmächtig werde; sag ihnen, daß sie mich forttragen sollen.»

Während Giulio noch mit dem tapferen Korporal redete, gaben die Wachsoldaten drei oder vier Arkebusenschüsse ab, worauf auch der Korporal tödlich getroffen zu Boden sank. Zum Glück hatte Ugone Giulios Befehl mitangehört; er rief zwei Soldaten an, die den Hauptmann abholten. Da dieser noch nicht auf der Stelle ohnmächtig wurde, wies er sie selber an, ihn hinten in den Garten an das Pförtchen zu tragen. Die Soldaten fluchten über diesen Befehl, befolgten ihn aber gleichwohl.

«Hundert Zechinen dem, der diese Pforte öffnet!» rief Giulio noch.

Jedoch sie widerstand den Bemühungen dreier gegen sie heftig anrennender Männer. Einer der alten Gärtner gab von einem Fenster des zweiten Stocks, an dem er sich aufgestellt hatte, eine Menge Pistolenschüsse ab, die ihnen den Weg erhellten.

Nach den vergeblichen Versuchen an der Pforte schwanden Giulio die Sinne; Ugone trug den Soldaten auf, den Hauptmann schnellstens fortzuschaffen. Er selbst drang in die Loge der Schwester Pförtnerin ein und setzte die kleine Marietta vor die Tür, nachdem er ihr mit Donnerstimme befohlen hatte, zu verschwinden und niemandem zu sagen, sie habe ihn erkannt. Er zog das Stroh aus dem Bett, zerbrach ein paar Stühle und setzte das Zimmer in Brand. Als er das Feuer lodern sah, lief er so schnell wie möglich davon, während die *bravi* des Klosters auf ihn Schüsse abgaben.

Erst mehr als hundertfünfzig Schritte von dem Kloster entfernt stieß er auf den jetzt vollends bewußtlosen Hauptmann, der nunmehr in

Eile fortgetragen wurde. Ein paar Minuten später waren sie alle aus der Stadt heraus. Ugone gebot Halt: er hatte nur noch vier Soldaten bei sich; zwei davon schickte er in die Stadt zurück mit dem Befehl, alle fünf Minuten Schüsse abzugeben.

«Versucht eure verwundeten Kameraden zu finden», sagte er zu ihnen, «und verlaßt mit ihnen noch vor Sonnenaufgang die Stadt; wir folgen immer dem Pfad der *Croce Rossa*. Wenn ihr irgendwo Feuer anlegen könnt, nehmt die Gelegenheit wahr.»

Als Giulio wieder zu sich kam, waren sie schon drei Meilen von der Stadt entfernt, und die Sonne stand hoch über dem Horizont. Ugone erstattete ihm Bericht.

«Eure Truppe besteht nur noch aus fünf Mann, darunter drei Verwundeten. Zwei Bauern, die mit dem Leben davongekommen sind, haben sich nach Erhalt von zwei Zechinen Belohnung aus dem Staube gemacht. Die beiden nichtverwundeten Leute habe ich ins Nachbardorf geschickt, um einen Wundarzt zu holen.»

Der Wundarzt, ein zittriger Greis, traf bald danach auf einem prächtigen Esel reitend ein; um ihn zum Aufbruch zu bewegen, hatte man ihm drohen müssen, man werde sein Haus anzünden. Zum Handeln fähig war er erst, nachdem man ihm Branntwein eingeflößt hatte, so groß war seine Furcht. Endlich machte er sich ans Werk; er sagte Giulio, seine Wunden seien ohne Bedeutung.

«Die am Knie ist nicht gefährlich», setzte er hinzu; «aber Ihr werdet lebenslänglich hinken, wenn Ihr nicht vierzehn Tage oder besser drei Wochen lang unbedingt Ruhe haltet.»

Der Wundarzt verband die verletzten Soldaten. Ugone zwinkerte Giulio zu; der Wundarzt erhielt zwei Zechinen, für die er sich überschwenglich bedankte; dann gab man ihm unter dem Vorwand, es geschehe zum Lohn für seine Dienste, eine solche Menge Branntwein zu trinken, daß er in tiefen Schlummer sank. Das war gerade das, was erreicht werden sollte. Giulios Leute brachten ihn auf das benachbarte Feld, wickelten vier Zechinen in ein Stück Papier und steckten sie ihm in die Tasche: das war der Preis für den Esel, auf den sie nun Giulio und einen der am Bein verletzten Soldaten setzten. Die Stunde der größten Hitze verbrachte die kleine Schar in einer antiken Ruine am Ufer eines Sees; sie marschierten die ganze Nacht unter Umgehung der auf dieser Straße wenig zahlreichen Dörfer, und endlich am übernächsten Tag bei Sonnenaufgang erwachte Giulio, den seine Leute trugen, inmitten des Waldes von Faggiola in der Köhlerhütte, die sein Standquartier war.

VI

Am Tage nach dem Kampf fanden die Nonnen vom Kloster der Heimsuchung zu ihrem Entsetzen neun Leichen in ihrem Garten und in dem Durchgang, der von der äußeren Pforte zu der Eisentür führte, vor; acht ihrer *bravi* waren verletzt. Nie noch hatte im Kloster so große Furcht geherrscht: manchmal schon hatte man von der Piazza her Arkebusenschüsse vernommen, aber nie eine solche Menge von Detonationen im Garten, mitten zwischen den Gebäuden und unter den Fenstern der Insassinnen. Die Sache hatte gut und gern anderthalb Stunden gewährt, und während dieser ganzen Zeit war die Verwirrung im Innern des Klosters unaufhörlich gestiegen. Hätte zwischen Giulio Branciforte und einer der Nonnen oder Pensionärinnen auch nur das geringste Einverständnis bestanden, so hätte er sein Ziel erreicht; es hätte genügt, daß ihm von innen her eine der zahlreichen Türen, die in den Garten führten, geöffnet worden wäre; aber in seinem Taumel der Empörung und des Zornes gegen das, was er den Meineid der jungen Elena nannte, hatte Giulio alles durch Gewalt zu erreichen gesucht. Er hätte sich etwas zu vergeben gemeint, wenn er irgend jemandem, der am Ende zu Elena davon sprechen konnte, seine Absicht anvertraut hätte. Ein einziges Wort zu der kleinen Marietta hätte jedoch genügt, um den Erfolg zu sichern. Sie würde ihm eines der Gartenpförtchen aufgetan haben, und ein einziger Mann, der unter der schreckenerregenden Begleitmusik von Arkebusenschüssen, die man von draußen hörte, eindrang, würde auf striktesten Gehorsam gestoßen sein. Beim ersten Schuß hätte Elena um das Leben ihres Geliebten gezittert und nur noch daran gedacht, mit ihm gemeinsam zu entfliehen.

Wie könnte man ihre Verzweiflung malen, als die kleine Marietta von Giulios schrecklicher Kniewunde sprach, der sie das Blut so heftig hatte entströmen sehen? Elena verwünschte ihre Feigheit und ihren Mangel an Seelenkraft.

«Ich habe die Schwäche gehabt, zu meiner Mutter zu sprechen, und schon hat Giulio sein Blut vergießen müssen; er hätte bei diesem unerhört kühnen Angriff, der einzig seinem Mut zu danken war, das Leben verlieren können.»

Die *bravi,* die man in das Sprechzimmer eintreten ließ, hatten den Nonnen, die nicht müde wurden, ihnen zuzuhören, gesagt, daß sie in ihrem ganzen Leben nicht Zeugen einer Tapferkeit gewesen seien, die mit der des als Boten verkleideten jungen Brigantenführers sich vergleichen ließe. Wenn schon alle übrigen diesen

Bericht mit dem lebhaftesten Interesse anhörten, kann man sich wohl vorstellen, mit welcher äußersten Leidenschaft Elena von den *bravi* alle Einzelheiten über den jungen Kriegsmann in Erfahrung bringen wollte. Nach den langen Berichten, die sie sich von ihnen und den alten Gärtnern geben ließ, die als unparteiische Zeugen sprachen, kam es ihr vor, als liebe sie ihre Mutter überhaupt nicht mehr. Es fand sogar einen Augenblick lang eine fast heftige Debatte zwischen den beiden Frauen statt, die einander am Tage vor dem Kampf noch so zärtlich zugetan waren; die Signora von Campireali war über die Blutspuren auf einem gewissen Strauß entsetzt, von dem Elena nicht einmal eine Sekunde sich zu trennen gedachte.

«Man sollte diese blutbesudelten Blumen wegwerfen.»

«Ich selbst bin daran schuld, daß dieses einem so großen Herzen entstammende Blut vergossen worden ist. Es floß, weil ich so schwach war, zu dir ein Wort von meinem Vorhaben zu sagen.»

«Liebst du etwa immer noch den Mörder deines Bruders?»

«Ich liebe meinen Gatten, der zu meinem ewigen Leid von meinem Bruder angegriffen worden ist.»

Nach dieser Rede fiel zwischen der Signora von Campireali und ihrer Tochter während der drei Tage, die diese Dame noch im Kloster verbrachte, kein weiteres Wort.

Am Tage nach der Abreise ihrer Mutter brachte Elena es fertig, aus dem Hause hinauszugelangen, wobei sie sich die Verwirrung zunutze machte, die an beiden Klosterpforten infolge der Anwesenheit einer großen Zahl von Maurern entstand, die man in den Garten eingelassen hatte, damit sie neue Befestigungen anlegten. Die kleine Marietta und sie selbst hatten sich als Arbeiter verkleidet. Die Bürger der Stadt jedoch hielten strenge Wache an den Toren der Stadt. Elena wußte nicht recht, wie sie durchkommen sollte; schließlich jedoch war der gleiche kleine Händler, der ihr die Briefe Branciforte zugesteckt hatte, dazu bereit, sie als seine Tochter auszugeben und bis nach Albano zu geleiten. Elena fand dort Zuflucht bei ihrer Amme, die dank den Wohltaten ihrer Herrin in der Lage gewesen war, ein Lädchen aufzumachen. Sobald sie angekommen war, schrieb sie an Branciforte, und die Amme fand, freilich nur mit Mühe, einen Mann, der es unternehmen wollte, sich in den Wald von Faggiola zu wagen, obwohl er die Parole der Söldner des Fürsten Colonna nicht kannte.

Der von Elena entsandte Bote kehrte nach drei Tagen völlig verstört zurück; erstens war es ihm unmöglich gewesen, Branciforte zu finden, und zweitens hatten ihn seine Fragen nach dem jungen Hauptmann schließlich derart verdächtig gemacht, daß er sich zur Flucht genötigt sah.

Es gibt keinen Zweifel mehr, der arme Giulio ist tot, sagte sich Elena, ich selbst aber bin an seinem Untergang schuld! So mußte es ja kommen nach meiner jammervollen Schwäche und dem Kleinmut, den ich bewiesen habe; hätte er nur eine Frau von größerer Seelenstärke geliebt, die Tochter irgendeines der Hauptleute dieses Fürsten Colonna.

Die Amme glaubte, Elena werde sterben. Sie ging ins Kapuzinerkloster hinauf, das neben jenem Felsenpfad lag, auf dem einst Fabio und sein Vater den Liebenden nächtens begegnet waren. Die Amme unterredete sich lange mit ihrem Beichtvater und vertraute ihm unter dem Siegel des Beichtgeheimnisses an, die junge Elena von Campireali wolle sich zu Giulio Branciforte, ihrem Gatten, begeben und sei bereit, für die Klosterkirche eine Silberlampe im Wert von hundert spanischen Piastern zu stiften.

«Hundert Piaster!» rief der Mönch grollend aus. «Und was wird aus unserem Kloster, wenn wir den Haß des Herrn von Campireali auf uns herabbeschwören? Nicht hundert, sondern tausend Piaster hat er uns geschenkt, damit wir den Leichnam seines Sohnes nach dem Kampf auf den *Ciampi* abholten, ganz zu schweigen von dem Wachs für die Kerzen.»

Zu Ehren des Klosters müssen wir sagen, daß zwei betagte Mönche, nachdem sie von der genauen Lage der jungen Elena Kenntnis erhalten hatten, sich zunächst nach Albano hinunter und zu ihr in der Absicht begaben, sie durch Zureden oder aber mit Gewalt dazu zu bringen, daß sie wieder in das Haus ihrer Familie zöge; sie wußten, daß sie in diesem Fall von der Signora Campireali reichlich belohnt werden würden. Ganz Albano war voll von Gerüchten über Elenas Flucht, und die Kunde von den großzügigen Versprechungen, die ihre Mutter allen denen machte, die ihr von ihrer Tochter Nachricht geben würden, breitete sich überall aus. Die beiden Mönche aber waren von der Verzweiflung der armen Elena, die an den Tod Brancifortes glaubte, derart gerührt, daß sie sich, weit entfernt davon, ihrer Mutter zu verraten, wohin sie sich zurückgezogen hatte, dazu hergaben, ihr zu der Festung Petrella als Geleit zu dienen. Elena und Marietta, die immer noch als Bauarbeiter verkleidet waren, begaben sich des Nachts und zu Fuß zu einem bestimmten, eine Meile von Albano entfernt im Walde von Faggiola gelegenen Brunnen. Die Mönche hatten dort Maulesel einstellen lassen, und als es Tag geworden war, begab sich die kleine Schar auf den Weg nach Petrella. Die Mönche, die, wie man wußte, unter dem Schutz des Fürsten standen, wurden von den Soldaten, auf die sie im Walde stießen, achtungsvoll gegrüßt; etwas anderes aber war es mit den beiden jungen Kerlchen, die sie begleiteten: die Soldaten betrachteten sie zunächst mit sehr strengem Blick, machten sich dann aber näher an sie heran, brachen in Gelächter aus und beglückwünschten die Mönche zu den anmutigen Gestalten, die sie als Maultiertreiber verwendeten.

«Schweigt, ihr Lästerzungen, und glaubt, daß alles dies auf Befehl des Fürsten Colonna geschieht», antworteten die Mönche, indem sie ruhig ihren Weg fortsetzten.

Die arme Elena aber hatte kein Glück; der Fürst war nicht in Petrella, und als er ihr drei Tage darauf nach seiner Rückkehr eine Audienz gewährte, zeigte er sich sehr hart.

«Weshalb, mein Fräulein, kommen Sie hierher? Was bedeutet dieser Schritt, mit dem Sie so durchaus übel beraten sind? Ihr Weibergeschwätz hat sieben der tapfersten Männer Italiens in den Tod getrieben, und kein Mann mit Herz wird Ihnen das jemals verzeihen. In dieser Welt muß man wissen, was man will. Wahrscheinlich auch infolge solchen Geschwätzes ist Giulio Branciforte zum *sacrilego* erklärt und verurteilt worden, zwei Stunden lang mit glühenden Zangen gezwickt, darauf aber wie ein Jude verbrannt zu werden, ausgerechnet er, der einer der besten Christen ist, die mir jemals begegnet sind! Wie hätte man, ohne irgendein infames Gerede von Ihrer Seite, die grauenhafte Lüge erfinden können, Giulio Branciforte habe sich an dem Tage des Angriffs auf das bewußte Kloster in Castro aufgehalten? Alle meine Leute werden Ihnen bestätigen, daß er am gleichen Tage hier in Petrella gesehen worden ist, und daß ich ihn an jenem Abend nach Velletri entsandte.»

«Jedenfalls lebt er?» rief tränenüberströmt zum zehntenmal die junge Elena aus.

«Für Sie ist er gestorben», antwortete der Fürst. «Sie werden ihn niemals wiedersehen. Ich gebe Ihnen den Rat, kehren Sie in Ihr Kloster zu Castro zurück; versuchen Sie keine weitere Indiskretion zu begehen. Ich befehle Ihnen, innerhalb einer Stunde Petrella zu verlassen. Und vor allem erzählen Sie niemandem, daß Sie mich gesehen haben. Ich werde sonst Mittel und Wege finden, Sie dafür zu strafen.»

Die arme Elena war völlig gebrochen nach diesem Empfang durch den berühmten Fürsten Colonna, für den Branciforte so große Verehrung hegte und den sie liebte, eben weil ihr Giulio es tat.

Was immer auch Fürst Colonna behaupten mochte, so übel war Elena mit ihrem Unternehmen denn doch nicht beraten gewesen. Wäre sie drei Tage früher nach Petrella gekommen, so hätte sie Giulio dort angetroffen; seiner Knieverwundung wegen konnte er noch nicht gehen, weshalb der Fürst ihn nach dem großen Flecken Avezzano im Königreich Neapel hatte schaffen lassen. Bei der ersten Kunde von dem furchtbaren Urteil, das Herr von Campireali gegen Branciforte erwirkt hatte, dem Urteil, durch welches er zum *sacrilego* und Klosterschänder erklärt worden war, hatte der Fürst begriffen, daß er für den Fall, man müsse Branciforte schützen, auf drei Viertel seiner Leute nicht mehr werde zählen können. Was geschehen war, stellte eine Versündigung gegen die *Madonna* dar, auf deren Schutz jeder einzelne der Briganten ein besonderes Recht zu besitzen glaubte. Hätte sich in Rom ein genügend beherzter Bargello gefunden, der Giulio Branciforte im Wald von Faggiola festzunehmen käme, wäre ihm das möglicherweise geglückt.

Als Giulio nach Avezzano kam, nannte er sich Fontana; die Leute, die ihn dort hingebracht hatten, waren verschwiegen von Natur. Bei ihrer Rückkehr nach Petrella teilten sie schmerzbewegt mit, Hauptmann Giulio sei unterwegs verstorben. Von diesem Augenblick an war jeder der Söldner des Fürsten sich bewußt, daß ein Dolchstoß ins Herz jedwedem sicher war, der den fatalen Namen noch einmal aussprechen würde.

Umsonst also ließ nach ihrer Rückkehr in ihren Heimatort Elena Brief auf Brief folgen und gab, um ihre Botschaften an Branciforte gelangen zu lassen, alle Zechinen aus, über die sie verfügte. Die beiden alten Mönche, die ihre Freunde geworden waren – denn außergewöhnliche Schönheit, erklärt der Florentiner Chronist, übt unweigerlich ihren Einfluß auch auf Herzen aus, die durch krassesten Egoismus oder niedrigste Heuchelei längst verhärtet sind – die beiden Mönche also taten dem armen Mädchen kund, daß sie sich vergebens mühe, Nachricht an Branciforte zu senden: Colonna hatte ihn für tot erklärt, und sicherlich würde Giulio erst wieder auf Erden erscheinen, wenn es dem Fürsten paßte. Elenas Amme berichtete weinend ihrer Herrin, ihre Mutter habe den Ort ihrer Zurückgezogenheit entdeckt; strengste Anweisung sei gegeben, sie mit Gewalt in den Palazzo Campireali zu Albano zu verbringen. Elena war sich darüber klar, daß, wäre sie erst einmal dort, ihre Gefangenschaft grenzenlos streng und daß es dann ein leichtes sein werde, jede Verbindung mit der Außenwelt für sie unmöglich zu machen, während sie im Kloster zu Castro für das Erhalten und Senden von Briefen die gleichen Bequemlichkeiten haben würde, wie alle

Nonnen sie fanden. Im übrigen – und das war entscheidend für sie – hatte im Garten jenes Klosters Giulio sein Blut für sie verspritzt: dort würde sie den Holzstuhl der Torwächterin wiedersehen können, auf dem er einen Augenblick Platz genommen hatte, um seine Kniewunde zu untersuchen; dort auch hatte er Marietta das blutbefleckte Bukett übergeben, von dem sie sich nicht mehr trennte. Trauernd kehrte sie also in das Kloster von Castro zurück, und hier bereits könnte man ihre Geschichte beenden: für sie würde es nur gut sein, und letzten Endes für den Leser ebenfalls. Tatsächlich werden wir von jetzt an nur noch Zeugen des langsamen Abstiegs einer edlen, großangelegten Seele sein. Die ausgeklügelten Maßnahmen und Lügen der Zivilisation, die fortan von allen Seiten auf sie einwirken werden, müssen die echten Regungen kraftvoll natürlicher Leidenschaften ersetzen. Der römische Chronist schaltet hier eine naive Betrachtung ein: Weil eine Frau die Mühe auf sich genommen hat, einer schönen Tochter das Leben zu geben, glaubt sie auch das Talent zu besitzen, dessen sie bedurfte, um deren Dasein weiterhin zu lenken, und weil man dem sechsjährigen kleinen Mädchen hat sagen können: «Mein Fräulein, rücken Sie Ihr Krägelchen zurecht», glaubt die Mutter, sie habe das Recht, das Leben dieser Tochter auch noch, wenn diese achtzehn und sie selber fünfzig Jahre alt ist, entscheidend bestimmen und zu diesem Zweck sogar zur Lüge greifen zu können. Wir werden sehen, daß Vittoria Carafa, Elenas Mutter, diejenige war, die durch eine Reihe geschickt verwendeter und äußerst sorgfältig abgestimmter Mittel das grausame Ende der so sehr geliebten Tochter ebenso wie zuvor zwölf Jahre lang ihr Unglück als das traurige Resultat ihrer Herrschsucht herbeigeführt hat.

Herr von Campireali hatte, bevor er starb, noch die Freude gehabt, in Rom den Urteilsspruch öffentlich verkündet zu sehen, demzufolge Branciforte auf den bedeutendsten Plätzen von Rom mit glühenden Zangen gezwickt und alsdann bei kleinem Feuer zu Tode verbrannt werden sollte, worauf man seine Asche in den Tiber streuen würde. Die Fresken des Klosters Santa Maria Novella zeigen noch heute dem Beschauer, wie dieser grausame Sühneakt an den Frevlern vollzogen wurde. Im allgemeinen war ein großes Aufgebot an Wachen vonnöten, um das empörte Volk daran zu hindern, selbst die Stelle der Henkersknechte einzunehmen, denn jeder einzelne hielt sich für einen speziellen Freund der Jungfrau Maria. Herr von Campireali hatte sich dieses Urteil noch einmal kurz vor seinem Tode vorlesen lassen und dem Advokaten, der zu seiner

Verhängung beigetragen hatte, einen schönen, zwischen Albano und dem Meer gelegenen Besitz geschenkt. Dieser Advokat hatte freilich Verdienste. Branciforte war zu einer so furchtbaren Strafe verurteilt worden, obwohl kein einziger Zeuge ausgesagt hatte, er habe ihn in dem als Boten verkleideten jungen Mann, der mit so großer Autorität die Bewegungen der Angreifenden befehligte, erkannt. Die Großzügigkeit einer solchen Belohnung spornte alle Intriganten in Rom gewaltig an. Es lebte damals am Hofe ein gewisser *fratone* (Mönch), ein listenreicher Mann, der zu allem fähig war, selbst dazu, vom Papst zu erzwingen, daß er ihm die Kardinalswürde gab; er führte die Geschäfte des Fürsten Colonna, und dieser gefürchtete Klient trug ihm großes Ansehen ein. Als die Signora von Campireali sah, daß ihre Tochter nach Castro zurückgekehrt war, ließ sie besagten *fratone* zu sich entbieten. «Hochwürden, erheblicher Lohn ist Ihnen gewiß», sagte sie, «wenn Sie mir beim Gelingen einer sehr einfachen Angelegenheit behilflich sind, die ich Ihnen erklären will. In wenigen Tagen wird der Spruch, durch den Giulio Branciforte zu einem furchtbaren Henkertod verurteilt wird, auch im Königreich Neapel bekanntgegeben und vollstreckbar gemacht. Ich bitte Euer Hochwürden, diesen Brief des Vizekönigs zu lesen, der entfernt verwandt mit mir ist und mir diese Nachricht zu übermitteln geruht. In welchem Lande könnte Branciforte nun noch Zuflucht suchen? Ich werde dem Fürsten fünfzigtausend Piaster zusenden lassen mit der Bitte, sie ganz oder zum Teil Giulio Branciforte unter der Bedingung auszuhändigen, daß er im Dienste des Königs von Spanien, meines Herrn, gegen die Aufständischen in Flandern kämpft. Der Vizekönig wird Branciforte ein Hauptmannspatent erteilen, und damit das Urteil wegen Sakrilegs, das hoffentlich auch in Spanien vollstreckbar ist, ihn nicht in seiner Laufbahn behindert, wird dieser sich Baron Lizzara nennen; das ist der Name einer kleinen Besitzung, die ich in den Abruzzen habe und ihm mit Hilfe fingierter Verkäufe, wenn möglich, überschreiben will. Ich nehme an, Sie haben nicht erlebt, daß eine Mutter an dem Mörder ihres Sohnes je so gehandelt hat. Mit fünfhundert Piastern hätten wir uns seit langem schon von diesem Unhold befreien können; wir wollten uns aber nicht mit Colonna überwerfen. Seien Sie also so gut und machen Sie ihm klar, daß mich das Respektieren seiner Rechte auf sechzig- bis achtzigtausend Piaster zu stehen kommt. Ich will nie ein Wort über diesen Branciforte hören, vor allem aber empfehlen Sie mich dem Fürsten aufs angelegentlichste.»

Der *fratone* erklärte, binnen drei Tagen werde er einen Ausflug in Richtung Ostia unternehmen, und die Signora Campireali übergab ihm einen Ring im Werte von tausend Piastern.

Ein paar Tage darauf erschien der Mönch wiederum in Rom; er sagte der Signora Campireali, er habe dem Fürsten von ihrem Vorschlag nichts gesagt; vor einem Monat bereits habe der junge Branciforte sich nach Barcelona eingeschifft, wo sie ihm durch einen der Bankiers der Stadt die Summe von fünfzigtausend Piastern könne auszahlen lassen.

Der Fürst hatte es mit Giulio nicht leicht gehabt. Mochte der Aufenthalt in Italien von nun an auch noch so gefährlich für ihn sein, der junge Liebende konnte sich nicht entschließen, dieses Land zu verlassen. Vergebens ließ der Fürst durchblicken, daß die Signora von Campireali am Ende ableben könne; vergebens stellte er in Aussicht, daß auf alle Fälle Giulio nach drei Jahren in die Heimat werde zurückkehren dürfen; Giulio vergoß Tränen, willigte jedoch in nichts ein. Der Fürst mußte schließlich so weit gehen, von ihm als einen persönlichen Gefallen seine Abreise zu erbitten; einem Freund seines Vaters hätte Giulio nicht wohl etwas abschlagen können; doch wollte er vor allem eine Weisung Elenas abwarten. Der Fürst geruhte einen langen Brief zur Beförderung entgegenzunehmen und gestattete ihm darüber hinaus auch noch, allmonatlich einmal zu schreiben. Endlich schiffte der verzweifelte Liebende sich nach Barcelona ein. Alle seine Briefe wurden von dem Fürsten verbrannt, der nicht wollte, daß Giulio jemals wieder in Italien erschiene. Wir haben vergessen zu sagen, daß der Fürst, wiewohl von persönlicher Eitelkeit seinem Charakter nach weit entfernt, sich, um zum Ziel zu gelangen, zu der Erklärung gehalten fühlte, er selbst habe es als angemessen erachtet, seinerseits für den einzigen Sohn eines der treuesten Gefolgsleute des Hauses Colonna ein kleines Vermögen von fünfzigtausend Piastern sicherzustellen.

Die arme Elena wurde im Kloster von Castro wie eine Fürstin gehalten. Der Tod ihres Vaters hatte sie in den Besitz eines ansehnlichen Vermögens gebracht, wozu noch die Aussicht auf unermeßlich große weitere Erbschaften kam. Aus Anlaß jenes Todesfalles hatte sie an diejenigen der Einwohner von Castro, die sich bereiterklärten, um des Herrn von Campireali willen Trauer zu tragen, je fünf Ellen schwarzen Tuches verschenkt. Noch in den ersten Tagen ihrer tiefen Trauer wurde ihr von unbekannter Hand ein Schreiben Giulios überbracht. Es würde schwerfallen, das Entzücken auszumalen, mit dem sie diesen Brief entfaltete, und ebenso die tiefe Traurigkeit, die sie nach seiner Lektüre befiel. Dennoch handelte es sich um Giulios Schrift, wie sie nach strenger Prüfung entschied. Der Brief sprach zwar von Liebe, aber von welcher Liebe, mein Gott! Trotz allem hatte ihn nämlich die geistreiche Signora Campireali verfaßt. Ihre Absicht war es, die Korrespondenz mit sieben bis acht Briefen voll leidenschaftlicher Liebeserklärungen zu eröffnen; durch diese wollte sie die folgenden vorbereiten, in denen die Liebe allmählich offensichtlich erlosch.

Wir wollen zehn Jahre eines unglücklichen Lebens hier ganz rasch überspringen. Elena hielt sich für völlig vergessen, hatte jedoch voller Hochmut die Anträge der erlauchtesten jungen Leute Roms abgelehnt. Dennoch zögerte sie einen Augenblick, als man ihr von dem jungen Ottavio Colonna sprach, dem ältesten Sohn jenes berühmten Fabrizio, der sie in Petrella so übel empfangen hatte. Es schien ihr, daß es, wenn sie sich unbedingt vermählen müsse, um ihren Besitzungen in Rom und im Königreich Neapel einen Beschützer zu geben, ihr nicht gar so verhaßt sein werde, mindestens den Namen eines Mannes zu tragen, den Giulio einst mit seiner Liebe bedachte. Hätte Elena in diese Heirat gewilligt, wäre ihr die Wahrheit über Giulio bald zu Ohren gekommen. Der alte Fürst Fabrizio sprach oft und mit Begeisterung von den Beweisen übermenschlicher Tapferkeit des Obersten Lizzara (Giulio Branciforte), der gleich den Helden der alten Romane sich durch große Taten von einer unglücklichen Liebe abzulenken versuchte, die ihn gegen alle Vergnügungen völlig fühllos machte. Er glaubte Elena seit langem vermählt; die Signora von Campireali hatte auch ihn mit dem Netz ihrer Lügen umstrickt.

Elena hatte sich halb und halb mit ihrer so überaus geschickten Mutter ausgesöhnt. Da diese sie leidenschaftlich gern verheiratet sehen wollte, bat sie ihren Freund, den alten Kardinal Santi-Quatro, der der Schirmherr des Klosters war und sich gerade nach Castro begab, den ältesten Nonnen dort im Vertrauen mitzuteilen, seine Reise habe sich durch eine Begnadigung um ein geringes verzögert. Der gute Papst Gregor XIII. habe, von Mitleid für die Seele eines Briganten namens Giulio Branciforte bewegt, der früher einmal versucht habe, mit Gewalt in das Kloster einzudringen, bei der Nachricht vom Tode des Übeltäters den Urteilsspruch, durch den dieser zum Schänder eines Heiligtums erklärt worden sei, in der Überzeugung aufgehoben, daß Branciforte unter dem Gewicht einer solchen Verdammung niemals das Fegefeuer werde verlassen dürfen, wofern er, der in

Mexiko von Wilden überfallen und umgebracht worden sei, überhaupt das Glück gehabt haben sollte, nur ins Fegefeuer gekommen zu sein. Diese Neuigkeit brachte das ganze Kloster von Castro in Bewegung; sie gelangte auch zu Elena, die sich damals gerade allen Torheiten der Eitelkeit überließ, auf die nur eine im tiefsten gelangweilte Person verfallen kann, wenn sie sich im Besitz eines großen Vermögens sieht. Von diesem Augenblick an verließ sie ihre Gemächer nicht mehr. Man muß dabei wissen, daß sie, um die kleine Pförtnerinnenloge, in die sich Giulio in der Kampfnacht einen Augenblick geflüchtet hatte, zu ihrer Wohnstatt machen zu können, die eine Hälfte des Klosters hatte umbauen lassen. Mit unendlicher Mühe und zudem auch noch unter Hervorrufung eines nicht leicht zu beschwichtigenden Skandals war es ihr gelungen, die drei von Branciforte gedungenen *bravi* aufzufinden und in ihre Dienste zu nehmen; nur diese drei waren von den fünf noch am Leben, die einst aus dem Kampf von Castro heil hervorgegangen waren. Unter ihnen befand sich der jetzt altgewordene und mit Wunden bedeckte Ugone. Das Erscheinen dieser drei Männer hatte viel Unwillen hervorgerufen; schließlich aber hatte die Furcht, die Elenas stolzer Charakter dem ganzen Kloster einflößte, gesiegt, und nun sah man die drei Leute täglich an der äußeren Pforte, in die Livree des Hauses Campireali gekleidet, Elenas Befehle entgegennehmen und oft ausführlich auf ihre stets den gleichen Gegenstand betreffenden Fragen Antwort geben.

Nach sechs Monaten der Abgeschiedenheit und der Entfernung von allen Dingen dieser Welt, die auf die Nachricht von Giulios Tod gefolgt waren, war die erste Regung, durch welche diese bereits von unheilbarem Leid und langewährendem Kummer gezeichnete Seele wieder geweckt werden konnte, eine solche der Eitelkeit.

Seit kurzem war die Äbtissin gestorben. Der Gewohnheit entsprechend hatte Kardinal Santi-Quatro, der trotz seines hohen Alters von zweiundneunzig Jahren immer noch der Protektor des Klosters der Heimsuchung war, eine Liste von drei geistlichen Damen aufgestellt, unter denen der Papst die Äbtissin auswählen sollte. Es bedurfte sehr schwerwiegender Gründe, damit der Heilige Vater in solchen Fällen überhaupt noch den zweiten und dritten Namen las und sich nicht nur wie gewöhnlich damit begnügte, die beiden mit einem Federzug zu durchstreichen, womit die Ernennung vollzogen war.

Eines Tages stand Elena am Fenster der ehemaligen Pförtnerinnenloge, die jetzt am äußersten Ende des von dem Orden erbauten neuen Gebäudeflügels lag. Dieses Fenster war nicht höher als zwei Fuß über dem jetzt einen Teil des Gartens bildenden Durchgang, den einst Giulio mit seinem Blut genetzt hatte, angebracht. Elena starrte in tiefem Sinnen auf dieses Stückchen Erde. Die drei Damen, deren Namen, wie man wußte, seit ein paar Stunden auf der Liste des Kardinals als die der möglichen Nachfolgerinnen der verstorbenen Äbtissin standen, gingen unter Elenas Fenster vorbei. Sie sah sie nicht und konnte sie daher nicht grüßen. Die eine der drei Damen fühlte sich aber dadurch gekränkt und sagte ziemlich laut zu den beiden anderen:

«Das ist auch die rechte Art für eine Pensionärin, ihr Zimmer derart den Blicken des Publikums zu öffnen!»

Durch diese Worte aufgeschreckt, hob Elena den Blick; er begegnete drei boshaften Augenpaaren.

Gut, sagte sie zu sich, während sie grußlos das Fenster schloß, jetzt bin ich in diesem Kloster lange genug Lamm gewesen; hier muß man Wolf sein, und wäre es auch nur, um den Neugierigen in der Stadt etwas Abwechslung in ihren Vergnügungen zu bieten.

Eine Stunde später überbrachte in ihrem Auftrag ein als Bote abgesandter Bedienter ihrer

Mutter, die seit zehn Jahren in Rom wohnte und dort großes Ansehen zu erwerben verstanden hatte, den folgenden Brief:

Sehr verehrungswürdige liebe Mutter,

Alle Jahre schenkst Du mir dreihunderttausend Franken zu meinem Namenstag; ich verwende dieses Geld hier für törichte, wenn auch hochachtbare Dinge, die aber eben doch im Grunde töricht sind. Wenn Du es mir auch seit längerem nicht mehr gesagt hast, so weiß ich doch, daß es für mich zwei Möglichkeiten gäbe, Dir meine Dankbarkeit für alle guten Absichten zu beweisen, die Du für mich gehegt hast. Ich werde mich nicht verheiraten, aber ich würde mit Vergnügen Äbtissin dieses Klosters hier werden; was mich auf diesen Gedanken bringt, ist, daß die drei Damen, die unser Kardinal Santi-Quatro auf die Liste gesetzt hat, welche er dem Heiligen Vater vorlegen wird, meine Feindinnen sind; welche von den dreien auch die Erwählte sein mag, in jedem Fall muß ich mit allen möglichen Verdrießlichkeiten rechnen. Wende also an die Personen, bei denen es Dir angebracht erscheint, was Du mir als Angebinde für den Namenstag zugedacht hast; zunächst wollen wir die Ernennung um sechs Monate hinausschieben, worüber die Priorin des Klosters, meine Freundin, die zurzeit hier regiert, vor Freude außer sich sein wird. Schon das allein wird ein Quell des Glücks für mich sein; dieses Wort aber kann jetzt nur sehr selten Anwendung finden, soweit von

Deiner Tochter die Rede ist. Meine Idee kommt mir selber eher wahnwitzig vor, aber wenn Du irgendeine Möglichkeit des Erfolges siehst, werde ich in drei Tagen den Schleier nehmen, denn nach acht Jahren Aufenthalt im Kloster ohne die Unterbrechung auch nur einer einzigen Nacht habe ich ein Anrecht auf sechs Monate Dispens. Ein solcher Dispens wird nie verweigert und kostet nur vierzig Scudi.

Dieser Brief erfreute aufs höchste das Herz der Signora von Campireali. Zu dem Zeitpunkt, da sie ihn erhielt, bereute sie bereits aufs lebhafteste, daß sie ihrer Tochter die Nachricht von Brancifortes Tod hatte überbringen lassen; sie wußte nicht, wie sie der tiefen Schwermut begegnen konnte, in die Elena verfallen war; sie fürchtete von seiten ihrer Tochter irgendeinen planlosen Entschluß, zum Beispiel, daß sich diese nach Mexiko begeben und dort die Stätte würde aufsuchen wollen, an der Branciforte angeblich ermordet worden war. In diesem Fall aber hätte es sehr gut möglich sein können, daß sie in Madrid den wahren Namen des Obersten Lizzara erführe.

Andererseits war das, was ihre Tochter durch ihren Boten erbat, die schwierigste und, wie man wohl sagen durfte, absurdeste Sache von der Welt. Ein junges Mädchen, das nicht einmal Nonne und im übrigen nur durch die wahnwitzige Leidenschaft eines Briganten für sie, die sie womöglich geteilt hatte, bekanntgeworden war, wollte an die Spitze eines Klosters gestellt werden, in dem die römischen Fürsten samt und sonders Verwandte hatten! Aber, dachte die Signora Campireali, man sagt ja, jeder Prozeß könne vertreten und damit auch gewonnen werden. In ihrer Antwort machte Vittoria Carafa also ihrer Tochter, die auch sonst stets ausgefallene Wünsche hegte, sie jedoch auch leicht wieder fallenließ, gewissermaßen Hoffnung. Am Abend, als sie Erkundigungen über alles einzog, was auf nähere oder entferntere Art mit dem Kloster Castro zusammenhing, erfuhr sie, daß bereits seit mehreren Monaten ihr Freund, der Kardinal von Santi-Quatro, überaus mißgelaunt war: er wollte seine Nichte mit Don Ottavio Colonna, dem ältesten Sohn des Fürsten Fabrizio vermählen, von dem in der vorliegenden Erzählung so häufig die Rede gewesen ist. Der Fürst hingegen bot ihm seinen zweiten Sohn Lorenzo an, weil es, um ein durch den Krieg, den nach endlich zustandegekommener Einigung der König von Neapel und der Papst gegen die Briganten von Faggiola führten, eminent zerrüttetes Vermögen wieder herzustellen, vonnöten war, daß die Gattin des Älteren dem Hause Colonna eine Mitgift von sechshunderttausend Piastern (drei Millionen zweihundertzehntausend Francs) einbrächte. Kardinal Santi-Quatro jedoch konnte, selbst wenn er in einer jeder Vernunft hohnsprechenden Weise alle seine übrigen Verwandten enterbte, nur ein Vermögen von dreihundertachtzig- bis vierhunderttausend Talern zur Verfügung stellen.

Vittoria Carafa verbrachte den Abend und einen Teil der Nacht damit, durch alle Freunde des alten Santi-Quatro diese Tatsachen sich bestätigen zu lassen. Am folgenden Tage ließ sie sich bereits um sieben Uhr bei dem alten Kardinal melden.

«Eminenz», sagte sie zu ihm, «wir sind alle beide recht alt; es hat keinen Zweck, uns gegenseitig etwas vormachen zu wollen, indem wir Dingen, die nun einmal nicht schön sind, schöne Namen geben; ich komme, um Ihnen einen Vorschlag zu machen, der offenbar unvernünftig ist; als Bestes kann man ihm höchstens nachsagen, daß er nichts Hassenswertes an sich hat; ich gebe jedoch zu, daß ich ihn eher lachhaft finde. Als von einer Heirat Don Ottavio Colonnas mit meiner Tochter Elena die Rede war, habe ich eine gewisse Zuneigung zu diesem jungen Mann gefaßt und werde Ihnen daher am Tage seiner Verehelichung zweihunderttausend Piaster in Ländereien und Barvermögen übergeben, die ich Sie bitten werde, in seine Hände gelangen zu lassen. Damit aber eine arme Witwe wie ich ein so ungeheures Opfer bringen kann, muß meine Tochter Elena, die genau siebenundzwanzig Jahre alt ist und seit ihrem neunzehnten Jahr keine Nacht außerhalb des Klosters verbracht hat, *Äbtissin von Castro* werden; dazu bedarf es, damit dem kanonischen Recht Genüge geschieht, eines Aufschubs der Wahl um sechs Monate.»

«Was sagen Sie da, Signora?» rief, völlig außer sich, der alte Kardinal. «Selbst seine Heiligkeit könnte nicht tun, was Sie von einem einflußlosen armen Greis erbitten.»

«Daher habe ich ja auch Eurer Eminenz gesagt, daß die Sache an sich aller Vernunft widerspricht; die Leute aber, die über sämtliche Vorgänge am Hofe wohl unterrichtet sind, werden denken, daß unser ausgezeichneter Souverän, der gute Papst Gregor XIII., die langjährigen loyalen Dienste Eurer Eminenz hat belohnen wollen, indem er eine Heirat erleichtert, von der ganz Rom weiß, daß Eure Eminenz sie wünscht. Im übrigen ist nach kanonischem Recht die Sache durchaus möglich, dafür verbürge ich mich; gleich morgen tritt meine Tochter in den Orden ein.»

«Aber bedenken Sie doch, Signora, die Simonie ...!» rief der Greis mit furchtgebietender Stimme aus.

Die Signora von Campireali brach auf.

«Was für ein Papier lassen Sie da zurück?»

«Die Liste der Güter, die ich als Gegenwert der zweihunderttausend Piaster zur Verfügung stellen würde, falls nicht bares Geld vorgezogen wird; der Besitzwechsel dieser Güter könnte sehr lange geheimgehalten werden; das Haus Colonna könnte ja zum Beispiel mit mir Prozesse führen, Prozesse, die ich verliere ...»

«Aber das ist Simonie, Signora! Grauenhafte Simonie!»

«Als erstes muß die Wahl sechs Monate aufgeschoben werden, morgen werde ich mir dann bei Eurer Eminenz weitere Weisungen holen.»

Ich habe das Gefühl, daß ich für die nördlich der Alpen geborenen Leser den fast offiziellen Ton mehrerer Teile dieses Zwiegesprächs werde erklären müssen; ich möchte daran erinnern, daß in strikt katholischen Ländern die meisten Dialoge über anstößige Gegenstände schließlich im Beichtstuhl zur Sprache kommen, dann aber kann es keineswegs gleichgültig sein, ob man eine respektvolle oder ironische Wendung gebraucht hat.

Am Tage nach dieser Unterredung erfuhr Vittoria Carafa, daß infolge eines beträchtlichen faktischen Irrtums, der in der Liste der drei für die Stelle der Äbtissin von Castro vorgeschlagenen Damen entdeckt worden war, diese Wahl um sechs Monate aufgeschoben werde: die zweite Dame auf der Liste habe in ihrer Familie einen Renegaten; einer ihrer Groß-Oheime sei in Udine protestantisch geworden.

Die Signora von Campireali hielt es für angebracht, einen Schritt bei dem Fürsten Fabrizio Colonna zu unternehmen, dessen Hause sie einen so beträchtlichen Vermögenszuwachs zuzuwenden gedachte. Nach zweitägigem Bemühen gelang es ihr, eine Begegnung in einem Dorf bei Rom zu erwirken, doch kehrte sie sehr verstört von dieser Audienz zurück; sie hatte den gemeinhin so gleichmütigen Fürsten derart mit dem militärischen Ruhm des Obersten Lizzara (Giulio Branciforte) beschäftigt gefunden, daß sie es für völlig zwecklos gehalten hatte, ihn um größte Verschwiegenheit in dieser Sache zu bitten. Der Oberst war für ihn etwas wie ein Sohn, ja mehr noch, ein Lieblingsjünger. Der Fürst verbrachte seine Tage damit, gewisse aus Flandern eingetroffene Briefe immer wieder zu lesen. Was aber würde aus dem Lieblingsplan werden, dem die Signora von Campireali seit zehn Jahren so vieles zum Opfer brachte, wenn ihre Tochter etwas von der Existenz und dem Ruhm des Obersten Lizzara erfuhr?

Ich halte für besser, hier viele Umstände mit Schweigen zu übergehen, die allerdings ein Licht auf die Sitten jener Epoche werfen, aber doch für mich sehr traurig zu berichten wären.

Der Verfasser des römischen Manuskripts hat sich unendliche Mühe gegeben, die Einzelheiten, die ich auslassen möchte, ganz genau darzustellen.

Zwei Jahre nach der Unterredung zwischen der Signora von Campireali und dem Fürsten Colonna war Elena als Äbtissin des Klosters von Castro inthronisiert; der alte Kardinal von Santi-Quatro hingegen war aus Gram über diesen schrecklichen Akt von Simonie gestorben. In jenen Tagen war Bischof von Castro der schönste Mann, den es je am Hofe des Papstes gab, Monsignore Francesco Cittadini, ein Edelmann, der aus Mailand stammte. Dieser durch seine reservierte Liebenswürdigkeit und den würdigen Ton seiner Rede ausgezeichnete junge Mann kam häufig, zumal aus Anlaß der Ausschmückung des neuen Klosters, die die Äbtissin von Castro sich sehr angelegen sein ließ, mit dieser in Berührung. Der damals mit seinen neunundzwanzig Jahren noch recht junge Bischof war in die schöne Äbtissin sinnlos verliebt. In den später angelegten Prozeßakten finden sich die Aussagen einer Menge als Zeuginnen vernommener Nonnen, welche berichten, der Bischof habe dem Kloster so viele Besuche wie nur irgend möglich gemacht, wobei er der Äbtissin gegenüber des öfteren bemerkte: «Anderswo befehle ich, und ich muß zu meiner

Schande gestehen, daß es mir Vergnügen macht; bei Ihnen gehorche ich wie ein Sklave, aber mit einem Vergnügen, das bei weitem dasjenige, anderswo zu gebieten, übertrifft. Ich stehe hier unter dem Einfluß eines höheren Wesens; selbst wenn ich es versuchte, könnte ich keinen anderen Willen als den dieses Wesens haben, und ich würde lieber eine Ewigkeit lang der letzte seiner Sklaven sein, als fern von seinen Augen weilen müssen.»

Die Zeugen berichten, die Äbtissin habe ihm häufig inmitten solcher schöngedrechselten Reden in Wendungen Schweigen geboten, die hart klangen und ihrer Verachtung Ausdruck verliehen.

«Tatsächlich», fährt ein anderer Zeuge fort, «behandelte die Frau Äbtissin ihn wie einen Domestiken; in solchen Fällen senkte der arme Bischof die Augen und hub zu weinen an, zog sich jedoch nicht zurück. Alle Tage fand er neue Vorwände, um wieder im Kloster zu erscheinen, was den Beichtvätern der Nonnen und den Feindinnen der Äbtissin nicht geringen Anlaß zum Ärgernis bot. Die Äbtissin aber wurde leidenschaftlich von der Priorin, ihrer intimen Freundin, die unter ihrer unmittelbaren Leitung im Innern des Klosters regierte, in Schutz genommen.»

«Ihr wißt, meine edlen Schwestern», sagte

diese dann jedesmal, «daß seit jener unglücklichen Leidenschaft, die unsere Äbtissin in ihrer ersten Jugend einem jungen Abenteurer entgegenbrachte, ihre Denkweise manche bizarren Züge behalten hat; ihr wißt aber auch alle, daß sie in ihrem Wesen dadurch höchst bemerkenswert ist, daß sie niemals wieder auf Leute zurückkommt, die sie einmal verachtet hat. In ihrem ganzen Leben aber hat sie vielleicht in unserer Gegenwart nicht so viele schmähende Worte ausgesprochen, wie sie den armen Monsignore Cittadini hören läßt. Täglich sehen wir ihn eine Behandlung erdulden, die uns in Anbetracht seiner hohen Würde das Blut in die Wangen treibt.»

«Ja», antworteten die entrüsteten Nonnen, «dennoch aber kehrt er alle Tage zurück; im Grunde muß er sich doch nicht so schlecht behandelt fühlen, auf alle Fälle aber schadet ein solcher Fall persönlichen Verkehrs dem Ansehen unseres heiligen Ordens.»

Der härteste Dienstherr richtet an seinen untauglichsten Knecht nicht ein Viertel der Scheltworte, mit denen die stolze Äbtissin den jungen Bischof mit dem überaus gefälligen Wesen alle Tage bedachte; aber er war verliebt und hatte aus seiner Heimat jene Grundweisheit mitgebracht, derzufolge ein solches Unternehmen nur begonnen zu sein braucht, damit man sich weiterhin einzig um das Ziel zu bekümmern und die Mittel nicht länger zu bedenken hat.

«Letzten Endes», sagte der Bischof zu seinem Vertrauten Cesare del Bene, «verdient Nichtachtung nur der Liebhaber, der eine Attacke aufgibt, bevor er durch höhere Gewalt dazu gezwungen wird.»

Nunmehr wird meine traurige Aufgabe sich darauf beschränken, einen notwendigerweise sehr trockenen Bericht über den Prozeß zu geben, in dessen Folge Elena den Tod gefunden hat. Dieser Prozeß, dessen Akten ich in einer Bibliothek entdeckt habe, deren Namen ich verschweigen möchte, füllt nicht weniger als acht Foliobände. Verhör und Prozeßführung sind in Latein, die Antworten auf italienisch wiedergegeben. Ich finde dort vermerkt, daß im November 1572 gegen elf Uhr abends der junge Bischof sich allein zu der Kirchenpforte begab, zu der den ganzen Tag über die Gläubigen Zutritt haben; die Äbtissin persönlich tat ihm diese Tür auf und gestattete ihm, ihr zu folgen. Sie empfing ihn in einem Zimmer, das sie häufig bewohnte und das durch eine Geheimtür mit den Tribünen im oberen Teil der Kirche in Verbindung stand. Eine Stunde war kaum vergangen, als der Bischof zu seinem größten Erstaunen wieder fortgeschickt wurde; die Äbtissin geleitete ihn persönlich bis zur Kirchentür und sprach dann die folgenden Worte zu ihm:

«Kehren Sie in Ihr Palais zurück, verlassen Sie mich möglichst schnell. Leben Sie wohl, Monsignore, mir graut vor Ihnen; ich habe das Gefühl, mich einem Lakaien hingegeben zu haben.»

Drei Monate später war Karnevalszeit. Die Einwohner von Castro waren wegen der Feste berühmt, die sie einander in dieser Epoche des Jahres gaben; die ganze Stadt hallte dann vom Maskentreiben wider. Es fand aber kein Umzug statt, der nicht an einem kleinen Fenster vorbeipassierte, das einen Pferdestall des Klosters notdürftig mit Licht versorgte. Man kann sich gewiß gut vorstellen, daß bereits drei Monate vor dem Karneval dieser Stall in einen Salon verwandelt worden war und an den Tagen der Maskenzüge sich niemals leerte. Inmitten des öffentlichen Narrentreibens kam der Bischof in seiner Karosse vorbeigefahren; die Äbtissin machte ihm ein Zeichen, und in der folgenden Nacht um ein Uhr fand er sich an der Kirchentür ein. Er betrat die Kirche; knappe Dreiviertelstunden darauf aber wurde er ungnädig heimgeschickt. Seit dem ersten Rendezvous im November erschien er fast täglich auch weiterhin im Kloster. Auf seinem Antlitz lag ein Ausdruck törichten Triumphes, der niemandem entging, aber den hochfahrenden Charakter der jungen Äbtissin zu verletzen geeignet war. Am Ostermontag unter anderem behandelte sie ihn wie den letzten der Menschen und richtete Worte an ihn, die der ärmste Taglöhner des Klosters nicht hingenommen hätte. Dennoch gab sie ihm nur wenige Tage darauf wiederum ein Zeichen, auf das hin der schöne Bischof es sich angelegen sein ließ, um Mitternacht an der Klosterpforte zu sein; sie hatte ihn kommen lassen, um ihm mitzuteilen, daß sie schwanger sei. Auf diese Nachricht hin, so berichten die Akten, wurde der junge Mann totenbleich vor Entsetzen und war vor Angst vollkommen außer sich. Die Äbtissin bekam Fieber; als sie den Arzt kommen ließ, verhehlte dieser ihr ihren Zustand nicht. Er kannte jedoch die offene Hand seiner Patientin und versprach daraufhin, er werde schon einen Ausweg finden. Zunächst machte er sie mit einer jungen hübschen Frau aus dem Volke bekannt, die, ohne ausdrücklich das Gewerbe der «weisen Frau» auszuüben, sich gleichwohl darauf verstand. Ihr Mann war Bäcker. Elena war befriedigt von dem Gespräch mit dieser Frau, die ihr zu verstehen gab, für die Ausführung des Planes, mit dessen Hilfe sie sie zu retten hoffe, werde es notwendig sein, daß zwei Klosterinsassinnen ins Vertrauen gezogen würden.

«Eine Frau wie Sie, meinetwegen; doch meinesgleichen nie! Nein, gehen Sie mir aus den Augen!»

Die Hebamme zog sich zurück. Ein paar Stunden darauf jedoch ließ Elena, da sie nicht klug fand, sich dem Geschwätz dieser Frau auszuliefern, den Arzt noch einmal kommen. Er schickte die Bäckerin ins Kloster zurück, wo sie diesmal eine großzügige Belohnung erhielt. Die Frau schwor, sie würde, selbst wenn man sie nicht zurückgerufen hätte, das anvertraute Geheimnis nie ausgeplaudert haben; doch erklärte sie noch einmal, sie könne sich mit nichts befassen, wofern sie nicht drinnen im Kloster zwei der Äbtissin treuergebene und in alles eingeweihte Frauen zu Mitverschworenen habe. (Zweifellos dachte sie an eine mögliche Anklage wegen Kindestötung.) Nach reiflicher Überlegung entschloß sich die Äbtissin, ihr schreckliches Geheimnis Signora Vittoria, der Priorin des Klosters aus der edlen Familie der Herzöge von C., und Signora Bernarda, der Tochter des Marchese von P., anzuvertrauen. Sie ließ sie einen Eid auf ihre Breviere ablegen, daß sie niemals, selbst vor dem Tribunal, ein Wort von dem sagen würden, was sie ihnen nunmehr eröffnen werde. Die beiden Damen waren vor Entsetzen wie gelähmt. Bei ihren Verhören gestanden sie, daß sie in Ansehung der hochfahrenden Wesensart ihrer

Äbtissin zunächst auf das Eingeständnis eines Mordes gefaßt gewesen seien. Aber schlicht und kühl hatte sie ihnen erklärt:

«Ich habe gegen alle meine Pflichten verstoßen, ich bin schwanger.»

Signora Vittoria, die Priorin, rief, tief bewegt und verstört angesichts der Freundschaft, die sie seit so vielen Jahren mit Elena verband, und nicht von eitler Neugier angetrieben, mit Tränen in den Augen aus:

«Und wer ist der Leichtfertige, der ein solches Verbrechen begangen hat?»

«Ich habe es nicht einmal meinem Beichtvater gesagt; ermeßt also selbst, ob ich es vor euch hier werde eingestehen wollen!»

Die beiden Damen berieten sich sofort über die Möglichkeiten, das fatale Geheimnis vor dem übrigen Kloster zu wahren. Sie beschlossen als erstes, das Bett der Äbtissin solle aus ihrer bisherigen Zelle, die ganz zentral gelegen war, in die Arzneikammer verlegt werden, die an der entlegensten Stelle des Klosters im dritten Stock des dank Elenas Großherzigkeit erstellten Baus eingerichtet worden war. An dieser Stätte gab die Äbtissin einem Knäblein das Leben. Seit drei Wochen schon war die Bäckersfrau in den Gemächern der Äbtissin versteckt. Als diese Frau schnellen Schrittes mitsamt dem Kinde durch den Kreuzgang eilte, begann das

Neugeborene zu schreien, so daß sie vor Schreck mit ihm in den Keller flüchtete. Eine Stunde darauf gelang es Signora Bernarda mit Hilfe des Arztes, ein Gartenpförtchen zu öffnen, worauf die Bäckersfrau rasch das Kloster und kurz darauf auch die Stadt verließ. Als sie sich, noch von panischem Schrecken geängstigt, auf freiem Felde befand, flüchtete sie in eine kleine Höhle, die sie zwischen Felsen entdeckte. Die Äbtissin schrieb an Cesare del Bene, den Vertrauten und ersten Kämmerer des Bischofs, der darauf zu der Grotte eilte, die ihm bezeichnet worden war; er nahm das Kind zu sich aufs Pferd in den Arm und galoppierte mit ihm nach Montefiascone. Das Kind wurde in der Kirche der heiligen Margareta auf den Namen Alessandro getauft. Die Wirtin dort hatte eine Amme besorgt, welcher Cesare acht Taler übergab; die vielen Frauen, die sich während der Taufzeremonie rings um die Kirche eingefunden hatten, verlangten schreiend von Signor Cesare den Namen des Vaters zu erfahren.

«Es ist ein großer Herr aus Rom», sagte er zu ihnen, «der sich erlaubt hat, eine arme Dörflerin, wie ihr welche seid, zu mißbrauchen.»

Damit entfernte er sich.

VII

Alles in dem ungeheuren, von mehr als dreihundert neugierigen Frauen bewohnten Kloster ging soweit gut; niemand hatte etwas gesehen, niemand etwas gehört. Doch hatte die Äbtissin dem Arzt ein paar Handvoll Zechinen übergeben, dic in dcr Münze zu Rom neu geschlagen worden waren. Der Arzt ließ mehrere dieser Stücke weiter an die Bäckersfrau gehen. Diese Frau war hübsch, ihr Gatte eifersüchtig. Er wühlte in ihrer Truhe und entdeckte die blitzenden Goldfüchse darin. Da er diese für den Preis seiner Unehre hielt, zwang er sie, indem er ihr das Messer an die Kehle setzte, ihm zu gestehen, von wem sie sie erhalten habe. Nach einigen Winkelzügen bekannte die Frau die Wahrheit, und es kehrte im Hause wieder Friede ein. Die beiden Gatten berieten sich über die Verwendung einer solchen Summe. Die Bäkkerin wollte ein paar Schulden bezahlen; dem Ehemann aber schien es verlockender, einen Maulesel anzuschaffen, was auch alsbald geschah. Der Maulesel erregte Aufsehen in der nächsten Umgebung, wo überall die Armut der beiden Eheleute bekannt gewesen war. Alle Gevatterinnen der Stadt, ob Freund oder Feind, erschienen nacheinander bei der Bäckersfrau und wollten von ihr wissen, wer der großherzige

Liebhaber sei, der sie instand gesetzt hatte, ein solches Tier anzuschaffen. In ihrem Ärger berichtete die Bäckersfrau mehrfach die volle Wahrheit. Eines Tages, als Cesare del Bene nach dem Kind gesehen hatte und darauf der Äbtissin seinen Besuch abstattete, schleppte sich diese, wiewohl in schlechter Verfassung, bis an die Klosterpforte und warf ihm vor, daß seine Helfershelfer wenig verschwiegen seien. Der Bischof seinerseits wurde krank vor Angst; er schrieb an seine Brüder in Mailand und berichtete ihnen, welche ungerechte Beschuldigung gegen ihn erhoben worden sei; er forderte sie auf, ihm zu Hilfe zu kommen. Obwohl er ernstlich bei schlechter Gesundheit war, faßte er den Entschluß, Castro zu verlassen; bevor er jedoch ging, richtete er an die Äbtissin den folgenden Brief:

Sie werden bereits wissen, daß alles Vorgefallene bekannt geworden ist. Sollten Sie also ein Interesse daran haben, nicht nur meinen Ruf, sondern am Ende sogar mir das Leben zu retten sowie einem größeren Skandal aus dem Wege zu gehen, könnten Sie am Ende die Schuld dem vor zwei Tagen verstorbenen Giovanni Battista Doleri in die Schuhe schieben; wenn Sie durch ein solches Vorgehen auch Ihren eigenen Ruf nicht retten, so wird wenigstens der meinige nicht gefährdet sein.

Der Bischof berief Don Luigi zu sich, der

der Beichtvater der Klosterfrauen von Castro war.

«Liefern Sie dies hier», sagte er ihm, «zu Händen der Frau Äbtissin ab.»

Als diese das schamlose Schreiben gelesen hatte, rief sie vor allen in ihrem Gemache befindlichen Personen aus:

«So verdienen alle törichten Jungfrauen behandelt zu werden, die die Schönheit des Leibes höher als die der Seele einschätzen!»

Das Gerücht von allem, was sich in Castro zutrug, gelangte schnell zu den Ohren des schrecklichen Kardinals Farnese (er selbst proklamierte diesen seinen Charakter seit einigen Jahren, weil er sich für das nächste Konklave die Unterstützung der als *zelanti* geltenden Kardinäle sichern wollte). Sofort gab er dem Podestà von Castro Befehl, den Bischof in Haft zu nehmen. Da sie die hochnotpeinliche Befragung fürchteten, ergriffen Cittadinis Diener die Flucht. Einzig Cesare del Bene blieb seinem Herrn treu und schwor, er werde eher auf der Folter sterben, als irgend etwas gestehen, was jenem schaden könne. Als Cittadini sich in seinem Palais von Wachen umgeben sah, schrieb er von neuem an seine Brüder, die auch in aller Eile sich aus Mailand herbeibemühten. Als sie ankamen, war er bereits in Ronciglione in Haft.

Aus dem ersten Verhör der Äbtissin ersehe

ich, daß sie zwar ihren Fehltritt eingestand, jedoch intime Beziehungen zu dem Herrn Bischof ableugnete; der Mitschuldige sei Giovanni Battista Doleri, der Anwalt des Klosters, gewesen.

Am 9. September 1573 ordnete Gregor XIII. an, daß der Prozeß alsbald und mit aller Strenge geführt werden solle. Ein Strafrichter, ein Fiskal und ein Kommissar begaben sich nach Castro und nach Ronciglione. Cesare del Bene, erster Kämmerer des Bischofs, gibt einzig zu, das Kind bei einer Amme untergebracht zu haben. Man befragt ihn in Gegenwart der Damen Vittoria und Bernarda. Zwei Tage nacheinander wird er der Folter unterzogen; er leidet fürchterlich; aber getreu seinem Wort gesteht er nur, was unmöglich geleugnet werden kann; der Fiskal vermag nichts aus ihm herauszuziehen.

Als die Reihe an die Damen Vittoria und Bernarda kommt, die beide Zeugen der Cesare auferlegten Torturen gewesen waren, gestehen sie alles ein, was sie begangen haben. Alle Nonnen werden nach dem Namen des Schuldigen gefragt; die meisten geben zur Antwort, dem Vernehmen nach müsse es der Herr Bischof gewesen sein. Eine der Pförtnerinnen wiederholt die beleidigenden Worte, die die Äbtissin dem Bischof zugerufen hatte, als sie ihn durch die Kirchentür hinauswies. Sie setzte noch hinzu: «Wenn man in diesem Ton miteinander spricht, so ist das ein sicheres Zeichen, daß man schon lange eine Liebschaft miteinander hat. Tatsächlich wirkte der Herr Bischof, der sonst allgemein eher durch seine Anmaßung auffiel, beim Verlassen der Kirche überaus niedergedrückt.»

Eine der Nonnen, die angesichts der Folterinstrumente verhört wurde, antwortete, der Schuldige müssc dcr Kater gewesen sein, denn die Äbtissin habe ihn dauernd im Arm und verwöhne ihn mit vielen Liebkosungen. Eine andere hielt den Wind dafür, denn wenn die Äbtissin glücklich und guter Dinge gewesen sei, habe sie sich dem Wehen des Windes auf einem Altan ausgesetzt, den sie speziell zu diesem Zweck habe erbauen lassen; und wenn man von ihr an diesem Ort eine Gnade erbeten habe, so sei es niemals vergeblich gewesen. Die Bäckersfrau, die Amme, die Gevatterinnen aus Montefiascone gestanden, abgeschreckt durch die Tortur, die sie an Cesare hatten vollziehen sehen, die volle Wahrheit ein.

Der junge Bischof lag in Ronciglione krank oder spielte den Kranken, was seinen Brüdern, die dabei an dem Kredit und dem Einfluß der Signora von Campireali Unterstützung fanden, Gelegenheit gab, sich mehrmals dem Papst zu Füßen zu werfen und ihn zu bitten, er möge das Verfahren so lange hinausschieben, bis der Bischof wieder gesundet sei. Der furchtbare

Kardinal Farnese vermehrte daraufhin die Zahl der Soldaten, die das Gefängnis bewachten. Da der Bischof nicht verhört werden konnte, eröffneten die Kommissare alle ihre Sitzungen jeweils mit einer erneuten Befragung der Äbtissin. Eines Tages, als ihre Mutter ihr hatte sagen lassen, sie solle guten Mutes sein und weiterhin alles leugnen, gab sie alles zu.

«Warum haben Sie zuerst Giovanni Battista Doleri beschuldigt?»

«Aus Erbarmen mit der Feigheit des Bischofs, der sich zudem, wenn es ihm gelänge, sein Leben zu retten, das ihm so teuer ist, um meinen Sohn würde kümmern können.»

Nach diesem Geständnis sperrte man die Äbtissin in eine Zelle des Klosters Castro ein, deren Mauer und Decke acht Fuß stark waren; die Nonnen sprachen von diesem Verlies immer nur mit Grauen; es war unter dem Namen «Zelle der Mönche» bekannt. Die Äbtissin wurde dort von drei Frauen ständig im Auge behalten.

Nachdem sich der Gesundheitszustand des Bischofs Cittadini ein wenig gebessert hatte, holten ihn dreihundert Sbirren oder Soldaten aus Ronciglione ab; auf einer Bahre wurde er nach Rom transportiert und dort in das Gefängnis der *Corte Savella* verbracht. Wenige Tage darauf wurden auch die Nonnen nach Rom überführt und die Äbtissin künftighin im Kloster der heiligen Martha in Gewahrsam gehalten. Vier Nonnen waren angeklagt: die Damen Vittoria und Bernarda, die mit der Bewahrung von Turm und Tor betraute Schwester – sie hatte die an den Bischof gerichteten beleidigenden Worte mitangehört – und die Äbtissin selbst.

Der Bischof wurde vom Kammerauditor, einem der höchstgestellten Justizbeamten, vernommen; der arme Cesare del Bene aber erneut der Tortur unterzogen. Er legte nicht nur kein Geständnis ab, sondern sagte vielmehr Dinge aus, die dem Ministerium der öffentlichen Angelegenheiten äußerst peinlich waren, was ihm weitere Folterungen eintrug. Eine solche einleitende Tortur wurde gleichermaßen an den Damen Vittoria und Bernarda vollzogen. Der Bischof stritt alles recht töricht, aber mit ungewöhnlicher Hartnäckigkeit ab; bis in die kleinsten Einzelheiten hingegen gab er über die Verwendung der drei Abende Rechenschaft, die er ganz offenbar bei der Äbtissin zugebracht hatte.

Endlich wurde die Äbtissin mit dem Bischof konfrontiert und, obwohl sie ständig die Wahrheit sprach, ebenfalls gefoltert. Da sie immer wieder dasselbe sagte wie bei ihrem ersten Geständnis, betrug sich der Bischof ihr gegenüber, seiner Rolle getreu, recht beleidigend.

Nach mehreren anderen Maßnahmen, die,

wiewohl im Grunde vernünftig, doch von jenem Geist der Grausamkeit Zeugnis ablegen, der nach der Regierungszeit eines Karls V. und Philipps II. sich in der Rechtspflege Italiens allzusehr eingebürgert hatte, wurde der Bischof zu lebenslänglicher Gefangenschaft in der Engelsburg verurteilt; die Äbtissin sollte ihr Leben lang im Kloster der heiligen Martha, in dem sie sich zurzeit befand, eingekerkert bleiben. Schon aber hatte die Signora von Campireali zum Zweck der Rettung ihrer Tochter die Anlegung eines unterirdischen Ganges in die Wege geleitet. Dieser Gang begann bei einem der Abflüsse, die noch aus der Glanzzeit des alten kaiserlichen Rom herstammten, und sollte in die tiefe Gruft einmünden, in der die sterblichen Überreste der Nonnen vom Orden der heiligen Martha beigesetzt wurden. Der fast zwei Fuß breite Gang bekam Wände aus Balken, die rechts und links die Erde abstützen sollten; oben wurde er bei seiner Weiterführung mit zwei breiten Bohlen in der Form der Längsbalken eines großen lateinischen A versehen.

Der Gang wurde in einer Tiefe von ungefähr dreißig Fuß angelegt. Besonders wichtig war, daß er in der erwünschten Richtung verliefe; unaufhörlich aber nötigten Brunnen oder Fundamente älterer Gebäude die Arbeiter, einen Umweg zu machen. Eine andere große Schwierigkeit stellte der Abraum dar, denn man wußte nicht, wo man ihn hinschaffen sollte; es scheint, daß man ihn des Nachts überall in den Straßen Roms abgeladen hat. Diese gewaltigen Erdmengen, die sozusagen vom Himmel herabgefallen schienen, wurden weidlich bestaunt.

Wie große Summen auch die Signora von Campireali für den Versuch aufwendete, ihre Tochter zu retten, wäre der unterirdische Gang zweifellos dennoch schließlich nicht unentdeckt geblieben, hätte nicht Papst Gregor XIII. im Jahre 1585 das Zeitliche gesegnet und von da an zunächst um den verwaisten Stuhl Petri eitel Verwirrung geherrscht.

Elena befand sich im Kloster der heiligen Martha recht schlecht; man kann sich den Eifer vorstellen, den einfache, eher arme Nonnen daran wendeten, eine unermeßlich reiche, dabei aber eines so schweren Verbrechens überführte Äbtissin zu peinigen. Mit leidenschaftlichem Anteil wartete Elena auf den Erfolg des Vorhabens ihrer Mutter. Plötzlich aber wurde ihr Herz durch wunderbare Gefühlswallungen bewegt. Schon vor sechs Monaten hatte Fabrizio Colonna angesichts des schwankenden Gesundheitszustandes des Papstes Gregor XIII. und der großen Pläne, die er selbst für die Zeit des Interregnums hegte, einen seiner Offiziere zu Giulio Branciforte geschickt, der jetzt unter dem Namen eines Obersten Lizzara in der spanischen Armee so überaus bekannt geworden war. Er berief ihn nach Italien zurück; Giulio brannte darauf, die Heimat wiederzusehen. Er landete unter angenommenem Namen in Pescara, einem kleinen Adriahafen unterhalb von Chieti in den Abruzzen, und nahm über das Gebirge seinen Weg nach Petrella. Die Freude des Fürsten setzte alle Welt in Erstaunen. Er erklärte Giulio, er habe ihn kommen lassen, um ihn zu seinem Nachfolger zu machen und ihm den Oberbefehl über seine Söldner zu geben. Worauf Branciforte antwortete, militärisch gesprochen sei die Unternehmung nichts mehr wert, und das auch leicht bewies; wenn Spanien es jemals ernstlich vorhabe, sei es in der Lage, innerhalb von sechs Monaten und mit geringem Aufwand alle Söldnerheere Italiens zu vernichten.

«Aber schließlich», setzte der junge Branciforte hinzu, «wenn Sie es wünschen, mein Fürst, bin ich zu marschieren bereit. Sie werden auf alle Fälle in mir für den tapferen, bei den *Ciampi* gefallenen Ranuce einen Nachfolger finden.»

Vor der Ankunft Giulios hatte der Fürst in der Form, wie nur er zu befehlen verstand, striktest angeordnet, in Petrella dürfe niemand sich einfallen lassen, von Castro und dem Prozeß der Äbtissin etwas zu sagen; Todesstrafe ohne Pardon wurde im voraus für das geringste Geschwätz verhängt. Mitten im Verlauf der überschwenglichen Freundschaftsbeteuerungen, mit denen er Branciforte empfing, bat er ihn, nicht ohne seine Begleitung nach Albano zu gehen; seine Art, diese Reise auszuführen, bestand darin, daß er die Stadt durch tausend seiner Leute besetzen und eine Vorhut von zwölfhundert Mann auf der Straße von Rom zurückließ. Man stelle sich also vor, wie dem armen Giulio zumute war, als der Fürst den alten Scotti, der noch immer lebte, in das Haus, in dem er sein Hauptquartier aufgeschlagen hatte, holen ließ und nach oben in das Zimmer schickte, in dem sich Branciforte befand. Sobald die beiden Freunde einander in die Arme gesunken waren, sagte der Fürst:

«Und nun, mein armer Oberst, mach dich auf das Schlimmste gefaßt.»

Darauf blies er die Kerze aus und entfernte sich, indem er die Tür hinter den Freunden fest verschloß.

Am folgenden Tage ließ Giulio, der sein Zimmer nicht verlassen wollte, den Fürsten um die Erlaubnis bitten, nach Petrella zurückkehren und dort ein paar Tage verbringen zu dürfen, ohne ihn zu sehen. Statt dessen aber wurde ihm die Nachricht überbracht, der Fürst sei mitsamt seinen Truppen verschwunden. Im Laufe der Nacht hatte er die Nachricht vom Tode Gregors XIII. erhalten; darüber vergaß er seinen Freund Giulio und eilte durch die Campagna nach Rom. Giulio fand in seiner Nähe nur noch etwa dreißig Mann, die der ehemaligen Kompanie Ranuces angehörten. Es ist gewiß noch genügend bekannt, daß in den damaligen Zeiten, solange der Stuhl Petri unbesetzt war, die Gesetze schwiegen und jeder darauf bedacht war, seinen Leidenschaften freien Lauf zu lassen; es gab keine herrschende Gewalt außer eben – der Gewalt; so hatte denn auch, bevor der Tag zu Ende gegangen war, Fürst Colonna mehr als fünfzig seiner Feinde einfach aufhängen lassen. Was Giulio anlangte, so wagte er, wiewohl er nur vierzig Mann bei sich hatte, dennoch nach Rom zu marschieren.

Alle Bedienten der Äbtissin von Castro waren ihr treugeblieben; in den ärmlichen Häusern, die dem Kloster der heiligen Martha benachbart lagen, hatten sie Unterkunft gesucht. Der Todeskampf Gregors XIII. hatte mehr als eine Woche gewährt; die Signora von Campireali wartete voller Ungeduld auf die Tage der Wirrnis, die seinem Ableben folgen würden, um die letzten fünfzig Schritte des unterirdischen Ganges in Angriff nehmen zu lassen. Da es sich dabei darum handelte, die Keller mehrerer bewohnter Häuser zu durchbrechen, fürchtete sie sehr, den letzten Teil des Unternehmens vor den Leuten nicht genügend verborgen halten zu können.

Bereits am zweiten Tage nach Brancifortes Ankunft in Petrella schienen die drei ehemaligen *bravi* Giulios, die Elena in ihre Dienste genommen hatte, von einer Art Besessenheit erfaßt zu sein. Obwohl jedermann wußte, daß Elena sich, bewacht von Klosterschwestern, die sie haßten, in strengster Einzelhaft befand, kam Ugone, einer der *bravi,* vor das Klostertor und verlangte auf eine seltsam beschwörende Weise, man möge ihm erlauben, seine Herrin umgehend aufzusuchen. Er wurde hinausgedrängt, und die Tür wurde vor ihm zugeschlagen. In seiner Verzweiflung blieb der Mann draußen stehen und begann, jeder in den Diensten des Hauses stehenden Person, die herauskam oder hineinging, einen Bajocco zu schenken, wobei er jeweils genau die gleichen Worte sagte: «Freut euch mit mir; Signor Giulio Branciforte ist angekommen; er lebt: sagt es euren Freunden.»

Ugones beide Kameraden verbrachten den Tag damit, ihm Bajocchi herbeizuschaffen und hörten nicht auf, sie Tag und Nacht unter den gleichen Reden zu verteilen, bis kein einziger mehr übrig war. Die drei *bravi* jedoch fuhren, einander ablösend, gleichwohl fort, an der

Pforte des Klosters der heiligen Martha zu wachen und an alle Vorübergehenden unter tiefen Verneigungen die gleichen Worte zu richten: «Signor Giulio ist da.»

Der Einfall dieser braven Leute hatte den gewünschten Erfolg: keine sechsunddreißig Stunden nach der Austeilung des ersten Bajoccos wußte in ihrem Verlies die arme Elena, daß Giulio noch lebte; diese Nachricht versetzte sie in eine Art von Raserei.

«O Mutter!» rief sie aus, «hast du mir nun wohl endlich genug des Leides angetan?»

Einige Stunden darauf wurde die Wundernachricht durch Marietta bestätigt, die mit dem Opfer ihres gesamten Goldschmucks die Erlaubnis erwirkt hatte, die Pförtnerin zu begleiten, welche der Gefangenen ihre Mahlzeiten brachte. Vor Freude weinend sank ihr Elena in die Arme.

«Das ist schön», sagte sie. «Doch werde ich nun wohl nicht mehr sehr lange bei dir bleiben.»

«Gewiß nicht!» sagte Marietta zu ihr. «Ich kann mir nicht denken, daß die Zeit des Konklaves vergeht, ohne daß Ihre Gefangenschaft in bloße Verbannung umgewandelt wird.»

«O meine Liebe! Ich werde Giulio wiedersehen! Ihn wiedersehen als Schuldige!»

In der Mitte der dritten Nacht, die auf diese Unterhaltung folgte, brach ein Teil des steinernen Kirchenfußbodens mit großem Getöse ein; die Schwestern von der heiligen Martha glaubten, das Kloster stürze zusammen. Die Verwirrung war auf dem Höhepunkt, alle schrien, es müsse ein Erdbeben sein. Eine Stunde ungefähr nach dem Einsturz des Steinfußbodens der Kirche drang die Signora von Campireali in Begleitung der drei in den Diensten Elenas stehenden *bravi* in den unterirdischen Kerker ein.

«Sieg! Sieg!» riefen die *bravi* ihrer Herrin zu.

Elena war von tödlicher Angst gepackt; sie meinte, Giulio Branciforte könne bei ihnen sein. Sie beruhigte sich, und ihre Züge nahmen wieder den früheren strengen Ausdruck an, als die drei ihr sagten, sie begleiteten nur die Signora von Campireali; Giulio hingegen halte sich noch in Albano auf, das er mit mehreren tausend Mann eingenommen habe.

Nach einer kurzen Wartezeit trat die Signora von Campireali herein; sie konnte nur mühsam gehen und gab dabei ihrem Stallmeister den Arm, der in großer Gala war und den Degen an der Seite trug; doch war sein prächtiges Gewand ganz mit Erde beschmutzt.

«O meine geliebte Elena! Ich komme, um dich zu retten!» rief die Signora aus.

«Und wer sagt dir, daß ich gerettet werden will?»

Die Signora von Campireali stand starr vor

Staunen da; sie blickte ihre Tochter mit großen Augen an und schien äußerst erregt.

«Gut», brachte sie endlich hervor, «das Schicksal zwingt mich, liebe Elena, dir eine Handlung einzugestehen, die vielleicht sehr begreiflich ist, wenn man bedenkt, welches Unglück unsere Familie zuvor betroffen hat, die ich aber bereue und für die ich deine Verzeihung erbitte: Giulio ... Branciforte ... lebt ...»

«Und gerade weil er lebt, kann ich nicht mehr leben.»

Die Signora von Campireali begriff fürs erste nicht, was ihre Tochter damit sagen wollte, dann aber bestürmte sie sie mit allerzärtlichstem Flehen; doch erlangte sie keine Antwort von ihr; Elena hatte sich dem Kruzifix zugewendet und betete, ohne sie anzuhören. Vergebens machte eine ganze Stunde lang die Signora von Campireali die äußersten Anstrengungen, um von ihrer Tochter ein Wort oder auch nur einen Blick zu erlangen. Endlich rief die Tochter ungeduldig aus:

«Unter dem Marmor dieses Kruzifixes waren in meinem kleinen Zimmer zu Albano seine Briefe verborgen; es wäre besser gewesen, du hättest zugelassen, daß mein Vater mich erdolchte. Geh und laß mir etwas Gold zurück.»

Als die Signora von Campireali ungeachtet

der bestürzten Winke, die ihr Stallmeister ihr gab, weiter auf ihre Tochter einreden wollte, verlor Elena vollends die Geduld.

«Laß mir», sagte sie, «wenigstens noch eine Stunde der Freiheit; du hast mein Leben vergiftet, jetzt willst du mir auch noch meinen Tod vergiften.»

«Eine oder zwei Stunden lang werden wir diesen Gang wohl noch halten können; ich wage zu hoffen, daß du inzwischen anderen Sinnes wirst!» rief die Signora von Campireali in Tränen vergehend aus.

Dann trat sie den Rückweg durch den Kellerraum an.

«Ugone, bleibe bei mir», sagte Elena zu dem einen der *bravi,* «und halte dich wohlbewaffnet, mein Freund; denn am Ende kommt es dazu, daß du mich verteidigen mußt. Zeig dein Stilett her, deinen Degen, deinen Dolch.»

Der alte Soldat wies seine in gutem Zustand befindlichen Waffen vor.

«Gut, halte dich draußen vor meiner Zelle auf; ich werde einen langen Brief an Giulio schreiben, den du ihm persönlich überbringen sollst; ich will nicht, daß er durch andere Hände als die deinen geht, da ich nichts habe, um ihn zu versiegeln. Du selbst kannst alles lesen, was er enthält. Stecke in deine Taschen das ganze Gold, das meine Mutter hiergelassen hat, ich brauche für mich selbst nicht mehr als fünfzig Zechinen; lege sie auf mein Bett.»

Mit diesen Worten begann Elena auch schon zu schreiben.

Ich zweifle nicht an Dir, lieber Giulio: wenn ich gehe, so deshalb, weil ich in Deinen Armen vor Kummer sterben würde bei der Vorstellung, welches mein Glück gewesen wäre, hätte nicht ein Fehltritt mich darum gebracht. Glaube nicht, daß ich je ein Wesen auf der Welt nach Dir noch habe lieben können; weit davon entfernt, war mein Herz von eitel Verachtung für den Mann erfüllt, den ich in meine Kammer eingelassen habe. Ich habe einzig aus Langeweile, aus böser Lust gefehlt. Bedenke, daß mein Sinn, ohnehin durch das nutzlose Unterfangen damals in Petrella unterhöhlt, wo der Fürst, den ich verehrte, weil Du ihn liebtest, mich mit so grausamen Worten empfing, dem Ansturm von zwölf Jahren der Lüge hat standhalten müssen. Alles um mich her ist falsch und verlogen gewesen, und ich wußte es. Zu Anfang bekam ich noch etwa dreißig Briefe von Dir; stell Dir vor, mit welchem Entzücken ich die ersten entfaltete! Allmählich aber erstarrte mein Herz. Ich prüfte die Schrift, ich erkannte Deine Hand, aber nicht Dein Herz. Bedenke, daß diese erste Lüge die Grundlagen meines Lebens so sehr ins Wanken gebracht hat, daß ich schließlich einen Brief, der Deine Handschrift trug, ohne Freude zu öffnen vermochte! Die schreckliche Nachricht von Deinem Tode ließ schließlich alles er-

sterben, was von den glücklichen Zeiten unserer Jugend mir noch geblieben war. Meine erste Absicht – Du verstehst das gewiß – war, zu gehen und mit eigener Hand jene Gestade Mexikos zu berühren, an denen Du, wie man mir sagte, von Wilden ermordet worden warst; hätte ich diesen Gedanken in die Tat umgesetzt, würden wir heute glücklich sein; denn wie viele und wie geschickte Spione auch eine wachsame Hand rings um mich her hätte verteilen können, wahrscheinlich wäre ich, da ich alle Seelen für mich gewonnen hätte, in denen noch ein wenig Güte und Mitleid schlummerte, dann doch zur Kenntnis der Wahrheit gelangt; schon, mein teurer Giulio, hatten ja Deine glanzvollen Taten die Aufmerksamkeit der Welt zu fesseln vermocht, und in Madrid wußte vielleicht auch irgend jemand, daß Du Branciforte warst. Soll ich Dir sagen, wodurch unser Glück vereitelt worden ist? Zunächst durch die Erinnerung an den grausamen, demütigenden Empfang, den der Füst in Petrella mir zuteil werden ließ; wie vielen gewaltigen Hindernissen galt es zwischen Castro und Mexiko außerdem zu trotzen! Du siehst, meine Seele hatte bereits ihre Spannkraft verloren. Dann aber gab die Eitelkeit mir einen Gedanken ein. Ich hatte große Bauten im Kloster errichten lassen, um aus der Loge der Pförtnerin, in die Du Dich in der Kampfnacht flüchtetest, meine Gemächer zu machen. Eines Tages ruhte mein Blick auf jenem Boden, den Du einst für mich mit Deinem Blut getränkt hast; ich hörte ein Wort der

Verachtung, hob den Kopf und blickte in boshafte Mienen; um mich dagegen zu verwahren, beschloß ich, Äbtissin zu werden. Meine Mutter, die sehr wohl wußte, daß Du noch am Leben warst, hat heldenhafte Dinge vollbracht, um diese außergewöhnliche Ernennung durchzusetzen. Die Stellung aber wurde für mich nur ein Quell von Verdrießlichkeiten; meine Seele erfuhr durch sie ihre tiefste Erniedrigung; ich fand Vergnügen daran, oft zum Unglück der anderen, meine Macht zu beweisen; ich beging so manche Ungerechtigkeit. Mit dreißig Jahren stand ich, tugendhaft in der Meinung der Welt, reich und geachtet da und war doch so unglücklich, wie man überhaupt sein kann. Da trat dieser arme Mensch auf, der die Güte selbst, aber auch die Geistlosigkeit in Person war. Gerade sein harmloser Sinn bewirkte, daß ich mir seine ersten Anträge nicht verbeten habe. Meine Seele war durch alles, was seit Deinem Weggang um mich her vorgegangen war, derart elend geworden, daß sie nicht mehr die Kraft besaß, der kleinsten Versuchung zu widerstehen. Soll ich Dir sogar etwas bekennen, was äußerst ungehörig ist? Ich sage mir jedoch, daß einer Toten ja schließlich alles erlaubt sein muß. Wenn Du diese Zeilen liest, werden die Würmer jene angeblichen Reize verzehren, die einzig für Dich hätten vorhanden sein sollen. Ja, ich muß auch das noch sagen, was mir so großen Kummer macht; ich sah nicht ein, weshalb ich es nicht mit der Liebe in ihrer groben Form versuchen sollte, wie alle unsere römischen Damen es tun; ich hatte ein Verlangen nach Lust und habe mich dennoch diesem Mann nie ohne ein Gefühl des Grauens, ja Abscheus, hingeben können, das alle Lust zunichte werden ließ. Stets sah ich Dich im Geist an meiner Seite, im Garten des Hauses zu Albano, als die Madonna Dir den scheinbar so großherzigen Gedanken eingab, der gleichwohl, wenn meine Mutter recht hat, der Anfang allen Unglücks in unserem Leben war. Du warst nicht drohend, sondern zärtlich und gut, wie Du es immer warest; Du blicktest mich an. In solchen Augenblicken verspürte ich eine Regung des Zorns gegen jenen anderen Mann und ging sogar so weit, ihn mit aller Kraft zu schlagen. Das ist die ganze Wahrheit, mein Giulio: ich wollte nicht sterben, ohne sie Dir zu sagen, und ich dachte auch, daß vielleicht diese Unterhaltung mit Dir mich über meine Todesgedanken noch einmal hinwegbringen würde. Ich sehe jetzt aber nur desto deutlicher, wie groß meine Freude gewesen wäre, Dich wiederzusehen, hätte ich mich Deiner würdig zu erhalten vermocht. Ich befehle Dir, zu leben und Deine Soldatenlaufbahn weiterzuführen, die mir soviel Freude gemacht hat, als ich von Deinen Erfolgen erfuhr. Was wäre geschehen, o großer Gott! Hätte ich doch Deine Briefe erhalten, zumal nach der Schlacht von Achenne! Lebe und gedenke recht oft Ranuces, der bei den Ciampi gefallen ist, sowie Elenas, die, um nicht einen Vorwurf in Deinen Augen zu lesen, in Santa Marta ihr Leben gelassen hat.

Nachdem Elena diesen Brief geschrieben

hatte, trat sie zu dem alten Soldaten, den sie schlafend fand; sie nahm ihm das Stilett aus der Hand, ohne daß er es merkte; dann weckte sie ihn auf.

«Ich bin fertig», sagte sie, «fürchte jedoch, unsere Feinde werden bald dieses Kellergewölbe besetzen. Nimm schnell den Brief, der dort auf dem Tisch liegt, und überbringe ihn Giulio, du selber, hörst du mich? Gib ihm dazu auch noch dieses Taschentuch; sage ihm, daß ich ihn in diesem Augenblick nicht weniger innig liebe, als ich ihn immer geliebt habe, immer, hörst du mich auch?»

Ugone blieb stehen und rührte sich nicht.

«So geh doch!»

«Signora, habt Ihr denn auch wohl nachgedacht? Signor Giulio liebt Euch so sehr!»

«Ich liebe ihn auch. Nimm diesen Brief und übergib ihn ihm selbst.»

«Wohlan denn, Gott segne Euch, wie Ihr es für Eure Güte verdient!»

Ugone ging und kehrte sehr bald zurück; er fand Elena tot vor; sein Stilett steckte in ihrem Herzen.

VANINA VANINI

oder

Einzelheiten über die letzte im Kirchenstaat aufgedeckte Verschwörung der Carbonari

Es war an einem Frühlingsabend des Jahres 182.. Ganz Rom war in Bewegung: der Herzog von B., ein berühmter Bankier, gab in seinem neuen Palast an der Piazza Venezia einen Ball. Alles, was die Künste Italiens, der Luxus von Paris und London an Köstlichstem erzeugen, war aufgeboten worden, um den Palast zu verschönen. Eine unermeßliche Menschenmenge sammelte sich davor. Die blonden, reservierten Schönheiten des edlen Albion hatten sich um die Ehre bemüht, diesem Fest beizuwohnen; sie kamen in Scharen herbei. Die schönsten Frauen Roms wetteiferten mit ihnen um der Schönheit Preis. Ein junges Mädchen, das sich durch das Feuer des Blickes und das ebenholzschwarze Haar als Römerin auswies, trat, vom Vater geleitet, ein; ihr folgten aller Augen. Jede ihrer Bewegungen zeugte von ungewöhnlichem Stolz.

Man sah, daß die eintretenden Fremden von der Pracht des Balles überwältigt waren. «Kein

König in Europa», sagten sie, «gibt annähernd solche Feste.»

Die Könige haben keine Paläste von römischer Architektur; sie sind genötigt, die großen Damen des Hofes einzuladen; der Herzog von B. bittet nur schöne Frauen zu sich. An diesem Abend war er in seiner Wahl besonders glücklich gewesen; die Herren schienen geblendet. Die Frage wurde zur Entscheidung aufgeworfen, welche von so vielen bemerkenswerten Erscheinungen die allerschönste wäre: eine Weile schwankte man, doch wurde schließlich das junge Mädchen mit den schwarzen Haaren und den Feueraugen, Prinzessin Vanina Vanini, zur Königin des Festes erklärt. Sofort verließen Ausländer wie junge Römer alle übrigen Salons und sammelten sich in dem, den Vanina mit ihrer Anwesenheit beherrschte.

Ihr Vater, Fürst Asdrubale Vanini, hatte gewollt, daß sie zunächst mit zwei oder drei deutschen Souveränen tanzen solle. Darauf nahm sie die Aufforderung einiger sehr schöner und sehr vornehmer Engländer an; doch sie langweilten sie durch ihr steifes Wesen. Mehr Vergnügen machte ihr offenbar, den jungen Livio Savelli zu quälen, der sehr verliebt in sie schien. Er war der glänzendste junge Mann von Rom, und auch er war Fürst; hätte man ihm jedoch einen Roman zu lesen gegeben, so würde er ihn nach zwanzig Seiten mit dem Bemerken, er bekomme Kopfweh davon, aus der Hand gelegt haben. Das schadete ihm bei Vanina.

Gegen Mitternacht ging eine Nachricht im Saale um, die großes Aufsehen machte. Ein junger Carbonaro, der auf der Engelsburg in Haft gehalten worden war, hatte sich an diesem Abend mit Hilfe einer Verkleidung aus dem Staube gemacht und in einem Übermaß von romantischer Kühnheit die Soldaten der letzten Wachmannschaft des Gefängnisses, auf die er stieß, mit dem Dolch angegriffen; er selber wurde verwundet, die Sbirren gingen auf den Straßen seiner Blutspur nach und hofften, ihn einzufangen.

Man hatte soeben diese Geschichte erzählt, als Don Livio Savelli, geblendet von der Anmut und den Erfolgen Vaninas, sie beim Zurückgeleiten vom Tanze an ihren Platz fast toll vor Liebe fragte:

«Wer aber, wenn Sie mir gnädigst die Frage gestatten wollen, könnte Ihnen gefallen?»

«Der junge Carbonaro», sagte sie, «der heute abend entkommen ist; der wenigstens hat etwas mehr getan, als nur auf die Welt zu kommen.»

Fürst Don Asdrubale näherte sich seiner Tochter. Es ist dies ein reicher Mann, der seit zwanzig Jahren mit seinem Verwalter nicht mehr abgerechnet hat und von diesem seine eigenen Einkünfte zu einem hohen Zinssatz ausgeliehen bekommt. Wer ihn auf der Straße trifft, hält ihn für einen alten Komödianten; man übersieht dabei freilich, daß er an seinen Händen fünf oder sechs enorme, mit riesigen Diamanten geschmückte Ringe trägt. Seine beiden Söhne sind Jesuiten geworden und dann im Wahnsinn gestorben. Er hat sie bereits vergessen; was ihn wirklich schmerzt, ist, daß seine einzige Tochter Vanina sich nicht verheiraten will. Sie ist schon neunzehn Jahre alt und hat die glänzendsten Partien ausgeschlagen. Und aus welchem Grunde? Demselben, der einst Sulla abzudanken bewog: Verachtung für die Römer.

Am Tage nach dem Ball bemerkte Vanina, daß ihr Vater, sonst sehr nachlässig und in seinem Leben niemals gesonnen, einen Schlüssel an sich zu nehmen, sehr sorgfältig die Türe eines kleinen Aufgangs verschloß, der zu einem im dritten Stockwerk des Palastes gelegenen Gemache führte. Die Fenster dieses Gemaches blickten auf eine mit Orangenbäumen bestandene Terrasse. Vanina machte ein paar Besuche in der Stadt; da bei ihrer Rückkehr die große Eingangspforte des Palastes durch die Vorbereitungen für eine Illumination schlecht zugänglich war, mußte der Wagen durch die rückwärtigen Höfe einfahren. Vanina hob den Blick und bemerkte mit Staunen, daß eines der Fenster des

Gemaches, deren Zugang ihr Vater mit so großer Sorgfalt abgeschlossen hatte, offen stand. Sie schickte ihre Begleiterin fort, stieg bis unter das Dach des Palastes und entdeckte nach langem Suchen ein kleines vergittertes Fenster, das auf die Terrasse mit den Orangenbäumen ging. Das geöffnete Fenster, das sie gesehen hatte, lag nur zwei Schritte von ihr entfernt. Ohne Zweifel war das Zimmer bewohnt; doch von wem? Am nächsten Tage gelang es Vanina, sich den Schlüssel zu einem Pförtchen zu verschaffen, das auf die Orangenterrasse ging.

Sie schlich sich bis vor das Fenster, das immer noch offen stand. Einer der Läden verdeckte sie. Im Hintergrunde des Zimmers erkannte sie ein Bett, in dem jemand lag. Ihre erste Regung war, sich zurückzuziehen; doch dann sah sie, daß über einen der Stühle ein Frauenkleid geworfen war. Als sie die Gestalt im Bett näher betrachtete, sah sie, daß es jemand Blondes und offenbar Jugendliches war. Das Kleid, das über dem Stuhl lag, war von Blut befleckt; und Blut war auch an den Frauenschuhen, die auf dem Tische standen. Die Unbekannte bewegte sich; Vanina stellte fest, daß sie verwundet war. Ein großer blutiger Leinenverband bedeckte ihre Brust; er war nur mit Bändern befestigt, man sah, daß nicht die Hand eines Chirurgen ihn angelegt haben konnte. Vanina bemerkte, daß ihr

Vater sich jeden Tag gegen vier Uhr in seine Gemächer einschloß und darauf die Unbekannte besuchen ging; doch kam er bald wieder herunter und begab sich im Wagen zur Gräfin Vitteleschi. Sobald er das Haus verlassen hatte, stieg Vanina zu der kleinen Terrasse empor, von der aus sie die Unbekannte sehen konnte. Ihre Gefühle beschäftigten sich lebhaft und teilnehmend mit der unglücklichen jungen Frau; sie bemühte sich, ihr Geschick zu erraten. Das über den Stuhl geworfene blutbefleckte Kleid schien von Dolchstößen durchbohrt. Vanina konnte einzeln die Spuren der Waffe erkennen. Eines Tages gelang es ihr, ihre Unbekannte deutlicher zu sehen: ihre blauen Augen waren zum Himmel erhoben; sie schien ins Gebet versunken. Bald stiegen Tränen in ihren schönen Augen auf; nur mit Mühe vermochte es die junge Prinzessin über sich, sie nicht anzureden. Am folgenden Tage fand Vanina den Mut, sich vor der Ankunft des Vaters auf der kleinen Terrasse zu verbergen. Sie sah Don Asdrubale bei der Unbekannten eintreten; er trug einen kleinen Korb, der Lebensmittel enthielt. Der Fürst wirkte besorgt, er sprach nicht viel und so leise, daß selbst bei geöffnetem Fenster Vanina die Worte nicht verstand. Gleich darauf ging er wieder.

Diese arme Person muß furchtbare Feinde

haben, sagte sich Vanina, da mein sonst so sorgloser Vater sich niemandem anvertraut und es nicht scheut, jeden Tag einhundertzwanzig Stufen zu ihr emporzusteigen.

Eines Abends, als Vanina vorsichtig den Kopf vor das Fenster der Unbekannten schob, begegnete sie ihrem Blick, und alles war entdeckt. Vanina warf sich auf die Knie und rief:

«Ich liebe Sie, ich bin Ihnen treu ergeben.»

Die Unbekannte gab ihr einen Wink, daß sie eintreten solle.

«Wie sehr muß ich», rief Vanina aus, «mich bei Ihnen entschuldigen wegen meiner törichten Neugier, die Ihnen kränkend erscheinen muß! Ich schwöre Ihnen, daß ich alles geheimhalten werde, und wenn Sie es verlangen, komme ich niemals wieder.»

«Wer wäre nicht glücklich, Sie zu sehen?» sagte die Unbekannte. «Wohnen Sie hier in diesem Palast?»

«Ja, gewiß», gab Vanina zurück. «Aber ich sehe, Sie kennen mich nicht: ich bin Vanina, die Tochter Don Asdrubales.»

Die Unbekannte blickte sie verwundert an, errötete tief und fuhr fort:

«Gewähren Sie mir die Hoffnung, daß Sie mich alle Tage besuchen werden; aber ich wünschte, der Fürst erführe nichts davon.»

Vaninas Herz schlug heftig; die Unbekannte

verfügte über die besten Manieren. Diese arme junge Frau hatte sich offenbar irgendeinen Mächtigen zum Feinde gemacht; vielleicht hatte sie in einer Anwandlung von Eifersucht ihren Liebhaber getötet? Vanina konnte sich nicht vorstellen, daß ihr Unglück einen landläufigen Grund haben sollte. Die Unbekannte sagte ihr noch, sie habe eine Verwundung an der Schulter davongetragen, die bis zur Brust hindurchgegangen sei und die ihr viel Schmerzen mache. Oft habe sie den ganzen Mund voller Blut.

«Und kein Wundarzt sorgt für Sie!» rief Vanina aus.

«Sie wissen», sagte die Unbekannte, «daß in Rom die Ärzte der Polizei über die Wunden, die sie behandeln, genauen Bericht erstatten müssen. Der Fürst geruht, eigenhändig meine Wunden mit diesem Leinenzeug hier zu verbinden.»

Mit vollkommenem Anstand vermied es die Unbekannte, sich über ihren Unfall klagend zu verbreiten; Vanina liebte sie bis zur Schwärmerei. Etwas allerdings versetzte sie in Erstaunen, nämlich daß inmitten eines so ernsten Gespräches die Unbekannte Mühe zu haben schien, eine plötzliche Lachlust zu beherrschen.

«Ich wäre glücklich», sagte Vanina, «Ihren Namen zu wissen.»

«Ich werde Clementine genannt.»

«Gut, liebe Clementine, morgen um fünf Uhr besuche ich Sie.»

Am folgenden Tage traf Vanina ihre Freundin bei schlechtem Befinden an.

«Ich werde Ihnen einen Wundarzt besorgen», sagte Vanina und umarmte sie.

«Lieber sterben», rief die Unbekannte aus. «Soll ich meine Wohltäter etwa in Ungelegenheit bringen?»

«Der Wundarzt von Monsignore Savelli-Catanzara, dem Gouverneur von Rom, ist der Sohn eines unserer Bediensteten», fiel Vanina lebhaft ein; «er ist uns treu ergeben, und dank seiner Stellung braucht er niemand zu fürchten. Mein Vater weiß offenbar seine Treue nicht richtig einzuschätzen; ich werde ihn kommen lassen.»

«Aber ich will keinen Wundarzt», rief die Unbekannte mit einer Heftigkeit, die Vanina erstaunte. «Kommen Sie mich besuchen; falls Gott mich zu sich rufen will, werde ich glücklich sterben, wenn es in Ihren Armen geschieht.»

Am nächsten Tage war das Befinden der Unbekannten noch schlechter.

«Wenn Sie mich lieben», sagte Vanina, als sie von ihr ging, «so befragen Sie einen Arzt.»

«Wenn er kommt, ist mein Glück dahin.»

«Ich werde ihn holen lassen», beharrte Vanina sanft.

Ohne etwas zu sagen, hielt die Unbekannte

sie fest und ergriff ihre Hand, die sie mit Küssen bedeckte. Es trat ein langes Schweigen ein; die Unbekannte hatte Tränen in den Augen. Endlich gab sie die Hand Vaninas wieder frei, und mit einer Miene, als wenn sie zum Tode geführt werden sollte, sagte sie zu ihr:

«Ich habe Ihnen ein Geständnis zu machen. Ich habe vorgestern gelogen, als ich Ihnen sagte, ich hieße Clementine; ich bin ein unglücklicher Carbonaro...»

Aufs tiefste erstaunt, lehnte sich Vanina in ihren Stuhl zurück; dann aber erhob sie sich.

«Ich weiß», fuhr der Carbonaro fort, «daß ich durch dieses Geständnis das einzige Gut verlieren werde, das mich ans Leben fesselt; doch wäre ich ein Unwürdiger, wenn ich Sie länger täuschte. Mein Name ist Pietro Missirilli; ich bin neunzehn Jahre alt; mein Vater ist ein armer Wundarzt in Sant'Angelo-in-Vado; ich selbst bin ein Carbonaro. Unsere Verschwörung wurde entdeckt; in Fesseln wurde ich aus der Romagna nach Rom geführt. Ich habe dreizehn Monate in einem bei Tag und bei Nacht nur durch eine Lampe erhellten Kerker verbracht. Eine barmherzige Seele ist auf den Gedanken gekommen, daß man mich retten sollte. Ich wurde als Frau verkleidet. Als ich das Gefängnis verließ und an den Wachen des letzten Tores vorüberging, hat der eine von ihnen die Carbonari verflucht; da gab ich ihm einen Backenstreich. Ich versichere Ihnen, daß das kein eitles Großtun war, sondern nur Unbesonnenheit. Durch die Straßen Roms verfolgt nach dieser unvorsichtigen Tat, durch Bajonettstiche verletzt, stürzte ich mich mit schon versagender Kraft in ein Haus, dessen Tür offenstand; ich hörte die Soldaten nach mir die Stufen heraufeilen, sprang in einen Garten und fiel ein paar Schritte von einer Frau entfernt zu Boden, die dort spazierenging.»

«Die Gräfin Vitteleschi, die Freundin meines Vaters!» rief Vanina aus.

«Wie? Hat sie es Ihnen erzählt?» fragte Missirilli erstaunt. «Wie dem aber auch sei, diese Dame, deren Namen man niemals nennen darf, hat mir das Leben gerettet. Als die Soldaten bei ihr eindrangen, um mich zu ergreifen, nahm mich Ihr Vater in seinem Wagen mit. Jetzt geht es mir sehr schlecht; seit ein paar Tagen hindert mich der Stich in der Schulter am Atmen. Ich werde sterben, und zwar in Verzweiflung, denn sicherlich werde ich Sie nie mehr wiedersehen.»

Voller Ungeduld hatte Vanina zugehört; sie ging rasch hinaus: Missirilli entdeckte in diesen schönen Augen kein Mitleid, sondern nur die Bekundung eines stolzen Charakters, der verletzt worden ist.

In der Nacht kam der Wundarzt, er war allein.

Verzweiflung befiel Missirilli; er fürchtete nun, Vanina tatsächlich niemals wiederzusehen. Er stellte ein paar Fragen an den Arzt, der ihn jedoch nur zur Ader ließ und keine Antwort gab. Auch an den folgenden Tagen bewahrte er immer das gleiche Schweigen. Die Augen Pietros hingen unaufhörlich an der Glastür, durch die Vanina sonst eingetreten war; er war sehr unglücklich. Einmal, gegen Mitternacht, glaubte er draußen im Dunkel eine Gestalt zu erkennen. Sollte es Vanina sein?

Vanina kam jede Nacht und preßte ihre Wange gegen das Fenster, hinter dem sie den jungen Carbonaro wußte.

Wenn ich mit ihm spreche, sagte sie sich, ist es aus mit mir. Nein, auf keinen Fall darf ich ihn wiedersehen.

Als dieser Entschluß gefaßt war, mußte sie unwillkürlich an die Freundschaft denken, die sie für den Jüngling empfunden hatte, als sie in ihrer Verblendung noch glaubte, daß er ein Mädchen sei. Nach einer so süßen Vertraulichkeit sollte sie ihn nun vergessen! In ihren klarsten Augenblicken war Vanina über die Wandlung bestürzt, die sich in ihrem Denken nunmehr vollzogen hatte. Seitdem Missirilli sich ihr entdeckt hatte, waren alle Dinge, die sie sonst beschäftigten, wie mit Nebel verhängt und in die Ferne gerückt.

Noch war keine Woche vergangen, als Vanina, bleich und zitternd, von dem Wundarzt geleitet, das Zimmer des Carbonaro betrat. Sie kam ihm nur sagen, man müsse den Fürsten dazu bestimmen, daß er sich lieber durch einen Bedienten vertreten lasse. Sie blieb kaum zehn Sekunden; aber ein paar Tage später trat sie wieder zusammen mit dem Wundarzt ein, aus reiner Menschenfreundlichkeit. Eines Abends, obwohl es Missirilli viel besser ging und kein Grund mehr war, für sein Leben zu fürchten, hatte sie den Mut, allein zu ihm zu kommen. Als Missirilli sie sah, war er zwar hochbeglückt, doch blieb er darauf bedacht, seine Liebe zu verbergen; vor allem trachtete er danach, seiner Manneswürde ja nichts zu vergeben. Vanina, die mit errötender Stirn bei ihm eingetreten war und seine Liebesbeteuerungen fürchtete, war völlig verwirrt, als er sie nur mit dem Ausdruck einer edlen und ergebenen Freundschaft ohne jeden Einschlag von Zärtlichkeit empfing. Sie verließ ihn, ohne daß er sie zurückzuhalten suchte.

Ein paar Tage später, als sie wiederkam, stieß sie auf das gleiche Verhalten, dieselben Versicherungen verehrungsvoller Ergebenheit und ewiger Dankbarkeit. Weit von jeder Notwendigkeit entfernt, die Glut des jungen Carbonaro in die Schranken zu weisen, fragte sich Vanina, ob sie einseitig liebe. Das vordem so stolze Mädchen spürte mit Bitterkeit, in welch hohem Maße sie ihm verfallen war. Sie trug Heiterkeit, ja sogar Kälte zur Schau, kam weniger oft zu dem jungen Kranken, konnte es aber doch nicht über sich gewinnen, ihn gar nicht mehr zu besuchen.

Missirilli, der vor Liebe brannte, hatte eingedenk seiner bescheidenen Herkunft und dessen, was er sich schuldig war, den Entschluß gefaßt, sich zu keinem Wort der Liebe Vanina gegenüber herbeizulassen, wofern sie ihn nicht wenigstens acht Tage meiden würde. Der Stolz der jungen Prinzessin sank weiter in sich zusammen. Gut! sagte sie sich endlich, wenn ich ihn besuche, so tue ich es um meinetwillen, weil es mir Vergnügen macht; nie werde ich ihm eingestehen, welches Interesse ich eigentlich an ihm habe.

Sie machte Missirilli lange Besuche, und er sprach zu ihr, wie er es auch in Gegenwart von zwanzig Personen hätte tun können. Nachdem sie den Carbonaro einen ganzen Tag lang verabscheut und sich fest vorgenommen hatte, noch kälter und strenger mit ihm zu sein als bisher, war sie am Abend so weit, daß sie ihm ihre Liebe gestand. Bald darauf gab es nichts mehr, was sie ihm noch hätte verweigern können.

War Vaninas Torheit auch groß, so muß man doch gestehen, daß sie glücklich war. Missirilli dachte nicht mehr daran, was er seiner Manneswürde schulde; er liebte, wie man zum ersten Male mit neunzehn Jahren und in Italien liebt. Er hatte alle Skrupel wahrer Liebesleidenschaft, so daß er zum Beispiel der stolzen jungen Prinzessin eingestand, welche Politik er angewendet hatte, um von ihr geliebt zu werden. Er war erstaunt über das Übermaß seines Glücks. Vier Monate vergingen sehr schnell. Eines Tages gab der Wundarzt dem jungen Patienten die Freiheit zurück. Was soll ich tun? dachte Missirilli; bei einer der schönsten Römerinnen mich weiter verborgen halten? Dann werden die schnöden Tyrannen, die mich dreizehn Monate fern vom Tageslicht eingekerkert haben, glauben, sie hätten meinen Mut gebrochen! Italien, du bist wahrhaft unglücklich, wenn deine Kinder dich so leichthin im Stich lassen können!

Vanina zweifelte nicht, daß es für Pietro das größte Glück bedeute, ihr immer nahe zu bleiben; er schien zu glücklich zu sein; aber ein Wort des Generals Bonaparte brannte dem jungen Mann in der Seele und beeinflußte sein Verhalten den Frauen gegenüber. Als im Jahre 1796 General Bonaparte die Stadt Brescia verließ, sagten ihm Ratsherren, die ihn bis zum Tore der Stadt geleiteten, daß den Brescianern die Freiheit höher stehe als anderen Italienern. «Ja», hatte dieser gesagt, «sie sprechen gern davon zu ihren Geliebten.»

Mit etwas gezwungener Miene sagte Missirilli zu Vanina:

«Sobald es Nacht ist, muß ich gehen.»

«Gib ja acht, daß du vor Morgengrauen wieder im Palast bist; ich werde auf dich warten.»

«Beim Morgengrauen bin ich schon mehrere Meilen von Rom entfernt.»

«Ausgezeichnet», gab Vanina kühl zurück, «und wohin wirst du gehen?»

«In die Romagna, mich rächen.»

«Da ich reich bin», sagte Vanina mit denkbar ruhiger Miene, «hoffe ich, daß du Waffen und Geld von mir annehmen wirst.»

Missirilli sah sie einen Augenblick unbeweglich an, dann warf er sich ihr in die Arme:

«Seele meines Lebens, du machst, daß ich alles vergesse», sagte er zu ihr, «meine Pflicht sogar. Doch je edler dein Herz ist, desto besser wirst du mich verstehen.»

Vanina weinte sehr, und es wurde beschlossen, daß er Rom nicht vor dem übernächsten Tage verlassen würde.

«Pietro», sagte sie am folgenden Tage zu ihm, «du hast mir oft gesagt, daß eine bekannte Persönlichkeit, ein römischer Fürst zum Beispiel, der über viel Geld verfügte, imstande wäre, der Sache der Freiheit die größten Dienste zu erweisen, sobald Österreich anderswo in einen großen Krieg verwickelt wäre.»

«Ohne Zweifel», gab Pietro, wiewohl verwundert, zu.

«Nun gut. Du bist beherzt. Nur fehlt es dir an Macht; ich biete dir meine Hand und zweihunderttausend Pfund Renten. Die Einwilligung meines Vaters zu erlangen, übernehme ich.»

Pietro warf sich ihr zu Füßen; Vanina strahlte vor Freude.

«Ich liebe dich leidenschaftlich», sagte er, «aber ich bin ein armer Diener unseres Landes; je unglücklicher Italien ist, desto treuer muß ich ihm sein. Um die Einwilligung Don Asdrubales zu erhalten, müßte ich mehrere Jahre lang eine traurige Rolle spielen. Vanina, ich kann es nicht.»

Missirilli hatte es eilig damit, sich durch diese Worte festzulegen, denn sein Mut ließ schon nach.

«Mein Unglück», sagte er, «ist, daß ich dich mehr als das Leben liebe, daß Rom zu verlassen für mich die schlimmste aller Martern ist. Ach! Warum ist Italien nicht von den Barbaren befreit! Mit wieviel Freuden würde ich mit dir ein Schiff besteigen, das uns nach Amerika brächte!»

Vanina war wie erstarrt. Diese Ablehnung ihrer Hand war für ihren Stolz ein erstaunlicher Schlag; aber gleich darauf warf sie sich in Missirillis Arme.

«Niemals», rief sie, «bist du mir so liebenswert

erschienen; ja, mein kleiner Feldscher, ich bin dein für immer. Du bist ein großer Mann wie unsere alten Römer.»

Alle Vorstellungen über die Zukunft, alle bedenklichen Einflüsterungen des Verstandes waren nichtig geworden; es war ein Augenblick der vollkommenen Liebe. Als es möglich war, wieder vernünftig zu reden, hob Vanina an:

«Ich werde fast mit dir zugleich in der Romagna ankommen, und zwar werde ich mir die Bäder von Poretta verordnen lassen. Ich bleibe dann in dem Schlosse, das wir in San Nicolò haben, nahe bei Forlì.»

«Und dort werde ich», rief Missirilli aus, «mein Leben mit dir verbringen.»

«Mein Los», fuhr Vanina tief aufseufzend fort, «wird von nun an sein, alles aufs Spiel zu setzen. Ich werde mich zugrunde richten für dich; aber was macht das aus! Wirst du mich als ein Mädchen, das seine Ehre verloren hat, auch noch lieben können?»

«Bist du nicht meine Frau?» fragte Missirilli zurück, «eine für alle Zeiten angebetete Frau? Ich werde dich immer zu lieben und zu beschützen wissen.»

Vanina mußte jetzt ein paar Besuche machen. Kaum hatte sie Missirilli verlassen, als dieser sein Verhalten auch schon unmenschlich fand.

Was ist das Vaterland? fragte er sich. Es ist ja

kein lebendiges Wesen, dem wir Dankbarkeit für eine Wohltat schulden und das sich unglücklich fühlen und uns verfluchen kann, wenn wir sie ihm nicht erweisen. Das Vaterland und die Freiheit sind doch nur wie ein Mantel, eine Sache, die mir nützlich ist und die ich allerdings kaufen muß, wenn ich sie nicht als Erbschaft vom Vater erhalten habe; aber schließlich liebe ich doch das Vaterland und die Freiheit nur, weil diese zwei Dinge mir nützlich sind. Wenn ich aber nichts damit anzufangen weiß, wenn sie für mich wie ein Mantel in der heißen Jahreszeit sind, wozu soll ich sie dann kaufen um einen ungeheuren Preis? Vanina ist so schön! Ihr Geist ist so einzigartig! Andere werden ihr zu gefallen suchen, und sie wird mich vergessen. Welche Frau hat denn jemals nur einen einzigen Mann geliebt? Diese römischen Fürsten, die ich in ihrer Eigenschaft als Staatsbürger zwar verachte, haben so viel vor mir voraus! Sicher verliebt man sich leicht in sie! Ach! Wenn ich gehe, vergißt sie mich und ist mir für immer verloren.

Mitten in der Nacht suchte Vanina ihn auf; er sprach zu ihr von der Ungewißheit, die ihn befallen hatte, und wie er aus Liebe zu ihr das große Wort «Vaterland» auf einmal in Frage stellte. Vanina war sehr beglückt.

Wenn er wirklich, sagte sie sich, zwischen

dem Vaterland und mir zu wählen hätte, entschiede er sich für mich.

Von der benachbarten Kirche schlug die Glocke drei Uhr; die Stunde des letzten Abschieds war da. Pietro riß sich aus den Armen seiner Freundin los. Er stieg schon die kleine Treppe hinab, als Vanina, mit Tränen kämpfend, lächelnd zu ihm sagte:

«Hätte dich eine arme Frau auf dem Lande gepflegt, würdest du dann nichts tun, ihr deinen Dank zu beweisen? Würdest du sie nicht zu entlohnen versuchen? Die Zukunft ist ungewiß, und du wirst deine Reise inmitten von Feinden vollführen: gib mir drei Tage aus Dankbarkeit, als wäre ich eine arme Frau und brauchte ein Entgelt für meine Krankenpflege.»

Missirilli blieb. Endlich verließ er Rom. Mit Hilfe eines Passes, den er bei einer fremden Gesandtschaft gekauft hatte, traf er bei seiner Familie ein, die ihn mit tausend Freuden empfing; man hatte ihn tot geglaubt. Seine Freunde wollten zum Willkomm ein oder zwei Carabinieri (so heißen die Gendarmen im Kirchenstaat) mit ihm zur Strecke bringen.

«Töten wir nicht ohne Not», sagte Missirilli, «einen Italiener, der mit der Waffe umgehen kann; unser Vaterland ist keine Insel wie das glückliche Albion: wir brauchen vor allem Soldaten, um dem bewaffneten Einschreiten der

Könige Europas Widerstand leisten zu können.»

Kurze Zeit darauf schoß Missirilli zwei Carabinieri, die ihn gestellt hatten, mit den Pistolen nieder, die ihm Vanina zum Geschenk gemacht hatte. Man setzte einen Preis auf seinen Kopf.

Vanina erschien nicht in der Romagna: Missirilli glaubte sich vergessen. Seine Eitelkeit war verletzt; er begann sich in Gedanken viel mit dem Rangunterschied zu beschäftigen, der trennend zwischen ihm und seiner Geliebten stand. In einem Moment der Rührung und der Sehnsucht nach dem verlorenen Glück kam er auf den Gedanken, nach Rom zurückzukehren und nach Vanina zu sehen. Dieser tolle Einfall hatte beinahe die Überhand über das gewonnen, was er für seine Pflicht hielt, als eines Abends von einer Bergkirche her die Angelusglocke so seltsam erklang, als wenn der zum Läuten Bestellte nicht ganz bei der Sache sei. Das aber war das Signal für eine Zusammenkunft der Carbonari, jener *Venta,* der sich Missirilli angeschlossen hatte, als er in die Romagna kam. In der gleichen Nacht fanden sich alle in einer Einsiedelei in den Wäldern zusammen. Die beiden Eremiten waren mit Opium betäubt und hatten keine Ahnung, für welchen Zweck ihre Hütte verwendet wurde. Missirilli, der tieftraurig ebenfalls erschien, erfuhr dort, daß der Anführer seiner *Venta* verhaftet worden sei und daß er, obwohl ein junger Mann von kaum zwanzig Jahren, zum Führer einer Schar von Männern erwählt werden sollte, von denen manche mehr als fünfzig Jahre zählten und schon seit Murats Expedition im Jahre 1815 bei den Verschwörungen waren. Missirilli fühlte, wie ihm bei dieser unerwarteten Ehrung das Herz höher schlug. Sobald er wieder allein war, faßte er den Entschluß, nicht mehr an die junge Römerin zu denken, die ihn vergessen hatte, und sich ganz seiner Pflicht zu widmen, die darin bestand, Italien von den Barbaren zu befreien[1].

Zwei Tage darauf ersah Missirilli aus dem Bericht der Ankünfte und Abreisen, den er als Chef der *Venta* erhielt, daß Prinzessin Vanina im Schloß von San Nicolò angekommen sei. Beim Lesen dieses Namens war er eher verstört als beglückt. Vergeblich glaubte er seiner Treue dem Vaterlande gegenüber Genüge getan zu haben, indem er sich so weit beherrschte, daß er nicht ohne Verzug am selben Abend zum Schlosse San Nicolò eilte; der Gedanke an Vanina und daran, daß er sie vernachlässigte, hinderte ihn, in vernünftiger Weise seiner Pflicht

[1] «Liberar l'Italia de' barbari» ist ein Ausspruch Petrarcas vom Jahre 1350, der inzwischen von Julius II., von Machiavelli und dem Grafen Alfieri wieder aufgegriffen worden ist. (Anm. d. Verf.)

nachzukommen. Er sah sie am folgenden Tage; sie liebte ihn wie in Rom. Ihr Vater, der sie vermählen wollte, hatte ihre Abreise hinausgeschoben. Sie brachte zweitausend Zechinen mit. Diese unvorhergesehene Hilfe trug überaus dazu bei, Missirilli in seiner neuen Würde zu bestätigen. Man ließ in Korfu Dolche herstellen; es gelang, den persönlichen Sekretär des Legaten zu gewinnen, der mit der Verfolgung der Carbonari beauftragt worden war. Auf diese Weise bekam man eine Liste der Pfarrer in die Hände, welche der Regierung als Spione dienten.

Gerade zu dieser Zeit stand eine der bestgeleiteten Verschwörungen, die in dem unglücklichen Italien je unternommen wurden, nahe vor ihrem Gelingen. Ich möchte auf nicht hierher gehörige Einzelheiten verzichten und nur so viel sagen, daß, wenn das Unternehmen von Erfolg gekrönt worden wäre, Missirilli einen großen Teil des Ruhmes hätte für sich in Anspruch nehmen können. Dank seiner Umsicht hätten sich mehrere Tausende von Aufständischen auf ein gegebenes Signal erhoben und in Waffen die Ankunft ihrer Führer erwartet. Der entscheidende Augenblick stand ganz nahe bevor, als, wie noch jedesmal, durch die Verhaftung der Führer das Unternehmen seine Stoßkraft verlor.

Kaum in der Romagna angekommen, glaubte

Vanina zu sehen, daß die Vaterlandstreue ihres Geliebten ihn jede andere Liebe würde vergessen machen. Der Stolz der jungen Römerin litt empfindlich darunter. Vergebens versuchte sie, sich selbst durch Vernunft zu lenken; düsterer Kummer beherrschte sie: sie betraf sich dabei, die Freiheit heftig zu schmähen. Eines Tages, als sie nach Forlì gekommen war, um Missirilli zu sehen, vermochte sie ihren Schmerz, den sie aus Stolz sonst immer verbarg, nicht länger zu bezähmen.

«Wahrhaftig», sagte sie, «du liebst mich wie ein Ehemann; ich hatte es anders erwartet.»

Bald flossen ihre Tränen, doch war es mehr aus Beschämung, daß sie sich bis zu Vorwürfen hatte hinreißen lassen. Missirilli begegnete diesen Tränen wie ein Mann, der mit ernsten Dingen beschäftigt ist. Da fiel Vanina auf einmal ein, sie sollte ihn verlassen und nach Rom zurückkehren. Sie fand eine grausame Genugtuung darin, sich für ihre Schwäche, die sie zum Sprechen veranlaßt hatte, selber zu bestrafen. Nach ein paar Minuten des Schweigens war ihr Entschluß gefaßt; sie hätte sich Missirillis für nicht würdig erachtet, wäre sie nicht gegangen. Sie genoß im voraus sein schmerzliches Erstaunen, wenn er sie vergebens im Hause suchen würde. Bald jedoch geriet sie durch das Gefühl, daß sie die Liebe des Mannes nicht habe erringen können, für den sie so viele Torheiten zu begehen gewagt, in eine gerührte Stimmung. Daraufhin brach sie das Schweigen und versuchte vielmehr, ihm um alles in der Welt ein Liebeswort abzugewinnen. Mit abwesender Miene sagte ihr Missirilli viele Zärtlichkeiten; weit aufrichtiger aber wurde sein Ton, als er von seinen politischen Unternehmungen sprach und schließlich schmerzerfüllt ausrief:

«Ach! Wenn es diesmal nicht gelingt und die Regierung uns wieder entdeckt, gebe ich das Spiel auf.»

Vanina verharrte unbeweglich. Eine Stunde hatte sie nun in dem Gefühl verbracht, daß sie ihren Geliebten zum letzten Male sähe. Bei den Worten aber, die er jetzt sprach, durchfuhr ein verhängnisvoller Gedanke ihren Kopf.

Die Carbonari, sagte sie sich, haben von mir mehrere tausend Zechinen erhalten. An meiner Treue zu der Verschwörung wird niemand zweifeln können.

Vanina riß sich von ihren Träumereien nur einen Augenblick los, um zu Pietro zu sagen:

«Willst du nicht kommen und vierundzwanzig Stunden mit mir im Schloß San Nicolò verbringen? Bei eurer abendlichen Versammlung brauchst du gewiß nicht zugegen zu sein. Ein Spaziergang morgen früh in San Nicolò wird dich beruhigen und dir die Kaltblütigkeit verschaffen, die du für solche großen Unternehmungen brauchst.»

Pietro willigte ein.

Vanina verließ ihn, angeblich wegen ihrer Reisevorbereitungen, und schloß dabei wie gewöhnlich das kleine Zimmer ab, in dem sie ihn verborgen hielt.

Sie eilte zu einer ihrer Kammerfrauen, die sich inzwischen verheiratet hatte und ein kleines Geschäft in Forlì betrieb. Bei dieser Frau angekommen, schrieb sie eilig an den Rand eines Gebetbuches, das sie auf dem Tische fand, genau den Ort und die Stunde, wo die *Venta* in dieser Nacht zusammenkommen wollte. Sie schloß ihre Anzeige mit den Worten: «Diese *Venta* besteht aus neunzehn Mitgliedern; ihre Namen und Adressen sind die folgenden.» Nachdem sie diese Liste bis auf Missirillis Namen, den sie ausließ, sehr genau aufgeschrieben hatte, sagte sie zu der Frau, deren sie sicher war:

«Trage dieses Buch zum Kardinal-Legaten; er soll lesen, was darin geschrieben steht, und dir das Buch wiedergeben. Hier sind sechzig Zechinen; wenn jemals der Legat deinen Namen ausspricht, ist dir der Tod gewiß; mir aber rettest du das Leben, wenn du ihm das Blatt zu lesen gibst, das ich beschrieben habe.»

Alles glückte vortrefflich. Die Angst des Legaten bewirkte, daß er sich nicht als großer Herr betrug. Er erlaubte der Frau aus dem Volke, die ihn zu sprechen wünschte, maskiert vor ihm zu erscheinen, unter der Bedingung, daß man ihr die Hände band. In dieser Situation wurde die Krämerin dem Machthaber vorgeführt, der sich bei ihrer Ankunft hinter einem gewaltigen Tisch verschanzt hielt, auf dem eine grüne Decke lag.

Der Legat las dic Scitc in dem Stundenbuch, indem er sie, aus Furcht vor geheimnisvoll wirkendem Gift, weit von sich hielt. Er gab es der Krämerin zurück und ließ ihr niemand folgen. Weniger als vierzig Minuten, nachdem sie ihren Geliebten verlassen hatte, erschien Vanina, die ihre einstige Kammerfrau hatte zurückkommen sehen, wieder bei Missirilli, überzeugt, daß er nunmehr gänzlich ihr gehören werde. Sie sagte ihm, es herrsche in der Stadt ungewöhnliche Bewegung; man bemerke Carabinieristreifen in Straßen, wo sie sonst niemals anzutreffen seien.

«Wenn du meinem Rate folgst», fügte sie hinzu, «brechen wir unverzüglich nach San Nicolò auf.»

Missirilli willigte ein. Zu Fuß legten sie den Weg bis zum Wagen der Prinzessin zurück, der sie mit ihrer Gesellschafterin, einer verschwiegenen und gutbezahlten Vertrauten, eine halbe Meile vor der Stadt erwartete.

Im Schlosse San Nicolò angekommen, war Vanina, in Unruhe wegen ihres Vorgehens, zu ihrem Geliebten von besonderer Zärtlichkeit. Aber wenn sie ihm von Liebe sprach, hatte sie das Gefühl, ihm eine Komödie vorzuspielen. Am Abend zuvor, als sie ihn verriet, hatte sie ganz vergessen, daß es Gewissensbisse gibt. Während sie ihren Geliebten in die Arme schloß, dachte sie bei sich:

Es gibt ein bestimmtes Wort, das man nur auszusprechen brauchte, damit es ihm für immer vor mir grauen würde.

Mitten in der Nacht drang einer von Vaninas Bedienten ungestüm in ihr Zimmer ein. Dieser Mann war ein Carbonaro, ohne daß sie es ahnte. Missirilli hatte also Geheimnisse vor ihr, selbst in bezug auf solche Einzelheiten. Sie erschrak darüber. Der Mann erschien, um Missirilli zu melden, daß in dieser Nacht in Forlì die Häuser von neunzehn Carbonari umzingelt und sie selber verhaftet worden seien, eben in dem Augenblick, da sie von der *Venta* kamen. Wiewohl die Razzia sie überraschte, waren neun entkommen. Aber die anderen zehn hatten die Carabinieri ins Gefängnis der Zitadelle gebracht. Beim Eintreten hatte sich einer in den dortigen besonders tiefen Brunnen gestürzt und auf diese Weise sich das Leben genommen. Vanina geriet aus der Fassung; zum Glück bemerkte Pietro es nicht: er hätte ihr Verbrechen in ihren Augen gelesen.

«In diesem Augenblick», fügte der Diener hinzu, «bildet die Garnison von Forlì eine Kette durch alle Straßen. Jeder Soldat befindet sich in Hörweite seines Nachbarn, so nah, daß sie einander sprechen können. Die Einwohner dürfen nur an Stellen, an denen ein Offizier steht, von einer Straßenseite auf die andere gehen.»

Als der Mann hinausgegangen war, blieb Pietro in tiefem Nachdenken zurück.

«Im Augenblick ist nichts zu machen», brachte er endlich hervor.

Vanina war dem Tode nahe; unter den Blikken ihres Geliebten fing sie zu zittern an.

«Was ist mir dir?» fragte er.

Doch schon dachte er an anderes und sah sie nicht mehr an. Gegen die Mitte des Tages wagte sie zu ihm zu sagen:

«Da ist nun wieder eine Verschwörung entdeckt; ich denke, du wirst jetzt für einige Zeit dich einmal ruhig verhalten.»

«Sehr ruhig», gab Missirilli mit einem Lächeln zurück, unter dem sie erbebte.

Sie machte dem Dorfpfarrer von San Nicolò, der vielleicht ein Spitzel der Jesuiten war, einen Besuch. Als sie gegen sieben Uhr zum Abendessen kam, fand sie das Gemach, in dem sie ihren Geliebten versteckt gehalten hatte, leer. Außer sich durchforschte sie das ganze Haus; er war nirgends zu finden. Verzweifelt kehrte sie in das kleine Zimmer zurück; da erst fand sie ein Billett, in dem sie die folgenden Worte las:

Ich gehe fort und gebe mich dem Legaten gefangen; ich verzweifle an unserer Sache; der Himmel ist gegen uns. Wer hat uns verraten? Offenbar jener Elende, der sich in den Brunnen gestürzt hat. Da mein Leben dem armen Italien nichts mehr nützt, will ich wenigstens nicht, daß meine Kameraden glauben, ich hätte sie preisgegeben, da ich als einziger nicht verhaftet bin. Lebe wohl; wenn du mich liebst, sinne darauf, mich zu rächen. Vernichte, richte jenen Elenden zugrunde, der uns verraten hat, und wenn es mein Vater wäre.

Vanina sank auf einen Stuhl, halb ohnmächtig und von tiefstem Elend befallen. Sie war außerstande, ein Wort hervorzubringen. Ohne daß sie Tränen vergoß, brannten ihr die Augen.

Endlich stürzte sie auf die Knie:

«Großer Gott!» rief sie aus, «höre mein Gelübde; ja, ich will die Elende strafen, die Verrat geübt hat; aber vorher muß Pietro wieder die Freiheit erlangen.»

Eine Stunde später war sie auf dem Wege nach Rom. Seit langem schon drängte ihr Vater, sie solle wiederkommen. Während ihrer Abwesenheit hatte er ihre Vermählung mit dem Fürsten Livio Savelli in die Wege geleitet. Kaum war Vanina angekommen, so sprach er ihr zaghaft davon. Zu seinem größten Erstaunen war sie beim ersten Worte bereit. Am gleichen Abend stellte er ihr Don Livio noch einmal in aller Form vor; sie sprach sehr lange mit ihm. Er war ein eleganter junger Mann und hatte das schönste Haar; doch obwohl man ihm viel Geist zugestand, hielt man ihn für so leichtlebig, daß er der Regierung in keiner Weise verdächtig schien. Vanina glaubte, in ihm ein williges Werkzeug zu finden, wenn sie ihm nur zuvor gehörig den Kopf verdrehte. Da er der Neffe von Monsignore Savelli-Catanzara war, dem Polizeiminister und Gouverneur von Rom, vermutete sie, die Spitzel würden ihm nicht zu folgen wagen.

Nachdem Vanina ein paar Tage lang den liebenswürdigen Don Livio sehr gut behandelt hatte, kündigte sie ihm an, daß er niemals ihr Gatte werden könne; er habe, sagte sie, nichts als unernste Dinge im Kopf.

«Wenn man Sie ernst nähme», sagte sie ihm, «hätten die Leute Ihres Onkels kein Geheimnis vor Ihnen. Was beschließt man zum Beispiel über die Carbonari, die in Forlì gefaßt worden sind?»

Zwei Tage später kam Don Livio ihr sagen, daß alle in Forlì gefangenen Carbonari inzwischen entwichen seien. Sie ließ ihre großen schwarzen Augen mit dem bitteren Lächeln tiefster Verachtung auf ihm ruhen und würdigte ihn den ganzen Abend keines Wortes mehr. Am übernächsten Tage gestand ihr Don Livio, daß man ihn belogen habe.

«Ich aber», sagte er, «habe mir einen Schlüssel zum Kabinett meines Onkels verschafft; aus den Papieren, die ich dort fand, habe ich ersehen, daß eine Kongregation (oder Kommission), aus den Kardinälen und den vertrauenswürdigsten Prälaten zusammengesetzt, in größter Heimlichkeit zusammentreten und über die Frage befinden wird, ob es richtiger ist, diese Carbonari in Ravenna oder in Rom zu richten. Die neun in Forlì ergriffenen Carbonari und ihr Führer, ein gewisser Missirilli, der die Torheit begangen hat, sich selbst den Häschern zu stellen, sind zurzeit im Schlosse San Leone[1] inhaftiert.»

Bei dem Worte «Torheit» kniff Vanina den Fürsten mit aller Kraft in den Arm.

«Ich will selbst», sagte sie, «die amtlichen Schriftstücke sehen und mit Ihnen in das Kabinett Ihres Onkels eindringen: Sie haben sich sicher geirrt.»

Bei diesen Worten erschrak Don Livio; Vanina verlangte von ihm fast Unmögliches;

[1] Bei Rimini, in der Romagna. In diesem Schlosse kam der berühmte Cagliostro ums Leben; die Leute in jener Gegend sagen, man habe ihn erwürgt.

aber die bizarre Natur des Mädchens vermehrte noch seine Leidenschaft. Einige Tage darauf konnte Vanina, als Mann verkleidet, und zwar in einer hübschen Livree der Casa Savelli, eine halbe Stunde über den geheimsten Papieren des Polizeiministers verbringen. Eine Welle von Glück überflutete sie, als sie den täglichen Bericht über den Angeklagten Pietro Missirilli sah. Vor Zittern vermochten ihre Hände kaum das Papier zu halten. Beim Lesen des Namens fühlte sie sich wie von Schwindel erfaßt. Als Vanina den Palast des Gouverneurs von Rom verließ, gestattete sie Don Livio, ihr einen Kuß zu geben.

«Sie bestehen», sagte sie, «die Prüfungen gar nicht so schlecht, denen ich Sie unterziehe.»

Nach diesen Worten hätte der junge Fürst Vanina zu Gefallen den Vatikan in Brand gesteckt. An jenem Abend war Ball in der französischen Botschaft; sie tanzte viel und fast immer mit ihm. Don Livio war von Glück berauscht, er durfte jetzt nur nicht erst zur Besinnung kommen.

«Mein Vater ist manchmal sonderbar», sagte Vanina eines Tages zu ihm, «er hat heute morgen zwei seiner Leute fortgejagt, die bitterlich bei mir weinten. Der eine von ihnen hätte gern eine Stelle bei Ihrem Onkel, dem Gouverneur von Rom; der andere, der unter den Franzosen bei der Artillerie gestanden hat, fände am liebsten eine Verwendung in der Engelsburg.»

«Ich werde sie alle beide in meine Dienste nehmen», rief der junge Fürst lebhaft aus.

«Ist das etwa, was ich von Ihnen wollte?» erwiderte Vanina stolz. «Ich wiederhole Ihnen wörtlich die Bitte der armen Leute: sie müssen bekommen, was sie erbeten haben, und nicht etwas anderes.»

Nichts war schwieriger zu erreichen als das. Monsignore Catanzara war alles andere als unvorsichtig und ließ in seinem Hause nur wohlerprobte Leute zu. Inmitten eines scheinbar mit Vergnügungen angefüllten Lebens fühlte sich Vanina, von Gewissensbissen zernagt, um so unglücklicher, als die Langsamkeit in der Entwicklung der Ereignisse sie zur Verzweiflung brachte. Der Mann, der die Geschäfte ihres Vaters führte, hatte ihr Geld besorgt. Sollte sie aus dem väterlichen Hause entfliehen, sich in die Romagna begeben und versuchen, ihren Geliebten zur Flucht zu bewegen? So unsinnig diese Idee auch war, so stand Vanina doch gerade im Begriff, sie auszuführen, als ihr der Zufall zu Hilfe kam.

«Die zehn Carbonari von der *Venta* Missirilli», sagte Don Livio zu ihr, «sollen nach Rom gebracht, aber nach ihrer Verurteilung in der Romagna hingerichtet werden. Das hat heute abend mein Onkel bei Seiner Heiligkeit erreicht. Sie und ich, wir sind die einzigen, die dieses Geheimnis kennen. Sind Sie nun zufrieden mit mir?»

«Sie fangen an, ein Mann zu werden», gab Vanina zur Antwort; «schenken Sie mir Ihr Bildnis.»

Am Vorabend von Missirillis Ankunft in Rom fand Vanina einen Vorwand, nach Città-Castellana zu fahren. In dem Gefängnis dieser Stadt pflegte man die Carbonari, die von der Romagna nach Rom gebracht wurden, übernachten zu lassen. Sie sah Missirilli am Morgen, als er aus dem Gefängnis kam, gefesselt auf einem Karren; er schien ihr sehr blaß zu sein, sonst aber ungebrochen. Eine alte Frau warf ihm einen Veilchenstrauß zu; Missirilli lächelte, als er ihr dafür dankte.

Vanina hatte ihren Geliebten gesehen, ihre Geister erwachten wieder, sie hatte neuen Mut. Seit langem schon hatte sie dem Abbate Cari, dem Amtsgeistlichen der Engelsburg, in die ihr Geliebter übergeführt werden sollte, ein Avancement verschafft und den guten Priester zu ihrem persönlichen Beichtvater erkoren. In Rom ist es nichts Geringes, Beichtvater einer Prinzessin und Nichte des Gouverneurs zu sein.

Der Prozeß der Carbonari von Forlì zog sich nicht lange hin. Als Gegenschlag gegen ihre

Überführung nach Rom, die sie nicht hatten verhindern können, sorgten die Extremisten dafür, daß die Kommission, die sie richten sollte, aus den ehrgeizigsten Prälaten zusammengestellt worden war. Den Vorsitz in der Kommission hatte der Polizeiminister.

Das Gesetz gegen die Carbonari ist eindeutig: es gab keine Hoffnung für die Männer von Forlì; dennoch kämpften sie mit allen nur möglichen Ausflüchten um ihr Leben. Nicht nur verurteilten die Richter sie zum Tode, sondern mehrere unter ihnen beantragten sogar noch zusätzlich Martern wie das Abhauen einer Hand und dergleichen mehr. Der Polizeiminister, dessen Glück schon gemacht war (denn man verläßt diese Stellung nur, um dafür den Kardinalshut einzutauschen), bedurfte keiner abgehauenen Hand: er brachte den Urteilsspruch vor den Papst und ließ die Strafe für alle Verurteilten in einige Jahre Kerker umwandeln. Einzig Pietro Missirilli wurde ausgenommen. Der Minister sah in diesem jungen Manne einen gefährlichen Fanatiker; zudem war Missirilli auch wegen der Ermordung der beiden Carabinieri, von der wir gesprochen haben, zum Tode verurteilt worden. Vanina war über den Urteilsspruch und die Begnadigung wenige Augenblicke nach der Rückkehr des Ministers von der Audienz beim Papste unterrichtet.

Am folgenden Tage kehrte gegen Mitternacht Monsignore Catanzara in seinen Palast zurück; er fand seinen Kammerdiener nicht vor; verwundert schellte der Minister ein paarmal hintereinander; endlich erschien ein alter, schon etwas kindischer Diener: ungeduldig faßte der Minister den Entschluß, sich allein auszukleiden. Er verschloß seine Tür; draußen war es sehr heiß: er nahm sein Habit und schleuderte es in einem Knäuel auf einen Stuhl. Das allzu energisch geworfene Bündel flog über den Stuhl hinaus und traf den Musselinvorhang vor dem Fenster, hinter dem sich die Gestalt eines Mannes abzeichnete. Der Minister sprang rasch aus dem Bett und griff nach einer Pistole. Als er sich dem Fenster näherte, trat ein sehr junger Mann in der Livree des Hauses mit einer Pistole in der Hand auf ihn zu. Bei diesem Anblick näherte der Minister die Pistole seinem Auge; er war bereit, abzudrücken. Doch lachend sagte der junge Mann:

«Aber wie denn! Monsignore, kennen Sie Vanina Vanini nicht mehr?»

«Was bedeutet dieser schlechte Scherz?» stieß der Minister zornig hervor.

«Nur ruhig Blut», sagte das junge Mädchen. «Zunächst einmal ist Ihre Pistole überhaupt nicht geladen.»

Erstaunt stellte der Minister diese Tatsache

fest; darauf zog er einen Dolch aus seiner Westentasche[1].

Mit reizender Überlegenheit sagte Vanina zu ihm:

«Setzen wir uns, Monsignore.»

Seelenruhig nahm sie auf einem Kanapee Platz.

«Sind Sie wenigstens allein?» fragte der Minister.

«Gänzlich allein, ich schwöre es!» rief Vanina aus.

Aber der Minister überzeugte sich selbst: er ging im Zimmer rundum und sah überall nach; dann setzte er sich, drei Schritte von Vanina entfernt, auf einen Stuhl.

«Welches Interesse hätte ich», sagte Vanina mit sanfter, ruhiger Miene, «einem besonnenen Mann nach dem Leben zu trachten, den wahrscheinlich ein schwächlicher Hitzkopf ersetzen

[1] Ein römischer Prälat wäre sicherlich außerstande, ein Armeekorps mit Bravour zu befehligen, wie es mehrmals ein Divisionsgeneral getan hat, der – und zwar zur Zeit der Affäre Mallet – in Paris Polizeiminister war; aber niemals würde er sich in seinem Hause so leicht verhaften lassen. Er würde zu sehr die versteckten Reden seiner Kollegen fürchten. Ein Römer, der sich gehaßt weiß, geht nie ohne Waffe aus. Wir haben nicht für notwendig gehalten, auch noch einige andere kleine Abweichungen in der Art, wie man in Rom und wie man in Paris handelt und spricht, zu rechtfertigen. Anstatt diese Unterschiede etwa auszugleichen, haben wir im Gegenteil geglaubt, sie mutig aufzeigen zu sollen. Die Römer, die hier geschildert werden, haben nicht die Ehre, Franzosen zu sein.

würde, welcher imstande wäre, sich und die anderen zugrunde zu richten?»

«Was wünschen Sie denn, mein Fräulein?» fragte ungnädig der Minister. «Diese Szene hier gefällt mir nicht und muß ein Ende nehmen.»

«Was ich noch hinzuzufügen habe», fuhr Vanina hochmütig und ohne eine Spur ihrer gewohnten schmeichelnden Anmut fort, «ist für Sie wichtiger als für mich. Es wird gewünscht, daß der Carbonaro Missirilli am Leben bleibt; wird er hingerichtet, so werden Sie ihn nicht um eine Woche überleben. Mich geht das alles gar nichts an; den Streich, über den Sie sich beklagen, habe ich zunächst aus Übermut unternommen, dann einer Freundin zuliebe. Ich wollte», fuhr Vanina fort, die wieder ganz zur großen Dame wurde, «einem geistvollen Manne, der bald mein Oheim sein dürfte und es allen Anzeichen nach in bezug auf das Glück seines Hauses einmal weit bringen wird, einen Dienst erweisen.»

Der Minister gab seine verdrossene Miene auf: sicher trug Vaninas Schönheit das ihre zu diesem Wandel bei. Man kannte in Rom die Schwäche des Monsignore Catanzara für schöne Frauen, und in ihrer Verkleidung als Kammerdiener der Casa Savelli, mit straffgezogenen Seidenstrümpfen, einer roten Weste, einem kleinen himmelblauen, mit goldenen Tressen verzierten Frack und der Pistole in der Hand, war Vanina bezaubernd.

«Meine liebe Nichte in spe», sagte fast lachend der Minister, «Sie haben sich da auf einen schönen Streich eingelassen, und ich fürchte, es wird der letzte nicht sein.»

«Ich hoffe», antwortete Vanina, «daß jemand, der so klug ist wie Sie, über mein Beginnen Schweigen bewahren wird, vor allem Don Livio gegenüber, und um Sie besonders zu verpflichten, mein lieber Onkel, würde ich Ihnen für das Leben des Schützlings meiner Freundin mit einem Kusse danken.»

Dadurch, daß sie die Unterhaltung in diesem halb scherzenden Tone weiterführte, in dem die römischen Damen Staatsaffären behandeln, gelang es Vanina, dieser Begegnung, die mit der Pistole in der Hand begonnen wurde, den Charakter einer Visite zu geben, die die künftige Prinzessin Savelli ihrem Onkel, dem Gouverneur von Rom, abzustatten beliebte.

Bald war Monsignore Catanzara so weit, daß er zwar hochfahrend den Gedanken von sich wies, er könne sich durch Furcht bestimmen lassen, aber immerhin seiner Nichte die Schwierigkeiten aufzählte, denen er bei dem Bemühen begegnen würde, Missirilli zu retten. Während ihrer Unterredung ging der Minister mit Vanina in seinem Zimmer auf und ab; er nahm eine Limonadenkaraffe, die auf dem Kamin stand, und füllte ein Glas aus Kristall. Doch in dem Augenblick, als er es an die Lippen setzen wollte, griff Vanina danach, und nachdem sie es ein Weilchen in der Hand gehalten hatte, ließ sie es wie aus Versehen in den Garten fallen. Etwas später nahm der Minister aus einer Bonbonniere ein Schokoladenplätzchen. Vanina nahm es ihm fort und sagte lachend zu ihm:

«Seien Sie doch vorsichtig, bei Ihnen ist alles vergiftet; man wünscht nämlich Ihren Tod. Nur ich habe die Begnadigung meines künftigen Onkels erreicht, um nicht völlig mit leeren Händen in die Familie Savelli einzutreten.»

Aufs höchste erstaunt, dankte Catanzara seiner Nichte und machte ihr große Hoffnung für Missirillis Leben.

«Unser Handel ist abgeschlossen!» rief Vanina aus, «und zum Zeichen dafür gebe ich Ihnen jetzt die Belohnung», sagte sie und küßte ihn.

Der Minister nahm die Belohnung an.

«Sie müssen wissen, meine liebe Vanina», fügte er hinzu, «daß ich selber ungern Blut fließen sehe. Außerdem bin ich noch jung, wenn ich Ihnen auch alt erscheinen mag, und könnte noch eine Zeit erleben, da das Blut, das man heute vergießt, einmal als Flecken erscheint.»

Es schlug zwei Uhr, als Monsignore Catanzara Vanina an eine kleine Pforte seines Gartens geleitete.

Am übernächsten Tage, als der Minister in rechter Verlegenheit wegen des Schrittes, den er zu unternehmen gedachte, vor dem Papste erschien, sagte ihm Seine Heiligkeit:

«Vor allem habe ich eine Begnadigung von Ihnen zu erbitten. Es ist da einer unter den Carbonari von Forlì, dessen Todesstrafe nicht aufgehoben worden ist; der Gedanke daran raubt mir den Schlaf: diesen Mann muß man retten.»

Da der Minister nunmehr sah, daß der Papst auf seiner Seite war, machte er viele Einwendungen und stellte schließlich ein Dekret oder *Motu proprio* aus, das der Papst gegen jede Gepflogenheit unterschrieb.

Vanina war auf den Gedanken gekommen, daß sie vielleicht die Begnadigung ihres Geliebten erreichen, man aber dennoch danach trachten könnte, ihn durch Gift zu beseitigen. Schon am Tage zuvor hatte Missirilli durch seinen Beichtvater, Abbate Cari, einige Päckchen Schiffszwieback mit der Weisung, nichts von den offiziell gewährten Nahrungsmitteln anzurühren, ausgehändigt bekommen.

Da Vanina nachträglich erfahren hatte, daß die Carbonari von Forlì ins Schloß San Leone überstellt werden sollten, wollte sie versuchen, Missirilli beim Durchgang durch Città-Castellana zu sehen; sie fand Abbate Cari vor, der schon mehrere Tage vor ihr eingetroffen war. Er hatte beim Kerkermeister erreicht, daß Missirilli um Mitternacht in der Gefängniskapelle die Messe hören dürfe. Ja, man ging noch weiter: wenn Missirilli einwilligte, sich an Armen und Beinen fesseln zu lassen, wollte sich der Kerkermeister nach der Tür der Kapelle zurückziehen, so daß er zwar den Gefangenen, für den er haftete, immer sehen, aber seine Worte nicht verstehen konnte.

Der Tag, der über Vaninas Geschick entscheiden sollte, brach an. Schon am Morgen hatte sie sich in der Gefängniskapelle einschließen lassen. Wer möchte sagen, welche Gedanken sie diese langen Stunden hindurch bewegten? Liebte Missirilli sie so sehr, daß er ihr verzeihen würde? Sie hatte seine *Venta* verraten, doch ihm das Leben gerettet. Vanina hoffte, daß seine gequälte Seele der Vernunft zugänglich sein und daß er mit ihr zusammen Italien verlassen würde: wenn sie gesündigt hatte, so war es aus einem Übermaß der Liebe geschehen. Als es vier Uhr schlug, hörte sie draußen auf dem Pflaster die Pferdehufe der Carabinieriabteilung. Jeder Hufschlag hallte in ihrem Herzen wider. Bald unterschied sie auch das Rollen jener Karren, die die Gefangenen trugen. Auf dem kleinen Platz vor dem Gefängnis machten sie halt; sie sah, wie zwei Carabinieri Missirilli heruntergehoben, der für sich allein auf einem Karren saß, so mit Ketten beladen, daß er sich nicht rühren konnte. Wenigstens lebt er, sagte sie sich mit Tränen in den Augen, noch haben sie ihn nicht vergiftet! Der Abend war grausam für sie; die Lampe vor dem Altar, die ziemlich hoch angebracht war und die der Kerkermeister nur spärlich mit Öl bedachte, beleuchtete allein die düstere Kapelle. Vaninas Blicke irrten über die Gräber einiger großer Herren des Mittelalters hin, die in dem benachbarten Gefängnis ihr Ende gefunden hatten. Ihre Steinbilder blickten finster darein.

Aller Lärm schwieg seit langem; Vanina saß in trübe Gedanken versunken da. Kurz nachdem es Mitternacht geschlagen hatte, glaubte sie ein Geräusch zu hören, so leicht wie der Flug einer Fledermaus. Sie wollte aufstehen, aber sank statt dessen halb ohnmächtig auf die Altarschranke hin. Im gleichen Augenblick standen zwei Gestalten dicht neben ihr, ohne daß sie sie hatte kommen hören. Es war der Kerkermeister mit Missirilli, der so sehr mit Ketten umwickelt war, daß er ganz unbeweglich schien. Der Wärter stellte neben Vanina eine Laterne auf die Altarschranke, so daß er seinen Gefangenen im Auge behalten konnte. Dann zog er sich an die Tür im Hintergrund zurück. Kaum hatte er sich entfernt, so fiel auch schon Vanina Missirilli um den Hals. Aber als sie ihn in die Arme drückte, spürte sie nichts als kalte, scharfkantige Ketten. Wer hat ihm diese Ketten verschafft? dachte sie bei sich. Sie empfand kein Glück dabei, ihren Geliebten zu küssen. Diesem Schmerz folgte noch ein anderer, der weit schneidender war: sie meinte einen Augenblick, Missirilli kenne ihre Schuld, so kalt empfing er sie.

«Liebe Freundin», brachte er endlich hervor, «ich bedaure, daß du solche Neigung für mich gefaßt hast; vergebens suche ich nach dem Verdienst, das sie dir eingeflößt haben mag. Glaube mir, wir tun gut, zu christlicheren Gefühlen zurückzukehren und die holde Täuschung zu vergessen, die uns irregeleitet hat; ich kann dir nicht angehören. Die Beständigkeit des Unglücks, das mich zurzeit verfolgt, rührt vielleicht von dem Stande der Todsünde her, in dem ich mich unaufhörlich befunden habe. Selbst wenn ich nur auf die Stimme der menschlichen Klugheit höre – warum bin ich nicht mit meinen Freunden verhaftet worden in jener verhängnisvollen Nacht in Forlì? Warum habe ich im Augenblick der Gefahr nicht auf dem Posten gestanden? Warum konnte meine Abwesenheit zum Anlaß grausamster Verdächtigungen werden? Ich hatte eine andere Leidenschaft als die für die Freiheit Italiens.»

Vanina erholte sich von dem Erstaunen nicht, das ihr das veränderte Aussehen Missirillis bereitete. Ohne daß er spürbar abgemagert war, wirkte er, als sei er dreißig Jahre alt. Vanina schrieb diese Veränderung der schlechten Behandlung im Gefängnis zu und brach in Tränen aus.

«Ach!» rief sie, «und die Gefängniswärter hatten so fest versprochen, sie würden dich gut behandeln.»

Tatsache war, daß angesichts des Todes alle religiösen Grundsätze, die sich mit der Leidenschaft für die Freiheit Italiens vereinigen ließen, im Herzen des jungen Carbonaro wieder aufgelebt waren. Allmählich merkte Vanina, daß die erstaunliche Wandlung, die sie bei ihrem Geliebten feststellte, rein seelischer Natur und keineswegs die Folge körperlicher Mißhandlung war. Ihr Schmerz, den sie schon auf der Höhe geglaubt, wurde noch schlimmer dadurch.

Missirilli schwieg; Vanina aber schien vor Tränen zu ersticken. Selbst nunmehr stärker bewegt, fügte er hinzu:

«Wenn ich etwas auf Erden liebte, Vanina, so würdest du es sein; aber dem Himmel sei Dank, ich habe in meinem Leben nur noch ein einziges Ziel: ich werde im Gefängnis sterben oder bei dem Versuch, Italien die Freiheit zu geben.»

Wieder trat Schweigen ein; offenbar konnte Vanina noch nicht wieder sprechen: vergeblich versuchte sie es. Missirilli fuhr fort:

«Die Pflicht ist grausam, liebste Freundin; doch wenn es nicht gälte, Mühen auf sich zu nehmen, was wäre der Heroismus dann? Gib mir dein Wort, daß du nicht mehr versuchen wirst, mich zu sehen.»

So gut es die straffe Kette gestattete, machte er eine kleine Bewegung mit dem Handgelenk und streckte Vanina die Finger hin.

«Wenn du einem Freunde, der dir teuer war, einen Rat gestattest, so verheirate dich mit einem verdienstvollen Mann, den dir dein Vater bestimmt. Mache ihm kein Geständnis, das unangenehm sein könnte; auf der anderen Seite versuche mich nie mehr zu sehen; wir wollen in Zukunft Fremde füreinander sein. Du hast uns zum Besten des Vaterlandes bedeutende Summen geliehen; wird Italien jemals von seinen Tyrannen befreit, wirst du diesen Betrag getreulich aus öffentlichen Gütern zurückerstattet erhalten.»

Vanina stand niedergeschmettert da. Als Pietro mit ihr sprach, hatte sein Auge nur in der Sekunde aufgestrahlt, als er das Vaterland nannte.

Endlich kam der Stolz der jungen Prinzessin zu Hilfe; sie hatte sich mit Diamanten und kleinen Feilen versehen. Ohne Missirilli eine Antwort zu geben, hielt sie ihm beides hin.

«Ich nehme sie aus Pflichtgefühl», sagte er zu ihr, «denn natürlich muß ich zu entweichen versuchen; aber ich werde dich niemals wiedersehen, ich schwöre es angesichts der Wohltaten, die du uns erweisest. Lebe wohl, Vanina; versprich mir, daß du mir niemals schreiben, mich nie zu sehen versuchen wirst; laß mich ganz dem Vaterland, ich bin tot für dich: lebe wohl.»

«Nein», rief Vanina zornig aus, «du sollst wissen, was ich verbrochen habe, verleitet durch meine Liebe zu dir.»

Darauf schilderte sie ihm alle ihre Schritte von dem Augenblick an, da Missirilli das Schloß San Nicolò verlassen hatte, um sich zu dem Legaten zu begeben. Als ihr Bericht beendet war, sagte sie:

«Das ist noch nichts; ich habe aus Liebe zu dir noch weiteres getan.»

Und sie gestand ihm ihren Verrat.

«Bestie du!» rief da Pietro aus, und mit aller Wucht warf er sich gegen sie, als wolle er sie mit seinen Ketten erschlagen.

Es wäre ihm auch gelungen, wäre nicht der Kerkermeister bei den ersten Schreien herbeigeeilt. Er packte Missirilli.

«Halt, Bestie, ich will dir nichts schulden», rief

Missirilli Vanina zu; so gut es mit seinen Ketten möglich war, warf er ihr Diamanten und Feilen vor die Füße und verschwand.

Vanina blieb vernichtet zurück. Sie ging wieder nach Rom; die Zeitung bringt die Nachricht, daß sie Fürst Livio Savelli geheiratet hat.

ERINNERUNGEN EINES ITALIENISCHEN EDELMANNS

Ich bin in Rom als der Sohn von Eltern geboren, die in dieser Stadt hoch angesehen waren; mit drei Jahren hatte ich das Unglück, meinen Vater zu verlieren. Meine Mutter, die noch in der Blüte des Lebens stand, fand sich zu einer zweiten Ehe bereit; sie vertraute meine Erziehung einem Onkel an, der selbst keine Kinder hatte. Dieser übernahm seine Aufgabe bereitwillig und sogar voller Eifer; denn, entschlossen, aus seinem Zögling einen ergebenen Parteigänger der Priester zu machen, erhoffte er sich aus seiner Stellung als Vormund einen gewissen Vorteil.

Nach dem Tode General Dufaons, dessen Geschichte zu allgemein bekannt ist, als daß ich mich hier mit ihr beschäftigen möchte, begannen die Priester angesichts der Tatsache, daß die französischen Armeen in den Kirchenstaat einzufallen drohten, das Gerücht zu verbreiten, man sehe holzgeschnitzte Statuen Christi und der Heiligen Jungfrau die Augen aufschlagen; das Volk in seiner Gläubigkeit nahm diese fromme Lüge vertrauensvoll hin; es wurden Prozessionen veranstaltet; die Stadt wurde illuminiert, und die Gläubigen drängten sich um den Opferstock. Mein Onkel, der sehr begierig war, das Wunder, von dem soviel Aufhebens gemacht wurde, mit eigenen Augen zu sehen, stellte aus allen Leuten seines Hauses eine Prozession zusammen und trat in Trauerkleidung und mit einem Kruzifix in der Hand an ihre Spitze; ich begleitete ihn mit einer brennenden Fackel. Wir schritten alle mit nackten Füßen einher, in der festen Überzeugung, daß, je mehr Demut wir an den Tag legten, desto eher die Hl. Jungfrau und ihr Sohn Mitleid mit uns haben und geneigt sein würden, uns ihre offenen Augen zu zeigen. In Reih und Glied begaben wir uns so zur Kirche San Marcello, wo wir eine unermeßliche Menge von Menschen antrafen, die unablässig riefen: «*Evviva Maria! Evviva Maria ed il Suo divino creatore!*» Soldaten, die vor der Tür aufgestellt waren, verwehrten der vor der Kirche versammelten Menge den Eintritt und ließen nur Prozessionen durch. Wir selbst gelangten ohne alle Schwierigkeit hinein und bald auch bis an die Schranke, an der wir vor den Standbildern der Hl. Jungfrau und ihres Sohnes niederknieten. «Seht!» rief das Volk, «jetzt eben haben sie die Augen aufgemacht!» Die meisten knieten so, daß sie nichts sehen konnten, aber gläubig wiederholten sie die Rufe ihrer Nachbarn; die weniger Überzeugten hinwieder hätten sich wohl gehütet, ihrem Unglauben Ausdruck zu geben, denn man hätte sie erbarmungslos niedergemetzelt. Mit starr auf die Heiligenbilder geheftetem Blick rief mein Onkel in heller Verzückung aus: «Ich habe sie gesehen; sie haben zweimal die Augen aufgeschlagen und wieder zugemacht.» Was mich selbst betraf, so fing ich armes Kind, da mir vom Stehen und besonders vom langen Barfußgehen die Füße schmerzten, zu weinen an; mein Onkel brachte mich durch eine Ohrfeige zur Ruhe und wies mich an, lieber an die Hl. Jungfrau anstatt an meine Füße zu denken. Wir waren noch in der Kirche, als wir einen Schneider namens Badaschi mit seiner Frau und einem Kind eintreten sahen, welches so stark hinkte, daß es sich kaum mit Hilfe seiner Krücken aufrecht halten konnte; die guten Eltern stellten ihren Sohn auf die Plattform des Altars und riefen: «*Grazia! Grazia!*» Nachdem sie die gleiche Anrufung eine halbe Stunde lang wiederholt und sich dabei bald an Christus, bald an die Hl. Jungfrau gewendet hatten, sagte die Mutter zu dem Sohn: «Glaube, mein Kind, glaube fest!» Darauf traten sie von dem Kranken zurück und überließen ihn der Vorsehung, während sie immer weiter riefen: «Glaube, Kind! Wirf deine

Krücken fort!» Das arme Kind gehorchte und fiel, seiner hilfreichen Stützen beraubt, von oben her die vier Stufen herunter, so daß es mit dem Kopf auf den Steinboden schlug. Seine Mutter, die bei dem Geräusch seines Falls herbeigeeilt war, um ihn aufzuheben, brachte ihn sogleich in das *Ospedale della Consolatione*, wo seine Wunde verbunden wurde; das arme Kind aber hatte nun, noch immer hinkend wie zuvor, obendrein eine Beule davongetragen. Nach diesem Zwischenfall verließen wir die Kirche, und unsere Prozession trat unter den üblichen Anrufungen den Heimweg an. Bei unserer Ankunft fragte ich bescheiden meinen Vormund, weshalb die Heilige Jungfrau zugelassen habe, daß das arme, unschuldige Kind so heftig hingefallen sei; er aber antwortete mir: «Denkst du denn, mein Sohn, Gott und die Madonna müssen unbedingt Wunder für all und jeden tun? Das darfst du nicht etwa glauben; um einer so großen Gunst teilhaftig zu werden, muß man ein reines, makelloses Gewissen haben.»

Wenn ich mich über das Kapitel der Wunder verbreiten wollte, würden mehrere Bände für eine erschöpfende Behandlung dieses Themas nicht ausreichend sein. Ich möchte hier nur ein einziges erwähnen: Auf der Piazza Pollarola in Rom steht eine Statue, die man die *Madonna del Saponaro* nennt; die Lampen davor wurden, so hieß es, nicht mit Öl, sondern mit der Milch der Heiligen Jungfrau gespeist, und man hatte, damit das Volk auch wirklich auf den Betrug hereinfiel, in das Kristall der Lampen eine weißliche Flüssigkeit gefüllt. Priester in Chorhemd und Stola nahmen die Rosenkränze entgegen, die das Volk ihnen darbot, und tauchten sie in das geweihte Naß. Als mein Onkel und ich an einer Prozession dorthin teilgenommen hatten, um dieser Madonna unsere Verehrung darzubringen, benutzten wir die Gelegenheit, den Pfarrer zu bitten, auch unsere Rosenkränze zu nehmen; er willigte erst nach längerem Hin- und Herreden ein und gab sie uns dann nicht mit Milch, sondern einem so fetten Öl getränkt zurück, daß wir lange warten mußten, bis wir sie wieder in unsere Taschen stecken konnten.

Als sich im Jahre 1797 das französische Heer Roms bemächtigt hatte, um in dieser Stadt die republikanische Regierungsform einzuführen, wurde auf der Stelle eine Nationalgarde geschaffen. Mein Onkel, dessen Gefühle und Ansichten keinesfalls mit denen der Sieger sympathisierten, sah sich zu seinem großen Bedauern gezwungen, seinen Widerstand geheimzuhalten und sich um den Rang eines Hauptmanns zu bewerben, was ihn in die traurige Notwendigkeit versetzte, bei den Vorbereitungen des Verbrüderungsfestes mitzuwirken und mich an dem Festzug teilnehmen zu lassen, der dieser republikanischen Feierlichkeit voranging; ihren Rahmen bildete der Platz vor dem Vatikan. Ich war antik gewandet wie die anderen Kinder auch; wir trugen Kränze auf dem Kopf und Lorbeergirlanden um den Hals. Ich fand an dieser patriotischen Neuerung mehr Vergnügen als an den Prozessionen zu Ehren der Hl. Jungfrau; meinen Gefährten ging es ebenso, und unsere Freude gestaltete sich um so rauschhafter, als die Zeremonie mit einem prächtigen Mahl auf dem Petersplatz endete. Indessen gestatteten mir die Vorhaltungen meines Onkels nicht, mein Glück in Frieden zu genießen; bei meiner Rückkehr nahm er mich mit der Absicht ins Gebet, mir ein heiliges Grauen vor solchen einem Sakrileg gleichkommenden – da, wie er sagte, dem Heidentum nachgebildeten – Festen einzuflößen, deren wahrer Zweck es sei, Sittenlosigkeit und Verderbtheit in der Hauptstadt des Christentums auf den Schild zu erheben. Solche Feste, setzte er hinzu, sind Tage des Triumphes für den Bösen; es bleibt uns nichts anderes übrig, als den Himmel um Vergebung dafür anzuflehen, daß wir an dieser Gottlosigkeit teilgenommen haben: der Tod schien ihm erwünschter als solche Schmach, und er schloß damit, er werde fortan nicht mehr dulden, daß man uns unter den Schuldigen sähe, mit welch machtvollen Mitteln man auch versuchen würde, uns dazu zu zwingen. Er hielt mutig sein Wort, und bald bereiteten auch die Wechselfälle des Krieges, durch die die Franzosen zur Aufgabe Roms gezwungen wurden, seinen Sorgen ein Ende, ja verschafften ihm sogar die tröstliche Genugtuung, die päpstliche Regierung wieder eingesetzt zu sehen. Nach diesem Umschwung, der seine liebsten Hoffnungen fast noch übertraf, vertraute er mich einem Präzeptor an, der mich in den Anfangsgründen des Lateinischen unterrichten sollte, da ich in eine öffentliche Schule, das heißt das römische Jesuitenkolleg, nicht eintreten konnte, ohne die Elemente dieser Sprache zu beherrschen. Ich machte, dank einer abscheulich umständlichen Methode und der Gewohnheit, den Kopf des unglücklichen Schülers mit Predigten und Gebeten zu überlasten, nur sehr geringe Fortschritte. Wehe dem Zögling, der etwa Fragen stellte, die über den Horizont der Lehrmeister hinausgingen! Nachdenken war ein Verbrechen, alles aber, was aus dem Munde der Priester kam, hatte man als Evangelium hinzunehmen. Nach zwei Jahren des Lernens empfing ich zum erstenmal die Kommunion; man mußte sich durch drei Monate der Buße darauf vorbereiten. Nach dieser harten Prüfung kehrte ich in das Haus meines Onkels und meiner Tante zurück, die sich, da sie, wie sie selber sagten, vor allen Dingen mein Seelenheil im Auge hatten, meiner geringen Studienfortschritte wegen keine Sorgen machten, mich mit Tränen in den Augen umarmten und mich beglückwünschten, mit frommem Sinn den Pfad der Religion beschritten zu haben. Aber ach! von dem der Wissenschaft war ich vollends abgewichen und hatte bei meiner Rückkehr ins Kolleg auch noch das wenige vergessen, was meine gravitätischen Lehrer mir allenfalls hatten beibringen können.

Es bestand im Kolleg eine religiöse Vereinigung, die sich die Brüderschaft des hl. Ludwig nannte. Alle jungen Leute, die an den Unterrichtsstunden teilnahmen, mußten an Festtagen eine lateinische Predigt anhören, beichten und die Kommunion empfangen; darauf begaben sie sich zum Mittagsmahl, von dem sie nach zwei Stunden wieder zurück sein mußten. Alle Schüler begaben sich sodann unter Führung einiger Priester in einen Garten außerhalb der Stadt, um dort Ball zu spielen, wobei jede Partie mit zehn Vaterunser bezahlt wurde, die man mit den Händen auf den Knien betete. Wenn die Stunde des Spiels vorüber war, kehrten wir in die Stadt zurück, wo uns wiederum eine Predigt erwartete; darauf nahmen zwei Priester die vorgeschriebenen Geißelungen an uns vor, wobei das Licht gelöscht wurde, damit es den von besonderem Eifer Beseelten freistünde, die Züchtigung der guten Patres nackt entgegenzunehmen. Beim Beginn des Psalmes *Miserere mei, Deus* traten sämtliche Geißeln in Aktion, und diese Übung dauerte an, bis der Psalm beendet war. War das geschehen, so ruhten die Geißeln wieder; man ließ den jungen Büßern, die sich entkleidet hatten, genügend Zeit, ihre Blöße wiederum zu bedecken; darauf wurden die Lampen angezündet, und nach vielen Gebeten wurden wir alle, von Höllen- und Satansfurcht bis ins tiefste durchdrungen, nach Hause geschickt. Allwöchentlich wurde diese Zeremonie zum Nutzen unserer Seele, aber auf Kosten unserer Geistesbildung erneuert. Unsere Lehrmeister waren an unserer Ausbildung nicht interessiert: sie suchten vielmehr mit Fleiß, uns in Unwissenheit zu erhalten und in unseren Herzen durch die ungerechte Strenge der Züchtigung den Keim aller Tugenden zu ersticken. Zu meinem Glück führte das Übermaß des Übels beschleunigt das Ende meiner Leiden herbei. Eines Tages kam ich zu spät ins Kolleg und beherrschte gegen meine Gewohnheit auch meine Lektion nicht genügend; sofort ließ mein Hofmeister den Korrektor kommen, eine Art von Profoß, der von der Ordensleitung dafür bestellt war, die Straferlasse der Lehrer auszuführen. Ich erhielt zwanzig Streiche auf die Hände, die mir grausame Pein bereiteten; nach dieser Exekution kehrte ich an meinen Platz in der Bank zurück, vermochte aber meinen Schmerz und meine Empörung nicht zu verhehlen. Darin freilich war ich übel beraten; denn der Pater, dem meine Mißstimmung nicht entging, ordnete eine erneute Bestrafung an. Dieses Zusatzverfahren war nicht nach meinem Geschmack, und ich lehnte daher ab, mich ihm zu unterziehen; mein Richter aber drohte mit Zwangsmaßnahmen, falls ich auf meiner Weigerung beharrte. Angesichts dieser Drohung und in der Erkenntnis, daß ich der Gefahr einzig durch Flucht würde entgehen können, ergriff ich rasch Federn, Papier, Taschenmesser und Tintenfaß und warf alles dem Aufseher an den Kopf, der freilich mit dem Schrecken davonkam. Auf diese Weise verabschiedete ich mich von ihm. Meine Mitschüler brachen in erheitertes Gelächter aus. Auf Befehl des Magisters jedoch liefen sie mir nach; in meiner Angst, von ihnen eingeholt zu werden, flüchtete ich mich in eine Kirche; denn bekanntlich stellen diese in Italien ein unverletzliches Asyl dar, vor dem denn auch in meinem Fall jede weitere Verfolgung haltzumachen hatte. Nach diesem Ausbruch von Eigenmächtigkeit machte ich mir Gedanken darüber, welchen Entschluß ich nunmehr fassen sollte: ich zweifelte nicht, daß, falls ich meinen Onkel riefe, dieser mit meinen Feinden gemeinsame Sache machen würde. Ich zog es daher vor, mich an meine Mutter zu wenden, die als einzige für mich Verständnis haben konnte. Sie erschien auch eiligst, tief erschreckt und überzeugt, ich hätte ein schweres Verbrechen begangen. Ich berichtete ihr mein Abenteuer, worauf sie sich einigermaßen beruhigte. Sie nahm mich mit zu ihrem Gatten, und nach vielen Schritten zum Zweck der Bereinigung dieser Angelegenheit erreichte man von seiten des Gekränkten die Zusage, er werde mir Verzeihung gewähren, falls ich bereit sei, öffentlich auf den Knien Abbitte zu tun und einen Sühnemonat innerhalb des Klosters *San Giovanni e Paolo*, in einer Art von Besserungsanstalt, zu verbringen, in der die Häftlinge auf eigene Kosten lebten. Mein Onkel war von diesem Kompromiß entzückt; er hoffte, die Belehrungen der Klosterbrüder würden einen heilsamen Einfluß auf meinen Geist ausüben. «Gott harret deiner», sagte er, «nutze sein Entgegenkommen und sei eingedenk, daß der Schlund der Hölle nur darauf wartet, dich zu verschlingen.» Er empfahl mich dem Prior, bei dem er auch etwas Geld hinterlegte, damit er Messen für mein Seelenheil lese; dann verließ er mich. Ich kann nicht sagen, was alles ich von seiten des Klosterbruders erdulden mußte, der damit beauftragt war, mich mit Gott zu versöhnen. Er bewies mir klipp und klar, daß ich verdammt und daß mein Verbrechen unverzeihlich sei. Jung und gläubig, schenkte ich seinen Reden Vertrauen und erweckte in mir aufrichtige, tiefe Reue. Jeden Morgen bot ich meinen Rücken demutsvoll der Geißel dar, und damit die Sühne dem Ärgernis, das ich hervorgerufen hatte, angemessen wäre, legte ich dazu auch noch ein mit kleinen Eisenspitzen bewehrtes Bußgewand an. Ich unterwarf mich allem mit Ergebenheit, da ich im Vertrauen auf meine Ratgeber den Teufel unaufhörlich an meine Fersen geheftet sah. Diese Furcht war so lebendig in mir, daß allnächtlich mein Schlaf von erschreckenden Visionen heimgesucht wurde. Man legte mir eine Generalbeichte auf, und ich gestand, daß so manches Mal meine Kameraden mir wenig erbauliche Bücher geliehen hätten. Der Priester versicherte mir, ich sei verdammt, und der Böse werde mich mit Leib und Seele holen, es sei denn, es gelinge mir mit Hilfe von Gebeten und Almosen, seinen Zugriff abzuwehren. Es blieb mir nichts anderes übrig, als es nach Kräften zu versuchen; ich leerte meine Börse in die Hände des guten Paters, und um mit dem Teufel endlich ins reine zu kommen, unterzog ich mich strengem Fasten und allen sonstigen Übungen der Pónitenz. «Siehst du, mein Sohn», erklärte mein Beichtvater mir, «für diese vier Taler, die du mir gegeben hast, werde ich vier Messen an einem von Seiner Heiligkeit dem Papste Pius V. geweihten Altar lesen; das wird deiner Seele guttun; indessen töte aber weiter deinen Leib durch Bußübungen ab.» Ich versprach es ihm und hielt Wort. Glücklicherweise näherte sich die Zeit meiner Abgeschiedenheit nunmehr ihrem Ende. Am Tage vor meiner Entlassung ging ich zur Kommunion; während der ganzen Zeremonie war ich in Tränen gebadet. Am folgenden Morgen erschien mein Onkel, der sein Staunen beim Anblick der Magerkeit meines Gesichts verhehlte und zu mir sagte: «Die religiösen Übungen sind dir gut bekommen; daß du nun nicht mehr im Stande der Todsünde bist, erkennt man an der Sanftmut und Durchgeistigung deiner Züge.» Wir verließen das Kloster, und er brachte mich im Wagen ins Kolleg, wo ich meinem Präzeptor auf den Knien öffentlich Abbitte leistete; er ergriff die Gelegenheit, um den Schülern erneut ins Gedächtnis zu rufen, welche Achtung sie seinem Amt und seiner Würde schuldeten. Nach ein paar weiteren Formalitäten dieser Art nahm mein Onkel mich mit nach Hause, wo meine Tante bei meinem Anblick ausrief: «Wie hat er es denn fertiggebracht, derart abzumagern?» Mein Onkel gab ihr zur Antwort: «Er hat für seine Sünden gebüßt.» Mein Vormund hätte mich gern wieder auf die Schule geschickt, aber ich blieb fest, und angesichts meiner Weigerung entschloß er sich, mich zu dem Advokaten Burner zu bringen, der damit beauftragt war, die päpstlichen Breves für Spanien auszufertigen. Dieser Mann war seit zwei Jahren durch Rheumatismus an sein Haus gefesselt; seine Arbeit beschränkte sich darauf, ein paar Schriftstücke, die zwei alte Leute für ihn herstellten, mit seiner Signatur zu versehen. Als ich bei ihm in die Lehre zu gehen begann, lebte er allein mit einem Bedienten. Meine Tante, eine schon bejahrte Frau, leistete ihm oft Gesellschaft; am Abend, wenn meine Aufgaben beendet waren, brach ich dann mit ihr zusammen auf. Der unglückliche Advokat, den seine Schmerzen dazu verdammten, nie das Bett zu verlassen, lästerte Gott und die Heiligen, indem er erklärte, wenn die Vorsehung gerecht sein wolle, müsse sie Gutes und Böses gleichmäßig unter die Menschen verteilen. Meine fromme Tante nahm Ärgernis an soviel Gottlosigkeit, und eines Tages machte sie dem Patienten deswegen Vorhaltungen; dieser jedoch nahm ihre gutgemeinten Ermahnungen eher übel auf. Bei unserer Heimkehr verlangte die gute Frau von mir das Versprechen, unseren Gichtbrüchigen nicht wieder aufzusuchen. «Mein Gewissen», sagte sie, «erlaubt mir nicht, diese Lästerungen länger mitanzuhören; wenn ich aber darauf verzichte, ihn zu besuchen, mußt auch du meinem Beispiel folgen, denn an der Gemeinschaft mit einem so gottlosen Mann hast du nichts verloren.» – «Ich habe keine Angst, daß seine Reden auf mich abfärben könnten», entgegnete ich ihr. Hätte mir mein Onkel in Kenntnis des Vorgangs die Lehre bei Burner untersagt, wäre ich sehr betrübt gewesen, weil dieser Ungläubige mir in ungestörter Zwiesprache Aufklärung über gewisse Gegenstände gab, von denen ich dank der Vorsicht meiner früheren Lehrmeister bis dahin nichts verstand; im übrigen lieh er mir ausgezeichnete Bücher, deren Lektüre mich entzückte und die für unsere Gespräche den Stoff lieferten. Mein Glaube erfuhr dadurch eine Erschütterung; ich wußte nicht, wie ich die Unterweisung durch die Ordensbrüder mit den Grundsätzen des Advokaten, dessen Argumente mir täglich unwiderleglicher schienen, in Einklang bringen sollte. Meine Tante hatte indessen ihre Besuche wieder aufgenommen. Eines Tages, als Burner fürchterlich unter einem Gichtanfall litt, beschwor sie ihn, um der Liebe Gottes willen alle seine Schmerzen zu ertragen; er aber, ein Mann, der so wenig vom Glauben hielt und vor Schmerzen kaum noch wußte, was er tat, wies ihre Ratschläge unter so wüsten Lästerungen zurück, daß meine arme Tante sich nicht einmal die Zeit nahm, nach ihrem Umschlagtuch und ihrer Haube zu greifen, sondern in aller Eile, indem sie wohl zwanzigmal das Zeichen des Kreuzes machte, davonlief und schwur, nie wieder werde sie einen Fuß in dieses Haus des Verderbens setzen. Am Abend berichtete Burner mir lachend dieses Erlebnis, meine Tante aber erwähnte bei meiner Rückkehr den Vorfall mit keinem Wort. Am folgenden Sonntag ging sie zur Beichte; ihr Beichtvater aber, ein der Inquisition angehöriger Dominikaner, verweigerte ihr die Absolution, sofern sie nicht zuvor den Namen des Lästerers nenne. Am folgenden Tage machte sie ihre Aussage beim Heiligen Offizium und kehrte darauf zu ihrem Beichtiger zurück, der ihr zum Lohn für ihren Gehorsam Vergebung der Sünden gewährte.

Vierzehn Tage darauf wurde ich zur Inquisition vorgeladen; ich war entsetzt bei dem Gedanken, irgendein falscher Kerl könne mich wegen des Besitzes verbotener Schriften angezeigt haben. Ich hütete mich wohl, zu meinem Onkel etwas von der Aufforderung zu sagen, die ich erhalten hatte, und verbrachte Tag und Nacht in tödlicher Beängstigung; man wird zugeben, daß ich mich in einer wahrhaft heiklen Lage befand und daß diese ganze Sache sehr geeignet war, einen armen jungen Mann zu verstören, der in seinem Leben noch nicht gelernt hatte, die Welt und ihre Arglist zu durchschauen. Der Schicksalstag erschien, ich stellte mich dem heiligen Tribunal; man ließ mich eine Stunde im Vorzimmer warten, mein Herz schlug heftiger denn je; endlich führte man mich in einen von oben bis unten schwarz ausgeschlagenen Saal: drei Dominikaner saßen dort an einem mit schwarzem Tuch bedeckten Tisch; dieser Anblick verdoppelte meine Angst; glücklicherweise machte mir der Sekretär der drei Inquisitoren, ein braver Abbate, der mir persönlich bekannt war, ein Zeichen des Einverständnisses, das mir einigermaßen meine Ruhe zurückgab. Ich atmete freier, und noch bevor man zu einem Verhör überging, fand ich Zeit, mich ein wenig umzusehen. Ich erkannte ein großes Kruzifix über den Köpfen der Mönche und auf dem Tisch ein anderes, kleineres Kruzifix neben einem geöffneten Buch, dem Neuen Testament. Der erste Inquisitor fragte mich nach meinem Namen und meinen Vornamen und ob ich schon einmal vor das Inquisitionstribunal zitiert worden sei. Auf die letztere Frage antwortete ich verneinend. «Kennen Sie», fragte er mich, «den Advokaten Burner?» – «Ich kenne ihn.» – «Haben Sie manchmal aus seinem Munde Gotteslästerungen gehört?» Ich antwortete, er leide an einer grausamen Krankheit, ich aber gehe hin, um bei ihm zu arbeiten, und nicht, um auf seine Reden zu hören. Meine Antwort wurde nicht eben wohl aufgenommen, und der Inquisitor drohte mir mit strenger Züchtigung, wofern ich nicht ohne Rückhalt alles offenbare, was mir bekanntgeworden sei; im Namen der Dreieinigkeit und der Heiligen Schrift forderte er mich auf, alle Lästerungen zu nennen, die der Schuldige in meiner Gegenwart ausgestoßen habe. «Haben Sie nie», setzte er hinzu, «mit diesem Manne ein persönliches Gespräch geführt?» – «Niemals.» – «Ich empfehle Ihnen, die Gesellschaft dieses Gottlosen zu meiden, seine Seele ist für die Qualen der Hölle reif. Wir werden tun, was in unseren Kräften steht, Gnade für ihn zu erwirken, doch ohne Hoffnung auf Erfolg; gehen Sie, junger Mann, schwören Sie auf dieses Kruzifix hier, niemandem etwas davon zu sagen, daß Sie vor dieses Tribunal geladen worden sind, noch aus welchem Grunde es geschehen ist.» Ich gelobte alles, was man von mir wollte, und wurde nach den üblichen Formalitäten entlassen. Im Hinausgehen sah ich im Vorzimmer die beiden armen Greise, deren Ausarbeitungen mein Advokat zu unterschreiben pflegte; diese Unglücklichen zitterten an allen Gliedern; sie beteuerten ihre Unschuld und versicherten, sie hätten ihr Leben lang niemals den geringsten Konflikt mit der Inquisition gehabt. Ich benahm ihnen dadurch ihre Angst, daß ich ihnen entdeckte, aus welchem Grunde sie vorgeladen seien. Sobald ich wieder zu Hause war, teilte ich die ganze Sache meinem Onkel mit, der seiner Frau wegen ihrer Indiskretion heftige Vorwürfe machte. Sie rechtfertigte sich, indem sie sich auf die Weisungen ihres Beichtvaters, denen sie sich fügen zu müssen geglaubt habe, berief.

Am Abend des gleichen Tages machte ich unserem Gottlosen einen Besuch. Ich traf ihn in großer Aufregung an und fragte ihn nach dem Grund. «Ich habe nichts zu lachen», antwortete er mir, «man hat mich bei der Inquisition angezeigt; was aber wollen sie dort von einem armen, gichtkranken Mann? Ich erwarte sie hier auf meinem Schmerzenslager.» Kurz darauf fand ein Inquisitor sich ein und stellte ein Verhör mit ihm an, das bis vier Uhr dauerte; aber alle Listen des Dominikaners scheiterten an der Kaltblütigkeit dieses Angeklagten. Ein Monat war seit dieser Szene vergangen, als unser Advokat den Besuch des Großinquisitors erhielt, der aber auch nicht mehr Glück als sein Abgesandter hatte und sich mit der Drohung entfernte, er werde den Kranken von seinem Lager weg gefangensetzen lassen. Als er gegangen war, fragte Burner mich: «Was wollen die denn von mir? Ich bin ein besserer Theologe als irgendeiner von ihnen; sie können mich ins Gefängnis werfen, mich foltern; aber nie werden sie mich dazu bringen, daß ich mein Gewissen verleugne.» Darauf nahm er mich bei der Hand und setzte noch hinzu: «Mein junger Freund, die Inquisition ist gut für die Masse des Volkes, kann aber bei den Gebildeten nicht auf Ansehen rechnen, denn über sie hat ihre Logik keine Macht.» Zwei Monate darauf wurde seine Festnahme verfügt, da er aber offensichtlich seinem Ende nahe war, mußte die Ausführung des Befehls wohl oder übel aufgeschoben werden, und da die Krankheit rasch fortschritt, starb Burner, bis zuletzt unbußfertig, einige Tage darauf.

Kaum hatten sich die Franzosen im Jahre 1807 von neuem der alten Hauptstadt der Welt bemächtigt, als sich auch schon die immer leichtgläubige römische Jugend von den schönen Versprechungen Napoleons einfangen ließ. Ich hätte eigentlich unter den Verblendeten einer der ersten sein müssen und gestehe auch ein, daß ich durchaus dazu aufgelegt war; da ich mich aber noch unter der Vormundschaft meines Onkels, eines – wie ich schon sagte – entschiedenen Papisten, befand, lag mein guter Wille eine Zeitlang brach. Mein Vormund behielt mich im Auge. Als ihn jedoch seine Geschäfte zwangen, eine kleine Reise zu unternehmen, ließ er mich in Rom mit der Weisung zurück, das Haus nicht zu verlassen, niemanden als einen Priester zu sehen, den er für mich auswählte und der mir als Mentor dienen sollte, vor allem aber von jeglicher Politik, jener unerschöpflichen Quelle von Verdrießlichkeiten und Fehlschlägen, mich durchaus fernzuhalten. Ich stand nicht an, alles zu versprechen, was er von mir verlangte. Doch wie eitel waren in Wirklichkeit alle diese Schwüre! Kaum hatte er sich einige Meilen von Rom entfernt, als ich mich auch schon bei meinen Freunden nach dem Stand der Dinge erkundigte. Einige unter ihnen dienten bereits in den neuen Regimentern, andere hatten gute Stellungen in der Verwaltung erlangt; alle redeten mir um die Wette zu, meinen Onkel zu verlassen und die militärische Laufbahn einzuschlagen, in der ich leicht zum Grade eines Secondeleutnants würde aufsteigen können. Ich sträubte mich ein Weilchen unter Hinweis auf die Exkommunikation, welche der Papst gegen alle ausgesprochen hatte, die bei der französischen Regierung ein Amt übernehmen würden. Meine Bedenken stießen bei meinen Freunden einzig auf Heiterkeit. «Dein Onkel», sagten sie zu mir, «hat dich in Unwissenheit erhalten, und deine Lehrer haben ihn darin unterstützt; komm mit und du wirst bald wissen, was es mit einer Exkommunikation schon auf sich hat.» Mein Widerstand war ihren Ratschlägen sowenig wie meinem Verlangen gewachsen, mich an der Spitze einer Kompanie zu sehen; ich blieb überzeugt, mein Onkel werde sich angesichts meiner Leutnantsepauletten für geschlagen erklären, und da ich wußte, er werde erst in zwei Tagen wieder heimgekehrt sein, war mein Entschluß alsobald gefaßt; ich schaffte mir auf eigene Kosten eine Uniform an, und meine Freunde erwirkten für mich bei General Miollis, dem Gouverneur von Rom, eine Bestallung als Offizier. Stolz auf meine neue Montur, hatte ich es eilig, mit der ganzen Eitelkeit des Parvenüs mich darin zu zeigen; da ich jedoch dem Joch eben erst entronnen war, gab ich mich fürs erste nicht ohne Vorbehalt dem Zauber einer Freiheit hin, die ich noch nicht so ganz begriff. Am folgenden Tage trat ich in meinem neuen Glanze bei General Miollis an, um ihm für die Gunst zu danken, die er mir erwiesen hatte, und mich auf den Kaiser vereidigen zu lassen. Der General empfing mich herzlich und versicherte mir, die französische Regierung werde den Eifer derjenigen, die als erste zu ihren Fahnen eilten, in angemessener Weise zu würdigen wissen; darauf schickte er mich zu Cesare Marucchi, dem Bataillonschef der ersten Legion, der mich sofort zum aktiven

Dienst überstellte. Als mein Onkel von meinen Schritten erfuhr, ließ er eiligst seine Geschäfte im Stich und kehrte nach Rom zurück. Vergebens würde ich versuchen, seine Überraschung und seine Wut zu schildern; als er sah, wie weit die Dinge bereits gediehen waren, erklärte er mir auf der Stelle, ich müsse sein Haus verlassen, in dem sich niemals mit seiner Einwilligung ein Rebell, ein Exkommunizierter werde aufhalten dürfen! Ich versuchte, seine Erregung zu beschwichtigen, indem ich ihm die Beweggründe nannte, durch die ich mich hatte bestimmen lassen, und beteuerte, man könne sehr wohl Napoleon dienen und dennoch ein guter Katholik sein. Ich verschwendete jedoch meine Beredsamkeit. «Nein», rief er aus, «nein, es ist unmöglich, zwei Herren zu dienen; gib deine Pläne auf, brich die verbrecherische Verbindung sofort wieder ab, noch ist es Zeit; ziehe dich aufs Land zurück, um den Lockungen des Bösen zu entgehen.» Ich meinerseits blieb unerschütterlich, ich hatte jetzt an dem Weltleben und seinen Freuden Geschmack zu finden begonnen; der kurze Versuch hatte mich in meinen Entschlüssen bestärkt. Immerhin wagte mein Onkel nicht, gegen mich Gewalt anzuwenden, da er fürchtete, der französischen Regierung dadurch suspekt zu werden; er streckte die Waffen und willigte ein, mir im Monat vier

Scudi auszusetzen, unter der Bedingung jedoch, daß ich mich anderswo einquartierte, was ich denn auch gleich am folgenden Tage tat.

Kaum in Rom angekommen, taten sich die Franzosen ungeachtet der Eingaben, mit denen der Staatssekretär des Papstes gegen diesen Mißbrauch der Macht protestierte, durch allerlei Ausschreitungen hervor. Der französische Statthalter gab ausweichende Antworten und führte ungerührt alle Maßnahmen durch, die seinen Zwecken dienten. Er begann damit, die Mehrzahl der Klöster zu beschlagnahmen und in Kasernen umzuwandeln. Die päpstliche Regierung erhob öffentlich Einspruch gegen diese Verletzung des Völkerrechts; General Miollis aber nahm keinerlei Rücksicht darauf. Überzeugt von der Nutzlosigkeit seiner Vorhaltungen, faßte der Papst den Entschluß, alle diejenigen mit dem Kirchenbann zu belegen, die mit den Franzosen gemeinsame Sache machten; diese Exkommunikationen wurden an allen üblichen Stellen in Rom und im ganzen Kirchenstaat durch Anschlag bekanntgegeben. Der General beantwortete diese feindseligen Demonstrationen damit, daß er die Schweizergarde, die den Palazzo Montecavallo bewachte, zu dem er allen Besuchern den Zutritt untersagte, durch französische Truppen ersetzte. Als der Heilige Vater seine Autorität und seine persönliche Freiheit angetastet sah, ließ er die Pforten des Palastes schließen und verzichtete auf jede Verbindung mit der Außenwelt. Überzeugt, daß die Franzosen nach Mitteln suchten, ihn zu entführen, ließ er seine Pontifikalgewänder bereitlegen, entschlossen, sich damit zu bekleiden, falls irgendein Verwegener sein Asyl verletzte, und ein Todesurteil gegen jeden zu schleudern, der gottlos Hand an seine geheiligte Person legen würde. Sobald das Volk von dem Plan der Franzosen Kunde erhielt, geriet es in äußerste Erregung, und trotz der vielen Soldaten, die er befehligte, hielt General Miollis es für klüger, die Entführung des Papstes in größter Heimlichkeit vorzunehmen; er ließ keine Vorsichtsmaßnahme außer acht, um die Ausführung eines Vorhabens sicherzustellen, das auf fast unüberwindliche Schwierigkeiten in einem Lande stieß, in dem das Volk nichts kennt außer der Religion, und den Papst nicht nur wie einen Souverän, sondern als den Stellvertreter Gottes auf Erden verehrt. Drei Tage vor der Beendung dieses Dramas fanden sich alle Notabeln von Trastevere, Monti, Popolo und Borgo unter dem Vorwand vor den Toren des Palastes ein, sie wollten seiner Heiligkeit einen Stör von ganz außergewöhnlicher Größe und einem Gewicht von dreihundert Pfund als Geschenk überreichen. Die Parole, die den Zutritt zum Palast untersagte, war nicht widerrufen worden; aber die Franzosen, die fürchteten, das Volk in seinem Mißtrauen zu bestärken, wenn sie sich diesem Anliegen widersetzten, machten gute Miene. Die Deputation wurde demgemäß mit ihrem Riesenfisch zum Papst vorgelassen, der die Ehrung huldreich entgegennahm und den Notabeln für dieses Zeichen der Anhänglichkeit an ihren Souverän, den zurzeit die Feinde der Kirche in seiner Freiheit beschränkten, seinen Dank aussprach. Darauf ergriff einer der Abgeordneten das Wort, um dem Heiligen Vater den wahren Zweck des Besuches zur Kenntnis zu bringen. «Unter diesen so ernsten Umständen», sagte er, «haben wir zu einer List unsere Zuflucht genommen, um die Wachsamkeit der Kerkermeister zu täuschen; zwanzigtausend zum Zweck der Befreiung Eurer Heiligkeit bewaffnete Männer stehen bereit, um Sie den Händen Ihrer Feinde zu entreißen; zählen Sie auf ihre Ergebenheit; sollten sie für Sie den letzten Blutstropfen hergeben müssen, so würden sie glücklich sein, als Märtyrer einer so schönen Sache zu sterben.» Der Papst selbst machte sich Illusionen über die Absichten der Franzosen; er ahnte nicht, wie unmittelbar die Gefahr bevorstand. Er begnügte sich dementsprechend damit, der Delegation seinen Dank zu sagen. «Geht nun von hinnen», sagte er zu ihnen, «die Zeit zu handeln ist noch nicht da. Sobald ich eure Dienste brauche, werde ich euch ein Zeichen geben. Seid ruhig, ich werde euch nicht verlassen; niemals wird man wagen, sich an meiner Person zu vergreifen.» Darauf erteilte er ihnen seinen Segen, und nachdem er ihnen gestattet hatte, ihm die Füße zu küssen, entließ er sie.

General Miollis sah mit Unruhe die Symptome der Volkserregung, und um alle Pläne des unter seinen Augen schwelenden Widerstandes zu vereiteln, beschloß er, die Entführung des Papstes jäh zu beschleunigen; er beauftragte mit dieser heiklen Mission General Radet, den Kommandanten der Gendarmerie. Da der Handstreich während der Nacht vorgenommen werden sollte, befahl er, daß alle Kommissare auf ihrem Posten blieben und hundert Polizeisergeanten die Nacht unter den Waffen verbrächten, zugleich mit fünfzig Gendarmen und hundert Soldaten der Nationalgarde, die mit Leitern unten an den Mauern der vatikanischen Gärten Aufstellung nehmen sollten. Der General ließ den mit der Ausführung beauftragten Soldaten einen Tagesbefehl vorlesen, in welchem jeder mit dem Tode bedroht wurde, der sich die geringste Ungehörigkeit im Innern des Palastes zuschulden kommen ließe. General Radet traf um Mitternacht, begleitet von dem

Gendarmeriewachtmeister Bonom, beide in Zivilkleidung, ein. Beim Befehl zur Ersteigung der Mauern verfuhr man folgendermaßen: die Polizeimannschaft stieg als erste hinauf, dann folgten die Nationalgardisten und endlich der General mit einigen Gendarmen. Einer der Nationalgardisten mit Namen Mazzolini, ein glühender Patriot, trachtete nach der Ehre, allen voran die Mauer zu erklimmen; sein Eifer kam ihn teuer zu stehen, denn er stürzte und brach ein Bein; dieser Unfall kühlte den Eifer seiner Kameraden beträchtlich ab, denn sie sahen ein Gottesurteil darin. Die Polizisten, unwissende Leute, die man unter Zwang herbeigeschafft hatte, verweigerten den Aufstieg. Darauf wandte der General sich an die Gendarmen: «Meine Tapferen», sagte er zu ihnen, «zeigt diesen Leuten hier, ob es ein Gottesurteil oder ein gewöhnlicher Unfall war; vorwärts!» Die Gendarmerie erklomm alsbald die Mauer; die Nationalgardisten folgten mit dem General, und Polizei bildete den Beschluß. Der General nahm zum Führer einen Mann, der die Gänge des Kellergewölbes kannte, durch die man von den Gärten her ins Innere des Palastes gelangt. Mit Pistolen in beiden Händen durchschritten sie diesen Gang, an dessen anderm Ende sie einen Komplizen fanden, der ihnen die Pforte öffnete, durch die sie in den großen Hof des

Palastes eindrangen. Nachdem der General seine kleine Truppe um sich geschart hatte, gab er ihr den Befehl, die Schweizergarde zu entwaffnen; fünfzehn Mann genügten, um die Order auszuführen. Nach dieser vorbereitenden Maßnahme kehrten die Gendarmen an den früheren Treffpunkt zurück und versicherten dem General, daß die Wachen des Papstes keinen Widerstand leisten würden. Der General empfahl den ihn begleitenden Leuten tiefstes Schweigen an und hieß den Führer ihn selbst mitsamt dem Wachtmeister vor die Tür der Gemächer des Papstes geleiten, wohin sie denn auch gelangten, ohne auf die geringste Behinderung zu stoßen. Der General klopfte zweimal. Beim zweiten Male fragte der Papst: «Wer ist da?» – «Ich bin General Radet und vom Kaiser Napoleon entsandt.» Auf diese Antwort hin öffnete der Papst die Tür. Er war angekleidet, so daß man vermutet, er habe sich zuvor nicht zu Bett gelegt: manche Personen behaupten sogar, er sei auf diesen Besuch vorbereitet gewesen und habe nur den für den Aufbruch festgesetzten Zeitpunkt abgewartet. Wie dem auch sei, Seine Heiligkeit ließ den General und den Gendarmeriewachtmeister ein. Nachdem der General dem Papst seine Reverenz erwiesen hatte, sagte er zu ihm: «Eure Heiligkeit hat fünf Minuten Zeit, sich zu entscheiden: entweder diesen Vertrag hier zu unterzeichnen, der den Treueid auf den Kaiser, die Anerkennung des Code Napoléon und einige weniger bedeutsame Paragraphen umfaßt, oder unverzüglich mit uns aufzubrechen.» Der Papst las den Vertrag und stand dann fünf Minuten da, während seine Finger mit seiner Tabatiere spielten. Der Wachtmeister war unverfroren genug, ihn um eine Prise zu bitten; der Papst hielt ihm lächelnd die Dose hin. «Das ist ein ausgezeichneter Tabak», rief der Gendarmeriewachtmeister, nachdem er davon geschnupft hatte, aus; wortlos gab der Papst ihm ein Zeichen, er solle sich ein Paket davon nehmen, das auf dem Tische lag. Als die fünf Minuten vergangen waren, fragte der General den Heiligen Vater, was er beschlossen habe. «Fortzugehen», antwortete der Papst; «aber ich wünsche meinen Staatssekretär und meinen Kämmerer mitzunehmen.» Der General erteilte seine Einwilligung, die entsprechenden Befehle wurden ausgegeben; gleichzeitig tat das große Tor des Palastes sich auf, um zwei mit Postpferden bespannte und von sechs bewaffneten Gendarmen eskortierte Reisewagen einzulassen. Kardinal Consalvi erschien alsbald, protestierte mit viel Würde gegen dieses Attentat und erbat im übrigen einen gewissen Aufschub, um sich auf die Abreise entsprechend vorzubereiten. General Radet antwortete ihm jedoch in unbekümmertem Ton, die Zeit für Betrachtungen und Diskussionen sei nunmehr vorbei, jetzt heiße es sich unverzüglich auf die Reise begeben. Die beiden Wagen standen am Fuß der Treppe; der Papst nahm in dem für ihn bestimmten Platz und äußerte nur den Wunsch, seinen Staatssekretär neben sich zu haben; diese Gunst wurde ihm versagt; aus Gründen größerer Sicherheit schloß man in dem zweiten Wagen den Kämmerer und Kardinal Consalvi sogar ein. Der Wachtmeister ritt hinter diesem zweiten Wagen her, während der General dem Wagen des Papstes folgte.

So verließen sie den Palast und durchquerten die ganze Stadt, ohne den geringsten Argwohn zu erregen. Sobald der Papst davongefahren war, befahl ein Offizier allen im Palast aufgestellten Wachen, alsbald abzuziehen; jeder kehrte ruhig in sein Quartier zurück. Da das Fortschaffen der Leitern bis in die Morgenstunden hinein vergessen worden war, bemerkte man sie, und es verbreitete sich das Gerücht, man habe den Papst nach Erstürmung der Mauern entführt. Die Priester schlachteten den Sturz des armen Mazzolini zum Nutzen der Religion weidlich aus; sie behaupteten, der Papst hätte sehr wohl seine sämtlichen Entführer mit dem Tode bestrafen können, sich jedoch damit begnügt, einen einzelnen zu Fall zu bringen, um den anderen Bedenken kommen zu lassen;

noch ungezählte Fabeln der gleichen Art wurden von ihnen ausgestreut, die das leichtgläubige Volk eifrig akzeptierte.

Die französische Regierung nahm den päpstlichen Palast in Besitz und entließ nacheinander alle Kardinäle, die sich weigerten, den Treueid auf den Kaiser abzulegen.

Ich muß hier einen Zwischenfall erwähnen, der um ein Haar die ganze Unternehmung in Frage gestellt hätte. Als in Monterosi, fünfundzwanzig Meilen von Rom entfernt, der Papst im Augenblick des Pferdewechsels, der dank der Umsicht des Generals bestens vorbereitet war, eines der Wagenfenster geöffnet hatte, erkannte ihn der Postillon, der von Baccano an den Wagen gelenkt hatte, fiel auf die Knie und rief: «Heiliger Vater, geben Sie mir Ihren Segen! Ich bin nicht schuldig, habe vielmehr von alledem nichts gewußt; sonst wäre ich lieber gestorben, als daß ich bei Ihrer Entführung Beihilfe geleistet hätte.» Die Postillone, die gerade aufsitzen wollten, weigerten sich, die Reise fortzusetzen; der Pöbel begann zu schreien: «Heiliger Vater, segne uns! Wir werden dich befreien.» Da der General sich in Gefahr sah, totgeschlagen zu werden, befahl er den Gendarmen, die den Wagen eskortierten, die Postillone fortzuschaffen, zweien unter ihnen jedoch, auf die Postpferde zu steigen und im gestreckten

Galopp mit dem Wagen davonzujagen. Er selbst erklärte mit vorgehaltener Pistole, er werde jedem, der sich bemüßigt fühle, die Wagen anzuhalten, eine Kugel durch den Kopf schießen; auf diese Weise zog er sich aus der üblen Situation. Sie fuhren ohne Halt bis Peggibonzi in der Toscana, wo sie einige Tage verbrachten, um darauf die Reise fortzusetzen. Als ich später selbst einmal durch Peggibonzi kam, erzählte mir die Wirtin der Herberge, in der der Papst abgestiegen war, die folgende Anekdote. Einer der Knöpfe von der Weste Seiner Heiligkeit war verlorengegangen; da der Papst keinen anderen hatte, rief er in Abwesenheit des Kämmerers die Wirtin, damit sie den Schaden behebe; diese beeilte sich, seinem Wunsch zu entsprechen; da aber der Papst kein Kleingeld hatte, um diesen geringen Dienst zu bezahlen, wendete er sich an General Radet, der ihm sofort eine Börse voller Goldstücke zur Verfügung stellte; der Papst nahm vier heraus und übergab sie der Wirtin.

Nach der Abreise des Heiligen Vaters nahmen die Dinge rasch eine andere Wendung; man vergaß die Exkommunikationen, die er ausgesprochen hatte, und jeder beeilte sich, bei der französischen Regierung irgendeinen Posten anzunehmen. Einige fanatische Parteigänger des Papstes jedoch zogen den Annehmlichkeiten der Unterwerfung die Ehre vor, ihren Grundsätzen treu zu bleiben. Mein Onkel gehörte zu ihrer Zahl; er brachte einen einträglichen Posten seiner Furcht vor dem Bannstrahl der Kirche zum Opfer. Da ich seine frommen Bedenken nicht teilte, begab ich mich nach Foligno, einer etwa hundert Meilen von Rom entfernt gelegenen Stadt, um dort im Namen der französischen Regierung Nationaleigentum zu verwalten. Ich verzichtete auf meinen Rang als Unterleutnant und verabschiedete mich vor dem Aufbruch von meinem Onkel und meiner Mutter, wobei ich ihnen von meinem Entschlusse Kenntnis gab. Der Gatte meiner Mutter hatte sich die Meinungen meines Onkels zu eigen gemacht und sich zu den gleichen Opfern entschlossen. Der Empfang, der mir zuteil wurde, war demgemäß recht kühl; man sagte mir voraus, daß ich bald Veranlassung haben werde, gemeinsam mit allen Parteigängern Napoleons mein Los mit Tränen zu beklagen. Diese Prophezeiung kam mir überaus komisch vor, und nachdem ich vergebens versucht hatte, meine lieben Verwandten zu meiner Meinung zu bekehren, verließ ich sie und machte mich auf den Weg. Der Charakter meiner Reisegefährten ist es wert, daß ich über sie ein paar Worte verliere. Es handelte sich um einen bereits eher ältlichen Rechtsanwalt, der sich mit seiner jungen Ehefrau nach Foligno begab, wo er irgendwelche Funktionen in der Verwaltung übernehmen sollte, und einen Kapuzinerfrater, der im Begriff stand, in sein Kloster zu Perugia zurückzukehren. Dieser letztere mochte ungefähr sechzig Jahre alt sein. Die Gicht setzte ihm nicht wenig zu; doch ungeachtet seiner Schmerzen war er derart gutgelaunt, daß er uns auf der ganzen Reise erheiterte; zudem war er ein Mann von Verdiensten, nämlich der ehemalige Hofprediger und Beichtvater der Königin von Neapel, der Gemahlin Ferdinands IV. Da dieser Fürst sich nach Sizilien zurückgezogen hatte, begab sich unser Kapuziner, dem sein Aufenthalt in Palermo langweilig geworden war, in sein Kloster zurück. Würde ich hier alles wiederholen, was er uns zum besten gab, müßte ich befürchten, empfindliche Ohren zu verletzen; vor allem ging er wenig schonend mit dem Ruf seines königlichen Beichtkindes um. Aus tausend anderen führe ich hier das folgende Geschichtchen an, das mich sehr amüsierte. Die Königin hatte einen Liebhaber; das bedeutete für sie ein Vergnügen, einen unentbehrlichen Zeitvertreib. Der Kapuziner untersagte es ihr, ja verweigerte ihr sogar die Absolution, wofern sie ihren Lebenswandel in diesem Punkte nicht änderte. Ohne sich dadurch abschrecken zu lassen, versuchte es die Königin von neuem; die gleiche Abfuhr ward ihr zuteil; der Beichtvater blieb unbeugsam. «Ich kann Eurer Majestät die Absolution nicht erteilen, da Majestät keinerlei Reue zeigen und immer wieder in die gleiche Verfehlung zurückfallen.» Er versteifte sich auf seinen Standpunkt. Darauf öffnete die Königin ihre Börse und nahm eine gewisse Anzahl Goldstücke heraus. «Wenn Sie mir die Absolution erteilen wollen, so nehmen Sie doch dieses Geld und lesen Sie zehn Messen, um von Gott zu erlangen, daß ich mich bessere.» Das Argument war durchschlagend, der Kapuziner vermochte ihm nicht zu widerstehen; er nahm das Geld, erteilte die Absolution und versprach, sich durch Beten für die Bekehrung der Fürstin einzusetzen. «So», erzählte er lachend, «habe ich mein Glück gemacht, indem ich ihr eine Menge Absolutionen verkaufte; wir kamen bei diesem Handel beide auf unsere Rechnung; ich wurde reich, die Königin aber behielt ihre Liebhaber bei. Hätte ich mich nicht zu dieser Übereinkunft bequemt, würde sie mich aus ihren Diensten entlassen haben; aber bereits am folgenden Tage hätte sie hundert Beichtiger gefunden, die ihr bereitwillig, sooft sie nur wollte, Ablaß gegeben hätten.» Auf Grund dieses Gesprächs wurde mir freilich klar, wie recht der arme Burner hatte.

In Foligno angekommen, nahm ich alsbald

meine Amtstätigkeit auf. Eine der ersten Maßnahmen, die getroffen wurden, war die Aufhebung der Männer- und Frauenklöster; ich stellte dafür eine Liste der Einkünfte und Besitztümer dieser Institutionen auf. Als ich die Klöster von innen sah, erkannte ich, wie viele Opfer sie umschlossen, die den Launen und dem Ehrgeiz von Familien dargebracht worden waren, welche, um den ältesten Sohn großzügig auszustatten, alle übrigen Kinder zu der Öde lebenslänglicher Klausur verdammten. Immerhin sahen sich die alten Klosterschwestern sehr zu ihrem Bedauern gezwungen, die ruhigen Asyle aufzugeben, in denen sie als Königinnen herrschten, während die jungen Nonnen, die man mit Gewalt zum Verzicht auf das Weltleben bewogen hatte, größte Genugtuung zeigten und mich zuweilen mit halblauter Stimme fragten, wann ich kommen und ihnen die Freiheit bringen würde. Ich belächelte ihre Naivität; aber je mehr ich darüber nachdachte, desto lieber hätte ich streng mit den entarteten Eltern abgerechnet, die sich dergestalt zu Folterknechten ihrer Kinder entwürdigt hatten. Es ist mir unmöglich, auch nur schätzungsweise die Reichtümer anzugeben, die ich in diesen Klöstern fand: einige von ihnen hätten Dutzenden von Familien zum Unterhalt genügt. So aber verzehrten sieben oder acht Mönche den gesamten Ertrag. Obwohl ich geneigt bin, einige der Handlungen Napoleons scharf zu verurteilen, kann ich ihm in diesem Punkt meine Zustimmung nicht versagen. Es war dies eine heilsame Maßnahme, durch welche fromme Nichtstuer, die in behaglicher Muße keine andere Sorge als ihr eigenes Wohlergehen gekannt hatten, der Arbeit und der Gesellschaft wieder zugeführt wurden. Tadeln möchte ich allerdings, daß der Kaiser ihnen Pensionen ausgesetzt hat. Hätte ich die Macht gehabt, würde ich zweifellos einen politischen Fehler begangen haben; aber da ich Zeuge der Verderbtheit und Heuchelei dieser Leute gewesen war, hätte ich ihnen keinen roten Heller gewährt: je tiefer ich auf den Grund der Dinge sah, desto größere Mißstände offenbarten sich meinem Blick. Einige Laienbrüder enthüllten uns alle Schliche dieses Standes sowie die Liebesbeziehungen von Mönchen mit den ersten Damen der Stadt, die ihnen den Hof machten, um auf diese Weise ihre Reichtümer und ihr Ansehen vorteilhaft zu verwenden; denn die Häuser, die von den Mönchen protegiert wurden, zogen alle Gunst auf sich, die die päpstliche Regierung zu vergeben hatte; auch die Nonnen ihrerseits fanden Mittel und Wege, für ihren Bedarf die Strenge des Klosters zu mildern; da sie aber nie ausgehen durften, standen ihnen größere Hindernisse im Wege, während die vollkommen freien Mönche sich ohne Scheu den skandalösesten Ausschweifungen überließen. Als meine Arbeit in der Klösteraktion erledigt war, wurden die eingezogenen Güter versteigert; da ihr Preis nicht sehr hoch war, beeilten sich alle Bürger, irgend etwas davon zu erwerben, ohne sich über ihre Herkunft zu beunruhigen. An sich freilich ist das Volk von Foligno weit davon entfernt, frei von Vorurteilen zu sein; eine einzige Tatsache wird ausreichen, um dem Leser von der abergläubischen Gesinnung der Einwohner eine Vorstellung zu geben. Es wird erzählt, daß man in einem gewissen Jahre im Karneval an den Tagen der Maskenumzüge auf dem Vorplatz der Kirche San Felice Teufel tanzen sah. Sofort veranstaltete das unwissende Volk Prozessionen, um diesem Spuk zu begegnen, und es wurde beschlossen, alljährlich den Karneval eine Woche lang zu unterbrechen; diese Zwischenzeit wird als die Woche des *Cucugnaio* bezeichnet. Wir machten alle Anstrengungen, um dieses Vorurteil auszurotten, doch umsonst; die Unglücklichen hielten beharrlich an dem Glauben fest, daß, wenn eine Maske sich während dieser Unheilswoche zeige, die Teufel alsbald ihre Tänze auf dem Vorplatz der Kirche wieder aufnehmen würden.

Ich machte zahlreiche Reisen nach Rom, manchmal zu meinem Vergnügen, häufiger aber noch in Geschäften. Ich hatte mir einen kleinen Wagen nur für meine Person angeschafft, besaß ein ausgezeichnetes Pferd, und dank seinem raschen Tempo dauerte die Fahrt nicht einmal überaus lange. Ich hatte keinerlei Bedenken, bei Nacht und stets allein durch die Campagna zu fahren, obwohl man mir in einer derart von Räubern heimgesuchten Gegend größere Vorsicht anempfahl. Da mir niemals auch nur der kleinste Unfall begegnet war, verlachte ich alle ängstlichen Vorhaltungen; aber als ich mich zum Napoleonstag nach Rom begab, traten mir auf der Landstraße zwischen Nepi und Monterosi acht Bewaffnete entgegen und riefen: «*Ferma! Ferma!*» (Halt, halt!) Es war nach Mitternacht; auf ihr Geschrei hin hielt ich sofort und fragte, was sie von mir wollten. Sie hießen mich aus dem Wagen steigen und mich mit dem Gesicht auf den Boden legen. Während ich ausstieg, bat ich sie, den Zügel meines Pferdes nicht loszulassen, weil es sonst scheuen würde. Danach richteten sie sich denn auch. Dann fragten sie mich, wer ich sei; ich hütete mich wohl, ihnen die Wahrheit zu sagen; hätte ich eingestanden, daß ich ein Funktionär der französischen Regierung war, wäre ich bestimmt auf der Stelle des Todes gewesen.

«Ich bin», sagte ich, «Kaufmann und in Geschäften unterwegs.»

«Woher kommen Sie?»

«Aus Foligno.»

Sie begannen darauf, sich untereinander darüber zu bereden, was sie beschließen sollten. Der eine von ihnen sagte:

«Ich glaube, er macht uns etwas vor; er ist bestimmt ein Agent der Franzosen.»

«Nein», erwiderte ihm ein anderer, «wenn er das wäre, würde er nicht wagen, nachts allein unterwegs zu sein.»

«Er ist sicher», meinte ein dritter, «ein Kaufmann, der des Nachts reist, um das Geld für ein Gasthauszimmer zu sparen.»

Nach dieser Unterredung wendete sich der eine von ihnen erneut an mich:

«Sind Sie wirklich Kaufmann?»

«Aber gewiß, liebe Freunde», antwortete ich, «Sie können völlig beruhigt sein. Ich bin so wenig ein Agent der Franzosen, daß ich es mir sogar viel habe kosten lassen, von der Aushebungsliste wieder gestrichen zu werden.»

«Seht ihr», rief der eine aus, «sie haben ihn sogar ausheben wollen!»

Dann setzte er zu mir gewendet hinzu:

«Seien Sie unbesorgt, wir selbst sind nur entlaufene Ausgehobene und nicht etwa Mörder. Wir haben uns ins Gebirge geflüchtet, weil wir nicht Napoleon dienen wollen. Wenn wir einem seiner Agenten, Gendarmen oder Soldaten begegnen, geben wir kein Pardon; bei bloßen Reisenden aber begnügen wir uns mit einer leichten Kontribution; gegen acht Scudi zum Beispiel lassen wir Sie wieder frei; das macht einen Scudo pro Kopf.»

Ich zog einen Beutel mit ein paar Goldstücken aus der Tasche.

«Hier, nehmen Sie», sagte ich zu ihnen, «Sie können darüber verfügen.»

Sie jedoch murrten über soviel Freigebigkeit.

«Wir sind keine Mörder», riefen sie, «wir wollen auch nicht Ihren Beutel; wir haben acht Kronen verlangt, und mehr wollen wir nicht.»

Ich gab sie ihnen mit größter Bereitwilligkeit. Darauf sagten sie:

«Gehen Sie mit Gott, aber sehen Sie sich nicht um, bevor wir uns nicht von hier zweihundert Schritte weit haben entfernen können.»

Ich dachte sofort daran, daß mein Pferd, wenn sie den Zügel fahrenließen, für mich verloren sein würde; denn es hatte die Gewohnheit, sobald es sich frei fühlte, in Galopp zu verfallen. Also sagte ich:

«Gute Freunde, da Sie mich bislang so edelmütig behandelt haben, tun Sie mir nun auch noch den einen Gefallen und halten Sie mein Pferd, bis ich wieder in mein Kabriolett habe einsteigen können; ich verspreche, Ihnen nicht nachzublicken, und schwöre Ihnen auf Ehre, daß ich weder die Absicht habe herauszufinden, wer Sie sind, noch die, Ihnen sonstwie zu schaden.»

«Dann bedecken Sie Ihre Augen mit einem Taschentuch, damit wir ganz sicher sind.»

Ich tat es und schwang mich in meinen Wagen, worauf ich meine neuen Freunde verließ, indem ich ihnen guten Abend wünschte. Ich gab meinem Pferd die Sporen und langte, noch kaum von meinem Schrecken erholt, in Monterosi an; dort erzählte ich von meinem Abenteuer. Man versicherte mir, ich hätte wohl daran getan, meinen Beruf zu verschweigen; es hätte mich sonst das Leben kosten können.

Nach den Feiern des 15. August gedachte ich nach Foligno zurückzukehren, wohin meine Amtsgeschäfte mich riefen; als ich aber erfuhr, daß jetzt gegen Spatolino, den vier Monate zuvor verhafteten berühmten Räuber verhandelt werden sollte, gegen den Zeugen aus ganz Italien auszusagen gedachten, blieb ich in Rom, um dem Prozeß beizuwohnen und mit eigenen Augen zu sehen, ob dieser Unglückliche sein im Gefängnis gegebenes Versprechen halten würde, vor Gericht eine gelungene Komödie für die Zuschauer aufzuführen.

Dieser Spatolino hatte seinen Räuberberuf achtzehn Jahre lang mit bedauerlichem Erfolg ausgeübt; die französische Regierung, die schon aufgegeben hatte, jemals seiner habhaft zu werden, beauftragte mit dieser Aufgabe den Polizeikommissar Angelo Rotoli, einen tatkräftigen, gewitzten Mann, der wohl imstande war, eine so heikle Affäre zu gutem Ende zu führen. In der Erkenntnis, daß hier mit Gewalt nichts auszurichten sei, nahm er seine Zuflucht zu einem Strategem. Er ließ Spatolino heimlich benachrichtigen, ein Polizeikommissar bitte ihn um eine Unterredung; er möge ihm nur einen Platz für eine Begegnung bezeichnen, zu dem er sich ohne Waffen und allein begeben werde; er setzte noch hinzu, er verlasse sich vorbehaltlos auf seine Redlichkeit; der Gegenstand des Gesprächs sei von höchstem Interesse. Spatolino willigte in diesen Vorschlag ein und nannte auch einen Ort, an dem sie sich treffen wollten. Rotoli begab sich also seinem Versprechen gemäß allein und ohne Waffen dorthin; er fand Spatolino vor, der zu ihm sagte:

«Signor Rotoli, sind Sie hierhergekommen, um mich zu verraten, oder stimmt, was Sie mir geschrieben haben, nämlich, daß Sie über eine wichtige Angelegenheit mit mir sprechen wollen?»

«Ich bin kein Verräter», entgegnete Rotoli. «Die französische Regierung wünscht, durch Ihre Vermittlung Ihre Spießgesellen dingfest zu machen; dafür gewährt sie Ihnen Generalpardon und läßt Sie in Frieden die Schätze genießen, die Sie aufgehäuft haben.»

Der Räuber, der, seines Strauchritterdaseins müde, nach Ruhe verlangte, versprach, seine Leute auszuliefern, wofern man ihm persönlich dafür Schutz und Sicherheit gewährte. Der Kommissar sagte ihm beides auf seine Ehre zu. Diese Garantie kam dem leichtgläubigen Spatolino ausreichend vor.

«Gut», sagte er, «finden Sie sich hier noch heute abend um acht mit zwanzig Gendarmen und einem Trupp Bauern ein; ich werde um sieben oder acht Uhr mit meinen Leuten erscheinen; mehr kann ich für Sie nicht tun; auch meine Frau wird kommen; ich verlange aber, daß man ihr ebenso wie mir freien Abzug gewährt.»

Auch diese Bedingung ging ohne Schwierigkeit durch. Nachdem das Abkommen dergestalt zustande gekommen war, gingen die beiden Parlamentäre miteinander fort; unterwegs versprach der Räuber dem Polizeikommissar zweitausend Taler als Preis für seine Freiheit, wobei er noch hinzufügte, er habe beträchtliche Summen an sicherer Stelle deponiert. Nach einem langen Gespräch trennten sich die beiden.

Als Rotoli nach Rom zurückgekehrt war, machte er seinem Chef Mitteilung von dem Erfolg seiner Unterhandlung und war am Abend, seinem Versprechen getreu, mit den Gendarmen zur Stelle. Spatolino erschien alsbald; er rief Rotoli herbei.

«Gehen wir hinein», sagte er, «unsere Leute sind gerade beim Abendessen.»

Dann setzte er hinzu:

«Vergessen Sie nicht, daß ich mich auf Ihr Wort verlasse; ich kann mir freilich, wie ich offen gestehe, kaum vorstellen, daß die französische Regierung mich begnadigen wird.»

«Fürchten Sie nichts, ich bürge dafür.»

So plauderten der Kommissar und der arme Betrogene, während sie Arm in Arm vor den schweigend marschierenden Gendarmen hergingen. Als sie beim Hause angekommen waren, gab Spatolino ein Pfeifsignal; sofort tat die Tür sich vor ihnen auf. Spatolino trat als erster ein; da die Räuber glaubten, er führe ihnen neue Kameraden zu, blieben sie ruhig an ihren Plätzen; nachdem die Gendarmen, durch diesen Irrtum begünstigt, zweckmäßig Aufstellung genommen hatten, arretierten sie sämtliche Tischgenossen. Vier von ihnen warfen sich auf Spatolino, den sie entwaffneten und ebenso in Ketten legten wie alle anderen.

«Man hat mich betrogen», rief er aus.

«Nein», erklärte Rotoli in aller Seelenruhe. «Es geschieht nur der Form halber. Morgen schon sind Sie wieder frei.»

Die Behauptung aber fruchtete nicht. Spatolino, dem die Augen aufgingen, glaubte ihm nichts mehr.

«Achtzehn Jahre lang», sagte er voller Bitterkeit, «habe ich gestohlen, geplündert, gemordet, und nie hat ein Sterblicher mich zu fassen vermocht; hätte ich wohl je geglaubt, diese Ehre werde Rotoli vorbehalten sein? Aber ich muß es mit Fassung ertragen; ich war ehrlich; ich habe geglaubt, man könne sich auf ein Ehrenwort verlassen. Nun sehe ich wohl, daß ich betrogen worden bin! Ich habe meine Gefährten preisgeben wollen und habe mich selber ans Messer geliefert.»

Dann, als er sah, daß auch seine Frau gefesselt und ins Gefängnis geschleppt wurde, rief er aus:

«Meine Frau ist unschuldig. Zweifle nicht, mein Weib, daß ich dich retten werde; nein, du wirst nicht sterben, ich selbst will dein Verteidiger sein.»

Die ganze Bande wurde ins Gefängnis gebracht. Eine Kommission beschäftigte sich mit der Angelegenheit, und nach einer Voruntersuchung von fünf Monaten, während welcher man vierhundert Zeugen vorführte, die die zahllosen Morde des Angeschuldigten ans Licht des Tages zogen, wurde die Sache vor Gericht gebracht. Spatolino erschien mit acht seiner Spießgesellen und seiner Frau. Bei der Eröffnung der Gerichtssitzung stand er auf und richtete zunächst an den Präsidenten die folgenden Worte:

«Herr Präsident, ich weiß, daß alles bekannt ist, ich habe nichts zu verbergen. Ich habe den unverzeihlichen Fehler begangen, mich auf das Ehrenwort Rotolis zu verlassen. Es gibt keine Hilfe mehr für mich; mein blindes Vertrauen hat mich ins Verderben geführt, ich muß die Folgen tragen; ich werde indessen versuchen, über meine Verbrechen die genauesten Einzelheiten zu berichten; die einzige Gunst, um die ich Sie bitte, ist, daß Sie mir vor meinem Tode ein Gespräch von einer Stunde mit meiner Frau zugestehen.»

Der Präsident gab ihm sein Wort darauf.

«Ich verlasse mich fest auf Ihr Versprechen; es wird zweifellos mehr wert sein als das Rotolis, der mir für mein Leben bürgte und mich nun dem Tod in den Rachen wirft.»

«Zweifeln Sie nicht, ich verspreche es Ihnen.»

«Gut, wir werden ja sehen, was an diesem Versprechen ist.»

Er brachte das alles in heiterem Tone vor; dann setzte er hinzu:

«Wir sind hier zehn Angeklagte; aber nicht alle haben den Tod verdient; ich werde der Justiz alle Aufklärung geben. Sie werden daraufhin den Unschuldigen vom Schuldigen zu unterscheiden wissen.»

Nach dieser Einleitungsszene schritt man zur Zeugenvernehmung. Bei jeder Aussage machte Spatolino auf irgendeine Ungenauigkeit aufmerksam.

«Ihr Gedächtnis täuscht Sie», sagte er dann zu dem Zeugen, «ich habe diesen Mord auf diese oder jene Weise vollbracht.» Darauf ließ er sich über die kleinsten Einzelheiten aus, ohne die Umstände zu übergehen, die ein Verbrechen strafwürdiger machen, einzig darauf bedacht, vier seiner Gefährten mit ins Verderben zu ziehen, die anderen vier jedoch sowie seine Frau, deren Unschuld er beteuerte, vom Tode zu erretten. Da sie völlig seiner Botmäßigkeit unterstand, hatte sie nur jeweils seine Befehle ausgeführt, ähnlich den vier Gefährten, die er gegen ihren Willen zum Verbrechen angestiftet hatte. Dieses eigenartige System der Verteidigung vergnügte die Zuhörer sehr; wenn aber der Angeklagte die Versammlung zum Lachen gebracht hatte, kam es mehrmals vor, daß er sich zu den Lachern umwendete und sagte:

«Jetzt lacht ihr, aber in ein paar Tagen werdet ihr nicht mehr lachen, wenn ihr den armen Spatolino mit vier Kugeln in der Brust daliegen seht.»

Als er sich wieder einmal derart an die Zuschauer wandte, fiel ihm einer der Gendarmen, die ihn bewachten, auf: er erkannte in ihm ein früheres Mitglied seiner Bande. Nachdem er ihn aus Sorge, er könnte sich täuschen, lange angeschaut hatte, sagte er:

«Ich hätte niemals geglaubt, daß die französische Regierung ihre Gendarmerie aus solchen Leuten rekrutiert.»

«Was sagen Sie da?» fragte der Präsident.

«Ich erkenne da einen Gendarmen, der fünfzehn Jahre lang einer der unseren war; wir haben gemeinsam diese und jene Person ermordet, und wenn Sie sich davon überzeugen wollen, befragen Sie nur den und den Zeugen; sein Bedienter ist ermordet worden, er wird den Mann wiedererkennen.»

Der von Spatolino benannte Zeuge wurde herbeizitiert; man stellte ihm den Gendarmen gegenüber, in dem er tatsächlich den Mörder seines Bedienten erkannte. Unabhängig von diesem Zeugnis, hatte den Gendarmen bereits seine Verwirrung mindestens in den Augen aller Scharfblickenden als schuldig erkennen lassen. Infolgedessen nahm man ihm seine Waffen ab und verwies ihn auf die Anklagebank.

«Großartig», rief Spatolino aus, «da bist du endlich dort angelangt, wo du hingehörst; wir haben unsere Raubzüge zusammen durchgeführt und werden nun auch gemeinsam den Dienst quittieren.»

Der unglückliche Gendarm brachte kein

Wort mehr hervor, er senkte nur den Kopf; er hatte nicht einmal mehr die Kraft, die Treppe zum Kerker hinaufzusteigen. Die Verhandlung zog sich acht Tage hin, und ich glaube nicht, daß man je irgendwo einen Angeklagten derart kaltblütig alle Umstände seiner Verbrechen bis ins kleinste genau und mit einem gewissen Vergnügen hat ans Tageslicht ziehen sehen. Ja, mehr noch: er schien jeden Streich zu bedauern, der nicht getroffen hatte; ein Beweis dafür war der Postmeister von Città-Castellana. Als dieser Mann aufgerufen wurde, um seine Aussage zu machen, erhob sich Spatolino und sagte: «Herr Präsident, ich habe gegen diesen ehrenwerten Herrn mit meiner eigenen Hand dreimal einen Dolchstoß geführt; mit dem letzten habe ich ihn am Arm verletzt, den er seither nicht mehr gebrauchen kann; aber ich werde mit dem Gefühl bitterer Reue sterben, ihn nicht getötet zu haben, denn er ist der größte Feind, den ich in meinem Leben hatte und noch nach meinem Tode haben werde.»

Das Tribunal sprach das Todesurteil gegen Spatolino, vier seiner Spießgesellen und den Gendarmen aus; seine Frau wurde zu vier Jahren Gefängnis verurteilt; die übrigen vier Räuber wurden mit zehn bis zwanzig Jahren Zwangsarbeit bestraft. Als der Gerichtsbeschluß verkündet war, erinnerte Spatolino den

Präsidenten an sein Versprechen; tatsächlich erhielt er die Erlaubnis, sich eineinhalb Stunden lang mit seiner Frau zu unterreden; er benutzte diese Begegnung dazu, ihr den Ort zu beschreiben, an dem er seine Schätze verborgen hatte; darauf bat er, man möge die Hinrichtung im Gefängnis selbst vollziehen, um ihm die Mißhandlungen zu ersparen, die er auf dem Wege zu gewärtigen hätte, falls man ihn zur *Bocca della Verità* geleitete, der Stätte, an der gemeinhin die Verurteilten zum Tode befördert werden. Er erklärte, er wolle keinen Priester sehen, wenn aber einer diesem Entschluß entgegenzuhandeln wagte, werde er ihn auf der Stelle niederschlagen. Diese Drohung wurde belacht, sie war aber ernst gemeint. Tatsächlich löste Spatolino die Ziegelsteine des Schornsteins heraus und häufte sie neben der Tür auf, entschlossen, jeden Tollkühnen damit niederzuschlagen, der auf den Gedanken käme, die Schwelle zu überschreiten. Man muß dazu wissen, daß in Rom die Einzelhäftlinge nicht gefesselt sind und daher frei in der Zelle, in die man sie einschließt, umhergehen können; das eben ermöglichte unserm Gefangenen, in dieser Weise seine Verteidigung vorzubereiten. Als die Gefängniswärter einzutreten versuchten, schlug er den einen von ihnen derart heftig nieder, daß seine Gefährten keine Neigung mehr zeigten, es ihm gleichzutun; sie versuchten es mit Überredung, jedoch ohne Erfolg.

«Ich will morgen um zehn Uhr sterben, und nicht früher», erklärte er ihnen; «holt mich um neun Uhr ab, ich stehe euch dann zur Verfügung.»

Ein paar Priester erschienen an seiner Pforte und fragten ihn, ob er beichten wolle.

«Sobald Sie mir», sagte er zu ihnen, «den Postmeister von Città-Castellana und den Verräter Rotoli herbeischaffen und ich ihnen den Garaus gemacht habe, will ich herzlich gern beichten.»

Sie drangen lange in ihn, um ihn umzustimmen; aber seine Ausfälle machten jeden mürbe, und schließlich antwortete er keinem von ihnen mehr.

Am folgenden Morgen kündigte man ihm an, es sei nunmehr neun Uhr.

«Ausgezeichnet», sagte er. «Ich bin bereit.»

Die Gefängnisdiener wagten nicht einzutreten, er aber erklärte:

«Ihr könnt ruhig eintreten, ich tue euch nichts mehr.»

Hierdurch beruhigt, fesselten sie ihn und führten ihn zum Hinrichtungsplatz. Unterwegs traten von neuem die Priester an ihn heran, er aber wies sie von sich; er wolle, sagte er, sich ungehindert an dem Anblick der hübschen Frauen erfreuen, die an den Fenstern erschienen, um zu sehen, wie er vorbeigeführt wurde; dann setzte er seinen Weg ganz wohlgelaunt fort, blinzelte den Mädchen zu und höhnte seine Gefährten, die den Worten der Geistlichen lauschten. An der Hinrichtungsstätte angekommen, sagte er zu ihnen:

«Wohlan, liebe Freunde, wir haben dem armen Volk recht übel mitgespielt; es ist nur recht und billig, daß jetzt auch einmal wir an der Reihe sind; wir wollen nicht über unser Schicksal klagen und ohne Schwachheit sterben.»

Zum Volk gewendet, setzte er hinzu:

«Denkt daran, daß Spatolino mit großem Bedauern darüber stirbt, sich an dem Postmeister von Città-Castellana und dem Verräter Rotoli, dessen Ränke zu seinem Tod geführt haben, nicht mehr rächen zu können.»

Nach dieser kurzen Ansprache hieß er die Soldaten Feuer geben, wobei er ihnen empfahl, ihn mit vier wohlgezielten Schüssen ins Herz zu treffen; nachdem er abgelehnt hatte, sich die Augen verbinden zu lassen, erwartete er die tödliche Salve mit ungebrochenem Mut. So endete dieser Brigant, dessen Abenteuer in Rom viel von sich reden gemacht und den Dichtern jener Epoche Stoffe für ihre Dramen geliefert hatten.

Nachdem diese Angelegenheit beendet war, kehrte ich nach Foligno zurück, wo ich bereits seit fünf Jahren ansässig war, als die Franzosen die sattsam bekannten Rückschläge in Rußland erlebten. Joachim Murat zögerte nicht, den gesamten Kirchenstaat zu besetzen, und ich selbst behielt mein Amt noch eine ganze Weile bei. Indessen sprach das Volk täglich ernsthafter von der Rückkehr der päpstlichen Regierung; es war der Meinung, Gefangenschaft und Leiden würden die Tugenden des Papstes verdoppelt haben, und er selbst werde mit der ganzen Liebe eines Vaters seinen geliebten Kindern seine Arme öffnen. Die guten Leute! Sie bildeten sich ein, der Papst werde die Steuern senken und aller Gewalt zudem ein Ende bereiten; in ihren trügerischen Hoffnungen gingen sie sogar so weit, sich vorzustellen, auch der Klerus werde seine Grundsätze einer Revision unterziehen. Sie vergaßen die Wohltaten Frankreichs und sahen auf seine Funktionäre voller Verachtung herab. Oft hörten wir hinter unserem Rücken sagen: «Ihre Zeit ist abgelaufen, bald werden wir sehen, wie sie sich für ihr Verhalten werden verantworten müssen.» Alle unsere Freunde stellten sich gegen uns; wir konnten uns in der Öffentlichkeit nicht mehr zeigen, ohne übel behandelt zu werden. Es war dies für viele eine Art, ihre Ergebenheit gegenüber der Sache des Papstes zu beweisen, deren Sieg nun täglich näher zu rücken schien.

Die neapolitanischen Truppen kamen nach Foligno und requirierten dort einige hundert Pferde, um ihr Gepäck weiterzubefördern. Der Major jener Division ließ mich, um sich bei der päpstlichen Partei beliebt zu machen, auch nach dem meinen fragen; ich antwortete, man solle sich anderswohin wenden, ich selber brauche, da ich mich zur Verfügung der französischen Regierung halten müsse, die täglich meinen Aufbruch befehlen könne, mein Pferd. Einige Tage darauf wurde ich auf öffentlichem Platze auf Befehl dieses Offiziers verhaftet, und während die Nationalgarde mich ins Gefängnis abführte, rief das Volk mit lauter Stimme: «Dies ist der erste, er eröffnet den Reigen, die anderen werden bald folgen.» Indessen protestierten alle meine Freunde lebhaft bei dem Major gegen eine Maßnahme, die mein Leben in Gefahr bringen konnte; er entschuldigte sich mit dem Bemerken, er habe keinerlei Haftbefehl gegen mich erlassen; er gab mir persönlich die Freiheit zurück und drückte mir herzlich die Hand. Ich unterließ nicht, ihn merken zu lassen, daß er mit seinem launenhaften Verhalten eine Leichtfertigkeit an den Tag gelegt habe, die seines Dienstgrades wenig würdig sei.

Indessen dauerte es nicht lange, bis die Rückkehr des Papstes beschlossene Sache war. Das Volk sah Festlichkeiten zu seinem

Empfange vor. Man richtete einen Triumphbogen auf, und der Weg von Cesena bis Rom glich einem riesigen Garten. Eines schönen Morgens bemächtigte sich ein Prälat aller meiner Bücher mit der Erklärung, daß meine Amtsführung nunmehr zu Ende sei. Da ich feststellen mußte, daß die Volksstimmung uns durchaus feindlich war, beschloß ich mit einem meiner Freunde, dem ich einen Platz in meinem Wagen anbot, mich nach England zu begeben. Wir hatten große Mühe, einen Paß nach Florenz zu bekommen. Sobald ich ihn hatte, verließ ich das Land in dem Vorgefühl aller Leiden, die seiner warteten, und dem festen Entschluß, nie wieder einen Fuß in meine Heimat zu setzen. Was ich späterhin über die Handlungen erfuhr, von denen die Wiedereinsetzung der Pontifikalregierung begleitet war, sowie von den Racheakten, zu denen es dank dem Vorgehen Kardinal Paccas kam, mußte mich notgedrungen in dem weisen Entschluß bestärken, zu welchem ich mich in dem gastlichen Lande, in dem ich Aufnahme fand, mehr als einmal beglückwünscht habe.

DIE TRUHE UND DAS GESPENST

Ein spanisches Abenteuer

An einem schönen Maimorgen des Jahres 1827 hielt Don Blas Bustos y Mosquera, von zwölf Berittenen gefolgt, seinen Einzug in das eine Meile von Granada entfernt gelegene Dorf Alcolote. Bei seinem Nahen zogen sich die Bauern eilends in ihre Häuser zurück und schlossen die Türen zu. Die Frauen betrachteten mit Schaudern von einer kleinen Fensterecke aus den furchterregenden Polizeidirektor von Granada. Der Himmel hatte ihn für seine Grausamkeit gestraft, indem er seinem Antlitz den Stempel seiner Seele aufdrückte. Er war ein erschreckend magerer, schwarzer Mann, der seine sechs Fuß messen mochte; er war nur Polizeidirektor, aber selbst der Bischof von Granada und der Gouverneur erzitterten vor ihm.

Während jenes hochgesinnten Krieges gegen Napoleon, durch den in den Augen der Nachwelt die Spanier des neunzehnten Jahrhunderts einmal den ersten Platz unter den übrigen Völkern Europas und damit den zweiten nach den Franzosen einnehmen werden, war Don Blas einer der berühmtesten Guerillachefs gewesen. Wenn seine Truppe im Laufe des Tages nicht mindestens einen Franzosen getötet hatte, schlief er in keinem Bett: das hatte er sich geschworen.

Bei der Rückkehr Ferdinands wurde er auf die Galeeren von Ceúta geschickt, wo er acht Jahre in furchtbarem Elend verbrachte. Er wurde beschuldigt, in seiner Jugend Kapuziner gewesen zu sein und sein Mönchsgewand nur abgelegt zu haben. Dann aber wurde er begnadigt, niemand wußte, wieso. Jetzt nun ist Don Blas durch sein Schweigen berühmt; niemals spricht er ein Wort. In früheren Zeiten hatten ihm die Sarkasmen, mit denen er seine Kriegsgefangenen bedachte, bevor er sie aufhängen ließ, den Ruf eingetragen, ein geistreicher Kopf zu sein; seine witzigen Aussprüche gingen überall bei den spanischen Truppen von Mund zu Mund.

Don Blas bewegte sich langsam durch die Straße von Alcolote und schaute dabei zu beiden Seiten die Häuser mit seinen Luchsaugen an. Als er an der Kirche vorbeikam, wurde zur Messe geläutet; er stürzte sich mehr vom Pferd, als daß er eigentlich absaß; gleich darauf sah man ihn ganz nahe beim Altar niederknien. Vier gleichfalls kniende Gendarmen umringten ihn und ließen ihn nicht aus den Augen;

schon lag nicht mehr Andacht in seinem Blick. Mit düsterer Miene fixierte er einen jungen Mann von eleganter Erscheinung, der einige Schritte von ihm entfernt in frommer Hingabe betete. Wie! sagte Don Blas zu sich selbst, es gibt da also einen Mann, der allem Anschein nach den ersten Kreisen angehört und den ich nicht kenne! Er ist in Granada nicht aufgetaucht, seitdem ich dort bin! Also versteckt er sich.

Don Blas beugte sich zu einem der Gendarmen und gab ihm den Befehl, den jungen Mann festzunehmen, sobald er die Kirche verlassen hätte. Bei den letzten Worten der Messe schon eilte er selbst hinaus; er ließ sich in dem großen Saal der Herberge von Alcolote nieder. Bald erschien der höchst verwunderte junge Mann.

«Ihr Name?»

«Don Fernando de la Cueva.»

Die finstere Gemütsverfassung des Polizeidirektors nahm noch zu, weil er jetzt aus der Nähe feststellen mußte, daß Don Fernando ungemein hübsche Züge hatte; er war blond, und trotz der üblen Lage, in der er sich befand, blieb der Ausdruck seines Gesichts durchaus liebenswürdig. Don Blas betrachtete träumerisch den jungen Mann:

«Was haben Sie zur Zeit der Cortes getrieben?» wollte er endlich wissen.

«Im Jahre 1825 besuchte ich noch das Kolleg zu Sevilla; ich war damals fünfzehn und bin auch heute erst neunzehn Jahre alt.»

«Wovon leben Sie?»

Der junge Mann schien durch die Unverblümtheit dieser Frage verletzt; er fand sich jedoch darein und antwortete:

«Mein Vater, der Brigadekommandeur in den Armeen von Don Carlos dem Vierten war, Gott möge das Andenken dieses guten Königs segnen, hat mir ein kleines Hofgut in der Nähe des Dorfes hier hinterlassen; es bringt mir zwölftausend Real ein; ich bestelle mein Land selbst, gemeinsam mit drei Knechten.»

«Die Ihnen ohne allen Zweifel sehr ergeben sind. Ein hübsches Guerillanest», meinte Don Blas mit einem bitteren Lächeln. «Ins Gefängnis, und zwar in Einzelhaft!» setzte er aufbrechend hinzu, während er den Gefangenen in den Händen seiner Leute zurückließ.

Kurze Zeit darauf befand sich Don Blas beim Mittagsmahl. Sechs Monate Gefängnis, dachte er, das entschädigt mich für das frische Äußere und die aufreizende Zufriedenheit dieses Arrestanten.

Der an der Tür des Saales wachhabende Gendarm zückte blitzschnell den Karabiner. Er preßte ihn fest einem Greis auf die Brust, als dieser hinter einem Küchenjungen, der eine Schüssel hereintrug, den Saal zu betreten versuchte. Don Blas eilte an die Tür; hinter dem Alten tauchte ein junges Mädchen auf, das ihn Don Fernando völlig vergessen ließ.

«Es ist zwar grausam, daß man mir nicht Zeit läßt, mein Mahl einzunehmen», sagte er zu dem Greis; «treten Sie indessen ein und fassen Sie sich kurz.»

Don Blas wurde es nicht müde, das Mädchen anzuschauen; er entdeckte in ihren Augen jenen Ausdruck von Unschuld und himmlischer Frömmigkeit, dessen Glanz die Madonnen der italienischen Schule widerstrahlen. Don Blas hörte nicht auf die Worte des Greises und setzte auch seine Mahlzeit nicht fort. Endlich erwachte er aus seiner Träumerei; zum dritten- oder viertenmal zählte der Greis die Gründe auf, weshalb Don Fernando de la Cueva, der seit langem der Verlobte seiner hier anwesenden Tochter Ines sei und sie am nächsten Sonntag heiraten solle, die Freiheit wiedererlangen müsse. Bei dieser Rede glühte in den Augen des gefürchteten Polizeidirektors ein so ungewöhnliches Leuchten auf, daß Ines und sogar ihren Vater Angst befiel.

«Wir haben immer in der Furcht Gottes gelebt und sind alte Christen», fuhr letzterer fort; «meine Familie ist alt, aber ich selbst bin arm, und Don Fernando ist für meine Tochter eine recht gute Partie. Niemals, weder in der Franzosenzeit noch vorher oder hinterher, habe ich irgendein Amt bekleidet.»

Don Blas brach sein ungesittetes Schweigen noch immer nicht.

«Ich gehöre dem ältesten Adel des Königreichs Granada an», fuhr der Greis in seiner Rede fort. «Und vor der Revolution», setzte er hinzu, «hätte ich einem frechen Mönch, der mir nicht Rede und Antwort stand, wenn ich zu ihm sprach, die Ohren abgeschnitten.»

In den Augen des alten Mannes stiegen Tränen auf. Die scheue Ines zog aus ihrem Busen einen kleinen Rosenkranz, der mit dem Gewand der Madonna del Pilar in Berührung gekommen war; ihre hübschen Hände krampften sich um das Kreuz. Auf diese Hände nun starrte der schreckliche Don Blas. Dann aber glitt sein Blick auch über die reizvolle, wiewohl etwas füllige Gestalt der jungen Person.

Ihre Züge, dachte er, könnten regelmäßiger sein, aber eine so himmlische Grazie wie die ihre habe ich niemals gesehen.

«Und Sie nennen sich Don Jaime Arregui?» fragte er endlich den Greis.

«Das ist mein Name», antwortete Don Jaime, der seine Fassung zurückzugewinnen schien.

«Sie sind siebzig Jahre alt?»

«Erst neunundsechzig.»

«So, Sie also sind das», sagte Don Blas, wobei seine Stirn sich sichtlich entwölkte. «Ich forsche schon lange nach Ihnen. Der König, unser Herr, hat geruht, Ihnen eine Jahrespension von viertausend Real auszusetzen. Bei mir in Granada liegt der Betrag für die bereits vergangenen letzten zwei Jahre bereit. Morgen um die Mittagszeit will ich sie Ihnen geben. Ich werde Ihnen zudem beweisen, daß mein Vater ein reicher Landmann in Altkastilien und ein alter Christ wie Sie gewesen ist und daß ich selbst niemals Mönch war. Somit trifft mich auch die Beleidigung nicht, die Sie soeben vorgebracht haben.»

Der alte Edelmann wagte nicht, das Rendezvous zu versäumen. Er war Witwer und lebte mit seiner Tochter Ines allein. Bevor er sich nach Granada begab, führte er sie zum Pfarrer des Ortes und traf alle seine Vorkehrungen so, als werde er sie niemals wiedersehen. Er fand Don Blas in voller Gala vor; eine dicke Ordensschnur hing über seinem Rock. Don Jaime gegenüber schlug er den höflichen Ton eines alten Soldaten an, der seine Umgänglichkeit beweisen will; er lächelte bei jeder mehr oder weniger passenden Gelegenheit.

Hätte Don Jaime es gewagt, so würde er die achttausend Real abgelehnt haben, die Don Blas ihm reichte; so aber konnte er sogar nicht umhin, mit ihm gemeinsam zu speisen. Nach dem Mahl wies ihm der gefürchtete Polizeidirektor alle seine Beförderungsurkunden, dazu auch seinen Taufschein sowie das amtliche Schriftstück vor, dank dem man ihn von der Galeere freigelassen hatte und das außerdem bewies, daß er zu keiner Zeit Mönch gewesen war.

Don Jaime hatte die ganze Zeit Angst, es würde ihm irgendein Streich gespielt werden.

«Ich bin also fünfundvierzig Jahre alt», erklärte ihm endlich Don Blas, «und nehme eine ehrenvolle Stellung ein, die mir fünfzigtausend Real einbringt. Von der Bank von Neapel fließt mir eine Rente von tausend Unzen zu. Ich bitte Sie um die Hand Ihrer Tochter Doña Ines Arregui.»

Don Jaime verlor alle Farbe aus dem Gesicht. Ein kurzes Schweigen entstand.

«Ich möchte Ihnen nicht verhehlen», fuhr Don Blas darauf fort, «daß Don Fernando de la Cueva in eine böse Affäre verwickelt ist. Der Polizeiminister fahndet nach ihm; es kommt für sein Verschulden nur Erdrosselung (die ‹garrote›, eine besondere Art des Strangulierens, die bei Adligen angewendet wurde) oder sonst die Galeere in Frage. Die letztere habe ich selbst acht Jahre erprobt, und ich kann Ihnen nur sagen, es ist ein häßlicher Aufenthalt.» (Die folgenden Worte nun sprach er ganz dicht an

Don Jaimes Ohr.) «Heute in vierzehn Tagen oder in drei Wochen werde ich wahrscheinlich vom Minister die Order erhalten, Don Fernando aus dem Gefängnis von Alcolote in das von Granada zu verbringen. Dieser Befehl wird sehr spät am Tage ausgeführt werden; wenn Don Fernando die Dunkelheit nutzt, um zu entweichen, will ich im Hinblick auf die Freundschaft, die Sie mir erzeigen, wohl ein Auge zudrücken. Er soll dann ruhig ein Jahr oder zwei auf Mallorca verbringen, niemand wird ein Wort über die Sache verlieren.»

Der alte Edelmann antwortete nicht; er war vollkommen vernichtet und hatte große Mühe, wieder zurück in sein Dorf zu gelangen. Es graute ihm vor dem Geld, das er erhalten hatte. Ist dies, so fragte er sich, nicht das Blutgeld für meinen Freund Don Fernando, der der Verlobte meiner Ines ist? Im Pfarrhaus angelangt, sank er in Ines' Arme.

«Meine Tochter», rief er aus, «der Mönch will dich ehelichen!»

Ines trocknete bald ihre Tränen und bat um die Erlaubnis, den Pfarrer um Rat zu fragen, der in der Kirche in seinem Beichtstuhl saß. Ungeachtet der Fühllosigkeit, die sein Alter und sein Beruf mit sich brachten, mußte der Pfarrer weinen. Das Ergebnis der Befragung war, man müsse entweder in die Heirat mit Don Blas willigen oder in der Nacht die Flucht bewerkstelligen. Doña Ines und ihr Begleiter sollten versuchen, nach Gibraltar zu gelangen und sich von dort aus nach England einzuschiffen.

«Und wovon sollen wir leben?» fragte Ines.

«Sie könnten Ihr Haus und Ihren Garten verkaufen.»

«Wer wird sie haben wollen?» fragte das junge Mädchen und brach in Tränen aus.

«Ich habe Ersparnisse», erklärte der Pfarrer, «die sich auf etwa fünftausend Real belaufen; ich schenke sie Ihnen von Herzen gern, meine Tochter, wofern Sie nicht glauben, das Heil Ihrer Seele auch in der Ehe mit Don Blas Bustos finden zu können.»

Vierzehn Tage darauf umstellten die Sbirren vollzählig die düstere Kirche San Domingo; schon am hellen Mittag findet man dort kaum seinen Weg. An diesem Tage aber wagte sich niemand außer den Geladenen hinein.

In einer Seitenkapelle, die von Hunderten von Kerzen erhellt war, deren Licht wie eine feurige Bahn das Dunkel der Kirche zerteilte, sah man von weitem her einen Mann auf den Altarstufen knien; um die Länge seines Hauptes überragte er alle, die ihn umgaben. Dieses Haupt aber hielt er mit andachtsvoller Miene gesenkt; seine mageren Arme lagen gekreuzt auf der Brust. Er erhob sich bald darauf, und nun erkannte man, daß er einen Frack mit vielen Orden trug. Er reichte seinen Arm einer jungen Person, deren leichter, jugendlicher Gang einen seltsamen Gegensatz zu seinen gravitätischen Schritten bildete. Tränen schimmerten in den Augen der Braut; der Ausdruck ihrer Züge aber und die engelhafte Sanftmut, die sie trotz ihres Kummers bewahrte, fielen dem Volk draußen auf, als sie vor dem Kirchenportal in die Karosse stieg.

Man muß zugeben, daß Don Blas von seiner Verheiratung an sich weniger grausam erwies; Hinrichtungen fanden seltener statt. Anstatt die Verurteilten von hinten her zu erschießen, hängte man sie nur einfach auf. Er erlaubte den Delinquenten, vor dem letzten Gang ihre Familie zu umarmen. Zu seiner Frau, die er mit großer Heftigkeit liebte, sagte er eines Tages: «Ich bin eifersüchtig auf Sancha.»

Sancha war Ines' Milchschwester und ihre Freundin. Sie hatte im Hause von Don Jaime in der Eigenschaft einer Jungfer seiner Tochter gelebt und war ihr als solche auch in den Palast gefolgt, den Ines nunmehr in Granada bewohnte.

«Wenn ich mich von dir entferne, Ines», fuhr Don Blas in seiner Rede fort, «sprichst du dich zu Hause einzig mit dieser Sancha aus. Sie ist freundlich, sie bringt dich zum Lachen, während ich nur ein alter Haudegen bin, auf dem schwere Amtspflichten lasten; ich täusche mich über mich selber nicht, ich weiß, daß ich nicht besonders liebenswert bin. Diese Sancha mit ihrer lachenden Miene macht sicherlich, daß ich in deinen Augen noch um die Hälfte älter erscheine. Komm her, hier ist der Schlüssel zu meiner Kassette, gib ihr soviel Geld, wie du willst, aber sie soll gehen und mir nicht wieder unter die Augen kommen.»

Als Don Blas gegen Abend wieder nach Hause kam, war die erste Person, auf die seine Blicke fielen, Sancha, die wie gewöhnlich ihren Verrichtungen oblag. Seine erste Regung war Zorn; er ging mit raschem Schritt auf Sancha zu, die aufschaute und ihm offen in die Augen sah mit dem spezifisch spanischen Blick, einer einzigartigen Mischung aus Furcht, Beherztheit und Haß.

«Meine liebe Sancha», sagte er zu ihr, «hat Doña Ines dir gesagt, daß ich dir zehntausend Real schenken will?»

«Ich nehme Geschenke einzig von meiner Herrin an», antwortete sie, ohne den Blick von dem Polizeidirektor zu wenden.

Don Bustos trat in das Gemach seiner Frau.

«Wie viele Gefangene», fragte sie ihn, «mögen sich zurzeit im Gefängnis von Torre-Vieja aufhalten?»

«Zweiunddreißig in den Verliesen und zweihundertsechzig, glaube ich, in den oberen Geschossen.»

«Gib ihnen die Freiheit», verlangte Ines von ihm, «und ich trenne mich von der einzigen Freundin, die ich auf der Welt habe.»

«Was du von mir verlangst, steht nicht in meiner Macht», antwortet ihr Don Blas. Das war an diesem Abend sein letztes Wort. Ines, die mit einer Handarbeit bei der Lampe saß, sah, wie in seinem Antlitz Röte mit Blässe abwechselte; sie legte ihre Arbeit fort und begann ihren Rosenkranz zu beten. Am folgenden Tage herrschte das gleiche Schweigen. In der nächsten Nacht jedoch brach im Gefängnis von Torre-Vieja eine Feuersbrunst aus. Zwei Gefangene kamen dabei um. Doch ungeachtet aller Wachsamkeit von seiten des Polizeidirektors und seiner Gendarmen, gelang es allen übrigen zu entfliehen.

Ines sagte kein Wort zu Don Blas und er keines zu ihr. Als er am folgenden Abend nach Hause kam, sah er Sancha nicht mehr; er warf sich stürmisch in Ines' Arme.

Anderthalb Jahre waren seit der Feuersbrunst in Torre-Vieja vergangen, als ein staubbedeckter Reisender vor der schlechtesten Herberge des Dorfes La Zuia vom Pferde stieg. La Zuia liegt in den Bergen, etwa eine Meile südlich von Granada, Alcolote hingegen nördlich davon.

Dieser Vorortgürtel um Granada bildet eine zauberhafte Oase inmitten der dorrenden Ebenen Andalusiens. Hier ist Spanien am schönsten. Aber kam wohl der Reisende einzig von Neugier geleitet hierher? Seiner Kleidung nach schien er Katalane zu sein. Sein in Mallorca ausgestellter Paß trug einen Sichtvermerk der Stadt Barcelona, wo er augenscheinlich an Land gegangen war. Der Wirt des kümmerlichen Gasthofes war sehr arm. Als er dem katalonischen Reisenden den auf den Namen Pablo Rodil lautenden Paß zurückgab, blickte dieser ihn fragend an.

«Ja, Señor Reisender», sagte der Wirt zu ihm, «ich werde Euer Gnaden ein Zeichen geben, falls die Polizei von Granada sich für Euer Gnaden Person interessieren sollte.»

Der Reisende sagte, er wolle diese schöne Gegend kennenlernen; eine Stunde vor Sonnenaufgang verließ er bereits das Haus und kam erst zur Mittagszeit, während der ärgsten Hitze, zurück, wo alle Welt beim Mahle sitzt oder eine Siesta hält.

Don Fernando verbrachte ganze Stunden auf einem mit jungen Korkeichen bestandenen Hügel. Von da aus hatte er den Blick auf den alten Inquisitionspalast in Granada, den jetzt Don Blas und Ines bewohnten. Er konnte den Blick nicht von den geschwärzten Mauern dieses

Bauwerkes wenden, das sich so riesenhaft über die anderen Häuser der Stadt erhob. Als Don Fernando Mallorca verließ, hatte er sich gelobt, Granada nicht zu betreten. Eines Tages jedoch vermochte er einer Regung, die ihn überkam, nicht länger zu widerstehen; er begab sich in die enge Gasse hinein, über der die hohe Front des Inquisitionspalastes in den Himmel ragte. Er trat in den Laden eines Handwerkers und fand dort einen Vorwand, sich länger aufzuhalten und ein Gespräch zu beginnen. Der Handwerker zeigte ihm die Fenster von Doña Ines' Gemächern. Diese Fenster lagen in einem sehr hohen zweiten Stock.

Zur Zeit der Siesta schlug Don Fernando wieder den Weg nach La Zuia ein, während Stürme der Eifersucht in seinem Herzen tobten. Er hätte am liebsten Ines erdolcht und dann sich selber getötet.

Bei ihrem schwachen, willenlosen Charakter, sagte er sich voll Zorn, ist sie imstande, ihn zu lieben, wofern sie es für ihre Pflicht erachtet! An einer Straßenecke begegnete er Sancha.

«O meine Freundin!» rief er, ohne daß es aussah, als spräche er zu ihr. «Ich nenne mich Don Pablo Rodil und wohne in La Zuia in der Herberge zum Engel. Kannst du mich morgen beim Abendläuten in der Nähe der großen Kirche treffen?»

«Ich werde da sein», sagte Sancha, ohne ihn anzusehen.

Tags darauf, als es dunkel geworden war, sah Don Fernando Sancha nahen und schritt, ohne ein Wort zu sagen, auf seine Herberge zu; sie folgte ihm unbemerkt. Fernando schloß die Tür hinter ihr.

«Nun?» fragte er mit Tränen in den Augen.

«Ich bin nicht mehr in ihren Diensten», gab ihm Sancha zur Antwort. «Vor anderthalb Jahren schon hat sie mich entlassen, ohne Grund, ohne ein Wort der Erklärung. Wahrhaftig, ich glaube, sie ist imstande und liebt diesen Don Blas.»

«Sie liebt Don Blas!» rief Don Fernando aus, während er seine Tränen trocknete. «Das ist wahrhaftig das Letzte!»

«Als sie mich entließ», fuhr Sancha fort, «habe ich mich ihr zu Füßen geworfen und sie angefleht, mir den Grund zu nennen, weshalb ich bei ihr in Ungnade gefallen bin. Sie antwortete mir nur ungerührt: ‹Mein Gemahl will es so!› Weiter sagte sie nichts. Sie haben sie als sehr fromm gekannt. Jetzt ist ihr Leben nur noch ein einziges Gebet.»

Um der herrschenden Partei zu schmeicheln, hatte Don Blas Wert darauf gelegt, die eine Hälfte des Inquisitionspalastes, den er bewohnte, dem Klarissinnenorden zur Verfügung zu stellen. Die frommen Frauen hatten sich darin niedergelassen und vor kurzem hier auch ihre Kirche eingerichtet. Bei ihnen nun verbrachte Doña Ines ihre Tage. Sobald Don Blas das Haus verlassen hatte, konnte man sicher sein, sie vor dem Altar der Ewigen Anbetung knien zu sehen.

«Sie liebt Don Blas!» hub Don Fernando von neuem an.

«An dem Abend, bevor ich in Ungnade fiel», fuhr Sancha fort, «sprach Doña Ines mit mir...»

«Ist sie fröhlich?» fiel ihr Don Fernando ins Wort.

«Nicht fröhlich, aber gleichmütig und freundlich, ganz anders, als Sie sie kannten; sie hat keine Anfälle von Munterkeit mehr, oder von Übermut, wie der Pfarrer es nannte.»

«Die Abscheuliche!» rief Don Fernando aus, während er mit großen Schritten das Zimmer durchmaß. «So also hat sie ihren Schwur gehalten! Nicht einmal traurig ist sie, und ich...»

«Wie ich Euer Gnaden schon sagte», begann Sancha von neuem, «hat sich Doña Ines an dem Abend, bevor ich in Ungnade fiel, mit mir freundschaftlich unterhalten wie früher in Alcolote. Am folgenden Morgen aber war ein ‹Mein Gemahl will es so› alles, was sie mir zu sagen fand, als sie mir ein von ihrer Hand unterzeichnetes Schriftstück übergab, das mir eine schöne Rente von achthundert Real garantiert.»

«Oh! Gib mir das Papier!» rief Don Fernando aus.

Er bedeckte Ines' Unterschrift mit Küssen. «Hat sie von mir gesprochen?»

«Niemals», antwortete Sancha, «und zwar so geflissentlich nicht, daß in meiner Gegenwart Don Jaime ihr einmal tadelnd vorgehalten hat, sie habe einen so liebenswerten Nachbarn offenbar vergessen. Sie erblaßte und sagte kein Wort. Sobald sie aber ihren Vater bis zur Tür geleitet hatte, schloß sie sich eilends in der Kapelle ein.»

«Ich bin ein Dummkopf und weiter nichts», rief Don Fernando aus. «Wie ich sie hassen werde! Reden wir nicht mehr von ihr ... Es trifft sich gut für mich, daß ich nach Granada gekommen bin, und tausendmal besser noch, daß gerade du mir hier begegnet bist ... Und du? Was tust du zurzeit?»

«Ich habe mich in dem Dörfchen Albaracen, eine halbe Meile von Granada entfernt, als Händlerin niedergelassen. Ich führe», setzte sie hinzu, «schöne englische Waren, die mir die Schmuggler aus den Alpujarras besorgen. In meinen Truhen habe ich für mehr als zweitausend Real ausgewählte Waren. Es geht mir gut.»

«Ich verstehe», gab Don Fernando zurück; «du hast einen Liebhaber unter den tapferen Burschen aus den Alpujarras. Ich werde dich nie wiedersehen. Hier, trage diese Uhr zur Erinnerung an mich.»

Sancha wollte gehen, er aber hielt sie zurück.

«Und wenn ich mich bei ihr zeigte?» fragte er.

«Sie würde vor Ihnen fliehen, und wenn sie sich aus dem Fenster stürzen müßte. Nehmen Sie sich in acht», fuhr sie fort, indem sie nochmals dicht zu Don Fernando trat. «Welche Verkleidung Sie auch wählen würden, sechs oder acht Späher, die ständig das Haus umstreichen, würden Sie verhaften.»

Fernando, der sich seiner Schwäche schämte, verlor kein weiteres Wort. Er hatte den Entschluß gefaßt, am folgenden Tag nach Mallorca zurückzufahren.

Acht Tage darauf kam er durch Zufall an dem Dorf Albaracen vorbei. Briganten hatten soeben General O'Donnel gefangengenommen und ihn eine Stunde lang auf dem Bauch im Straßenschmutz liegenlassen. Don Fernando sah Sancha mit verängstigter Miene vorübereilen.

«Ich habe keine Zeit, mit Ihnen zu sprechen», sagte sie. «Kommen Sie zu mir.»

Sanchas Laden war geschlossen, sie beeilte sich, ihre englischen Stoffe in eine große schwarze Truhe zu packen.

«Wir werden heute nacht am Ende angegriffen», sagte sie zu Don Fernando. «Der Anführer der Briganten ist ein persönlicher Feind des Schmugglers, mit dem ich befreundet bin. Das erste, was sie plündern würden, wäre bestimmt mein Laden. Ich komme aus Granada; ich habe dort bei Doña Ines, die im Grunde eben doch eine sehr liebe Dame ist, die Erlaubnis erwirkt, die kostbarsten meiner Waren in ihren Gemächern zu verbergen. Don Blas wird dieser Truhe, die mit Schmugglerware angefüllt ist, keine Beachtung schenken. Wenn er sie unglücklicherweise aber dennoch bemerkt, fällt Doña Ines sicher eine Ausrede ein.»

In großer Hast packte sie die Tüllballen und die Spitzenschals ein. Don Fernando sah ihr dabei zu; auf einmal aber stürzte er sich auf die Truhe, warf Tüll und Spitzenschals hinaus und legte sich selbst hinein.

«Sind Sie von Sinnen?» herrschte die erschrokkene Sancha ihn an.

«Nimm, hier sind fünfzig Unzen; aber ein Blitzstrahl vom Himmel soll mich treffen, wenn ich diese Truhe verlasse, bevor ich im Inquisitionspalast in Granada angekommen bin! Ich will sie unbedingt sehen.»

Was immer auch Sancha in ihrer Angst vorbringen mochte, Fernando hörte nicht darauf.

Während sie noch sprach, trat Zanga, ein Lastträger, ein, der ein Vetter von ihr war; er sollte die Truhe auf seinem Maulesel nach Granada transportieren. Sobald Don Fernando ihn eintreten hörte, hatte er den Deckel rasch über sich zugeklappt. Für alle Fälle drehte Sancha auch noch den Schlüssel um. Es wäre unvorsichtig gewesen, das nicht zu tun.

An einem Junimorgen gegen elf Uhr vormittags hielt Don Fernando, in dieser Truhe verborgen, seinen Einzug in Granada; er war dem Ersticken nahe. Endlich kamen sie im Inquisitionspalast an. Während der Zeit, die Zanga brauchte, um die Treppe hinaufzusteigen, gab Don Fernando sich der Hoffnung hin, der Lastträger werde die Truhe in den zweiten Stock hinaufschaffen und am Ende sogar in Ines' Schlafzimmer stellen.

Sobald die Tür geschlossen und kein Laut mehr zu vernehmen war, versuchte er mit Hilfe seines Dolches die Zunge des Truhenschlosses zurückzuschieben. Es glückte ihm. Zu seiner unaussprechlichen Freude befand er sich tatsächlich in Ines' Schlafgemach. Er sah Frauenkleider und erkannte nahe beim Bett ein Kruzifix, das er einst in ihrer kleinen Kammer in Alcolote angetroffen hatte. Eines Abends, nach einem heftigen Streit, hatte sie ihn mit zu sich hinaufgenommen und ihm auf dieses Kruzifix ewige Liebe geschworen.

Die Hitze war ungemein drückend und das Zimmer dunkel. Die Läden waren geschlossen, und ebenso auch die großen, tief herunterhängenden Stores aus feinstem indischem Musselin. Kaum durchbrach das Rauschen eines kleinen Brunnens, der einige Fuß entfernt in einer Zimmerecke seinen dünnen Wasserstrahl in eine Muschel aus schwarzem Marmor ergoß, die hier herrschende tiefe Stille. Don Fernando, der in seinem Leben gewiß schon zwanzigmal den Beweis kühnsten Mutes erbracht hatte, erbebte gleichwohl bei diesem schwachen Laut. Er war weit davon entfernt, in Ines' Zimmer jenes vollkommene Glück zu verspüren, von dem er so oft auf Mallorca geträumt hatte, wenn er auf Mittel sann, in diesen Raum zu gelangen. Verbannt, unglücklich, von den Seinen getrennt, war er in seinem Wesen ganz und gar durch eine leidenschaftliche, aber – in Anbetracht des anhaltend gleichbleibenden Unsterns – ihn fast zum Wahnsinn treibende Liebe bestimmt.

In diesem Augenblick jedoch wurde Don Fernando fast ausschließlich von der Furcht beherrscht, jener Ines zu mißfallen, die er als so keusch und so sittsam kannte. Wenn ich nicht hoffte, der Leser habe einige Kenntnis von der eigenartigen, leidenschaftlichen Wesensart der Südländer, würde ich mich scheuen, es hier einzugestehen: Don Fernando war einer Ohnmacht nahe, als er – bald, nachdem er die Uhr des Klosters hatte zwei schlagen hören – inmitten der tiefen Stille auf der Marmortreppe ein leichtes Tappen vernahm. Bald erklang es ganz nahe vor der Tür. Er erkannte Ines' Schritt; da er aber der ersten Unwillensregung einer derart auf die Erfüllung ihrer Pflicht versessenen jungen Person nicht standzuhalten wagte, versteckte er sich wieder in der Truhe.

Die Hitze war drückend, die Dunkelheit tief. Ines legte sich auf ihr Bett, und bald entnahm Don Fernando ihren tiefen Atemzügen, daß sie eingeschlafen war. Da erst wagte er sich der Lagerstatt zu nähern; er sah nun jene Ines vor sich, die seit so vielen Jahren sein einziger Gedanke gewesen war. So allein, ihm überantwortet in der Unschuld ihres Schlummers, flößte sie ihm fast Schrecken ein. Dieses einzigartige Gefühl wurde noch stärker, als er bemerkte, daß während der zwei Jahre, in denen er sie nicht gesehen hatte, ihre Züge einen Ausdruck kalter Würde angenommen hatten, die er an ihnen nicht kannte.

Allmählich jedoch breitete sich das Glück, die Geliebte wiederzusehen, in seiner Seele aus; ihr nur flüchtig übergeworfenes sommerliches Gewand bildete einen bezaubernden Gegensatz zu ihrer vor lauter Selbstbewußtsein beinahe strengen Miene.

Es wurde ihm klar, daß bei seinem Anblick

Ines als erstes an Flucht denken würde. Er ging daher an die Tür, schloß sie zu und zog den Schlüssel ab.

Endlich kam der Augenblick, der über seine Zukunft endgültig entscheiden sollte. Ines bewegte sich, sie war dem Erwachen nahe. Er hatte die Eingebung, vor dem Kruzifix niederzuknien, das sich in Alcolote in ihrem Zimmer befunden hatte. Als Ines ihre noch vom Schlaf beschwerten Lider aufschlug, kam sie auf den Gedanken, Fernando müsse soeben in der Fremde verstorben sein, und sein Abbild, das sie zu Füßen des Kruzifixes sah, sei nur eine Vision.

Mit gefalteten Händen blieb sie regungslos, gerade aufgerichtet, vor ihrer Lagerstatt stehen.

«Armer Unglücklicher!» sagte sie mit zitternder und fast erstickter Stimme. Immer noch auf den Knien und halb ihr zugekehrt, um sie anzusehen, wies Don Fernando auf das Kruzifix; aber in seiner Verwirrung machte er eine unbedachte Bewegung. Ines, jetzt völlig wach, begriff die Wahrheit und flüchtete an die Tür, die sie verschlossen fand.

«Welche Kühnheit!» rief sie aus. «Don Fernando, verlassen Sie auf der Stelle diesen Raum.»

Sie floh in die entfernteste Ecke, die, in der sich der kleine Springbrunnen befand.

«Kommen Sie mir nicht nahe! Kommen Sie

mir nicht nahe!» wiederholte sie mehrmals mit krampfhaft bebender Stimme; «verlassen Sie auf der Stelle dieses Gemach!»

Aus ihren Augen strahlte das Feuer unverbrüchlicher Tugend.

«Nein, ich gehe nicht, bevor du mich nicht angehört hast. Seit zwei Jahren kann ich dich nicht vergessen; Tag und Nacht schwebt dein Bild mir vor. Hast du mir nicht vor diesem Kreuz hier geschworen, du würdest einzig mir gehören?»

Sie wollte rasch eine Schelle erreichen, doch Don Fernando war vor ihr da und schloß sie in die Arme. Er zitterte; Ines bemerkte es und verlor alle Kraft, die sie aus ihrem Zorn hatte schöpfen können.

Don Fernando aber ließ sich nicht durch Gedanken an Liebe und Lust beherrschen, sondern dachte allein an seine Pflicht.

Er zitterte stärker als Ines, denn er spürte, daß er ihr gegenüber handelte, als wäre er ihr Feind; aber er fand in sich weder Zorn noch Heftigkeit.

«Du wünschest also den Tod meiner unsterblichen Seele?» fragte Ines ihn. «Aber glaube mir wenigstens eins: daß ich dich anbete und nur immer dich geliebt habe. Keine Minute des furchtbaren Lebens, das ich seit meiner Verheiratung führe, ist vergangen, in der ich nicht mit meinen Gedanken bei dir gewesen bin. Es war eine grauenhafte Sünde; ich habe darum alles getan, dich zu vergessen, aber umsonst. Entsetze dich nicht über meine Gottlosigkeit, mein geliebter Fernando. Wirst du es mir glauben? Das heilige Kruzifix, das du neben meinem Bett dort siehst, stellt mir oft nicht mehr das Bild des Erlösers vor Augen, der über uns richten wird; es erinnert mich nur an die Schwüre, die ich mit ausgestreckter Hand in meinem Kämmerchen in Alcolote dir geleistet habe. Oh! Wir sind verdammt, unwiderruflich verdammt, Fernando!» rief sie voller Leidenschaft aus; «so wollen wir während der wenigen Tage, die uns noch zu leben bleiben, wenigstens glücklich sein.»

Diese Sprache benahm Don Fernando jegliche Furcht; das Glück begann für ihn.

«Wie? Du verzeihst mir? Du liebst mich noch? ...»

Die Stunden flohen rasch dahin, der Tag ging bereits zu Ende; Fernando erzählte ihr, welche Eingebung er plötzlich hatte, als er die Truhe sah. Aus ihrem wonnevollen Glück wurden sie durch ein erhebliches Lärmen gerissen, das der Tür immer näher kam. Es war Don Blas, der seine Frau zum Abendspaziergang abholen kam.

«Sage, du habest dich wegen der starken Hitze nicht wohl gefühlt», riet Don Fernando der geliebten Frau. «Ich schließe mich wiederum in die Truhe ein. Hier ist der Zimmerschlüssel; tu so, als bekämest du die Tür nicht auf, drehe den Schlüssel nach der verkehrten Seite, bis du hörst, daß ich die Truhe von innen geschlossen habe.»

Alles vollzog sich nach Wunsch; Don Blas glaubte an ein Unwohlsein infolge der großen Hitze.

«Meine arme liebe Freundin!» rief er aus, indem er sich entschuldigte, sie so jählings geweckt zu haben.

Er nahm sie in die Arme und trug sie auf das Bett; er überhäufte sie mit den zärtlichsten Liebkosungen, als er die Truhe entdeckte.

«Was ist das?» fragte er mit gerunzelter Stirn.

Der Spürsinn des Polizeidirektors schien in ihm mit einemmal zu erwachen.

«Und das in meinem Hause!» wiederholte er fünf- oder sechsmal, als Doña Ines ihm von Sanchas Besorgnissen und der Herkunft dieser Truhe erzählte.

«Gib mir den Schlüssel», verlangte er mit entschlossener Miene.

«Ich wollte ihn nicht haben», gab Ines zurück; «einer deiner Bedienten könnte den Schlüssel finden. Meine Weigerung, ihn zu nehmen, schien Sancha sehr zu befriedigen.»

«Schon gut!» rief Don Blas. «Ich habe hier in

meinem Pistolenkasten alles, was man braucht, um jedes Schloß in der Welt aufzubringen.»

Er trat an das Kopfende des Bettes, öffnete einen mit Waffen gefüllten Kasten und näherte sich der Truhe mit einem Bündel von Nachschlüsseln in der Hand. Ines stieß die Läden eines Fensters auf und beugte sich so weit über die Brüstung, daß sie sich jeden Augenblick auf die Straße stürzen könnte, wenn Don Blas am Ende doch Don Fernando entdeckte. Aber das Übermaß des Hasses, den Fernando gegen Don Blas empfand, gab ihm seine volle Kaltblütigkeit zurück; er hatte den Einfall, die Spitze seines Dolches hinter den Riegel des minderwertigen Truhenschlosses zu schieben, und so mühte Don Blas sich vergeblich mit seinen Drahthaken ab.

«Sonderbar», sagte Don Blas, indem er sich wieder erhob, «diese Haken haben mich sonst noch niemals im Stich gelassen. Meine liebe Ines, mit unserem Spaziergang wird es später werden; ich würde nicht glücklich sein selbst mit dir, solange ich an diese Truhe denke, die mit gefährlichen Schriften angefüllt sein könnte. Wer sagt mir, daß nicht in meiner Abwesenheit mein Feind, der Bischof, mit irgendeinem dem König abgelisteten Befehl bei mir eine Haussuchung machen läßt? Ich gehe jetzt in mein Amtszimmer und komme gleich mit einem Arbeiter zurück, der mehr Erfolg haben wird als ich.»

Er ging. Doña Ines trat vom Fenster zurück, um die Tür zuzuschließen. Vergebens flehte Don Fernando sie an, mit ihm gemeinsam zu fliehen.

«Du kennst nicht die Wachsamkeit dieses fürchterlichen Don Blas», sagte sie; «innerhalb weniger Minuten vermag er sich mit seinen ein paar Meilen von Granada entfernten Leuten in Verbindung zu setzen. Oh, warum kann ich freilich nicht mit dir fliehen und in England leben! Stelle dir vor, dieses weitläufige Gebäude wird täglich bis in alle Winkel durchforscht. Dennoch will ich versuchen, dich irgendwo zu verstecken; wenn du mich liebst, nimm dich in acht, denn ich würde dich nicht überleben.»

Ihre Unterhaltung wurde durch eine große Unruhe von draußen her unterbrochen; mit seinem Dolch in der Hand stellte sich Don Fernando hinter die Tür; glücklicherweise war es nur Sancha; mit wenigen Worten wurde ihr alles erklärt.

«Aber, Señorita, Sie bedenken nicht, daß Don Blas, wenn Sie Don Fernando verstecken, die Truhe leer antrifft. Warten Sie, womit könnten wir sie in so kurzer Zeit füllen? Aber vor lauter Aufregung vergesse ich ja ganz eine gute Nachricht: die ganze Stadt ist in Aufruhr und Don Blas ist sehr in Anspruch genommen. Don Pedro Ramos, der Abgesandte der Cortes, ist im Café an der Plaza Mayor von einem royalistischen Freiwilligen beleidigt worden und hat ihn daraufhin erdolcht. Ich traf Don Blas inmitten seiner Gendarmen an der Puerta del Sol. Verstecken Sie Don Fernando, ich werde überall nach Zanga suchen, der die Truhe abholen soll, nachdem Don Fernando sich wieder darin verborgen hat. Aber haben wir wohl auch noch genügend Zeit? Schaffen Sie die Truhe in irgendeinen anderen Raum, damit Sie zunächst Don Blas mit der Antwort hinhalten können und er Sie nicht auf der Stelle erdolcht. Sagen Sie ihm, ich selbst hätte die Truhe geöffnet und dann fortschaffen lassen. Vor allem dürfen wir uns nicht täuschen: kehrt Don Blas vor mir zurück, so sind wir alle des Todes!»

Sanchas Ratschläge berührten die beiden Liebenden kaum; sie brachten die Truhe in einem dunklen Korridor unter und erzählten einander dann, was sich seit zwei Jahren in ihrem Leben zugetragen hatte.

«Du wirst sehen, daß deine Freundin dir keine Vorwürfe macht», sagte Ines zu Don Fernando. «Ich werde dir in allem gehorsam sein. Ein Vorgefühl sagt mir, daß unser Leben nicht mehr lang sein wird. Du hast keine Vorstellung, wie wenig Don Blas auf sein eigenes Leben sowie auf das der anderen gibt; er merkt sicher, daß ich dich wiedergesehen habe, und tötet mich ... Was aber werde ich im anderen Leben finden?» fuhr sie nach einer kurzen Pause träumenden Nachsinnens fort. «Ewige Höllenpein!»

Dann schlang sie die Arme um Don Fernandos Hals.

«Ich bin die glücklichste aller Frauen», rief sie. «Wenn du ein Mittel findest, wie wir uns wiedersehen können, so teile es mir durch Sancha mit; du hast eine Sklavin, die Ines heißt.»

Zanga kehrte erst in der Nacht zurück; er nahm die Truhe mit, in die sich Don Fernando wieder hineingelegt hatte; mehrmals wurde der Lastträger von den Gendarmenpatrouillen befragt, die den liberalen Abgeordneten suchten, ohne ihn zu finden; überall kam Zanga mit der Ausrede durch, die Truhe, die er mit sich führe, gehöre Don Blas.

Zum letzten Male wurde Zanga in einer einsamen Straße angehalten, die am Friedhof vorbeiführte und von diesem, der zwölf oder fünfzehn Fuß tiefer lag, durch eine Stützmauer getrennt war, an der es Zanga beliebte, sich auszuruhen. Während er den Gendarmen Rede stand, lehnte die Truhe an der Mauer.

Zanga, dem man seine Last aus Furcht vor

einer möglichen Rückkehr Don Blas' in aller Eile aufgeladen hatte, hatte die Truhe so gefaßt, daß sich Don Fernando mit dem Kopf nach unten darin befand; diese Lage bereitete ihm einen allmählich unerträglich werdenden Schmerz; er konnte einzig hoffen, sie würden bald angelangt sein. Als er spürte, daß das Behältnis sich in Ruhelage befand, verlor er die Geduld; auf der Straße herrschte tiefe Stille; er rechnete sich aus, daß es etwa neun Uhr abends sein müsse.

Ein paar Dukaten, sagte er sich, werden mir die Verschwiegenheit dieses Zanga sichern.

Vom Schmerz überwältigt, redete er ihn mit leiser Stimme an:

«Drehe die Truhe andersherum, ich halte den Schmerz nicht mehr aus.»

Der Lastträger, der sich zu dieser späten Stunde nur mit höchst unbehaglichen Gefühlen so dicht an der Kirchhofmauer befand, erschrak heftig über diese Stimme nahe an seinem Ohr. Er meinte, der Geist eines Abgeschiedenen rede ihn an, und lief schleunigst davon. Die Truhe stand weiter gegen die Mauer gelehnt; der Schmerz im Kopf Don Fernandos nahm zu. Da er von Zanga keine Antwort erhielt, sagte er sich, daß dieser ihn offenbar seinem Schicksal überlassen habe. Mochte die Gefahr auch noch so groß sein, er beschloß, die Truhe von innen zu öffnen; bei einer heftigen Bewegung, die er machte, fiel sie in den Friedhof hinab.

Von seinem Sturz betäubt, fand Don Fernando erst nach einigen Minuten die Besinnung wieder; er sah die Sterne über seinem Haupte strahlen; das Schloß der Truhe hatte beim Fallen nachgegeben, er aber war auf die frisch ausgehobene Erde eines leeren Grabes gestürzt. Er dachte daran, in welche Gefahr Ines geraten könnte; dieser Gedanke allein verlieh ihm neue Kraft.

Er blutete und war stark zerschunden; indessen gelang es ihm aufzustehen und bald darauf auch zu gehen; mit einiger Mühe erklomm er die den Friedhof umgebende Mauer und gelangte endlich bis zu Sanchas Wohnung. Als sie ihn so blutüberströmt sah, glaubte sie, Don Blas habe ihn entdeckt.

«Man muß zugeben», sagte sie lachend, nachdem der Irrtum aufgeklärt war, «daß Sie uns da in eine schöne Sache hineingebracht haben!»

Sie kamen überein, daß man auf alle Fälle die Dunkelheit wahrnehmen müsse, um die in den Friedhof hineingefallene Truhe wieder fortzuschaffen.

«Sicher ist sie mit Blut befleckt», meinte Don Fernando.

Zanga war der einzige Mann, den man verwenden konnte.

Als sie noch von ihm sprachen, pochte er an Sanchas Tür; er war nicht wenig erstaunt, als sie ihm auf den Kopf zusagte:

«Ich weiß schon alles, was du mir erzählen willst. Du hast meine Truhe im Stich gelassen; sie ist mit all meinen Schmuggelwaren in den Kirchhof gefallen; welcher Verlust für mich! Und weißt du, was jetzt geschehen wird? Heute abend noch oder morgen früh wird Don Blas dich verhören.»

«O weh! Ich bin verloren!» rief Zanga aus.

«Es geschieht dir nichts, wenn du antwortest, du habest vom Inquisitionspalast aus die Truhe hierher zu mir zurückgeschafft.»

Zanga war tiefbetrübt, seine Kusine um ihre Waren gebracht zu haben; aber er hatte sich vor dem Nachtgespenst geängstigt und hatte auch solche Furcht vor Don Blas, daß er außerstande schien, die einfachsten Dinge zu begreifen. Noch einmal setzte Sancha ihm auseinander, was er dem Polizeidirektor zur Antwort geben müsse, um niemandem zu schaden.

«Hier sind zehn Dukaten für dich», sagte Don Fernando, der auf einmal erschien; «wenn du aber nicht ganz genau sagst, was Sancha dir erklärt hat, stirbst du durch diesen Dolch.»

«Und wer sind Sie, Herr?» fragte Zanga.

«Ein bedauernswerter *negro,* dem die royalistischen Freiwilligen auf den Fersen sind.»

Zanga war tief bestürzt; seine Furcht verdoppelte sich, als er zwei von Don Blas' Häschern eintreten sah. Einer von ihnen nahm ihn fest und führte ihn seinem Vorgesetzten vor. Der andere teilte Sancha nur einfach mit, sie würde im Inquisitionspalast gewünscht; sein Auftrag klang weniger streng.

Sancha scherzte mit ihm und forderte ihn auf, einen ausgezeichneten Wein aus Rancio bei ihr zu probieren. Sie gedachte ihn zum Schwatzen zu bringen und auf diese Weise Don Fernando einen Hinweis zu geben, denn von seinem Versteck aus konnte er alles hören.

Der Häscher erzählte, Zanga sei, nachdem er vor dem Gespenst davongelaufen war, totenbleich vor Schreck in eine Kneipe gegangen und habe dort sein Abenteuer erzählt. Einer der Häscher, die mit der Suche nach dem *negro* oder Liberalen, der den Royalisten getötet hatte, beauftragt waren, hielt sich in dieser Kneipe auf und erstattete schleunigst Don Blas Bericht.

«Aber unser Direktor», setzte der Häscher hinzu, «der kein Dummkopf ist, hat sofort gesagt, daß die von Zanga vernommene Stimme sicher die des auf dem Friedhof verborgenen *negro* gewesen sei. Er hat mich ausgeschickt, um die Truhe zu holen; wir fanden sie offen, jedoch im Innern mit Blut befleckt. Don Blas schien sehr überrascht; er hat mich hierhergeschickt. Gehen wir also jetzt!»

Mit Ines und mir ist es aus, sagte Sancha sich, als sie mit ihrer Bewachung den Weg zum Inquisitionspalast antrat. Don Blas hat sicher die Truhe wiedererkannt; er weiß in diesem Augenblick schon, daß ein Fremder in sein Heim eingedrungen ist.

Die Nacht war ungemein finster; Sancha verfiel einen Augenblick auf den Gedanken, sie könne am Ende fliehen.

Aber nicht doch, sagte sie sich, es wäre schamlos von mir, Doña Ines im Stich zu lassen, die so arglos ist und sicherlich in diesem Augenblick nicht weiß, was sie antworten soll.

Im Inquisitionspalast angekommen, bemerkte sie zu ihrem Erstaunen, daß sie in den zweiten Stock, das heißt in Ines' Gemächer hinaufgeführt wurde. Daß es der Tatort war, schien ihr ein schlimmes Vorzeichen zu sein. Das Zimmer war hell erleuchtet.

Sie fand dort Doña Ines an einem Tisch sitzend vor, daneben stand mit funkelnden Augen Don Blas. Vor sich hatten sie die fatale Truhe. Sie war mit Blut getränkt. Als Sancha eintrat, war Don Blas dabei, Zanga zu verhören; gleich darauf führte man ihn hinaus.

Ob er uns verraten hat? fragte Sancha sich. Hat er wohl begriffen, was er antworten sollte?

Das Leben von Doña Ines liegt in seiner Hand.

Sie warf Doña Ines einen Blick zu, der sie beruhigen sollte; doch fand sie in ihren Augen ohnehin nur Ruhe und Entschlossenheit. Sancha war erstaunt. Woher nahm diese schüchterne Frau einen solchen Mut?

Gleich bei den ersten Worten ihrer Antwort auf die Fragen von Don Blas Bustos stellte Sancha fest, daß dieser gemeinhin so durchaus beherrschte Mann fast wie von Sinnen war. Nach kurzer Zeit sagte er halblaut zu sich selbst:

«Mir ist alles klar.»

Doña Ines hatte zweifellos so gut wie Sancha diese Bemerkung gehört, denn mit ruhiger Stimme bemerkte sie:

«Es brennen hier so viele Kerzen, daß das Zimmer heiß wie ein Backofen ist.»

Bei diesen Worten wollte sie an das Fenster treten.

Sancha wußte recht gut, welches ein paar Stunden zuvor der Plan ihrer Herrin gewesen war: sie verstand die Bewegung. Darauf tat sie sofort, als ob sie einen schweren Nervenanfall habe.

«Diese Männer», rief sie aus, «trachten mir nach dem Leben, weil ich Don Pedro Ramos gerettet habe.»

Gleichzeitig packte sie Doña Ines kräftig beim Handgelenk.

Inmitten eines scheinbaren Nervenanfalls stammelte Sancha Worte, die ungefähr besagten, daß einen Augenblick, nachdem Zanga die Truhe mit den Waren zu ihr zurückgebracht habe, ein blutüberströmter Mann mit einem Dolch in der Hand zu ihr ins Zimmer eingedrungen sei.

‹Ich habe einen royalistischen Freiwilligen umgebracht›, habe er gesagt, ‹und die Kameraden dieses Toten suchen mich. Wenn Sie mir nicht helfen, werde ich hier vor Ihren Augen ermordet ...›

«Ja, sehen Sie nur dies Blut an meiner Hand», rief Sancha wie außer sich, «sie wollen mich töten!»

«Fahre fort», befahl ihr Don Blas mit ungerührter Stimme.

«Don Ramos hat zu mir gesagt: ‹Der Prior der Hieronymiten ist ein Onkel von mir; wenn ich bis zu seinem Kloster gelange, bin ich in Sicherheit.› Ich zitterte; da sah er die offene Truhe, aus der ich gerade meine letzten englischen Tüllstoffe hatte herausnehmen wollen. Plötzlich schleuderte er die Packen heraus, soweit sie sich noch darin befanden, und legte sich selbst in die Truhe. ‹Schließen Sie ab›, rief er mir zu, ‹und lassen Sie die Truhe unverzüglich zum Kloster der Hieronymiten tragen.› Er warf mir eine Handvoll Dukaten hin, hier habe ich sie noch;

es war ein Sündenlohn, vor dem es mir nun graut...»

«Schluß jetzt mit diesem Geschwätz!» rief Don Blas Bustos aus.

«Ich hatte Angst, daß er mich umbringen würde, wenn ich ihm nicht gehorchte», fuhr Sancha fort; «immer noch hielt er in seiner Linken den Dolch, von dem das Blut des armen Royalisten tropfte. Ich hatte Angst, ich gebe es zu; ich habe Zanga rufen lassen, der die Truhe auf die Schulter nahm, um sie zum Kloster zu tragen. Ich hatte...»

«Kein Wort mehr, oder du bist des Todes», rief Don Blas aus, der sehr wohl erriet, daß Sancha nur Zeit gewinnen wollte.

Auf ein Zeichen von Don Blas wurde Zanga hereingeholt. Sancha bemerkte, daß Don Blas, den sonst nichts aus der Fassung brachte, vollkommen außer sich war; er hegte Zweifel hinsichtlich des Wesens, das er zwei Jahre lang für treu gehalten hatte. Die Hitze schien ihn niederzudrücken; in dem Augenblick aber, als Zanga hereingeführt wurde, stürzte er sich wütend auf ihn und packte ihn fest am Arm.

Auf diesen Augenblick, sagte sich Sancha, kommt jetzt alles an. Dieser Mann wird das Schicksal von Doña Ines wie auch das meine entscheiden. Er ist mir sehr ergeben; aber Gott weiß, was er heute abend, von dem Gespenst und von Don Fernandos Dolch erschreckt, noch alles sagen wird!

Zanga, den Don Blas heftig schüttelte, sah diesen mit verstörtem Blick an, ohne Antwort zu geben.

O mein Gott, dachte Sancha, sie werden ihn schwören lassen, die Wahrheit zu sagen, und fromm, wie er ist, wird er dann nicht lügen wollen.

Zufällig vergaß Don Blas, da er sich nicht im Gerichtshof befand, den Zanga schwören zu lassen. Endlich entschloß sich dieser, durch höchste Gefahr, durch Sanchas Blicke und seine eigene Furcht erleuchtet, auszusagen. Ob nun aus Schlauheit oder aus tatsächlicher Verstörtheit, jedenfalls trug er eine überaus verworrene Geschichte vor. Er sagte, er habe, von Sancha gerufen, sich von neuem die Truhe, die er kurz zuvor aus dem Palast des Herrn Polizeidirektors abgeholt hatte, auf den Rücken laden wollen, das Behältnis jedoch sehr viel schwerer gefunden. Als er vor Müdigkeit nicht mehr weiterkonnte und gerade an der niederen Friedhofmauer vorbeikam, habe er sie dort auf der Brüstung abgesetzt. Da habe er eine klagende Stimme dicht am Ohr vernommen und sich vor Schreck auf und davon gemacht.

Don Blas überhäufte ihn mit Fragen, schien aber auch seinerseits sehr unter der Hitze zu leiden. Zu einer schon späten Stunde der Nacht brach er das Verhör ab, um es am folgenden Tage wieder aufzunehmen. Noch hatte Zanga sich in keinen Widerspruch verstrickt. Sancha bat Ines um die Erlaubnis, in dem Kämmerchen schlafen zu dürfen, das neben ihrem Zimmer lag, und in dem sie auch früher genächtigt hatte. Wahrscheinlich hörte Don Blas die betreffenden Reden nicht. Ines, die für Don Fernandos Leben zitterte, suchte Sancha in der Kammer auf.

«Don Fernando ist in Sicherheit, aber Señorita», fuhr Sancha fort, «Ihr Leben und das meine hängen nur noch an einem Faden. Don Blas hat einen Verdacht. Morgen früh wird er Zanga ernstlich drohen und ihn durch den Mönch zum Reden bringen, bei dem er beichtet und der alles über ihn vermag. Die Geschichte, die ich erfunden hatte, war nur eben gut genug, um der Gefahr des ersten Augenblicks zu begegnen.»

«Gut, so fliehe doch, meine liebe Sancha», meinte Ines mit ihrer gewohnten Sanftmut und als bewege das Schicksal, das in wenigen Stunden ihrer wartete, sie im Grunde nicht. «Laß mich allein sterben, Sancha, das Bild Don Fernandos ist mit mir. Das Leben ist nicht zuviel, um damit das Glück zu bezahlen, ihn nach zwei Jahren wiedergesehen zu haben. Ich befehle dir, mich alsbald zu verlassen. Geh hinab in den großen Hof und verstecke dich hinter der Tür. Ich hoffe, du kannst dich retten. Ich verlange nur eins: Gib dies Diamantenkreuz Don Fernando und sage ihm, daß ich noch sterbend seinen Einfall segne, von Mallorca aus hierher zurückzukehren.»

Bei Tagesanbruch, als das Angelusläuten erklang, weckte Doña Ines ihren Gatten und sagte, sie wolle die erste Messe im Kloster der Klarissinnen hören. Obwohl sie gewissermaßen im Hause blieb, ließ Don Blas, der ihr mit keiner Silbe antwortete, sie von vier seiner Leute begleiten.

In der Kirche angekommen, nahm Ines einen Platz dicht beim Gitter der Nonnen ein. Einen Augenblick darauf sahen die Wächter, die Don Blas ihr mitgegeben hatte, wie die Gitter sich öffneten. Doña Ines trat in das Innere ein. Sie erklärte, sie sei auf Grund eines geheimen Gelübdes Nonne geworden und werde das Kloster niemals mehr verlassen. Don Blas erschien und forderte seine Frau zurück, aber die Äbtissin hatte bereits dem Bischof Nachricht gegeben. Dieser geistliche Herr begegnete mit väterlicher Miene den Ausbrüchen des Don Blas.

«Zweifellos hat die sehr ehrenwerte Doña Ines Bustos y Mosquera nicht das Recht, sich Gott zu weihen, wofern sie Ihre rechtmäßige Gattin ist; Doña Ines fürchtet aber, daß Gründe bestehen, ihre Ehe für nichtig zu erklären.»

Wenige Tage darauf wurde Doña Ines, gegen die ihr Gatte Klage führte, von mehreren Dolchstichen durchbohrt auf ihrem Lager gefunden; in der Folge aber einer von Don Blas aufgedeckten Verschwörung wurden Doña Ines' Bruder und Don Fernando de la Cueva auf dem Hauptplatz von Granada geköpft.

DER LIEBESTRANK

Nach dem Italienischen von Silvia Malaperta

Während einer finsteren, regnerischen Nacht im Sommer des Jahres 182... verließ ein junger Leutnant vom 96. Regiment, das in Bordeaux in Garnison lag, das Café, in dem er soeben sein gesamtes Geld verloren hatte. Er fluchte seiner Torheit, denn er war arm.

Schweigend durchmaß er eine der ödesten Straßen des Lormontviertels, als er auf einmal Schreie vernahm und aus einer Tür, die lärmend geöffnet wurde, eine Person herausglitt und ihm vor die Füße fiel. Die Dunkelheit war so groß, daß man den Vorgang nur an Hand von Geräuschen erraten konnte. Die Verfolger, wer immer sie waren, blieben – dem Anschein nach, weil sie die Schritte des jungen Offiziers gehört hatten – unter der Tür zurück.

Er horchte einen Augenblick: die Männer sprachen leise miteinander, näherten sich aber nicht. Trotz des Widerwillens, den diese Szene in ihm wachrief, meinte Lieven doch die Person aufheben zu müssen, die zu Boden gefallen war.

Er merkte, daß nur ein Hemd ihre Gestalt bedeckte; wenn auch um diese Stunde der Nacht – es war etwa zwei Uhr – tiefes Dunkel herrschte, glaubte er doch langes, aufgelöstes Haar zu erkennen: es handelte sich demnach um eine Frau. Diese Entdeckung war ihm keineswegs angenehm.

Sie schien außerstande, ohne Hilfe zu gehen. Lieven mußte sich an seine durch Menschlichkeit gebotene Pflicht erinnern, um sie nicht einfach ihrem Schicksal zu überlassen.

Er sah im Geiste nur Mißliches vor sich: am folgenden Tage würde er beim Polizeikommissar vorsprechen, die Neckereien seiner Kameraden anhören und in den Zeitungen des Landes satirische Kommentare lesen müssen.

Ich werde sie an die Tür eines Hauses lehnen, sagte er sich, ich werde läuten und mich dann so schnell wie möglich entfernen.

Er versuchte es gerade zu tun, als die Frau auf spanisch leise, klagende Laute von sich gab. Er konnte kein Wort Spanisch, aber eben deshalb vielleicht stürzten ihn zwei ganz einfache Worte, die Leonor hervorstieß, in eine Flut von romantischen Vorstellungen. Er sah keinen Polizeikommissar und keine von Trunkenen mißhandelte Dirne mehr. Seine Einbildungskraft verlor sich in Ideen von Liebe und erlesenen Abenteuern.

Lieven hatte die Frau vom Boden aufgehoben und richtete tröstende Worte an sie.

Aber wenn sie nun häßlich ist? fragte er sich.

Der diesbezügliche Zweifel, der seine Vernunft wiederum auf den Plan rief, ließ ihn alle romantischen Träumereien vergessen.

Er wollte sie auf einer Türschwelle absetzen, aber sie weigerte sich.

«Lassen Sie uns weitergehen», sagte sie mit ganz fremdem Akzent.

«Fürchten Sie Ihren Gatten?» fragte Lieven sie.

«Ach! Ich habe diesen Gatten, der ein vollendeter Ehrenmann war und mich anbetete, um eines Liebhabers willen verlassen, der mich jetzt derart roh verstößt.»

Dieser Satz löschte in Lieven von neuem den Gedanken an den Polizeikommissar und die unangenehmen Folgen eines nächtlichen Abenteuers aus.

«Ich bin bestohlen worden, Monsieur», sagte Leonor kurz darauf, «aber ich stelle fest, daß ich noch einen kleinen Diamantring besitze. Irgendein Gastwirt nimmt mich vielleicht bei sich auf. Aber ich werde freilich Aufsehen im Hause erregen, denn ich muß Ihnen gestehen, daß ich mit nichts als einem Hemd bekleidet bin. Ich würde mich Ihnen zu Füßen werfen, Monsieur, wenn ich Zeit dazu hätte, und Sie im Namen der Menschlichkeit beschwören, mich in irgendein

Zimmer zu führen und einer Frau aus dem Volke für mich ein altes Kleid abzukaufen. Bin ich erst einmal bekleidet», fuhr sie, durch das Verhalten des jungen Offiziers ermutigt, fort, «könnten Sie mich bis an die Tür irgendeiner kleinen Herberge begleiten, wo ich dann nicht länger den Beistand eines edelmütigen Mannes in Anspruch nehmen, sondern Sie bitten würde, eine Unglückliche ihrem Schicksal zu überlassen.»

Diese ganze in schlechtem Französisch vorgebrachte Rede machte auf Lieven einen ausgezeichneten Eindruck.

«Madame», antwortete er, «ich will alles tun, was Sie mir befehlen. Das Wichtigste ist jedoch für Sie sowohl wie für mich, daß man uns nicht arretiert. Mein Name ist Lieven, ich bin Leutnant im 96. Regiment; wenn wir auf eine Patrouille stoßen, die nicht meinem Regiment angehört, werden wir auf die Wache geschleppt und müssen daselbst die Nacht verbringen; morgen würden dann wir beide, Madame, in Bordeaux in aller Munde sein.»

Lieven spürte, wie Leonor zitterte, denn er gab ihr jetzt den Arm.

Dieses Grauen vor einem Skandal ist ein gutes Zeichen, dachte er bei sich.

«Geruhen Sie, meinen Mantel umzunehmen», sagte er zu der Dame, «ich führe Sie jetzt zu mir.»

«O Himmel, Monsieur...»

«Ich schwöre Ihnen bei meiner Ehre, daß ich kein Licht machen werde. Ich werde Sie als Alleinherrin des Zimmers zurücklassen und mich erst morgen früh wieder bei Ihnen melden. Das muß ich, denn um sechs Uhr erscheint mein Sergeant, der imstande wäre zu klopfen, bis ihm geöffnet wird. Sie haben es bei mir mit einem Mann von Ehre zu tun...» Sie ist sicher hübsch, sagte sich Lieven.

Er öffnete die Tür des Hauses, in dem er wohnte. Die Unbekannte wäre beinahe unten an der Treppe hingefallen; denn sie fand die erste Stufe nicht. Lieven redete leise auf sie ein, sie gab ebenso Antwort.

«Wie abscheulich, mir Frauen ins Haus zu bringen», rief mit scharfer Stimme eine ganz hübsche Quartierwirtin aus, die, eine Lampe in der Hand, ihre Tür öffnete. Blitzschnell warf er einen Blick auf die Unbekannte, er sah ein wundervolles Gesicht und blies die Lampe der Wirtin aus.

«Still, Madame Saucède, oder ich ziehe morgen aus, Sie bekommen zehn Francs, wenn Sie niemandem etwas sagen. Madame ist die Gattin des Obersten, ich selbst gehe gleich wieder fort.»

Lieven war bis zum dritten Stock an die Tür seines Zimmers gelangt; er bebte.

«Treten Sie ein, Madame», sagte er zu der Frau im Hemd. «Neben der Pendüle finden Sie ein Feuerzeug. Zünden Sie die Kerze an, machen Sie sich ein Feuer und schließen Sie die Tür von innen zu. Ich werde Sie achten wie eine Schwester und erst morgen früh erscheinen; ein Kleid bringe ich Ihnen mit.»

«Jesus, Maria», rief die schöne Spanierin aus.

Als Lieven in der Frühe an seine eigene Zimmertür pochte, war er bis zur Tollheit verliebt. Um die Unbekannte nicht zu früh zu wecken, hatte er die Geduld aufgebracht, den Sergeanten vor der Tür abzufassen und seine Papiere in einem Café zu unterzeichnen.

Er hatte in der Nachbarschaft ein Zimmer für die Unbekannte gemietet; er brachte ihr Kleider und sogar eine Maske für das Gesicht.

«Auf diese Weise, Madame, kann ich Sie, wenn Sie es wünschen, nicht sehen», sagte er ihr durch die Tür hindurch.

Die Idee mit der Maske gefiel der jungen Spanierin; der Einfall lenkte sie von ihrem tiefen Kummer ab.

«Sie sind so edelmütig», sagte sie zu ihm, ohne die Tür zu öffnen, «daß ich mir die Kühnheit erlaube, Sie zu bitten, das Paket mit den Sachen, die Sie für mich gekauft haben, vor die Tür zu legen. Sobald ich höre, daß Sie unten an der Treppe angekommen sind, hole ich es mir.»

«Adieu, Madame», sagte Lieven und ging.

Leonor war so entzückt von seiner tatbereiten Ergebenheit, daß sie im Tone beinahe zärtlichster Freundschaft ihm nachrief:

«Wenn Sie können, Monsieur, kehren Sie in einer halben Stunde zurück.»

Als Lieven wiederkam, traf er sie maskiert an; aber er sah die schönsten Arme, den schönsten Hals, die schönsten Hände der Welt. Er war hingerissen.

Lieven war ein wohlerzogener junger Mann, den es noch etwas Überwindung kostete, den Frauen, die er liebte, mutig gegenüberzutreten. Sein Ton war derart achtungsvoll, er legte als Hausherr seiner ärmlichen Kammer so viel Grazie an den Tag, daß er, als er sich nach der Aufstellung eines Wandschirms wieder umwendete, starr vor Bewunderung die schönste Frau vor sich sah, der er jemals begegnet war. Die Unbekannte hatte die Maske abgelegt und blickte ihn mit Augen an, die zu sprechen schienen. Vielleicht hätten sie unter gewöhnlichen Umständen durch die Energie, die in ihnen lag, eher hart gewirkt. Die Verzweiflung ihres Blicks aber weckte Mitgefühl, und zudem fehlte es, wie man sagen muß, der Schönheit Leonors an durchaus nichts. Lieven war der Meinung, sie werde neunzehn oder zwanzig Jahre alt sein. Einen Augenblick lang herrschte zwischen ihnen Schweigen. Trotz ihres tiefen Schmerzes konnte Leonor sich nicht enthalten, mit einem gewissen Vergnügen festzustellen, wie entzückt von ihr der junge Offizier war, der der besten Gesellschaft anzugehören schien.

«Sie sind mein Wohltäter», sagte sie schließlich zu ihm, «und trotz meines und Ihres Alters hoffe ich, daß Sie auch weiterhin soviel Rücksicht beweisen.»

Lieven antwortete, wie ein bis über die Ohren Verliebter es nun einmal tut; doch er beherrschte sich gleichwohl so weit, daß er sich das Glück versagte, ihr seine Liebe offen einzugestehen. Zudem lag in den Augen Leonors etwas so Gebieterisches, sie hatte trotz der ärmlichen Kleider, die sie hatte anlegen müssen, etwas so Distinguiertes, daß ihm seine Vorsicht dadurch etwas leichter fiel.

Lieber will ich gleich ein kompletter Narr sein, sagte er sich.

Er gab sich also ganz seiner Schüchternheit und der himmlischen Wonne hin, Leonor wortlos zu betrachten. Er konnte nichts Besseres tun. Seine Handlungsweise beruhigte nach und nach die schöne Spanierin. Sie waren recht liebenswert, die beiden, wie sie einander gegenüberstanden und sich schweigend in die Augen sahen.

«Ich müßte einen Hut ganz wie eine Frau aus dem Volke haben», sagte sie zu ihm, «einen, der das Gesicht verbirgt; denn unglücklicherweise kann ich ja», setzte sie fast lachend hinzu, «Ihre Maske nicht auf der Straße benutzen.»

Lieven besorgte einen Hut, darauf führte er Leonor in das Zimmer, das er für sie gemietet hatte. Sie verdoppelte seine Erregung und fast sogar sein Glück durch die Worte:

«Alles dies kann für mich auf dem Schafott enden.»

«Um Ihnen zu Diensten zu sein», brachte Lieven mit größtem Ungestüm hervor, «würde ich mich ins Feuer werfen. Ich habe dies Zimmer für Sie unter dem Namen einer Madame Lieven, meiner Frau, gemietet.»

«Ihrer Frau?» fragte sie fast erzürnt.

«Sie müssen unter diesem Namen auftreten oder einen Paß vorweisen, den wir nicht besitzen.»

Dieses *Wir* bedeutete Seligkeit für ihn. Er hatte den Ring verkauft oder doch wenigstens der Unbekannten die hundert Francs überreicht, die seinem Wert entsprachen. Es wurde ein Frühstück hereingebracht; die Unbekannte bat ihn, Platz zu nehmen.

«Sie haben sich als der edelmütigste aller Männer erwiesen», sagte sie nach dem Frühstück zu ihm. «Wenn Sie wollen, verlassen Sie mich jetzt. Mein Herz wird Ihnen ewige Dankbarkeit bewahren.»

«Ich gehorche Ihnen», sagte Lieven und stand auf.

Er hatte den Tod im Herzen. Die Unbekannte schien nachzudenken, darauf sagte sie:

«Bleiben Sie, Sie sind noch sehr jung, aber schließlich brauche ich eine Stütze; wer sagt mir, daß ich einen anderen Mann finden werde, der so großherzig ist wie Sie? Wenn Sie im übrigen Gefühle für mich hegen, auf die ich keinen Anspruch mehr erheben darf, wird mich eine Schilderung meiner Irrungen bald um Ihre Achtung bringen und Ihnen jedes Interesse für die verbrecherischste aller Frauen benehmen. Denn, Monsieur, ich habe unrecht nach allen Seiten hin getan. Ich kann mich über niemanden beklagen, und über Don Gutier Ferrandez, meinen Gatten, weniger als über irgend jemanden sonst. Er ist einer der unglücklichen Spanier, die vor zwei Jahren Zuflucht in Frankreich suchen mußten. Wir stammen beide aus Cartagena, doch war er sehr reich, ich sehr arm. ‹Ich bin dreißig Jahre älter als Sie, meine teure Leonor›, hat er unter vier Augen am Vorabend unserer Vermählung zu mir gesagt; ‹aber ich nenne Millionen mein eigen und liebe Sie wie ein Narr, wie ich nie geliebt habe. Erwägen Sie und wählen Sie: wenn mein Alter Sie von dieser Heirat fernhält, so werde ich Ihren Eltern gegenüber die Schuld an dem Bruch auf mich nehmen.› Monsieur, das ist jetzt vier Jahre her. Was ich damals am stärksten empfand, war das Unbehagen infolge der abgrundtiefen Armut, in welche meine Familie durch die Revolution der Cortes gestürzt worden war. Ich liebte nicht, doch ich nahm seinen Antrag an. Aber, Monsieur, ich brauche Ihren Rat; denn ich beherrsche weder die Bräuche dieses Landes noch seine Sprache, wie Sie selber sehen. Ohne diese äußerste Notwendigkeit könnte ich die Scham kaum ertragen, denn sie tötet mich fast... Heute nacht, als Sie sahen, wie man mich aus einem so obskuren Hause jagte, haben Sie meinen können, Sie böten Ihre Hilfe einer Frau von leichten Sitten an. Monsieur, ich bin noch weniger wert. Ich bin die schuldbeladenste und auch die unglücklichste aller Frauen», setzte Leonor, in Tränen ausbrechend, hinzu. «Dieser Tage noch werden Sie mich vielleicht vor Gericht gestellt und zu einer entwürdigenden Strafe verurteilt sehen. Als wir kaum verheiratet waren, erwies sich Don Gutier als ein eifersüchtiger Ehemann. Oh, mein Gott! Damals ohne allen Grund; aber sicher erriet er meine schlechte Veranlagung schon. Ich beging die Torheit, mich durch den Argwohn meines Mannes, der mich in meiner Eigenliebe verletzte, indigniert zu zeigen. Oh, ich Unglückliche!»

«Und wenn Sie sich die größten Verbrechen

vorzuwerfen hätten», fiel ihr Lieven ins Wort, «würde ich Ihnen bis in den Tod ergeben sein. Doch wenn wir eine Verfolgung durch die Gendarmerie zu gewärtigen haben, so sagen Sie es nur schnell, damit ich ohne jeden Verzug Ihre Flucht vorbereite.»

«Meine Flucht?» sagte sie. «Wie könnte ich wohl in Frankreich zu reisen versuchen? Mein spanischer Akzent, meine Jugend, meine aufgeregte Verfassung würden dazu führen, daß schon der erste Gendarm, der meinen Paß sehen will, mich festnehmen würde. Zweifellos sucht mich die Polizei von Bordeaux in diesem Augenblick. Mein Mann hat den Leuten Hände voll Gold versprochen, wenn es ihnen gelingt, meinen Aufenthalt zu entdecken. Verlassen Sie mich, Monsieur, geben Sie mich auf... Ich werde Ihnen etwas gestehen, was noch mehr Kühnheit von mir verlangt. Ich bin sterblich verliebt in einen Mann, der nicht mein Gatte ist, und noch dazu in was für einen Mann! Dieser Mann ist ein Ungeheuer, Sie würden ihn verachten. Aber ich muß Ihnen sagen, er brauchte nur ein Wort der Reue zu äußern, und ich flöge nicht nur in seine Arme, ich würde mich sogar ihm zu Füßen werfen! Ich muß jetzt noch etwas bemerken, was sehr ungehörig ist; aber nachdem ich in einen solchen Abgrund von Schmach hinabgesunken bin, will ich wenigstens nicht meinen Wohltäter täuschen. Sie sehen vor sich, Monsieur, eine Unglückliche, die Sie bewundert, die von Dankbarkeit für Sie durchdrungen ist, aber Sie niemals lieben kann.»

Lieven war auf der Stelle sehr niedergeschlagen.

«Sehen Sie bitte nicht, Madame», brachte er endlich mit schwacher Stimme hervor, «eine Absicht, Sie zu verlassen, in der jähen Traurigkeit, die mein Herz überflutet. Ich denke auch weiterhin an alle Möglichkeiten, der Verfolgung durch die Gendarmen zu entgehen. Das kleinste Wagnis ist es immer noch, verborgen hier in Bordeaux zu bleiben. Später werde ich Ihnen anbieten, nachdem ich für eine andere Frau – eine Frau von dem gleichen Alter und ebenso reizend wie Sie – die Überfahrt auf einem Schiff gesichert habe, sich statt ihrer einzuschiffen.»

Lieven beendete seine Rede mit gleichsam erloschenem Blick.

«Don Gutier Ferrandez», hob Leonor von neuem an, «war der Partei verdächtig geworden, die Spanien tyrannisiert. Wir kreuzten öfter auf offenem Meer. Eines Tages begegneten wir auf hoher See einer kleinen französischen Brigg. ‹Besteigen wir doch dieses Fahrzeug›, sagte mein Gatte zu mir, ‹und lassen wir unseren ganzen Besitz in Cartagena zurück.› Wir taten es.

Mein Mann ist noch immer sehr reich; er hat ein prächtiges Haus in Bordeaux gemietet, in dem er seine Handelsgeschäfte wieder aufgenommen hat; aber wir leben völlig allein. Er ist dagegen, daß ich Franzosen sehe. Seit einem Jahr zumal habe ich, weil er sich auf politische Rücksichten beruft, die ihm nicht gestatten, mit Liberalen zu verkehren, nur noch zwei Besuche gemacht. Mein Mann ist überaus achtenswert und der großherzigste aller Männer; aber er mißtraut wem auch immer und sieht alles in dem düstersten Licht. Unglücklicherweise gab er vor einem Monat etwa meiner Bitte nach, eine Loge in einem Theater zu nehmen. Er wählte das mindest gute aus und mietete, um mich sowenig wie möglich den Blicken der Leute auszusetzen, eine Loge, die unmittelbar auf der Bühne lag. Eine Truppe neapolitanischer Kunstreiter war in Bordeaux angekommen... Oh, Monsieur, wie werden Sie mich verachten!»

«Madame», versicherte Lieven, «ich höre Ihnen zwar aufmerksam zu, hänge jedoch in Gedanken einzig meinem Unglück nach; Sie lieben auf alle Fälle einen Glücklicheren!»

«Sicherlich haben Sie von dem berühmten Mayral gehört», sagte Leonor, indem sie die Blicke senkte.

«Von dem spanischen Kunstreiter? Aber gewiß!» gab Lieven staunend zurück. «Ganz Bordeaux ist hingelaufen, um ihn zu bewundern. Er ist ungewöhnlich geschickt und ein sehr hübscher Bursche.»

«Ach, Monsieur! Ich aber habe geglaubt, er sei kein gewöhnlicher Mensch. Er schaute mich unbewegt an, während er seine Kunststücke auf dem Rücken des Pferdes vollführte. Als er eines Tages unter der Loge vorbeiritt, die mein Gemahl gerade verlassen hatte, sagte er auf katalanisch: ‹Ich bin Hauptmann in Marquesitos Armee, und ich bete Sie an.›

Von einem Gaukler geliebt werden – welch eine Schmach, Monsieur! Eine noch größere Erniedrigung aber war es, daß ich ohne Grauen daran denken konnte. An den folgenden Tagen überwand ich mich so weit, daß ich keinen Fuß ins Theater setzte. Was soll ich Ihnen sagen, Monsieur, mein Unglück war sehr groß. Eines Tages aber sagte meine Kammerfrau zu mir: ‹Monsieur Ferrandez ist ausgegangen; ich flehe Sie an, Madame, lesen Sie diesen Brief›; sie eilte davon und verschloß die Tür. Es war ein sehr zärtlicher Brief von Mayral; er erzählte mir seine Lebensgeschichte. Er sagte, er sei ein verarmter Offizier, der durch äußerste Not gezwungen sei, einen Beruf auszuüben, den er jederzeit für mich wieder aufgeben würde. Sein wahrer Name sei Don Rodrigo Pimentel. Ich ging wieder ins Theater. Ganz allmählich glaubte ich an das Unglück Mayrals, ich nahm seine Briefe mit Vergnügen entgegen. Ach! Schließlich antwortete ich sogar. Ich habe ihn mit Leidenschaft geliebt – mit einer Leidenschaft», setzte Doña Leonor in Tränen zerfließend hinzu, «die nichts hat auslöschen können, nicht einmal die traurigsten Entdeckungen, die ich machte. Bald gab ich seinen Bitten nach und wünschte ebenso wie er die Gelegenheit, ihn zu sprechen, herbei. Ich hegte indessen schon damals den Verdacht, daß Mayral nichts weniger denn ein Pimentel und Offizier im Korps Marquesitos sei. Er besaß dafür nicht genügend Stolz; mehrmals äußerte er vor mir Befürchtungen, ich könne mich wegen seines Gewerbes als Kunstreiter in einer neapolitanischen Artistentruppe über ihn lustig machen.

Vor zwei Monaten ungefähr, als wir gerade im Begriff standen, ins Theater zu gehen, erhielt mein Gatte die Nachricht, daß eines seiner Schiffe vor Royan an der Mündung des Flusses auf Grund gelaufen sei. Er, der sich niemals äußerte und im Laufe des Tages keine zehn Worte mit mir sprach, rief aus: ‹Ich muß gleich morgen dorthin!› Am Abend während der Vorführung gab ich also Mayral das vereinbarte Zeichen. Während er meinen Mann in der Loge wußte, holte er sich einen Brief bei der Pförtnersfrau unseres Hauses ab, die er bestochen hatte.

Ich sah bald darauf, daß Mayral von höchster Freude bewegt war. Ich hatte die Schwäche gehabt, ihm zu schreiben, ich würde ihn in der folgenden Nacht in einem Saal zu ebener Erde empfangen, der nach dem Garten zu lag.

Nach dem Eingang der Post aus Paris schiffte Don Gutier sich gegen Mittag ein. Das Wetter war herrlich, wir hatten gerade die heißesten Tage des Jahres. Am Abend erklärte ich, ich würde in meines Mannes Zimmer nächtigen, das im Erdgeschoß gelegen war und dessen Fenster sich auf den Garten öffneten. Ich hoffte, sagte ich, dort weniger unter der außergewöhnlichen Hitze zu leiden. Um ein Uhr morgens, als ich gerade, nachdem ich mit äußerster Vorsicht das Fenster geöffnet hatte, Mayral erwartete, hörte ich plötzlich Lärm von der Eingangstür her. Es war mein Mann. Auf halbem Wege nach Royan hatte er sein Schiff erkannt, das mit Kurs auf Bordeaux ganz friedlich die Gironde heraufkam.

Als Don Gutier ins Haus trat, merkte er nichts von meiner grauenvollen Beunruhigung; er lobte meinen guten Einfall, in dem kühlen Zimmer zu schlafen, und legte sich neben mich.

Stellen Sie sich meine Aufregung vor! Unglücklicherweise hatten wir eine strahlende Vollmondnacht. Nicht ganz eine Stunde später bemerkte ich, wie Mayral sich den Fenstern näherte. Ich hatte nicht daran gedacht, nach der Rückkehr meines Mannes die Glastür eines kleinen Kabinetts zu schließen, das neben dem Schlafzimmer lag. Sie stand weit offen, desgleichen die Tür, die von diesem Kabinett in das Zimmer führte.

Vergebens versuchte ich, durch Kopfbewegungen – mehr konnte ich mir nicht gestatten, da mein eifersüchtiger Gatte an meiner Seite schlief – Mayral begreiflich zu machen, welches Mißgeschick uns widerfahren war. Ich hörte, wie er das Kabinett betrat, und bald stand er auch schon auf meiner Seite am Bett. Stellen Sie sich meine Todesangst vor: man sah alles so deutlich wie am hellichten Tag. Zum Glück sprach Mayral wenigstens nicht, während er näher kam.

Ich wies auf meinen mir zur Seite schlafenden Ehegemahl hin; ich sah, wie er plötzlich den Dolch zog. Vor Schreck richtete ich mich halb auf; er aber flüsterte mir ins Ohr:

‹Er ist Ihr Liebhaber! Ich verstehe, wie ungelegen ich komme, oder vielmehr, daß es Ihnen Vergnügen macht, sich über einen armen Kunstreiter lustig zu machen; der schöne Herr jedoch, da neben Ihnen, hat eine böse Viertelstunde vor sich.›

‹Es ist mein Mann›, wiederholte ich noch einmal mit möglichst leiser Stimme.

Mit aller Kraft aber, über die ich verfügte, hielt ich seine Hand zurück.

‹Ihr Mann, den ich heute mittag auf einem Dampfschiff nach Royan habe fahren sehen? Ein neapolitanischer Gaukler ist nicht dumm genug, das zu glauben. Stehen Sie auf und reden Sie mit mir in dem Kabinett nebenan, ich will es; sonst wecke ich den schönen Herrn da auf, dann wird er seinen Namen wohl nennen müssen. Ich bin der Stärkere, der Gewandtere, der besser Bewaffnete und werde ihm zeigen, daß er nicht gut daran tut, mich zum besten zu haben, wenn ich auch freilich nur ein armer Teufel bin. Ich will Ihr Liebhaber sein, potz Blitz, dann aber ist er derjenige, der sich lächerlich macht.›

In diesem Augenblick erwachte mein Mann. ‹Wer spricht da von Liebhaber?› rief er, noch traumbefangen, aus.

Mayral, der, neben mir stehend, mich in den Armen hielt und dicht an meinem Ohr sprach, bückte sich bei dieser unvorhergesehenen Bewegung gerade im rechten Augenblick. Ich streckte den Arm aus, als hätten die Worte meines Mannes mich erst eben geweckt, und sagte ein paar Sätze zu ihm, die Mayral überzeugen mußten, daß er mein Gatte war. Endlich schlief Don Gutier, der glaubte, er habe nur geträumt, wieder ein. Mayrals nackter Dolch funkelte noch immer im Mondlicht, das in diesem Augenblick in voller Stärke auf unser Lager fiel. Ich versprach Mayral alles, was er nur wollte. Er verlangte, ich solle ihn in den kleinen Nebenraum begleiten.

‹Gut, er ist Ihr Mann. Aber ich spiele deswegen doch eine törichte Rolle›, stieß er wütend immer wieder hervor.

Endlich, nach einer Stunde, ging er wieder fort.

Werden Sie mir glauben, Monsieur, wenn ich Ihnen sage, daß dieses ganze recht einfältige Verhalten Mayrals mir zwar die Augen über seinen Charakter öffnete, aber gleichwohl meine Liebe zu ihm nicht vermindern konnte?

Mein Mann, der niemals in Gesellschaft ging, verbrachte sein Leben ganz mit mir. Nichts war schwieriger zu bewerkstelligen als das zweite Rendezvous, das ich Mayral unter Schwüren hatte zusagen müssen.

Er schrieb mir Briefe, die voller Vorwürfe waren. Im Theater tat er so, als sähe er mich nicht. Endlich, Monsieur, kannte meine unselige Liebe keine Grenzen mehr.

Kommen Sie zur Zeit der Börse an einem Tage, an dem Sie meinen Mann dort sehen, schrieb ich ihm. *Ich werde Sie verstecken. Wenn der Zufall mir im Laufe des Tages einen Augenblick Freiheit gewährt, werde ich Sie sehen; sollte ein glücklicher Zufall es mit sich bringen, daß mein Mann auch am folgenden Tage noch zur Börse geht, sehe ich Sie dann ebenfalls, wenn nicht, so werden Sie wenigstens einen Beweis für meine Ergebenheit und die Ungerechtigkeit Ihrer argwöhnischen Mutmaßungen erhalten haben. Bedenken Sie, was ich damit auf mich nehme.*

Dies sollte die Antwort auf die Befürchtungen sein, in denen er dauernd lebte, ich hätte einen anderen Liebhaber in der Gesellschaft, mit dem ich mich über ihn, den armen neapolitanischen Gaukler, lustig machte. Einer seiner Kameraden hatte in diesem Sinne irgend etwas Unsinniges behauptet.

Acht Tage darauf begab mein Mann sich zur Börse. Mayral drang am hellichten Tag bei mir ein, nachdem er die Mauer des Gartens erklommen hatte. Stellen Sie sich vor, in welche Gefahr ich mich begab! Wir waren noch keine drei Minuten zusammen, als mein Mann zurückkam. Mayral entwich in meinen Ankleideraum; aber Don Gutier war nur nach Hause gekommen, um wichtige Papiere an sich zu nehmen. Unglücklicherweise hatte er auch einen Sack Portugieser Taler bei sich. Da er zu bequem war, in seinen Kassenraum hinunterzusteigen, trat er in meinen Ankleideraum, tat sein Gold in einen meiner Schränke und zog aus einem Übermaß an Vorsicht, da er von Natur sehr mißtrauisch war, auch noch den Schlüssel des kleinen Zimmers ab. Malen Sie sich bitte meinen Kummer aus: Mayral war wütend, ich aber konnte mich mit ihm nur ein wenig durch die Tür unterhalten.

Mein Ehegemahl kam bald zurück. Nach dem Abendessen zwang er mich, einen Spaziergang zu machen. Dann wollte er das Schauspiel besuchen, ich kam erst sehr spät nach Hause zurück. Alle Türen des Hauses wurden allabendlich sorgfältig zugeschlossen, alle Schlüssel aber nahm mein Mann an sich. Nur einem kaum glaublichen Zufall zufolge konnte ich den ersten Schlaf Don Gutiers benutzen, um Mayral aus dem Kabinett zu befreien, in dem er seit so langem ungeduldig schmachtete; ich öffnete ihm die Tür zu einem kleinen Speicher unter dem Dach. Es war unmöglich, ihn in den Garten hinuntersteigen zu lassen. Dort waren Baumwollballen ausgebreitet, die zwei Dienstleute bewachten. Mayral verbrachte auf dem Speicher auch noch die ganze folgende Nacht. Stellen Sie sich vor, wie sehr ich litt: jeden Augenblick meinte ich ihn mit dem Dolch in der Hand herunterkommen und sich durch Ermordung meines Mannes den Weg ins Freie bahnen zu sehen. Er war zu allem fähig. Beim geringsten Geräusch im Hause erbebte ich.

Zu allem Unglück ging mein Mann diesmal nicht zur Börse. Endlich, ohne daß ich auch nur eine Minute mit Mayral hatte sprechen können, mußte ich mich noch glücklich schätzen, daß es mir gelang, allen Dienstleuten Aufträge zu geben und auf diese Weise einen Augenblick zu finden, wo ich ihn durch den Garten entkommen lassen konnte. Im Vorübergehen zerschlug er mit dem Griff seines Dolches den großen Spiegel im Salon, so wütend war er.

Nun aber, Monsieur, werden Sie mich verachten, wie ich mich selbst verachte. Von diesem Augenblick an, das sehe ich jetzt, liebte Mayral mich nicht mehr; er glaubte, ich hätte mit ihm nur meinen Spott getrieben.

Mein Gatte ist noch immer in mich verliebt; mehrere Male an jenem Tage küßte er mich und nahm mich in die Arme. Krank vor Stolz noch mehr als vor Liebe, bildete Mayral sich ein, ich hätte ihn nur versteckt, damit er Zeuge dieses Überschwangs würde.

Er antwortete auf meine Briefe nicht mehr und würdigte mich beim Schauspiel keines Blicks.

Sie werden, Monsieur, einer solchen Abfolge von Abscheulichkeiten bereits müde sein, aber von der verletzendsten und feigsten Tat werden Sie erst noch hören.

Vor acht Tagen kündigte die Truppe neapolitanischer Artisten ihren Aufbruch an. Am letzten Montag, am Tage des heiligen Augustinus, habe ich, durch die Liebe zu einem Manne um den Verstand gebracht, der seit den drei Wochen, vor denen die Sache mit dem Verstecken sich abgespielt hatte, mich keines Blickes und keiner Antwort auf meine Briefe mehr würdigte, das Haus des besten Gatten verlassen, noch dazu, Monsieur, indem ich ihn bestahl, ich, die ich ihm als Mitgift nichts mitgebracht hatte als ein ungetreues Herz. Ich habe Diamanten mitgenommen, die er mir zum Geschenk gemacht hatte, ich habe aus seiner Kasse drei oder vier Geldrollen im Wert von fünfhundert Francs entwendet, weil ich glaubte, daß Mayral sich in Bordeaux verdächtig machen würde, wenn er Diamanten verkaufte...»

An dieser Stelle ihrer Erzählung errötete Doña Leonor tief. Lieven war bleich und verzweifelt. Jedes der Worte Leonors hatte sein Herz durchbohrt, und gleichwohl verdoppelten infolge einer erschreckenden Entartung seiner Gefühle ihre Reden die Liebe, die ihn entflammte.

Außer sich, ergriff er die Hand Doña Leonors, die sie ihm auch nicht entzog.

Welche Niedrigkeit von mir, sagte sich Lieven, mich an dieser Hand zu erfreuen, während Leonor doch offen zu mir von ihrer Liebe zu einem anderen spricht! Aus Nichtachtung oder Zerstreutheit nur überläßt sie sie mir, ich aber bin wahrlich der undelikateste Liebhaber, den man sich denken kann.

«Am letzten Montag, Monsieur», fuhr Leonor fort, «sind es vier Tage, seitdem ich gegen zwei Uhr in der Frühe zunächst die Schlechtigkeit beging, meinen Mann und den Türhüter mit Laudanum einzuschläfern, und gleich darauf entfloh; ich kam und klopfte an die Tür des Hauses, aus dem ich heute nacht, in dem Augenblick, als Sie vorüberkamen, zu flüchten vermochte. Es ist das Haus, in dem Mayral wohnte. ‹Wirst du jetzt wirklich glauben, daß ich dich liebe?› Mit diesen Worten begrüßte ich ihn.

Ich war trunken von Glück, er hingegen schien mir von Anfang an mehr erstaunt als verliebt.

Am folgenden Morgen, als ich ihm meine Diamanten und mein Gold vorwies, beschloß er, seine Truppe zu verlassen und mit mir nach Spanien zu entfliehen. Doch, o großer Gott! Aus seiner Unkenntnis gewisser Bräuche meines Landes glaubte ich schließen zu müssen, daß er gar kein Spanier war.

Wahrscheinlich, sagte ich mir, habe ich nunmehr mein Geschick auf ewig mit dem eines simplen Kunstreiters verknüpft! Aber was macht das aus, wenn er mich liebt? Ich selber spüre, daß er der Gebieter meines Lebens ist. Ich bin jung; wenn es sein muß, lerne ich noch reiten. Sollten wir im Alter, in zwanzig Jahren vielleicht, ins Elend geraten, werde ich im Elend an seiner Seite sterben. Ich werde nicht zu bedauern sein, denn ich habe dann sicher ein glückliches Leben hinter mir.

Welche Torheit! Welche Verderbtheit!» rief Leonor sich unterbrechend aus.

«Man muß immerhin zugeben», sagte Lieven, «daß Sie bei Ihrem alten Gatten vor Langeweile umkamen, da er Sie ja nirgendwohin ausführen wollte. In meinen Augen rechtfertigt Sie das. Sie sind erst neunzehn Jahre alt, er ist neunundvierzig. Wie viele Frauen leben, von der Gesellschaft meines Landes geehrt, die nicht die Gewissensbisse hegen, die Ihnen Ehre machen, obwohl sie weit größere Verbrechen begangen haben!»

Noch einige Bemerkungen dieser Art schienen Leonor ein großes Gewicht von der Seele zu nehmen.

«Monsieur», begann sie von neuem, «ich habe drei Tage mit Mayral verbracht. Am Abend verließ er mich, um ins Theater zu gehen. Gestern abend nun sagte er zu mir:

‹Da die Polizei hier bei mir erscheinen könnte, deponiere ich Ihre Diamanten und Ihr Gold besser bei einem zuverlässigen Freund.›

Um ein Uhr morgens, als ich ihn schon weit über die gewohnte Stunde hinaus und in tödlicher Furcht, er könnte vom Pferd gestürzt sein, erwartet hatte, kam er nach Hause, gab mir einen Kuß und verließ dann das Zimmer. Glücklicherweise hatte ich das Licht brennen lassen, obwohl er es mir zweimal verboten und sogar das Nachtlicht ausgelöscht hatte. Lange darauf – ich war inzwischen eingeschlafen – kam ein Mann in mein Bett, der, wie ich alsbald merkte, nicht Mayral war.

Ich griff zu einem Dolch; der Feigling bekam Angst, warf sich vor mir auf die Knie und flehte mich um Mitleid an. Ich habe mich auf ihn gestürzt und wollte ihn töten.

‹Die Guillotine wartet auf Sie, wenn Sie mich anrühren›, sagte er.

Die Roheit dieser Sprache flößte mir Grauen ein.

Mit was für Leuten gebe ich mich ab! dachte ich.

Ich war geistesgegenwärtig genug, diesem Mann zu sagen, ich hätte mächtige Beschützer in Bordeaux, und der Herr Staatsanwalt werde ihn arretieren lassen, wenn er mir nicht die volle Wahrheit gestände.

‹Gut›, antwortete er, ‹ich habe weder Ihr Gold noch Ihre Diamanten gestohlen. Mayral ist fort aus Bordeaux; er geht mit der Beute nach Paris. Er begibt sich mit der Frau des Direktors dorthin, die dieser gegen fünfundzwanzig von Ihren guten Louisdor ihm abgetreten hat. Mir hat er zwei Goldstücke gegeben, die ich Ihnen zurückerstatten werde, es sei denn, Sie hätten die Großherzigkeit, sie mir trotz allem zu lassen. Diese zwei Goldstücke gab er mir, damit ich Sie solange wie möglich hier festhielte, so daß er zwanzig oder dreißig Stunden Vorsprung gewinnen könnte.›

‹Ist er Spanier?› fragte ich ihn.

‹Der und Spanier! Er ist aus San Domingo, von wo er entflohen ist, nachdem er seinen Herrn bestohlen oder ermordet hat.›

‹Weshalb ist er heute abend erst noch wieder hergekommen? Antworte›, habe ich gesagt, ‹oder mein Onkel schickt dich auf die Galeere.›

‹Weil ich zögerte, hierherzugehen und Sie festzuhalten›, hat Mayral mir gesagt, ‹Sie seien eine sehr schöne Frau. Nichts ist einfacher›, hat er hinzugesetzt, ‹als meinen Platz bei ihr einzunehmen. Es wird sogar sehr komisch sein. Sie hat seinerzeit vorgehabt, sich über mich lustig zu machen, jetzt aber mache ich mich lustig über sie.› Unter dieser Bedingung willigte ich ein. Da ich aber den Mut nicht fand, hat er die Postchaise bis vor die Tür fahren lassen und ist hinaufgegangen, um Sie vor meinen Augen zu umarmen, während ich hinter dem Bett verborgen war!›»

Hier erstickte noch einmal Schluchzen die Stimme Leonors.

«Der junge Artist, der bei mir war», fuhr sie fort, «war jetzt so eingeschüchtert, daß er mir die überzeugendsten und trostlosesten Einzelheiten über Mayral berichtete. Ich war völlig verzweifelt.

Vielleicht hat er mir einen Liebestrank eingeflößt, sagte ich mir, denn ich kann ihn nicht hassen.

Selbst angesichts von soviel Infamie, Monsieur, kann ich ihn nicht hassen; ich bete ihn immer noch an.»

Doña Leonor schwieg und starrte nachdenklich vor sich hin.

Seltsame Verblendung! dachte Lieven. Eine Frau von soviel Geist und so jung glaubt dennoch an Zauberei!

«Endlich», fuhr Doña Leonor fort, «als er mich so nachdenklich sah, begann der junge Mann seine Furcht abzulegen. Er verließ mich brüsk und kehrte eine Stunde darauf mit einem seiner Kameraden zurück. Ich mußte mich ihrer erwehren, der Kampf nahm sehr ernsthafte Formen an; möglicherweise trachteten sie mir nach dem Leben, obwohl sie so taten, als wollten sie anderes. Sie nahmen mir ein paar kleine Schmuckstücke und meine Börse ab. Endlich konnte ich an die Haustür gelangen;

aber wären Sie nicht gekommen, Monsieur, so hätten die beiden mich bis auf die Straße verfolgt.»

Je länger Lieven Leonor unter dem Zwang ihrer Liebe zu Mayral sah, desto anbetungswürdiger kam sie ihm vor. Sie weinte, er küßte ihr die Hand. Als er ein paar Tage darauf in versteckten Worten zu ihr von seiner Liebe sprach, antwortete sie ihm:

«Werden Sie mir wohl glauben, Sie, mein wahrer Freund, daß ich mir noch immer vorstelle, Mayral würde, wenn ich beweisen könnte, daß ich niemals versucht habe, ihn zum besten zu halten und mich über ihn zu mokieren, mich vielleicht dennoch lieben?»

«Ich habe sehr wenig Geld», antwortete ihr Lieven, «die Langeweile hat mich zum Spieler gemacht. Aber vielleicht wird der Bankier hier in Bordeaux, dem mein Vater mich anempfohlen hat, mir nicht fünfzehn oder zwanzig Louis verweigern, wenn ich ihn darum bitte; ich gehe und bin zu allem bereit, zu jeder Demütigung sogar. Mit diesem Geld kämen Sie immerhin bis nach Paris.»

Leonor fiel ihm um den Hals.

«Großer Gott! Wenn ich Sie doch lieben könnte! Wie? Sie verzeihen mir meinen furchtbaren Wahn?»

«So sehr, daß ich Sie mit Entzücken heiraten

und mit Ihnen als der glücklichste aller Männer mein Leben verbringen würde.»

«Aber für den Fall, daß ich Mayral begegne, fühle ich mich wahnwitzig und verbrecherisch genug, Sie, meinen Wohltäter, zu verlassen und ihm zu Füßen zu fallen.»

Lieven errötete vor Zorn.

«Es gibt nur ein Mittel zu meiner Heilung: ich muß mir das Leben nehmen», sagte er, indem er sie mit Küssen bedeckte.

«Oh! Bringe dich nicht um, mein Freund!» rief sie ihm zu.

Niemand sah ihn je wieder; Doña Leonor aber hat im Kloster der Ursulinen ihre Gelübde abgelegt.

PHILIBERT LESCALE

Kurzer Lebensabriß eines reichen jungen Mannes in Paris

Ich kannte ein wenig den großen Monsieur Lescale, dessen Körperlänge sechs Fuß betrug; er war einer der reichsten Handelsherren von Paris, Eigentümer eines Geschäftshauses in Marseille und mehrerer Schiffe auf See. Unlängst ist er verstorben. Dieser Mann neigte nicht zum Trübsinn; doch wenn er zehn Worte an einem Tage sprach, so konnte man das bereits als ein Wunder betrachten. Dabei liebte er die Heiterkeit und versuchte alles, um zu unseren Samstagssoupers eingeladen zu werden, die wir streng geheimzuhalten pflegten. Er besaß kaufmännischen Instinkt; bei einem Geschäft, das mir zweifelhaft vorgekommen wäre, hätte ich ihn um Rat gefragt.

Als er im Sterben lag, erwies er mir die Ehre, mir einen Brief von drei Zeilen zu schreiben. Es handelte sich dabei um einen jungen Mann, für den er sich interessierte, der aber seinen Namen nicht trug. Er nannte ihn Philibert.

Sein Vater hatte ihm gesagt: «Tu, was du willst, mir macht das weiter nichts aus: ich werde tot sein, wenn du einmal Dummheiten machst. Du hast zwei Brüder, ich hinterlasse mein Vermögen dem wenigst Einfältigen von euch dreien, den beiden anderen aber je hundert Louisdor Rente.» Philibert hatte in seiner Schulzeit sämtliche Preise erhalten; Tatsache ist, daß er hinterher gleichwohl überhaupt nichts wußte. Seitdem ist er drei Jahre bei den Husaren gewesen und hat außerdem zwei Reisen nach Amerika gemacht. Zum Zeitpunkt der zweiten behauptete er, in eine Sängerin verliebt zu sein, die keine Primadonna, wohl aber in meinen Augen ein durchtriebenes Frauenzimmer war, durchaus imstande, ihren Liebhaber zum Schuldenmachen zu verleiten, oder sogar dazu, Fälschungen und später ein nettes kleines Verbrechen zu begehen, das ihn geradenwegs vor das Schwurgericht bringen würde; das sagte ich auch dem Vater.

Monsieur Lescale ließ Philibert rufen, den er zwei Monate lang nicht mehr gesehen hatte.

«Wenn du Paris verlassen und nach New Orleans gehen willst, gebe ich dir fünfzehntausend Francs, die dir aber erst an Bord des Schiffes ausgezahlt werden, auf dem du die Reise als Supercargo machst.»

Der junge Mann schiffte sich ein, und alles wurde so vorgesehen, daß mit seinem Einverständnis dieser Aufenthalt in Amerika seine Leidenschaft überdauern sollte.

Der Tod des armen Lescale jedoch, der immer behauptet hatte, er sei fünfundsechzig, während er in Wirklichkeit siebzig Jahre alt war, führte zwangsläufig seine Heimkehr herbei. In seinem Testament erkannte Monsieur Lescale seinen Sohn als solchen an; er vermachte ihm vierzigtausend Francs Rente. Außerdem sollte, wofern er einmal den gesamten Besitz verkauft und sich vollkommen zugrunde gerichtet hätte, einer der Freunde seines Vaters ihm an jedem Monatsersten zweihundert Francs auszahlen, dreihundert Francs jedoch, falls er je wegen Schulden im Gefängnis säße.

Philibert besuchte mich; er schien sehr gerührt; als er ernsthaft meinen Rat erbat, sagte ich zu ihm:

«Bleiben Sie in Gottes Namen in Paris, aber nur unter der Bedingung, daß Sie der legitimistischen Opposition beitreten und schlecht von der Regierung sprechen, welche auch immer es sei. Lassen Sie einer Dame von der Oper Ihre Huld angedeihen und versuchen Sie, sich nur halbwegs zu ruinieren; tun Sie das, werde ich mich auch weiterhin mit Ihnen beschäftigen; in acht Jahren aber, wenn Sie zweiunddreißig sind, werden Sie ja sicherlich zur Vernunft gekommen sein.»

«Ich bin es heute schon, in einem Sinn jedenfalls», antwortete er mir. «Ich gebe Ihnen mein

Ehrenwort, daß ich niemals mehr als vierzigtausend Francs im Jahr ausgeben werde. Weshalb aber soll ich der Opposition beitreten?»

«Die Rolle, die man daraufhin spielt, ist die glanzvollere und steht denen an, die von andern nichts wollen.»

Diese Geschichte ist nicht weiter bemerkenswert; aber ich wollte sie doch gern aufzeichnen, weil sie vollkommen wahr ist. Philibert hat Dummheiten gemacht, aber doch im ganzen meine Ratschläge befolgt. Einzig im ersten Jahr hat er sechzigtausend Francs verbraucht, schämt sich dieserhalb aber so sehr, daß ich glaube, er wird es in diesem nicht auf mehr als auf zweitausend monatlich bringen.

Von selbst hat er sich noch einmal darangemacht, Lateinisch und Mathematik zu lernen; er hat sich vorgenommen, eines Tages auf einem von ihm befehligten Schiff nochmals Amerika zu besuchen und Indien kennenzulernen. Mit einem Wort, trotz seines unerwarteten Reichtums wird am Ende aus ihm noch ein Mann von großer Distinktion; sicher wird er mit Vergnügen diese Worte hier lesen.

Auch einige kleine Ratschläge im Detail habe ich ihm gegeben, die ihm gut ausgeschlagen sind. Er wohnt in einer der stilleren Straßen des Faubourg Saint-Germain und ist bei den Portiers seines Viertels ungemein angesehen. Er gibt fünfzig Louisdor an Almosen aus und hält nicht mehr als drei Pferde, die er sich freilich persönlich in England ausgesucht hat. Er ist bei keiner Leihbibliothek abonniert und liest niemals ein Buch, wofern es ihm nicht selbst gehört und prächtig gebunden ist. Er hat nur zwei Diener, mit denen er niemals spricht; ihr Lohn aber wird von einem Jahr zum anderen erhöht. Drei- oder viermal schon hat man ihn für eine Heirat aufs Korn genommen, woraufhin ich ihm erklärt habe, er werde, falls er sich vor seinem sechsunddreißigsten Jahr vereheliche, meine Protektion verlieren. Ich hoffe immer, daß er doch noch eine Dummheit macht; denn ich fürchte, ich hänge mein Herz sonst zu sehr an ihn. Er ist sehr schön und sehr schweigsam. Meinem Rat entsprechend kleidet er sich immer in Schwarz, als ob er Trauer trüge. Ich habe insgeheim ausstreuen lassen, er könne sich über den Tod einer Dame vom *Bâton-Rouge* in der Nähe von New Orleans nicht trösten. Er wäre nicht ungern seine Geliebte von der Oper wieder los, ich aber fürchte alle Passionen und zwinge ihn, sie zu behalten.

Sehr hübsch ist es auf einem Landsitz, den er auf meine Veranlassung hin vier Meilen von Compiègne entfernt am Waldrand erworben hat: entscheidend war dabei für mich die gute Gesellschaft dort, das heißt der ehrenwerte Charakter der acht bis zehn Grundbesitzer auf den benachbarten Schlössern. Alle Taugenichtse der Gegend singen das Lob des Herrn Philibert Lescale; er gibt viele Almosen und sieht immer so aus, als fiele er auf alles herein. Er hat unvorstellbares Glück bei den Frauen; aber im Grunde vermag er einzig eine Frau zu lieben, die er zweimal wöchentlich auf der Bühne sieht. Er findet die Komödie, die andere Frauen spielen, gleichzeitig zu ernsthaft und zu leer.

Kurz, Philibert Lescale ist ein wohlerzogener Mann und auch das, was man einen liebenswerten Charakter nennt.

NB (Zwei Jahre später.) Ich habe unrecht gehabt, als ich den armen Philibert zwang, seine Sängerin zu behalten. Ihretwegen hat er sich mit einem angeblichen russischen Fürsten duelliert, der ihm eine Kugel in den Kopf gejagt und ihn auf diese Weise umgebracht hat.

Der russische Fürst, der verschuldet und zudem weder Fürst noch Russe war, hat schleunigst die Gelegenheit benutzt, Frankreich und seine Viertelloge in der Oper hinter sich zu lassen.

ERNESTINE

oder

Die Entstehung der Liebe

Eine Frau mit viel Geist und einiger Erfahrung behauptete eines Tages, die Liebe komme nicht so plötzlich zustande, wie man gemeinhin sage. «Ich glaube», bemerkte sie, «bei der Entstehung der Liebe sieben ganz deutlich voneinander unterschiedene Etappen zu erkennen.» Um ihren Ausspruch zu erhärten, erzählte sie die hier folgende Geschichte. Das Ganze trug sich auf dem Lande zu; es regnete in Strömen, so daß man überglücklich war, ihren Worten zu lauschen.

In der noch völlig unbeschriebenen Seele eines jungen Mädchens, das weit draußen auf dem Land ein einsam gelegenes Schloß bewohnt, regt der kleinste Anlaß zur Verwunderung die Aufmerksamkeit aufs nachhaltigste an, zum Beispiel der unerwartete Anblick eines jungen Jägers im Walde, nahe beim Schloß.

Mit einer so schlichten Begebenheit begann das Unglück für Ernestine von S. Das Schloß, das sie allein mit ihrem alten Oheim, dem

Grafen von S., bewohnte, war im Mittelalter an den Ufern des Drac auf einem der ungeheuren Felsen erbaut worden, die den Lauf dieses Flusses beengen; es gewährte einen der schönsten Landschaftsausblicke der Dauphiné. Ernestine fand, der junge Jäger, dessen Anblick sie dem Zufall verdankte, sehe gar edel aus. Sein Bild tauchte zu wiederholten Malen in ihren Gedanken auf; denn woran soll man schon in einem alten Ahnenschloß denken? Sie lebte dort freilich in einer sehr herrschaftlichen Umgebung und befehligte einen zahlreichen Bedientenstab; seit zwanzig Jahren aber, seitdem der Hausherr und seine Leute alt geworden waren, vollzog sich jeder Vorgang hier zur gleichen Stunde; niemals begann ein Gespräch, ohne daß alsbald alles, was sich in der Welt zutrug, durchaus mißbilligt wurde oder daß man an den einfachsten Dingen etwas auszusetzen fand. An einem Frühlingsnachmittag, als der Tag sich schon neigte, stand Ernestine, in den Anblick des kleinen Sees und des dahinterliegenden Waldes versunken, am Fenster; die außergewöhnliche Schönheit dieser Landschaft war vielleicht schuld daran, daß sie in schwermütige Träumerei verfiel. Plötzlich sah sie wieder den jungen Jäger, der ihr ein paar Tage zuvor aufgefallen war; er hielt sich, wie das letztemal, in dem Wäldchen hinter dem See auf und hielt einen Strauß in der Hand. Er blieb stehen, wie um zu ihr hinüberzublicken; dann sah sie, daß er einen Kuß auf die Blumen drückte und sie darauf mit einer Art von zärtlicher Behutsamkeit in der Höhlung einer großen Eiche am Seeufer barg.

Wie viele Gedanken ließ allein diese Handlung in ihr entstehen! Und wie viele Gedanken sogar voll recht lebhaften Interesses, wenn man sie mit den einförmigen Empfindungen vergleicht, die bis zu diesem Tage Ernestines Seele ausgefüllt hatten! Eine neue Existenz beginnt in diesem Augenblick für sie; wird sie es wagen, hinzugehen und den Strauß näher zu betrachten? Mein Gott, sagt sie sich erschrocken, welche Unvorsichtigkeit würde ich da begehen! Und wenn in dem Augenblick, in dem ich mich der Eiche nähere, der junge Jäger aus dem Waldesdickicht tritt? Wie tief beschämt stände ich dann da! Was würde er von mir denken? Dieser schöne Baum war gleichwohl das gewohnte Ziel ihrer einsamen Promenaden; oft ließ sie sich auf den gigantischen Wurzeln nieder, die, aus dem Rasen hervortretend, rings um den Stamm herum unter dem Schatten des Laubes ebenso viele natürliche Sitzplätze bildeten.

In der Nacht tat Ernestine kein Auge zu; am folgenden Tage begab sie sich bereits um fünf Uhr morgens, beim ersten Frührot, in das Dachgeschoß des Schlosses hinauf. Ihre Augen suchten nach der Eiche jenseits des Sees; kaum hat sie sie erblickt, so steht sie auch schon reglos da und hält beinahe den Atem an. Das unruhvolle Glück der Leidenschaften folgt auf die gegenstandslose, fast automatische Zufriedenheit der ersten Jugendzeit.

Zehn Tage vergehen, die Ernestine zählt! Einmal nur hat sie den jungen Jäger erblickt; er hat sich dem geliebten Baum genähert mit einem Strauß in der Hand, den er wie den ersten eben dort niederlegt.

Der alte Graf von S. stellt fest, daß Ernestine zurzeit ihre Tage damit verbringt, ein Vogelhaus zu betreuen, das sie unter dem Dach des Schlosses angelegt hat; dort nämlich kann sie bei geschlossenen Läden an einem kleinen Fenster sitzen, von dem aus sie die ganze Weite von Wald und See überblickt. Sie ist sicher, daß ihr Unbekannter sie nicht bemerken kann, und so vermag sie an ihn ungehindert zu denken. Ein Gedanke kommt ihr und wirkt quälend auf sie. Wenn er glaubt, daß seine Sträuße nicht beachtet werden, wird er am Ende daraus schließen, daß man diese Zeichen seiner Verehrung verschmäht, die alles in allem keine bloße Höflichkeitsbezeugung sind; und wenn er ein rechter Mann ist, wird er sich nicht mehr zeigen. Noch einmal verstreichen vier Tage, und wie langsam gehen sie dahin! Am fünften kann das junge Mädchen, als sie zufällig an der großen Eiche vorüberkommt, der Versuchung nicht widerstehen, einen Blick in die kleine Höhlung zu werfen, in die sie ihn die Sträuße hat hineinlegen sehen. Sie war von ihrer Erzieherin begleitet und hatte nichts zu befürchten. Ernestine war des festen Glaubens, sie werde in dem Baum welke Blumen entdecken; zu ihrer unaussprechlichen Freude findet sie darin statt dessen einen Strauß, der aus den seltensten und schönsten Blumen besteht; er ist von strahlender Frische; kein einziges selbst der zartesten Blütenblätter ist verwelkt. Kaum hat sie alles dies mit einem Seitenblick festgestellt, als sie auch schon, ohne die Gouvernante aus den Augen zu verlieren, mit der Leichtigkeit einer Gazelle diesen ganzen Teil des Waldes auf hundert Schritte in der Runde durcheilt. Sie hat niemanden entdeckt; ganz sicher, nicht beobachtet zu werden, kehrt sie zu dem großen Eichbaum zurück und wagt sich voller Entzücken dem Anblick des bezaubernden Straußes hinzugeben. O Himmel! Ein fast unbemerkbares Blättchen Papier ist an der Schleife befestigt, die das Bukett zusammenhält. «Was hast du denn, liebste Ernestine?» ruft die Gouvernante, aufgeschreckt durch den halben Schrei, den ihr Zögling bei dieser Entdekkung ausstößt, ihr zu. – «Nichts, meine Liebe, es war nur ein Rebhuhn, das dicht vor mir aufgeflogen ist.» – Noch vor vierzehn Tagen wäre es Ernestine nicht in den Sinn gekommen, irgendwann zu lügen. Immer näher wagt sie sich an den entzückenden Strauß heran; sie beugt den Kopf vor, und mit feuerroten Wangen liest sie, wiewohl sie das Blättchen nicht zu berühren wagt, die Worte, die darauf stehen:

Einen Monat lang schon bringe ich jeden Morgen einen Strauß. Wird diesem wohl endlich das Glück zuteil, beachtet zu werden?

Alles ist reizend an diesem hübschen kleinen Brief; die englische Handschrift, in der die Worte aufgezeichnet sind, ist ungemein elegant. Seit vier Jahren, das heißt, seitdem sie das Kloster verlassen hat, das beim Faubourg Saint-Germain augenblicklich besonders in Mode ist, hat Ernestine etwas so Nettes nicht mehr vor Augen bekommen. Plötzlich errötet sie tief, tritt zu der Gouvernante und äußert den Wunsch, ins Schloß zurückzukehren. Um schneller dorthin zu gelangen, schlägt Ernestine, anstatt talaufwärts rund um den See herumzugehen, wie sie es gewöhnlich tut, den Pfad ein, der über die Brücke in gerader Linie zum Hause führt. Sie ist nachdenklich gestimmt, sie nimmt sich vor, auf jener Seite nicht wieder spazierenzugehen; denn allmählich ist ihr zum Bewußtsein gekommen, daß der Fremde gewagt hat, ihr etwas wie einen Liebesbrief zuzumuten. Indessen war er ja nicht verschlossen, beschwichtigte sie sich ganz leise. Von diesem Augenblick an ist ihr Dasein von schrecklicher Beängstigung heimgesucht. Wie denn? Darf sie nicht einmal von fern den geliebten Baum wiederzusehen versuchen? Ihr Pflichtgefühl lehnt sich dagegen auf. Wenn ich mich aufs andere Ufer des Sees begebe, sagt sie sich, kann ich mich nicht mehr auf das verlassen, was ich mir zugeschworen habe. Als sie um acht Uhr den Pförtner das Gitter der kleinen Brücke schließen hörte, kam es ihr vor, als nehme dieses Geräusch, das sie jeder Hoffnung beraubte, ihr gleichzeitig eine ungeheure bedrückende Last von der Seele; sie würde jetzt nicht mehr gegen ihre Pflicht verstoßen können, selbst wenn sie die Schwäche besäße, dazu bereit zu sein.

Am folgenden Tage kann nichts sie ihrer düsteren Träumerei entreißen; sie ist so niedergeschlagen und blaß, daß ihr Onkel es bemerkt. Er läßt die alte Berline anschirren, sie fahren durch die Umgegend bis zu der Allee, die zu dem drei Meilen entfernten Schloß einer Madame Dayssin führt. Auf der Heimfahrt gibt Graf S. Befehl, im Wäldchen jenseits des Sees zu halten; die Berline fährt auf den Rasen, der Graf wünscht den gewaltigen Eichbaum wiederzusehen, den er nie anders als den «Zeitgenossen

Karls des Großen» nennt. «Der große Kaiser», pflegt er zu sagen, «kann ihn sehr wohl noch gesehen haben, als er über unsere Berge hinweg gegen die Lombardei zog, um König Desiderius zu besiegen.» Der Gedanke an ein so langes Leben schien dann den fast Achtzigjährigen förmlich zu verjüngen. Ernestine ist weit davon entfernt, den Gedankengängen ihres Onkels zu folgen. Ihre Wangen brennen: nun wird sie also doch noch einmal vor der alten Eiche stehen; sie hat sich vorgenommen, keinen Blick in die Höhlung zu werfen. Instinktiv, völlig unbewußt, tut sie es dennoch, erkennt einen Strauß und erbleicht. Er besteht aus schwarzgestreiften Rosen. *Ich bin sehr unglücklich, denn ich muß für immer scheiden. Die ich liebe, geruht nicht, meine Verehrung zur Kenntnis zu nehmen.* Das sind die Worte auf dem Blättchen Papier, das an dem Strauß befestigt ist. Ernestine hat sie gelesen, bevor sie noch Zeit gehabt hat, sich selbst die Lektüre zu untersagen. Sie fühlt sich so schwach, daß sie sich an den Baumstamm lehnen muß; gleich darauf bricht sie in Tränen aus. Am Abend sagt sie sich: Er geht sicher für immer fort, ich werde ihn nie mehr sehen!

Als sie am folgenden Tage in der hellen Sonne eines Augustmittags mit ihrem Onkel unter den Platanen am Seeufer lustwandelt, sieht sie, wie am anderen Ufer der junge Mann sich der

Eiche nähert; er nimmt seinen Strauß, wirft ihn in den See und enteilt. Ernestine kommt der Gedanke, seine Bewegung habe schmerzvollen Trotz ausgedrückt, und bald darauf zweifelt sie nicht mehr daran. Sie wundert sich jetzt, daß sie auch nur einen Augenblick schwankend geworden ist; es ist klar, daß er fortgeht, weil er sich verschmäht fühlt; nie wird sie ihn wiedersehen.

An diesem Tage ist man sehr beunruhigt im Schloß, wo sie sonst als einzige eine gewisse Heiterkeit verbreitet. Ihr Onkel erklärt, sie sei offenbar nicht bei guter Gesundheit; tödliche Blässe und eine gewisse Verkrampfung der Züge verändern auf bestürzende Art dieses naive Gesicht, in dem sich bis dahin einzig die friedlichen Empfindungen der ersten Jugend widerspiegelten. Am Abend, als die Stunde des Spaziergangs gekommen ist, hat Ernestine nichts dagegen, daß ihr Onkel sie zu dem Rasenplatz am jenseitigen Seeufer führt. Im Vorübergehen schaut sie mit trübem, fast in Tränen verschwimmendem Blick in das drei Fuß über dem Boden gelegene geheime Versteck; sie glaubt sicher zu sein, nichts darin zu finden; nur zu gut hat sie gesehen, wie der See den Strauß verschlungen hat. Aber o Staunen, sie findet einen neuen darin vor. *Aus Mitleid mit meinem furchtbaren Unglück geruhen Sie, die weiße Rose an sich zu nehmen!* Während Ernestine diese erstaunlichen Worte liest, hat ihre Hand schon unbewußt die weiße Rose aus der Mitte des Straußes herausgelöst. Er ist also sehr unglücklich, sagt sie sich! – In diesem Augenblick ruft ihr Onkel nach ihr; sie folgt ihm, doch sie ist glücklich. Die weiße Rose birgt sie in ihrem Tüchlein aus Batist, und dieser Batist ist so fein, daß sie während des ganzen Spaziergangs die Farbe der Rose durch das leichte Gewebe hindurchschimmern sieht. Sie hält es so, daß die geliebte Blüte nicht zu Schaden kommt.

Kaum ist sie nach Hause zurückgekehrt, so eilt sie die Treppe zu ihrem Türmchen auf der einen Ecke des Schlosses hinauf. Endlich wagt sie ungehindert die beglückende Rose in Ruhe anzuschauen, während süßquellende Tränen ihren Augen entströmen.

Was bedeuten diese Tränen wohl? Ernestine weiß es nicht. Könnte sie erraten, welches Gefühl sie zum Fließen bringt, so fände sie sicher den Mut, die Rose, die sie soeben mit aller Sorgfalt in das Kristallglas auf den kleinen Mahagonitisch gestellt hat, lieber zum Opfer zu bringen. Aber wofern der Leser bedauerlicherweise nicht mehr zwanzig Jahre alt ist, wird er erraten, daß diese Tränen bei weitem keinem Schmerz entspringen, sondern die unzertrennlichen Begleiter einer nicht mehr erhofften Begegnung mit einem Übermaß an Seligkeit sind.

Sie bedeuten: Wie ist es doch süß, geliebt zu werden! – In einem Augenblick, in dem die Ergriffenheit des ersten Glückes ihres Lebens ihr die klare Einsicht benimmt, hat Ernestine den Fehler begangen, die Rose zu behalten. Sie ist jedoch noch nicht so weit, diese Inkonsequenz zu erkennen und sich zum Vorwurf zu machen.

Wir aber, die wir weniger Illusionen nähren, erkennen hier die dritte Etappe in der Entstehung der Liebe: den Beginn der Hoffnung. Ernestine weiß nicht, daß ihr Herz sich beim Anblick der Rose sagt: Jetzt ist es ganz sicher, daß er mich liebt.

Aber kann es denn sein, daß Ernestine schon selbst im Begriff ist, zu lieben? Verletzt denn nicht dieses Gefühl die einfachsten Regeln des gesunden Menschenverstands? Wie! Sie hat den Mann nur dreimal gesehen, um dessentwillen sie in diesem Augenblick brennende Tränen vergießt? Noch dazu hat sie ihn nur über den See hinweg, in einer großen Entfernung von vielleicht fünfhundert Schritt erblickt! Ja, mehr noch, wenn sie ihn ohne sein Gewehr und seinen Jagdrock träfe, würde sie ihn am Ende nicht einmal wiedererkennen. Sie kennt seinen Namen nicht, sie weiß nicht, was er ist, und dennoch verbringt sie ihre Tage damit, Gefühle der Leidenschaft zu nähren, deren Schilderung ich beschränken muß; denn ich habe hier nicht genügend Platz für einen Roman. Zudem sind alle diese Gefühle nur Variationen über die eine Idee: das Glück, geliebt zu werden! Oder aber sie beschäftigt sich mit der weit wichtigeren Frage: Kann ich hoffen, von ihm wirklich geliebt zu werden? Treibt er nicht nur sein Spiel mit mir, wenn er behauptet, er liebe mich? Obwohl Ernestine ein von Lesdiguières erbautes Schloß bewohnt und der Familie eines der tapfersten Gefährten des berühmten Konnetabels entstammt, hat sie gegen ihr Gefühl nicht einmal den Einwand erhoben: Er ist vielleicht der Sohn eines Bauern aus der Nachbarschaft. – Weshalb nicht? Sie lebte eben in tiefster Einsamkeit.

Gewiß war Ernestine sehr weit davon entfernt, die Natur der Gefühle zu erkennen, die ihre Seele beherrschten. Hätte sie voraussehen können, wohin sie sie führen würden, hätte noch eine Möglichkeit für sie bestanden, sich ihrer Allmacht zu entziehen. Eine junge Deutsche, eine Engländerin, eine Italienerin hätten die Liebe erkannt; da aber unsere weise Erziehung mit Entschiedenheit darauf besteht, den jungen Mädchen gegenüber das Dasein der Liebe zu leugnen, beunruhigte sich Ernestine nur wenig über die Vorgänge ihres Inneren. Selbst wenn sie ernstlich nachdachte, sah sie nur einfach Freundschaft in ihrem Gefühl. Daß sie eine einzige Rose angenommen hatte, war deswegen geschehen, weil sie sonst gefürchtet hätte, ihren neuen Freund zu betrüben und dadurch zu verlieren. Und im übrigen, sagte sie sich nach langer Überlegung, darf man doch auch nicht geradezu unhöflich sein!

Ernestines Herz wird fortan von den heftigsten Gefühlen bewegt. Vier Tage, die der jungen Einsamen wie vier Jahre erscheinen, hält eine unerklärliche Furcht sie zurück: sie setzt keinen Fuß aus dem Schloß. Am fünften Tag zwingt ihr Onkel sie, da er sich immer größere Sorge wegen ihrer Gesundheit macht, ihn bis zum Wäldchen zu begleiten; sie findet sich in der Nähe des schicksalträchtigen Baums; auf einem Stück Papier im Innern des Straußes liest sie folgende Worte:

Wenn Sie gnädigst diese gefleckte Kamelienblüte nehmen, werde ich Sonntag in der Kirche Ihres Dorfes sein.

In der Kirche sah Ernestine einen äußerst einfach gekleideten Mann, der dreißig Jahre alt sein mochte. Sie bemerkte, daß er nicht einmal einen Ordensstern trug. Er las, doch indem er sein Meßbuch auf eine besondere Art und Weise hielt, ließ er keinen Blick von ihr. Das bedeutete, daß, solange der Gottesdienst währte, Ernestine außerstande war, an irgend etwas zu denken. Sie ließ ihr Gebetbuch fallen, als sie die Loge der Schloßbewohner verließ, und fiel beinahe selber hin, als sie es wieder aufheben wollte. Sie errötete tief über ihr Ungeschick. Er wird mich so linkisch gefunden haben, dachte sie daraufhin bei sich, daß er sich schämen wird, sich mit mir beschäftigt zu haben. Tatsächlich sah sie den Fremden von diesem Zwischenfall an nicht mehr. Umsonst ließ sie, nachdem sie in den Wagen gestiegen war, nochmals halten, um unter die kleinen Dorfbuben Geldstücke zu verteilen; bei den Gruppen der Bauern, die schwatzend vor der Kirche standen, bemerkte sie denjenigen nicht, den sie während der Messe kein einziges Mal anzublicken gewagt hatte. Ernestine, die bislang die Aufrichtigkeit selbst gewesen war, behauptete jetzt, sie habe ihr Taschentuch vergessen. Ein Bedienter ging noch einmal in die Kirche zurück und suchte lange im Herrschaftsgestühl nach diesem Taschentuch, das er begreiflicherweise nicht fand. Aber die durch die kleine List bewirkte Verzögerung erwies sich als nutzlos; sie sah den Jäger nicht mehr. Es ist ganz klar, sagte sie sich. Fräulein von C. hat mir einmal erklärt, ich sei nicht hübsch und habe zudem im Blick etwas Herrisches, Abweisendes; dazu kommt nun noch meine Ungeschicklichkeit; ganz sicher verachtet er mich.

Derart traurige Gedanken bewegten sie auch während der zwei oder drei Besuche, die ihr Onkel vor der Heimkehr ins Schloß noch abstattete.

Kaum war sie – gegen vier Uhr – wieder zu Hause, als sie sich eilends in die Platanenallee begab, die sich am See entlangzog. Das Gatter nach der Fahrstraße hin war wegen des Sonntags geschlossen; zum Glück sah sie einen Gärtner; sie rief ihn an und bat ihn, das Boot ins Wasser zu schieben und sie auf die andere Seite des Sees hinüber zu rudern. Etwa hundert Schritte von dem großen Eichbaum entfernt, begab sie sich ans Land. Das Boot fuhr dicht am Ufer entlang und war stets nahe genug, daß sie sich nicht zu beunruhigen brauchte. Die niederen, fast waagerechten Äste der großen Eiche erstreckten sich beinahe bis zum See. Mit festem Schritt und einer gewissen düsteren, entschlossenen Kaltblütigkeit trat sie an den Baum mit einer Miene, als schreite sie zum Tode. Sie war fest überzeugt, in dem Versteck nichts zu finden; und tatsächlich bemerkte sie nur eine welke Blüte aus dem gestrigen Strauß. Wäre er mit mir zufrieden gewesen, dachte sie, so hätte er nicht verabsäumt, mir mit Blumen zu danken.

Sie ließ sich zum Schloß zurückrudern, eilte in ihr Zimmer hinauf und brach, sobald sie in ihrem Turmgemach und ganz sicher war, nicht überrascht zu werden, in heiße Tränen aus. Fräulein von C. hat recht gehabt, sagte sie sich.

Um mich hübsch zu finden, muß man mich wohl aus fünfhundert Schritten Entfernung sehen. Da in diesem Land der Liberalen mein Onkel niemanden außer Bauern und Geistlichen bei sich sieht, haben meine Manieren gewiß etwas Rauhes, am Ende sogar Derbes bekommen. Und sicher liegt in meinem Blick etwas Herrisches, Abstoßendes. – Sie tritt an den Spiegel, um ihren Blick zu prüfen, und sieht nur dunkelblaue Augen, die in Tränen schwimmen. – In diesem Augenblick jedenfalls, sagt sie sich, kann ich das Abweisende nicht haben, um dessentwillen ich niemals gefallen werde.

Es wurde zum Essen geläutet; sie hatte Mühe, ihre Tränen zu trocknen. Endlich erschien sie im Salon; dort hatte sich Herr Villars, ein alter Botaniker, eingefunden, der alljährlich acht Tage bei dem Grafen von S. verbrachte – zum großen Kummer der zur Stellung einer Hausdame erhobenen Wirtschafterin, die für diese Zeit ihren Platz am Tische des Herrn Grafen räumen mußte. Alles verlief sehr gut bis zu dem Augenblick, als der Champagner kam; der Kühler wurde vor Ernestine hingestellt. Das Eis darin war schon lange geschmolzen. Sie rief den Diener und sagte zu ihm: «Wechseln Sie dieses Wasser aus und tun Sie Eis hinein, aber schnell.» – «Du hast da so einen herrischen Ton an dir, der dir gar nicht übel steht», sagte lachend der gute alte Onkel zu ihr. Bei dem Worte «herrisch» stiegen die Tränen derart unabweisbar in Ernestines Augen auf, daß sie sie nicht länger bezwingen konnte; es blieb ihr nichts anderes übrig, als den Salon zu verlassen, und als sie die Tür hinter sich schloß, merkte man, daß sie von Schluchzen geschüttelt wurde. Die alten Leute blickten einander ratlos an.

Zwei Tage darauf ging sie an der alten Eiche vorüber; sie trat näher heran und schaute in das Versteck hinein, als wolle sie die Stätte wiedersehen, bei deren Anblick sie vordem so glücklich gewesen war.

Wie groß aber war ihr Entzücken, als sie dort zwei neue Sträuße vorfand! Sie ergriff sie mitsamt den Zettelchen, legte sie in ihr Taschentuch und eilte mit ihnen zum Schloß, ohne sich darum zu bekümmern, ob am Ende der Unbekannte sich im Walde verborgen hielt und sie beobachtete, obwohl diese Vorstellung sie bis zu diesem Tage niemals verlassen hatte. Atemlos und außerstande, weiter so schnell zu laufen, blieb sie notgedrungen mitten auf der Landstraße stehen. Kaum jedoch hatte sie wieder etwas Atem geschöpft, als sie auch schon weitereilte, so schnell sie nur irgend konnte. Endlich war sie in ihrer Kammer angelangt; sie nahm die Sträuße aus dem Tuch und küßte sie mit Inbrunst – wenn sie auch selbst darüber errötete, als sie wieder zu sich kam –, doch ohne die Briefchen zu lesen. Ach! Niemals wieder will ich herrisch aussehen, sagte sie zu sich selbst. Ich werde acht auf mich geben.

Endlich, als sie ihre Zärtlichkeit sattsam den hübschen Sträußen aus seltensten Blumen zugewendet hatte, las sie die beiden Billette. (Ein Mann hätte damit begonnen.) Das erste war vom Sonntag um fünf Uhr nachmittags datiert. Es besagte: *Ich habe mir nicht das Vergnügen gegönnt, Sie nach der Kirche noch zu sehen; ich hätte dort nicht allein sein können und fürchtete, man könnte in meinen Augen die Liebe erkennen, von der ich für Sie entflammt bin.* – Dreimal las sie die Worte: *die Liebe, von der ich für Sie entflammt bin*, dann stand sie auf, um noch einmal in ihrem Standspiegel festzustellen, ob sie herrisch aussehe; dann las sie wiederum: *die Liebe, von der ich für Sie entflammt bin. – Wenn Ihr Herz noch frei ist, so nehmen Sie dieses Briefchen an sich, da es uns schaden könnte.*

Die zweite Botschaft, die vom Montag stammte, war mit Bleistift und sogar nur ziemlich flüchtig geschrieben; aber Ernestine war jetzt über die Phase hinausgelangt, in der noch die hübsche englische Handschrift ihres Unbekannten in ihren Augen einen Reiz ausmachte; sie hatte es jetzt mit zu ernsten Dingen zu tun, als daß sie solchen Einzelheiten ihre Aufmerksamkeit noch länger hätte zuwenden können.

Ich bin gekommen. Ich war so glücklich zu hören, wie jemand in meiner Gegenwart von Ihnen sprach. Gestern vernahm ich, Sie seien über den See gerudert. Ich sehe, Sie haben das Briefchen nicht an sich zu nehmen geruht, das ich zurückgelassen hatte. Das entscheidet mein Schicksal. Sie lieben, aber Sie lieben nicht mich. Es war Torheit, mich in meinem Alter an ein so junges Mädchen heften zu wollen. Leben Sie wohl für immer. Ich will nicht noch die Peinlichkeit, Ihnen lästigzufallen, zu der hinzufügen, Sie allzu lange mit einer Leidenschaft beschäftigt zu haben, die in Ihren Augen lächerlich erscheinen mag. –

«Leidenschaft!» sagte Ernestine und hob die Augen zum Himmel. Der Moment war sehr süß für sie. Diese durch Schönheit ausgezeichnete und in der Blüte der Jugend stehende junge Person rief beseligt aus: «Er läßt sich herab, mich zu lieben. Mein Gott! Wie glücklich ich bin!» Vor einer bezaubernden Madonna von Carlo Dolci, die einer ihrer Vorfahren aus Italien mitgebracht hatte, fiel sie auf die Knie. – «O ja! Ich will gut und tugendhaft sein!» rief sie mit Tränen in den Augen aus. «Mein Gott, o würdige mich der Gnade, mir meine Fehler zu entdecken, damit ich mich bessern kann; jetzt ist mir alles möglich.»

Sie erhob sich wieder, um die beiden Briefchen wohl zwanzigmal zu lesen. Besonders der zweite versetzte sie in einen wahren Taumel des Glücks. Bald entdeckte sie eine Wahrheit, die in ihrem Herzen schon seit langem keimte: daß sie sich niemals für einen Mann erwärmen könnte, der weniger als vierzig Jahre alt wäre. (Der Unbekannte hatte ja von seinem Alter gesprochen.) Sie erinnerte sich, daß er in der Kirche, da er bereits ein wenig kahl zu werden begann, wie vierunddreißig oder fünfunddreißig ausgesehen hatte. Doch war sie dessen nicht gewiß: sie hatte ihn ja kaum anzuschauen gewagt und war zu verwirrt gewesen! Des Nachts fand Ernestine keinen Schlaf. In ihrem Leben hatte sie ein solches Glück sich niemals vorstellen können. Sie stand auf, um in englischer Sprache in ihr Gebetbuch zu schreiben: *Niemals herrisch sein! Dies gelobe ich am 30. September 18...*

Während der Nacht versteifte sie sich mehr und mehr auf die Idee: Man kann unmöglich einen Mann lieben, der noch nicht vierzig Jahre alt ist. Dadurch, daß sie von den guten Eigenschaften ihres Unbekannten träumte, kam sie auf den Gedanken, daß er außer dem Vorzug seiner vierzig Jahre wahrscheinlich auch noch den der Armut haben dürfte. Er war in der Kirche so einfach gekleidet gewesen, daß er sicherlich mittellos war. Nichts kam ihrer Freude bei dieser Entdeckung gleich. Er wird niemals so dumm und eingebildet wirken wie unsere

Freunde, die Herren Soundso, wenn sie am Hubertustag erscheinen, meinem Onkel die Ehre erweisen, seine Rehe zu schießen, und ungebeten bei Tisch von den Heldentaten ihrer Jugend berichten.

Wäre es denn möglich, großer Gott, daß er arm wäre! In diesem Fall fehlt nichts zu meinem Glück! – Sie stand ein zweites Mal auf, zündete die Kerze ihres Nachtlämpchens an und holte eine Aufstellung ihres Vermögens hervor, die ein Vetter von ihr in einem ihrer Bücher angelegt hatte. Sie fand dort siebzehntausend Pfund Renten für den Zeitpunkt ihrer Verheiratung eingetragen und für späterhin weitere vierzig- oder fünfzigtausend Pfund. Als sie noch diese Ziffern bedachte, schlug es bereits vier Uhr; sie erbebte: Vielleicht ist es schon so hell, daß ich meinen geliebten Baum sehen kann. – Sie machte die Läden auf; tatsächlich sah sie den großen Eichbaum mit seinem dunklen Laub, doch im Mondschein und noch nicht vom ersten Morgenlicht erhellt, das noch ferne war.

Als sie am Morgen ihre Kleider anlegte, dachte sie bei sich: Die Freundin eines vierzigjährigen Mannes darf nicht wie ein Kind angezogen sein. Eine Stunde suchte sie in ihren Schränken nach einem Kleid, einem Hut, einem Gürtel, die ein so originelles Ganzes ergaben, daß, als sie im Speisezimmer erschien, ihr Onkel, die Erzieherin und der alte Botaniker unwillkürlich von Heiterkeit überwältigt wurden. «Komm doch einmal näher», sagte der alte Graf S., der bei Quiberon verwundet und Ritter des Sankt-Ludwig-Ordens war, «komm näher, liebe Ernestine; du bist ja heute angezogen, als ob du dich in eine Frau von vierzig Jahren habest verwandeln wollen.» Bei diesen Worten errötete sie, und der Ausdruck größten Glücks erschien auf ihren Zügen. «Gott verzeih mir!» sagte der gute Onkel noch einmal am Ende der Mahlzeit zu dem alten Botaniker, «könnte man nicht wetten, daß jeder heute morgen Fräulein Ernestine ihrem ganzen Auftreten nach für eine Frau von dreißig Jahren gehalten hätte? Vor allem hat sie, wenn sie mit den Bedienten spricht, so etwas Mütterliches, das unwiderstehlich komisch wirkt; ich habe sie zwei- oder dreimal auf die Probe gestellt, um meiner Sache ganz sicher zu sein.» Diese Bemerkung vermehrte nur noch Ernestines Glück, wenn man dieses Wort gebrauchen darf, wo es sich um eine bereits auf dem höchsten Gipfel angelangte Form der Beseligung handelt.

Mit Mühe nur gelang es ihr, nach dem Frühstück von der Gesellschaft wieder loszukommen. Ihr Onkel und der alte Botaniker wurden nicht müde, sie immer wieder mit der Würde ihres Auftretens zu necken. Endlich konnte sie in ihr Zimmer entkommen und sich wieder dem Anblick ihrer Eiche widmen. Zum ersten Male seit zwanzig Stunden verdunkelte eine Wolke ihre Glückseligkeit, ohne daß sie jedoch den Grund dieses plötzlichen Wandels begriff. Was dem Entzücken, mit dem sie am Vortage, eben noch von Verzweiflung erfüllt, die Sträuße in dem Baum gefunden hatte, nunmehr Eintrag tat, war die folgende Frage: Wie soll ich mich meinem Freund gegenüber verhalten, damit er mir seine Achtung bewahrt? Ein Mann mit soviel Geist, der noch dazu über den Vorteil verfügt, vierzig Jahre alt zu sein, ist gewiß in seinen Ansichten streng. Seine Achtung für mich wird schwinden, sobald ich mir die kleinste Entgleisung zuschulden kommen lasse.

Während Ernestine sich diesem Selbstgespräch überließ, und zwar vor ihrem Standspiegel, also in einer Situation, die einer jungen Person zur Unterstützung ernsthafter Überlegungen denkbar gut zustatten kommt, stellte sie mit einem Staunen, unter das sich Schrecken mischte, fest, daß sie an ihrem Gürtel ein goldenes Häkchen trug, an dem, durch Kettchen festgehalten, Fingerhut und Schere in einem kleinen Etui befestigt waren – ein reizendes Kleinod, das sie noch am Tage zuvor zu bewundern nicht müde geworden war und das ihr Onkel ihr vor noch nicht vierzehn Tagen zu ihrem

Geburtstag zum Geschenk gemacht hatte. Daß sie das kleine Schmuckstück jetzt mit Schrecken betrachtete und eiligst abzulegen strebte, lag an der Bemerkung einer Dienerin, die ihr einfiel: es habe achthundertfünfzig Franken gekostet und sei von dem berühmtesten Goldschmied von Paris, Laurençot, angefertigt worden. Was würde mein Freund von mir denken, er, der die Ehre hat, arm zu sein, wenn er mich mit einem Schmuckstück beträfe, für das ein so lächerlich hoher Preis erlegt worden ist? Was könnte absurder sein, als in dieser Gestalt die Neigungen einer guten Hausfrau zu bekunden? Denn das gerade sollen ja diese Schere, dies Etui, dieser Fingerhut besagen; dieselbe gute Hausfrau aber denkt nicht daran, daß dieses Kleinod alljährlich die Zinsen seines Kaufpreises verschlingt! – Sie begann ernsthaft zu rechnen und stellte fest, daß das kleine Schmuckstück jährlich fast fünfzig Franken kostete.

Diese schöne wirtschaftliche Überlegung, die Ernestine der sehr nachhaltigen Erziehung durch einen Verschwörer verdankte, der sich mehrere Jahre hindurch im Schloß ihres Onkels verborgen gehalten hatte, diese Überlegung, sage ich, bewirkte nichts anderes, als daß die Schwierigkeit nur in etwas größere Ferne rückte. Als sie das Kleinod von so übertriebenem Wert wieder in ihre Kommode eingeschlossen hatte, kam sie wohl oder übel doch auf die verwirrende Frage zurück: Was muß man tun, um nicht die Achtung eines so geistvollen Mannes zu verlieren?

Die Überlegungen, die Ernestine anstellte – der Leser hat in ihnen gewiß ganz einfach die fünfte Phase keimender Liebe erkannt –, wären imstande, uns sehr weit zu führen. Dieses junge Mädchen hatte einen wohlgebildeten, durchdringenden Geist, der so klar wie die Luft ihrer Berge war. Ihr Onkel, der früher über Esprit verfügt hatte und ihn auch noch mit Bezug auf zwei oder drei Themen besaß, die ihn seit langem interessierten, hatte bemerkt, daß sie ganz plötzlich allen Folgerungen nachging, die sich aus einer Idee ergaben. Der gute Alte hatte die Gewohnheit, wenn er gut aufgelegt war (die Haushälterin hatte festgestellt, daß diese Art zu scherzen sogar das unzweifelhafte Anzeichen dafür war), Ernestine mit dem zu necken, was er ihren «militärischen Blick» nannte. Vielleicht war dies gerade die Eigenschaft, dank der sie, als sie später in der großen Welt erschien und sich offen zu äußern wagte, dort eine so glänzende Rolle spielte. Zu der Zeit jedoch, von der wir jetzt reden, verwirrte sich Ernestine trotz ihrer geistreichen Ader leicht in ihren Gedankengängen. Zwanzigmal war sie auf dem Punkt, nicht in der Gegend der Eiche spazierenzugehen. Eine einzige Unüberlegtheit, so folgerte sie, die an das kindische Gebaren eines kleinen Mädchens erinnert, könnte mich in den Augen meines Freundes vollkommen unmöglich machen. Aber ungeachtet aller scharfsinnigen Gegengründe, an die sie ihre gesamte Denkkraft wendete, verfügte sie noch nicht über die so schwierige Kunst, ihre Leidenschaften durch den Geist zu beherrschen. Die Liebe, von der die Arme, ohne es zu wissen, ganz und gar erfaßt war, fälschte alle ihre logischen Überlegungen und verlockte sie – nur allzu rasch für ihr Glück –, sich dem Schicksalsbaume zu nähern. Nach langem Zögern zwar erst fand sie sich dort mit ihrer Gouvernante gegen ein Uhr ein. Sie ließ diese Frau ein wenig zurück und trat – die arme Kleine! – freudestrahlend zu dem Baum. Sie schien dabei über den Rasen eher zu fliegen als zu gehen. Der alte Botaniker, der gleichfalls von der Partie war, machte eine Bemerkung darüber zu der Gouvernante, als er Ernestine so munter dahinlaufen und sich von ihnen beiden entfernen sah.

Alles Glück Ernestinens war in einem Nu dahin. Wohl fand sie in der Höhlung des Baumes einen Blumenstrauß; er war bezaubernd und ganz frisch, was ihr zunächst noch lebhaftes Vergnügen bereitete. Es war also gar nicht lange her, daß ihr Freund sich genau an der gleichen

Stätte befunden hatte, wie in diesem Augenblick sie; was sie zudem noch entzückte, war, daß sie anstatt eines kleinen Stückchens beschriebenen Papiers ein Briefchen vorfand, vielmehr sogar einen langen Brief. Sie sah sofort auf die Unterschrift, wollte sie doch so gern seinen Taufnamen kennen! Sie las; der Brief entfiel ihren Händen ebenso wie der Strauß. Ein tödlicher Schauer rann über sie hin. Der Name, der unter dem Brief stand, war: Philippe Astézan. Von Herrn Astézan aber war im Schlosse des Grafen S. bekannt, daß er der Geliebte der Madam Dayssin, einer sehr reichen und sehr eleganten Dame aus Paris war, die alljährlich in der Provinz dadurch Ärgernis erregte, daß sie es wagte, vier Monate lang allein in ihrem Schloß mit einem Mann zu verbringen, der nicht ihr Gatte war. Zu allem Unglück war sie auch noch Witwe, dazu jung, hübsch und sehr wohl in der Lage, sich mit Herrn Astézan ehelich zu verbinden. Alle diese traurigen Tatsachen, die sich genau so verhielten, wie wir sie geschildert haben, spielten in einer weit bösartigeren Form der Darstellung eine Rolle in den Gesprächen der Leute dieser Gegend, die, freudenarm und erklärte Feinde der Irrungen der Jugendzeit, zufällig den Ernestinens Oheim gehörigen alten Adelssitz besuchten. Niemals wurde ein so reines, inniges Glück, noch dazu das erste im

Leben, durch so brennendes und aller Hoffnung bares Unglück abgelöst! Er hat sich mit mir einen Spaß machen wollen, dachte Ernestine, er hat sich bei seinen Jagdausflügen nebenher das Ziel gesetzt, einem kleinen Mädchen den Kopf zu verdrehen, vielleicht sogar in der Absicht, Madame Dayssin ein Amüsement zu verschaffen. Und ich habe ernstlich nachgedacht, ob ich ihn heiraten könnte! Welche Kinderei! Und welche äußerste Demütigung! Während noch diese traurigen Gedanken sie bewegten, sank Ernestine ohnmächtig neben jenem Unheilsbaum zu Boden, den sie drei Monate lang so häufig angeschaut hatte. Wenigstens fanden die Gouvernante und der alte Botaniker sie eine halbe Stunde später reglos daliegend vor. Zu allem Unglück sah Ernestine, als sie wieder zum Leben erweckt worden war, daß der Brief Astézans, an der Seite der Unterschrift geöffnet, so daß man diese lesen konnte, zu ihren Füßen lag. Blitzschnell erhob sie sich und setzte einen Fuß darauf.

Sie gab eine Erklärung für ihren Unfall ab und brachte es fertig, ohne daß jemand es sah, den Brief vom Boden aufzuheben. Es war ihr eine lange Weile nicht möglich, ihn zu lesen, denn die Gouvernante hieß sie ruhig niedersitzen und wich nicht von ihrer Seite. Der Botaniker rief einen Tagelöhner herbei, der auf den Feldern arbeitete, und schickte ihn um einen Wagen ins Schloß. Damit sie auf Bemerkungen, die ihren Unfall betrafen, keine Antwort zu geben brauchte, tat Ernestine so, als falle das Sprechen ihr schwer; ein Kopfschmerz diente ihr als Vorwand, um sich ein Taschentuch vor die Augen zu halten. Der Wagen kam. Etwas mehr sich selbst überlassen, sobald sie darin Platz genommen hatte, wurde sie von einem unbeschreiblich nagenden Schmerz befallen, der ihr tief in der Seele brannte während der Zeit, die der Wagen brauchte, um sie zum Schloß zurückzuführen. Das Schrecklichste an ihrem Zustand war, daß sie wohl oder übel sich selbst verachten mußte. Der fatale Brief in ihrem Taschentuch brannte ihr in der Hand. Während der Fahrt zum Schloß war es dunkel geworden; sie konnte die Augen öffnen, ohne daß jemand es sah. Der Anblick der blitzenden Sterne in dieser schönen südfranzösischen Nacht gewährte ihr ein wenig Trost. Obwohl sie die Wirkungen aller Regungen der Leidenschaft an sich selbst verspürte, war sie in ihrem schlichten Jugendsinn doch weit davon entfernt, sich klar darüber zu sein. Ernestine verdankte den ersten ruhigen Augenblick nach zwei Stunden grausamsten Seelenschmerzes einem mutigen Entschluß. Ich werde diesen Brief, von dem ich nur die Unterschrift gesehen habe, nie und nimmer lesen, sondern ihn verbrennen, sagte sie sich bei der Ankunft im Schloß. So konnte sie wenigstens noch Achtung vor ihrer Entschlußkraft hegen; denn die Liebe, wiewohl im Augenblick scheinbar überwunden, versäumte nicht, ihr halbwegs glaubhaft zu machen, dieser Brief werde vielleicht auf eine befriedigende Art die Beziehungen Astézans zu Madame Dayssin erklären.

Als Ernestine den Salon betrat, warf sie den Brief ins Feuer. Am folgenden Morgen begann sie bereits um acht Uhr in der Frühe wieder Klavier zu üben, was sie seit zwei Monaten fast völlig unterlassen hatte. Sie nahm auch die Sammlung der von Petitot veröffentlichten Memoiren zur Geschichte Frankreichs wieder vor und fing an, lange Auszüge aus den Erinnerungen des blutrünstigen Montluc zu machen. Zudem war sie auch geschickt genug, den alten Botaniker dazu zu bringen, daß er sich erneut erbot, ihr Unterricht in Naturgeschichte zu geben. Nach vierzehn Tagen fand dieser brave Mann, der so schlicht wie seine Pflanzen war, nicht genug des Lobes für den erstaunlichen Fleiß, den seine Schülerin bewies; er war voller Bewunderung. Was sie selbst anging, so stand sie allem gleichgültig gegenüber; was sie auch dachte, nichts lenkte sie von ihrer Verzweiflung ab. Ihr Onkel war äußerst besorgt, da Ernestine ganz offensichtlich verfiel. Zufällig litt sie auch noch an einer leichten Erkältung, und so glaubte der gute Alte, der, entgegen der üblichen Art solcher bejahrten Leute, nicht auf sich selbst das ganze Interesse konzentrierte, das er noch am Leben nahm, sie könnte brustkrank sein. Auch Ernestine bildete es sich ein; dieser Vorstellung aber verdankte sie die einzigen erträglichen Augenblicke in dieser ganzen Zeit; kraft ihrer Hoffnung, bald zu sterben, ertrug sie das Leben ohne allzu große Ungeduld.

Einen ganzen langen Monat hindurch hegte sie kein anderes Gefühl als das eines Schmerzes, der um so tiefer ging, als er seinen Ursprung in Selbstverachtung hatte; da sie keinerlei Lebenserfahrung besaß, konnte sie sich nicht damit trösten, daß niemand auf der Welt von den Vorgängen ihres Herzens etwas ahnen konnte und daß aller Wahrscheinlichkeit nach der Grausame, der sie so sehr beschäftigte, nicht den hundertsten Teil von dem, was sie für ihn empfunden hatte, erriet. Inmitten ihres Unglücks ließ sie es gleichwohl an Tapferkeit nicht fehlen; es wurde ihr nicht einmal schwer, zwei Briefe, auf deren Umschlag sie die fatale englische Handschrift erkannte, ungelesen ins Feuer zu werfen.

Sie hatte sich vorgenommen, den Rasenplatz am anderen Seeufer nie wieder anzuschauen; niemals ließ sie ihren Blick im Salon durch die

Fenster abirren, die nach der dortigen Seite gingen. Eines Tages, beinahe sechs Wochen nach demjenigen, an dem sie den Namen «Philippe Astézan» gelesen hatte, kam ihr Naturgeschichtslehrer, der gute Herr Villars, auf den Gedanken, ihr eine Lektion über Wasserpflanzen erteilen zu wollen. Er bestieg mit ihr das Boot und ließ sich nach dem Teil des Sees rudern, der weiter talwärts lag. Als Ernestine den Nachen betrat, gab ihr ein fast unwillkürlicher Seitenblick die Gewißheit, daß niemand sich bei der alten Eiche befand; es kam ihr kaum zum Bewußtsein, daß ein Teil der Baumrinde von hellerem Grau zu sein schien als das übrige. Zwei Stunden später, als sie von ihrem Unterricht zurückkam, schrak sie zusammen, als sie bemerkte, daß das, was sie für eine Zufallsnuance der Baumrinde angesehen hatte, die Farbe des Jagdrocks von Philippe Astézan war, der seit zwei Stunden schon auf einer der Wurzeln des Stammes so unbeweglich saß, als wäre er tot. Als Ernestine bei sich selbst diesen Vergleich anstellte, bemächtigte sich ihr Geist der Wendung: als wäre er tot; betroffen stellte sie die folgende Überlegung an: Wenn er tot wäre, könnte es für mich nicht länger ungehörig sein, mich so eingehend mit ihm zu beschäftigen. Ein paar Minuten lang wurde diese Voraussetzung zu einem Vorwand für sie, sich einer Liebe hinzugeben, die dank dem Anblick ihres Gegenstandes noch einmal allmächtig geworden war.

Diese Entdeckung verwirrte sie sehr. Am Abend des folgenden Tages bat ein Pfarrer aus der Nachbarschaft, der im Schloß zu Besuch war, den Grafen von S., ihm den *Moniteur* zu leihen. Während der alte Diener aus der Bibliothek die Sammlung der *Moniteurs* des letzten Monats holte, sagte der Graf: «Herr Pfarrer, Sie sind in diesem Jahr wirklich gar nicht neugierig gewesen; dies ist das erste Mal, daß Sie von mir den *Moniteur* haben wollen!» – «Herr Graf», gab der Pfarrer zurück, «das kommt daher, daß Madame Dayssin, meine Nachbarin, ihn mir geliehen hat, solange sie hier anwesend war; seit vierzehn Tagen aber ist sie abgereist.»

Diese scheinbar so gleichgültige Bemerkung bewirkte einen solchen Aufruhr in Ernestines Seele, daß sie einen Schwächeanfall befürchtete; sie fühlte, wie ihr bei den Worten des Pfarrers das Herz fast stehenblieb, und empfand dabei ein tiefes Gefühl der Demütigung. Da sieht man, wie weit es mir gelungen ist, ihn zu vergessen! sagte sie sich.

An diesem Abend kam es seit langer Zeit zum erstenmal wieder vor, daß sie lächelte. Immerhin, sagte sie sich, ist er auf dem Lande geblieben, hundertundfünfzig Meilen von Paris entfernt; er hat Madame Dayssin allein abreisen lassen. Sein regloses Verharren auf den Baumwurzeln fiel ihr wieder ein, und sie litt darunter, daß ihre Gedanken unablässig um diese Vorstellung kreisten. Ihr ganzes Glück seit einem Monat bestand in ihrer Überzeugung, daß sie lungenkrank sei; am folgenden Tage jedoch betraf sie sich bei dem Gedanken, es könne, da auf den Bergen Schnee zu liegen begann, am Ende abends recht kühl sein; sie hielt es daraufhin für geboten, sich wärmer anzuziehen. Eine gewöhnliche Natur hätte in jedem Fall die gleiche Vorsichtsmaßregel getroffen; Ernestine aber dachte erst nach den Worten des Pfarrers daran.

Der Hubertustag rückte näher heran und mit ihm der Zeitpunkt des einzigen großen Diners, das während des ganzen Jahres im Schlosse gegeben wurde. Ernestinens Klavier wurde in den Salon heruntergeholt. Als sie es tags darauf öffnete, fand sie auf den Tasten ein Stück Papier mit den folgenden Worten:

Verraten Sie sich nicht durch einen Ausruf, wenn Sie mich erkennen.

Das war so kurz, daß sie es schon gelesen hatte, noch ehe sie erkannte, von wessen Hand es geschrieben war; zudem war die Schrift verstellt. Da Ernestine zufällig oder dank der frischen Bergluft der Dauphiné eine entschlossene Seele besaß, hätte sie sich vor den Worten des Pfarrers über Madame Dayssins Abreise bestimmt in ihr Zimmer eingeschlossen und wäre zum Fest nicht erschienen.

Am übernächsten Tage fand das große Essen zu Ehren des hl. Hubertus statt. Ernestine hatte ihren Platz dem Onkel gegenüber; ihr fiel die Rolle der Hausfrau zu; sie war sehr elegant gekleidet. Die Tafelnden stellten eine nahezu vollständige Sammlung der Pfarrer und Bürgermeister der Umgegend dar, wozu noch fünf oder sechs Provinzkavaliere kamen, die von sich und ihren Großtaten im Kriege, auf der Jagd, ja sogar in der Liebe redeten, vor allem aber von dem Alter ihrer respektiven Familien. Nie noch hatten sie den Kummer erlebt, so wenig Eindruck auf die junge Schloßerbin zu machen. Die außerordentliche Blässe Ernestines im Verein mit der Vollendung ihrer Züge gaben ihrem Antlitz einen Ausdruck hochmütiger Verachtung. Die anmaßenderen Herren, die mit ihr ins Gespräch zu kommen versuchten, fühlten sich eingeschüchtert, sobald sie das Wort an sie richteten. Ihr aber lag es völlig fern, sich auch nur mit einem Gedanken zu ihnen herabzulassen.

Der Anfang des Diners ging vorüber, ohne daß etwas Besonderes sich ereignete; sie begann bereits aufzuatmen, als gegen Ende der Mahlzeit ihr Blick auf einen ihr gegenüber stehenden Bauern von schon reiferem Alter fiel, der als Bedienter einen von den Ufern des Drac herkommenden Bürgermeister zu begleiten schien. Sie verspürte, ähnlich wie vordem bei den Worten des Pfarrers, einen sonderbaren Stich in der Brust. Indessen war sie sich noch über gar nichts klar. Der Bauer glich durchaus nicht Philippe. Sie wagte ein zweites Mal hinzuschauen: es gab keinen Zweifel mehr, er war es, wenn auch auf eine Weise verkleidet, die ihn sehr entstellte.

Es ist nun Zeit, ein wenig von Philippe Astézan zu sprechen; denn er handelt hier wie ein Verliebter, und wir werden vielleicht auch in seiner Geschichte Gelegenheit finden, die Theorie von den sieben Phasen der Liebe auf ihre Richtigkeit zu prüfen. Als er fünf Monate zuvor zusammen mit Madame Dayssin in Schloß Lafrey aufgetaucht war, führte einer der Pfarrer, den sie zu sich einzuladen pflegte, um der Geistlichkeit den Hof zu machen, einen sehr netten Ausspruch an. Philippe war erstaunt, aus dem Munde eines solchen Mannes etwas Geistreiches zu vernehmen, und fragte ihn, von wem dieses außergewöhnlich hübsche Witzwort stamme. «Von der Nichte des Grafen von S.», gab der Pfarrer zur Antwort, «einem jungen Mädchen, das einmal sehr reich sein wird, das aber eine recht schlechte Erziehung genossen hat. Keine Woche vergeht, ohne daß diese junge Person aus Paris eine Kiste mit Büchern bekommt. Ich fürchte sehr, daß es mit ihr einmal ein schlechtes Ende nehmen und daß sie keinen Gatten finden wird. Wer wird sich denn mit einer Frau belasten wollen, die...», und so ging es noch eine Weile fort.

Philippe stellte ein paar Fragen, worauf der Pfarrer nicht umhinkonnte, die erlesene Schönheit Ernestinens zu beklagen, die ihr gewiß zum Verderben gereichen werde; er beschrieb so anschaulich die Langeweile des Lebens im gräflichen Schlosse, daß Madame Dayssin ausrief: «Um Gottes willen, hören Sie auf, Herr Pfarrer, ich bekomme sonst ein wahres Grauen vor den schönen Bergen hier.» – «Man wird ewig eine Gegend lieben müssen, in der soviel Gutes getan wird», entgegnete der Pfarrer, «und das Geld, das Madame uns gegeben hat, damit wir eine dritte Glocke für unsere Kirche kaufen können, sichert ihr...» Philippe hörte nicht mehr zu; er dachte an Ernestine und daran, was im Herzen eines jungen Mädchens vorgehen mochte, das in ein Schloß verbannt war, in dem der Lebenszuschnitt selbst einem Landpfarrer langweilig schien. Ich muß sie aufheitern, sagte er zu sich selbst; am besten mache ich ihr auf romantische Weise den Hof; dadurch kommt das arme Mädchen auf andere Gedanken. Am folgenden Tage ging er in der Gegend des Schlosses auf die Jagd; er stellte die Lage des vom Hause nur durch einen See getrennten Wäldchens fest und kam auf den Gedanken, Ernestine durch einen Strauß seine Verehrung zu zeigen; wir wissen, wie er es in der Folge mit den Sträußen und Briefchen hielt. Wenn er in der Gegend des großen Eichbaums jagte, legte er sie selber hin, an den übrigen Tagen schickte er seinen Diener. Philippe tat das alles aus purer Menschenfreundlichkeit; er dachte nicht einmal daran, Ernestine seine Aufwartung zu machen, es wäre ihm viel zu schwierig und langwierig erschienen, sich bei ihrem Oheim, dem Grafen, einführen zu lassen. Als Philippe Ernestine in der Kirche sah, war sein erster Gedanke, er sei ja freilich viel zu alt, um einem jungen Mädchen von neunzehn oder zwanzig Jahren zu gefallen. Er fühlte sich gerührt durch die Schönheit ihrer Züge und besonders durch eine Art von edler Einfalt, die den Grundzug ihres Antlitzes bildete. In ihrem Wesen liegt etwas Naives, sagte er sich. Einen Augenblick später kam sie ihm reizend vor. Als er sah, wie sie beim Verlassen des Herrschaftsgestühls das Meßbuch fallen ließ und in einer so liebenswert linkischen Weise es aufzuheben bemüht war, meinte er zu lieben, denn er hoffte bereits. Er blieb in der Kirche, als sie ging, freilich in Gedanken mit einem Umstand beschäftigt, wie er für einen Mann, der sich gerade zu verlieben beginnt, nicht sehr erheiternd sein kann. Er war fünfunddreißig

Jahre alt, sein Haar begann sich zu lichten, was ihm möglicherweise eine schöne Stirn im Sinne des Doktor Gall verschaffte, ihn aber zweifellos drei oder vier Jahre älter erscheinen ließ. Wenn mein Alter nicht auf den ersten Blick alles verdorben hat, muß sie an meinem Herzen zweifeln, damit sie meine Jahre vergißt.

Er trat an ein kleines gotisches Fenster, das auf den Platz hinaus ging, sah Ernestine in den Wagen steigen und stellte fest, daß ihre Gestalt und ihr Fuß überaus reizend waren; sie teilte Almosen aus. Dabei schien es ihm, daß ihr Blick jemand suchte. Warum, so fragte er sich, schweift ihr Blick ins Weite, während sie ganz nahe am Wagen ihre Münzen verteilt? Sollte am Ende ich der Gegenstand ihres Interesses sein?

Er sah, daß Ernestine einem Diener einen Auftrag gab; während dieser Zeit berauschte er sich an ihrer Schönheit. Er sah sie erröten, er hatte ihre Augen dabei ganz nahe vor sich; denn der Wagen befand sich nur etwa zehn Schritte von dem kleinen gotischen Fenster entfernt. Er sah den Diener noch einmal in die Kirche treten und im Herrschaftsgestühl nach irgend etwas suchen. Während der Abwesenheit des Dieners erhielt Philippe die Gewißheit, daß Ernestine hoch über die sie umgebende Menge hinwegblickte und demgemäß offenbar jemand suchte; dieser Jemand freilich mochte ein anderer als Philippe Astézan sein, der in den Augen dieses jungen Mädchens – wer weiß? – sehr wohl fünfzig oder sechzig Jahre alt scheinen mochte. Mußte sie zudem nicht bei ihrem Alter und ihrer Vermögenslage einen Verehrer unter den Junkern der Nachbarschaft haben? Indessen habe ich keinen während der Messe gesehen.

Sobald der Wagen des Grafen fortgefahren war, schwang sich Astézan wieder aufs Pferd, machte einen Umweg durch den Wald, um Ernestine nicht zu begegnen, und begab sich rasch auf den Rasenplatz. Zu seinem unaussprechlichen Vergnügen kam er bei der großen Eiche an, bevor Ernestine den Strauß und das Briefchen gefunden hatte, das er am gleichen Morgen hatte hinbringen lassen. Er nahm den Strauß, verschwand im Wald, band sein Pferd an einen Baum und machte einen Spaziergang zu Fuß. Er war sehr aufgeregt; er kam auf den Gedanken, sich in dem dichtestbewachsenen Teil eines kleinen Waldhügels, etwa hundert Schritte vom See entfernt, zu verstecken. Von diesem Hinterhalt aus, der ihn vor aller Augen verbarg, konnte er durch eine Lichtung hindurch Eiche und See überblicken.

Wie groß war sein Entzücken, als er kurze Zeit danach Ernestinens kleines Boot auf den durchsichtigen Fluten, die ein Lufthauch leise bewegte, dahingleiten sah! Dieser Augenblick war entscheidend: das Bild dieses Sees und das Ernestinens, die ihm in der Kirche so schön erschienen war, prägten sich tief in seine Seele ein. Von da an besaß Ernestine in seinen Augen etwas, was sie von allen anderen Frauen unterschied; es fehlte ihm nur noch die Hoffnung, um sie bis zum Wahnsinn zu lieben. Er sah, wie sie sich voller Eifer dem Eichbaum näherte; er sah auch ihren Schmerz, dort keinen Strauß vorzufinden. Dieser Moment war für Philippe so köstlich und so erfüllt, daß er, nachdem Ernestine davongeeilt war, kaum glauben zu können meinte, er habe wirklich Schmerz über das Fehlen eines Blumenstraußes in der Höhlung des Baums in ihren Zügen gelesen. Das Schicksal seiner Liebe beruhte fortan einzig auf diesem Umstand. Er sagte sich: Sie sah traurig aus, als sie das Boot verließ und sogar noch, als sie sich dem Baume näherte. – Aber, flüsterte andererseits die Hoffnung ihm zu, in der Kirche sah sie nicht traurig aus; sie wirkte dort vielmehr strahlend von Frische, Schönheit und Jugend und höchstens ein wenig verwirrt; aus ihren Blicken sprach lebendiger Geist.

Als Ernestine unter der Platanenallee auf der anderen Seite des Sees gelandet war und Philippe sie nicht mehr sehen konnte, kam er aus seinem Versteck als ein anderer Mann hervor, als er vorher gewesen war. Als er zu Madame Dayssins Schloß zurückgaloppierte, war er nur von zwei Ideen bewegt: Hat sie Trauer gezeigt, weil sie in dem Baum keinen Strauß vorfand? Entspringt diese Trauer jedoch am Ende nicht nur enttäuschter Eitelkeit? Diese wahrscheinlichere Vermutung bemächtigte sich endlich vollständig seines Gemüts und führte ihn zu der vernünftigen Denkweise eines Mannes von fünfunddreißig Jahren zurück. Er war sehr ernst gestimmt. Bei Madame Dayssin fand er viele Leute vor; im Laufe des Abends neckte sie ihn mit seinem Ernst und seiner Eitelkeit. Er könne nicht mehr, behauptete sie, an einem Spiegel vorübergehen, ohne hineinzusehen. «Ich hasse», sagte Madame Dayssin, «diese Gewohnheit der modischen jungen Leute. Eine solche Ziererei hatten Sie früher nicht an sich; versuchen Sie nur ja, sie wieder loszuwerden, oder ich spiele Ihnen den Streich, aus dem Hause sämtliche Spiegel entfernen zu lassen.» Philippe war höchst verlegen; er wußte nicht, wie er eine Abwesenheit, die er plante, gehörig bemänteln sollte. Im übrigen war nur allzu richtig, daß er sich in jedem Spiegel prüfend darauf ansah, ob er alt ausschaue.

Am folgenden Tage bezog er wiederum seinen Posten auf dem Hügelchen, von dem wir gesprochen haben und von dem man so gut den See überblicken konnte; er ließ sich dort, mit einem guten Fernglas versehen, nieder und gab diese Zufluchtstätte erst auf, als es vollkommen dunkel war.

Am nächsten Tag nahm er ein Buch mit; er hätte freilich nicht sagen können, was auf den Seiten stand, die er las. Hätte er aber keine Lektüre zur Hand gehabt, wäre sein Verlangen danach sicher sehr groß gewesen. Endlich sah er zu seinem unaussprechlichen Vergnügen, wie gegen drei Uhr Ernestine sich langsam auf die Platanenallee am Seeufer zubewegte; er sah sie dann den Pfad zur Chaussee einschlagen; sie trug auf dem Kopf einen großen Florentiner Hut. Jetzt war sie dem Schicksalsbaum ganz nahe gekommen; sie sah niedergeschlagen aus. Mit Hilfe seines Fernrohrs versicherte er sich, daß es wirklich so war. Er konnte deutlich erkennen, daß sie die beiden Sträuße an sich nahm, die er morgens hingelegt hatte, sie in ihr Taschentuch wickelte und blitzschnell wieder verschwand. Dieser so einfache Vorgang besiegelte die Eroberung seines Herzens. Alles geschah so lebhaft und rasch, daß er nicht feststellen konnte, ob Ernestinens Miene auch weiterhin traurig blieb oder ob Freude aus ihren Augen blitzte. Was sollte er von diesem seltsamen Vorgehen halten? Würde sie die beiden Sträuße der Gouvernante zeigen? In diesem Fall war Ernestine eben noch ein Kind und er selbst ein noch größeres, da er sich derart mit einem kleinen Mädchen abgab. Glücklicherweise, sagte er sich, kennt sie nicht meinen Namen; ich allein weiß von meiner Torheit und habe mir freilich schon manche ganz andere verziehen.

Philippe trat mit sehr kühler Miene aus seinem Versteck hervor und holte nachdenklich gestimmt sein Pferd ab, das er eine halbe Meile weiter fort bei einem Bauern zurückgelassen hatte. Man muß zugeben, daß ich doch noch ein rechter Narr bin, dachte er, als er im Hofe von Madame Dayssins Schloß absaß. Bei seinem Eintritt in den Salon trug er eine unbewegliche, erstaunte, eisige Miene zur Schau. Er liebte nicht mehr.

Am folgenden Morgen fand sich Philippe recht alt, als er seine Krawatte band. Er hatte anfangs wenig Lust, drei Meilen zurückzulegen, um sich in ein Versteck zu begeben und von da aus auf einen Baum zu starren; aber er hatte auch nicht den Wunsch, anderswohin zu gehen. Es ist wirklich ungemein lächerlich, sagte er sich. Ja, aber lächerlich in wessen Augen denn? Im übrigen darf man niemals auf eine Chance verzichten. Er machte sich daran, einen sehr gesetzten Brief zu verfassen, in dem er, ein zweiter Lindoro, seinen Namen und seine Stellung in der Welt offenbarte. Dieser so wohlgesetzte Brief hatte, wie man sich wohl erinnern wird, das Unglück, verbrannt zu werden, ohne daß irgend jemand ihn gelesen hätte. Diejenigen Worte des Briefes, die unser Held am gedankenlosesten hingesetzt hatte, nämlich die Unterschrift *Philippe Astézan,* wurden allein der Ehre einer Lektüre teilhaftig. Trotz aller Gegenargumente fand sich unser höchst vernünftiger Herr Philippe dennoch in dem Augenblick in seinem Versteck verborgen, als sein Name eine so große Wirkung erzielte; er sah Ernestine ohnmächtig werden, nachdem sie den Brief geöffnet hatte; sein Erstaunen war grenzenlos.

Am nächsten Tage mußte er sich eingestehen, daß er verliebt sei; seine Handlungen bewiesen es. Er kehrte täglich in das Wäldchen zurück, in dem er so lebhafte Gefühlsregungen an sich erfahren hatte. Da Madame Dayssin bald nach Paris zurückkehren mußte, ließ Philippe einen Brief an seine Adresse schreiben und kündigte ihr an, er verlasse die Dauphiné, um vierzehn Tage in Burgund bei einem kranken Onkel zu verbringen. Er bestieg die Postkutsche und kehrte so geschickt auf einem anderen Wege zurück, daß er mit seinen Besuchen in dem Wäldchen nur einen Tag auszusetzen brauchte. Er suchte sich, zwei Meilen vom Schlosse des Grafen von S. entfernt, in der Einsamkeit von Crossey auf der dem Schlosse von Madame Dayssin entgegengesetzten Seite eine Unterkunft; von dort aus kehrte er dreiunddreißig Tage hintereinander an das Ufer des kleinen Sees zurück, ohne jedoch Ernestine zu sehen; sie erschien auch in der Kirche nicht mehr, die Messe wurde im Schloß gelesen; er näherte sich ihr in einer Vermummung und hatte zweimal das Glück, sie gleichwohl anschauen zu können. Nichts, so glaubte er, könne jemals dem edlen und gleichzeitig unschuldsvollen Ausdruck ihres Gesichts gleichkommen. Er sagte sich: Nie würde ich von einer solchen Frau genug haben! Was Astézan am meisten rührte, war die außergewöhnliche Blässe Ernestinens und ihre leidende Miene. Ich müßte zehn Bände im Stile Richardsons schreiben, wenn ich versuchen wollte, hier festzuhalten, auf welche verschiedenen Weisen ein im übrigen nicht unkluger und nicht unerfahrener Mann sich Ernestinens Ohnmacht und Traurigkeit zu erklären versuchte. Endlich beschloß er, mit ihr eine Aussprache zu erreichen und zu diesem Zweck in das Schloß einzudringen. Schüchternheit – man stelle sich vor: Schüchternheit bei einem Mann von fünfunddreißig Jahren! – hatte ihn bislang immer daran gehindert. Seine Maßnahmen wurden mit größtem Scharfsinn getroffen; dennoch wäre, wenn nicht einer ganz gleichgültigen Person der

Zufall die Nachricht von Madame Dayssins Abreise in den Mund gelegt hätte, alle Geschicklichkeit Philippes umsonst gewesen; mindestens hätte er Ernestinens Liebe einzig an ihrem Zorn zu erkennen vermocht. Wahrscheinlich würde er sich diesen Zorn aus ihrer Verwunderung erklärt haben, sich von einem Mann seines Alters geliebt zu sehen. Philippe hätte sich in diesem Fall als verschmäht betrachtet und, um dieses peinliche Gefühl zu vergessen, seine Zuflucht zum Spiel oder dem Leben in den Kulissen der Oper genommen; zudem wäre er gewiß in dem Gedanken, daß die Jugend nun endgültig hinter ihm liege, egoistisch und hart geworden.

Ein *Demi-Monsieur,* wie man dortzulande sagt, der Bürgermeister einer Berggemeinde und Philippes Jagdkamerad, wenn dieser auf Gemsen ging, willigte ein, ihn, als Bedienten verkleidet, zum großen Diner im Schlosse S. mitzunehmen, wo ihn sodann Ernestine erkannte.

Ernestine, die wohl fühlte, daß sie über und über errötete, wurde von einem abscheulichen Gedanken heimgesucht: Er wird glauben, daß ich mich Hals über Kopf in ihn verliebt habe, ohne ihn zu kennen; er wird mich wie ein Kind verachten, nach Paris reisen und sich dort von neuem Madame Dayssin widmen. Ich werde ihn nie mehr sehen. Diese grausame Vorstellung gab ihr den Mut, aufzustehen und sich in ihr Zimmer zu begeben. Dort war sie etwa zwei Minuten, als sie die Tür des Vorzimmers aufgehen hörte. Sie dachte, es sei ihre Gouvernante, stand auf und suchte nach einem Vorwand, um sie wieder hinauszuschicken. Als sie gerade auf die Tür zuschritt, öffnete sich diese, und Philippe lag ihr zu Füßen.

«Um des Himmels willen, verzeihen Sie mir diesen Schritt; ich bin seit zwei Monaten in Verzweiflung; wollen Sie mich heiraten?»

Dieser Augenblick war köstlich für Ernestine. Er hält um mich an, ich brauche Madame Dayssin also nicht mehr zu fürchten. Sie suchte nach einer strengen Antwort, hätte aber vielleicht trotz unglaublichen Bemühens dennoch keine gefunden. Zwei Monate der Verzweiflung waren völlig vergessen; sie fühlte sich auf dem Gipfel der Seligkeit. Glücklicherweise hörte sie in diesem Augenblick, daß jemand die Tür zum Vorzimmer öffnete. «Sie schaden meiner Ehre!» sagte Ernestine zu ihm. – «Geben Sie nichts zu!» rief Philippe mit verhaltener Stimme, während er mit großer Geschicklichkeit zwischen die Wand und Ernestinens hübsche weiß und rosa Bettstatt glitt. Es war die Gouvernante, die sich sehr wegen der Gesundheit ihres Zöglings sorgte, und der Zustand, in dem sie Ernestine vorfand, vermehrte ihre Sorge noch.

Es brauchte lange Zeit, diese Frau wieder aus dem Zimmer zu entfernen. Solange sie da war, fand Ernestine Zeit, sich an ihr Glück zu gewöhnen; ihre Kaltblütigkeit kehrte wieder zurück. Als Philippe nach dem Fortgang der Gouvernante sich wieder zu zeigen wagte, erteilte sie ihm eine eher hochfahrende Antwort.

Ernestine war so schön in den Augen des Liebenden, der Ausdruck ihrer Züge so streng, daß das erste Wort ihrer Antwort Philippe den Gedanken eingab, alles, was er bis dahin gedacht, sei nur eine Illusion gewesen, und er selbst werde nicht geliebt. Seine Miene wandelte sich im Nu, sie spiegelte den Seelenzustand eines Verzweifelten wider. Ernestine, obwohl bis auf den Grund ihres Herzens durch diese Miene der Hoffnungslosigkeit erschüttert, fand die Kraft, ihn aus ihrem Zimmer zu weisen. Alles, was sie von dieser merkwürdigen Begegnung behielt, war, daß sie, als er sie angefleht hatte, ihm eine Bewerbung um ihre Hand zu gestatten, geantwortet hatte, daß ihn gewiß seine Angelegenheiten sowohl wie seine Neigungen nach Paris zurückriefen. Er hatte darauf lebhaft erklärt, die einzige Angelegenheit, die auf der Welt für ihn zähle, sei, Ernestinens Herz zu gewinnen; zu ihren Füßen schwöre er ihr, er werde die Dauphiné nicht verlassen, solange sie dort weile, und niemals in seinem Leben wieder das

Schloß betreten, das er bewohnte, bevor er sie kennenlernte.

Ernestine befand sich fast auf der Höhe des Glücks. Am folgenden Tage kehrte sie, diesmal aber von ihrer Gouvernante und dem alten Botaniker begleitet, an den Fuß der alten Eiche zurück. Sie verfehlte nicht, dort einen Strauß und vor allem auch ein Billett vorzufinden. Nach acht Tagen hatte Astézan sie um ein Haar so weit gebracht, daß sie beschloß, auf seine Briefe Antwort zu geben, als sie nach einer weiteren Woche erfuhr, Madame Dayssin sei aus Paris in die Dauphiné zurückgekehrt. Lebhafte Unruhe trat nunmehr bei Ernestine an die Stelle aller andern Gefühle. Die Klatschbasen des Nachbardorfes, die in dieser Konstellation, ohne es zu wissen, Ernestinens Schicksal entschieden, zumal diese sie bei jeder Gelegenheit zum Schwatzen zu bringen versuchten, berichteten ihr endlich, daß Madame Dayssin, von Zorn und Eifersucht erfüllt, ihren Geliebten Philippe Astézan habe holen wollen, der jedoch, so hieß es, in der Absicht, Kartäusermönch zu werden, auf dem Lande geblieben sei. Um sich im voraus an die Strenge der Ordensregel zu gewöhnen, habe er sich in die Einsamkeit von Crossey zurückgezogen. Es wurde noch hinzugesetzt, Madame Dayssin sei ganz außer sich vor Verzweiflung.

Einige Tage darauf erfuhr Ernestine, daß Madame Dayssin nicht einmal erreicht habe, Philippe auch nur zu sehen, und daß sie wütend nach Paris zurückgekehrt sei. Während Ernestine versuchte, für diese wohltuende Gewißheit eine Bestätigung zu finden, war Philippe in heller Verzweiflung; er liebte sie leidenschaftlich, glaubte aber, von ihr nicht geliebt zu werden. Mehrmals suchte er eine Begegnung mit ihr, wurde aber von ihr in einer Weise behandelt, daß er annehmen mußte, er habe durch sein Vorgehen den Stolz der jungen Schloßherrin verletzt. Zweimal reiste er nach Paris, und zweimal kehrte er, nachdem er zwanzig Meilen zurückgelegt hatte, in seine Hütte in der Felseneinöde von Crossey zurück. Noch vor kurzem von Hoffnungen geschwellt, die er jetzt als voreilig empfand, trachtete er, der Liebe zu entsagen, fand aber, daß alle anderen Freuden des Lebens nunmehr für ihn hinfällig seien.

Ernestine war glücklicher: sie wurde geliebt, sie liebte. Die Liebe herrschte in dieser Seele, die wir nacheinander die sieben verschiedenen Etappen haben durchlaufen sehen, welche Gleichgültigkeit von Leidenschaft trennen und an deren Stelle gemeine Geister nur eine einzige Wandlung erkennen, deren Natur sie sich nicht einmal zu erklären vermögen.

Was nun Philippe Astézan anbelangt, so lassen wir ihn zur Strafe dafür, daß er eine alte Freundin beim Herannahen dessen, was man für die Frauen als die Epoche des Alterns bezeichnen kann, ihrem Schicksal überließ, in einem der grausamsten Zustände zurück, in den die menschliche Seele jemals geraten kann. Er wurde von Ernestine geliebt, konnte jedoch nicht ihre Hand erlangen. Im folgenden Jahr wurde sie einem alten Generalleutnant angetraut, der sehr reich und Ritter diverser Orden war.

Nachwort

Ein Schriftsteller, der in der ersten Hälfte des neunzehnten Jahrhunderts von sich behauptete, man werde ihn erst im zwanzigsten verstehen, der an das Ende eines Romans die Widmung setzte: «To the happy few», der nicht nur wie André Gide darauf ausging, wieder gelesen zu werden, sondern der die Fortdauer seines Werks nach Jahrhunderten bemaß, der sich einer vergangenen Epoche anschloß, um Bürger der kommenden zu werden – ich weiß nicht, welchem Autor man soviel Arroganz durchgehen ließe, ohne ihn der Prahlerei, der Eitelkeit oder jener Sektiererei zu zeihen, die den eigenen Nachruhm in einer «chapelle» vorsorglich kultiviert. Oder würden wir uns überhaupt bemüßigt fühlen, Prophezeiungen Beachtung zu schenken, die nun einmal zum Metier des Dichters oder Schriftstellers gehören, Prophezeiungen, die um so nachdrücklicher und anspruchsvoller ausfallen, je unaufhaltsamer die Wissenschaft in die Stellungen der Gegenwart einrückt, wodurch sie den Dichter zwingt, ihr diagnostisches Instrument in ein prognostisches umzuwandeln? Denn nicht selten ist im 19. Jahrhundert die Prophezeiung so etwas wie die zweite Jugend der analytischen Vernunft. Soviel ich sehe, ist Stendhal der einzige, den wir nicht bloßer Attitüde verdächtigen; oder wenn es sich um eine Attitüde handeln sollte, so ist sie keinen Augenblick steif oder feierlich, pompös oder bizarr, sondern Ausdruck einer federnden Bereitschaft, Ergebnis eines geistigen Trainings, mager und nervös, feurig und trocken.

Es gibt bei Stendhal keinen Gedanken, der sich nicht mit einem präzisen Detail seiner Lebensumstände, einem wenn auch noch so flüchtigen anekdotischen Umriß ins Gedächtnis schriebe. Daß er nach dem Winterfeldzug in Rußland, bei dem er seinen Kameraden auffiel, weil er stets tadellos rasiert war, den ewigen Schnee der Alpen nicht mehr leiden mochte, hingegen das Eis im Café Tortoni schätzte, daß er im Schlamm der Landstraße eine erkleckliche Anzahl von Meilen zurücklegte, um eine Oper von Cimarosa hören zu können, daß er in Gesellschaft geistreicher Leute seine Schüchternheit im Nu ablegte, daß er im politischen Gespräch statistische Angaben für das schlagkräftigste Argument hielt, daß er während eines Reiterangriffs nur mit einem Stiefel bekleidet über das Schlachtfeld lief und sich selber dabei beobachtete, daß er die Ernüchterung der Analyse durch die Begeisterung für das Theater wettmachte, daß er den stoischen Mathematiker, sobald er sich draußen tummelte, mit dem Landschaftsepikuräer vertauschte – diese ganze anekdotische Flora umgibt den Namen Stendhal ähnlich blühend wie die Salzkristalle den berühmten Zweig, der in seinem «De l'Amour» in eine Theorie der Liebc ausgeschlagen ist.

An einem bestimmten Punkt verwandelt sich der Leser einzelner Bücher des Autors Henri Beyle in den Stendhal-Leser, den nichts, aber auch nichts gleichgültig läßt, was dieser außerordentliche Schriftsteller je zu Papier gebracht hat. Mit dieser Verwandlung geht eine eigenartige Rückverwandlung des Geschriebenen oder Gedruckten Hand in Hand. Aus den Buchseiten von «De l'Amour» werden noch einmal die losen Spielkarten, die mit flüchtig hingeworfenen Schriftzeichen bedeckt waren. Aus dem «Leben Haydns» werden Randnotizen, die den langweiligen Text des Originals, an dem sich seine Feder inspiriert, von allen Seiten attackieren, ihn von dem schwerfälligen Troß abschneiden und in schneidiger Gangart mit sich fortreißen. Seßhafte Werke, die ein ehrenvoller Ruhestand an die Bibliotheken fesselt, werden zu Streifzügen eines Liebhabers, der den Eindruck zu erwecken versteht, daß er mit vielerlei zugleich beschäftigt ist, zu Spaziergängen eines Genießers, der auch die Salons, die Liebe und die Erfolgsspekulation nicht verabscheut. Der Begriff «touriste», dem heute etwas schleppfüßig Trottendes anhaftet, ist zur Zeit, da Stendhal ihn 1838 über eines seiner Bücher setzt, noch umwittert von jener Atmosphäre sportlicher Weltläufigkeit, die mit den Söhnen englischer Lords auf den Kontinent gekommen ist. Chateaubriand und Byron nannten sich noch «Pilger». Der Begriff «touriste» hat im Gegensatz dazu etwas zynisch Offenherziges. Der Tourist scheut sich nicht, Geschäftsinteresse und Vergnügen, statistische Neugier und Lebensweisheit miteinander zu verbinden. Er ist ein Pilger in eigenem Auftrag – ein «égotiste», der auf die Geste des Don Juan oder des Weltschmerzkindes verzichtet.

Der Stendhal-Liebhaber entgeht nicht immer der Gefahr, das sprunghafte Temperament, den kombinatorischen Witz, die lyrische Kantilene seines bevorzugten Autors einem glücklichen Naturell zuzuschreiben, ohne zu bedenken, daß dieses Bild durch den Stil hervorgerufen sein mag. Wer nicht befürchtet, den ästhetischen oder geistigen Genuß, den ihm Stendhal verschafft, durch die Frage, wie er zustandekommen mag, zu gefährden, sondern wer sich im Gegenteil von einem begründeten Genuß eine noch höhere Schätzung seines Lieblingsautors verspricht, der lese das subtile Werk von Jean Prévost: «La création chez Stendhal»[1]. Wie lieb ihm auch die Vorstellung sein mag, daß die Natur einmal ein Genie hervorgebracht habe, das mit untrüglicher Sicherheit den kürzesten Weg vom Gedanken zum Wort traf, so daß er, noch ganz durchpulst von seinem Wesen, die Richtung anzudeuten scheint, in die er aufgebrochen ist: ein geistiges Naturtalent, wenn es dergleichen überhaupt je gegeben hat, wird er in Stendhal nicht mehr erblicken können, wenn er bei seinem Stil in die Schule gegangen ist, wenn er gesehen hat, wie der Stilist sich zu Beginn seiner Laufbahn auf analytischem Wege Prinzipien schuf, die Gesetze des künstlerischen Effekts studierte, jede übertriebene oder rein ornamentale Sprachgebärde unnachsichtig entlarvte, die Ökonomie der Aussage erwog und sein Darstellungstalent unablässig schulte.

Nichts ist so irreführend, wie wenn man dem Verfasser des Tagebuchs «Rome, Naples et Florence» und der «Promenades dans Rome» in Bausch und Bogen die Gabe der Improvisation zuspricht und aus der Leichtigkeit, in die er unseren Geist beim Lesen versetzt, auf die Leichtigkeit eines elektrisch erregbaren Temperaments schließt. Selbst wenn Stendhal ein solches Temperament besessen hätte, wogegen

[1] Paris, Mercure de France, 1951.

mancherlei spricht, so hieße es die Gunst der Götter mißbrauchen, wollte man von ihnen erwarten, daß sie einem glücklich Veranlagten zugleich den Stil, der sein Wesen vollkommen ausdrückt, sollten in die Wiege gelegt haben. Ein so übertriebener Gunstbeweis hätte sich an Stendhal unfehlbar gerächt. Improvisation allein hätte ihm nie die Anwartschaft auf das kommende Jahrhundert gesichert. Ausschlaggebend war vielmehr, daß sich sein improvisierender Stil von allem unterschied, was in seiner Zeit geschrieben und improvisiert wurde, nicht jedoch indem er seine Originalität unterscheidend von zeitgenössischen Mustern herleitete – die bloße Nuance hätte ihm nicht genügt –, sondern indem er die Spanne oder die Spannung zwischen dem beginnenden neunzehnten Jahrhundert und dem philosophisch-analytischen achtzehnten Jahrhundert, aber auch dessen Vorläufer, dem klassischen siebzehnten Jahrhundert, dramatisch verkörperte.

Der eigentliche Reiz, den wir bei der Lektüre von «Rot und Schwarz» und – vielleicht stärker noch – der «Kartause von Parma» verspüren, ist aus der psychologischen Intelligenz des Verfassers nicht hinreichend zu erklären. Die Wiederentdeckung Stendhals um die Jahrhundertwende fiel in die Zeit des ausgehenden Historismus, da man nach der Psychologie als einer wegweisenden Waffe griff, um sich durch das geschichtliche Labyrinth einen Weg zu bahnen. Nietzsches Frage nach «Nutzen und Nachteil der Historie für das Leben» fand ihre Antwort in der psychologischen «Genealogie der Moral». Da lag es nahe, in Stendhal den Vorläufer der eigenen Befreiung zu begrüßen. Hatte nicht er als erster die Psychologie mit einem moralischen Anspruch ausgestattet? Hatte er nicht die Geschichte, ohne ihre zwingende Macht anzuerkennen, als ein eigenwilliger Kondottiere herausgefordert? Hatte er nicht die gesetzgeberische Persönlichkeit gegen die papierene Legitimität ausgespielt? Hatte er nicht den vitalen Zynismus großer Geschichtsepochen mit der zu bloßer Nützlichkeit herabgesunkenen Vernunft der eigenen kontrastiert? Hatte er nicht gegen die Eitelkeit die «passion», gegen Relativierung und Zerfaserung die energische Denkleistung gestellt und bei alldem unermüdlich der «sincérité», der kompromißlosen Aufrichtigkeit im Kampf gegen Hypokrisie, Pomp und «Hinterweltlerei», um mit Nietzsche zu sprechen, zum Sieg verholfen?

Jedoch im Laufe unseres Jahrhunderts hat sich in der Betrachtung Stendhals der Akzent zunehmend verlagert. Je weniger zwingend uns der ausschließliche Anspruch der Psychologie zu sein scheint, je weiter wir uns vom Kraftfeld des historischen Determinismus entfernen, um so mehr treten im Bilde Stendhals die polemischen Züge in den Hintergrund, indessen vielmehr bestimmte Werte, auf die er sich stützt, durchgehende Neigungen, die er bearbeitet und klärt, immer deutlicher hervortreten. Zweifellos ist die «sincérité» das bestimmende Vorzeichen seiner menschlichen und künstlerischen Haltung. Jedoch – nachdem wir, von Nietzsche an gerechnet, mehr als ein halbes Jahrhundert in der Schule der Aufrichtigkeit absolviert haben, sind wir nicht mehr geneigt, ihr einen ausschließlichen Wert beizulegen. Vielmehr richten wir an sie die doppelte Frage: *Aufrichtigkeit in wessen Namen?* und *Aufrichtigkeit mit welchen Mitteln?* Die eine Frage ist moralisch, die andere ästhetisch. Und da Aufrichtigkeit – im Gegensatz zu rückhaltloser Selbstentblößung – eine Leistung des Charakters darstellt, können wir nicht umhin, nach den Wertbildern zu fragen, in deren Namen Aufrichtigkeit sich lohnt, und nach den Mitteln, die ergriffen werden, um sie wirksam werden zu lassen.

An unsere vorhergehende Bemerkung anknüpfend, daß der Reiz, den wir als Stendhal-Leser empfinden, sich in unserer Zeit nicht mehr allein aus der psychologischen Intelligenz erklären lasse, können wir jetzt weitergehen und sagen: Stendhals Romane versetzen uns in eine

Wirklichkeit, die nirgends festgelegt, die in jedem Zug Spannung ist, erfüllt von einstrahlenden Kräften, deren Wirkung auf den Charakter in kontrastreicher Verteilung fortschreitend deutlich wird. Gewisse Haltungsvorbilder sind, wie Jean Prévost gezeigt hat, in den Dramen Corneilles zu finden. Nicht minder bestimmend ist der Maßstab antiker Größe, den Montesquieu aufgestellt hat und der von Stendhal jenseits der Theatralik der Revolutionsepoche in seiner ursprünglichen Strenge aufgefaßt wird. «La grande âme», die «große Seele», ist der unverrückbare Leitstern seiner Aufrichtigkeit. Indessen – und darin liegt für ihn der künstlerische Anreiz – brächte es seine Aufrichtigkeit nicht fertig, über die Unzeitgemäßheit der «großen Seele» mit einer musealen Stildraperie hinwegzutäuschen und so zu tun, als hätte sie wie eh und je ihren festen Ort. Vielmehr liefert gerade ihre Unzeitgemäßheit den Spannungswert, der sie antithetisch zu steigern und progressiv zu entfalten erlaubt. Nicht anders erging es dem ergriffenen Kunstbetrachter Stendhal, als er sich von Leonardos «Abendmahl» Rechenschaft zu geben versuchte. Heiligkeit und Weihe der dargestellten Szene kann er bei sich selber nur zur Wirkung bringen, indem er die Anschauung zum Vorgang werden läßt und das Medium, in dem sich der Vorgang abspielt, das heißt sein persönliches Erleben, nicht neutralisiert, sondern mit allen seinen Widerständen, Zu- und Abneigungen als dramatischen Partner einführt.

Die dramatische Aktivierung unverrückbarer Wertbilder im Zeichen bedingungsloser Aufrichtigkeit ist der Vorgang, in dem Moral und Stil des Autors Henri Beyle zusammentreffen. Die große Seele ist das Wertbild, das seiner Aufrichtigkeit Rückhalt verleiht, und ist zugleich die unabgeschlossene Dimension, in die er sich fortschreitend hineinentwirft. Dem Stil fällt die Aufgabe zu, das Drama der unzeitgemäßen Begegnung zu inszenieren, den Schauplatz der Begegnung so zu durchwirken, daß er an keiner Stelle in toter Gegenständlichkeit verharrt, sondern bei jedem Gedankenschritt oder -sprung federnd und vibrierend unsere Aufmerksamkeit voranschnellt.

Die italienischen Novellen oder die «Chroniques italiennes», wie sie in der Stendhal-Literatur genannt werden, sind in mehrfacher Hinsicht aufschlußreich. An keiner Stelle seines Werks hat der Liebhaber der «passion» den Bogen seiner kontrastierenden Dramatik so intensiv gespannt. Auf die Wirkung hin gesehen traf der Pfeil ins Schwarze. Das Bild der italienischen Renaissance – bei Taine, Gobineau, Jacob Burckhardt und Nietzsche – geht auf die Konzeption Stendhals zurück. Nun ist aber die

Konzeption dem Wortsinne nach ein Vorgang, an dem Zeugen und Empfangen gleich stark beteiligt sind. So erhebt sich die Frage, ob die italienischen Novellen mehr nach der Mutter oder mehr nach dem Vater schlagen, das heißt, ob sie in kontrastierender oder in wertsetzender Absicht entworfen sind. Als Entwurf einer freien Wertsetzung mag Nietzsche sie aufgefaßt haben. Sind wir noch derselben Ansicht? Achten wir nicht, anstatt dem abgeschnellten Pfeil mit dem Blick zu folgen, mehr auf den Schützen, der absichtsvoll den Bogen spannt? Sind wir noch wie André Suarès bereit, als Kondottiere persönlichen Lebensgefühls nach Italien zu ziehen? Spielt sich das Drama für uns nicht vielmehr im Inneren ab? Sind wir nicht skeptisch geworden, wenig geneigt, uns von den immanenten Werten einer Kultur überzeugen zu lassen, dagegen von Bewunderung erfüllt angesichts einer Intelligenz, die uns eine nie zuvor vernommene Wertspanne in gesteigerter Tonreihe zu Gehör bringt?

Die italienischen Novellen gehen dem großen Roman «Die Kartause von Parma» voraus. Im Roman hat Stendhal Teile der Geschichte von Vandozza Farnese aus dem 16. ins 19. Jahrhundert transponiert und zwischen dem kleinstaatlichen Despotismus der Renaissance und Metternichs konservativer Unterdrückung eine kontrastreiche Verbindung hergestellt. Es handelt sich jedoch um Kontraste, die implizit bleiben. Die intime Spannung zwischen Renaissance und Risorgimento versetzt die Handlung in ein vibrierendes Clair-obscur, das uns im ungewissen läßt, ob der Held Fabrice del Dongo nach seinem Abenteuer auf dem Schlachtfeld von Waterloo in eine heroische Vergangenheit einkehrt oder einer Zukunft entgegengeht, hinter deren wildbewegtem Prospekt die Sonne der Freiheit unaufhaltsam emporsteigt.

Dagegen wird in den italienischen Novellen keine Transposition vorgenommen. Vielmehr gibt sich der Verfasser den Anschein, als sei ihm am Wortlaut der Chroniküberlieferung alles gelegen. Um die Fiktion, der zufolge er authentische Quellen benützt, glaubwürdig zu unterstützen, spart er nicht mit detaillierten Angaben. So gibt er vor, die Geschichte der Herzogin von Palliano sei einer Chronik entnommen, von der es in der Bibliothek von Palermo nur *ein* handschriftliches Exemplar gebe. Die Novelle «Vittoria Accoramboni» soll aus einem Bericht gezogen sein, den der zeitgenössische Chronist zwölf Tage nach der Hinrichtung des Herzogs Luigi verfaßt hat usw. Man könnte in dieser Manier ein literarisches Versteckspiel sehen, wie es die Romantiker nicht ungern gepflegt haben. Oder ein scharfsinniger Beobachter könnte sie mit der Vorliebe Stendhals für Pseudonyme, Kryptogramme und dergleichen, für durchsichtige Decknamen und Ersatzwendungen, die er in seine Tagebücher einstreut, in Zusammenhang bringen und vermuten, daß sich der Dichter hier in einer urkundlichen Mystifikation gefallen habe. Auch wenn dies psychologisch zutreffen sollte, so erklärt uns die Psychologie doch nur den wahrscheinlichen Ausgangspunkt, läßt uns aber völlig im Stich, wenn wir das Verfahren Stendhals als bewußte Technik auffassen und uns fragen, was er mit ihr bezweckt haben mag. Auch hier trennen sich in der Stendhal-Anschauung die Wege. Solange man in dem «promeneur» und «touriste» allzu wortgläubig den freien Improvisator erblickt, ohne sich zu fragen, ob die Rolle nicht um der Wirkung willen intendiert gewesen sein mag – denn nicht umsonst hatte sich Stendhal vor allem in jüngeren Jahren so angelegentlich mit dem Rollenstudium befaßt –, so lange steht es uns frei, in der pseudohistorischen Einkleidung der italienischen Novellen ein müßiges Spiel, eine Grille oder gar einen Tick zu sehen. Sobald wir jedoch dem Kombinationstalent des Analytikers zutrauen, daß er sich über die Wirkung, die ein kontrastierendes Stilexperiment hervorzubringen vermag, durchaus im klaren war, schärft sich unser Empfinden für den eigentümlichen

Spannungsgrad, in den uns die italienischen Novellen versetzen. Die Einführung ist immer fast lässig und nimmt den Absprung sehr weit. Sie spannt unsere Neugier, indem sie uns auf einen seltenen und einzigartigen Fund hinweist, diesen aber so in die Ferne rückt, daß wir uns dem eingeweihten Führer blindlings anvertrauen. Wenn er uns dann noch in wohlmeinender Absicht zu verstehen gibt, daß die Nervenempfindlichkeit des modernen Menschen die Kraßheit gewisser Einzelheiten unerträglich finden müsse, so geben wir ihm zwar aus Höflichkeit recht, fürchten jedoch sehr, er könnte uns beim Wort nehmen, da er ja als moderner Nervenmensch wissen muß, daß gerade die überfeinerte Empfindsamkeit nach krassen Effekten schreit, daß die Erwartung solcher Effekte sie in die höchste Spannung versetzt.

Nach dieser raffinierten Vorbehandlung, die außerdem noch den Anschein erweckt, als wolle der Autor, ehe er sich dem authentischen Gewährsmann eines weit zurückliegenden Jahrhunderts unterwirft, sein eigenes Licht ein wenig leuchten lassen oder als schwinde ihm der Vorsatz, uns eine Geschichte zu überliefern, vorübergehend aus dem Gedächtnis – ergreift uns die gedrängte Fülle der eigentlichen Erzählung. So unmittelbar ergriffe sie uns nicht, wenn nicht der Autor, bevor er uns in die Strömung entläßt, umsichtig den Boden, auf dem wir stehen, gelockert hätte. Im Augenblick, da die Stimme einer vergangenen Zeit an unser Ohr dringt, ist unser mehr oder weniger robustes, mehr oder weniger naives Selbstverstrauen an entscheidenden Stellen erschüttert. Es ist darum erschüttert, weil wir danach begehren, uns der Empfindungsgröße einer zurückliegenden Epoche gewachsen zu zeigen, aber gleichwohl nicht umhin können, an unsere schwachen Nerven, unsere kurzlebigen Leidenschaften, unsere graue Interessensucht zu denken, die kontrastierend der Szene vor unseren Augen Wucht, Geschlossenheit und Farbe leihen.

Um zu ermessen, was Stendhal mit seinem kontrastierenden Stil bewirkt, vergleiche man etwa das Verhältnis zwischen Rahmen und Haupterzählung in gewissen Novellen von C. F. Meyer oder bedenke anderseits, daß bei Nietzsche die Spannung zwischen Dekadenz und moralischer Vollblütigkeit ziemlich genau dem stilistischen Spannwert entspricht, den Stendhal in seine italienischen Novellen eingeführt hat.

Noch haben wir mit unserer Erklärung den Boden reiner Ästhetik nicht verlassen. Fragen wir zuletzt, was mit dem geschichtlichen Vorwurf geschieht, der trotz des Anscheins authentischer Glaubwürdigkeit durchschossen ist von zeitgenössischen Reflexen, die im Text oder in einer Fußnote aufblitzen. Obwohl der Autor nicht versäumt, altertümliche Wendungen zu gebrauchen, detaillierte Aufzählungen einzuschalten oder genealogische Schnörkel anzubringen, trägt uns ein Medium voran, das seiner Schwere beraubt ist, das trotz historischer Datierung mit der Unmittelbarkeit eines Zeitungsberichts auf uns eindringt oder, angeregt von den Gemälden großer italienischer Meister, die optische Schau in gesteigerter Bewegung über sich hinausführt. Indem Stendhal uns so der eigenen Epoche entreißt, während ihm zugleich seine Aufrichtigkeit verbietet, die Unzeitgemäßheit unserer Begegnung mit einer vergangenen Epoche zu unterschlagen, verwirklicht er im Flug jenen Maßstab reiner Größe, der weder an irgendwelche geschichtlichen Umstände geknüpft ist noch in eine moralische Zukunftsformel eingeht. Oft berührt der Handelnde in einem einzigen Augenblick den Scheitel seiner Größe und bleibt denkwürdig durch ein Wort. Seelengröße treibt den edlen Geist zu reiner Verewigung seiner Wirkungskraft an. «Worte», heißt es in den Novellen an einer Stelle, «bedeuten stets, daß man Kraft außerhalb seiner selbst sucht.» Stendhals unverminderte moralische Wirkung beruht darin, daß er uns durch das Wort in unserer eigenen Kraft bestärkt.

Karl August Horst